영혼의 도서관

Library of Souls

도서관

영혼의 도서관

Library of Souls

랜섬 릭스 지음 | 이 진 옮김

폴라북스

지상의 끝, 바다의 깊이, 시간의 어둠,
당신은 그 세 가지를 모두 택했다.

E. M. 포스터

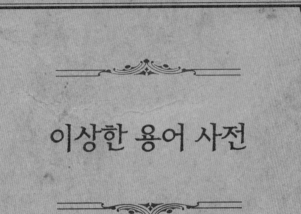

이상한 용어 사전

이상한 종족

인간이건 동물이건, 초자연적인 능력으로 축복받은, 혹은 저주받은 모든 숨겨진 종족들을
일컫는 말. 고대에는 존경받았으나 현시대에는 두려움의 대상이 되거나 박해를 받기에 이른
이상한 아이들은 음지에서 살고 있는 소외된 종족들이다.

루프

똑같은 하루가 끊임없이 반복되는 제한된 구역. 이상한 아이들을 위험으로부터 보호하기 위해
임브린들이 만들고 관리했으며, 그곳에 사는 아이들은 영원히 나이를 먹지 않는다.
그러나 루프 거주자들은 불멸의 존재가 아니다. 그들이 '건너뛰는' 하루하루는 그들을 좀먹는
빚과도 같아서, 루프 밖에서 너무 오래 머물면 엄청난 속도로 늙는 것으로 되갚아야 한다.

임브린

변신이 가능한 이상한 세계의 여성 우두머리. 그들은 언제든 새로 변신할 수 있고,
시간을 관리하며, 이상한 아이들을 보호하는 임무를 맡고 있다.
고대 이상한 언어에서 임브린은 '혁명' 혹은 '순환'이라는 의미를 지니고 있었다.

할로개스트

그들의 동지였던 이상한 아이들의 영혼에 굶주린, 이상한 아이들 출신의 괴물.
근육질의 턱과 그 안에 숨기고 있는 촉수와도 같은 강력한 혀들을 제외하면 송장 같고 쭈글쭈글하다.
몇몇 이상한 아이들을 제외한 다른 아이들의 눈에는 보이지 않기 때문에 더 위험하다.
제이콥 포트먼은 생존해 있는 이상한 아이들 중 유일하게 할로개스트를 볼 수 있다.
(세상을 떠난 그의 할아버지도 볼 수 있었다.) 최근의 변혁으로 그들의 능력이
강력해지기 이전에는 할로개스트들이 루프에 들어갈 수 없었고,
그것이 바로 이상한 아이들이 루프를 보금자리로 선택한 이유였다.

와이트

할로개스트가 이상한 영혼들을 충분히 섭취하고 나면 와이트가 되는데,
와이트들은 누구나 볼 수 있고 한 가지 특징을 제외하면 모든 면에서 평범한 사람들과 닮았다.
그들은 눈동자가 없는 새하얀 눈을 갖고 있다. 두뇌가 명석하고, 사람을 조종하며, 사람들 틈에
섞이는 데 능수인 그들은 평범한 사람들과 이상한 아이들 틈에 잠입하여 오랜 시간을 보내왔다.
누구든 와이트일 수 있다. 식료품 가게 주인일 수도 있고, 버스 기사일 수도 있고,
정신과 의사일 수도 있다. 그들은 할로개스트를 괴물 암살자로 이용하면서 이상한 아이들을
상대로 살인과 협박, 납치를 일삼아왔다. 그들의 최종 목적은 이상한 아이들의 세계에
철저한 복수를 하고 그 세계를 장악하는 것이다.

제 1 장

chapter one

괴물과의 거리가 혀 하나 길이도 되지 않았다. 놈의 눈동자는 우리의 목에 고정되어 있었고, 쪼글쪼글한 뇌는 살인의 환상으로 가득 차 있었다. 우리에 대한 괴물의 굶주림이 허공을 채웠다. 할로우들은 이상한 아이들의 영혼에 대한 욕망으로 태어났고, 지금 놈의 앞에는 마치 뷔페처럼 우리가 진열되어 있었다. 한입 크기의 애디슨은 내 발치에 용감하게 서 있었고, 엠마는 너무 충격을 받은 나머지 성냥불 정도밖에 불을 일으키지 못한 상태로 마치 도움을 청하듯 내 곁에 서 있었다. 우리는 부서진 공중전화 부스에 등을 기대고 있었다. 우리가 만들고 있는 암울한 원 뒤쪽으로 펼쳐진 지하 기차역은 폭발 사고가 일어난 나이트클럽 현장 같았고, 터진 파이프에서 쉭쉭거리며 새어 나오는 증기는 유령 커튼 같았다. 깨어진 모니터들이 천장에서 목이 부러진 채 대롱거렸다. 부서진 유리의 바다가 선로까지 펼쳐져 있었고 빨간 비상등의 신경질적인 섬광 속에서 거대한 디스코 볼처럼 반짝였다. 우리는 갇혔다. 한쪽은 벽 하나가, 다른 한쪽은 유리 한 장이 막고 있었고, 오직 우리를 해체하는 것만이 원초적인 본능인 생명체로부터 겨우 두 발짝 거리에 있었다. 그런데도 괴물은 그 간격을 좁히려 움직이지 않았다. 놈은 마치 바닥에 뿌리를 내린 것 같았다. 술 취한 사람처럼, 혹은 몽유병자처럼, 발꿈치를 고정한 채 비틀거렸다. 저승사자의 머리는 힘없이 축 늘어졌다. 머리에 달린 혀들은 내가 마법으로 잠들게 만든 뱀들의 둥지 같았다.

나. 내가 그렇게 했다. 플로리다에서 온 별 볼 일 없는 아이, 제이콥 포트먼이 그렇게 했다. 잠자는 아이들로부터 거두어들인 어둠과 악몽으로 만들어진 이 끔찍한 괴물은 지금 우리를 죽이지 못하고 있었다. 내가 그러지 말라고 했기 때문이었다. 나는 전혀 모호하지 않은 언어로 내 목을 감고 있는 혀를 풀라고 말했다. **물러서.** 내가 말했다. **일어나.** 내가 말했다. 인간의 입으로 낼 수 있을 거라고는 상상조차 하지 못했던 소리의 언어로. 그리고 기적처럼 괴물은 그렇게 했다. 육체가 순종하는 동안에도 놈의 눈동자는 나에게 반항하고 있었다. 어떻게 된 영문인지는 몰라도 나는 이 악몽을 길들였고 놈에게 주문을 걸었다. 그러나 잠들어 있던 것들은 깨어나게 마련이고 주문은 풀리게 마련이었다. 우연히 걸린 주문이라면 더더욱 그럴 것이다. 침착한 겉모습 안에서 꿈틀거리는 할로우를 나는 느낄 수 있었다.

애디슨이 주둥이로 나의 종아리를 툭 쳤다. "와이트들이 더 올 거야. 저 괴물이 우릴 보내줄까?"

"다시 한번 말해봐." 넋이 나간 듯 모호한 목소리로 엠마가 말했다. "꺼지라고 해."

그 말을 찾아보았지만 어느새 말은 움츠러들었다. "할 줄 몰라."

"방금 했잖아." 애디슨이 말했다. "네 몸 안에 악마가 있는 것 같던데."

조금 전만 해도, 내가 그런 말을 할 수 있다는 사실을 깨닫기도 전에, 그 말이 그저 내뱉어주기를 기다리며 혀끝에 있었다. 이제 다시 그 말을 하고 싶었지만 마치 맨손으로 물고기를 잡으려 애쓰는 것과도 같았다. 한 마리 잡았다 싶으면 곧바로 미끄러져 나갔다.

꺼져! 내가 소리쳤다.

영어였다. 괴물은 꿈쩍도 하지 않았고, 나는 허리를 꼿꼿하게 펴고 잉크 같은 눈을 쏘아보며 다시 한번 시도했다.

당장 여기서 꺼져! 우릴 내버려둬!

이번에도 영어였다. 괴물은 호기심이 발동한 개처럼 고개를 갸우뚱했지만 그 나머지 몸은 목석같았다.

"갔어?" 애디슨이 물었다.

다른 아이들은 알 수 없었다. 오직 나만이 볼 수 있었다. "아직 있어." 내가 말했다. "뭐가 문젠지 모르겠어."

나 자신이 한심했고 맥이 빠졌다. 나의 재능이 이토록 허망하게 사라져버렸단 말인가?

"됐어." 엠마가 말했다. "할로우들은 어차피 말로 설득되는 놈들이 아니야." 그녀가 한 손을 들고 불을 붙이려 해보았지만 쉭 소리만 날 뿐이었다. 불을 붙이려는 노력이 엠마의 진을 빼는 것 같았다. 나는 엠마가 고꾸라지지 않도록 허리를 감고 있던 팔에 힘을 주었다.

"힘을 아껴, 성냥 아가씨." 애디슨이 말했다. "분명히 그 힘이 필요할 테니까."

"상황이 닥치면 맨손으로라도 싸울 거야." 엠마가 말했다. "지금 중요한 건 너무 늦기 전에 다른 아이들을 찾는 것뿐이야."

다른 아이들. 선로를 따라 흐릿해져가던 그들의 모습이 아직도 눈에 선했다. 엉망이 된 호러스의 고급 양복, 와이트들의 총 앞에 맥을 못 추던 브로닌의 힘, 폭발에 현기증을 느끼던 에녹, 어수선한 틈을 타서 올리브의 무거운 신발을 벗겨 그녀를 날려 보내려 했던 휴, 달아나기도 전에 발목을 잡혀 끌려 내려온 올리브. 아이들 모두가 겁에 질려 흐느끼며 울었고, 총부리에 떠밀려 기차를 탔고, 그렇게 사라졌다. 임브린들을 찾다가 하마터면 몰살을 당할 뻔했건만, 그들과 함께 아이들은 죽음보다 더 끔찍한 운명을 향해 런던의 심장부를 관통하며 질주하고 있었다. **이미 너무 늦었어.** 나는 생각했다. 카울의 군대가 렌 원장의 얼어붙은 은신처로 들이닥친 순간 이미 너무 늦었다고. 페러그린 원장의 악랄한 오빠에게 사랑하는 우리의 임브린을 빼앗긴 순간 이미 너무 늦었다고. 그러나 나는 그 어떤 대가를 치르더라도, 그리고 우리가 오직 시체만을 찾는다고 해도, 그리고 그 시체에 우리의 시체를 더하게 될지라도, 우리의 친구들과 임브린을 찾아내고야 말겠다고 결심했다.

자, 그렇다면. 섬광이 번쩍이는 어둠 속 어딘가에 거리로 나아가는 구멍이 보였다. 문, 계단, 에스컬레이터가 저만치 맞은편 벽 쪽에 있었다. 하지만 저기까지 어떻게 간다?

당장 꺼지라니까! 내가 마지막으로 한 번 더 할로우에게 소리쳤다.

당연히 영어였다. 할로우는 황소처럼 툴툴거리면서도 움직이진 않았다. 부질없는 짓이었다. 그 언어는 사라져버렸다.

"차선책을 선택해야겠어." 내가 말했다. "놈이 내 말을 듣지 않으니 우리가 돌아가야겠어. 움직이지 않길 바라면서."

"어디로 돌아간단 거야?" 엠마가 물었다.

괴물을 피하려면 유리 조각 더미를 지나야 한다. 유리 파편이 엠마의 맨다리와 애디슨의 발을 갈기갈기 찢어놓을 것이다. 다른 방법을 생각해보았다. 개는 안고 간다고 해도 엠마는 여전히 문제였다. 칼처럼 날카로운 유리 조각을 찾아 놈의 눈을 찌를 수도 있었다. 예전에 꽤 유용했던 방식이었다. 그러나 내가 한 번에 죽이지 못하면 놈은 곧바로 기운을 회복하고 우릴 죽일 것이다. 그렇다면 유일한 방법은, 할로우와 벽 사이의 조그맣고 유리 없는 공간을 지나는 것뿐이었다. 그 공간은 비좁았다. 30센티미터 혹은 45센티미터 정도 너비였다. 우리가 등을 벽에 바짝 댄다고 해도 비좁은 공간이었다. 할로우에게 그렇게 가까이 다가간다는 게 걱정되었고, 그보다 더 끔찍한 건, 무심결에 놈을 건드리기라도 했다가 놈에게 걸어놓은 미약한 최면이 깨어질까 봐 걱정되었다. 날개가 돋아 놈의 머리 위로 날아가지 못할 바에야 그게 우리의 유일한 선택이었다.

"좀 걸을 수 있겠어?" 내가 엠마에게 물었다. "절뚝거려서라도?"

엠마는 무릎에 힘을 준 다음 내 허리에 감고 있던 손을 놓고 다리에 체중을 실어보았다. "절뚝거리고 걸을 순 있어."

"그럼 이렇게 하자. 놈을 비켜 가는 거야. 벽에 바짝 붙어서 저 좁은 공간으로. 넓진 않지만 우리가 조심하면……."

애디슨이 내 말뜻을 알아듣고 움츠러들며 도로 전화 부스로 들어갔다. "꼭 그렇게까지 가까이 가야 해?"

"꼭 그럴 필요는 없어."

"우리가 지나갈 때 혹시 놈이 깨어나기라도 하면……?"

"안 깨어나." 자신감을 가장하며 내가 말했다. "돌발 행동만 하지 마. 그리고 무슨 일이 있어도 놈을 건드리지 마."

"지금은 네가 우리 눈이잖아." 애디슨이 말했다. "새님 맙소사!"

나는 바닥에서 꽤 길쭉한 유리 조각을 집어 주머니에 넣었다. 우리는 벽 쪽으로 비틀거리며 두 발자국을 걸어간 다음, 차가운 타일 벽에 등을 바짝 대고 할로우가 있는 방향으로 움직이기 시작했다. 우리가 움직이는 동안 놈의 눈동자도 나에게 고정된 채 함께 움직였다. 게걸음으로 천천히 몇 발자국을 걷고 나니 지독한 할로우의 악취 때문에 눈물이 날 지경이었다. 애디슨은 기침을 했고 엠마는 코를 막았다.

"조금만 더." 애써 침착한 척하느라 들뜬 목소리로 내가 말했다. 나는 주머니에서 유리 조각을 꺼내 뾰족한 부분이 바깥으로 향하도록 잡은 다음, 한 발자국, 또 한 발자국 앞으로 나아갔다. 우리는 괴물과 너무 가까이 있었다. 팔을 뻗으면 할로우에게 닿을 거리였다. 괴물의 심장이 갈비뼈 안에서 날뛰는 소리가 들렸고, 우리가 발걸음을 내디딜 때마다 놈의 심장박동은 더욱 빨라졌다. 괴물은 나와 팽팽하게 맞서고 있었고, 놈의 온 신경이 자신을 통제하는 나의 서툰 능력과 힘을 겨루고 있었다. **움직이지 마.** 내가 입 모양으로 영어로 말했다. **넌 내 거야. 내가 널 통제해. 움직이지 마.**

나는 가슴이 홀쭉해지도록 숨을 들이켠 다음, 허리를 반듯하게 펴서 척추뼈 하나하나를 벽에 붙이고는 벽과 괴물 사이의 좁은 공간을 게걸음으로 지나가기 시작했다.

움직이지 마, 움직이지 마.

한 발을 미끄러뜨리고, 다른 발을 끌어 붙이고, 또 한 발을 미끄러뜨리고. 나는 숨을 참았다. 그동안 할로우의 숨결은 더 빨라졌고, 축축하고 쌕쌕 소리가 났으며, 콧구멍에서 더러운 검은 수증기가 뿜어져 나왔다. 우리를 잡아먹고 싶은 욕망을 참기 힘든 게 분명했다. 도망치고 싶은 나의 욕망 역시 참기 힘든 건 마찬가지였지만 나는 억눌렀다. 도망치는 것은 주인이 아닌 먹잇감이나 하는 짓이니까.

움직이지 마. 움직이지 마.

몇 발자국만 더, 몇 미터만 더 가면 괴물을 지나칠 수 있을 것이다. 괴물의 어깨가 나의 가슴에 닿을락 말락 했다.

움직이지…….

그런데 놈이 움직였다. 한 번의 신속한 동작으로 할로우가 고개를 돌리더니 몸을 내 쪽으로 돌렸다.

나는 그대로 몸이 굳었다. "움직이지 마." 이번에는 큰 소리로, 엠마와 개에게 말했다. 애디슨은 앞발로 얼굴을 가렸고, 엠마는 자기 팔로 내 팔을 죔쇠처럼 꽉 조이며 그 자리에 얼어붙었다. 나는 앞으로 닥칠 일에 마음의 준비를 했다. 놈의 혀, 놈의 이빨, 그리고 끝장.

돌아가, 돌아가, 돌아가.

영어, 영어, 영어.

그렇게 몇 초가 흘렀고, 놀랍게도 우리는 죽지 않았다. 가슴이 오르락내리락하는 것으로 보아 놈은 또 한 번 돌이 된 것 같았다.

나는 시험 삼아 1밀리미터씩 벽을 따라 미끄러져보았다. 할로우가 고개를 살짝 돌리며 나를 좇았다. 놈은 마치 나침반 바늘처럼 나에게 시선을 고정하고 있었다. 놈의 몸뚱이는 나의 몸과 완벽하게 교감했지만, 나를 따라오지는 않았고 아가리를 벌리지도 않았다. 내가 어떤 주문을 걸었건, 그 주문이 깨어졌다면 우리는 이미 죽은 목숨이었을 것이다.

놈은 그저 우리를 지켜보고 있었다. 내가 할 줄 모르는 명령을 기다리면서. "허위 경보." 내가 말했고 엠마는 안도의 한숨을 내쉬었다.

우리는 좁은 틈을 지나 벽에서 몸을 떼어냈고, 엠마의 절뚝거리는 속도에 맞춰 최대한 빨리 그곳에서 빠져나왔다. 괴물과 거리가 생겼을 때 나는 뒤를 돌아보았다. 놈은 완전히 몸을 돌려세운 채 나를 쳐다보고 있었다.

그대로 있어. 내가 영어로 중얼거렸다. **좋아.**

☽

수증기의 장막을 지나고 나니 에스컬레이터가 눈에 들어왔다. 전원이 차단된 에스컬레이터는 정지된 계단이 되어 있었다. 계단 주위로 지상에서 내려온 매혹적인 전령과도 같은 여린 햇살의 후광이 비쳤다. 살아 있는 자들의 세상, 현재의 세상이었다. 나의 부모가 있는 세상이었다. 그들이 이곳에 있었고, 두 사람 다, 이곳에서, 이 공기를 마시고 있었다. 걸어갈 수 있는 거리에 있었다.

어, 오셨어요!

상상할 수 없는 일이었다. 여전히 상상할 수 없는 일이었다. 아빠에게 전부 다 털어놓은 지 5분도 채 되지 않았다. 축약 버전이었다. **저는 포트먼 할아버지하고 비슷해요. 전 이상한 아이예요.** 부모님은 날 이해하지 못하겠지만 적어도 진실은 알게 되었다. 나의 부재에 대한 배신감도 줄어들 것이다. 집으로 돌아오라고 애원하던 아빠의 목소리가 여전히 귓가에 생생했다. 빛을 향해 절뚝거리며 걷는 동안 나는 엠마의 팔을 뿌리치고 그 소리를 쫓아가서 이 숨 막히는 암흑에서 벗어나 부모님을 찾아 용서를 구하고, 아늑한 호텔 침대 속으로 파고들어 잠들고 싶은 갑작스럽고도 수치스러운 욕망을 떨쳐내려 애썼다.

그것이야말로 가장 상상할 수 없는 일이었다. 절대 그럴 수 없었다. 나는 엠마를 사랑했고, 엠마에게도 그렇게 말했다. 나는 무슨 일이 있어도 그녀를 홀로 남겨두지 않을 것이다. 내가 대단해서도, 용감해서도, 기사도 정신이 투철해서도 아니었다. 엠마를 떠나면 내가 두 동강 날 것 같아 두려웠다.

그리고 다른 아이들, 다른 아이들도 있었다. 우리의 가엾은, 불운한 친구들이 있었다. 그들을 뒤쫓아야만 했다. 하지만 어떻게? 눈 깜짝할 새에 아이들을 태우고 떠나버린 뒤로 열차는 한 대도 오지 않았다. 폭발과 총격으로 쑥대밭이 된 이곳에 열차는 오지 않을 것이다. 그렇게 되면 우리에겐 두 가지 선택이 남아 있었다. 둘 다 끔찍하긴 마찬가지였다. 더 이상 할로우들을 만나지 않기를 바라면서 터널을 걸어 아이들을 쫓아가는 것, 아니면 에스컬레이터를 타고 지상으로 올라가서 저 위에 우리를 기다리고 있는 것이 무엇이건, 아마도 와이트의 뒤처리반일 확률이 가장 높겠지만, 그들을 상대하고, 전열을 가다듬고, 전략을 다시 짜는 것이었다.

내가 어느 쪽을 선호하는지는 알고 있었다. 어둠이라면 이제 지긋지긋했고 할로우라면 그보다 더 지긋지긋했다.

"올라가보자." 정지된 에스컬레이터 쪽으로 엠마를 이끌며 내가 말했다. "안전한 곳을 찾아서 네가 기운을 차리는 동안 앞으로 어떻게 할지 계획을 세우는 거야."

"말도 안 돼!" 엠마가 소리쳤다. "이대로 친구들을 포기할 순 없어. 내 기운 따윈 신경 쓰지 마."

"포기 안 해. 하지만 현실적으로 판단해야지. 우린 다쳤고 무방비 상태야. 그리고 친구들은 이미 지하에서 벗어나 멀리 있을 거고, 목적지까지 반은 갔을걸. 우리가 걔들을 무슨 수로 찾아?"

"내가 널 찾았던 방법으로." 애디슨이 말했다. "내 코로 찾아야지. 이상한 아이들 특유의 냄새가 있거든. 오직 나 같은 혈통의 개들만이 그 냄새를 맡을 수 있어. 더구나 너희들은 유난히 냄새가 진하게 나는 이상한 아이들이야. 두려움 때문에 냄새가 더 강해진 데다 목욕까지 걸렀으니……"

"그럼 얼른 뒤쫓아가자!" 엠마가 말했다.

엠마는 갑자기 힘이 솟아나는 듯 나를 선로 쪽으로 이끌었다. 나는 버텼고, 팔짱 낀 우리의 두 팔이 힘을 겨루었다. "아니, 안 돼. 열차가 아직 운행되고 있을 리도 없고, 만약 우리가 걸어서 저길 들어간다면……"

"위험하건 말건 상관 안 해. 친구들을 버리고 가진 않을 거야."

"이건 단지 위험한 짓이 아니야. 무모한 짓이야. 걔들은 이미 떠났어, 엠마."

엠마는 내게서 팔을 빼고 절뚝거리며 선로 쪽으로 걷기 시작했다. 엠마가 비틀거리며 걷다가 멈칫했다. **뭐라고 말 좀 해봐.** 내가 입 모양으로 애디슨에게 말하자 애디슨이 원을 그리며 달려가 엠마를 가로막았다.

"미안하지만 쟤 말이 맞아. 걸어서 쫓아갔다간 우리가 개들을 찾기도 전에 냄새를 놓쳐버릴걸. 나의 놀라운 능력에도 한계라는 게 있거든."

엠마가 터널 쪽을 보았다가 다시 나를 보았다. 고통스러운 표정이 역력했다. 내가 손을 내밀었다. "제발 우리하고 가자. 그렇다고 우리가 개들을 포기하는 건 아니잖아."

"알았어." 엠마가 침울하게 말했다. "알았다고."

그러나 우리가 에스컬레이터 쪽으로 걷기 시작하는데, 선로 안쪽 어둠 속에서 누군가 소리를 질렀다.

"여기!"

힘없지만 친근한 목소리였고, 러시아 억양이었다. 접히는 남자였다. 어둠 속에서, 선로 옆에 한 팔을 들고 구겨져 있는 그의 모습을 가까스로 볼 수 있었다. 그는 난투 속에서 총을 맞았고, 짐작건대 와이트들이 다른 사람들과 함께 그를 열차 쪽으로 밀었을 것이다. 그런데 그가 선로에서 우리에게 손을 흔들고 있었다.

"세르게이!" 엠마가 소리쳤다.

"저 사람 알아?" 미심쩍은 목소리로 애디슨이 말했다.

"렌 원장님이 보호하고 있던 이상한 난민 중 한 명이야." 내가 말했다. 멀리 지상으로부터 울려 퍼지는 사이렌 소리에 귀가 간지러웠다. 골칫거리가, 어쩌면 도움을 가장한 골칫거리가 다가오고 있었다. 깔끔하게 탈출할 기회가 영영 사라질까 봐 걱정되었다. 그러나 그렇다고 해도 그를 버리고 갈 수는 없었다.

애디슨이 가장 높은 유리 암초들을 피해 종종걸음으로 그에게 다가갔다. 엠마는 다시 자기 팔을 잡게 해주었고 우리는 발을 끌며

개를 따라갔다. 세르게이는 모로 누운 채 유리 조각을 뒤집어쓰고 있었고 피투성이였다. 어딘가 치명적인 부위에 총탄을 맞은 것 같았다. 그의 철제 안경에는 금이 가 있었다. 그는 나를 제대로 보려고 안경을 고쳐 썼다. "기적이야, 기적이야." 거친 목소리로 그가 말했다. 그의 목소리가 두 번 우려낸 차처럼 맑았다. "괴물 언어로 말하는 거 들었어. 기적이야."

"그렇지 않아요." 그의 곁에 무릎을 꿇으며 내가 말했다. "사라졌어요. 벌써 잃어버렸어요."

"타고난 재능은, 영원해."

에스컬레이터가 있는 통로에서 발소리와 목소리들이 울려 퍼졌다. 나는 접히는 남자 밑으로 손을 넣을 수 있도록 유리 조각들을 치웠다. "우리가 아저씰 데리고 갈게요."

"난 여기 두고 가." 쉰 목소리로 그가 말했다. "나 곧 죽어……"

그의 말에 아랑곳하지 않고 나는 밑으로 손을 넣어 그를 안아 들었다. 그는 사다리처럼 길지만 깃털처럼 가벼웠고 나는 커다란 아기를 안듯 그를 안았다. 그의 앙상한 두 다리가 팔꿈치 밑으로 대롱거렸고 그의 머리는 힘없이 내 어깨 위로 축 늘어졌다.

두 사람이 쿵쾅거리며 에스컬레이터의 마지막 몇 계단을 뛰어내려와 승강장 바닥에 내려섰다. 그들은 여린 햇살에 둘러싸인 채 어둠 속을 들여다보았다. 엠마가 바닥을 가리켰고 우리는 조용히 무릎을 꿇었다. 그들이 우릴 놓치기를. 그저 열차를 타러 온 시민이기를. 그러나 그들이 무선으로 교신하는 소리가 들렸고 제각기 수색등을 켰다. 수색등의 광선이 그들의 밝은 반사 재질 재킷에 부딪치며 반짝였다.

응급 구조대일 수도 있었고, 응급 구조대로 가장한 와이트들일 수도 있었다. 그들 둘이 측면이 둥글게 굽어진 선글라스를 동시에 벗기 전까지는 나도 확신할 수 없었다.

그러면 그렇지.

우리의 선택은 반으로 줄었다. 이제 선로들, 터널들 쪽으로 가는 수밖에 없었다. 이렇게 다친 상태로는 그들을 결코 따돌릴 수 없었지만 그들이 우리를 보지 못했다면 달아날 수는 있었다. 다행히 폐허가 된 역의 아수라장 속에서 그들은 아직 우리를 보지 못했다. 그들의 수색등이 바닥에 두 줄을 그었다. 엠마와 나는 선로 쪽으로 뒷걸음질 쳤다. 놈들이 우릴 보기 전에 터널로 들어갈 수만 있다면…… . 그러나 애디슨이, 젠장, 애디슨이 꿈쩍도 하지 않았다.

"어서!" 내가 낮게 소리쳤다.

"저 사람들은 구급차 기사들이고 이 남자는 도움이 필요해." 애디슨이 아주 큰 소리로 말했고 빛의 기둥들이 바닥에서 튀어 올라 곧바로 우리 쪽으로 향했다.

"거기 서!" 그들 중 한 명이 소리쳤다. 한 명이 무전기를 더듬는 동안 다른 한 명이 총을 들었다.

그리고 예기치 못한 두 가지 사건이 순식간에 연달아 일어났다. 첫째, 접히는 남자를 선로로 던지고 엠마와 함께 뒤따라 뛰어들려는 순간, 요란한 굉음이 터널 안에서 울려 퍼지면서 눈부신 헤드라이트가 시야에 들어왔다. 그러고는 탁한 바람이 훅 하고 들어왔다. 그 바람은 물론, 폭발에도 불구하고 어쩐 일인지 다시 가동되기 시작한 열차의 바람이었다. 둘째, 내 배 속의 고통스러운 조임이 할로우가 주문에서 풀려나 우리 쪽으로 다가오고 있음을 알렸다. 통증을 느끼는 것과 동시에 나는 보았다. 피어오르는 증기를 헤치며 시커먼 입술을 한껏 뒤집고는 혀들을 허공에 내두르며 우리 쪽으로 다가오는 그것을.

우리는 갇혔다. 계단 쪽으로 뛰어갔다가는 총을 맞고 만신창이가 될 것이다. 선로로 뛰어들었다간 열차에 깔릴 것이다. 열차를 타고 도망칠 수도 없었다. 열차가 멈추기까지 10초, 문이 열리기까지 12초, 문이 도로 닫히기까지 또다시 10초가 걸릴 것이고, 그때쯤 우리는 이미 세 가지 방식으로 죽어 있을 테니까. 그래서 나는 좋은 생각이 나지 않을 때마다 늘 하던 일을 했다. 나는 엠마를 쳐다보았다. 그녀의 얼굴에 드리워진 절망감으로 이 상황이 얼마나 암울한지 그녀가 헤아리고 있음을 알았고, 굳게 다문 입을 통해 그래도 그녀가 행동을 취할 생각임을 알았다. 손바닥을 펼치고 앞으로 나아가는 엠마를 보고 나는 그제야 엠마가 할로우를 볼 수 없다는 사실을 떠올렸다. 엠마에게 손을 뻗어 그녀를 막고 싶었지만 말이 나오지도 않았고 접히는 남자를 떨어뜨리지 않고는 그녀를 잡을 수가 없었다. 애디슨이 엠마 곁으로 다가서며 와이트를 향해 짖기 시작했고, 엠마는 불을 일으키려 했지만 마치 기름이 떨어진 라이터처럼 불꽃만 튈 뿐 불길이 일어나지 않았다.

와이트가 웃음을 터뜨리더니 공이치기를 뒤로 젖히고는 엠마를 겨누었다. 할로개스트는 내 뒤로 들어오는 열차 브레이크의 굉음에 대적하듯 포효하며 내 쪽으로 달려오고 있었다. 그제야 나는 이제 끝장이고 이 상황을 막기 위해 내가 할 수 있는 일이 거의 없음을 깨달았다. 바로 그 순간, 내 마음속 무언가가 느슨해졌고 할로우가 다가올 때마다 밀려들던 고통도 잦아들었다. 그 고통은 마치 고

주파의 신음과도 같았고, 그 고통이 잦아든 순간 나는 그 뒤에 숨겨진 소리, 의식의 가장자리에 있는 웅얼거림을 발견했다.

한 마디.

나는 그 말을 찾아 돌진했다. 그리고 양팔로 그 말을 부둥켜안았다. 그리고 메이저리그 투수의 위력으로 그 말을 붙잡아 내질렀다. **저 사람***Him*이라고 내가 말했다. 나의 언어가 아닌 다른 언어로. 딱 한 음절이었지만 엄청난 의미를 담고 있었고 나의 목 안에서 그 말이 덜그럭거린 순간, 곧바로 효력이 나타났다. 내 쪽으로 달려오던 할로우가 발을 미끄러뜨리며 갑자기 멈춰 서더니, 혀 하나를 길게 뽑아 승강장을 가로질러 와이트의 다리를 세 번 칭칭 감는 것이었다. 중심을 잃은 와이트는 천장에 총을 쏘았고, 공중에 거꾸로 매달려 버둥거리며 비명을 질렀다.

친구들이 상황을 파악하기까지 잠시 시간이 걸렸다. 그들이 입을 쩍 벌린 채 서 있는 동안 다른 와이트가 무전기에 대고 고함을 질렀고 우리 뒤로 열차 문이 열렸다.

우리가 움직일 차례였다.

"어서 타!" 내가 소리를 지르자 모두 내 명령대로 움직였다. 엠마는 비틀거리며 뛰었고, 애디슨은 엠마와 나의 발에 엉기며 달렸다. 나는 피범벅이 된 채 축 늘어진 접히는 남자를 좁은 문틈으로 밀어 넣으려 애썼다. 마침내 우리는 다 함께 뒤엉킨 상태로 열차의 문턱을 넘었다.

총성들이 울려 퍼졌다. 와이트가 할로우를 향해 마구잡이로 총을 쏘아대고 있었다. 열차 문이 반쯤 닫혔다 다시 열렸다. "문에서 물러서주시기 바랍니다." 경쾌한 안내 방송이 흘러 나왔다.

"발!" 접히는 남자의 긴 다리 끝의 신발을 가리키며 엠마가 소리쳤다. 그의 발이 문틈에 끼어 있었다. 문이 닫히기 직전, 내가 발로 차서 그의 발을 가까스로 빼냈고 공중에 매달린 와이트는 허공에 총을 몇 발 더 쏘았다. 마침내 싫증이 난 할로우가 그를 벽에 내동댕이치자 와이트는 바닥으로 미끄러지며 떨어져서는 꿈쩍도 하지 않았다.

다른 와이트가 출구 쪽으로 달아났다. **저놈도 잡아**라고 말하려 했지만 그러기엔 그가 너무 하찮은 데다 너무 늦었다. 문이 닫히고 있었고 덜컹하는 이상한 충격과 함께 열차가 움직이기 시작했다.

나는 주위를 둘러보았다. 열차 칸에 다른 사람들이 없어서 다행이었다. 평범한 사람들이 우릴 본다면 어떻게 생각할까?

"괜찮아?" 내가 엠마에게 물었다. 그녀는 똑바로 앉아 거친 숨을 몰아쉬며 나를 뚫어져라 쳐다보고 있었다.

"덕분에." 그녀가 말했다. "정말 할로우한테 그렇게 명령한 거야?"

"그런가 봐." 내가 말했다. 나 자신조차 그 사실을 믿을 수가 없었다.

"대단하다." 그녀가 나지막이 말했다. 겁에 질린 건지, 감동을 받은 건지, 아니면 둘 다인지 확신할 수 없었다.

"넌 생명의 은인이야." 내 팔에 다정하게 머리를 문지르며 애디슨이 말했다. "넌 진짜 특별해."

접히는 남자가 소리 내어 웃었다. 나는 고통 속에서 내게 미소를 지어 보이는 그를 보았다. "봤지?" 그가 말했다. "내가 말해. 너, 기적." 그의 얼굴이 시무룩해졌다. 그가 내 손을 잡더니 조그맣게 네모로 접힌 종이를 쥐여주었다. 사진이었다. "내 아내, 우리 아기." 그가 말했다. "아주 오래전 적군에게 끌려갔어. 다른 사람들 찾으면, 어쩌면⋯⋯."

나는 사진을 보았고 충격을 받았다. 아기를 안고 있는 여자의 모습이 담긴 지갑 크기의 사진이었다. 세르게이는 아주 오랫동안 그 사진을 지니고 있었던 게 분명했다. 사진 속 사람들은 행복해 보였지만, 사진이, 혹은 필름이 심하게 손상되어 있었다. 불길에서 겨우 살아남았거나 그 비슷한 열기에 노출되었던 듯 심하게 훼손되어 얼굴들이 일그러지고 갈라졌다. 세르게이는 지금껏 한 번도 가족 이야기를 한 적이 없었다. 우리가 만난 이후 그가 한 이야기라고는 루프마다 돌아다니며 습격과 숙청에서 살아남은 몸 성한 생존자를 모아 이상한 군대를 창설하자는 것뿐이었다. **무엇을 위해** 군대를 창설하려 하는지는 말하지 않았다. 바로 가족을 되찾기 위해서였다.

"우리가 찾을 수 있을 거예요." 내가 말했다.

비현실적인 얘기라는 것을 우리 모두 알고 있었지만 그것이 그가 듣고 싶어 한 말이었다.

"고마워." 그가 말하고는 커져가는 피 웅덩이 속으로 축 늘어졌다.

"오래 못 버틸 것 같아." 애디슨이 이렇게 말하며 다가가 세르게이의 얼굴을 핥았다.

"상처를 지질 정도의 열기는 나한테 있을지도 몰라." 엠마가 말했다. 엠마는 서둘러 그의 곁에 다가가 앉은 다음 양손을 비비기 시작했다.

애디슨이 접히는 남자의 복부 근처 셔츠에 코를 대고 킁킁거렸다. "여기. 여길 다쳤어." 엠마는 상처 양쪽에 손을 대었고, 나는 지글거리며 살이 타는 소리에 현기증을 느끼며 일어섰다.

창밖을 내다보았다. 우리는 아직도 역을 빠져나가는 중이었다. 선로에 깔린 파편 때문에 속도가 늦춰진 것 같았다. 'SOS'라고 적힌 비상등 불빛이 무작위로 어둠을 밝혔다. 유리 파편 속에 반쯤 파묻힌 와이트의 시체. 나의 돌파구였던 부서진 공중전화 부스. 그리고 할로우. 나는 충격과 함께 놈의 형체를 보았다. 놈은 승강장 위에서 우리와 겨우 열차 몇 칸의 거리를 두고, 마치 조깅하는 사람처럼 여유롭게 우리를 쫓아오고 있었다.

멈춰. 물러서. 창문에 대고 내가 영어로 말했다. 머릿속이 뿌연 상태였고, 상처와 소음이 소통을 방해하고 있었다.

열차가 속도를 내며 터널로 들어섰다. 나는 유리창에 얼굴을 대고 열차 뒤쪽을 다시 한번 보았다. 어두웠다. 어두웠지만, 카메라 플래시의 섬광과도 같은 짧은 한순간, 나는 할로우의 정지 화면을 보았다. 할로우는 승강장에서 발을 떼고 열차 마지막 칸의 난간에 혀를 감은 채 선로 위를 날고 있었다.

기적. 저주. 나는 그 둘의 차이를 이해할 수 없었다.

☙

내가 양다리를, 엠마가 양팔을 잡고 세르게이를 들어 긴 의자에 눕혔다. 그는 의식을 잃고 집에서 굽는 피자 광고판 아래, 열차의 움직임에 몸을 맡긴 채 누워 있었다. 그가 곧 죽을 거라면 바닥에서 죽어서는 안 될 것 같았다.

엠마가 그의 얇은 셔츠를 걷었다. "출혈은 멈췄어." 엠마가 말했다. "하지만 병원에 가서 안쪽 상처를 치료하지 않으면 죽을 거야."

"그래도 죽을지도 몰라." 애디슨이 말했다. "여기서 현재의 병원에 간다면 말이야. 상상해봐. 사흘 뒤 몸의 일부는 치료되었지만 다른 모든 게 망가져가는 상태로, 이백 살하고도 오직 새들만 아는 나이를 먹은 상태로 깨어난다면 어떻게 될지."

"그럴 수도 있겠지." 엠마가 대답했다. "하지만 생각해보면, 이런 상황에서 앞으로 사흘 뒤 우리 중 한 명이라도 살아 있다면 난 정말 놀랄 것 같아. 우리가 세르게이를 위해 더 이상 할 수 있는 일이 있는지도 모르겠고."

전에도 노화의 시한에 대해 그들이 하는 얘기를 들은 적이 있었다. 루프에서 살던 이상한 아이들이 현재의 시간에서 늙지 않고 살 수 있는 시한은 이틀에서 사흘이었다. 잠깐 방문하기엔 충분한 시간이었지만 머무를 순 없었다. 루프 사이를 여행하기엔 충분한 시간이었지만 어슬렁거릴 순 없었다. 무모한 자들과 임브린들만이 현재로 몇 시간 이상 소풍을 갈 수 있었다. 시한을 넘겼을 때 치러야 하는 대가는 너무도 가혹했다.

엠마가 일어섰다. 엷은 노란색 불빛 속에서 엠마는 아파 보였다. 엠마가 객실의 기둥을 붙잡았다. 나는 엠마의 손을 잡아 내 곁에 앉혔고, 가늠할 수 없을 정도로 피곤했던 엠마는 털썩 주저앉았다. 우리 둘 다 피곤했다. 며칠 동안 잠도 자지 못했다. 돼지처럼 욱여넣은 몇 번을 제외하면 제대로 먹을 틈도 없었다. 나는 뛰어다녔고, 두려움에 떨었으며, 물집을 만드는 이 망할 놈의 신발은 언제부터 신고 다녔는지 기억도 나지 않았다. 그러나 그보다 심각한 건, 할로우와 얘기할 때마다, 내가 어떻게 도로 채워야 하는지 알 수 없는 무언가가 내게서 빠져나가는 것만 같았다. 그것은 너무도 낯설고 너무도 심오한 경지의 피로감을 주었다. 나는 내 몸속에서 새로운 혈관을 발견했고, 그것은 나에게 새로운 힘의 원천이면서도 한편으로는 소모되는 유한한 힘이었으며, 그 힘을 소모하는 것이 곧 나 자신을 소모하는 건 아닌지 궁금했다.

그런 걱정은 나중에 해도 될 것이다. 일단 지금은 호흡에 집중하면서, 한 팔로 엠마를 안고, 엠마가 내 어깨에 머리를 기댄 이 희귀한 평화의 순간을 음미하려 애썼다. 어쩌면 이기심 때문일 수도 있겠지만 나는 할로우가 우리 열차를 쫓아오고 있다는 얘기를 하지 않았다. 알아봐야 어쩌겠는가? 놈은 우리를 잡거나 말거나 둘 중 하나일 것이다. 죽이거나 말거나 둘 중 하나일 것이다. 다음에 놈이 우릴 찾는 순간, 나는 놈의 혀를 멈출 말을 찾거나 말거나 둘 중 하나일 것이다. 그 순간이 분명히 오리란 것을 나는 확신할 수 있었다.

나는 맞은편 좌석으로 뛰어올라 앞발로 잠금장치를 풀고 창문을 여는 애디슨을 보았다. 열차의 성난 굉음과 터널의 더운 공기가 밀려들어 왔고, 애디슨은 앉아서 눈을 반짝이고 주둥이를 씰룩거리며 냄새를 맡았다. 나에겐 시큼한 땀과 썩은 나무 냄새만 나는 바람이었지만 애디슨은 그보다 미세한 무언가를, 보다 주의 깊은 해석을 요하는 무언가를 감지한 것 같았다.

"냄새가 나?" 내가 물었다.

내 말을 들었으면서도 개는 바로 대답하지 않았다. 그의 시선은 마치 생각을 마무리하듯 천장에 꽂혀 있었다. "냄새가 나." 그가 말했다. "더구나 냄새가 아직 신선해."

이렇게 빠른 속도로 달리는데도, 애디슨은 앞서 떠난 열차에 갇힌 이상한 아이들의 몇 분 묵은 냄새를 맡을 수 있었다. 그의 능력이 놀라웠고, 그래서 그에게 그렇게 말해주었다.

"고마워. 하지만 나 혼자만의 공은 아니야." 그가 말했다. "누군 가가 열차 창문을 열어놓은 것 같아. 그러지 않았다면 냄새가 훨씬 더 약했을 거야. 아마 렌 원장님이 열어두신 것 같아. 내가 따라올 줄 알고."

"네가 오는 걸 원장님이 알고 있다고?" 내가 물었다.

"넌 우릴 어떻게 찾았어?" 엠마가 말했다.

"가만." 애디슨이 날카롭게 말했다. 열차가 역으로 접어들고 있 었고 유리창에 반사되던 터널의 검은색이 타일의 흰색으로 바뀌었 다. 애디슨은 창밖으로 코를 내밀고 눈을 감은 채 집중하고 있었다. "여기서 내린 것 같진 않지만 만약의 경우를 대비해서 준비하고 있 어."

엠마와 내가 일어서서 접히는 남자를 최대한 가려보려 애썼다. 승강장에는 다행히 사람이 많지 않았다. 그나마 승객이 있다는 게, 열차가 여전히 운행된다는 게 우스웠다. 마치 아무 일도 없었던 것 처럼. 어쩌면 와이트들이 우리가 미끼를 물어 열차에 탈 거라 생각 하고 우릴 손쉽게 잡으려고 조치를 취한 것일 수도 있었다. 현재의 런던에서 평일에 통근하는 사람들 틈에서 우리를 찾기란 어렵지는 않을 것이다.

"자연스럽게 행동해." 내가 말했다. "여기 사는 사람처럼."

내 말이 우스웠는지 엠마가 웃음을 참았다. 내 생각에도 우습 긴 했다. 우리는 딱히 어디에도 살지 않는 데다, 이곳에는 더더욱 살 지 않았기 때문이었다.

열차가 멈추고 문들이 열렸다. 왠지 책을 좋아할 것처럼 생긴 짧은 코트 차림의 여자가 열차에 타는 순간 애디슨이 숨을 크게 들이켰다. 여자는 우리를 보고 입을 쩍 벌리더니 현명하게 돌아서서 밖으로 나갔다. **이런. 난 빠질게.** 그녀를 탓할 순 없었다. 우리는 더러웠고 외모도 섬뜩했으며, 옷차림이 괴상망측한 데다 피까지 튀어 있었다. 어쩌면 옆에 누워 있는 가엾은 남자를 방금 죽인 것처럼 보였을지도 모른다.

"자연스럽게 행동하라며." 엠마가 말하며 코웃음을 쳤다.

애디슨이 창문에서 코를 거두었다. "우린 제대로 찾아가고 있어. 렌 원장님과 다른 아이들은 분명히 이 방향으로 갔어."

"여기선 안 내린 거야?" 내가 물었다.

"안 내린 것 같아. 하지만 다음 역에서 냄새를 못 맡으면 지나쳤다는 얘기겠지."

문이 닫혔고 전자음과 함께 우리는 다시 역을 떠났다. 갈아입을 옷을 찾아보자고 말하려는 순간, 내 곁에 앉아 있던 엠마가 마치 뭔가 생각이 났다는 듯 벌떡 몸을 일으켰다.

"애디슨?" 그녀가 말했다. "피오나와 클레어는 어떻게 됐어?"

그들의 이름을 듣는 순간 울렁거리는 걱정의 파장이 나를 관통했다. 우리는 렌 원장의 동물농장에서 마지막으로 그들을 보았다. 아파서 여행하기에는 무리였던 클레어와 가장 나이가 많은 피오나가 그곳에 남았다. 카울이 자기가 동물농장을 습격해서 아이들을 체포했다고 말하긴 했지만 그는 애디슨도 죽었다고 했기 때문에 그의 말은 믿을 게 못 되었다.

"아, 걔들." 침울한 표정으로 고개를 끄덕이며 애디슨이 말했다. "유감스럽게도 나쁜 소식을 전하게 됐네. 솔직히, 너희들이 묻지 않길 바랐어."

엠마의 얼굴에서 핏기가 가셨다. "말해줘."

"물론." 그가 말했다. "너희 일행이 떠난 직후, 와이트들이 습격했어. 우린 아마겟돈 달걀을 던지고는 흩어져서 숨었지. 머리가 헝클어진 더 큰 여자애가⋯⋯."

"피오나." 내가 말했다. 심장이 쿵쿵거렸다.

"걔가 나무들과 새로 자란 수풀 속에 우릴 숨겨주려고 자기 능력을 이용해서 식물들을 키웠어. 얼마나 꽁꽁 숨었는지 와이트들이 우릴 다 찾으려면 며칠은 걸릴 상황이었는데, 놈들이 가스를 살포하는 바람에 하는 수 없이 뛰쳐나왔어."

"가스라니!" 엠마가 소리쳤다. "그 개자식들이 다시는 그걸 사용하지 않겠다고 약속했는데!"

"거짓말을 했나 보네." 애디슨이 말했다.

페러그린 원장의 앨범에서 그런 공격을 하는 그들의 사진을 본 적이 있었다. 호흡용 여과 장치가 달린 유령 같은 방독면을 쓴 와이트들이 공중에 독가스를 살포하며 태평하게 서 있는 사진이었다. 치명적인 무기는 아니었지만, 듣기로는 폐와 목이 타들어가고 엄청난 고통을 유발하며, 임브린을 새의 모습으로 갇혀 있게 만든다고 했다.

"우리를 다 끌어내더니," 애디슨이 말을 이었다. "렌 원장님의 소재를 대라고 심문을 하더라고. 원장님의 탑을 홀딱 뒤집어놨어. 지도, 일기, 또 무얼 찾으려는 거였는지 모르겠지만. 가엾은 디어드리가 놈들을 막으려 했는데, 놈들이 총으로 쏴버렸어."

에뮤래프의 시무룩한 얼굴이 눈앞을 스쳤다. 흐느적거리는, 치아 사이가 벌어진, 다정한 얼굴. 가슴이 미어졌다. 그런 동물을 죽일

수 있는 인간은 도대체 어떤 생명체란 말인가? "세상에, 끔찍하다." 내가 말했다.

"끔찍하네." 엠마가 건성으로 동의했다. "그리고 우리 애들은?"

"작은 아이는 와이트한테 납치됐어." 애디슨이 말했다. "그리고 나머지 한 명은…… 낭떠러지 옆에서 놈들하고 몸싸움을 하다가…… 그만 떨어져버렸어."

나는 그를 바라보며 눈을 깜빡거렸다. "뭐?" 한순간 온 세상이 흐릿해졌다가 되돌아왔다.

엠마의 표정이 굳어졌지만 감정이 드러나진 않았다. "그게 무슨 뜻이야? 떨어졌다니? 얼마나 높은 데서?"

"가파른 낭떠러지였어. 못해도 300미터는 될걸." 그의 늘어진 턱밑 살이 더 축 늘어졌다. "정말 유감이야."

나는 털썩 주저앉았다. 엠마는 손마디가 하얗게 되도록 난간을 붙잡고 서 있었다. "아니." 엠마가 단호하게 말했다. "그럴 리가 없어. 아마 떨어지다가 뭐든 잡았을 거야. 나뭇가지라든가 돌부리라든가……."

껌이 붙은 바닥을 쳐다보며 애디슨이 말했다. "그랬을 수도 있어."

"아니면 밑에 있던 나무들이 받쳐줘서 그물처럼 피오나를 받았을 수도 있고. 피오나는 식물하고 대화할 수 있잖아."

"맞아." 애디슨이 말했다. "항상 희망을 가질 순 있는 거니까."

나는 그렇게 떨어지다가 뾰족한 소나무가 받쳐주는 상상을 해보았다. 가능한 일 같지가 않았다. 나는 엠마가 지녔던 작은 희망이 꺼져가는 것을 느꼈다. 엠마의 다리가 후들거리기 시작했고 결국 내 옆에 털썩 앉았다.

엠마가 젖은 눈으로 애디슨을 바라보았다. "너도 친구를 잃었다니 정말 안됐다."

그가 고개를 끄덕였다. "너도."

"이게 다 페러그린 원장님이 안 계셔서 일어난 일들이야." 엠마가 속삭였다. 그러고는 조용히 고개를 숙이고 울기 시작했다.

나는 두 팔로 엠마를 끌어안고 싶었지만, 그렇게 하는 건 혼자만의 시간을 침범하는 것 같았다. 오직 그녀만의 시간이어야 하는데 내 권리를 주장하는 것 같았다. 그래서 가만히 앉아서 내 손만 바라보면서 그녀가 잃어버린 친구를 애도하게 했다. 애디슨이 아마도 그녀를 존중해주려는 마음인 듯 고개를 돌렸다. 열차가 천천히 또 다른 역에 도착하고 있었다.

문들이 열렸다. 애디슨이 창밖으로 고개를 내밀고 킁킁거리며 승강장의 냄새를 맡고는, 우리 칸으로 들어오려는 사람에게 으르렁거린 다음 돌아왔다. 다시 문이 닫힐 무렵, 엠마는 고개를 들고 눈물을 닦았다.

나는 엠마의 손을 꽉 쥐었다. "괜찮아?" 내가 말했다. 그것보다 더 많은, 혹은 더 좋은 말을 할 수 있으면 좋으련만.

"괜찮아야지. 안 그래?" 엠마가 말했다. "아직 살아 있는 아이들을 위해서라도."

자신의 고통을 상자에 담아 한옆으로 치워놓는 엠마의 방식이 어떤 사람들에겐 냉정해 보일 수 있겠지만, 나는 이제 그런 엠마를 이해할 수 있을 정도로 그녀를 알았다. 엠마는 프랑스만 한 심장을 지녔고, 사랑하는 행운의 소수를 그 심장을 다해 사랑했다. 그러나 커다란 심장 때문에 위험하기도 했다. 그 심장으로 느껴지는 모든 감정을 허락한다면, 엠마는 만신창이가 될 것이다. 그래서 엠마는 그 심장을 길들이고, 진정시키고, 입 다물게 해야 했다. 가장 끔찍한 고통들은 어느 섬으로, 순식간에 그 고통으로 가득 차버릴 섬으로 떠나보내야 했다. 언젠간 그녀가 가서 살게 될 그 섬으로.

"계속해봐." 그녀가 애디슨에게 말했다. "클레어는 어떻게 됐어?"

"와이트들이 데리고 가버렸어. 양쪽 입에 재갈을 물리고 자루에 넣어서."

"하지만 살아 있긴 한 거지?" 내가 말했다.

"쌩쌩하게. 어제 정오까지는. 그 뒤에 우리가 디어드리를 작은 묘지에 묻었고 나는 렌 원장님과 너희들을 찾아서 경고해주려고 바로 런던으로 달려왔어. 렌 원장님의 비둘기 한 마리가 그녀의 은신처로 날 안내해주었는데, 너희들이 나보다 먼저 도착했다는 건 기뻤지만 불행히도 와이트들도 그랬더라고. 와이트들의 납치 작전이 이미 시작된 상태였고 나는 놈들이 그 건물로 들이닥치는 걸 무기력하게 바라보고만 있어야 했지. 그 나머지는 너희가 아는 대로야. 지하로 끌려가는 너희의 뒤를 밟았어. 폭발이 일어나는 순간 너희를 도울 기회를 포착했고 너희가 그 기회를 잡았던 거야."

"도와줘서 고마워." 내가 말했다. 그제야 우리가 애디슨에게 진 빚에 대해 아직 감사의 인사를 하지 않았다는 사실을 깨달았다. "네가 우릴 제때 끌어내주지 않았다면……."

"그러게 말이야. 하지만…… 일어나지도 않은 일을 생각할 필요는 없잖아." 그가 말했다. "나의 용감한 행동에 대한 대가로, 와이트들로부터 렌 원장님을 구하는 일을 너희가 도와주었으면 좋겠어. 물론 황당한 소리처럼 들리겠지만 말이야. 렌 원장님은 나의 전부거든, 너희도 알다시피."

애디슨은 우리가 아닌 렌 원장님을 와이트들로부터 구출하고 싶었겠지만, 열차에서 더 멀리 떨어져 있었던 우리가 보다 더 현실적인 목표였기 때문에, 순간적인 판단으로 자신이 할 수 있는 일을 한 것이었다.

"물론 우린 도울 거야." 내가 말했다. "그게 우리가 지금 하고 있는 일 아냐?"

"그건 그래." 그가 말했다. "하지만 렌 원장님이 임브린이기 때문에 와이트들에겐 이상한 아이들보다 더 소중한 존재란 걸 알아야 해. 그래서 구출하기가 더 어렵겠지. 난 걱정이 돼. 기적처럼 운이 따라주어서 너희 친구들을 구하게 되더라도 혹시……."

"듣자 하니 좀 그렇네." 내가 쏘아붙였다. "임브린이 더 중요하다고 누가……."

"아니, 그건 사실이야." 엠마가 말했다. "렌 원장님은 놈들이 훨씬 더 철통같이 지킬 거야. 하지만 우린 원장님을 버리지 않아. 그 누구도 버리지 않아. 다시는. 이상한 아이들의 이름을 걸고 약속해."

그 말에 개가 안심하는 듯이 보였다. "고마워." 그가 말했고 두 귀가 반듯해졌다. 다음 역으로 들어설 때 그는 창밖을 내다보려고 의자로 뛰어 올라갔다. "숨어." 몸을 숙이며 그가 말했다. "적들이 가까이 있어."

와이트들이 우리를 기다리고 있었다. 승객들 틈에서 경찰 복장으로 승강장에 대기하고 있는 와이트 둘의 모습이 얼핏 보였다. 우리 열차가 승강장으로 들어가자 그들은 열차 안을 훑어보았다.

우리는 창문 밑으로 몸을 낮추고 놈들이 우리를 놓치기를 바랐다. 그러나 결코 우리를 놓칠 놈들이 아니란 것도 알고 있었다. 무전기를 들고 있던 와이트가 이미 무전을 쳤고, 그들은 우리가 이 열차에 탔다는 걸 분명히 알고 있었다. 그들이 할 일은 열차를 수색하는 것뿐이었다.

열차가 멈추고 사람들이 타기 시작했지만 우리 칸에는 타지 않았다. 용기를 내어 열린 문으로 밖을 내다보았더니, 와이트 한 명이 승강장으로 내려와 눈을 부릅뜨고 칸마다 살펴보면서 빠른 걸음으로 우리 쪽으로 다가오고 있었다.

"한 놈이 이쪽을 향해 오고 있어." 내가 중얼거렸다. "네 불은 좀 어때, 엠?"

"고갈되고 있어." 그녀가 대답했다.

놈이 가까이 다가오고 있었다. 네 칸 앞. 세 칸 앞.

"그럼 뛸 준비해."

이제 두 칸 남았다. 그 순간 나긋나긋한 안내 목소리가 들려왔다. "문이 닫힐 때 조심하시기 바랍니다."

"열차 세워!" 와이트가 소리쳤지만 문은 이미 닫히고 있었다.

그가 팔을 안으로 들이밀었다. 문들이 도로 열렸다. 그가 열차에 올라탔다. 우리 바로 옆 칸이었다.

나의 시선이 우리 칸과 연결된 문으로 향했다. 문에 사슬이 감겨 있었다. 작은 자비를 베풀어주신 하나님께 감사할 일이었다. 문이 닫히자 열차가 움직이기 시작했고, 우리는 접히는 남자를 바닥에 내려놓고 와이트가 탄 열차 칸에서 보이지 않도록 그와 함께 몸을 웅크렸다.

"이제 어쩌지?" 엠마가 말했다. "열차가 다시 멈추는 순간 곧바로 우리 칸으로 들어와서 우릴 찾을 텐데."

"와이트인 건 확실해?"

"고양이가 나무에서 자라?" 엠마가 대답했다.

"이쪽 동네에서는 안 자라던데."

"물론 우리도 확실하다곤 말할 순 없어. 하지만 이런 옛말이 있어. 와이트에 관한 한, 확실하지 않으면, 와이트라고 추측하라."

"좋아, 그럼." 내가 말했다. "문이 열리면 출구 쪽으로 뛰는 거야."

애디슨이 한숨을 쉬었다. "또 도망치자고!" 마치 대단한 미식가인 자신에게 우리가 흐물흐물하고 네모난 미국 치즈를 건네기라도 했다는 듯 경멸조로 그가 말했다. "도망치는 건 상상력이 없잖아. **슬쩍 빠져나가는** 건 어때? 사람들 틈에 섞여서. 그런 건 나름 예술성이 있으니까. 어쩌면 우아하게, 눈에 띄지 않고, 밖으로 나갈 수 있을지도 모르잖아."

"도망치는 거라면 나도 누구 못지않게 싫어." 내가 말했다. "하지만 엠마와 난 19세기의 도끼 살인마 같은 몰골이고 넌 안경 쓴 개야. 우린 눈에 띌 수밖에 없어."

"견공 콘택트렌즈가 개발되지 않는 한 이걸로 버틸 수밖에 없어." 애디슨이 투덜거렸다.

"정작 필요한 상황에 할로우는 어디 있는 거야?" 엠마가 불쑥 말했다.

"열차에 치였겠지. 우리가 운이 좋다면." 내가 말했다. "근데 그게 무슨 소리야?"

"좀 아까 꽤 쓸모 있었잖아."

"그전엔 우릴 죽이려고 했지. 그것도 두 번이나! 아니 세 번이나! 내가 놈을 어떻게 통제했는지는 몰라도 반은 우연이었어. 더구나 내가 그걸 **못**하게 되면 그땐 어떻게 되는 거지? 우린 끝이야."

엠마는 바로 대답하진 않았다. 엠마는 잠시 나를 지긋이 바라보더니 내 손을 잡았고, 시커멓게 때가 묻은 내 손에 다정하게 한 번, 그리고 두 번 키스했다.

"왜 키스한 거야?" 놀란 내가 말했다.

"너 정말 모르는구나?"

"뭘?"

"네가 얼마나 기적 같은 존재인지."

애디슨이 신음 소리를 냈다.

"넌 정말 놀라운 재능을 지녔어." 엠마가 속삭였다. "너에게 필요한 건 약간의 연습뿐이야."

"어쩌면. 하지만 연습이라면 처음엔 실패할 수도 있는 건데, 내가 실패하면 우린 죽어."

엠마가 내 손을 꽉 움켜잡았다. "새로운 기술을 연마할 때 약간의 부담감보다 더 좋은 건 없어."

나는 미소를 지어보려 했지만 그럴 수가 없었다. 내가 초래할 수 있는 모든 피해를 생각하니 마음이 너무 아팠다. 내가 지닌 이

능력은, 마치 내가 사용할 줄도 모르는데 장전되어 있는 무기와도 같았다. 젠장, 난 이 무기의 어느 쪽을 적에게로 향해야 하는지조차 몰랐다. 내 손안에서 그게 터지게 하느니 차라리 내려놓는 편이 나을 것 같았다.

반대편 문에서 소리가 들려서 고개를 들어보니 문이 열리고 있었다. 그쪽 문은 사슬이 감겨 있지 않았고 가죽 옷을 입은 십 대 남녀가 우리 칸으로 들어왔다. 그들은 불을 붙인 담배를 주거니 받거니 하면서 웃고 있었다.

"이러다 큰일 나겠다." 여자아이가 말하고는 그의 목에 키스했다.

남자아이가 눈 위로 흘러내린 멋 낸 곱슬머리를 훅 불어 넘겼다. "난 항상 이러는데 뭘, 예쁜이." 그 순간 그가 우리를 보고 얼어붙었다. 그의 눈썹이 포물선을 그렸다. 그들이 열고 들어온 문이 쾅 소리를 내며 저절로 닫혔다.

"안녕!" 내가 스스럼없이 말했다. 마치 우리가 죽어가는 남자와 바닥에 웅크리고 있지 않다는 듯이. "무슨 문제라도?"

제발 기겁하지 마. 우리 존재를 알리지 마.

남자가 이맛살을 찌푸렸다. "너희들……?"

"연기 복장이야." 내가 대답했다. "가짜 피까지 묻히고 열연 중이지."

"아," 내 말을 믿지 않는 게 분명한 목소리로 그가 말했다.

여자가 바닥에 누워 있는 접히는 남자를 보았다. "저 사람은……."

"술 취했어." 엠마가 말했다. "완전히 맛이 갔어. 그래서 저 가짜 피를 바닥에 쏟았지 뭐야. 자기한테도 쏟고."

"우리한테도." 애디슨이 말했다. 아이들의 머리가 갑자기 그에게로 향했고 그들의 눈은 더 휘둥그레졌다.

"멍청하긴." 엠마가 중얼거렸다. "조용히 좀 해."

남자아이가 떨리는 손으로 개를 가리켰다. "혹시 방금 저 개가……."

애디슨은 단 두 마디를 했을 뿐이었다. 우리는 그저 음향 효과인 척, 보이는 것과는 다른 상황인 척했다. 그러나 바보 흉내를 내기엔 애디슨은 자존심이 너무 강했다.

"물론 나는 말 안 했어." 코를 높이 쳐들고 애디슨이 말했다. "개는 영어를 못하니까. 인간이 하는 말은 못하니까. 단 하나 예외가 있다면, 바로 룩셈부르크어지. 은행가들과 룩셈부르크 사람들만 아는 언어라 별로 쓸모는 없어. 네가 뭘 잘못 먹어서 지금 악몽을 꾸는 것뿐이야. 자, 이제 너무 큰 폐가 안 된다면, 내 친구들이 네 옷을 좀 빌려 입어야겠다. 그러니까 당장 옷 좀 벗어줄래?"

창백한 얼굴로 부들부들 떨면서, 남자가 가죽 재킷을 벗었지만 한 팔만 겨우 빼고는 기절해버렸다. 여자는 비명을 지르기 시작했고 멈추지 않았다.

곧바로 와이트가 사슬 감은 문을 두드리기 시작했다. 텅 빈 눈으로 살기를 내뿜으면서.

"살짝 빠져나가기긴 글렀네." 내가 말했다.

애디슨이 그를 돌아보았다. "와이트가 맞아." 애디슨이 점잖게 고개를 끄덕이며 말했다.

"마침내 의문이 풀려서 정말 기쁘다." 엠마가 말했다.

열차가 덜컹거렸고 브레이크의 굉음이 울려 퍼졌다. 역으로 접어들고 있었다. 나는 엠마를 일으키며 달릴 채비를 했다.

"세르게이는 어쩌지?" 엠마가 돌아서서 그를 쳐다보며 물었다.

아직 기운을 회복하지 못한 엠마를 데리고 와이트 둘을 따돌리는 것만도 벅찼다. 그를 안고서는 불가능한 일이었다.

"여기 남겨둘 수밖에." 내가 말했다. "여기 있으면 누군가 의사한테 데려갈 거야. 그편이 더 나아. 그에게도, 우리에게도."

놀랍게도 엠마가 내 말에 동의했다. "아마 세르게이도 그렇게 하길 원할 거야." 엠마가 얼른 그의 곁으로 다가갔다. "데려가지 못해서 미안해요. 하지만 우린 반드시 다시 만날 거예요."

"다음 세상에서." 그가 거친 목소리로, 눈을 가늘게 뜨고 말했다. "어베이턴에서."

이해할 수 없는 그의 말과 귓가에 울려 퍼지는 여자아이의 비명과 함께 열차가 멈추고 문이 열렸다.

ℸ

우리는 영리하지 못했다. 품위도 없었다. 문이 열리는 순간 우리는 그저 죽어라 내뺐다.

와이트가 자기가 탔던 열차 칸에서 내려 우리 칸으로 뛰어들었고, 그 무렵 우리는 이미 비명을 지르는 여자아이를 지나고 기절해 쓰러져 있는 남자아이를 지나 승강장으로 내린 뒤였다. 우리는 마치 산란하는 물고기 떼처럼 열차로 밀려드는 승객들과 몸싸움을 벌였다. 다른 역들과 달리 이 역은 초만원이었다.

"저쪽이야!" 내가 외치며 멀리서 반짝이는 출구 표시 쪽으로 엠마를 이끌었다. 애디슨이 발치에 따라오기를 바랐지만 북적이는 인파 때문에 바닥이 보이지 않았다. 다행히 엠마의 체력이 회복되고 있었다. 어쩌면 아드레날린이 분비되기 시작한 것일 수도 있었다. 그러지 않았다면 엠마의 체중을 감당하면서 인파를 헤치고 나갈 수 있을 것 같지가 않았다.

열차와의 간격을 50여 명이 들어선 6미터 정도로 벌려놓았을 때, 와이트가 열차에서 뛰어나와 사람들을 밀치며 외쳤다. **경찰이다! 저리 비켜! 쟤들 잡아!** 승강장의 소음 속에서 아무도 그의 목소리를 듣지 못했고 관심도 없었다. 나는 와이트가 거리를 좁혀 왔는지 확인하려고 뒤를 돌아보았고, 바로 그 순간 엠마는 왼발과 오른발을 번갈아 휘두르며 사람들을 쓰러뜨리기 시작했다. 사람들이 소리를 지르며 우리 뒤로 뒤엉켜 쓰러졌다. 내가 다시 돌아보았을 때 와이트는 몸부림을 치며 사람들의 다리와 등을 밟고 있었고, 그 대가로 우산이나 서류 가방 따위에 얻어터지고 있었다. 와이트는 있는 대로 화가 나서 벌겋게 달아오른 얼굴로 멈춰 서더니 권총집 단추를 풀었다. 그러나 우리 사이에 펼쳐진 사람들의 바다는 이미 너무도 광활했고, 와이트가 사람들을 향해 총을 쏘고도 남을 냉혈인 것은 사실이지만, 그럴 만큼 어리석지는 않았다. 총을 쏘고 난 뒤 벌어질 난장판 속에서 우리를 잡기는 더 힘들어질 것이다.

세 번째로 돌아보았을 때 그는 우리보다 한참 뒤처져 있었고, 인파 속에 삼켜져서 거의 보이지도 않았다. 어쩌면 그는 우리를 잡건 말건 별로 개의치 않았는지도 모른다. 우리는 엄청난 위협이 되지도, 엄청난 포상이 되지도 않았다. 개의 말이 옳을 수도 있었다. 임브린과 비교했을 때 우리는 그런 수고를 들일 만한 가치가 거의 없었다.

출구에 반쯤 다가갔을 때 인파가 성글어져서 마음 놓고 달릴 수는 있었지만 얼마 못 가서 엠마가 내 소매를 잡아 멈춰 세웠다. "애디슨!" 엠마가 소리치며 돌아섰다. "애디슨은 어디 있지?"

잠시 후 가장 인파가 빼곡한 곳에서 애디슨이 빠져나왔고 그의 목걸이에 달린 뾰족한 못에 기다란 흰 천 조각이 걸려 있었다. "너희들 나 기다렸구나!" 그가 말했다. "어떤 여자 양말에 걸리는 바람에……"

그의 목소리를 듣고 사람들이 돌아보았다.

"어서! 우물쭈물할 시간이 없어!" 내가 소리쳤다.

엠마가 애디슨의 목걸이에서 양말 조각을 떼어냈고 우리는 다시 달리기 시작했다. 우리 앞에는 에스컬레이터와 엘리베이터가 있었다. 에스컬레이터는 작동 중이었지만 무척 붐볐기 때문에 나는 엘리베이터로 향했다. 머리부터 발끝까지 파란색인 여자가 지나갔다. 다리로는 계속 앞으로 달리면서도 돌아보지 않을 수가 없었다. 머리는 파란색으로 염색했고, 얼굴은 파란 화장으로 떡칠했고, 몸에 꼭 붙는 점프 슈트도 파란색이었다.

가까스로 그녀를 지나치고 나니 그보다 더 괴상한 사람이 눈에 띄었다. 머리가 반으로 나뉘었는데, 한쪽은 대머리로 바삭거릴 정도로 피부를 태웠고 나머지 반은 그대로 머리를 길러 파도 모양으로 깔끔하게 무스를 발랐다. 엠마도 그를 보았는지 모르겠지만 돌아보지는 않았다. 엠마는 이상한 아이들을 하도 많이 봐서 이상하게 보이는 평범한 사람들 따윈 눈에 들어오지도 않는 것 같았다. **하지만 만약 저 사람들이 평범한 사람들이 아니라면? 만약 저 사람들이 이상한 사**

람들이고 우리가 현재가 아닌 새로운 루프에 들어온 거라면? 만약……

그때 나는 자판기들이 줄지어 늘어선 벽 앞에서 번쩍거리는 칼을 들고 싸우는 두 소년을 보았다. 검이 부딪칠 때마다 가벼운 플라스틱이 **탁** 하고 부딪치는 소리가 났고 그제야 비로소 또렷하게 현실을 파악할 수 있었다. 이상하게 보이는 이 사람들은 이상한 사람들이 아니었다. 그저 얼간이들이었다. 우리가 있는 곳은 현재임에 틀림없었다.

6미터 앞의 엘리베이터 문이 열리고 있었다. 우리는 속도를 내어 엘리베이터에 올라탄 뒤 맞은편 벽에 몸을 부딪쳤고, 애디슨도 절뚝거리는 다리로 안으로 들어왔다. 닫히는 문틈으로 나는 가까스로 두 가지 광경을 목격할 수 있었다. 사람들 틈을 헤치고 와이트가 전속력으로 우리 쪽으로 달려오고 있었고, 열차가 빠져나가는 선로에서 할로개스트가 검은 눈동자로 나를 쏘아보면서 혀들을 이용하여 마치 조명등에 매달린 거미처럼 열차 마지막 칸 지붕에서 승강장 천장으로 펄쩍 뛰어올랐다.

문이 닫혔다. 엘리베이터가 부드럽게 위로 올라가고 있는데 누군가의 목소리가 들렸다. "어디 불이라도 났나, 친구?"

엘리베이터 뒤쪽 구석에 분장한 중년 남자가 우리를 조롱하며 서 있었다. 셔츠는 찢어졌고, 얼굴에는 가짜 상처들이 그어져 있었으며, 한쪽 팔 끝에는 후크 선장처럼 피 묻은 사슬톱이 달려 있었다.

엠마가 그를 보고는 얼른 뒷걸음을 쳤다. "누구세요?"

그는 조금 기분이 상한 것 같았다. "이런, 왜 이러셔."

"대답하지 않으면 불이 어디 있는지 알려주겠어." 엠마가 손을 들었지만 내가 다가가 그녀를 막았다.

"별 볼 일 없는 사람이야." 내가 말했다.

"올해는 제대로 골랐다고 생각했는데," 남자가 중얼거렸다. 그가 눈썹을 치켜세우고 톱을 조금 들어 올렸다. "난 애시야. 〈암흑의 군단〉(1992년에 제작된 미국의 공포 코믹 판타지 영화-옮긴이)······ 알지?

"둘 다 처음 들어요." 엠마가 말했다. "당신 임브린이 누구죠?"

"뭐?"

"이 사람 분장하고 있는 거야." 내가 설명하려 애썼지만 엠마는 내 말을 듣지 않았다.

"당신이 누구건 상관없어요." 엠마가 말했다. "군단이 있으면 좋죠. 지금 찬밥 더운밥 가릴 처지도 아니고요. 다른 사람들은 어디 있어요?"

남자가 눈을 부라렸다. "하, 하, 하. 너희 아주 웃기는구나. 그야 보나마나 다들 연회장에 있겠지."

"이 사람 **변장**한 거야." 내가 엠마에게 속삭이고는 다시 남자에게 말했다. "애는 영화를 많이 안 보거든요."

"변장?" 엠마가 이마를 찌푸렸다. "하지만 어른이잖아."

"그게 어쨌다는 거지?" 남자가 우리를 위아래로 훑어보며 말했다. "도대체 **너희는** 뭐하는 애들이냐? 걸어 다니는 머저리들? 어디 머저리 파티라도 열렸나?"

"이상한 아이들이에요." 애디슨이 말했다. 입을 다물고 있는 것을 그의 자존심이 더는 허락하지 않았다. "저로 말하자면, 길고 찬란한 역사를 자랑하는 가문의 일곱 번째 강아지로 태어나······."

애디슨이 미처 말을 끝내기도 전에 남자가 기절했고, 그의 머리가 **쿵**하고 바닥에 부딪치는 소리에 나는 움찔했다.

"그것 좀 **그만**하지그래." 엠마가 말했다. 그러고는 자신도 모르게 미소를 지었다.

"제대로 먹혔잖아." 애디슨이 말했다. "무례한 인간 같으니라고. 얼른 지갑이나 훔치자."

"안 돼!" 내가 말했다. "우린 도둑이 아니야."

애디슨이 코웃음을 쳤다. "이 친구보다 우리에게 훨씬 더 그 지갑이 필요하다고 감히 말하는 바야."

"그런데 도대체 왜 옷을 저렇게 입었대?" 엠마가 말했다.

엘리베이터에서 딩동 소리가 나더니 문이 열리기 시작했다.

"곧 알게 되겠지." 내가 말했다.

ꝏ

엘리베이터 문이 열리자 환한 대낮이 마법처럼 눈앞에 펼쳐졌다. 너무 환해서 눈을 가려야 할 정도였다. 북적이는 보도로 발을 내려놓으면서 우리를 반기는 신선한 공기를 들이마셨다. 주위엔 온통 변장한 사람들이었다. 스판덱스를 입은 슈퍼 히어로들, 두꺼운 분장을 하고 어슬렁거리는 좀비들, 너구리 눈을 하고 도끼를 휘두르는 일본 만화영화 속 소녀들. 그들은 이상한 조합으로 무리지어 차량이 통제된 거리로 쏟아져 나왔고, '오늘은 코믹 컨벤션의 날!'이라는 현수막이 걸린 거대한 회색 빌딩으로 나방처럼 모여들고 있었다.

엠마는 엘리베이터 안에서 몸을 움츠렸다. "도대체 이게 **뭐야?**"

얼굴에 칠한 페인트를 매만지고 있는 초록색 머리카락의 조커를 애디슨이 안경 너머로 바라보았다. "복장으로 봐선 무슨 종교 축

제 같은데?"

"뭐 그런 것 같네." 내가 말하며 엠마를 보도 쪽으로 이끌었다. "겁내지 마. 분장한 평범한 사람들이니까. 우리도 저 사람들한테 그렇게 보일 거야. 우린 와이트 걱정만 하면 돼." 할로우 얘기는 꺼내지 못했다. 우리가 엘리베이터를 타고 사라진 순간 놈이 당황했기를 바라면서. "와이트가 없을 때 숨을 곳을 찾아야 해. 그리고 다시 지하세계로 숨어들어서……"

"그럴 필요 없어." 애디슨이 말하고는 북적이는 거리로 들어서며 코를 씰룩거렸다.

"애디슨!" 엠마가 그를 불렀다. "어디 가?"

그러나 그는 이미 한 바퀴를 돌아보고 오는 중이었다.

"이런 행운이 찾아오다니!" 짧은 꼬리를 흔들며 그가 말했다. "우리 친구들이 지하에서 저 엘리베이터를 타고 이곳으로 끌려왔다고 내 코가 알려주고 있어. 결국 우린 제대로 찾아온 거야!"

"새들에게 감사!" 엠마가 말했다.

"흔적을 추적할 수 있을 것 같아?" 내가 말했다.

"추적할 수 **있을 것** 같냐고? 사람들이 날 괜히 놀라운 애디슨이라고 부르는 게 아니야! 100미터 떨어진 곳에서도 내가 맡지 못하는 이상한 아이들의 향기, 방향제, 오 드 투알레트는 하나도 없을 뿐 아니라……"

애디슨은 자신의 위대함에 관한 주제가 나오면 다급한 상황일 때조차도 옆길로 새기 일쑤였고, 그럴 때면 오만하고 우렁찬 목소리도 덩달아 따라 나오곤 했다.

"알았어. 알았다고." 내가 말했지만 애디슨은 이미 자신의 후각을 쫓아 걷고 있었다.

"……나는 할로우 소굴에서도 이상한 아이를 찾아낼 수 있고, 새장 속에서도 임브린을 찾을 수 있는 데다……."

우리는 분장한 사람들 틈으로 그를 쫓아갔다. 장대에 올라선 난쟁이의 다리 사이를 지났고, 살아 있는 한 무리의 공주들 틈을 지났으며, 왈츠를 추고 있던 피카추와 가위손 에드워드와 하마터면 부딪칠 뻔했다. 나는 생각했다. **이러니 우리 친구들도 여기로 끌려왔지.** 완벽한 위장이었다. 완벽한 속임수였다. 이들 틈에서 지극히 정상으로 보이는 우리는 물론이고 이상한 아이들을 납치하는 와이트들에게도 완벽한 곳이었다. 아이들이 용기를 내어 도움을 청한다고 해도 그 말을 진지하게 듣고 참견할 사람이 누가 있을까? 주위에서 사람들이 연기를 하고, 거짓 싸움을 하고, 괴물 분장을 한 채 으르렁거리고, 좀비처럼 신음했다. 이상하게 생긴 아이들이 그들의 영혼을 탐하는 자들에게 납치되었다? 이상할 것도 없는 일이었다.

애디슨이 바닥을 쿵쿵거리며 걷다가 당혹스러운 표정으로 주저앉았다. 이런 이상한 곳에서조차도, 말하는 개는 다소 충격적일 수 있어서 나는 살짝 몸을 숙여 무슨 일이냐고 물었다.

"그게…… 그러니까……" 그가 말을 더듬었다. "내가 좀……."

"놓쳤어?" 엠마가 말했다. "네 코는 틀림없다며."

"**잘못** 쫓아왔어. 하지만 도대체 어떻게 된 건지…… 이 지점까지 흔적이 있었는데 여기서 사라져버렸어."

"신발 끈 묶어." 엠마가 말했다. "어서."

내가 신발을 보았다. "하지만 신발 끈이 안 풀렸……."

엠마가 내 팔을 잡고 나를 아래로 끌었다. "신발. 끈. 묶어." 그녀가 다시 한번 말하고는 입 모양으로 **와이트!**라고 말했다.

우리는 모여 있는 사람들의 머리 밑으로 숨었다. 그때 무전기의 지지직거리는 소음과 절제된 목소리가 들려왔다. "코드 141! 모든 대원은 현장 상황을 즉각 보고하라!"

와이트가 가까이에 있었다. 거칠고 이상한 억양으로 대답하는 와이트의 목소리가 들렸다. "여기는 엠. 탈주자들을 쫓고 있다. 수색을 계속할 수 있도록 허가 요청한다, 오버."

나는 엠마와 긴장한 표정을 주고받았다.

"용납할 수 없다, 엠. 청소부가 추후 소탕할 예정이다, 오버."

"소년이 청소부에 영향력을 행사하는 것 같다. 소탕은 효율적이지 않을 수도 있다."

청소부. 할로우 얘기인 것 같았다. 그리고 **분명히** 나에 대해 이야기하고 있었다.

"요청을 거부한다!" 갈라진 목소리가 말했다. "즉각 다시 보고하라. 보고하지 않으면 오늘 밤은 구덩이에서 보내게 될 줄 알아라, 오버!"

와이트가 "알았다"라고 웅얼거린 뒤 멀어졌다.

"저자를 쫓아가야 해." 엠마가 말했다. "다른 아이들이 있는 곳으로 우릴 안내해줄 거야."

"사자 우리로 곧장 들어가는 거지." 애디슨이 말했다. "어차피 피할 순 없을 것 같지만."

나는 여전히 충격으로 어지러웠다. "내가 누군지 알고 있어." 내가 힘없이 중얼거렸다. "내가 한 일을 본 게 틀림없어."

"맞아." 엠마가 말했다. "그리고 잔뜩 겁을 집어먹었어!"

나는 와이트가 가는 것을 보려고 몸을 일으켰다. 그는 사람들 틈을 지나 차량 통제선을 넘어서 주차 중인 경찰차 쪽으로 멀어지고 있었다.

우리는 도로 장벽까지 그를 쫓아갔다. 나는 납치범들이 여기서 어떻게 움직였을지 추측해보려 애쓰며 주위를 둘러보았다. 우리 뒤쪽으로는 인파가 몰려 있었고, 도로 장벽 너머로는 차들이 주차할 곳을 찾아 맴돌고 있었다. "우리 친구들도 여기까진 걸어서 왔을 거야." 내가 말했다. "그리고 여기서 차에 탔을 거야."

표정이 밝아진 애디슨이 뒷다리로 서서 도로 장벽 너머를 쳐다보았다. "맞아! 분명히 그랬을 거야! 똑똑한 친구!"

"뭐가 그렇게 신이 나?" 엠마가 말했다. "만약 차에 탔다면 지금 쯤 어디든 도착했을 텐데!"

"우리가 어디든 **따라가면** 되잖아." 애디슨이 날카롭게 말했다. "엄청나게 멀리 갔을 것 같진 않거든. 나의 옛 주인이 여기서 멀지 않은 곳에 타운 하우스(저층의 단독주택이 모여 정원과 담을 공유하는 주택의 한 형식-옮긴이)를 갖고 있어서 이 도시는 훤해. 여긴 큰 항구도 없고 런던에서 벗어날 수 있는 확실한 탈출 경로도 없지만, 대신 루프 입구가 몇 개 있어. 그 루프들 중에 하나를 장악했을 확률이 높아. 자, 날 좀 들어줘봐!"

내가 그를 들어주자 애디슨이 장벽 위로 올라가 반대편의 냄새를 킁킁거리기 시작했다. 애디슨은 몇 초 만에 친구들의 흔적을 찾았다. "이쪽이야!" 와이트가 지나간 쪽을 가리키며 애디슨이 말했다. 와이트는 경찰차를 타고 떠났다.

"좀 걸어야 할 것 같은데." 내가 엠마에게 말했다. "할 수 있겠어?"

"어떻게든 해야지." 엠마가 말했다. "앞으로 몇 시간 내로 다른 루프를 찾을 수만 있다면. 못 찾았다간 회색 머리카락이 자라고 눈가에 주름이 자글자글해질지도 몰라."

"그런 일이 일어나게 하지 않을 거야." 내가 말했다.

우리는 장벽을 타 넘었다. 나는 뒤쪽 지하역을 마지막으로 한 번 돌아보았다.

"할로우 보여?" 엠마가 말했다.

"아니. 어디 있는지 모르겠어. 그래서 걱정돼."

"한 번에 한 가지 걱정만 하자." 그녀가 말했다.

୨

우리는 엠마가 감당할 수 있는 최대 속도로 걸었다. 아침의 여운이 남아 있는 거리의 가장자리로 경찰이 오는지 살피며 애디슨의 코를 따라 걸었다. 어느덧 부두 근처의 공업단지로 접어들었고, 창고들 틈으로 템스 강이 흐릿하게 모습을 드러냈다. 그다음엔 근사한 쇼핑 구역으로 들어섰다. 반짝거리는 상점들이 솟아오른 유리 같은 타운 하우스들과 어우러져 있었다. 타운 하우스 지붕들 위로 다시 온전한 형태로 돌아온 세인트폴 대성당의 돔이 보였고 그 주위를 둘러싼 하늘은 투명한 파란빛이었다. 폭탄은 전부 다 투하되었고, 폭격기는 사라진 지 오래였다. 폭격기는 격추되었고, 그 잔해는 수거되어 전쟁이 십자군 운동만큼이나 먼 나라 얘기인 학생들의 구경거리가 되기 위해 박물관 밧줄 뒤에서 먼지를 뒤집어쓰고 있을 것이다. 나에게 그것은, 문자 그대로, 어제 일이었다. 여기가 불과 어젯밤에 우리가 목숨을 걸고 달렸던, 폭격에 파이고 시꺼멓게 그을린 바로 그 거리라는 게 믿기지 않았다. 지금은 몰라보게 달라져 있었고, 쇼핑몰들은 잿더미에서 솟아난 것 같았다. 고개를 숙인 채 휴대전화를 얼굴에 붙이고 상표로 휘감고 있는 사람들도 마찬가지였다. 문득 현재가 낯설게 느껴졌다. 너무도 하찮고 어수선하게 느껴졌다. 마치 지하 세계에서 가까스로 지상으로 돌아왔는데, 지상 세계도 지하 세계만큼이나 저주받은 곳임을 알게 된 신화 속의 영웅이 된 것 같은 기분이었다.

그리고 문득 떠오른 생각. **내가 돌아왔어.** 나는 다시 현재 속에 있었다. 페러그린의 중재 없이 현재로 돌아오다니…… 그것은 불가능한 일이어야 했다.

"엠마?" 내가 말했다. "내가 어떻게 여길 왔지?"

항상 주위를 살피는 데 익숙한 엠마는 시선을 우리 앞쪽 거리에 고정하고 있었다. "어디, 런던? 기차 타고 왔잖아, 바보야."

"아니." 내가 목소리를 낮추었다. "내 말은 **현재**로 어떻게 왔냐고. 페러그린 원장님이 날 현재로 보내줄 수 있는 유일한 사람이라고 네가 말했잖아."

그녀가 돌아서서 눈을 가늘게 뜨고 나를 쳐다보았다. "맞아." 엠마가 천천히 말했다. "원장님만 할 수 있어."

"아니면 너 혼자 그렇게 생각했거나."

"아니야. 원장님만 할 수 있어. 그건 분명해. 그렇게 돌아가는 게 맞아."

"그럼 내가 여길 어떻게 왔지?"

엠마는 혼란스러워 보였다. "나도 모르겠어, 제이콥. 어쩌면……"

"저기!" 그때 애디슨이 흥분하며 소리쳤고 우리는 하던 얘기를 멈추고 돌아보았다. 그의 몸이 뻣뻣해져서 우리가 막 접어든 길의 끝을 가리키고 있었다. "지금 수십 명의 이상한 아이들 냄새가 나. 수십 명이 아니라 수백 명…… 심지어 냄새가 신선해!"

"그게 무슨 뜻인데?" 내가 말했다.

"우리 친구들뿐 아니라 다른 이상한 아이들도 여기로 납치되었단 뜻이지." 엠마가 말했다. "와이트들의 은신처가 가까이 있는 게 분명해."

"**여기서** 가까이?" 내가 말했다. 패스트푸드점과 조잡한 기념품 가게가 줄지어 들어선 동네였고, 우리는 네온사인이 밝혀진 어느 싸구려 식당의 창문 앞에 서 있었다. "난 뭐랄까, 좀 더…… **사악한** 동네를 상상하고 있었는데."

"이를테면 음침한 성의 지하 감옥이라든가?" 엠마가 고개를 끄덕이며 말했다.

"아니면 보초들과 가시 철망으로 둘러싸인 수용소라든가." 내가 말했다.

"눈밭. 호러스가 그린 그림처럼."

"어쩌면 그런 곳을 찾을 수 있을지도 몰라." 애디슨이 말했다. "잊지 마. 여기가 바로 루프로 들어가는 입구일 수도 있어."

길 건너편에서 이 도시의 상징인 빨간 공중전화 부스 앞에서 관광객들이 사진을 찍고 있었다. 그들이 우리를 보고는 우리 쪽을 향해 사진을 찍었다.

"이봐요!" 엠마가 소리쳤다. "사진 찍지 말아요!"

사람들이 쳐다보기 시작했다. 더 이상 코믹 컨벤션 참가자들에게 둘러싸여 있지 않은 우리는 욱신거리는 피 묻은 엄지손가락들처럼 눈에 띄었다.

"따라와." 애디슨이 낮은 목소리로 외쳤다. "모든 냄새들이 이쪽으로 향하고 있어."

우리는 그를 따라 걸었다.

"밀라드가 있었더라면." 내가 말했다. "들키지 않고 이 근방을 정찰할 수 있었을 텐데."

"호러스가 있었더라면. 우릴 도와줄 꿈을 기억해낼 수도 있을 텐데." 엠마가 말했다.

"아니면 새 옷이라도 찾아주거나." 내가 덧붙였다.

"그만해. 나 울어버릴지도 몰라." 엠마가 말했다.

우리는 북적이는 부두에 이르렀다. 탁한 템스 강 줄기에서 빠져나온 좁은 만의 수면 위로 햇살이 반짝였고, 챙 모자를 쓰고 허리에 조그만 가방을 맨 한 무리의 관광객들이, 거의 똑같은 런던의 관광 코스를 제공하는 몇 척의 거대한 보트에 오르내리고 있었다.

우리는 애디슨의 코를 따라 북적이는 사람들을 헤치고 빈 정박소로 향했다. 와이트들은 실제로 우리의 친구들을 보트에 태웠고, 이제 우리는 그들을 쫓아가야 했다. 하지만 무얼 타고? 우리는 탈 만한 보트가 있는지 부두를 둘러보았다.

"이건 아니야." 엠마가 투덜거렸다. "여기 있는 보트들은 너무 크고 북적이잖아. 우리에겐 조그만 보트가 필요해. 우리가 조종할 수 있는."

"잠깐만." 애디슨이 말하며 코를 씰룩거렸다. 그는 갑판에 코를 박은 채 앞서 걸었다. 우리는 갑판을 가로질러, 관광객들로부터 외면 당하고 있는 표지판도 없는 조그만 램프를 따라 내려갔다. 램프는 도로 아래쪽, 수면 높이의 보다 낮은 부두로 이어졌다. 인적 없는 버려진 부두였다.

애디슨이 깊은 생각에 잠긴 표정으로 멈춰 섰다. "이상한 아이들이 이쪽으로 왔어."

"**우리** 이상한 아이들?" 엠마가 말했다.

"우리 아이들 말고. 하지만 여기 흔적이 많아. 새로운 것, 오래된 것. 강한 것, 약한 것 다 섞여 있어. 여기가 자주 다니는 길목이야."

우리 앞쪽으로 부두가 좁아지면서 잔교 밑으로 사라져버렸고, 그곳에서 어둠에 삼켜졌다.

"누가 자주 다닌다는 거야?" 근심 어린 표정으로 어둠 속을 쳐다보며 엠마가 물었다. "워핑의 부두 밑에 루프 입구가 있단 얘기는 처음 들어봐."

애디슨도 대답을 알지 못했다. 일단 부딪쳐보는 것 말고는 달리 할 일이 없어서 우리는 그렇게 했다. 우리는 긴장한 상태로 어둠 속으로 들어갔다. 눈이 어둠에 적응하고 나니 또 하나의 부두가 시야에 들어왔다. 위쪽의 화창하고 상쾌한 부두와는 전혀 다른 부두였다. 이 부두의 갑판은 초록색이고, 썩어가고 있었으며, 여기저기 부서졌다. 쥐들이 찍찍거리며 버려진 캔 무더기를 헤치고 돌아다니다가, 이끼가 끼어 미끌미끌한 나무 기둥들 사이의 검은 물 위에서 까딱거리고 있는 아주 오래되어 보이는 보트로 뛰어들었다.

"흠." 엠마가 말했다. "저거라면 좀 쓸 만하겠는데……."

"하지만 쥐들이 우글거리잖아." 겁에 질린 목소리로 애디슨이 말했다.

"조금만 참아." 엠마가 말하고는 손에 조그만 불을 일으켰다. "쥐들은 날 별로 좋아하지 않거든."

딱히 막는 사람이 없어서, 우리는 약해 보이는 갑판 판자들을 피해가며 보트로 다가가 기둥에 묶인 줄을 풀었다.

"멈춰!" 보트 안에서 우렁찬 목소리가 울려 퍼졌다.

엠마는 비명을 질렀고, 애디슨은 으르렁거렸고, 나는 놀라 자빠질 뻔했다. 보트 안에 앉아 있던 남자가 천천히 일어섰다. 왜 아까는 그를 보지 못했을까. 그가 허리를 펴고 일어서더니 우리를 내려다보았다. 키가 2미터 10센티미터는 되어 보였고, 거대한 몸에 망토를 두르고 짙은 색 후드로 얼굴을 가렸다.

"죄, 죄송해요!" 엠마가 웅얼거렸다. "저희는 이 보트가……."

"수많은 사람들이 이 보트를 샤론으로부터 훔치려 했지!" 남자가 소리쳤다. "하지만 그들의 해골은 바다 생물들의 보금자리가 되고 말았어!"

"우린 절대 훔치려고 했던 게……."

"그냥 갈게요. 방해해서 죄송합니다, 어르신."

"조용!" 보트의 남자가 소리치며 거대한 한 걸음으로 보트에서 부두로 내려섰다. "내 보트를 빼앗으려 하는 자는 반드시 대가를 치러야 해!"

나는 너무도 겁에 질렸고 엠마가 "뛰어!"라고 소리쳤을 때 이미 돌아서서 뛰고 있었다. 그러나 몇 걸음도 못 가서 한쪽 발이 썩은 판자를 밟으며 밑으로 빠졌고, 나는 얼굴을 바닥으로 향한 채 갑판 위로 고꾸라졌다. 엠마와 애디슨이 판자 사이에 끼어버린 나를 도우려 돌아왔을 때는 이미 너무 늦었다. 보트의 남자는 우리를 내려다보며 웃음을 터뜨렸고, 쩌렁쩌렁한 그의 웃음소리가 부두에 울려 퍼졌다. 어두워서 잘못 본 것일 수도 있겠지만 나는 그의 망토 후드에서 쥐 한 마리가 기어 내려오는 것을 본 것 같았다. 그가 우리 쪽으로 천천히 팔을 들 때, 또 다른 쥐 한 마리가 팔에서 미끄러져 내려왔다.

"저리 비켜, 이 미치광이야!" 불을 붙이려고 손바닥을 부딪치며 엠마가 소리쳤다. 엠마가 만든 불빛은 뱃사공의 후드 속 어둠을 쫓기에는 부족했지만, 내 생각에는 햇빛으로도 그 어둠을 쫓아버릴 수는 없을 것 같았지만, 적어도 그가 내민 손에 무엇이 들려 있는지는 볼 수 있었다. 그는 손에 칼을 쥐고 있지 않았다. 그 어떤 무기도 들고 있지 않았다. 엄지와 길고 흰 집게손가락 사이에는 종이 한 장이 끼어 있었다.

그가 종이를 내밀고는 내가 받을 수 있도록 몸을 굽혔다.

"자," 그가 침착하게 말했다. "읽어보겠니?"

나는 머뭇거렸다. "이게 뭔데요?"

"가격표. 그리고 내가 제공하는 서비스에 관한 다른 정보들."

두려움에 떨며 나는 손을 내밀어 종이를 받았다. 우리는 엠마의 불꽃을 조명 삼아 종이에 적힌 내용을 읽기 위해 몸을 앞으로 숙였다.

"중요한 건 여정이 아닌 목적지!"
샤론의 리버 투어
1693년부터 당일 여행과 낭만적인 일몰 관광 제공

"IT'S THE DESTINATION, NOT THE JOURNEY"

SHARON'S RIVER TOURS,

OFFERING DAY TRIPS AND ROMANTIC
SUNSET CRUISES SINCE 1693

❖ PRICE. ❖

ONE GOLD
PIECE.

DISCRETION
GUARANTEED.

ASK ABOUT
OUR SPECIALS!

* 가격 *
금화 한 닢

자유 선택 보장
특별 여행 상품은 문의 요망!

나는 거구의 뱃사공을 올려다보았다. "이게 당신이라고요?" 확신 없는 목소리로 내가 물었다. "당신이…… 샤론?"

"바로 이 몸이야." 그가 대답했다. 목소리가 너무 느끼해서 목의 털이 쭈뼛 섰다.

"새들 맙소사! 놀라서 죽을 뻔했잖아요!" 애디슨이 말했다. "그렇게 고함을 지르고 껄껄거릴 필요까지 있었을까요?"

"미안하구나. 낮잠을 자고 있는데 너희들이 날 놀라게 했잖아."

"우리가 **당신을** 놀라게 했다고요?"

"너희들이 내 보트를 빼앗으려는 줄 알았어."

"하하!" 엠마가 억지웃음을 지으며 말했다. "아니에요! 우린 단지…… 보트가 제대로 묶여 있나 살펴봤을 뿐이에요."

샤론이 보트를 살펴보았고 보트는 나무 기둥에 얌전히 묶여 있었다.

"이 보트 어때?" 그가 물었다. 후드 밑으로 희멀건 반달 모양의 미소가 번져가고 있었다.

"무지하게…… 보트처럼 생겼네요." 마침내 한쪽 다리를 구멍에서 빼며 내가 대답했다. "엄청나게…… 잘 묶여 있고요."

"제가 묶었어도 저것보다 더 잘 묶진 못했을 거예요." 나를 일으키며 엠마가 말했다.

"그건 그렇고," 애디슨이 말했다. "이 보트를 **빼앗으려** 했던 사람들 있잖아요…… 그 사람들 혹시……."

애디슨이 어두운 수면을 바라보며 소리가 들릴 정도로 침을 꿀꺽 삼켰다.

"그건 신경 쓰지 말고," 뱃사공이 말했다. "너희가 날 깨웠으니 일을 하게 해다오. 무얼 해줄까?"

"보트를 빌리고 싶어요." 엠마가 단호하게 말했다. "우리끼리만."

"그건 용납할 수 없어." 샤론이 말했다. "이 보트의 선장은 언제나 나여야만 해."

"그럼 할 수 없네." 애디슨이 이렇게 말하며 기꺼이 떠나겠다는 듯 돌아섰다.

엠마가 그의 옷깃을 잡았다. "잠깐!" 엠마가 낮게 소리쳤다. "아직 안 끝났잖아." 엠마는 뱃사공을 바라보며 상냥하게 웃었다. "저기요, 이상한 아이들이 여기 이……."

그녀가 할 말을 고르며 주위를 둘러보았다.

"여기 이…… 장소를 많이 지나다닌다던데, 혹시 루프의 입구가 근처에 있어서인가요?"

"무슨 소린지 모르겠구나." 샤론이 단호하게 말했다.

"좋아요. 물론 그러시겠죠. **인정할 수가** 없으시겠죠. 충분히 이해해요. 하지만 우린 안전해요. 보시다시피 **우리도**……."

내가 팔꿈치로 엠마를 툭 쳤다. "엠마, 하지 마!"

"왜? 저 사람은 벌써 개가 말하는 것도 봤고 내가 불을 붙이는 것도 봤잖아. 솔직하게 말하지 않으면 어떻게……."

"**저 사람이** 정말 그런지 확실히 모르잖아." 내가 말했다.

"물론 그렇고말고." 그녀가 말하고는 샤론에게로 돌아섰다. "맞죠? 그렇죠?"

뱃사공은 무심한 표정으로 우리를 뚫어져라 쳐다보았다.

"맞잖아. 안 그래?" 엠마가 애디슨에게 물었다. "냄새 나?"

"아니. 뚜렷하진 않아."

"내가 보기엔 와이트만 아니면 아무래도 상관없을 것 같아." 엠마가 눈을 반짝이며 샤론을 쏘아보았다. "아니죠?"

"난 장사꾼일 뿐이야." 그가 덤덤하게 말했다.

"말하는 개들이나 손으로 불을 일으킬 줄 아는 여자애들을 만나는 데 익숙한 장사꾼." 애디슨이 말했다.

"이 일을 하다 보면 다양한 사람들을 만나게 된단다."

"본론을 말할게요." 두 발의 물기를 번갈아 털어내며 내가 말했다. "우린 친구들을 찾고 있어요. 한 시간 전쯤 우리 친구들이 여기로 온 것 같아요. 대부분은 아이들이고, 어른들도 몇 명 있어요. 한 명은 눈에 안 보이고, 또 한 명은 공중에 떠다니고……."

"눈에 띄지 않을 수가 없는 애들이죠." 엠마가 말했다. "와이트 일당의 총부리에 끌려갔어요."

샤론은 커다란 검은색 X자를 만들며 팔짱을 끼었다. "내가 말했듯이 별의별 사람들이 내 보트를 타고, 그들 한 명 한 명이 날 전적으로 신뢰하고 있어. 고객들의 사생활은 발설하지 않아."

"그러세요?" 엠마가 말했다. "잠깐 실례할게요."

그녀가 나를 한옆으로 끌더니 귓가에 속삭였다.

"저 사람 실토하지 않으면 나 진짜 화낼 거야."

"무모한 짓 하지 마." 나도 그녀에게 속삭였다.

"왜? 해골이니 바다 생물이니 하는 헛소리를 믿는 거야?"

"솔직히 믿어. 기분 나쁜 자식이긴 해도……."

"기분 나쁜 자식이라고? 자기가 와이트들하고 거래를 한다는 걸 인정한 거나 마찬가지잖아! 어쩌면 와이트일지도 몰라!"

"맞아. 하지만 **쓸모 있는** 기분 나쁜 놈이야. 우리 친구들이 어디로 갔는지 저자가 정확히 알고 있을 것 같은 기분이 들어. 제대로 묻기만 한다면 알아낼 수 있을 거야."

"그럼 제대로 물어보든가." 엠마가 삐딱하게 말했다.

나는 샤론에게로 돌아서서 활짝 웃으며 물었다. "여행 상품 좀 설명해주시겠어요?"

그의 표정이 곧바로 환해졌다. "드디어 내가 마음 놓고 얘기할 수 있는 주제가 나왔구나. 마침 여기 자료가 좀 있는데……." 그가 재빨리 돌아서더니 가까운 나무 기둥 쪽으로 갔다. 기둥에는 못으로 선반을 하나 박아놓았는데, 그 선반에는 옛날 비행사 복장을 한 해골이 진열되어 있었다. 가죽 모자, 고글, 경쾌한 스카프. 해골의 이빨 사이에는 팸플릿이 몇 장 끼워져 있었고, 샤론이 그중 한 장을 뽑아 우리에게 내밀었다. 우리 할아버지가 어렸을 때에 인쇄된 듯한 조잡한 관광 책자였다. 나는 몇 장을 넘겨보았고 샤론이 헛기침을 하고는 말을 이었다.

"어디 보자, 가족인 경우에는 굶주림과 불꽃 패키지가 좋아. 아침에 강 상류 쪽으로 올라가서 바이킹 공성 무기로 병 걸린 양들을 도시의 벽에 투척하는 장면을 구경하고 나서, 점심 도시락을 먹고, 1666년 런던 대화재를 경유하여 저녁 시간에 돌아오는 건데, 해가 지고 나면 수면에 반사되는 불길이 장관이지. 몇 시간 정도 여유가 있다면 황혼 무렵 처형의 부두에서 교수대 처형을 구경하는 것도 좋아. 신혼부부들한테 인기가 많단다. 욕을 차지게 하는 해적들이 요란하게 연설을 하고는 밧줄에 매달리지. 저렴한 촬영료만 지불하면 해적들하고 사진도 찍을 수 있단다!"

책자에는 그가 설명한 볼거리들을 즐기며 웃고 있는 관광객들의 모습이 담겨 있었다. 마지막 페이지에는 샤론의 고객 중 한 명이 칼과 총을 든 해적들과 포즈를 취하고 있었다.

샤론의 리버 투어

바이킹 공성 체험!
굶주림과 불꽃!
악마의 영토

단돈 금화 한 닢!

"이상한 아이들은 이런 일을 **재미로** 해?" 내가 놀라며 물었다.

"이건 시간 낭비야." 초조한 표정으로 뒤를 돌아보며 엠마가 속삭였다. "와이트 일당이 도착할 때까지 아마 저렇게 시간을 끌걸."

"그건 아닐 거야." 내가 말했다. "좀 기다려봐……."

샤론은 우리 얘기를 못 들은 척하며 계속 설명했다. "……그리고 런던 다리 아래를 지나갈 때 쇠창살에 꽂혀 있는 미치광이들의

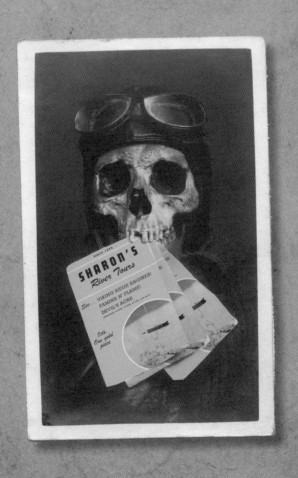

Another satisfied customer!

만족한 고객!

머리를 구경할 수도 있어! 마지막으로, 이게 가장 인기 있는 상품인데, 개인적으로 내가 가장 좋아하는 여행이기도 해. 하지만, 이쯤 해두자." 그가 손을 내저으며 수줍은 듯이 말했다. "생각해보니 너희들이 악마의 영토에 관심이 있을 것 같진 않네."

"왜요?" 엠마가 말했다. "너무 멋지고 유쾌해서?"

"사실 거긴 좀 위험한 지역이거든. 애들이 갈 데가 아니야."

엠마가 발을 구르는 바람에 썩은 갑판 전체가 흔들렸다. "우리 친구들이 끌려간 곳이 바로 거기군요!" 엠마가 소리쳤다. "그렇죠!"

"진정해, 아가씨. 난 너희의 안전을 최우선으로 생각한단다."

"그만 약 올리고 거기 뭐가 있는지 말해요!"

"뭐, 그렇게 궁금하다면……." 샤론이 뜨거운 물속으로 들어가는 것 같은 소리를 내더니 메마른 손을 문지르기 시작했다. 마치 생각만 해도 기분이 좋아진다는 듯이. "악랄한 것," 그가 말했다. "무시무시한 것, 비열한 것. 만약 너희들이 악랄하고 무시무시하고 비열한 것들을 좋아한다면 너희들이 좋아하는 게 전부 다 그곳에 있단다. 나는 늘 뱃사공 일을 접고 그곳으로 은퇴하는 꿈을 꾸곤 하지. 우징 스트리트에 아담한 도살장이나 하나 운영하면서……."

"거기 이름이 뭐라고 했죠?" 애디슨이 물었다.

"악마의 영토." 동경하는 듯한 목소리로 뱃사공이 말했다.

애디슨이 온몸을 부르르 떨었다. "나 거기 알아." 음울한 목소리로 그가 말했다. "아주 끔찍한 곳이야. 런던 역사상 가장 타락하고 위험한 빈민가지. 이상한 동물들이 우리에 갇혀 그곳으로 끌려가면 잔혹한 경기에 투입되어 싸워야 한대. 그림 곰(저승사자를 뜻하는 그림 리퍼Grim Reaper와 곰bear의 합성어로 추측됨—옮긴이)들이 에뮤래프들과 싸우고, 침노서리(다람쥐chipmunk와 코뿔소rhinoceros의 합성어로 추측됨-옮긴이)가 플라밍고트(홍학flamingo과 염소goat의 합성어로 추측됨-옮긴이)와 싸우고…… 부모가 자기 아이들과 싸워야 한대. 몇몇 괴팍한 이상한 사람들의 오락을 위해 상대를 불구로 만들거나 죽여야 한대."

"역겹다." 엠마가 말했다. "도대체 그런 짓을 하는 이상한 사람들은 어떤 사람들이지?"

안타깝다는 듯 애디슨이 고개를 저었다. "범죄자…… 용병…… 유배자……."

"하지만 이상한 세계엔 범죄자들이 **없어!**" 엠마가 말했다. "범죄를 저지른 사람은 시민군이 처벌의 루프로 데리고 가잖아!"

"너희들의 세계에 대해 정말 아는 게 없구나." 뱃사공이 말했다.

"범죄자들이 잡혀야 감옥에 가지." 애디슨이 설명했다. "만약 저렇게 법도 없고 통제가 불가능한 루프로 탈출하면 잡을 수가 없어."

"지옥이 따로 없네." 내가 말했다. "그런데 누가 그런 곳에 자발적으로 가겠어요?"

"어떤 사람에게 지옥인 곳이," 뱃사공이 말했다. "어떤 사람에겐 천국이니까. 진정한 자유가 있는 최후의 보루이니까. 뭐든 살 수 있고 뭐든 팔 수 있고……." 그가 몸을 앞으로 숙이고 목소리를 낮추었다. "뭐든 숨길 수 있고."

"이를테면 납치된 임브린들이나 이상한 아이들도?" 내가 말했다. "지금 그 얘기 하는 거예요?"

"난 그런 말 한 적 없다." 뱃사공이 어깨를 으쓱하고는 망토 가장자리에서 쥐를 하나 끄집어내며 바쁜 척했다. "가만히 있어, 퍼시. 아빠 일하잖아."

그가 생쥐를 한옆으로 가만히 내려놓을 때 나는 엠마와 애디슨이 서로에게 바짝 붙는 것을 보았다. "어떻게 생각해?" 내가 속삭였다. "이 악마의 어쩌구 하는 곳이…… 정말 우리 친구들이 끌려간 곳일까?"

"포로들은 루프 안에, 그것도 아주 오래된 루프 안에 가둬야 해." 엠마가 말했다. "그러지 않으면 곧바로 나이가 들기 시작해서 하루나 이틀 내로 죽어버릴 테니까……."

"하지만 우리가 죽는다고 와이트들이 신경이나 쓰겠어?" 내가 말했다. "그들이 원하는 건 우리 영혼을 훔치는 것뿐인데."

"그럴 수도 있겠지. 하지만 임브린들을 죽게 내버려둘 순 없을 걸. 1908년에 일어난 사건을 재현하기 위해선 임브린들이 필요해. 와이트들의 황당한 계획 기억해?"

"골란이 지껄이던 그거? 불멸이니 세상을 지배하느니……."

"맞아. 그래서 그자들이 몇 달에 걸쳐 임브린들을 납치했고, 놈들은 임브린들이 말린 과일로 변하지 않을 장소가 필요했을 거야. 안 그래? 그렇다면 꽤 오래된 루프여야 해. 적어도 80년, 혹은 100년은 된 루프. 그리고 악마의 영토가 정말로 범죄자들이 모여 있는 부패한 정글이라면……."

"정말 그래." 애디슨이 말했다.

"……그렇다면 그곳이야말로 포로들을 숨기기에 가장 완벽한 장소일 거야."

"더구나 이상한 런던 한복판에 있잖아." 애디슨이 말했다. "바로 코앞에 있었던 거야. 영리한 놈들……."

"그럼 얘기 끝났네." 내가 말했다.

엠마가 당돌하게 샤론의 앞으로 다가갔다. "당신이 말한 그 구역질 나고 끔찍한 곳으로 가는 표 세 장 주세요."

"이게 정말 너희가 원하는 건지 신중하게 생각해보기 바란다." 뱃사공이 말했다. "너희같이 순진한 어린 양들은 그곳에 갔다가 반드시 돌아오진 않아."

"신중하게 생각했어요." 내가 말했다.

"좋아, 그럼. 하지만 난 분명히 경고했다."

"문제는 지금 저희한테 금화 세 닢이 없단 거예요." 엠마가 말했다.

"그래?" 샤론은 기다란 손가락을 세우고는 마치 무덤이 열리기라도 한 것처럼 긴 한숨을 쉬었다. "보통은 즉시 결제를 요구하지만 오늘 아침엔 좀 관대해지고 싶구나. 너희들의 용감하고 낙천적인 태도가 마음에 들어서 말이야. 나중에 내렴." 그러고는 그가 웃었다. 마치 우리가 결코 돈을 지불하지 않으리라는 것을 그 자신도 알고 있다는 듯이. 그가 한옆으로 비켜서며 망토 속의 한 팔로 보트를 가리켰다.

"탑승을 환영한다, 얘들아."

제2장

chapter two

샤론은 보트에서 꼬물거리는 여섯 마리의 쥐들을 잡느라 수선을 떨었다. 마치 역병 걱정 없는 여행은 오직 아주 중요한 이상한 아이들*Very Important Peculiars*에게만 허락되는 호사라는 듯이. 그러고는 엠마에게 팔을 내밀어 보트에 올라타는 것을 도왔다. 우리는 소박한 보트의 나무 의자에 나란히 앉았다. 샤론이 밧줄을 푸느라 정신없을 때 나는 그를 믿는 게 그저 지혜롭지 못한 처사인지, 아니면 낮잠을 자려고 도로 한복판에 드러눕는 것처럼 무모한 짓인지 생각해보았다.

지혜롭지 못한 것과 무진장 멍청한 것을 구분할 때의 문제점은, 상황을 파악했을 땐 이미 너무 늦어버렸다는 것이다. 모든 게 정리되고 마침내 곰곰이 생각해볼 여유가 생겼을 땐 이미 버튼을 눌렀고, 비행기는 격납고를 떠났고, 우리의 경우 보트는 이미 부두를 떠났다. 샤론이 맨발로 우리가 탄 보트를 부두에서 밀어낼 때 그의 발이 사람의 것처럼 생기지 않았음을 깨달았다. 발가락이 미니 핫도그 만큼이나 길었고, 두꺼운 노란 발톱은 짐승의 발톱처럼 구부러졌다. 그제야 나는 가슴이 철렁하면서 우리가 그 경계의 어느 쪽에 있는 지 깨달았다. 그 문제에 관해 조치를 취하기엔 너무 늦었다는 것도.

샤론이 앙증맞은 선외 모터에 연결된 점화 코드를 잡아당기 자 푸른색 가스와 함께 기침을 하며 모터가 깨어났다. 샤론은 거대 한 다리를 오므린 다음 망토가 드리운 검은 천의 웅덩이 속으로 몸 을 낮추었다. 그가 털털거리는 엔진의 회전수를 높이면서 우리를 낮 은 부두 밖으로 이끌었고, 우리는 배 묶는 기둥들의 숲을 지나 따스 한 햇살 속으로 들어섰다. 어느덧 우리는 인간이 만든 템스의 지류 인 운하에 이르렀다. 운하의 양쪽은 유리 같은 건물들이 벽을 이루 었고, 걸음마하는 아기의 욕조에 떠 있는 보트들보다 더 많은 보트 들이 있었다. 사탕처럼 빨간 예인선과 널찍하고 평평한 바지선, 위층 갑판에서 바람을 쐬고 있는 관광객들로 북적이는 유람선. 이상하게 도 그들 중 누구도 그들 곁을 털털거리며 지나가는 특이한 보트에, 죽음의 사자가 키를 잡고, 피가 튄 옷을 입은 아이 둘이 좌석에 앉 아 있고, 개 한 마리가 안경을 끼고 밖을 내다보는 보트에 카메라를 들이대지 않았다. 심지어 우리가 지나가는 것을 알아차리지도 못하 는 것 같았다. 너무도 다행스러운 일이었다. 샤론이 보트에 마법이라 도 걸어서 이상한 아이들 눈에만 보이게라도 한 걸까? 나는 그렇게 믿기로 했다. 왜냐하면 어차피 숨어야 할 상황이라 해도 숨을 곳도 없기 때문이었다.

환한 오후의 햇살 속에서 나는 우리가 탄 보트가 뱃머리에 솟 아오른, 섬세하게 세공된 선수상을 제외하고는 지극히 단순하다는 것을 깨달았다. 선수상은 완만한 S자를 그리며 하늘로 날아가는 뚱뚱하고 비늘 덮인 뱀처럼 생겼지만 머리가 있어야 할 자리에 거대한 눈알 하나가 박혀 있었다. 눈꺼풀도 없는 멜론 크기의 눈알이 우리 앞에서 영원히 앞을 보고 있었다.

"이게 뭐죠?" 반짝이는 표면을 쓰다듬으며 내가 물었다.

"주목 나무*Yew wood*." 모터의 소음 속에서 샤론이 대답했다.

"제가 무얼 할 거라고요*I would what?*"('You would'로 잘못 이해함-옮긴이)

"그걸로 만들었다고."

"그러니까 **용도가** 뭐냐고요."

"나하고 같이 보는 거야!" 그가 짜증을 내며 말했다.

아마도 내 질문들을 묻어버리려고 샤론이 모터 회전수를 한 단계 올렸고 배가 속도를 내자 뱃머리가 물 위로 살짝 들렸다. 나는 숨을 한 번 크게 들이켜고는 얼굴에 닿는 햇살과 바람을 음미했다. 애디슨은 앞발을 배의 측면에 올리고 혀를 길게 늘어뜨리고 있었다. 애디슨이 그렇게 행복해 보이긴 처음이었다.

지옥에 가기 딱 좋은 날씨였다.

"네가 어떻게 여기 오게 됐는지 생각해봤어." 엠마가 말했다. "네가 어떻게 현재로 올 수 있었는지."

"그래?" 내가 말했다. "어떻게 된 건데?"

"이 상황을 설명할 수 있는 이론은 꼭 한 가지밖에 없어. 그나마 썩 잘 설명되는 건 아니지만. 우리가 와이트들하고 지하 터널들 속에 있을 때, 갑자기 너만 혼자 19세기로 넘어가지 않았던 이유는, 페러그린 원장님이, 근처에 계시면서 아무도 모르게 네가 현재로 올 수 있도록 도와줬던 거야."

"엠마, 내 생각에 그건 좀……." 매정하게 굴고 싶지 않아서 내가 머뭇거렸다. "원장님이 터널 안에 숨어 있었다고?"

"그럴 수도 있었다고. 원장님이 어디 계신지 우린 모르잖아."

"와이트들이 가두었다고 했잖아. 카울도 인정했어!"

"와이트들이 하는 말을 언제부터 그렇게 믿었어?"

"뭐 그렇게 말하면 할 말은 없지만." 내가 말했다. "카울이 원장님을 잡았다고 으스대긴 했으니까, 사실을 말하는 걸 수도 있잖아."

"어쩌면. 하지만 우리 사기를 꺾어서 포기하게 만들려고 그랬을 수도 있지. 자기 부하들한테 항복하게 만들려고 우릴 설득하던 중이 었잖아. 안 그래?"

"맞아." 얼굴을 찌푸리며 내가 말했다. 머릿속이 온갖 가능성들로 꼬이기 시작했다. "좋아. 페러그린 원장님이 우리와 함께 있었다고 쳐. 그렇다면 왜 굳이 날 현재로 보내서 와이트들의 포로로 잡히게 만들었을까? 우리는 두 번째 영혼을 빼앗으러 가는 길이었어. 차라리 루프에 갇혀 있는 편이 훨씬 나았을 텐데."

그 순간 엠마는 정말 혼란스러워 보였다. 그러다가 그녀의 얼굴이 환하게 밝아졌다. "우리가 다른 아이들을 전부 다 구해낼 **예정**이라면 얘기가 다르지! 어쩌면 다 원장님의 계획이었는지도 몰라."

"하지만 우리가 와이트들한테서 탈출하리란 걸 원장님이 어떻게 아셨지?"

엠마가 곁눈질로 애디슨을 바라보았다. "도움을 받으셨겠지." 엠마가 속삭였다.

"엠. 사건의 전개 과정에 대한 추리가 점점 더 황당해지고 있어." 내가 숨을 들이쉬며 조심스럽게 단어를 골랐다. "페러그린 원장님이 어딘가에, 자유로운 상태로, 우릴 지켜보면서 살아 있다고 믿고 싶은 마음은 알겠어. 내 마음도 그래……."

"그 마음이 너무 간절해서 아플 정도야." 그녀가 말했다.

"하지만 살아 계시다면 왜 우리에게 연락을 하지 않으셨을까? 그리고 **저 친구가** 연루되었다면," 애디슨을 턱으로 가리키며 내가 조용히 말했다. "지금쯤은 말하지 않았을까?"

"비밀을 지키겠다고 맹세했다면 얘기가 다르지. 그 일을 발설하는 건 너무 위험할 수도 있으니까. 심지어 우리한테도. 만약 우리가 페러그린 원장님의 소재를 안다면, 그리고 우리가 알고 있다는 걸 또 다른 누군가가 **알게** 된다면, 우리는 고문을 당할지도 모르고……."

"애디슨은 고문 안 당하고?" 이번엔 내가 조금 크게 말했고 애디슨이 우리를 돌아보았다. 바람이 불자 그의 양쪽 뺨이 부풀어 올랐고 혀가 우스꽝스럽게 펄럭였다. "앗, 저기도!" 그가 소리쳤다. "지금까지 물고기를 쉰여섯 마리나 봤어. 물론 한두 마리는 떠오르다 만 쓰레기일 수도 있지만. 둘이 뭐라고 속닥거리는 거야?"

"아, 별거 아니야." 엠마가 말했다.

"왠지 못 믿겠는데." 그가 중얼거렸다. 그러나 그의 의심은 본능에 순식간에 압도당했고, 1초 후 그가 소리쳤다. "물고기!" 그의 관심은 다시 물속으로 향했다. "물고기…… 물고기…… 쓰레기…… 물고기……."

엠마가 쓸쓸하게 웃었다. "너무 황당한 얘긴 거 나도 알아. 내 두뇌는 희망 제조기거든."

"진짜 다행이다." 내가 말했다. "내 두뇌는 최악의 시나리오 제조 긴데."

"그럼 우리한텐 서로가 필요하겠네."

"맞아. 하지만 그건 이미 알고 있는 사실이잖아."

보트의 안정적인 흔들림이 우리를 붙였다 떼어놓고, 또 붙였다 떼어놓았다.

"로맨틱 크루즈 관광이 낫지 않겠니?" 샤론이 말했다. "지금도 안 늦었다."

"아니에요." 내가 말했다. "우리에겐 할 일이 있어요."

"그렇다면 너희들이 앉아 있는 의자 뚜껑을 열어봐. 저쪽으로 건너가려면 그 안에 든 물건들이 필요할 거야."

우리는 의자 뚜껑을 열어보았고 그 속에는 거대한 방수포가 들어 있었다.

"이걸 어디다 쓰는데요?" 내가 말했다.

"그 밑에 숨어야 해." 샤론이 대답했다. 그가 새로 지은 고급스러운 콘도들이 줄지어 들어선 보다 좁은 운하 쪽으로 보트를 몰았다. "여기까지는 너희가 눈에 띄지 않도록 내가 지켜줄 수 있었지만, 내가 제공할 수 있는 안전 서비스는 악마의 영토 안에서는 통하지 않거든. 고약한 놈들이 입구 근처에서 만만한 먹잇감을 노리고 있어. 너희들이야말로 가장 만만한 먹잇감이고."

"당신이 뭔가 하고 있단 건 **알고** 있었어요." 내가 말했다. "지금까지 단 한 명의 관광객도 우릴 쳐다보지 않았거든요."

"역사적 만행이 자행되는 광경을 구경할 땐 그 사람들이 우릴 못 보는 편이 더 안전하니까." 그가 말했다. "내 고객들이 바이킹 습격자들에게 끌려가게 내버려둘 순 없잖아. 안 그래? 이용자 리뷰가 어떨지 상상해봐!"

우리는 터널처럼 생긴 곳으로 빠르게 다가가고 있었다. 운하의 한 지류에 다리를 놓아 생긴 터널이었는데, 다리의 길이는 대략 30미터 정도 되어 보였고 다리 위에는 창고 혹은 오래된 풍차 제분소 같은 건물이 있었다. 터널 반대편에는 반원 모양의 푸른 하늘과 반짝이는 물이 보였다. 이곳과 그곳 사이에는 오직 어둠뿐이었고, 내가 보았던 그 어떤 곳보다 루프의 입구처럼 보였다.

우리가 거대한 방수포를 펼치자 방수포가 보트의 반을 차지했다. 엠마는 방수포를 덮고 나와 누웠다. 우리는 그 밑에서 꿈틀거리며 이불처럼 방수포를 턱밑까지 끌어당겼다. 보트가 다리 밑을 지나 어둠 속으로 미끄러질 때, 샤론은 모터를 끄고 보다 크기가 작은 또 한 장의 방수포를 모터 위에 덮었다. 그가 일어서서 접이식 장대를 펼치더니 바닥에 닿을 때까지 물속에 집어넣고는 길고 조용하게 저어 보트를 앞으로 밀었다.

"그건 그렇고," 엠마가 말했다. "어떤 종류의 '고약한 놈들' 때문에 우리가 숨어야 하는 거죠? 와이트들?"

"이상한 세계엔 너희들이 증오하는 와이트 말고도 악당들이 많아." 샤론이 말했다. 그의 목소리가 석조 터널 안에서 울려 퍼졌다. "친구를 가장한 기회주의자들은 명백한 적만큼이나 위험할 수 있어."

엠마가 한숨을 쉬었다. "꼭 그렇게 애매하게 말해야 해요?"

"머리 넣어!" 그가 쏘아붙였다. "개 너도!"

애디슨이 방수포 밑으로 파고들었고 우리는 방수포를 머리끝까지 끌어 올렸다. 방수포 밑은 어둡고 후덥지근했으며 모터오일 냄새가 진동했다.

"너희들 무섭니?" 애디슨이 어둠 속에서 속삭였다.

"별로." 엠마가 말했다. "제이콥 넌?"

"토할 정도로. 애디슨 너는?"

"나야 물론 무섭지 않아." 개가 말했다. "두려움은 우리 종족의 특성이 아니거든."

그러나 애디슨이 엠마와 나 사이로 파고들 때 그의 몸이 떨리는 것을 느낄 수 있었다.

ʕ

어떤 전환은 초고속도로처럼 빠르고 매끄럽지만, 이번 전환은 곳곳에 구멍이 패어 있는 빨래판 같은 도로를 달려가다가 급커브를 한 뒤 낭떠러지로 떨어지는 것 같은 기분이었다. 그것도 칠흑 같은 어둠 속에서. 마침내 전환이 끝났을 때, 머리가 어질어질하고 욱신거렸다. 나는 어떤 보이지 않는 작동 원리로 인해 어떤 전환이 유독 더 힘든 건지 궁금했다. 아마도 전환의 과정은 목적지의 상태만큼 힘든 것일 수도 있었다. 그래서 이번 전환이 마치 비포장도로를 달려 야생의 밀림으로 들어가는 것처럼 느껴졌을 것이다. 왜냐하면 그게 바로 실제로 우리가 처한 상황이었으니까.

"도착했어." 샤론이 말했다.

"다들 괜찮아?" 엠마의 손을 찾아 더듬으며 내가 말했다.

"돌아가야 해." 애디슨이 신음하며 말했다. "저쪽에 내 신장들을 두고 왔거든."

"너희를 내려줄 안전한 장소를 찾을 때까지 조용히 해." 샤론이 말했다.

눈을 사용할 수 없게 되는 순간 청력이 얼마나 예민해지는지 참으로 놀라웠다. 방수포 밑에 가만히 누워 있는 동안 나는 우리 주위로 지나치는 세상의 소리에 취했다. 처음에는 샤론이 장대로 물을 젓는 소리만 들렸지만 머지않아 그 소리에 다른 소음들이 포개어졌고, 그 모든 소리들이 합쳐져서 내 머릿속에 섬세한 이미지를 만들어냈다. 규칙적으로 수면을 때리는 나무 소리는 물고기를 잔뜩 싣고 지나가는 배의 노 젓는 소리일 거라고 상상했다. 마주 보고 서 있는 두 집 창문을 통해 서로에게 소리를 지르는 여자들의 모습도 그려보았다. 빨랫줄에 빨래를 널며 운하를 사이에 두고 소문을 주거니 받거니 하고 있겠지. 앞쪽에서 아이들이 개 짖는 소리에 웃고 떠들었고, 멀리서 망치질 박자에 맞춰 노래 부르는 소리도 들렸다. "들어라, 망치질 소리, 들어라, 못 박히는 소리!" 머지않아 나는 거친 매력을 풍기며 모자를 쓰고 거리를 뛰어다니는 굴뚝 청소부들과 한 번의 윙크와 한 곡의 노래로 자신들의 고단한 삶을 견디려 모여 있는 사람들을 상상하고 있었다.

어쩔 수 없었다. 빅토리아 시대 빈민가에 대해 내가 알고 있는 것이라고는 『올리버 트위스트』의 가식적인 뮤지컬 버전에서 배운 게 다였다. 열두 살 때 나는 동네에서 제작한 그 뮤지컬에 출연했다. 굳이 밝히자면, 나는 고아 5번이었고, 공연 당일 극심한 무대 공포증이 도져서 배가 아픈 척했으며, 결국 분장을 한 상태로 다리 사이에 구토용 양동이를 놓고 무대 가장자리에서 공연을 끝까지 보아야 했다.

어쨌든, 어깨 부근의 방수포에 쥐가 갉아먹은 게 분명한 조그만 구멍이 뚫려 있는 것을 발견했을 때, 내 머릿속에는 그런 장면이 펼쳐지고 있었다. 나는 몸을 조금 움직여 그 구멍으로 밖을 내다보았다. 뮤지컬에서 영감을 얻은 행복한 풍경은 곧바로 살바도르 달리의 그림이 되었다. 나를 반겨준 첫 번째 공포는 운하를 따라 들어선 집들이었지만, 사실 그것들은 집이라 부르기도 뭣한 것들이었다. 무너져가는 썩은 건물의 그 어디에도 반듯한 직선은 없었다. 그들은 차렷 자세로 잠든 지친 군인들처럼 축 늘어져 있었다. 그 집들이 물로 곧장 쓰러지지 않는 것은 아마도 속이 꽉 차 있었기 때문일 것이다. 속이 꽉 차 있는 데다 집의 하부 3분의 1을 끈적끈적하고 질퍽한 단층으로 만든 검은색과 초록색 때의 회반죽 때문일 것이다. 무너질 것 같은 베란다마다 관처럼 생긴 상자 하나가 세로로 놓여 있었다. 그중 한 상자에서 커다란 꿍 소리가 들려오고 곧바로 무언가가 상자 바로 밑 물속으로 풍덩 떨어지는 순간, 나는 그 상자가 무언지 깨달았다. 내가 노 젓는 소리라고 생각했던 소리는 바로 저 집들에서 나는 소리였고, 그 집들을 지탱하고 있는 오물에 오물을 보태는 소리였다.

운하를 사이에 두고 반대편 창문에서 서로를 부르던 여자들은 내가 상상했던 것과 똑같은 모습이었지만, 빨래를 널고 있진 않았고 소문을 주고받고 있지도 않았다. 적어도 더 이상은. 그들은 욕설과 협박을 주고받고 있었다. 한 명은 깨어진 병을 흔들며 술에 취해 웃고 있었고 또 한 명은 내가 거의 알아들을 수 없는 욕설을 내뱉고 있었다. ("1파딩만 주면 악마하고 붙어먹고도 남을 똥내 나는 갈보 같으니라고!) 그 말을 문자 그대로 해석하자면 아이러니인 것이, 정작 허리까지 몸을 드러내고 누가 보든 말든 개의치 않는 듯이 보이는 여자는 바로 그녀 자신이었다. 두 여자 모두 지나가는 샤론을 보고 휘파람을 불었지만 샤론은 그들을 외면했다.

머릿속 이미지를 지우려다 결국 그보다 더 끔찍한 광경을 보고 말았다. 우리 앞쪽으로 아이들이 금방이라도 부서질 것 같은 다리에 발을 대롱거리며 앉아 있었다. 아이들은 뒷다리에 줄을 묶은 개를 물 위에 매달고는, 가엾은 개가 처절하게 짖는 소리가 물에 잠길 때마다 꿀꺽거리는 소리로 바뀌는 걸 보고 깔깔거렸다. 방수포를 젖히고 아이들에게 소리를 지르고 싶은 마음이 굴뚝같았다. 다행히 애디슨은 그 광경을 보지 않았다. 그가 보았다면 이를 드러내고 아이들에게 달려가는 것을, 그래서 우리의 잠입이 들통나는 것을 도저히 막을 수 없었을 것이다.

"네가 뭐 하고 있는지 알아." 샤론이 내게 중얼거렸다. "둘러보고 싶으면 조금만 기다려. 이제 곧 최악의 광경을 보게 될 테니까."

"너 엿보고 있었어?" 엠마가 나를 찌르며 속삭였다.

"어쩌면." 내가 여전히 밖을 내다보며 대답했다.

뱃사공이 우리를 조용히 시켰다. 그는 장대를 물에서 거두고는 손잡이 부분의 마개를 열어 조그만 칼을 꺼냈다. 그는 보트가 지나갈 때 아이들이 개를 매단 밧줄을 잘랐다. 개가 물속으로 풍덩 빠졌다가 신이 나서 발장구를 치며 달아났고, 화가 난 아이들은 우리에게 던질 것을 주워 모으기 시작했다. 샤론은 앞서 여자들을 무시했듯이 아이들도 무시하고 계속 앞으로 나아갔고, 아이들이 던진 사과 씨 하나가 그의 머리를 불과 몇 센티미터 비켜 갔다. 그는 한숨을 쉬고 고개를 돌리더니 천천히 망토의 후드를 뒤로 젖혔다. 나에겐 안 보이고 아이들에게만 볼 수 있을 정도로.

무얼 보았는지 아이들은 잔뜩 겁을 집어먹은 게 분명했다. 비명을 지르며 전부 다 다리에서 달아났기 때문이었다. 얼마나 부리나케 내뺐는지 아이 한 명이 악취가 진동하는 물속에 빠졌다. 샤론은 혀를 끌끌 차며 다시 후드를 쓰고 앞을 보았다.

"무슨 일이야?" 놀란 엠마가 물었다. "방금 무슨 소리였어?"

"악마의 영토식 환영이란다." 샤론이 대답했다. "자, 여기가 어떤 곳인지 궁금하면, 얼굴을 좀 내밀어도 돼. 남은 시간 동안 금화 세 닢 상당의 안내를 해주마."

우리는 방수포를 조금 내렸고 엠마와 애디슨 둘 다 숨을 헉 들이켰다. 엠마는 눈앞에 펼쳐진 광경 때문이었고, 애디슨은 코를 씰룩거리는 것으로 보아 냄새 때문이었다. 우리 주위로, 마치 오물을 넣어 만든 스튜가 끓고 있는 것 같은 비현실적인 광경이 펼쳐졌다.

"익숙해질 거야." 일그러진 나의 얼굴을 바라보며 샤론이 말했다.

엠마가 내 손을 잡고 신음했다. "와…… 정말 **끔찍하다**……."

정말 그랬다. 두 눈으로 보니 더 지옥 같았다. 모든 집의 토대는 썩어 문드러졌다. 판자 하나보다 너비가 크지 않은 희한하게 생긴 나무다리들이 마치 실뜨기 놀이처럼 운하를 뒤덮고 있었고, 악취 나는 둑은 쓰레기 더미와 그 사이를 헤집고 다니는 유령 같은 형체들로 북적였다. 빛깔이라고는 제각기 다른 명도의 검은색, 노란색, 초록색이 제각기 다른 수준의 오염과 부패 상태를 드러내고 있었지만, 전반적으로 검은색이었다. 검은 그을음이 모든 표면을, 모든 얼굴을 더럽혔고, 주위에는 온통 굴뚝에서 솟아오르는 회색 기둥이 허공에 줄을 긋고 있었다. 그리고 그보다 더 불길한 것은, 저 멀리 보이는 공장의 높은 굴뚝들에서 울려 퍼지는, 마치 전쟁의 북소리처럼 깊고도 원초적인 꽹음이었고, 그 소음이 얼마나 요란한지 아직 깨어지지 않은 모든 유리를 흔들었다.

"얘들아, 여기가 바로 악마의 영토란다." 샤론이 설명을 시작했다. 그의 느끼한 목소리는 우리가 들을 수 있을 정도로만 컸다. "실제 거주 인구는 7206명, 공식 집계로는 0명. 이 도시를 세운 사람들은 영리하게도 이 도시의 존재 자체를 부정하고 있지. 우리가 지나가고 있는 이 매혹적인 운하는 열병의 시궁창이라 불리는데, 공업용 폐수, 분뇨, 동물의 시체들이 끊임없이 흘러들어서 끔찍한 악취는 물론, 시계를 맞출 수도 있을 정도로 규칙적으로 발병하는 전염병의 온상이 되고 있단다. 이 지역 전체가 콜레라의 수도로 불리지 않는 건 참으로 놀라운 일이지. 하지만⋯⋯." 그가 검은 망토를 두른 팔을 들어 양동이를 운하에 쏟아버리는 소녀를 가리켰다. "이곳에 사는 수많은 불운한 이들에게 이 운하는 하수도이면서 동시에 상수도로 이용되고 있단다."

"설마 저 물을 **마시진** 않겠지!" 겁에 질린 목소리로 엠마가 말했다.

"며칠 뒤에 묵직한 건더기들이 가라앉고 나면, 수면에서 맑은 부분을 떠 마실 거야."

엠마가 움츠러들었다. "설마⋯⋯."

"맞아. 끔찍한 일이지." 샤론이 아무렇지도 않게 말하고는, 마치 책을 보고 암기한 것 같은 내용들을 읊어대기 시작했다. "이곳 시민들의 주된 직업은 쓰레기 줍기와 외지인들을 유인해서 곤봉으로 머리를 후려치고 강도짓을 하는 거란다. 재미 삼아 닥치는 대로 가연성 용액들을 들이켜고는 목이 터져라 노래를 부르기도 하지. 이곳의 주요 수출 품목은 쇠똥, 뼛가루, 그리고 비참함이야. 둘러볼 만한 관광지로는……."

"하나도 안 웃겨요." 엠마가 말했다.

"뭐?"

"하나도 안 웃긴다고요! 이 사람들은 고통받고 있는데, 당신은 그 사람들을 두고 말장난이나 하고 있잖아요!"

"말장난이 아니야." 샤론이 오만하게 대답했다. "너희의 생명을 구할 수도 있는 소중한 정보를 제공하고 있는 거야. 하지만 너희들이 아무것도 모르는 상태로 이 정글에 뛰어들고 싶다면……."

"그러고 싶지 않아요." 내가 말했다. "엠마가 미안하대요. 제발 계속해주세요."

엠마는 못마땅한 눈초리로 날 쏘아보았고, 나도 곧바로 못마땅한 눈초리로 그녀를 쏘아보았다. 샤론의 말이 매정하게 들리긴 해도 지금은 정치적 정당성을 논할 때가 아니었다.

"목소리 좀 낮춰, 하데스 왕을 위해서."('제발'이라는 뜻의 For god's sake에서 god 대신 죽은 자들의 영혼이 산다는 지하 세계의 왕 하데스*hades*를 사용함-옮긴이) 짜증을 내며 샤론이 말했다. "자, 아까 하던 얘기를 계속하자면, 둘러볼 만한 관광지로는 세인트 러틀리지의 기아들을 위한 수용소가 있는데, 고아들이 범죄를 저지를 기회를 포착하기 전에 미리 수용함으로써 각종 사회적 비용과 문제의 발생을 줄이겠다는 취지로 지어진 진보적인 시설이란다. 정신병자나 사기꾼, 위험한 범죄자들을 수용하는 성 바나버스 정신병원도 있는데, 자원봉사를 기본으로 운영되고, 주로 외래환자를 진료하지만 거의 항상 텅 비어 있어. 스모킹 스트리트는 지하에서 불길이 시작되었는데 아무도 불을 *끄려* 하지 않아서 87년 동안 불타고 있지. 아," 집과 강둑 사이의 검게 그을린 공터를 가리키며 말했다. "이게 그 골목의 한쪽 끝이란다. 보다시피 바삭하게 타버렸지."

남자 몇 명이 공터에서 나무틀 같은 것에 못을 박으며 일을 하고 있었다. 집을 다시 짓고 있는 거라 생각했는데, 우리가 지나가는 것을 보고 그들이 하던 일을 멈추고 샤론에게 큰 소리로 인사했다. 샤론은 조금 멋쩍어하며 손 흔드는 시늉만 했다.

"친구들이에요?" 내가 물었다.

"먼 친척." 그가 중얼거렸다. "교수대 제작이 우리 가업이었거든……"

"**뭘** 제작한다고요?" 엠마가 물었다.

그가 대답하기도 전에, 남자들이 다시 하던 일로 돌아가서 망치를 휘두르며 큰 소리로 노래를 불렀다. "들어라, 망치질 소리! 들어라, 못 박히는 소리! 즐거워라, 교수대 만들기! 이 모든 시련의 만병통치약!"

내가 너무 겁에 질려 있지만 않았다면 웃음을 터뜨렸을 수도 있었다.

☙

우리는 열병의 시궁창을 따라 안정적으로 움직였다. 우리를 옥죄어오는 손처럼, 샤론이 장대를 한 번 밀 때마다 시궁창이 좁아지는 것 같았고, 때로는 너무도 급격하게 좁아져서 어느 순간부터는 시궁창을 가로지르는 다리조차 필요치 않게 되었다. 이쪽 지붕에서 저쪽 지붕으로 펄쩍 뛰어 건널 수 있을 정도가 되었고, 지붕들 사이의 틈새로만 보이는 잿빛 하늘이 그 아래 있는 모든 것을 우울함으로 질식시켰다. 그 와중에 샤론은 마치 살아난 교과서처럼 재잘거렸다. 잠깐 사이에 그는 악마의 영토의 패션 동향(벨트 고리에 훔친 가발을 달고 다니는 게 유행이란다), 국내 총생산(단호하게 전혀 없단다), 그리고 초기 정착의 역사(12세기 초 진취적인 구더기 농사꾼들에 의해서란다)를 훑었다. 그가 건축학적으로 주목할 만한 점들에 대해 이야기를 시작하려는 순간, 내 옆에 누워 있던 애디슨이 마침내 그의 말을 잘랐다.

"진짜 유용한 정보 빼곤 이 지옥을 훤히 꿰고 계시네요."

"유용한 정보라니?" 샤론이 물었다. 그는 인내심을 잃어가고 있었다.

"여기선 누굴 믿어야 하는지?"

"아무도 믿어선 안 돼."

"이 루프에 살고 있는 이상한 아이들을 어떻게 하면 찾을 수 있는지?" 엠마가 말했다.

"찾고 싶지 않을걸."

"와이트들이 우리 친구들을 어디 숨기고 있는지?" 내가 물었다.

"그런 걸 알고 있으면 사업상 좋지 않아." 샤론이 덤덤하게 말했다.

"그럼 어서 이 망할 놈의 보트에서 내려주시지. 우리가 직접 찾을 테니까!" 애디슨이 말했다. "지금 우린 소중한 시간을 낭비하고 있어! 당신의 따분한 연설 때문에 졸려 죽겠다고. 우린 선생이 아니라 뱃사공을 고용했거든!"

샤론이 헛기침을 했다. "그렇게 무례하게 굴다니 이 시궁창에 너희를 빠트려야 마땅하겠지만 그랬다간 너희들이 빚진 금화를 절대로 받을 수 없겠지."

"금화라고요!" 엠마가 구역질을 하며 소리쳤다. "당신의 동료 이상한 아이들이 지금 어떻게 되었는지는 궁금하지도 않아요? **의리도** 없어요?"

샤론이 혀를 찼다. "그런 것들에 신경을 썼다면 난 이미 오래전에 죽었을걸."

"죽거나 말거나." 엠마가 중얼거리며 고개를 돌렸다.

우리가 얘기하는 사이 안개가 손을 뻗어오기 시작했다. 케르놈의 잿빛 안개와는 달랐다. 이곳의 안개는 끈적끈적한 데다 노란색과 갈색을 띠고 있는 것이 호박 수프의 농도와 빛깔이었다. 느닷없이 밀려드는 안개에 샤론은 불안해했다. 시야가 흐릿해지자 앞으로 닥칠 소동에 대비하듯, 혹은 우리를 내려줄 곳을 찾는 듯, 바쁘게 고개를 돌렸다.

"젠장, 젠장, **젠장!**" 그가 중얼거렸다. "예감이 좋지 않아."

"안개잖아요." 엠마가 말했다. "우린 안개 따윈 두렵지 않아요."

"나도." 샤론이 말했다. "하지만 이건 안개가 아니야. 이건 연기이고 인간이 만든 거야. 연기 속에서는 사악한 일들이 일어나지. 최대한 빨리 여기서 벗어나야 해."

그가 방수포를 덮으라고 낮게 소리쳤고 우리는 시키는 대로 했다. 나는 다시 방수포의 구멍으로 돌아갔다. 잠시 후 먼지 속에서 보트 한 대가 모습을 드러내더니 우리 보트를 가까이 스치며 반대편으로 향했다. 남자가 노를 젓고 있었고 여자가 의자에 앉아 있었다. 샤론이 아침 인사를 건넸지만 그들은 쳐다만 보았다. 그들은 우리가 한참 멀어질 때까지, 그리고 안개가 다시 그들을 삼켜버릴 때까지 계속 우릴 쳐다보았다. 샤론이 나지막이 투덜거리고는 왼쪽으로 방향을 틀어 겨우 알아볼 수 있는 조그만 부두로 향했다. 그러나 부두의 나무다리에서 발소리와 낮은 웅성거림이 들려오자 장대에 몸을 기대며 급하게 보트를 돌렸다.

우리는 지그재그 모양으로 이 부두에서 저 부두로 옮겨 다니며 내릴 곳을 찾았지만 부두에 가까워질 때마다 마음에 안 드는 무언가가 샤론의 눈에 띄었고 우리는 돌아 나왔다. "독수리들,"(남의 불행을 이용해 먹는 자라는 의미도 있음-옮긴이) 그가 중얼거렸다. "사방이 독수리들 천지군."

무너져가는 다리 밑을 지날 때 비로소 나는 보았다. 한 남자가 우리 머리 위로 다리를 건너고 있었다. 우리가 지나갈 때 그가 멈춰 서서 우리를 내려다보았다. 그가 입을 벌리고 크게 한숨을 내쉬었다. 아마 도움을 청하려는 모양이라고 생각했지만, 그의 입에서 새어 나온 것은 목소리가 아니고 짙은 노란색 연기였다. 연기는 소방 호스의 물처럼 곧장 우리 쪽으로 불어왔다.

나는 겁에 질려 숨을 참았다. 독가스면 어쩌지? 그러나 샤론은 자기 얼굴을 가리지도, 방독면을 꺼내지도 않았다. 단지 남자의 입김이 우리 주위로 불어와 안개와 섞이며 앞이 하나도 보이지 않게 되자 "젠장, 젠장, **젠장**" 하고 중얼거릴 뿐이었다. 몇 초 만에, 남자와 그가 서 있던 다리, 양쪽 둑이 전부 다 흐릿해졌다.

나는 머리를 내밀고(어차피 아무도 우리를 볼 수 없었다) 조용히 말했다. "이게 인간이 만든 거라고 했을 때 전 굴뚝 얘기를 하는 건 줄 알았어요. 설마 문자 그대로일 줄은……."

"와!" 엠마가 방수포를 젖히며 말했다. "왜 이렇게 뿌연 거예요?"

"독수리들이 자기들이 한 짓을 감추려고 이 지역을 뿌옇게 만들어." 샤론이 말했다. "먹잇감의 시야를 흐리기 위해서이기도 하지. 하지만 난 만만한 먹잇감은 아니니까, 너희한텐 다행이지 뭐냐." 그가 기다란 장대를 물에서 꺼내서는 우리의 머리 위로 가로질러 선수상의 눈알을 두드렸다. 눈알이 안개등처럼 빛을 발하기 시작했고 우리 앞의 자욱한 연기를 뚫었다. 샤론은 다시 장대를 물에 담그고 그 위에 체중을 실어 천천히 원을 그리며 보트를 회전시켜서 주위의 수면에 보트의 불빛을 드리웠다.

"하지만 이런 걸 만들 줄 안다면," 엠마가 말했다. "이 사람들도 이상한 사람들 아닌가요? 이상한 사람들이라면 우리한테 친절할 텐데."

"착한 사람들이라면 이 시궁창의 해적이 되지 않아." 샤론이 말하고는 회전하는 보트를 멈춰 세웠고 우리의 불빛은 다가오는 또 한 척의 배에 고정되었다. "호랑이도 제 말 하면 온다더니."

우리는 그들을 똑똑히 볼 수 있었지만 그들이 볼 수 있는 건 우리가 쏘는 눈부신 불빛뿐이었다. 엄청나게 유리한 조건이라고 말할 수는 없지만 적어도 방수포 밑으로 돌아가기 전에 그들을 한번 훑어볼 수는 있었다. 우리 보트의 두 배 정도 되는 보트에 남자 둘이 타고 있었다. 첫 번째 남자가 거의 소리가 나지 않는 선외 모터를 작동하고 있었고, 두 번째 남자는 방망이를 들고 있었다.

"저 사람들이 그렇게 위험하다면," 내가 속삭였다. "왜 가만히 앉아서 기다리고 있어요?"

"놈들을 피하기엔 악마의 영토에 너무 깊숙이 들어왔어. 내가 어떻게든 말로 해결해볼게."

"만약 해결 못 하면요?" 엠마가 말했다.

"너희가 헤엄쳐 가야지."

엠마가 찐득한 검은 물을 바라보며 말했다. "차라리 죽는 게 낫겠다."

"그건 네가 선택할 문제고. 자, 그만 사라져주실까, 얘들아. 털끝만큼도 움직이지 마."

우리는 다시 방수포를 머리 위로 뒤집어썼다. 잠시 후 거친 목소리가 들려왔다. "어이! 거기 뱃사공!"

"어이, 안녕하쇼."

샤론이 대답했다.

노 젓는 소리가 들렸고, 그들의 보트가 우리 보트에 쾅 부딪치며 보트가 흔들렸다.

"여긴 어쩐 일인가?"

"기분 좋게 관광이나 하러 왔지요." 샤론이 쾌활하게 대답했다.

"관광하기 좋은 날씨지!" 남자가 웃으며 대답했다.

두 번째 남자는 농담할 기분이 아니었다. "거적때기 밑엔 뭘 숨겼소?" 그가 툴툴거리며 말했다. 그의 억양은 알아듣기 힘들었다.

"보트에 뭘 가지고 다니건 제 소관인데요."

"열병의 시궁창을 지나가는 건 죄다 **우리** 소관이구만."

"낡은 밧줄하고 잡동사니 같은 것들이에요, 굳이 알고 싶으시다면." 샤론이 말했다. "재미있는 건 없어요."

"그럼 한번 봐도 되겠네." 첫 번째 남자가 말했다.

"지난번에 합의한 건 어쩌고요? 이번 달에 돈을 내지 않았습니까?"

"합의는 개뿔, 그런 거 한 적 없어. 와이트들은 통통하게 살 오른 연료 하나당 다섯 배는 더 내는구만. 연료를 놓쳤다간…… 구덩이감이야. 아니면 그보다 더 끔찍하거나."

"구덩이보다 더 끔찍한 게 뭐가 있지?" 첫 번째 남자가 말했다.

"난 당최 알고 싶질 않구만."

"자, 여러분, 이성적으로 생각합시다." 샤론이 말했다. "아무래도 협상을 다시 해야 할 것 같군요. 제가 누구보다 경쟁력 있는 단가를 제시할 수……."

연료. 엠마의 손이 빠른 속도로 달아오르면서 방수포 밑에 눅눅한 열기가 번져가는데도 나는 소름이 끼쳤다. 나는 엠마가 손을 쓸 일이 없기를 바랐지만 남자들은 도무지 물러설 기미가 보이지 않았고, 뱃사공이 떠들어봐야 시간만 허비하는 걸까 봐 두려웠다. 여기서 싸움이 벌어지는 건 곧 재앙을 의미했다. 보트에 탄 사람들을 밖으로 밀어낸다고 해도 샤론이 말했던 것처럼 독수리들이 사방에 깔려 있었다. 폭도의 무리가 결성되고, 그들이 보트를 타고 우리를 추격하고, 둑에서 우리를 향해 총을 쏘아대고, 다리에서 우리 보트로 뛰어내리는 상상을 하면서 나는 두려움에 얼어붙었다. **연료**의 의미를 나는 결코, 결코 알고 싶지 않았다.

그러나 그 순간 희망의 소리가 들렸다. 짤랑거리며 동전을 주고받는 소리였다. 두 번째 남자가, "아이고 이제 우린 **부자**구만! 이걸 챙겨서리 스페인으로 은퇴해서……."

그러나 희망이 솟아오르는 동안 나의 배가 내려앉기 시작했다. 익숙한 느낌이 배 속에서 살아나기 시작했고, 그제야 나는 그 느낌이 서서히, 조금씩, 커져가고 있음을 깨달았다. 처음엔 가려운 정도였다가 갈수록 묵직한 통증이 되었고, 이제 그 통증은 날카로워지고 있었다. 할로개스트가 근처에 있음을 알리는 선명한 통증이었다.

그냥 할로우가 아니었다. **나의** 할로우였다. 그 단어는 아무 예고도 없이 머릿속에 떠올랐다. **나의 것**. 어쩌면 거꾸로 말한 것일 수도 있었다. 내가 **놈의 것**일 수도 있었다.

둘 중 어느 쪽이건 안전이 보장되진 않았다. 다른 할로우들과 마찬가지로 놈은 날 죽이고 싶어 안달이 났을 것이다. 다만 일시적으로 무언가가 그 욕망을 억눌렀을 뿐이었다. 할로우가 자석처럼 내게로 끌려오는 것은 내 몸속의 나침반 바늘이 놈을 향하게 만드는 것과 똑같이 신기한 일이었다. 바로 그 바늘이 할로우가 가까이 있고 점점 더 가까이 다가오고 있음을 알렸다.

때마침 우리가 붙잡히려는, 혹은 살해되려는 찰나였다. 아니면 놈이 우릴 직접 죽이려는 찰나이거나. 만약 무사히 뭍에 내리게 된다면 가장 먼저 할 일은 놈을 영원히 없애버리는 거라고 나는 생각했다.

그런데 놈은 어디 있는 걸까? 느낌만큼 놈이 가까이 있는 거라면 시궁창 속에서 우리 쪽으로 헤엄쳐 오고 있다는 뜻인데, 사지가 일곱 개 달린 짐승이 평영을 하고 있다면 분명히 소리가 들렸을 것이다. 그 순간 나의 바늘이 움직이면서 기울어졌고, 나는 깨달았다. 아니, 거의 볼 수 있었다. 놈은 **물 밑에** 있었다. 보아하니 할로우는 자주 숨을 쉴 필요가 없었다. 잠시 후 묵직한 쿵 소리와 함께 놈이 우리 보트 밑에 들러붙는 소리가 들렸다. 그 소리에 모두가 깜짝 놀랐지만 나 혼자만 그게 무슨 소리인지 알았다. 친구들에게 경고해주고 싶었지만 꼼짝없이 누워 있어야 했고, 놈의 몸뚱이는 우리가 누워 있는 보트에서 불과 몇 센티미터 거리에 있었다.

"무슨 소리지?" 첫 번째 남자가 말하는 소리가 들렸다.

"난 아무 소리도 못 들었는데." 샤론이 거짓말을 했다.

떨어져. 할로우가 듣기를 바라며 내가 입 모양으로 말했다. **우릴 내버려두고 꺼져.** 그러나 놈은 오히려 나무 긁는 소리를 내고 있었다. 나는 놈이 기다란 이빨로 보트 밑바닥을 갉아먹는 상상을 했다.

"내 귀로 똑똑히 들었구만." 두 번째 남자가 말했다. "이놈의 뱃사공이 우릴 바보 천치로 아는 거여 뭐여, 젠장!"

"내 생각에도 그래." 첫 번째 남자가 말했다.

"분명히 말하는데, 그건 절대 사실이 아닙니다." 샤론이 말했다. "제 보트가 워낙 부실해서 그래요. 손볼 때가 지났거든요."

"집어치워. 거래는 끝이야. 이제 안에 뭐가 있는지 보여주시지."

"아니면 액수를 좀 올리면 어떨까요?" 샤론이 말했다. "넓은 아량을 베풀어준 것에 대한 사례금이라고나 할까요?"

그들이 낮은 목소리로 소곤거렸다.

"우리가 이자를 보내줬는데 다른 놈이 연료하고 같이 이자를 잡는 날엔, 우린 그대로 구덩이 신세야."

"아니면 그보다 더 나쁘거나."

물러서, 물러서, 물러서라고! 내가 할로우에게 영어로 애걸했다.

쿵, 쿵, 쿵! 놈이 선체를 두드리는 것으로 답했다.

"어서 저 거적때기를 걷어!" 첫 번째 남자가 요구했다.

"저기요, 조금만 기다려주시면……."

그들은 막무가내였다. 누군가 올라탔는지 보트가 기우뚱했다. 이어서 고함 소리가 들렸고, 우리 머리 쪽에서 발소리가 나면서 실랑이가 벌어졌다.

이젠 숨어 있어봐야 소용없어. 나는 생각했고, 모두 같은 생각인 것 같았다. 나는 엠마의 불타는 뜨거운 손가락들이 가장자리로 향하는 것을 보았다.

"셋에 움직여." 그녀가 속삭였다. "준비됐어?"

"경주마처럼." 애디슨이 으르렁거렸다.

"잠깐." 내가 말했다. "우선 알아야 할 게 있어. 지금 이 보트 밑바닥에……."

그 순간 방수포가 걷혔고, 나는 그 말을 끝내지 못했다.

ʕ

그 뒤로 일어난 일들은 순식간에 벌어졌다. 애디슨이 방수포를 걷은 사람의 팔을 깨물었고, 놀란 팔 주인을 엠마가 후려친 다음 뜨거운 손으로 그의 얼굴을 지졌다. 그는 비명을 지르며 뒷걸음치다가 물에 빠졌다. 그 과정에서 샤론이 바닥에 쓰러졌고, 두 번째 남자가 방망이를 들고 샤론 앞에 섰다. 애디슨이 달려들어 그의 다리를 물었다. 그가 개를 떼어내려고 돌아서는 틈을 타서 샤론이 벌떡 일어나 그의 복부를 갈겼다. 남자의 몸이 앞으로 구부러졌고 샤론은 장대로 그의 무기를 쳐냈다.

남자가 더 늦기 전에 달아나기로 결심하고 자기 보트로 돌아갔다. 샤론은 선외 모터를 덮고 있던 방수포를 걷어낸 다음 점화 코드를 당겼고, 보트가 살아나기 시작할 무렵 또 다른 보트가 연기 속에서 우리 쪽으로 다가왔다. 보트 안에는 세 명이 더 있었는데, 그중한 명이 구식 권총으로 엠마를 겨누었다.

내가 피하라고 소리치며 달려들어 엠마를 쓰러뜨리자마자 총탄이 발사되면서 한 줄기 흰 연기를 뿜었다. 이번에는 남자가 샤론을 겨누었고, 샤론은 가속장치의 레버에서 손을 떼고 양손을 들었다. 나는 이제 끝장이라고 생각했다. 목 깊숙한 곳에서 이상한 말들이, 크고도 분명하고 내가 들어본 적 없는 낯선 말들이 만들어져 밖으로 쏟아져 나오지 않았다면.

놈들의 보트를 침몰시켜! 허들을 이용해서 놈들의 보트를 침몰시켜!

0.5초 정도 후에 모두가 돌아서서 나를 쳐다보았고 할로우가 우리 보트에서 떨어지더니 다른 보트를 향해 허들을 뻗었다. 허들이 물에서 튀어나와 선미 모서리를 휘감은 다음 보트를 뒤집어 빙글빙글 돌렸고 세 사람 모두 밖으로 튕겨져 나왔다.

보트가 뒤집혀 그들 중 둘을 덮쳤다.

샤론은 그 틈을 타서 레버를 당겨 이 상황에서 벗어날 수도 있었지만 여전히 양손을 들고 충격에 휩싸인 채 얼어붙어 있었다.

아무래도 상관없었다. 어쨌든 아직 내가 죽진 않았으니까.

저놈. 물속에서 허우적거리는 총 든 남자를 바라보며 내가 말했다.

할로우는 물속에서도 내 말이 들리는 것 같았다. 왜냐하면 내가 그 말을 하자마자 남자가 소리를 질렀고, 밑을 내려다보았으며, 밑으로 빨려 들어갔고, 사라졌기 때문이었다. 감쪽같이. 그가 있던 자리는 곧바로 피로 물들었다.

"잡아먹으라고 하진 않았잖아!" 내가 영어로 소리쳤다.

"뭐 해요?" 엠마가 샤론에게 소리쳤다. "빨리 가요!"

"맞아. 가야지." 뱃사공이 웅얼거렸다. 그는 정신을 차리려 애쓰며 손을 내리고는 몸을 숙여 레버를 당겼다. 모터가 신음하자 샤론이 방향타를 돌렸다. 우리는 빠르게 원을 그리며 돌았고, 그 바람에 엠마와 애디슨이 내 위로 포개어지며 넘어졌다. 보트가 펄쩍 뛰며 앞으로 돌진했다. 우리는 연기의 소용돌이를 가로지르며 속도를 내어 왔던 길을 되돌아갔다.

엠마가 나를 보았고 나도 엠마를 보았다. 모터의 굉음과 귓가에 울리는 심장박동 소리가 너무도 커서 아무 소리도 들리지 않았지만, 엠마의 표정에 서린 두려움과 흥분을 읽을 수 있었다. **제이콥 포트먼, 넌 정말 놀랍고 무서운 애야**라고 말하는 것 같은 표정이었다. 그러나 마침내 엠마가 입을 열었을 때 나는 꼭 한 마디만 알아들을 수 있었다. **어디?**

정말 어디 있지? 할로우가 시궁창의 해적들을 처치하는 동안 우리가 놈에게서 벗어났기를 바랐지만, 나의 내장은 놈이 아직 가까이 있고 아마도 혀 하나를 줄처럼 당겨가면서 우리 뒤에서 쫓아오고 있음을 알렸다.

가까이. 내가 입 모양으로 말했다.

그녀는 눈을 반짝였고 꼭 한 번을 빠르게 끄덕였다. **좋아.**

나는 고개를 저었다. 엠마는 왜 두려워하지 않을까? 그게 얼마나 위험한 일인지 모르는 걸까? 할로우는 피맛을 보았고, 식사를 끝내지도 않고 우릴 쫓아오고 있었다. 놈의 몸속에서 아직도 잔혹함이 끓어오르고 있는지 누가 알겠는가? 그러나 나를 쳐다보는 엠마의 그 눈빛, 그 삐딱한 미소에 나는 가슴이 벅차올랐고 뭐든 할 수 있을 것 같은 기분이 들었다.

우리는 빠르게 돌아와 연기를 뿜는 이상한 남자가 있는 곳으로 다가갔다. 그는 웅크리고 앉아 다리 난간에 소총을 올려놓고는 우리를 조준한 상태로 기다리고 있었다.

우리는 몸을 숙였다. 총성이 두 번 울려 퍼졌다. 고개를 다시 들고 확인해보니 아무도 총을 맞지 않았다.

우리는 다리 밑을 지났다. 우리가 다리 맞은편으로 나온 순간 그가 또 한 발을 쏘았다. 놈을 내버려둘 수가 없었다.

내가 돌아서서 **다리!**라고 할로우 언어로 소리쳤고 할로우가 내 말을 알아들은 것 같았다. 우리 보트에 붙어 있지 않았던 혀 두 개가 위로 솟아오르더니 철퍼덕하면서 다리의 허술한 지지대를 감았다. 남은 세 혀가 삼각형을 그리며 마치 끝까지 잡아당기는 고무줄처럼 팽팽하게 뻗어나갔다. 할로우는 보트와 다리 사이에 몸을 고정하고 물 밖으로 솟아올랐다.

보트의 속도가 바로 늦춰졌다. 마치 비상 브레이크를 밟은 것처럼. 우리는 모두 바닥에 나뒹굴었다. 다리가 신음하며 흔들렸고, 우리를 조준하던 남자는 비틀거리며 총을 떨어뜨렸다. 다리가 무너지든가 할로우가 무너지든가 둘 중 하나라고 생각했다. 괴물은 마치 배가 찢어지기라도 하는 것처럼 돼지 멱따는 소리를 냈다. 그러나 이상한 남자가 총을 집으려고 몸을 숙이는 것으로 보아 다리는 버틸 것 같았고, 그것은 곧 우리가 아무 명분 없이 우리의 동력과 속도를 포기했다는 의미였다. 이제 우리는 심지어 움직이는 표적도 아니었다.

놔! 내가 할로우에게 소리쳤다. 이번에는 그의 언어였다.

할로우는 보트를 놓지 않았다. 놈은 자의로 나를 놓지는 않을 것이다. 그래서 나는 보트 뒤쪽으로 달려가 몸을 숙여 뒤쪽을 살펴보았다. 놈의 혀 하나가 방향타를 감고 있었다. 엠마가 자신의 발목을 감은 할로우의 혀를 풀었던 기억을 떠올린 나는 엠마를 데려와 방향타를 태우라고 했다. 엠마가 내 말대로 했다. 손을 뻗다가 하마터면 보트에서 떨어질 뻔하면서. 할로우가 괴성을 지르며 혀를 풀었다.

마치 새총의 줄을 당겼다 놓은 꼴이었다. 할로우가 날아가더니 다리에 가서 쾅 부딪치며 균열을 일으켰고, 허술한 다리는 그대로 무너져 내렸다. 그와 동시에, 우리 보트 뒤쪽이 내려앉으며 모터가 또 한 번 물에 잠기더니 앞으로 질주하기 시작했다. 갑작스럽게 붙은 속도에 우리는 볼링 핀처럼 쓰러졌다. 샤론이 가까스로 방향타를 잡았고 몸의 중심을 잡은 다음 운하 벽과의 충돌을 아슬아슬하게 피했다. 우리는 검은색 V자 모양으로 물을 뿌리며 시궁창의 척추를 따라 달렸다.

혹시 총탄이 날아올 수도 있어서 몸을 낮게 숙였다. 긴박한 상황에서는 벗어난 것 같았다. 독수리들이 우리 뒤쪽 어딘가에 있겠지만 그들이 우리를 잡을 수 있을 것 같진 않았다.

애디슨이 헐떡거리며 물었다. "지하에서 만났던 그 괴물 맞지?"

나는 그제야 숨을 참고 있었음을 깨닫고는 숨을 내쉬며 고개를 끄덕였다. 엠마가 나를 바라보며 좀 더 자세한 설명을 기다렸지만, 나도 여전히 상황을 파악하는 중이었고 조금 전에 일어난 일의 기이함에 온 신경이 곤두서 있었다. 이 정도는 알고 있었다. 이번에는 내가 놈을 거의 마음대로 부렸다는 것. 마치 놈을 만날 때마다 내가 할로개스트의 중추신경 속으로 더 깊숙이 들어가는 것 같았다. 말도 훨씬 쉽게 나왔고, 내 혀에도 덜 낯설게 느껴졌으며, 할로우의 저항도 줄었다. 그래도 할로우는 여전히 가까스로 개 줄에 묶어놓은 호랑이 같았다. 놈은 아무 때고 돌아서서 나를, 혹은 우리 중누군가를 한 입 베어 먹을 수 있었다. 그러나 내가 이해할 수 없는 어떤 이유로, 놈은 그러지 않았다.

어쩌면, 한두 번 더 연습하고 나면 정말로 놈을 마음대로 부릴 수 있을지도 모른다고, 나는 생각했다. 그렇게 된다면, 그렇게만 된다면. 젠장, 끝내줄 텐데.

그러면 아무도 우리를 막을 수 없을 것이다.

나는 다리의 유령을 바라보았다. 조금 전까지만 해도 다리가 있었던 자리에 지금은 먼지와 나무 부스러기만 흩날리고 있었다. 물 밑의 잔해 속에서 수면 위로 올라오는 사지가 있는지 지켜보았지만 생명 없는 쓰레기만 둥둥 떠다닐 뿐이었다. 놈을 느껴보려 했지만 지치고 텅 빈 내 창자는 이제 쓸모가 없었다. 그때 진흙 빛깔 연기가 우리 쪽으로 불어오면서 우리의 시야를 지웠다.

괴물이 가장 필요한 순간에, 놈이 죽어버렸다.

샤론이 레버를 풀자 보트가 고개를 끄덕이며 오른쪽으로 돌았고, 서서히 걷히기 시작하는 연기 속을 지나 섬뜩한 주택들이 모여 있는 곳으로 향했다.

운하 가장자리에 거대하고 틈새 없는 벽을 이루며 집들이 들어서 있었고, 집이라기보다는 미로의 바깥쪽 경계처럼, 험악하고 요새 같은 느낌을 자아냈다. 가까스로 입구를 발견한 사람은 엠마였다. 나는 그림자 장난으로밖에 보이지 않는 그 조그만 틈새를 보기 위해 눈을 가늘게 떠야 했다.

그것을 골목이라 부르는 건 과장일 것이다. 칼날만큼이나 좁은 구멍 같은 협곡이었고, 벽과 벽 사이가 한 사람 어깨 정도의 너비였으며, 높이는 그 50배 정도가 되었다. 입구에는 이끼로 뒤덮인 사다리가 둑 경사면에 못으로 고정되어 있었다. 해도 없는 어둠 속으로 구부러진 통로가 자취를 감출 때까지 짧은 길이만 보였다.

"저게 어디로 통하는 길이에요?" 내가 물었다.

"천사들이 두려워하는 길." 샤론이 대답했다. "내가 내려주려고 생각했던 곳은 여기가 아니지만 지금은 선택의 여지가 없어. 아예 악마의 영토를 뜰 생각이 없는 건 확실해? 아직 늦지 않았어."

"**아주** 확실해요." 엠마와 애디슨이 동시에 말했다.

나로 말하자면, 그 문제를 놓고 토론할 의향도 있었지만 돌아가기엔 이미 너무 늦었다. 친구들을 되찾거나 아니면 친구들을 찾다가 죽거나. 지난 며칠 동안 내가 했던 말이었다. 이젠 뛰어들 시간이었다.

"그렇다면 상륙!" 샤론이 덤덤하게 말했다. 그는 자기 의자 밑에서 계류용 밧줄을 꺼내 사다리 뒤쪽으로 던진 다음 보트를 둑 쪽으로 당겼다. "이제 내려. 발 조심하고. 가만, 내가 먼저 내릴게."

샤론은 수차례 사다리를 타본 사람 특유의 민첩함으로 가로대가 반만 설치된 미끄러운 사다리를 타고 올라갔다. 사다리 꼭대기에 이르자 그가 한 명씩 차례로 오르도록 도왔다. 엠마가 맨 먼저 올라갔고, 내가 긴장해서 꾸물거리는 애디슨을 올려주었다. 멍청한 주제에 자존심은 있는 나는 샤론의 손을 잡지 않고 올라가다가 하마터면 떨어질 뻔했다.

우리가 모두 안전하게 뭍에 내리자 샤론이 다시 사다리를 타고 내려갔다. 그는 모터를 공회전시켜놓고 있었다.

"잠깐만요." 엠마가 말했다. "어디 가려고요?"

"여기서 나가야지!" 샤론이 사다리에서 보트로 뛰어내리며 말했다. "밧줄 좀 던져줄래?"

"싫어요! 먼저 어디로 가야 하는지 알려주세요. 우린 이곳 지리를 모른단 말이에요!"

"육지 안내는 하지 않아. 나는 보트 안내만 해."

우리는 기가 차서 눈짓을 주고받았다.

"최소한 방향이라도 알려줘야죠!" 내가 그에게 애원했다.

"지도가 있으면 더 좋고요." 애디슨이 말했다.

"지도 같은 소리 하고 있네!" 이렇게 한심한 말은 처음 들어본다는 듯 샤론이 소리쳤다. "악마의 영토에는 이 세상 어디보다 더 많은 도둑들의 길, 살인자의 터널, 불법 소굴들이 있어! 어린애같이 굴지 말고 어서 밧줄을 던져다오."

"쓸모 있는 정보를 주기 전엔 안 돼요!" 엠마가 말했다. "우리가 도움을 청할 수 있는 사람, 우릴 와이트들한테 팔아먹으려 하지 않을 사람의 이름이라도!"

샤론이 웃음을 터뜨렸다.

엠마가 대드는 듯한 자세를 취했다. "**한 명**은 있을 거 아니에요!"

샤론이 고개를 숙이며 인사하더니 "그 한 명하고 지금 얘기하고 있잖아!"라고 말하고는 사다리를 반쯤 올라와 엠마의 손에서 밧줄을 빼앗았다. "이제 그만 좀 해. 잘 있어, 얘들아. 아마 다시는 못 만나지 싶네."

그 말과 함께 그가 보트에 올라탔고, 그의 발목까지 물에 잠겼다. 그는 여자아이처럼 비명을 지르고는 몸을 숙여 바닥을 살펴보았다. 총알이 우리 머리 대신 선체에 구멍을 냈고 보트에 물이 스며들고 있었다.

"너희들이 무슨 짓을 했는지 한번 봐! 내 보트가 만신창이가 됐잖아!"

엠마의 눈에 섬광이 일었다. "그게 **우리가** 한 짓이라고요?"

샤론은 재빨리 상태를 살펴보고는 상황이 심각하다는 결론을 내렸다.

"꼼짝없이 발이 묶였군!" 그가 극적으로 선언하고는 엔진을 끄고, 기다란 장대를 방망이 크기로 접은 다음 다시 사다리를 타고 올라왔다. "보트를 수리할 사람을 찾아야겠어." 우리를 지나치며 그가 말했다. "따라오면 가만 안 둔다."

우리는 좁은 길을 따라 한 줄로 서서 그의 뒤를 따랐다.

"왜 안 되는데요?" 엠마가 소리쳤다.

"왜냐하면 너희는 저주받은 애들이니까! 너희들은 재수가 없어!" 샤론은 마치 파리를 쫓듯 한 손을 내저었다. "꺼져!"

"꺼지라고요? 그게 무슨 소리예요?" 엠마는 빠르게 몇 걸음을 달려가 샤론의 망토 위로 팔꿈치를 잡았다. 그가 확 돌아서서 팔을 뿌리쳤고 나는 그가 높이 쳐든 손으로 엠마를 때릴 거라 생각했다. 나는 금방이라도 그에게 달려들 기세로 긴장하고 서 있었지만 그의 손은 마치 경고하듯 허공에 멈추었다.

"셀 수도 없을 만큼 여러 번 이곳을 지나다녔지만 시궁창 해적의 공격을 받은 적은 한 번도 없었어. 그리고 한 번도, **단 한 번도** 내 보트가 망가졌던 적도 없고. 너희들이 도움이 되기보단 말썽을 일으키는 아이들이란 건 불 보듯 훤해. 더 이상 너희들하고 얽히고 싶지 않다."

그가 말하는 동안 나는 그의 뒤쪽을 바라보았다. 눈이 아직 어둠에 적응하는 중이었지만 눈앞에 펼쳐진 광경은 끔찍했다. 이빨 빠진 입처럼 꼬불꼬불한 미로 같은 길가에 문짝 없는 출입구가 입을 쩍 벌리고는 마치 살아 있는 듯 으스스한 소리들을 내고 있었다. 웅얼거리는 소리, 긁는 소리, 질질 발 끄는 소리. 그 순간에도 나는 우리를 감시하는 굶주린 눈동자들과 뽑아드는 칼을 느낄 수 있었다.

이런 곳에 혼자 남겨질 순 없었다. 내가 할 수 있는 유일한 일은 애원하는 것뿐이었다.

"약속한 금액의 두 배를 드릴게요." 내가 말했다.

"보트도 고쳐드리고요." 애디슨이 거들었다.

"그깟 얼마 되지도 않는 돈 때문에 이러는 게 아냐!" 샤론이 말했다. "내가 쫄딱 망한 거 안 보여? 이제 난 악마의 영토에 어떻게 오지? 독수리들이 날 들여보내줄 것 같아? 내 고객이 자기 동료 둘을 죽였는데?"

"그럼 우리보고 어쩌라고요?" 엠마가 말했다. "우리도 싸울 수밖에 없었다고요!"

"말 같지도 않은 소리 하지 마. 그…… 그것만 아니었어도 그렇게까지 나오진 않았을 거야." 샤론이 날 바라보았고, 그의 목소리가 속삭임이 되었다. "**밤의 괴물**하고 한통속이라고 미리 말했어야지."

"그게……" 내가 머뭇거리며 말했다. "'한통속'이라고 말하긴 좀 그렇고요……"

"난 별로 두려워하는 게 없는 사람이지만, 영혼을 빨아먹는 괴물들과는 거리를 두자는 게 내 신조야. 사냥개처럼 널 쫓아다니는 놈이 있는 것 같더구나. 금방이라도 어디선가 나타날 수도 있겠지?"

"그럴 것 같진 않아요." 애디슨이 말했다. "조금 전에 놈의 머리 위로 다리가 무너져 내린 거 못 봤어요?"

"조그만 다리였는데, 뭘." 샤론이 말했다. "이만 실례 좀 해도 될까. 배 수리공을 만나야 해서." 그 말과 함께 그가 서둘러 달아났다.

그는 우리가 따라잡기 전에 모퉁이를 돌았고, 우리가 모퉁이를 돌았을 땐 이미 사라지고 없었다. 아마도 그가 말했던 터널들 중 한 곳으로 들어간 것 같았다. 우리는 당혹스럽고 두려운 상태로 제자리를 맴돌았다.

"이렇게 우릴 버리고 가다니 도저히 믿을 수가 없어!" 내가 말했다.

"나도." 애디슨이 덤덤하게 말했다. "사실 난 그가 우릴 버렸다고 생각하지 않아. 아마 협상을 하려는 거겠지." 개가 헛기침을 하며 뒷다리로 앉더니 우렁찬 목소리로 지붕에 대고 소리쳤다.

"저기요! 우린 단지 친구들과 임브린들을 구하려는 것뿐이에요! 제가 분명히 말씀드리는데, 우리가 친구들을 구출해서 당신이 우릴 도왔다는 걸 모두가 알게 되면 다들 **무지하게** 고마워할걸요."

그가 잠시 여운을 두었다가 말을 이었다.

"연민 따윈 필요 없어요! 의리도 내다 버리세요! 만약 당신이 내가 생각하는 것만큼 똑똑하다면, 신분 상승의 기회가 왔을 때 그 기회를 포착하겠죠. 우린 이미 당신에게 빚을 졌어요. 하지만 어린아이들과 동물을 구해준 건 임브린 몇 명이 당신한테 빚을 진 것과 비교하면 푼돈 벌이에 불과하죠. 아마 당신 혼자만의 루프를 만들 수도 있을걸요. 다른 이상한 사람들이 망쳐놓지 않은 개인 놀이터가 딸린 루프! 당신이 원하는 어느 시간, 어느 곳이나 가능해요! 평화로운 시대의 아름다운 여름 섬에서 살 것이냐, 역병이 도는 시궁창에서 살 것이냐. 마음대로 하세요."

"정말 그런 일을 할 수 있어?" 내가 엠마에게 속삭였다.

엠마가 어깨를 으쓱했다.

"안 되는 일이 어딨어!" 애디슨이 발끈하며 말했다.

그의 목소리가 메아리로 잦아들었다. 우리는 귀를 기울이며 기다렸다.

어디선가 두 사람이 말다툼을 하고 있었다.

마른기침 소리.

무겁게 계단을 내려오는 소리.

"훌륭한 연설이었어." 엠마가 한숨을 쉬었다.

"그럼 하는 수 없지." 왼쪽, 오른쪽, 그 중간으로 갈라진 세 갈래 길을 바라보며 내가 말했다. "어느 길로 가지?"

우리는 무작위로 가운데 길을 선택했고 그 길을 따라 걸었다. 열 발자국쯤 걸었을 때 누군가의 목소리가 들렸다. "나라면 그 길로 안 가겠다. 거긴 식인종 골목이고, 괜히 그렇게 불리는 게 아니거든."

뒤를 돌아보니 샤론이 마치 피트니스 코치처럼 양손을 허리에 올려놓고 서 있었다. "나이가 들어서 그런지 마음이 약해지네." 그가 말했다. "마음이 약해지는 건지, 아니면 머리가 나빠지는 건지."

"우릴 돕겠다는 뜻인가요?"

보슬비가 내리기 시작했고, 샤론이 고개를 들어 감춰진 얼굴에 비를 맞았다. "아는 변호사가 있는데, 우선 너희들이 나한테 진 빚에 대한 계약서를 받아놔야겠다."

"알았어요, 알았다고요." 엠마가 말했다. "하지만 도와줄 거죠?"

"그다음엔 내 보트를 수리해야 하고."

"그다음엔요?"

"그다음엔 너희를 도와주마. 하지만 아무것도 장담할 순 없고, 너희들이 순 바보들이란 점을 말해두고 싶구나."

샤론 때문에 겪었던 일들을 생각했을 때 딱히 그에게 고맙다는 생각은 들지 않았다.

"바짝 붙어서 따라와. 그리고 너희는 내 지시를 따라야 해. 이미 독수리 두 마리를 죽였기 때문에 놈들이 너희를 추적할 거야. 내 말 명심해라."

우리는 기꺼이 동의했다.

"놈들이 너희를 잡으면 너희는 날 모르는 거다. 날 본 적도 없는 거야."

우리는 아무 생각 없는 아이들처럼 고개를 끄덕였다.

"뭘 해도 좋지만, 절대로, **절대로**, 앰브로시아에는 손을 대선 안 돼. 내 눈에 닿게 해서도 안 되고. 그랬다간 영원히 여길 뜨지 못해."

"우린 그게 뭔지도 몰라요." 내가 말했다. 표정으로 보아 엠마와 애디슨 역시 마찬가지임을 알 수 있었다.

"알게 될 거야." 샤론이 음흉하게 말했고 망토 자락을 펄럭이며 돌아서서 연기 속으로 향했다.

제 3 장

chapter three

현 대의 도축장에서 망치로 소를 도살하기 직전, 소는 꼬불꼬불한 미로 속으로 끌려간다. 급격한 커브와 앞이 보이지 않는 모퉁이 때문에 짧은 거리만 볼 수 있고, 마침내 미로가 급격히 좁아지면 소의 목에 금속 쬠쇠가 조여지고, 긴 여정은 그렇게 끝난다. 우리 셋이 샤론의 뒤를 따라 악마의 영토 중심부로 들어갈 때, 비록 언제, 어떤 방식인지는 몰라도, 뭔가 일이 터질 거라는 확신이 들었다. 내딛는 걸음마다, 모퉁이를 돌 때마다, 우리는 점점 더 올가미 속으로 깊이 들어가는 것 같았고, 우리가 그 올가미에서 벗어나지 못할 것 같아 두려웠다.

악취 나는 공기는 움직이지 않았고, 공기의 유일한 배출구는 머리 위로 난 고르지 않은 틈새의 하늘뿐이었다. 불룩하게 무너져 내리는 벽들은 얼마나 간격이 좁은지 어깨 먼저 들어가야 하는 곳도 있었고, 비좁은 지점에서는 앞서간 사람들의 옷에서 기름때가 묻어 있었다. 이곳엔 제대로 된 게 하나도 없었고, 식물도 없었고, 몰려다니는 해충들과 문 뒤 혹은 거리의 배수구 밑에 도사리고 있는 충혈된 눈의 유령들을 제외하면, 생명체도 없었다. 검은 옷을 입은 우리의 거대한 안내자가 아니었다면 그들은 분명히 우리에게 달려들었을 것이다. 우리는 저승사자를 따라 지옥의 구덩이 속으로 들어가고 있었다.

우리는 골목을 돌고 또 돌았다. 모든 골목이 조금 전 골목과 똑같아 보였다. 간판도 없었고, 표시도 없었다. 샤론은 놀라운 기억력으로 길을 찾아가는 것이거나, 아니면 우리를 쫓고 있을지도 모를 시궁창 해적들을 따돌리기 위해 무작정 걷는 것이거나 둘 중 하나였다.

"길을 알고 가는 거 맞아요?" 엠마가 그에게 물었다.

"물론 알고말고!" 샤론이 뒤도 돌아보지 않고 모퉁이를 돌며 소리쳤다. 그러다가 그가 멈춰서 몸을 반으로 접고는 지면 아래로 반쯤 꺼져 있는 문으로 들어섰다. 그 안은 눅눅한 지하실이었는데, 높이는 1.5미터 정도였고 희미한 잿빛 등불만이 밝혀져 있었다. 우리는 몸을 숙이고 지하 복도를 따라 달렸다. 발에 닿는 동물 뼈를 밀어내고, 머리로 천장을 쓸면서, 우리가 지나치는 것들을 보지 않으려 애썼다. 한구석에 축 늘어져 있는 사람, 거적 위에서 몸을 떨며 잠들어 있는 사람들, 한쪽 팔에 구걸 양동이를 걸친 채 바닥에 누워 있는 넝마주이 소년. 복도 끝에는 널찍한 방이 있었고, 때가 낀 몇 개의 창문으로 들어오는 햇빛 속에 비참해 보이는 세탁부 둘이 시궁창의 악취 나는 웅덩이에서 빨래를 문지르고 있었다.

그리고 우리는 계단을 더 내려가서 천만다행으로 밖으로 나

갔고, 몇 채의 건물이 공유하고 있는 울타리가 둘러진 정원으로 들어섰다. 다른 세상이었다면 평화로운 풀밭이나 자그마한 정자가 있을 법도 하지만, 여기는 악마의 영토인지라 정원은 눅눅하고 돼지우리 같았다. 창밖으로 내던져서 파리가 들끓는 쓰레기가 벽마다 높이 쌓여 있었고, 정원 한복판 진흙탕에 판자로 비스듬히 세운 우리에는 앙상한 소년이 자기보다 더 앙상한 돼지를, 그것도 꼭 한 마리를 치고 있었다. 진흙과 벽돌로 만든 담에는 웬 여자가 담배를 피우며 신문을 읽고 있었고, 뒤에 서 있는 어린 여자아이가 그녀의 머리에서 서캐를 잡고 있었다. 여자와 소녀는 우리 일행이 지나가는 것을 알아차리지 못했지만 소년은 쇠스랑 갈퀴를 우리 쪽으로 겨누었다. 자기 돼지에 아무 관심이 없음이 분명해지자 소년은 피곤한 듯 주저앉았다.

엠마는 정원 한복판에 멈춰 서서 지붕 홈통 사이의 빨랫줄을 올려다보았다. 엠마는 피 묻은 옷 때문에 우리가 살인 사건에 연루된 것처럼 보인다면서 옷을 갈아입을 것을 거듭 제안했다. 샤론은 살인자들은 여기서 별로 특별할 것도 없다면서 계속 가자고 재촉했지만 엠마는 제자리에 서서 지하에서 와이트가 우리의 피 묻은 옷을 보고 동료들에게 무전을 쳤기 때문에 사람들 틈에서 우리가 쉽게 눈에 띄었다고 주장했다. 엠마는 다른 사람의 피로 뻣뻣해진 블라우스를 입고 있는 게 영 꺼림칙한 것 같았다. 나 역시 마찬가지였다. 친구들을 다시 만났을 때 이런 꼴을 보이고 싶진 않았다.

샤론이 마지못해 동의했다. 정원 가장자리의 울타리 쪽으로 우리를 이끌던 그는 돌아서서 어느 건물로 우리를 안내했다. 애디슨마저 씩씩거릴 정도로 두 층, 세 층, 네 층 계단을 올라간 뒤 샤론이

문을 열고 좁고 불결한 방으로 들어갔다. 천장에 난 구멍으로 비가 들이쳐서 마치 연못의 물결처럼 방바닥이 우그러졌다. 검은 곰팡이가 혈관처럼 벽에 줄을 그었고 연기 자욱한 창가 테이블에는 두 여자와 한 소녀가 발로 밟는 재봉틀에 앉아 땀을 흘리고 있었다.

"옷이 좀 필요해요." 얇은 벽을 흔들 정도로 우렁찬 저음으로 샤론이 여자들에게 말했다.

창백한 얼굴들이 고개를 들었다. 둘 중 한 여자가 마치 무기처럼 바늘을 들었다. "가세요." 그녀가 말했다.

샤론이 외투의 후드를 뒤로 조금 젖혔고, 재봉사들만 그의 얼굴을 보았다. 그들이 숨을 헉 들이켜고는 신음을 하다가 정신을 잃고 테이블 위에 쓰러졌다.

"그렇게까지 할 필요 있어요?" 내가 말했다.

"엄밀히 말하면 그렇진 않지만," 샤론이 후드를 도로 쓰며 말했다. "편리하잖아."

재봉사들은 자투리 천을 모아 단순한 모양의 셔츠와 드레스를 만들고 있었다. 재봉하던 헝겊 조각들이 바닥에 높이 쌓여 있었고, 프랑켄슈타인의 괴물보다 더 많이 깁고 꿰맨 결과물은 창문 밖의 줄에 걸려 있었다. 엠마가 줄에 걸린 옷들을 챙기는 동안 나는 방 안을 훑어보았다. 이곳은 단순한 작업실 이상의 공간이었다. 여자들은 이곳에 살고 있었다. 판자를 주워 모아 못을 쳐서 만든 침대도 하나 있었다. 화로 위에 걸린 찌그러진 냄비 안을 들여다보니 꿀꿀이죽을 끓여 먹은 흔적이 있었다. 생선 껍질과 시든 양배추 잎이 보였다. 말린 꽃가지들, 벽난로에 못으로 박은 말발굽 한 개, 빅토리아 여왕의 초상화 액자처럼 건성으로나마 방 안을 꾸며보려는 노력의 흔적도 보였지만 아무것도 없는 것보다 더 서글펐다.

　이곳은 만질 수 있을 정도로 절망이 선명했고, 그 절망이 방 안의 모든 것을 짓누르고 있었으며, 방 안의 공기 그 자체였다. 이렇듯 처절한 비참함과 맞닥뜨려보기는 처음이었다. 이상한 사람들이 이런 밑바닥 삶을 살 수 있을까? 샤론이 창문으로 셔츠를 한가득 끌어내렸을 때 내가 그렇게 물었다. 그는 내가 그런 생각을 하는 것 자체를 불쾌해하는 것 같았다. "이상한 사람들은 결코 이런 미천한 삶을 용납하지 않아. 이 사람들은 끝없이 반복되는 루프의 하루에 갇힌 평범한 빈민들이야. 악마의 영토의 지긋지긋한 변방은 평범한 사람들이 점령하고 있지만 심장부는 우리 거야."

　그러니까 이 사람들은 평범한 사람들이었다. 그것도 루프에 갇힌 평범한 사람들. 마치 케르놈에서 짓궂은 아이들이 마을 습격 놀이를 하며 괴롭히던 평범한 사람들처럼. 이들은 마치 바다 혹은 절벽처럼 이 세계의 배경의 일부라고 속으로 나는 생각했다. 그러나 자투리 천 속에 파묻고 있는 여자들의 삭은 얼굴들을 보는 순간, 이건 차라리 그들의 옷을 훔치는 것만도 못하다는 생각이 들었다. "이상한 아이들은 보면 바로 알 수 있어." 더러운 블라우스 무더기를 헤치며 엠마가 말했다.

　"알고말고." 애디슨이 말했다. "우리가 어지간히 튀어야 말이지."

　나는 피 묻은 셔츠를 벗은 다음 개중에 가장 덜 더러운 셔츠를 골라 입었다. 수용소에서나 배급될 것 같은 옷이었다. 칼라 없는 줄무늬 셔츠로 양쪽 소매의 길이가 달랐고 사포보다 더 거친 천을 이어 붙여 만들었다. 그러나 나에게 잘 맞았고 의자 등받이에 걸쳐져 있던 수수한 검은색 코트까지 입으니 그런대로 이곳 사람처럼 보였다.

엠마가 발치에 늘어진 자루 같은 드레스로 갈아입는 동안 우리는 등을 돌리고 서 있었다. "이런 옷을 입고 뛰는 건 불가능해." 엠마가 투덜거렸다. 엠마는 재봉사의 테이블 위에 있던 가위를 들더니 푸줏간 주인의 섬세함으로 찌르고 찢어가며 무릎 길이가 될 때까지 스커트를 잘랐다.

"됐네." 거칠게 수선한 옷을 거울에 비춰보며 그녀가 말했다. "좀 허접하긴 하지만……."

"호러스가 더 멋진 옷을 만들어줄 거야." 별생각 없이 내가 말했다. 어쩌다 보니 친구들이 옆방에서 우릴 기다리고 있지 않다는 사실을 잊고 있었다. "그러니까 내 말은…… 우리가 다시 걔들을 만나게 되면……."

"그런 말 하지 마." 엠마가 말했다. 엠마는 잠시 무척 슬퍼 보였고, 그 슬픔에 완전히 빠져드는 것 같았다. 그러더니 엠마가 돌아서서 가위를 내려놓고는 결심을 한 듯 문으로 향했다. 다시 우리를 돌아보았을 때 엠마의 표정은 비장해져 있었다. "가자. 이런 상황에서 여기서 너무 많은 시간을 허비했어."

엠마에겐 슬픔을 분노로, 분노를 행동으로 바꾸는 놀라운 능력이 있었다. 어떤 상황에서도 엠마는 오랫동안 좌절하지 않았다. 애디슨과 나, 그리고 샤론은 엠마를 따라 문을 나서고 계단을 올라갔다. 샤론는 자기가 상대하는 아이들이 어떤 아이들인지 아직도 모르는 것 같았다.

ɤ

악마의 영토는, 그러니까 그곳의 이상한 중심부는, 열 블록 혹은 스무 블록에 불과한 사각형이었다. 작업실에서 나온 우리는 울타리에서 헐거운 판자 하나를 뜯어내고는 숨 막히는 골목으로 빠져나왔다. 그 길은 조금 덜 숨 막히는 골목으로 이어졌고, 덜 숨 막히는 골목은 다시 조금 널찍한 골목으로 이어졌으며, 그 골목은 다시 엠마와 내가 나란히 걸을 수 있는 길로 이어졌다. 심장 발작 후 이완되는 동맥들처럼 길이 넓어지다가 마침내 거리라고 불러도 괜찮을 것 같은, 가운데는 빨간 벽돌을 깐 길이 나 있고 가장자리에는 보도가 있는 도로에 이르렀다.

"뒤로 물러서!" 엠마가 속삭였다. 우리는 모퉁이에 몸을 숨기고 마치 특공대처럼 머리를 포개어 도로 쪽을 내다보았다.

"대체 뭐 하는 거냐?" 샤론이 말했다. 샤론은 아직도 거리 한복판에 서 있었고 죽는 것보다는 우리 때문에 창피를 당할 일이 더 걱정인 것 같았다.

"매복 공격 지점과 탈주로를 파악하고 있어요." 엠마가 말했다.

"여긴 아무도 매복하고 있지 않아." 샤론이 대답했다. "해적들은 주인 없는 땅에서만 활동해. 여기까지 우릴 쫓아오진 않는다고. 여긴 루시 레인이야."

실제로 그렇게 적힌 간판이 있었다. 악마의 영토에서 처음 보는 간판이었다. **루시 레인.** 근사한 손글씨로 적혀 있었다. **해적질 삼가.**

"삼가?" 내가 말했다. "그럼 살인은? 장려하지 않음?"

"내 생각에 살인은 '예약 시에만 허용'일 거 같은데."

"여긴 불법이 하나도 없나?" 애디슨이 물었다.

"도서관 연체료 관리는 아주 엄격해. 하루 연체에 채찍 열 대. 그것도 문고본인 경우가 그래."

"도서관이 있어요?"

"두 곳. 하지만 그중 한 곳은 대출을 안 해줘. 책들이 전부 사람 가죽으로 제본되어 있어서 값이 비싸거든."

우리는 모퉁이 벽에서 걸어 나와 조금 당혹스러운 표정으로 주위를 둘러보았다. 이곳 황무지에서 나는 길목마다 저승사자가 튀어나올 거라 기대했지만, 루시 레인은 어디로 보나 시민의 질서가 지켜지고 있는 평화로운 거리였다. 깔끔한 거리에 조그만 가게들이 줄지어 들어서 있었고, 가게에는 간판과 진열창이 있었으며, 그 위층에는 아파트가 있었다. 내려앉은 지붕도, 깨어진 유리창도 보이지 않았다. 거리를 오가는 사람들도 눈에 띄었는데, 둘씩, 셋씩 짝을 지어 어슬렁거리다가 이따금 멈춰 서서 가게로 들어가거나 진열대를 구경하곤 했다. 그들이 입고 있는 옷은 누더기가 아니었다. 그들의 얼굴은 깨끗했다. 이곳의 모든 것이 새것처럼 반짝이는 건 아니었지만, 마모된 표면과 얼룩진 페인트는 오히려 가장자리가 멋스럽게 낡은 공예품처럼 매혹적인 분위기를 자아냈다. 만약 엄마가 우리 집 거실 탁자에 놓여 있던, 휙휙 넘겨보긴 했지만 절대 제대로 읽지는 않는 여행 잡지에서 루시 레인을 보았다면, 이 도시의 아름다움을 찬양하면서 유럽으로 제대로 된 휴가를 떠나본 적이 한 번도 없다고 불평했을 것이다. 오, 프랭크, 우리 떠나요.

엠마는 사뭇 실망한 기색이었다. "난 뭔가 더 으스스한 걸 기대했는데."

"나도." 내가 말했다. "살인의 소굴, 피로 얼룩진 경기장은 다 어디 갔대?"

"너희가 이곳 사람들이 무슨 일을 하고 산다고 생각했는지는 모르겠지만," 샤론이 말했다. "살인의 소굴 같은 곳은 들어본 적이 없어. 유혈 스포츠 경기장이라면 한 곳이 있긴 하지. 데릭 스트리트에, 데릭이 운영하는…… 데릭, 괜찮은 친군데 나한테 갚을 돈이 5파운드……."

"와이트들은요?" 엠마가 물었다. "납치된 우리 친구들은요?"

"목소리 낮춰!" 샤론이 낮게 소리쳤다. "내 볼일을 보고 나서 너희를 도울 사람을 찾아주마. 그때까진 아무한테도 그 얘기 하지 마."

엠마가 샤론의 얼굴을 똑바로 쳐다보았다. "그럼 이 얘기 또 하게 만들지 말아요. 당신의 도움과 전문성은 고맙지만 우리 친구들의 목숨은 시한부라고요. 소란을 피하려고 꾸물거리고 싶지 않아요."

샤론이 꽤 오랫동안 엠마를 쳐다보았다. 그러고는 마침내 그가 말했다. "우리 모두가 시한부야. 내가 너희들이라면 그 시한이 언제인지 알아내려고 안달하진 않겠다."

⟡

우리는 샤론의 변호사를 찾아 나섰다. 그는 곧바로 짜증을 내기 시작했다. "분명히 여기 사무실이 있었는데," 휙 돌아서며 그가 말했다. "하긴 내가 그 친구를 본 지도 벌써 몇 년 됐지. 이사했나 보네."

샤론은 자기 혼자 살펴보고 오겠다며 우리에게 가만히 서 있으라고 했다. "곧 돌아오마. 아무하고도 얘기하면 안 돼."

우리를 남겨두고 그가 멀어졌다. 우리는 어정쩡하게 보도에 모여 서 있었다. 무얼 해야 할지 난감했다. 지나가던 사람들이 우릴 쳐다보았다.

"정말 감쪽같이 속였어. 안 그래?" 엠마가 말했다. "여기가 무슨 범죄 소굴인 것처럼 허풍을 떨더니 다른 루프들하고 별로 다를 게 없잖아. 솔직히 여기 사람들은 내가 본 어떤 이상한 사람들보다 평범해 보여. 마치 별난 특징들은 모두 진공청소기로 빼내버린 것 같아. 완전 따분해."

"지금 장난해?" 애디슨이 말했다. "난 여기보다 더 불쾌하고 구역질 나는 곳은 본 적이 없어."

우리가 놀라 애디슨을 쳐다보았다.

"어째서?" 엠마가 말했다. "그냥 조그만 가게들일 뿐이잖아."

"맞아. 하지만 뭘 팔고 있는지를 봐."

그제야 우리는 눈여겨보았다. 우리 바로 뒤쪽에 진열대가 있었고 수북하게 콧수염을 기르고 잘 차려입은 신사가 서글픈 눈빛으로 그곳에 서 있었다. 우리의 관심이 자신에게로 집중되어 있음을 깨달은 그는 고개를 살짝 끄덕이고는 회중시계를 꺼내 옆에 달린 버튼을 눌렀다. 그 순간 그가 그 자리에 얼어붙더니 모습이 흐릿해졌다. 잠시 후, 그는 움직이지 않으면서 움직였다. 그는 있던 자리에서 사라지는 것과 동시에 진열대 반대편에 나타났다.

"와!" 내가 말했다. "신기한 능력이다!"

그는 또 한 번 그렇게 해서 다시 반대편 구석으로 움직였다. 내가 넋이 나간 채 서 있는 동안 엠마와 애디슨이 다른 가게의 진열대

로 갔다. 나도 그들 곁으로 갔다. 비슷한 진열대였지만 유리 뒤에 검은 옷을 입은 여자가 서 있었고 한쪽 손에 구슬을 꿴 기다란 실을 들고 있었다.

우리가 보고 있음을 깨닫고 여자는 눈을 감고 마치 몽유병 환자처럼 한 팔을 앞으로 내밀었다. 그러고는 손가락으로 천천히 구슬을 굴려 뒤로 넘겼다. 구슬을 바라보느라 그녀의 얼굴에서 일어나는 변화를 곧바로 알아차리진 못했다. 그녀가 구슬을 하나 넘길 때마다 그녀의 얼굴이 미묘하게 변했다. 어떤 구슬을 넘기자 낯빛이 환해졌다. 다음 구슬을 넘겼을 땐 입술이 얇아졌다. 그다음엔 머리카락이 아주 살짝 붉은빛으로 변했다. 열 개 남짓한 구슬을 넘기는 동안 일어난 작은 변화들이 모여 어느 순간 전혀 다른 얼굴들이 되었다. 피부가 검고 얼굴이 둥근 할머니에서부터 어리고 코가 뾰족한 붉은 머리의 소녀까지. 재미있기도 했고 불편하기도 했다.

공연이 끝나자 내가 애디슨에게 돌아섰다. "이해가 안 가." 내가 말했다. "저 사람들이 뭘 파는 거지?"

그가 대답하기도 전에 어린 소년이 다가오더니 명함 두 장을 내 손에 쥐여주었다. "한 명 값에 두 명! 오늘 하루만 이 가격!" 그가 소리쳤다. "가격만 맞는다면 다 드립니다!"

나는 손안의 명함을 뒤집어보았다. 한 장에는 회중시계 남자의 사진이 있었고 뒷면에 **J. 에드윈 브래그, 순간 이동가**라고 적혀 있었다. 또 다른 한 장에는 무아지경 상태인 구슬 여인의 사진과 함께 **G. 핑케, 천의 얼굴을 가진 여인**이라고 적혀 있었다.

"됐어. 우린 안 사." 엠마가 말하자 소년은 엠마를 쏘아보더니 돌아서서 가버렸다.

"이제 쟤들이 뭘 파는지 알겠지?" 애디슨이 말했다.

나는 거리를 훑어보았다. 회중시계 남자와 구슬 여인 같은 사람들이 루시 거리의 거의 모든 상점 진열대에 서 있었다. 누구든 봐주기만 하면 언제든지 공연할 준비가 되어 있는 이상한 사람들이었다.

나는 설마 하며 물었다. "혹시…… 자기 자신을 팔고 있는 거야?"

"이제야 형광등에 불이 들어오는군." 애디슨이 말했다.

"그게 꼭 나쁜 건가?" 내가 또 한 번 넘겨짚어보았다.

"나쁘지." 애디슨이 날카롭게 말했다. "이상한 세계에서는 금지되어 있는 일이고 충분히 그럴만한 이유가 있으니까."

"우리의 이상함은 신성한 능력이야." 엠마가 말했다. "그걸 판다는 건 우리가 지닌 가장 특별한 것의 가치를 떨어뜨리는 일이야."

엠마는 마치 어렸을 때부터 주입되었던 진부한 이야기를 앵무새처럼 되풀이하는 것 같았다.

"아," 내가 말했다. "알겠어."

"넌 동의하지 않는구나." 애디슨이 말했다.

"뭐가 해롭다는 건지 모르겠어. 내가 어떤 이상한 사람의 능력이 필요하고, 그 이상한 사람에겐 내 돈이 필요하다면, 서로 거래해서 안 될 이유가 뭐 있어?"

"하지만 넌 윤리 의식이 있는 애잖아. 그게 99퍼센트의 다른 사람들과 네가 다른 점이지." 엠마가 말했다. "만약 나쁜 사람이, 혹은 윤리 의식 수준이 낮은 사람이 투명 인간의 서비스를 받으면 어떻게 되겠어?"

"투명 인간이 거절하면 되잖아."

"그렇게 간단한 문제가 아니야." 엠마가 말했다. "그리고 자기 자신을 파는 행위는 도덕적 나침반을 부식시켜. 자기도 모르는 사이, 회색 지대의 나쁜 쪽에 발을 담그게 되고, 돈을 받지 않으면 결코 하지 않을 일들을 하게 될 테니까. 상황이 절박해지면 다른 사람의 의도가 무엇이건 개의치 않고, 누구한테든 자신을 팔게 될걸."

"예를 들면 와이트라든가." 애디슨이 날카롭게 덧붙였다.

"그렇겠네. 그건 좀 심각하겠다." 내가 말했다. "하지만 이상한 사람이 정말 그런 짓을 할까?"

"멍청하긴!" 애디슨이 말했다. "이 루프의 상태를 좀 봐! 아마 유럽에서 유일하게 와이트가 점령하지 않은 루프일걸? 그런데 과연 그 이유가 뭘까? 왜냐하면 그동안 이 루프가 아주 유용했거든. 이곳 주민 전체가 값을 불러주기만 기다리는 변절자와 첩자들이니까."

"목소리를 좀 낮추는 게 좋겠다." 내가 말했다.

"그거 말 되네." 엠마가 말했다. "아마 이상한 첩자들을 우리 루프에 잠입시켰을 거야. 그러지 않고서야 어떻게 우리에 대해 그렇게 많이 알고 있겠어? 루프의 입구, 방어 시설, 약점까지…… 누군가의 도움이 있어야만 가능한 일이었어." 엠마가 마치 방금 상한 우유를 먹은 사람처럼 독을 품은 표정으로 주위를 둘러보았다.

"가격만 맞으면 뭐든 해줬겠지……." 애디슨이 으르렁거렸다. "여기 있는 사람들 전부 다 반역자들이야. 교수형에 처해야 해!"

"얘들아, 무슨 일이니? 무슨 안 좋은 일이라도?"

뒤를 돌아보니 웬 여자가 서 있었다. (얼마나 오래 서 있었던 걸까? 무슨 얘기를 들었을까?) 그녀는 1950년대 스타일로 맵시 있고 사무적인 복장을 하고 있었다. 무릎 길이의 스커트에 굽이 낮은 검은색 구두를 신고 나른하게 담배 연기를 내뿜었다. 머리는 정수리 위로 높이 틀어 올렸고 중서부 평원 출신인 듯 단조로운 미국식 억양이었다.

"난 로레인이라고 해." 여자가 말했다. "못 보던 애들이구나."

"누굴 좀 기다리고 있어요." 엠마가 말했다. "우린…… 휴가 중이거든요."

"이런 반가울 데가! 나도 휴가 중이란다. 지난 50년 동안 휴가 중이었지." 립스틱으로 얼룩진 치아를 드러내며 그녀가 웃었다. "도움이 필요하면 알려다오. 이 로레인으로 말하자면, 루시 레인 최고의 상품이 어디 있는지 다 꿰고 있거든. 엄연한 사실이란다."

"저흰 됐어요." 내가 대답했다.

"걱정 마라, 아가. 물지 않을 테니까."

"관심 없어요."

로레인이 어깨를 으쓱했다. "도와주고 싶었을 뿐이야. 보아하니 길을 잃은 것 같아서."

로레인이 돌아섰지만 그녀의 말이 엠마의 관심을 끌었다.

"최고의 상품이라고요?"

로레인이 돌아서며 능글맞은 미소를 지었다. "오래된 것도 있고 새로운 것도 있어. 다양한 능력들이 구비되어 있단다. 그저 공연을 관람하는 것만 원하는 고객들도 있는데, 그것도 괜찮아. 하지만 특별한 수요가 있는 고객들도 있단다. 우린 모든 고객을 만족시키려 노력하고 있어."

"얘가 됐다잖아요." 애디슨이 퉁명스럽게 말했다. 애디슨이 여자에게 그만 꺼지라고 말하려는 찰나, 엠마가 애디슨에게 다가서며 말했다. "가보고 싶어."

"뭐?" 내가 말했다.

"가보고 싶다고." 엠마가 말했다. 그녀의 목소리가 날카로워져 있었다. "보여주세요."

"신중하게 생각하고 말해야 보여줄 거야."

"아주 신중하게 생각하고 말하는 거예요."

엠마가 무슨 꿍꿍이인지 알 수 없었지만 무작정 따라나설 정도로 나는 엠마를 믿었다.

"쟤들은 왜 저런다니?" 애디슨과 나를 못미더운 눈초리로 쳐다보며 로레인이 물었다. "원래 저렇게 항상 무례하니?"

"네. 나쁜 애들은 아니에요."

로레인이 눈을 가늘게 뜨고 우리를 쳐다보았다. 어떻게 우리를 떼어버릴지 생각하는 것처럼.

"넌 뭘 할 줄 아는데?" 그녀가 내게 물었다. "뭐 할 줄 아는 거 있니?"

엠마가 헛기침을 하더니 나를 바라보며 눈을 찌푸렸다. 엠마의 신호를 나는 바로 알아들었다. **지어내!**

"전엔 연필 같은 걸 공중에 띄울 수 있었거든요." 내가 말했다. "그런데 지금은 세우지도 못해요. 아무래도 뭔가…… 잘못됐나 봐요."

"종종 있는 일이야." 그녀가 애디슨을 바라보았다. "그리고 넌?"

애디슨이 눈을 부라렸다. "난 말하는 개잖아요."

"그게 다야? 말할 줄 아는 거?"

"듣고 보니 정말 그렇네." 나는 결국 참지 못하고 말했다.

"둘 중 누구 말이 더 모욕적인지 모르겠다." 애디슨이 말했다.

로레인이 마지막으로 한 모금 더 빨고는 담배를 껐다. "좋아, 애들아. 날 따라와."

그녀가 걷기 시작했다. 우리는 조금 뒤처져서 소곤거리며 의논했다.

"샤론은?" 내가 말했다. "우리한테 여기서 기다리라고 했잖아."

"잠깐이면 될 거야." 엠마가 말했다. "와이트들이 어디 숨어 있는지 샤론보다 이 여자가 훨씬 더 많이 알고 있을 것 같은 기분이 들어."

"그런데 저 여자가 아무 대가 없이 우리한테 그런 정보를 줄까?"

"그야 두고 보면 알겠지." 엠마가 말하고는 돌아서서 로레인을 따라갔다.

로레인의 집에는 창문도 간판도 없었고 당기는 체인에 은색 종만 달려 있는 밋밋한 문뿐이었다. 로레인이 종을 울렸다. 안쪽에서 잠금 장치들이 젖혀지는 소리가 들리더니 마침내 문이 조금 열렸다. 어둠 속에서 눈동자 하나가 우리를 향해 반짝였다.

"신선한 고기?" 남자의 목소리였다.

"손님들이야." 로레인이 대답했다. "들여보내."

눈이 안쪽으로 사라지더니 문이 열렸다. 우리는 격조 있는 현관 홀로 들어섰고 문지기가 우리를 맞이했다. 그는 깃을 높이 세운 큼직한 코트를 입고 중절모를 쓰고 있었다. 모자를 낮게 눌러쓰고 있어서 그의 얼굴에서 보이는 것이라고는 바늘로 콕 찌른 것 같은 눈과 코끝뿐이었다. 그가 앞을 가로막고 서서 우리를 내려다보았다.

"어서." 로레인이 말했다.

남자는 우리가 위협이 되지 않는다고 판단한 것 같았다. "네." 그가 말하고는 옆으로 물러섰다. 그는 우리 뒤로 문을 닫고 잠근 다음, 로레인의 안내에 따라 긴 복도를 걷는 우리를 따라왔다.

우리는 오일 램프가 깜빡이는 어둠침침한 거실로 들어섰다. 얼핏 웅장해 보이기도 하는 지저분한 거실이었다. 벽은 황금색 소용돌이무늬와 벨벳 커튼으로 장식되었고, 둥근 천장에는 헐렁한 옷을 입은 까무잡잡해진 그리스 신들이 그려져 있었으며, 거실 입구에는 대리석 기둥들이 있었다.

로레인이 문지기에게 고개를 끄덕였다. "고마워, 칼로스."

칼로스가 미끄러지듯 거실 뒤쪽으로 사라졌다. 로레인이 커튼이 드리워진 벽으로 다가가 줄을 당기자 커튼이 한쪽으로 밀리면서 견고한 유리로 만든 널찍한 벽이 모습을 드러냈다. 다가가서 안을 들여다보니 유리 안쪽에 또 하나의 방이 있었다. 우리가 있는 거실과 분위기가 상당히 비슷했지만 크기가 작았고, 사람들이 의자와 소파에 앉아 있었다. 책을 읽는 사람도 있었고, 잠을 자는 사람도 있었다.

세어보니 모두 여덟 명이었다. 몇 명은 나이가 지긋해서 관자놀이 부근이 희끗희끗했다. 남자아이와 여자아이는 열 살이 안 되어 보였다. 나는 그들이 포로임을 깨달았다.

애디슨이 질문을 하려는 순간 짜증스럽다는 듯 로레인이 손짓을 했다. "질문은 나중에." 그녀가 유리로 다가가 마치 탯줄처럼 벽 안으로 연결된 것 같은 튜브를 들더니 그 한쪽 끝에 대고 소리쳤다. "13번!"

유리 맞은편에서 가장 어린 소년이 일어나 앞으로 나왔다. 손과 다리에 사슬이 감겨 있었고 죄수복 같은 옷을 입은 유일한 이상한 아이였다. 줄무늬 옷과 모자에는 13이라는 숫자가 큼직하게 꿰매어져 있었다. 열 살이 채 안 되어 보였지만 성인 남자처럼 얼굴에 털이 자랐다. 삼각형 모양의 수북한 염소수염에 눈썹은 정글 애벌레 같았고, 그 밑의 눈동자는 차가웠고 살피는 듯했다.

"왜 족쇄를 채워놓았어요?" 내가 물었다. "위험한 앤가요?"

"보면 알아." 로레인이 말했다.

소년이 눈을 감았다. 뭔가 집중하는 것 같았다. 잠시 후 그의 모자 가장자리에서 머리카락이 솟아나기 시작하더니 이마 쪽으로 뻗어 내려왔다. 염소수염도 자라더니 머리카락과 한데 꼬여 솟아오르며 마치 마법에 걸린 뱀처럼 꿈틀거렸다.

"이거야 원." 애디슨이 말했다. "진짜 신기하네."

"지금부터 잘 봐." 로레인이 미소를 지으며 말했다.

13번이 쇠사슬을 채운 양손을 들었다. 마법에 걸린 그의 뾰족한 수염이 자물쇠로 향하더니, 열쇠 구멍 주변을 콩콩거리다가 구멍 속으로 들어갔다. 소년은 눈을 뜨고 무표정한 얼굴로 앞을 보았다. 10초 정도가 흐르자 꼬인 수염이 유리 너머에서도 들릴 정도로 높은 선율과 함께 딱딱해지면서 진동하기 시작했다.

자물쇠가 열리더니 쇠사슬이 소년의 팔목에서 떨어졌다.

소년이 살짝 고개인사를 했다. 나는 박수를 치고 싶은 욕구를 억눌렀다. "세상의 모든 자물쇠를 열 수 있단다." 뿌듯해하며 로레인 이 말했다.

소년은 다시 의자로 돌아가 잡지를 들었다.

로레인이 튜브를 한 손으로 막았다. "정말 특별한 아이야. 다른 사람들도 마찬가지고. 마음을 읽을 줄 아는 사람도 있는데, 아주 노 련해. 어깨까지 벽을 통과할 수 있는 여자도 있어. 그게 생각보다 꽤 쓸모가 있더라고. 저기 저 꼬마 아가씨는 포도맛 탄산음료를 충분히 마시면 날 수도 있어."

"정말요?" 애디슨이 과장스럽게 물었다.

"기꺼이 보여줄걸." 로레인이 말하고는 튜브에 대고 소녀를 창가 로 불렀다.

"그럴 필요 없어요." 엠마가 이를 악물고 말했다.

"그게 애들 직업이야." 로레인이 말했다. "5번, 앞으로 나와!"

소녀는 병들이 가득 놓여 있는 테이블로 가서 보라색 액체가 든 병을 골라 길게 한 모금을 들이켰다. 소녀는 한 병을 다 비우고 나서 테이블 위에 올려놓고는 앙증맞게 딸꾹질을 하고 등받이가 달 린 의자 옆에 섰다. 잠시 후 그녀가 다시 딸꾹질을 하자 그녀의 발이 바닥에서 살짝 떨어지면서 머리는 그 자리에 있고 발만 위로 올라 갔다. 세 번째 딸꾹질을 하자 발이 90도 각도로 올라갔다. 이제 소녀 는 허공에 가로로 반듯하게 누운 상태였고, 유일하게 그녀를 지탱하 고 있는 것은 목 밑을 받친 의자 등받이뿐이었다.

로레인은 우리에게 더 열광적인 반응을 기대했겠지만, 꽤 놀랐 음에도 불구하고 우리는 조용한 관객이었다. "비위 맞추기 힘든 관객

이네." 그녀가 말하고는 소녀를 들여보냈다.

"자," 튜브를 내려놓고 우리 쪽으로 돌아서며 로레인이 말했다. "얘들이 입맛에 안 맞으면, 다른 상품들과도 임대 계약이 체결되어 있단다. 여기서 본 상품 중에서만 선택해야 하는 건 아니야."

"상품이라니," 엠마가 말했다. 침착한 목소리였지만 수면 바로 밑에서 끓어오르는 분노를 나는 느낄 수 있었다. "저 사람들을 짐승 취급하는 걸 인정하시는 건가요?"

로레인이 잠시 엠마의 표정을 살폈다. 그녀의 눈이 거실 뒤쪽에서 보초를 서고 있는 코트 입은 남자에게로 향했다. "물론 그건 아니지." 그녀가 말했다. "이 사람들은 고성능 제품이란다. 잘 먹고, 잘 쉬고, 압박감 속에서도 공연을 하도록 훈련받았고, 눈처럼 깨끗해. 엠브로는 한 방울도 손대본 적이 없고 그걸 증명할 서류도 사무실에 있어. 아니면 직접 물어보든가. 13번, 6번!" 그녀가 튜브에 대고 소리쳤다. "앞으로 나와서 너희가 여길 얼마나 좋아하는지 말해봐."

여자아이와 남자아이가 일어나 창문 쪽으로 다가왔다. 소년이 튜브를 들었다. "우린 여길 무척 좋아합니다." 그가 로봇처럼 말했다. "엄마는 우리한테 정말 잘해주세요."

그가 튜브를 여자아이에게 넘겼다. "우린 이 일을 좋아합니다. 우린……." 그녀가 하던 말을 멈추고, 암기했지만 잊어버린 것을 기억해내려 애썼다. "우린 이 일을 좋아합니다……." 그녀가 웅얼거렸다.

로레인이 짜증스럽다는 듯이 아이들을 들여보냈다. "잘 봤지? 이제 한두 번 더 시범을 보여주마. 하지만 그 이상을 보려면 계약금이 필요해."

"그 서류 보고 싶어요." 엠마가 코트 입은 남자를 흘금 돌아보며 말했다. "사무실에 있다는 그 서류." 꽉 움켜쥔 엠마의 손이 벌겋게 달아오르고 있었다. 상황이 험악해지기 전에 여길 떠야 했다. 이 여자가 어떤 정보를 갖고 있건 싸울 만한 가치는 없었다. 이 아이들을 전부 다 구한다는 건…… 냉정하게 들릴지 몰라도, 우리에겐 이 아이들보다 먼저 구해야 할 아이들이 있었다.

"저기, 그럴 필요 없을 것 같아요." 내가 말하고는 엠마에게 몸을 숙이고 속삭였다. "나중에 구하러 오자. 우선순위를 정해야지."

"서류요." 내 말을 무시하고 엠마가 말했다.

"좋아." 로레인이 대답했다. "사무실로 가서 진지하게 얘기해보자꾸나."

엠마가 그녀를 따라갔다. 이제 의심을 사지 않고 엠마를 막을 길은 없었다.

로레인의 사무실은 벽장에 책상과 의자를 욱여넣은 공간이었다. 문을 닫자마자 엠마가 그녀에게 달려들어 벽으로 밀어붙였다. 로레인이 욕을 하며 칼로스를 불렀지만 엠마는 오븐의 알루미늄처럼 벌겋게 달아오른 손을 그녀의 얼굴에 들이밀었다. 엠마가 밀어붙일 때 짚었던 로레인의 블라우스에는 두 개의 검은 손자국이 났다.

쿵하고 문에 무언가가 부딪치는 것 같은 소리가 들리더니 문밖에서 투덜거리는 소리가 들렸다.

"괜찮다고 말해." 엠마가 말했다. 엠마의 목소리는 낮고도 냉혹했다.

"난 괜찮아!" 로레인이 뻣뻣하게 말했다.

등 뒤에서 문이 덜컹거렸다.

"다시 말해."

로레인이 이번에는 보다 설득력 있게 말했다. "꺼져! 지금 일하는 중이잖아!"

또 한 번 투덜거리는 소리가 들렸고 잠시 후 멀어지는 발소리가 들렸다.

"너 지금 아주 멍청한 짓을 하고 있는 거야." 로레인이 말했다. "내 물건을 훔치고 살아남은 사람은 없어."

"우리가 원하는 건 돈이 아니야." 엠마가 말했다. "묻는 질문에 대답해."

"무슨 질문?"

"저기 있는 사람들. 저 사람들 당신 거야?"

로레인이 이마를 찌푸렸다. "도대체 무슨 꿍꿍이야?"

"저 사람들. 저 아이들. 당신이 샀잖아. 저 사람들이 당신 거라고 생각하느냐고."

"난 아무도 사지 않았어."

"당신이 저 사람들을 샀고 이제 저 사람들을 팔고 있잖아. 당신은 노예상이야."

"일이 그렇게 돌아가는 게 아니야. 쟤들이 제 발로 날 찾아왔어. 난 저 사람들 대리인이야."

"포주겠지." 엠마가 쏘아붙였다.

"내가 없었으면 굶주렸을걸. 아니면 붙잡혔거나."

"누구한테 붙잡힌단 거지?"

"알잖아."

"당신이 말하는 걸 듣고 싶어."

여자가 웃었다. "그건 별로 좋은 생각이 아닌데."

"그래?" 그녀가 한 발자국 다가갔다. "왜지?"

"첩자들이 사방에 깔렸으니까. 자기들 얘기하는 걸 좋아하지 않거든."

"난 와이트를 죽였어." 내가 말했다. "놈들이 두렵지 않아."

"네가 바보 천치라서 그렇지."

"깨물어도 돼?" 애디슨이 말했다. "진짜 깨물고 싶다. 아주 조금만."

"그 사람들한테 붙잡히면 어떻게 되지?" 애디슨을 무시하고 내가 물었다.

"아무도 몰라." 그녀가 말했다. "나도 알아보려 노력은 했지만……."

"알아보려고 **퍽이나** 노력하셨겠네." 엠마가 말했다.

"가끔 여길 들르거든." 로레인이 말했다. "쇼핑하러."

"쇼핑," 애디슨이 말했다. "아주 적절한 말이군."

"내 사람들을 사용하기 위해서." 그녀가 주위를 둘러보았다. 그녀의 목소리는 속삭임으로 잦아들었다. "나도 정말 싫어. 몇 명을 데려갈지, 얼마나 오래 쓸지, 대체 알 수가 있어야지. 하지만 달라는 대로 줄 수밖에. 불만이 있어도…… 절대 불평해선 안 되니까."

"놈들이 지불하는 돈에는 불만이 없으시겠지." 엠마가 경멸조로 말했다.

"놈들이 이 사람들한테 하는 짓에 비하면 턱없이 작은 액수야. 그들이 오는 소리가 들리면 어린아이들은 어떻게든 숨겨주려고 해. 놈들이 데려갔다 오면 완전히 망가진 상태로, 기억이 전부 다 지워진 상태로 돌아오거든. 어디 갔었냐고, 무슨 일을 시키더냐고 물어도 아이들은 아무것도 기억을 못 해." 그녀가 고개를 저었다. "하지만 악몽을 꿔. 아주 끔찍한 악몽. 그런 일을 겪고 나면 다시 팔지도 못 해."

"나도 **당신**을 팔아야겠어." 있는 대로 화가 나서 부르르 떨며 엠마가 말했다. "물론 동전 한 푼 낼 사람도 없겠지만."

나는 로레인에게 주먹을 날리지 않도록 주머니에 손을 넣고 있었다. 아직은 그녀에게서 얻어내야 할 것이 있었다. "다른 루프에서 납치해 온 이상한 아이들은 어떻게 됐지?" 내가 물었다.

"트럭에 태워서 싣고 와. 그런 일은 아주 드물었는데, 요즘은 매일 데리고 와."

"오늘 오전에도 들어왔나?" 내가 말했다.

"몇 시간 전에." 그녀가 말했다. "총을 든 헌병들이 거리 곳곳을 지키고 있었어. 엄청 호들갑을 떨더군."

"평상시엔 안 그랬어?"

"평상시엔 안 그래. 여긴 안전하다고 생각하는 것 같아. 이번엔 중요한 일이었나 봐."

우리 애들이야. 나는 생각했다. 전율이 나의 몸을 관통했지만, 로레인을 향해 달려드는 애디슨 때문에 감정을 억눌렀다. "엄청나게 안전하겠지!" 그가 으르렁거렸다. "이런 완벽한 배신자들 틈에 있으니!"

내가 그의 목걸이를 잡아 뒤로 끌었다. "진정해!"

애디슨이 발버둥을 쳤다. 애디슨이 내 손을 물 거라고 생각했지만 이내 마음을 가라앉혔다.

"우린 살아남기 위해 해야 할 일을 하는 것뿐이야." 로레인이 씩씩거리며 말했다.

"우리도 마찬가지야." 엠마가 말했다. "그 트럭들이 어디로 가는지 말해. 거짓말하거나 우릴 함정에 빠뜨리면, 다시 돌아와서 콧구멍을 녹여버리겠어." 그녀가 불타는 손가락을 로레인의 코끝에 댔다. "알아들어?"

나는 실제로 그렇게 하는 엠마의 모습을 상상할 수 있었다. 엠마는 지금 깊은 증오의 우물에 다가가는 중이었고, 엠마가 자신의 증오를 전부 다 표출하는 것을 나는 지금껏 한 번도 본 적이 없었다. 지금 같은 상황엔 쓸모가 있었지만 한편으로는 조금 두렵기도 했다. 적절한 동기가 부여되었을 때 그녀가 무슨 짓을 할 수 있을지 상상조차 하기 힘들었다.

"악마의 영토 안에 있는 자기네 구역으로 데려가." 엠마의 뜨거운 손가락에서 고개를 돌리며 로레인이 말했다. "다리 건너편."

"어떤 다리?" 손가락을 가까이 들이대며 엠마가 물었다.

"스모킹 스트리트 맨끝. 하지만 다리를 건널 생각일랑은 하지마. 쇠꼬챙이에 머리가 걸리고 싶지 않으면."

나는 로레인에게서 알아낼 건 다 알아냈음을 깨달았다. 이제 로레인을 어떻게 처리할지 생각해야 했다. 애디슨은 그녀를 물고 싶어 했고, 엠마는 자신의 희고 뜨거운 손가락으로 그녀의 이마에 S라고 써서, 평생 노예 상인*Slaver*이라는 낙인을 찍고 싶어 했다. 나는 둘 다 말린 다음 커튼에서 도르래 줄을 떼어 그녀의 입에 재갈을 물리고 책상 다리에 묶었다. 그 상태로 그녀를 두고 돌아서는데, 마지막으로 알고 싶은 것 한 가지가 떠올랐다.

"놈들이 납치한 이상한 아이들. 그 아이들은 어떻게 되는 거지?"

"우우……."

내가 재갈을 내렸다.

"살아남아서 그 얘기를 한 사람이 없어." 그녀가 말했다. "하지만 소문이 돌긴 해."

"어떤?"

"차라리 죽는 게 낫다고들 하던데." 그녀가 침을 흘리며 미소를 지었다. "아무래도 직접 알아봐야 할 것 같군. 안 그래?"

ᔓ

사무실 문을 여는 순간, 코트 입은 남자가 무거운 무언가를 높이 치켜들고 거실 맞은편에서 우리 쪽으로 달려왔다. 그가 우리에게 달려들기 직전 사무실에서 재갈 물린 비명 소리가 들려왔고 그는 방향을 바꾸어 로레인에게로 달려갔다. 그가 사무실 안으로 들어서는 순간 엠마가 문을 닫은 다음 손잡이를 고철 덩어리로 녹여버렸다.

덕분에 1분 혹은 2분 정도를 벌 수 있었다.

애디슨과 나는 출구를 향해 돌진했다. 반쯤 달려갔을 때 돌아보니 엠마가 따라오고 있지 않았다. 엠마는 노예가 된 이상한 아이들의 방 창문을 두드리고 있었다.

"여기서 탈출시켜줄게! 문이 어디 있는지 알려줘!"

그들은 의자와 침상에 축 늘어진 채 천천히 우리를 돌아보았다.

"뭐든 집어서 유리를 깨!" 엠마가 말했다. "어서!"

아무도 움직이지 않았다. 그들은 혼란스러워 보였다. 아마도 그들은 실제로 탈출할 수도 있다는 생각을 해본 적이 없었던 것 같았다. 아니면 탈출을 원하지 않았거나.

"엠마, 시간이 없어." 내가 엠마의 팔을 잡아끌며 말했다.

엠마는 포기하려 하지 않았다. "제발!" 엠마가 튜브에 대고 소리쳤다. "아이들만이라도 내보내줘요!"

사무실 안에서 목청이 터져라 외치는 고함 소리가 들려왔다. 문 경첩이 흔들렸다. 화가 난 엠마가 주먹으로 유리를 때렸다.

"저 사람들 대체 왜 저래!"

놀란 눈동자들. 어린 남자아이와 여자아이가 울음을 터뜨렸다.

애디슨이 엠마의 드레스 밑단을 입으로 잡아끌었다. "가야 해!"

엠마는 튜브를 내려놓고 씁쓸하게 돌아섰다.

우리는 문을 박차고 달려 나가 보도로 접어들었다. 탁한 노란색 바람이 거리의 모든 것을 휩쓸어 이편에서 저편이 보이지 않도록 감추었다. 그 블록에서 벗어났을 때 로레인이 울부짖는 소리가 들려왔지만 쫓아오는 모습이 보이진 않았다. 그녀에게서 벗어날 때까지 우리는 골목을 돌고 또 돌았다. 판자를 친 가게들이 있는 폐허가 된 골목으로 접어들어서야 숨을 고르려 멈춰 섰다.

"스톡홀름 증후군이라고 해." 내가 말했다. "자길 납치한 사람의 감정에 동화되기 시작하는 거."

"내 생각엔 그냥 겁에 질린 것 같아." 애디슨이 말했다. "도망쳐 봐야 어디로 가겠어? 이곳 전체가 하나의 감옥인데."

"둘 다 틀렸어." 엠마가 말했다. "약에 취한 거야."

"너 되게 자신 있게 말한다." 내가 말했다.

엠마가 눈 밑으로 흘러 내려온 머리카락을 쓸어 넘겼다. "집에서 가출해서 서커스단에서 일할 때, 불 먹기 쇼를 끝냈는데 웬 여자가 다가왔어. 내가 어떤 앤지 안다면서, 나 같은 애들을 알고 있다는 거야. 자기 밑에서 일하면 훨씬 더 돈을 많이 벌 수 있다고." 엠마가 거리를 내다보았다. 한참을 달려서 뺨이 벌겋게 달아올랐다. "내가 그러고 싶지 않다고 했어. 여자는 계속 같이 가자고 했고. 결국 그 여잔 단단히 화가 나서 돌아섰어. 그날 밤 잠에서 깨어보니, 입에 재갈이 물리고 양손이 묶인 채로 내가 마차 짐칸에 타고 있더라고. 움직일 수도 없었고 제대로 생각할 수도 없었어. 그때 날 구해준 사람이 바로 페러그린 원장님이야. 다음 날 말발굽을 갈기 위해 그들이 멈추었을 때 페러그린 원장님이 날 발견하지 않았더라면," 엠마는 우리 뒤쪽, 우리가 도망쳐 온 방향으로 고갯짓을 했다. "나도 쟤들처럼 됐을지도 몰라."

"그런 얘긴 한 번도 안 했잖아." 내가 나지막이 말했다.

"별로 하고 싶은 얘기가 아니었거든."

"그런 일을 겪었다니 정말 유감이다." 애디슨이 말했다. "저기 있는 저 여자, 저 여자가 널 납치했던 그 여자였어?"

엠마는 잠시 생각에 잠겼다.

"너무 오래전 일이야. 가장 끔찍한 대목은 지워버렸어. 날 납치한 사람의 얼굴까지도. 하지만 이것만은 분명히 말할 수 있어. 만약 너희들이 날 저 여자하고 단둘이 남겨놓았더라면, 저 여자를 절대 살려두지 않았을 거야."

"누구에게나 처단해야 할 악마는 있는 거니까." 내가 말했다.

나는 판자를 댄 창문에 기대었고, 그 순간 갑자기 피로가 밀려왔다. 얼마나 오래 깨어 있었을까? 카울이 모습을 드러낸 이후 몇 시간이나 지났을까? 며칠 전 일 같지만 불과 열 시간에서 열두 시간 전에 일어난 일이었다. 그 이후로 매순간이 전쟁이었고 끝없는 몸부림과 공포의 악몽이었다. 내 몸이 쓰러지기 직전임을 느낄 수 있었다. 나를 똑바로 서 있게 만드는 것은 오직 두려움뿐이었고, 두려움이 잦아들 때면 내가 나를 일으켰다.

짧은 찰나의 순간, 나는 내 눈이 감기는 것을 허락했다. 그 가느다란 검은색 괄호 안에서조차 공포가 기다리고 있었다. 기름이 흐르는 눈으로 웅크리고 앉아 할아버지의 시신을 뜯어먹고 있는 영원한 죽음의 유령. 정원 가위의 양날에 그 두 눈을 찔린 채 울부짖으며 늪으로 가라앉던 괴물. 놈을 처단한 장본인의 얼굴이 고통으로 일그러졌고, 총을 맞은 채 비명을 지르며, 암흑 속으로 비틀거리며 뒷걸음질 쳤다. 나는 나의 악마를 처단했지만 승리는 찰나였을 뿐, 그들을 대체할 또 다른 괴물들이 나타나고 있었다.

뒤쪽에서 들려오는 발소리에 눈을 번쩍 떴다. 판자를 쳐놓은 창문 안쪽에서 나는 소리였다. 나는 벌떡 일어나 뒤를 돌아보았다. 유기된 상점 같았지만 안에 사람이 있었고 이제 그들이 나오려 하고 있었다.

바로 그것. 두려움. 나는 다시 깨어났다. 다른 아이들도 소리를 들었다. 우리는 본능적으로 다 함께 근처에 있던 장작더미 뒤에 몸을 숨겼다. 장작들 틈으로 상점 쪽을 바라보았다. 문 위에 빛바랜 간판이 달려 있었다.

먼데이, 다이슨, 앤드 스트라이프 법률 사무소. 1666년부터 증오와 두려움의 대상.

빗장이 젖혀지고 천천히 문이 열렸다. 익숙한 검은 후드가 보였다. 샤론이었다. 그가 주위를 둘러보았고, 주위에 아무도 없음을 확인하고 나서 밖으로 빠져나와 문을 잠갔다. 그가 서둘러 루시 레인으로 향했고, 우리는 그를 쫓아갈지 말지 소곤거리며 의논했다. 우리에게 더 이상 그가 필요할까? 그를 믿어도 될까? 아마도, 아마도. 저 문 닫은 사무실 안에서 뭘 한 거지? 그가 만나겠다던 변호사가 바로 저 사람일까? 왜 몰래 숨어 다니는 거지?

그에게는 너무도 많은 의문과 불확실성이 있었다. 우리는 우리 힘으로 해결할 수 있다는 결론을 내렸다. 연기 속으로 유령처럼 사라져가는 그를 우리는 물끄러미 바라보았다.

ℰ

우리는 스모킹 스트리트와 와이트의 다리를 찾아 나섰다. 예측할 수 없는 또 다른 만남을 피하기 위해 길을 묻지 않고 직접 찾아보기로 했다. 악마의 영토 거리 간판들을 찾고 나니 길을 찾기가 한결 수월해졌다. 간판들은 대부분 가장 보기 불편한 장소에 숨겨져 있었다. 벤치 뒤 무릎 높이에 달려 있거나, 가로등 꼭대기에 매달려 있거나, 발밑의 닳아빠진 판석 위에 새겨져 있었다. 그러나 표지판의 도움을 받고도 길을 제대로 든 횟수만큼이나 잘못 들었다. 악마의 영토는 마치 그 안에 거주하는 사람들을 미치게 만들기 위해 설계된 것 같았다. 길을 따라가다 보면 텅 빈 벽으로 길이 막혔다가 엉뚱한 데서 다시 시작되었다. 너무도 가파르게 나선형으로 꼬부라졌다가 결국 제자리로 돌아오는 길도 있었다. 이름 없는 길도 있었고 이름이 두 개 혹은 세 개인 길도 있었다. 루시 레인처럼 깔끔하고 손질이 잘된 길은 없었다. 이상한 아이들의 인간 시장을 찾아온 고객들에게 쾌적한 환경을 제공하기 위해 특별히 공을 들인 게 분명했다. 로레인의 가게를 보고 엠마의 이야기를 듣고 난 지금 생각만 해도 구역질이 났다.

동네를 돌아다니다 보니, 서서히 악마의 영토의 독특한 지리 구조가 감이 잡혔다. 마을의 이름보다는 마을의 특징을 통해 어떤 동네인지 알 수 있었다. 거리마다 제각기 뚜렷한 특징이 있었고 거리에 들어선 상점들도 그에 따라 분류되어 있었다. 돌폴 스트리트에는 두 명의 장의사들과 영매 한 명, "관 제작에 사용된 목재의 재활용"만을 전문으로 한다는 목수, 주말이면 남성 4중창단으로 일한다는 장례식장의 전문 울음꾼들, 그리고 세무 회계사가 있었다. 우징 스트리트는 이상할 정도로 활기가 넘쳤는데, 창틀마다 꽃을 심은 상자들이 놓여 있었고 집들도 밝은 빛깔로 페인트칠했다. 심지어 그곳에 위치한 도살장마저도 매혹적인 청록색 페인트로 칠해놓아서, 안으로 들어가 한번 둘러보고 싶은 충동마저 불러일으켰다. 반면 페리윙클 스트리트는 그야말로 오물통이었다. 거리 한복판을 하수도가 관통하고 있었고, 공격적인 파리 떼가 들끓었으며, 보도는 썩어가는 채소들이 넘쳐났고, 싸구려 야채 가게 간판에는 키스 한 번이면 채소들을 신선하게 만들 수 있다는 문구가 적혀 있었다.

어테뉴에이티드 애버뉴는 15미터에 달하는 거리에 꼭 한 개의 상점이 있었다. 남자 둘이 썰매 위에 놓인 바구니에 먹을 것을 진열해놓고 팔고 있었다. 아이들이 바구니를 둘러싸고 달라고 아우성을 쳤다. 애디슨은 샛길로 빠져서는 아이들의 발치에서 킁킁거리며 부스러기를 주워 먹었다. 내가 애디슨을 부르려는 찰나, 남자들 중 한

명이 소리쳤다. "고양이 고기! 삶은 고양이 고기 있어요!" 애디슨은
다리 사이로 꼬리를 내리고 돌아오면서 훌쩍이며 말했다. "다시는,
다시는 안 먹어……."

우리는 어퍼 스머지 쪽에서 스모킹 스트리트로 접근했다. 그곳
에 가까이 다가갈수록 동네가 점점 시들었고, 가게들은 폐허가 되
었으며, 보도는 텅 비었다. 발치에 흩날리는 검은 재에 보도의 포석
이 시커멓게 변했다. 마치 거리 자체가 서서히 엄습해오는 죽음에 감
염된 것 같았다. 길 끝부분은 오른쪽으로 가파르게 구부러졌고 모
퉁이에 오래된 집과 똑같이 늙어 보이는 남자가 현관을 지키고 있었
다. 그는 억센 빗자루로 재를 쓸어냈지만 쓸어내는 속도보다 더 빠
른 속도로 재가 쌓여갔다.

나는 그에게 왜 굳이 청소를 하냐고 물었다. 그가 갑자기 고개를
들더니 마치 내가 빼앗으려 한다는 듯 빗자루를 부둥켜안았다. 그는
맨발에다 시커멓고 바지도 무릎까지 검댕투성이였다. "누군가는 해
야 하니까." 그가 말했다. "이 집을 지옥에 떨어뜨릴 순 없으니까."

우리가 지나가자 그는 다시 비장하게 하던 일로 돌아갔지만 관
절염 걸린 그의 손은 빗자루를 제대로 쥐는 것조차 힘들어 보였다.
그에게서 거의 위엄에 가까운 무언가가 느껴진다고 나는 생각했다. 그
의 저항이 존경스러웠다. 그는 자신의 위치를 포기하기를 거부하는
완강한 버팀목이었다. 세상의 종말을 지키는 마지막 파수꾼이랄까.

길을 따라 돌면서 우리는 갈수록 껍질을 벗어던지는 것 같은
건물들 사이를 걸었다. 먼저 페인트가 벗겨진 건물들이 나왔고, 그
다음엔 창문들이 검에 변하고 깨어진 건물들이 나왔다. 그다음엔
지붕들이 내려앉았고, 벽들이 무너져 있었고, 마침내 우리가 스모킹

스트리트의 교차로에 이르렀을 때 건물들은 골조만 남아 있었다. 숯이 되어 비스듬히 기울어진 목재, 마지막 호흡을 내쉬는 조그만 심장들처럼 재 속에서 반짝이는 불씨. 우리는 벼락을 맞은 듯 그 자리에 서서 주위를 둘러보았다. 보도의 갈라진 틈 깊숙한 곳에서 유황 냄새 나는 연기가 피어올랐다. 불길에 헐벗은 나무들이 마치 허수아비처럼 폐허를 지키고 있었다. 재가 거리로 날렸고 어떤 곳에는 30센티미터 높이로 쌓여 있었다. 내가 보았던 그 어떤 곳보다 지옥을 닮았다.

"그러니까 여기가 와이트들의 본거지로 가는 진입로구나." 애디슨이 말했다. "기가 막히게 어울리네."

"비현실적이야." 코트 단추를 풀며 내가 말했다. 사우나를 방불케 하는 열기가 주위에서 피어올랐고 신발 밑창을 통해서도 번져왔다. "샤론이 여기서 무슨 일이 있었다고 했지?"

"지하 화재." 엠마가 말했다. "몇 년 동안 불길이 탄다고 했어. 불을 끄기 힘들기로 악명이 높다고."

그때 마치 거대한 탄산음료 캔을 따는 것 같은 소리가 들렸고 우리가 있는 곳에서 불과 3미터 떨어진 보도의 균열에서 오렌지색 불길이 솟아올랐다. 우리는 깜짝 놀라 펄쩍 뛰었다가 정신을 가다듬었다.

"여기서 불필요한 시간 낭비 하지 말자." 엠마가 말했다. "이제 어느 쪽으로 가지?"

왼쪽과 오른쪽의 두 갈래 길이 있을 뿐이었다. 스모킹 스트리트의 한쪽 끝은 시궁창에서 끝나고 다른 한쪽 끝에 와이트들의 다리가 있다는 건 알고 있었지만, 어느 쪽이 어느 쪽인지 알 수가 없었다. 연기와 안개, 바람에 날리는 재 때문에 어느 방향도 멀리 볼 수가 없었다. 아무렇게나 골랐다간 위험한 우회 혹은 시간 낭비로 이어질 수 있었다.

안개 속에서 우리 쪽으로 다가오는 높고 불안정한 소리를 듣는 순간 우리는 더욱 절박해졌다. 우리는 거리에서 물러나 탄화된 어느 집의 골조 속에 숨었다. 노래하는 사람들이 다가오면서 그들의 목소리가 점점 더 커졌고, 비로소 그들이 부르는 이상한 노래의 가사를 알아들을 수 있었다.

> 도둑을 매달기 전날 밤,
> 교수형 집행인이 말하기를
> 네가 죽기 전에 내가 왔노라
> 너에게 상세하게 경고해주러
>
> 네 목을 졸라 지옥에 보내주마
> 네 팔을 자르고 너를 약간 괴롭힌 뒤
> 엉덩이를 포 뜬 다음 차에 태우고……

그러고는 일제히 숨을 멈추고 "지하 2미터 지점!"이라는 외침으로 노래를 끝냈다.

머지않아 안개 속에서 그들이 모습을 드러냈고 노래 부르는 사람들의 모습을 볼 수 있었다. 그들은 검은색 작업복에 짤막한 검은 장화를 신었고 허리에는 연장주머니를 차고 있었다. 고된 하루를 마친 뒤에도 씩씩한 교수대 수리공들은 여전히 목이 터져라 노래를 부르고 있었다.

"저 음치 영혼들에게 축복이 있기를." 엠마가 낮게 웃으며 말했다.

우리는 그들이 스모킹 스트리트가 끝나는 지점인 시궁창에서 일하는 것을 보았고, 그들이 그쪽에서 오는 것임을 추측할 수 있었다. 그것은 곧 그들이 다리 방향으로 가고 있다는 의미였다. 우리는 그들이 우리 앞을 지나 연기 속으로 사라지기를 기다렸다가 거리로 나가 그들의 뒤를 따랐다.

우리는 온 세상을 시커멓게 만든 재의 암초를 헤치며 걸었다. 나의 바지 밑단, 엠마의 신발과 발목, 애디슨의 다리 전체가 시커멓게 변했다. 저만치 어딘가에서 수리공들이 또 다른 노래를 부르기 시작했고, 잿더미로 변한 풍경 속에서 그들의 노래가 기이하게 울려 퍼졌다. 주위는 온통 폐허뿐이었다. 간혹 쉭 하는 소리가 들렸고, 곧바로 바닥에서 불길이 치솟았지만, 첫 번째 불길처럼 가까운 곳에서 솟아오르지는 않았다. 우리는 운이 좋았다. 이곳에서는 산 채로 통구이가 되기 십상이었다.

어디선가 불어온 한 줄기 바람이 재와 뜨거운 불씨로 검은 눈보라를 만들며 하늘로 솟구쳤다. 우리는 숨을 쉬기 위해 돌아서서 손으로 얼굴을 가렸다. 나는 셔츠 칼라를 끌어당겨 입을 막았지만 별로 도움이 되지 않았고 이내 기침을 하기 시작했다. 엠마는 애디슨을 품에 안았지만 얼마 못 가서 자기도 숨이 막히기 시작했다. 나는 코트를 벗어 그들의 머리 위로 덮어주었다. 엠마의 기침이 잦아들었고 애디슨이 숨찬 목소리로 코트 밑에서 "고마워!"라고 말했다.

우리가 할 수 있는 일은 그렇게 모여 서서 재 폭풍이 잦아들기를 기다리는 것뿐이었다. 눈을 감고 있는데 근처에서 기척이 느껴졌고 손가락 틈으로 엿본 광경에, 나는 악마의 영토에서 그 많은 일들을 보았음에도 불구하고, 깜짝 놀랐다. 한 남자가 너무도 여유롭게 걷고 있었다. 입에 손수건을 대고 있는 것 외에는 전혀 동요가 없어 보였다. 그는 양쪽 눈에서 강렬한 흰 광선이 뻗어 나오고 있어서 어두운 거리를 걷는 데 전혀 지장이 없어 보였다.

"안녕!" 그가 외치며 광선을 내 쪽으로 향하고는 모자를 약간 기울였다. 나는 대답을 하려 했지만 입안 가득 재를 머금고 있는 데다 눈에도 재가 들어가 있었고, 다시 입을 열었을 땐 그가 이미 사라진 뒤였다.

바람이 잦아들기 시작하면서, 우리는 기침을 하고 침을 뱉고, 제대로 볼 수 있을 때까지 눈을 문질렀다. 엠마가 애디슨을 바닥에 내려놓았다. "조심하지 않으면 와이트들이 우릴 죽이기 전에 이 루프가 우릴 죽이겠어." 애디슨이 말했다. 엠마가 내 코트를 돌려주고는 공기가 맑아질 때까지 날 끌어안았다. 엠마에게는 나를 안는 특유의 방식이 있었다. 엠마는 양팔로 나를 안고 내 가슴 위 움푹한 곳에 자기 머리를 넣어서 우리 둘 사이에 전혀 빈틈이 없게 만들었다. 이런 곳에서 머리부터 발끝까지 검댕을 뒤집어쓰고 있는데도 나는 엠마에게 키스하고 싶은 마음이 굴뚝같았다.

애디슨이 헛기침을 했다. "방해하고 싶진 않지만, 이만 가야 할 것 같아."

우리는 조금 멋쩍어하며 서로에게서 떨어진 다음 계속 걸었다. 저만치 안개 속에서 창백한 형체들이 보였다. 그들은 길가에 들어선 판잣집 사이를 오가며 거리를 서성이고 있었다. 그들이 누구인지 몰라 긴장한 채 잠시 망설였지만 앞으로 나아가는 것 말고는 뾰족한 수가 없었다.

"고개 들고 허리 펴." 엠마가 말했다. "무섭게 보이자."

우리는 꼭 붙어서 길 한복판으로 나아갔다. 그들은 불안한 눈빛에 험악한 인상이었다. 온몸에 숯 검댕을 뒤집어썼고 넝마 같은 옷을 걸치고 있었다. 나는 위험한 사람 같은 인상을 주려 애쓰며 그들을 쏘아보았다. 그들은 매 맞은 강아지처럼 우리를 피했다.

이곳은 일종의 빈민가였다. 불에 타지 않는 쇠붙이를 모아 지은 낮은 오두막집에 돌멩이와 나무 밑동으로 눌러놓은 양철 지붕, 문이라고는 천 조각을 걸어놓은 게 전부였다. 불타버린 문명의 잔해 속에서 곰팡이처럼 기생하는 삶의 흔적이었다. 그것도 삶이라 부를 수 있다면.

닭들이 거리를 뛰어다녔다. 도로의 연기 나는 구멍 옆에 한 남자가 무릎을 꿇고 앉아 뜨거운 열기에 달걀을 익히고 있었다.

"가까이 가지 마." 애디슨이 웅얼거렸다. "환자 같아."

나도 같은 생각이었다. 절룩거리는 걸음걸이도 그랬고 퀭한 눈동자도 그랬다. 그들 중 몇 명은 조잡한 마스크 혹은 눈만 내놓은 두건 같은 것을 머리에 쓰고 있었다. 마치 병마로 얽어버린 얼굴을 가리거나 병의 전이를 늦추려는 것처럼.

"이 사람들 누구지?" 내가 물었다.

"모르겠어." 엠마가 말했다. "근데 물어보진 않을래."

"내 생각엔 여기 말곤 있을 곳이 없는 사람들 같아." 애디슨이 말했다. "가까이 다가가면 안 되는 사람들, 전염병 보균자들, 심지어 악마의 영토에서조차 용서받지 못할 죄를 지은 사람들. 교수대의 올가미를 피한 사람들이 이상한 세계의 완벽한 변방이자 밑바닥에 정착한 거겠지. 버림받은 자들 중의 버림받은 자들로부터 추방당한 사람들."

"만약 여기가 변방이라면," 엠마가 말했다. "와이트들은 멀리 있지 않을 거야."

"이 사람들이 정말 이상한 사람들일까?" 내가 물었다. 참혹한 상태 말고는 그들에게 그다지 특별한 점이 보이지 않았다. 자존심 때문일지도 모르겠지만, 나는 이상한 아이들의 사회는 아무리 열악해진다 해도 이런 끔찍한 가난 속에 살 거라고는 생각하지 않았다.

"모르겠어. 알고 싶지도 않고." 엠마가 대답했다. "일단 걷자."

우리는 고개를 숙이고 무관심한 척 앞을 바라보면서, 그 사람들 역시 우리에게 무관심하기를 바라며 걸었다. 대부분은 거리를 유지했지만 몇 명은 쫓아오며 구걸을 했다.

"뭐든, 뭐든 드릴게요. 한 방울만, 한 병만." 자기 눈을 가리키며 한 사람이 말했다.

"제발요." 또 다른 사람이 애원했다. "며칠 동안 한 방울도 구경을 못 했어요."

그들의 뺨은 얽었고 상처가 났다. 마치 산성 눈물을 흘리고 있었던 것처럼. 그들의 얼굴을 차마 볼 수가 없었다.

"뭘 원하는지 몰라도 우리한텐 없어요." 엠마가 그들을 뿌리치며 말했다.

거지들은 뒤로 물러나 거리에 서서 우리를 음흉하게 바라보았다. 웬 남자가 높고 날카로운 목소리로 소리쳤다. "거기! 남자아이!"

"무시해." 엠마가 웅얼거렸다.

나는 고개를 돌리지 않고 곁눈질로 그를 보았다. 넝마를 걸치고 벽에 쪼그려 앉은 남자가 떨리는 손으로 날 가리켰다.

"네가 그 아이 맞지? 네가 바로 그 아이지?" 안경 위에 안대를 하고 있던 그는 나를 보려고 안대를 걷었다. "맞네!" 그가 낮게 휘파람을 불었고 검은 잇몸을 드러내며 웃었다. "다들 널 **기다리고** 있었어."

"누가요?"

나는 도저히 더 이상은 참을 수가 없었다. 내가 그의 앞에 섰다. 엠마는 초조한 듯 한숨을 쉬었다.

남자의 미소가 점점 더 커지고 이상해졌다. "가루 어머니들과 마술사들. 망할 놈의 사서들과 축복받은 지도 제작자들, 너 나 할 것 없이 모두가!" 그가 양팔을 들고는 조롱기 어린 숭배의 인사로 고개를 숙였고 그 순간 케케묵은 악취가 풍겨왔다. "아주 **오래** 기다렸지!"

"뭘 기다려요?"

"가자." 엠마가 말했다. "정신병자가 분명해."

"엄청난 공연이 펼쳐지겠군." 거지가 말했다. 그의 목소리가 축제의 호객꾼처럼 높아졌다가 낮아졌다. "최대의, 최고의, 최초의, 그리고 최후의 쇼! **이제 곧**······."

묘한 전율이 내 몸을 관통했다. "난 당신을 몰라. 당신도 날 쥐뿔도 모를 테고." 내가 돌아서서 걷기 시작했다.

"물론 난 널 알아." 그가 말했다. "네가 바로 할로우하고 말을 한다는 그 아이잖아."

나는 그 자리에 얼어붙었다. 엠마와 애디슨이 나를 보며 입을 쩍 벌렸다.

나는 되돌아가서 그의 앞에 섰다. "당신 누구지?" 내가 그의 얼굴에 대고 소리쳤다. "누구한테 들었어?"

그러나 그는 그저 웃고 또 웃을 뿐이었고 나는 더 이상은 아무것도 그에게서 알아낼 수가 없었다.

❧

그곳을 막 벗어나려는 순간 사람들이 모여들기 시작했다.

"돌아보지 마." 애디슨이 경고했다.

"잊어버려." 엠마가 말했다. "미친 사람이야."

그러나 그가 단순히 미친 사람이 아니라는 걸 우리 모두 알고 있었다. 그러나 그게 우리가 아는 것 전부였다. 우리는 초조한 침묵 속에서 빠르게 걸었다. 거지의 괴상한 선포에 대해 아무도 말을 하지 않았고, 나는 그래서 다행이라고 생각했다. 그의 말이 어떤 의미인지 짐작조차 할 수 없었고 그런 생각을 해보기엔 너무도 지쳐 있었다. 질질 끄는 발걸음으로 보아 엠마와 애디슨도 기운이 빠져가고 있음을 알 수 있었다. 그 점에 대해서도 얘기하지 않았다. 피로는 우리의 새로운 적이었고 그 얘기를 해봐야 적에게 힘을 실어줄 뿐이었다.

저만치 앞에서 도로가 가파른 내리막길이 되어 안개 속으로 사라져버리자 우리는 와이트의 다리 표지판을 찾으려고 목을 빼고 주위를 둘러보았다. 문득 로레인이 우리에게 거짓말을 했을지도 모른다는 생각이 들었다. 어쩌면 다리 같은 건 애당초 없는지도 모른다. 어쩌면 이곳에 사는 괴물에게 산 채로 잡아먹히길 바라며 우릴 이곳으로 보냈을지도 모른다. 여자를 끌고 왔더라면 여자에게 길을 대라고 할 수도…….

"저기!" 애디슨이 소리쳤다. 그의 몸이 앞을 가리키는 화살표가 되었다.

우리는 애디슨이 보는 것을 보려고 애썼다. 안경을 썼는데도 애디슨의 시력이 우리보다 나았다. 우리는 열 발자국 남짓 더 걷고 나서야 점점 폭이 좁아지다가, 협곡처럼 생긴 곳을 아치 모양으로 가로지르는 길이 보였다.

"다리야!" 엠마가 소리쳤다.

우리는 잠시 피로를 잊고 달려갔고 우리의 발자국이 검은 먼지를 일으켰다. 우리는 숨을 고르기 위해 멈춰 섰다. 시야가 트였다. 협곡 위에 한 무리의 초록빛 안개가 떠 있었다. 협곡 건너편에는 흰 돌을 쌓아 만든 긴 벽이 희미하게 보였고, 그 너머에는 꼭대기가 구름 속으로 사라져버린, 높이 솟아오른 하얀 탑이 보였다.

저기가 바로 와이트들의 요새였다. 그곳에는 마치 눈 코 입을 지워버린 얼굴처럼 어딘가 사람을 불안하게 하는 공백 같은 것이 있었다. 위치도 어딘가 이상했다. 거대한 흰색 건물과 깔끔한 선은 스모킹 스트리트의 불에 탄 폐허와 묘한 대조를 이루었다. 마치 아쟁쿠르(프랑스 북부의 작은 마을로, 1415년 10월 25일 이곳에서 프랑스군이 영국군에게 대패함-옮긴이) 전장의 한복판에 교외 쇼핑센터가 들어선 것 같다고나 할까. 그 건물을 보는 것만으로도 두려움과 목적의식이 생겼다. 나의 한심하고 어수선한 삶의 흩어진 가닥들이 벽 너머의 보이지 않는 어느 한 지점을 향해 뭉쳐지는 것 같은 기분이 들었다. 바로 저기, 그것이 있었다. 내가 해야 할, 혹은 하다가 죽을 그 일. 내가 갚아야 하는 빚. 지금까지 내 삶에서 느껴왔던 모든 기쁨들, 두려움들을 단지 서곡에 불과한 것으로 만드는 그것. 만약 세상에서 일어나는 모든 일에 어떤 이유가 있는 것이라면, 나의 이유는 저 너머에 있었다.

내 곁에서 엠마가 웃고 있었다. 내가 당황한 표정으로 쳐다보자 엠마가 표정을 추슬렀다.

"그러니까 놈들이 숨어 있는 곳이 바로 **저기**라는 거잖아?" 엠마가 설명하듯 말했다.

"그런 것 같은데." 애디슨이 말했다. "그게 웃겨?"

"거의 평생토록 와이트들을 미워하고 두려워했어. 그 긴 세월 동안 놈들의 은신처, 놈들의 소굴을 찾아내는 순간을 얼마나 여러 번 상상했는지 몰라. 난 최소한 으스스한 성 같은 걸 상상했어. 벽에서 피가 뚝뚝 떨어지고, 호수에서 기름이 끓어오르고. 그런데 그렇지가 않네."

"그래서 실망한 거야?" 내가 말했다.

"응, 조금." 그녀가 비난하듯 요새를 가리켰다. "저렇게밖에 못 짓나?"

"나도 실망했어." 애디슨이 말했다. "난 우리가 부대 하나 정도는 이끌고 왔더라면 좋았겠다고 생각했는데, 보아하니 부대가 필요하지도 않겠네."

"과연 그럴까." 내가 말했다. "저 벽 뒤에서 뭐가 우릴 기다리고 있는지는 아무도 몰라."

"뭐가 나오든 각오하고 있으면 돼." 엠마가 말했다. "우리가 안 겪어본 게 뭐가 있겠어? 우린 총탄, 폭탄, 할로우의 공격에서도 살아남았는데…… 중요한 건 우리가 마침내 여기 왔다는 거야. 그토록 오랜 세월 동안 놈들이 숨어서 **우릴** 기다렸는데, 이제 마침내 우리가 **그들에게** 싸움을 걸게 된 거야."

"아마 지금쯤 벌벌 떨고 있을걸." 내가 말했다.

"카울을 찾을 거야." 엠마가 말을 이었다. "놈을 찾아서 엄마를 부르면서 울게 만들 거야. 그 하찮은 생명을 구걸하게 만들 거야. 그 다음엔 양손으로 그의 목을 조르고 머리가 녹아내릴 때까지……"

"너무 앞서가진 말자." 내가 말했다. "우리하고 카울 사이엔 많은 장애물이 있을 게 분명해. 사방에 와이트들이 깔려 있을걸. 무장한 군인들도."

"어쩌면 할로우들까지." 애디슨이 말했다.

"당연히 할로우들도 있겠지." 엠마가 말했다. 할로우 생각에 엠마는 조금 들뜬 것 같았다.

"중요한 건," 내가 말했다. "저 안에서 뭐가 우릴 기다리고 있는지도 모르는 상태로 무작정 들이닥쳐선 안 된다는 거야. 꼭 한 번의 기회밖에 없을지도 모르는데, 그 기회를 낭비해선 안 돼."

"좋아." 엠마가 말했다. "그럼 어떻게 하지?"

"일단 애디슨을 안으로 들여보낼 방법을 찾아보자. 애디슨이 가장 눈에 띌 확률이 적고 거의 아무 데나 숨을 수 있으니까. 후각도 가장 발달해 있고. 정찰을 하고 나서 다시 밖으로 빠져나와 우리한테 상황을 알려주면 돼. 그러니까 내 말은, 애디슨이 기꺼이 그 일을 해주겠다면."

"그랬다가 내가 돌아오지 않으면?" 애디슨이 말했다.

"우리가 널 찾으러 가야지." 내가 말했다.

개가 잠시 생각에 잠겼지만, 아주 잠시뿐이었다. "할게. 단, 한 가지 조건이 있어."

"말만 해." 내가 말했다.

"나중에 우리가 승리하게 되면 사람들한테 이야기할 때 나를 용맹스러운 애디슨이라고 불러줘."

"얼마든지." 엠마가 말했다.

"무지하게 용맹스러운 애디슨이라고 해줘." 애디슨이 말했다. "그리고 잘생긴 애디슨."

"좋아." 내가 말했다.

"좋았어." 애디슨이 말했다. "그럼 어디 한번 시작해볼까. 이 세상에서 우리가 사랑하는 거의 모든 사람들이 저 다리 너머에 있어. 여기서 보내는 시간은 1분 1초가 아깝다."

우리는 다리까지 애디슨을 쫓아갔다가 근처에서 애디슨이 돌아오기를 기다리기로 했다. 우리는 침착하게 비탈길을 내려가기 시작했고 걷는 동안 주위의 빈민가는 점점 더 빼곡해졌다. 집과 집 사이의 간격이 점점 좁아지다가 아예 없어졌고 결국에는 틈새 없이 이어 붙인 하나의 녹슨 쇠붙이 조각보가 되어 흐릿하게 우리 곁을 지나쳤다. 그러다가 어느 순간 서로 기대어 지은 지붕들이 끝나고 스모킹 스트리트의 주저앉은 벽과 불에 탄 나무들의 황무지가 90미터 정도 펼쳐졌다. 와이트들이 만들어놓은 일종의 완충지대인 것 같았다. 다리에 이르자, 수십 명의 사람들이 다리 입구를 막고 있었다. 그들의 옷차림을 제대로 보기에는 여전히 너무 멀리 있었다. 애디슨이 말했다. "군대가 진을 치고 요새를 포위하고 있어! 그럴 줄 알았어. 우리 말고도 전쟁을 하려는 사람들이 또 있을 줄 알았……"

그러나 자세히 바라보니 그들은 군인들이 아니었다. **이런**…… 하는 실망의 한숨과 함께 애디슨의 패기도 사라졌다.

"성을 포위하고 있는 게 아니야." 내가 말했다. "그냥…… 있는 거야." 우리가 본 가장 남루한 빈민들이 잿더미 위에 주저앉아 있었다. 얼마나 무기력하게 앉아 있는지 똑바로 앉아 있는 사람조차 죽은 사람으로 착각할 정도였다. 머리와 몸은 재와 기름때로 시커멓고 얼굴은 파인 자국들과 흉터들이 뒤덮고 있어서 나환자가 아닌가 의심이 들 정도였다. 우리가 그들 사이로 걸어갈 때 몇 명이 힘없이 고개를 들긴 했지만, 혹시 그들이 누군가를 기다리고 있었다 해도 우리는 아니었다. 그들이 다시 고개를 푹 숙였다. 유일하게 서 있는 사람은 귀마개가 붙은 사냥 모자를 쓴 소년이었는데, 잠든 사람들 사이를 어슬렁거리면서 그들의 주머니를 뒤지고 있었다. 깨어난 사람들이 소년에게 침을 뱉었지만 굳이 소년을 쫓아가진 않았다. 그들은 소년이 훔쳐 갈 만한 물건을 아무것도 갖고 있지 않았다.

그들을 거의 지나쳤을 때 한 남자가 소리쳤다. "너희들 죽을 거야!"

엠마가 멈춰 서서 도전하는 듯한 자세로 돌아섰다. "그게 무슨 소리죠?"

"너희들 죽을 거라고."

말을 한 남자는 판지 위에 앉아 있었고, 그의 노란 눈이 검은 머리카락의 굴속에서 밖을 내다보았다. "그들의 다리를 허락 없이 건너는 사람은 없어."

"우린 무조건 이 다리를 건널 거예요. 그러니까 우리가 알아야 할 일이 있으면 지금 말해주세요."

남자가 우릴 바라보며 웃음을 참았다. 다른 사람들은 조용했다.

엠마가 그들을 쳐다보았다. "아무도 도와주지 않을 건가요?"

한 남자가 입을 열었다. "조심해야 할 건……." 그러나 그가 말을 시작하자마자 또 다른 남자가 그를 조용히 시켰다.

"가게 내버려둬. 며칠 있으면 쟤들 기름을 얻을 수 있을 테니까!"

빈민가 사람들 틈에서 고통스러운 욕망의 신음 소리가 새어 나왔다.

"그거 한 병만 먹을 수 있다면 무슨 짓이든 할 텐데!" 내 발치에 있던 여자가 말했다.

"한 방울! 한 방울만이라도!"

"그만해. 너무 괴롭잖아!" 한 남자가 엉덩이를 들썩이며 말했다. "그 얘긴 꺼내지 마!"

"다들 지옥에나 가요!" 엠마가 소리쳤다. "어서 건너가, 용맹스러운 애디슨!"

우리는 구역질을 하며 돌아섰다.

ʕ

다리는 좁았고, 가운데가 아치 모양으로 불룩했으며, 너무도 매끄러운 대리석으로 만들어져서 거리의 재마저도 그 위에 함부로 내려앉지 않는 것 같았다. 애디슨이 다리 앞에서 우리를 멈춰 세웠다. "잠깐, 여기 뭔가 있어." 그가 말했다. 그가 눈을 감고 마치 수정 구슬을 읽는 천리안처럼 킁킁거리는 동안 우리는 초조하게 서 있었다.

"지금 당장 건너야 될걸. 우린 지금 완전히 노출된 상태라." 엠마가 웅얼거렸지만 애디슨은 다른 데 정신이 팔려 있었고, 솔직히 우리가 엄청난 위험에 빠진 것 같지는 않았다. 다리 위에는 사람이 없었고 다리 건너편 철창문을 지키는 사람도 없었다. 소총과 망원경을 든 남자들이 지키고 있을 법한 기다란 흰 벽 위도 마찬가지로 텅비어 있었다. 그 벽을 제외하면, 요새의 유일한 방어 시설은 마치 해자처럼 성을 빙 두른 협곡과, 그 아래서 유황 빛깔을 띤 초록색 수증기를 내뿜으며 끓고 있는 물뿐이었다. 강을 가로지르는 길은 다리 말고는 보이지 않았다.

"아직도 실망이야?" 내가 엠마에게 물었다.

"이건 완전 모욕이야." 엠마가 대답했다. "마치 우릴 막으려고 노력조차 안 하는 것 같잖아."

"맞아. 그래서 걱정이 돼."

애디슨이 입을 쩍 벌리고는 눈을 번쩍 떴다. 눈에 전류가 감도는 듯 반짝였다.

"왜 그래?" 엠마가 숨죽이며 물었다.

"아주 희미하긴 하지만, 발렌시아가 렌 원장님 냄새가 분명히 나."

"다른 아이들은?"

애디슨이 다시 킁킁거렸다. "우리 아이들 몇 명이 원장님하고 같이 있어. 누구인지, 몇 명인지는 잘 모르겠어. 냄새가 상당히 탁해지고 있어. 최근에 이상한 아이들 여럿이 이 길을 지나갔어. 저 사람들 말하는 건 아니야." 그가 말하며 우리 뒤쪽에 쪼그려 앉은 사람들을 적대적으로 쳐다보았다. "저 사람들의 이상한 성질은 너무 약해. 거의 존재하지도 않을 정도로."

"그럼 우리가 심문했던 그 여자 말이 맞는 거네." 내가 말했다.
"여기가 와이트들이 포로들을 데리고 오는 곳이 맞아. 우리 친구들
은 여기 있어."

친구들이 잡혀간 이래 끔찍하고 숨 막히는 절망감이 계속 목
을 조여왔지만, 이제 그 조임이 아주 조금 느슨해졌다. 몇 시간 만에
처음으로 희망과 추측에만 의지해 움직이고 있지 않았다. 우리는 적
의 땅을 가로질러 와이트들의 소굴 입구까지 친구들을 추적해왔다.
그것만으로도 하나의 작은 승리였고, 잠시나마 무슨 일이든 할 수
있을 것 같은 기분이 들었다.

"그렇다면 아무도 여길 지키고 있지 않은 게 더 이상하네." 엠마
가 어두운 목소리로 말했다. "마음에 안 들어."

"나도." 내가 말했다. "하지만 건너편에도 아무것도 안 보이는데."

"난 이만 가봐야 할 것 같아." 애디슨이 말했다.

"최대한 멀리까지 같이 가줄게." 엠마가 말했다.

"고마워." 애디슨이 대답했다. 그의 목소리가 엄청 용맹스럽게
들리진 않았다.

뛰어서 단숨에 건너버릴 수도 있었다. 왜 뛰어야 하냐고? 왜냐
하면, **모르도르는 아무나 쉽게 걸어서 들어갈 수 있는 곳이 아니오**(존 로널
드 톨킨의 판타지 소설 『반지의 제왕』에 등장하는 대사-옮긴이)라는 톨킨의
대사가 떠올랐기 때문이었다.

우리는 빠른 걸음으로 걷기 시작했고, 웅성거리는 소리와 숨죽
인 웃음소리가 우리 뒤를 따라왔다. 나는 웅크리고 앉아 있던 사람
들을 돌아보았다. 우리가 비참한 최후를 맞을 게 너무도 확실한지

그들이 자리를 움직여 더 잘 보이는 위치를 잡았다. 팝콘만 있으면 될 것 같았다. 나는 돌아가서 그들 한 명 한 명을 끓는 물에 던지고 싶었다.

며칠 있으면 쟤들 기름을 얻을 수 있을 테니까! 나는 그 말이 무슨 뜻인지 알지 못했고 영원히 알지 못하기를 바랐다.

다리의 경사는 가팔랐다. 엄습해오는 두려움에 내 심장이 두 배로 빨리 뛰었다. 무언가가 덤벼들 것만 같았고 그렇게 되면 우리에 겐 달아날 곳이 없었다. 나는 덫으로 다가가는 생쥐가 된 기분이 들었다.

우리는 소곤거리며 우리의 계획을 점검했다. 애디슨을 안으로 들여보내고 다시 마을로 돌아가서 사람들의 눈을 피해 기다릴 곳을 찾는다. 세 시간이 지나도록 애디슨이 돌아오지 않으면 엠마와 내가 안으로 들어갈 방법을 찾는다.

우리는 다리의 가장 높은 지점으로 다가가고 있었고 지금까지 감춰져 있던 내리막길 일부가 보였다. 그때 다리의 가로등이 소리를 질렀다.

"멈춰!"

"누가 여길 지나가!"

"아무도 못 가!"

우리는 멈춰 서서 가로등을 올려다보았다. 알고 보니 가로등이 아니라 기다란 쇠창살 위에 꽂아놓은 사람의 머리들이었다. 축 늘어 져 잿빛이 된 피부에 혀를 길게 빼물고 있는 머리들은 섬뜩했지만, 목이 붙어 있지 않은데도 우리에게 말을 하고 있었다. 다리 위의 머 리는 전부 여덟 개였고 다리 양쪽에서 서로 마주보고 있었다.

애디슨만 놀라지 않은 것 같았다. "설마 다리 머리를 처음 보는 건 아니겠지." 그가 말했다.

"더 이상은 못 가!" 왼쪽 머리가 말했다. "허락 없이 지나가는 자들에겐 죽음이 기다리고 있는 게 거의 확실하다!"

"그냥 확실하다고 해야지." 오른쪽 머리가 말했다. "**거의 확실하**다고 하니까 좀 우유부단해 보이잖아."

"허락받았어." 내가 거짓말로 둘러댔다. "난 와이트야. 지금 이상한 포로 둘을 잡아서 카울한테 데려가는 길이야."

"아무도 **우리한테** 알려주지 않았어." 왼쪽 머리가 짜증스럽다는 듯이 말했다.

"쟤들이 포로처럼 보여, 리처드?" 오른쪽 머리가 말했다.

"잘 모르겠는데." 왼쪽 머리가 말했다. "몇 주 전에 까마귀가 내 눈을 파먹었잖아."

"네 눈도?" 오른쪽 머리가 말했다. "딱하게 됐군."

"내가 아는 와이트 목소리가 아닌데." 왼쪽 머리가 말했다. "이 봐, 이름이 뭐지?"

"스미스." 내가 말했다.

"그것 봐! 스미스라는 와이트는 없어." 오른쪽 머리가 말했다.

"난 들어온 지 얼마 안 됐어."

"시도는 좋았어. 하지만 보내줄 순 없어."

"누가 우릴 막는데?" 내가 말했다.

"물론 우린 아니야." 왼쪽 머리가 말했다. "우린 경고해주려고 여기 있는 것뿐이니까."

"미리 알려주기 위해서지." 오른쪽 머리가 말했다. "너희들 내가 박물관학 학위 취득한 거 알아? 사실 난 다리 머리가 되고 싶진 않았어……."

"다리 머리가 **되고 싶은** 사람은 아무도 없어." 왼쪽 남자가 쏘아붙였다. "밤이나 낮이나 사람들한테 경고해주려고 까마귀들한테 눈이나 파먹히는, 망할 놈의 다리 머리가 되겠다고 꿈꾸는 아이들은 없다고. 하지만 인생이라는 게 항상 장미 꽃잎을 우리 발치에 뿌려주는 건 아니잖아. 안 그래?"

"가자." 엠마가 웅얼거렸다. "쟤들이 할 수 있는 일이라곤 수다떠는 것뿐이야."

우리는 그들을 무시하고 다리 위를 걸었고 우리가 지나갈 때 머리들이 차례로 경고했다.

"더 이상은 한 발짝도 가지 마!" 네 번째 머리가 소리쳤다.

"죽으려면 더 가!" 다섯 번째가 울부짖었다.

"우리 말이 안 들리나 봐." 여섯 번째가 말했다.

"하는 수 없지." 일곱 번째가 대수롭지 않다는 듯 말했다. "우린 분명히 경고했다!"

여덟 번째는 피둥피둥한 초록색 혀를 우리에게 비죽 내밀 뿐이었다. 우리는 그들을 지나 다리 꼭대기로 갔고, 거기서 갑자기 다리가 끝나면서 돌바닥이 있어야 할 자리에 6미터 깊이의 구멍이 입을 쩍 벌리고 있어서 하마터면 그 구멍으로 발을 내디딜 뻔했다. 엠마는 바람개비처럼 팔을 돌리며 뒷걸음을 쳤다.

"망할 놈의 다리를 끝까지 만들어놓지 않았잖아!" 내가 소리쳤다. 아드레날린과 당혹감에 뺨이 벌겋게 달아올랐다. 머리들이 비웃는 소리가 들렸고 그들 뒤로 길바닥에 앉아 있는 사람들도 웃었다.

만약 우리가 뛰었다면 제때 멈추지 못했을 것이고 곧장 아래로 떨어졌을 것이다.

"괜찮아?" 엠마가 내게 물었다.

"난 괜찮아." 내가 말했다. "하지만 **우린** 괜찮지 않아. 이제 애디슨을 어떻게 들여보내지?"

"이거 짜증나네." 애디슨이 가장자리를 서성거리며 말했다. "점프하면 안 되겠지?"

"안 돼." 내가 말했다. "너무 멀어. 전속력으로 달려도 힘들어. 장대가 있어도 힘들고."

"앗." 엠마가 말했다. 그녀가 우리 뒤쪽을 돌아보았다. "네 덕분에 방금 좋은 생각이 났어. 금방 올게."

애디슨과 나는 엠마가 다리를 내려가는 것을 지켜보았다. 엠마는 첫 번째 머리 앞에 멈춰 서서 양손으로 창을 움켜잡고 당겼다.

창은 쉽게 빠져나왔다. 머리가 큰 소리로 항의하자 엠마는 머리를 바닥에 내려놓은 다음 한 발을 그 위에 대고 힘껏 걷어찼다. 창에서 빠져나온 머리는 분노로 울부짖으며 다리 아래쪽으로 떨어졌다. 엠마는 의기양양하게 돌아와 창을 다리 가장자리에 세웠다가 쨍하는 금속성의 굉음과 함께 협곡 위로 쓰러뜨렸다.

엠마가 창을 바라보며 얼굴을 찌푸렸다. "이런, 런던 다리는 아니네." 길이 6미터에 두께는 2.5센티미터로 가운데가 약간 움푹한 창은 서커스 곡예사의 장대처럼 보였다.

"몇 개 더 가져오자." 내가 말했다.

우리는 왔다 갔다 하며 창을 빼서 협곡 위로 가로질러 놓았다. 머리들이 침을 뱉고 욕을 하고 먹히지도 않는 협박을 했다. 마지막 머리를 뽑아 아래쪽으로 굴려 떨어뜨린 뒤 우리는 조그만 쇠다리를 만들 수 있었다. 다리의 너비는 대략 30센티미터 정도에 머리에서 흘러나온 진물로 미끌거렸고 재가 섞인 바람에 흔들리며 달그락거렸다.

"영국을 위하여!" 애디슨이 외치고는 몸을 부르르 떨며 다리로 올라섰다.

"페러그린 원장님을 위하여!" 내가 말하고는 그의 뒤를 따랐다.

"새들의 사랑을 위하여, 가는 거야." 엠마가 말하고 내 뒤에서 다리에 올라섰다.

애디슨 때문에 도무지 속도가 나지 않았다. 그의 조그만 다리가 자꾸만 창틀 틈으로 빠졌고, 그럴 때마다 쇠창살이 바퀴 차축처럼 돌았으며, 나는 심장이 벌렁거렸다. 창살의 틈새를 보지 않고 다음에 발을 어디 놓을지에만 집중하려 했지만 불가능한 일이었다. 끓어오르는 강물이 마치 자석처럼 내 눈을 끌어당겼고 나는 우리의 고도가 추락하는 것만으로 죽기에 충분한 거리인지, 아니면 죽을 때까지 내 몸이 익어가는 것을 느낄 수 있을지 궁금했다. 그동안 애디슨은 걷기를 아예 포기하고 다리 위에 누워 마치 민달팽이처럼 창 위를 기어가기 시작했다. 그런 식으로 우리는 품위 없이 조금씩 앞으로 나아갔고 반을 조금 지났을 때, 나의 울렁거림이 날카로워지면서 무언가 다른 느낌으로 바뀌었다. 어느덧 너무도 익숙해진 배 속의 조이는 그 느낌.

할로우. 그 말을 하고 싶었지만 입안이 바짝 말랐다. 마침내 침을 꿀꺽 삼키고 그 말을 내뱉었을 때 그 느낌은 열 배로 강해져 있었다.

"경사 났군." 애디슨이 말했다. "우리 앞이야, 뒤야?"

곧바로 대답할 수가 없어서 나의 느낌을 잘 헤아려보아야 했다.

"제이콥! 앞이야, 뒤야?" 엠마가 내 귀에 대고 소리쳤다.

앞. 나의 배 나침반은 정확했지만 말이 되지 않았다.

이제 다리의 내리막길 부분이 문 앞까지 전부 다 시야에 들어왔고 다리 전체가 텅 비어 있었다. 아무것도 없었다.

"모르겠어!" 내가 말했다.

"그럼 계속 가!" 엠마가 말했다.

어느새 우리는 다리의 공백에서 건너편 쪽에 더 가까워지고 있었다. 앞으로 가는 편이 쇠창살에서 더 빨리 벗어날 수 있었다. 나는 애써 두려움을 억누르며 몸을 숙여 애디슨을 안아들고 달리기 시작했다. 불안정한 창살들 위에서 미끄러지고 비틀거리면서. 할로우가 만질 수 있을 정도로 가까이에서 느껴졌고, 소리도 들렸다. 할로우는 우리 앞쪽 보이지 않는 어딘가에서 우리를 향해 으르렁거리고 있었다. 나의 눈이 소리를 좇아 앞쪽, 그러나 우리 발밑의 어느 한 지점을 향했다. 잘려나간 다리의 단면에 좁고 길게 구멍이 뚫려 있었다.

저기. 다리가 바로 할로우였고 할로우 한 마리가 다리 속에 있었다. 할로우의 몸뚱이는 돌에 뚫린 구멍으로 나올 수 없었지만 놈의 혀들은 나올 수 있었다. 마침내 쇠창살들을 가로질러 단단한 다리로 올라서는 순간 엠마의 비명이 들렸다. 나는 애디슨을 내려놓고 엠마 쪽으로 돌아섰다. 할로우의 혀 하나가 엠마의 허리를 감고 그녀를 공중에 흔들고 있었다.

엠마가 내 이름을 불렀고 나도 엠마를 불렀다. 할로우의 혀가 엠마를 거꾸로 들고 흔들었다. 엠마가 다시 비명을 질렀다. 그것보다 더 끔찍한 소리는 없었다.

할로우의 혀 하나가 쇠창살을 밑에서 쳤다. 우리가 만든 임시 다리는 쨍그랑 소리를 내며 흩어져 하늘로 날아갔다가 성냥개비처럼 아래로 떨어졌다. 그러자 두 번째 혀가 애디슨을 향해 날아갔고 세 번째 혀가 내 가슴을 때렸다.

나는 바닥에 쓰러졌고 숨이 막혔다. 숨을 쉬려고 안간힘을 쓰고 있는데 혀 하나가 허리를 감아 나를 공중에 번쩍 들었다. 다른 혀는 애디슨의 뒷다리들을 잡고 있었다. 순식간에 우리 셋 모두가 공중에 거꾸로 매달렸다.

피가 머리로 쏠렸고, 시야가 흐릿해졌다. 애디슨이 짖어대며 혀를 물어뜯었다.

"그러지 마! 그랬다간 떨어져!" 내가 소리쳤지만 애디슨은 계속 혀를 깨물었다.

엠마 역시 무기력하긴 마찬가지였다. 만약 허리를 감은 혀를 태웠다간 할로우가 엠마를 떨어뜨릴 것이다.

"말을 해, 제이콥! 멈추라고 해!"

나는 몸을 비틀어 혀들이 비집고 나온 좁은 틈을 보았다. 놈의 이빨이 석조 슬레이트를 갉아먹고 있었다. 검은 눈동자는 굶주린 듯 불거져 나왔다. 우리는 검고 굵은 가지에 열린 과일처럼 매달려 있었고 밑에서는 협곡이 하품을 하고 있었다.

나는 놈의 언어로 말하려 애썼다. "우릴 내려놔!" 내가 소리쳤지만 입에서 나온 말은 영어였다.

"다시!" 애디슨이 말했다.

나는 눈을 감고 내가 시키는 대로 움직이는 할로우의 모습을 상상하면서 다시 한번 말했다.

"우릴 다리에 내려놔!"

이번에도 영어였다. 이놈은 내가 익숙해진 그 할로우가 아니었다. 얼음 속에 있었던 그 몇 시간 동안 나와 친해진 그놈이 아니었다. 이놈은 새 할로우였고, 낯선 할로우였고, 나와 놈의 관계는 얄팍하고 부실했다. 내가 자기 두뇌를 여는 열쇠를 더듬어 찾고 있다는 것을 놈은 아는 것 같았고, 협곡에 패대기칠 준비를 하는 듯 우리를 높이 쳐들었다. 나는 어떻게든 놈과 소통해야 했다. 지금 당장.

"그만해!" 내가 소리를 질렀다. 목이 따가웠다. 이번에는 긁는 듯한 할로우 언어의 후두음이었다.

우리는 갑자기 공중에서 멈추었다. 우리는 바람에 흔들리는 빨래처럼 펄럭이며 공중에 매달려 있었다. 내 말이 통하긴 했지만 아직 충분하지 않았다. 나의 명령은 단지 놈을 당황시켰을 뿐이었다.

"숨을 못 쉬겠어……." 그녀가 겨우 내뱉었다. 할로우의 혀가 엠마를 너무 세게 조이고 있었고 엠마의 얼굴이 자줏빛으로 변하고 있었다.

"우릴 다리에 내려놔." 내가 말했다. 이번에도 할로우 말이었다! 그 말이 나오면서 나의 목을 긁었다. 할로우 말이 나올 때마다 못을 토하는 것 같았다.

할로우가 이상한 기침 소리를 냈다. 잠시나마 나는 놈이 실제로 내가 시킨 대로 할 거라는 낙천적인 생각을 하고 있었다. 그런데 놈이 마치 수건을 털듯 엄청나게 빠른 속도로 나를 위아래로 흔들었다.

모든 것이 흐릿해졌고 짧은 순간 암흑이 되었다. 정신을 차렸을 때는 혀가 얼얼했고 피 맛이 났다.

"우릴 내려놓으라고 해!" 애디슨이 소리를 질렀다. 그러나 이제 나는 거의 말을 할 수조차 없었다.

"노려하고 이서……." 내가 웅얼거렸다. 나는 입안 가득 고인 피를 쏟아내며 기침을 했다. "우리 내려줘……."

잘린 혀로 하는 영어처럼 내가 말했다. "우리……."

나는 멈추었고, 정신을 차렸다. 심호흡을 했다.

"우릴 다리에 내려놔." 분명한 할로우 말이었다.

나의 말이 할로우의 파충류 뇌의 골속으로 스며들기를 바라며 세 번 더 말했다. "우릴 다리에 내려놔. 우릴 다리에 내려놔. 우릴 다리에……."

할로우는 뼈가 덜그럭거릴 정도로 분노의 괴성을 질렀고 자신이 갇혀 있는 다리의 틈새로 나를 끌어당기며 다시 한번 포효했다. 검은 침이 내 얼굴에 튀었다. 그러고는 우리 셋을 높이 들어 올렸다 내렸다.

영원처럼 긴 시간 동안 공중에 떠 있던 우리는 이제 추락하는 게 분명했다. 우리의 무덤을 향해 원을 그리며 떨어질 게 분명했다. 그때 내 어깨가 다리의 딱딱한 표면에 닿았고 우리는 다리 끝까지 경사로를 따라 미끄러졌다.

ᔐ

우리는 기적적으로 살았다. 다치긴 했지만 의식이 있었고, 사지도 여전히 몸에 붙어 있었다. 우리는 매끄러운 대리석 다리 위를 미끄러졌고, 다리 밑에 쌓여 있는 머리들을 흩뜨려놓은 다음 구르기를 멈추었다. 정신을 추스르는 동안 머리들이 우리를 둘러싸고 조롱했다.

"다시 돌아온 걸 환영해!" 가장 가까이 있던 머리가 말했다. "겁에 질려 비명을 질러대는 꼴이 엄청 재미있더라. 너희들 폐가 엄청나게 튼튼한가 봐!"

"망할 놈의 다리에 할로우가 숨어 있다고 왜 미리 말해주지 않았어!" 일어나 앉으며 내가 말했다. 온몸이 아팠다. 벗겨진 손, 긁힌 무릎, 탈골이 되었는지 욱신거리는 어깨.

"그럼 무슨 재미야? 깜짝 쇼가 훨씬 재밌잖아."

"티클스가 너희들이 마음에 들었나 봐." 또 다른 머리가 말했다. "지난번에 왔던 사람은 양쪽 다리를 씹어 먹었거든!"

"그건 아무것도 아니야." 해적처럼 반짝이는 고리 귀고리를 한 머리가 말했다. "한번은 이상한 아이를 밧줄로 묶어서 강물에 5분 동안 담갔다가 끌어 올려서 먹어버렸어."

"이상한 알덴테(씹는 맛이 살아 있도록 재료를 삶는 요리 방식-옮긴이)!" 감동적이라는 듯 세 번째 머리가 말했다. "우리 티클스는 미식가라니까."

일어날 준비가 되지 않은 나는 엠마와 애디슨 쪽으로 허겁지겁 기어갔다. 엠마는 앉아서 머리를 문지르고 있었고 애디슨은 다친 발에 체중을 실어보고 있었다.

"괜찮아?" 내가 물었다.

"머리를 꽤 세게 부딪쳤어." 내가 엠마의 머리카락을 헤치며 피가 난 곳을 확인해보는 동안 엠마가 움찔하며 대답했다.

애디슨은 축 늘어진 한 발을 들어 보이며 말했다. "아무래도 부러진 것 같아. 살살 내려놓으라고 말할 순 없었어?"

"하나도 안 웃기거든." 내가 말했다. "그러고 보니 내가 왜 할로우한테 와이트들을 전부 다 죽이고 우리 친구들을 구하라고 하지 않았는지 모르겠네."

"실은 나도 그 생각 하고 있었어." 엠마가 말했다.

"농담이야."

"난 농담 아니야." 내가 셔츠 소맷부리로 엠마의 상처를 찍어냈다. 엠마가 숨을 헉 들이켜면서 내 손을 뿌리쳤다. "저기서 무슨 일이 있었던 거야?"

"내 생각엔 할로우가 내 말을 이해한 것 같긴 한데, 놈이 내 말에 복종하게 만들 수가 없었어. 다른 할로우하고 그런 것처럼, 아니 그랬던 것처럼 저 할로우하고는 소통을 할 수가 없었어."

그 할로우는 죽었고, 다리 밑에 깔렸고, 아마 익사했을 것이다. 나는 문득 측은하다는 생각이 들었다.

"첫 번째 할로우하고는 어떻게 소통이 됐는데?" 애디슨이 물었다.

나는 얼음 속에서 눈까지 얼어 있던 할로우를 찾았고, 묘한 친밀감을 느끼며 하룻밤을 보내고 난 뒤, 놈의 머리 위에 손을 얹고 교감하면서 놈의 신경계 급소를 건드리게 된 이야기를 들려주었다.

"다리 할로우하고 교감이 전혀 없었다면," 애디슨이 말했다. "놈이 왜 우리 목숨을 살려주었지?"

"내가 놈을 헷갈리게 해서?"

"좀 더 능숙해져야 해." 엠마가 퉁명스럽게 말했다. "애디슨이 다리를 건너게 해주어야 해."

"능숙해져야 한다고? 내가 어떻게 해야 되는데? 수업이라도 받을까? 다음번에 우리가 가까이 다가가면 놈이 우릴 죽일 거야. 다른 방법을 찾아야 해."

"제이콥, 다른 방법은 없어." 엠마가 흘러내린 머리카락을 쓸어 올리며 나를 똑바로 쳐다보았다. "**네가** 그 방법이야."

내가 그녀의 말에 반박하려는 순간 엉덩이에서 날카로운 통증이 느껴져서 펄쩍 뛰었다. 머리 하나가 내 엉덩이를 물고 있었다.

"뭐야!" 내가 소리를 지르며 엉덩이를 문질렀다.

"우릴 본래대로 다시 쇠창살에 꽂아놔, 이 기물 파괴범아!" 머리가 말했다.

나는 있는 힘을 다해 머리를 걷어찼고 머리는 웅크리고 앉아 있는 사람들 틈으로 굴러갔다. 머리들이 전부 다 소리를 지르며 욕을 해댔고 턱을 움직이며 괴기스럽게 굴러다녔다. 나는 그들에게 욕을 해주고는 그들의 섬뜩하고 딱딱하고 질긴 얼굴에 발로 먼지를 뿌려서 모두 콜록거리고 캑캑거리게 만들었다. 그때 조그맣고 동그란 물체가 공중으로 날아와 내 등에 철퍼덕하고 맞았다.

썩은 사과였다. 나는 돌아서서 웅크리고 앉아 있는 사람들을 보았다. "이거 누가 던졌지?" 그들은 마약쟁이들처럼 낮게 키득거리며 웃었다.

"너희 고향으로 돌아가!" 그들 중 한 명이 소리쳤다.

안 그래도 그것도 나쁜 생각은 아니라는 생각이 들던 참이었다.

"진짜 보자 보자 하니까!" 애디슨이 으르렁거렸다.

"그만해." 내가 그에게 말했다. 나의 분노는 이미 잦아들고 있었다. "이제 그만……."

"대체 뭐하는 짓들입니까!" 애디슨이 소리를 지르고는 있는 대로 화가 나서 일장 연설을 하기 위해 뒷다리로 일어섰다. "당신들 이상한 사람들 아닌가요? 부끄러운 줄도 몰라요? 우린 당신들을 도우려는 거예요!"

"약병을 내놓든가, 아니면 꺼져!" 넝마 입은 여자가 말했다.

애디슨은 분노에 몸을 떨었다. "당신들을 도우려는 거라고요." 그가 다시 한번 말했다. "그런데 당신들은! **당신들은!** 우리 종족들이 살해되고, 우리 루프는 속속들이 파괴되었는데, 적의 문 앞에서 잠이나 자고 있잖아요! 온몸을 던져서 싸워야죠!" 다친 앞발을 들어 보이며 그가 말했다. "당신들은 다 배신자들이에요! 언젠가 반드시 임브린 위원회에 끌려가 벌 받는 꼴을 보고 말 거야!"

"됐어. 그만해. 저 사람들한테 기운 빼지 마." 비틀거리며 일어서면서 엠마가 말했다. 그때 썩은 양배추 꼭지가 날아와 엠마의 어깨에 맞고 바닥에 철퍼덕 떨어졌다.

엠마도 이성을 잃었다.

"좋아. 얼굴을 녹여버리겠어!" 엠마가 외치며 앉아 있는 사람들에게 불붙은 손을 휘둘렀다.

애디슨이 연설을 하는 동안 웅성거리며 한곳으로 모여든 사람들이 이제는 투박한 무기들을 들고 앞으로 나섰다. 톱으로 자른 나뭇가지. 기다란 파이프. 상황이 급격히 험악해지고 있었다.

"더 이상은 도저히 못 참겠다." 멍든 남자가 느릿느릿 말했다.

"너희를 강물에 처넣어야겠어."

"어디 한번 해보시지." 엠마가 말했다.

"아니, 이러지 말자." 내가 말했다. "그만 가보는 게 좋겠어."

그들은 여섯이었고, 우리는 셋인 데다 상태가 좋지 않았다. 애디슨은 절뚝거렸고, 엠마는 얼굴에 피가 흘렀고, 나는 다친 어깨 때문에 오른쪽 팔을 들 수도 없었다. 그런데 남자들이 서로 간격을 넓히며 우리에게 다가오고 있었다. 우리를 협곡으로 밀어 넣을 작정인 것이다.

엠마가 다리 쪽을 쳐다본 다음 나를 보았다. "어서. 네가 다리를 건너게 해줄 수 있다는 걸 알아. 한 번만 더 해봐."

"난 못해, 엠. **못한다고.** 괜히 하는 말이 아니야."

사실이었다. 저 할로우를 통제할 힘이, 적어도 아직은 내게 없었고, 나는 그 사실을 알고 있었다.

"자기가 못한다는데, 그 말을 무시해선 안 될 것 같아." 애디슨이 말했다. "여기서 벗어날 다른 방법을 찾아야 해."

엠마가 발끈했다. "예를 들면 어떻게?" 그녀가 애디슨을 바라보았다. "너 뛸 수 있어?" 엠마가 나를 쳐다보았다. "너 싸울 수 있어?"

대답은 둘 다 못한다는 것이었다. 나는 엠마의 말에 동의했다. 선택의 폭은 급격히 줄어들고 있었다.

"이런 상황이 닥치면," 애디슨이 도도하게 말했다. "우리 종족은 싸우지 않아. 연설을 하지." 그가 사람들을 바라보며 쩌렁쩌렁한 목소리로 연설을 시작했다. "이상한 동료 여러분! 진정들 하세요! 제가 잠시 한 말씀 드려도 될까요?"

사람들은 전혀 관심이 없었다. 그들이 우리의 탈주로를 차단하기 시작하자 우리는 다리 쪽으로 밀렸다. 엠마는 자기가 만들 수 있는 가장 큰 불덩이를 만들었고 애디슨은 숲속의 짐승들마저 조화로운 삶을 살고 있는데 우리는 왜 그럴 수 없는지 개탄했다. "고슴도치와 그들의 이웃사촌인 주머니쥐만 봐도 그렇습니다…… 그들이 자신들의 공공의 적인 겨울을 만났을 때 서로를 협곡에 밀어 넣으려고 기운을 뺄까요? 그러지 않겠지요!"

"쟤 완전 미쳤나 봐." 엠마가 말했다. "주둥이 닥치고 저 사람들 한 명이라도 물어!"

나는 들고 싸울 물건이 있는지 주위를 둘러보았다. 손 닿는 거리에 있는 단단한 물건이라고는 머리들밖에 없었다. 나는 머리들 중 하나의 마지막 남은 머리카락을 움켜잡았다.

"다리를 건너는 다른 방법이 있어?" 내가 머리에 대고 소리쳤다. "어서 말해! 안 그러면 강물에 던져버리겠어!"

"지옥에나 가셔!" 머리가 침을 뱉고는 이로 나를 물었다.

나는 왼손으로 머리를 들어 어설프게 사람들을 향해 던졌다. 머리는 그들에게 못 미쳐서 떨어졌다. 나는 머리를 한 개 더 들어 같은 질문을 반복했다.

"물론 있고말고." 머리가 빈정거렸다. "프리초 밴 짐칸에 타면 돼! 하지만 내가 너라면 다리 할로우를 구슬려보겠어……."

"프리초 밴이 뭐지? 말하지 않으면 너도 던져버리겠어!"

"너 지금 프리초 밴에 치이기 직전이야." 머리가 대답했고, 그 순간 저만치에서 총성이 울려 퍼졌다. **탕, 탕, 탕.** 마치 경고하는 듯한, 느리고도 정확한 총성이었다. 우리 쪽으로 다가오던 사람들이 갑자기 멈추더니 모두 도로 쪽을 바라보았다.

소용돌이치는 먼지구름 속에서 반쯤 모습을 드러낸 크고 네모난 물건이 덜컹거리며 우리 쪽으로 달려오고 있었다. 이윽고 커다란 엔진이 잦아들며 으르렁거리는 소리가 들렸고 암흑 속에서 트럭 한 대가 모습을 드러냈다. 군용으로 제작된 현대적인 트럭으로 대갈못들과 보강재들을 사용했고 타이어가 사람 키 반만 했다. 뒤쪽은 창문 없는 짐칸이었고 방탄복을 입고 기관총으로 무장한 와이트 둘이 발판에 서 있었다.

트럭이 나타난 순간 앉아 있던 사람들이 일종의 광란 상태에 빠졌다. 그들은 기쁨에 겨워 웃었고, 마치 지나가는 비행기를 멈춰 세우려 애쓰는 난파로 고립된 생존자들처럼 양팔을 흔들고 박수를 쳤다. 그렇게 우리는 잊혀졌다. 절호의 기회가 찾아왔고 우리는 그 기회를 놓쳐서는 안 되었다. 나는 들고 있던 머리를 던져놓고 애디슨을 왼팔로 안은 다음 엠마를 쫓아 거리로 향했다. 계속 그렇게 달릴 수도 있었다. 스모킹 스트리트를 벗어나 악마의 영토보다 안전한 곳으로 피신할 수도 있었다. 그러나 여기 마침내 우리의 적이 모습을 드러냈고, 무슨 일이 일어나건, 무슨 일이 일어날 예정이건, 그것은 분명 우리에게 중요한 일이었다. 우리는 도로에서 멀지 않은 곳, 숲이 된 나무들 뒤에 가까스로 몸을 숨기고 지켜보았다.

트럭이 속도를 늦추었고 사람들이 벌 떼처럼 모여들어 **약병**을 달라고, **술리와 앰브로**를 달라고, **제발 맛이라도 보게 해**달라고, **조금이라도** 달라고 굽실거리고 애원하면서 이 도살자들을 역겹도록 숭배했고, 군인들의 옷과 신발을 붙잡다가 쇠로 만든 앞코에 걷어차였다. 나는 보나마나 와이트들이 총을 쏘거나 다리를 가로막을 정도로 멍청한 그들을 트럭으로 깔아뭉갤 거라고 생각했다. 그러나 트럭은 멈추었고 와이트들은 지시를 내리기 시작했다. **한 줄로, 여기, 질서 안 지키면 아무것도 없어!** 사람들이 빵을 타는 빈민처럼 줄을 서기 시작했고 그들이 받게 될 것에 대한 기대감으로 두려워하고 초조해했다.

갑자기 애디슨이 자기를 내려달라고 몸부림쳤고 내가 왜 그러냐고 물었지만 그저 낑낑거리며 더 거세게 몸부림칠 뿐이었다. 중요한 냄새를 맡았을 때처럼 절박한 표정이었다. 엠마가 애디슨을 꽉 붙잡았지만 애디슨은 엠마를 뿌리치며 "저기, 저기, 렌 원장님"이라고 말했고, 그제야 나는 **프리초 밴**이 프리즌 밴*prison van*의 줄임말이고 와이트들의 거대한 차량 짐칸의 짐이 사람들이라는 것을 거의 확신했다.

그때 애디슨이 나를 깨물었고 내가 비명을 지르며 애디슨을 놓아주었다. 애디슨은 곧장 내 품에서 달아났다. 엠마가 욕을 내뱉었고 나는 소리쳤다. "애디슨, 안 돼!" 하지만 소용없는 일이었다. 애디슨은 본능에 따라, 주인을 지키려는 충성스러운 개의 반사 신경에 따라 움직이고 있었다. 애디슨을 잡으려 몸을 날렸지만 이미 너무 늦었다. 성한 다리가 세 개뿐인 짐승치고 애디슨은 놀라울 정도로 빨랐다. 그때 엠마가 나를 잡아끌었고 우리는 함께 은신처에서 벗어나 도로 쪽으로 그를 쫓아갔다.

아주 잠깐, 찰나의 순간, 우리를 발견하기에 군인들은 너무 많은 사람들에게 휩싸여 있고 사람들은 너무 정신이 없었기 때문에 나는 애디슨을 잡을 수도 있을 거라고 생각했다. 엠마가 도로를 반쯤 가로질렀을 때, 트럭 뒤에 달린 문을 본 순간 엠마의 마음이 바뀌지만 않았더라면 애디슨을 잡을 수도 있었을 것이다. 녹일 수 있는 자물쇠가 달린 문. 열릴 수 있는 문. 엠마는 아마도 그런 생각을 했을 것이다. 그녀의 얼굴에 번져가는 희망을 나는 읽을 수 있었다. 엠마는 애디슨을 잡겠다는 생각을 접고 그를 지나쳐 트럭의 범퍼에 올라탔다.

군인들의 고함 소리가 들렸다. 내가 애디슨을 붙잡았지만 애디슨은 달아나 트럭 밑으로 들어갔다. 엠마는 문에 달린 손잡이를 녹이기 시작했고 군인 한 명이 엠마를 향해 야구 방망이처럼 총을 휘둘렀다. 총이 엠마의 옆구리를 쳤고 엠마는 바닥에 쓰러졌다. 성한 팔로 무슨 짓이든 해보겠다는 마음으로 군인을 향해 달려갔지만 누군가 내 다리를 걸어챘고 나는 다친 어깨 쪽으로 바닥에 쓰러졌다. 번개와도 같은 고통이 온몸을 관통했다.

군인이 지르는 비명에 고개를 들어보니 그가 총을 빼앗긴 채 다친 손을 흔들며 끌려가다가 휘몰아치는 사람들의 파도 속에서 발버둥을 쳤다. 사람들이 그를 둘러쌌고, 단지 구걸하고 요구하는 데서 머물지 않고 협박하며 미쳐 날뛰었다. 그러다가 한 명이 그의 무기를 들었다. 겁에 질린 와이트는 양손을 머리 위로 쳐들고 다른 와이트들에게 **나 좀 구해줘!**라고 말하는 듯 손을 흔들었다.

나는 가까스로 일어나 엠마에게 달려갔다. 군인 하나가 사람들 틈으로 달려가 동료를 끌어낼 때까지 허공에 총을 쏘았고 마침내 동료를 데리고 트럭으로 돌아왔다. 그들은 발판에 올라서자마자 트럭 옆 부분을 쳤다. 엔진이 굉음을 냈다. 트럭이 다리 쪽으로 달려갔고 괴물 같은 타이어가 자갈과 재를 뱉어냈다.

나는 엠마가 멀쩡한지 확인하기 위해 엠마의 팔을 잡았다. "너 피 흘리고 있어." 내가 말했다. "엄청 많이." 상황에 대한 투박한 표현이었지만 나로서는 절뚝거리는 데다 머리의 상처에서 흘러내린 피가 머리카락을 적시고 있는 그녀를 보는 것이 너무도 끔찍해서 그렇게 밖에 표현할 수가 없었다.

"애디슨은 어디 있어?" 엠마가 말했다. "모르겠어"라는 말이 내 입술을 빠져나가기도 전에 엠마가 말을 잘랐다. "저 트럭을 쫓아가야 해. 저게 우리의 유일한 기회야!"

고개를 들어보니 트럭이 다리에 진입하고 있었고 트럭을 쫓아가던 사람 둘을 군인들이 총으로 쏘아 죽였다. 몸부림치며 바닥에 쓰러지는 그들을 보면서 나는 엠마의 말이 틀렸음을 알았다. 트럭을 쫓아갈 수 없었다. 다리를 건널 수 없었다. 절망적인 상황이었고 이제는 앉아 있던 사람들도 그 사실을 알았다. 자신들의 동지가 쓰러지는 것을 보고 그들의 절망이 분노로 바뀌는 것을 느낄 수 있었다. 그리고 그 분노는 순식간에 우리에게로 향했다.

달아나려 했지만 사방이 막혀 있었다. 폭도들이 "너희가 망쳤다" "토막을 내버리겠다"고 으름장을 놓으면서 우리가 죽어 마땅하다고 소리를 질렀다. 주먹들이 날아오기 시작했다. 손바닥들, 주먹들, 손들이 우리의 머리카락과 옷가지를 뜯었다. 나는 엠마를 보호하려 했지만 결국엔 엠마가 최대한 불을 일으켜서 손을 휘두르며 나를 보호하는 꼴이 되고 말았다. 엠마의 불길마저도 그들로부터 우리를 지키기엔 부족했고, 우리가 무릎을 꿇을 때까지, 양팔로 얼굴을 보호하며 바닥에 웅크릴 때까지, 사방에서 고통이 솟아날 때까지 구타는 계속되었다.

어느 순간 나는 아마도 이제 죽는 모양이라고, 아니면 꿈을 꾸고 있는 거라고, 거의 확신했다. 왜냐하면 그 순간, 요란하고 활기 넘치는 노랫소리가 들려왔기 때문이었다. "들어라, 망치질 소리, 들어라, 못 박히는 소리!" 그러나 가사 한 줄이 끝날 때마다 몸을 때리는 소리와 그에 상응하는 비명 소리가 들렸다. "즐거워라, 교수대 만들기, 픽! 이 모든 시련의, 픽!"

몇 줄의 가사와 몇 차례의 픽 소리 이후, 빗발치던 주먹이 멈추었고 폭도들은 몸을 사리고 투덜거리며 물러났다. 나는 흐릿하게나마, 피와 흙의 안개 속에서, 다섯 명의 앙상한 교수대 수리공들과 그들이 허리에 찬 연장통들, 손에 든 망치들을 보았다. 그들이 사람들 틈에 길을 낸 다음 우릴 둘러싸고는 마치 그물에 걸리기를 기다렸던 이상한 물고기라는 듯 미심쩍은 표정으로 쳐다보았다.

"걔들 맞아?" 그들 중 한 명이 말했다. "상태가 별로 좋아 보이질 않네, 사촌."

"걔들 맞아!" 뱃고동 소리 같은, 깊고도 친근한 목소리였다.

"샤론이야!" 엠마가 소리쳤다.

나는 가까스로 손을 들어 한쪽 눈의 피를 닦았다. 거기, 그가 서 있었다. 2미터가 넘는 키를 전부 다 망토로 휘감고서. 내가 웃고 있음을, 혹은 웃으려 애쓰고 있음을 느낄 수 있었다. 이렇게 못생긴 사람을 보고 이렇게 기뻐하긴 처음이었다. 그가 주머니에서 무언가를 꺼냈다. 조그만 유리병들이었고 그는 그것을 머리 위로 쳐들고 소리를 질렀다. "너희들이 원하는 거 여기 있어! 이 구역질 나는 원숭이들아! 어서 이거 받고 얘들을 내버려둬!"

그가 유리병들을 바닥에 던졌다. 폭도들은 서로를 찢어발길 기세로 유리병을 집으려고 헐떡거리며 소리를 질렀다. 이제 교수대 수리공들만 남았다. 그들은 조금 흐트러진 모습이긴 했지만 다치진 않았고 망치를 연장 벨트에 넣고 있었다. 샤론이 눈처럼 하얀 손을 내밀며 우리에게 다가왔다. "그렇게 가버리다니, 너희들 도대체 생각이 있는 거냐? 걱정돼서 죽는 줄 알았잖아!"

"사실이야." 수리공 중 한 명이 말했다. "제정신이 아니더라고. 너희를 찾아 헤매게 만들었어."

나는 일어나 앉으려 했지만 그럴 수가 없었다. 샤론이 바로 앞에서 마치 도로에서 치여 죽은 짐승을 보듯 우리를 내려다보고 있었다.

"너희들 몸은 온전히 붙어 있니? 걸을 수는 있겠어? 저 잡놈들이 대체 너희한테 무슨 짓을 한 거야?" 성난 훈련 교관과 걱정하는 아버지 사이의 목소리였다.

"제이콥이 다쳤어요." 엠마가 갈라지는 목소리로 말했다. "너도 다쳤잖아." 나도 말을 하려 했지만 혀가 움직이지 않았다. 엠마 말이 맞는 것 같았다. 내 머리가 돌처럼 무거웠고 시야는 꺼져가는 위성 신호처럼 깜빡이면서 한순간은 좋았다가 이내 나빠지곤 했다. 나는 샤론의 팔에 안겼다. 그는 보기보다 훨씬 더 힘이 셌다. 문득 머릿속을 스치는 생각이 있었고 나는 소리 내어 말하려 했다.

애디슨은 어디 있지?

웅얼웅얼 불분명한 말이었지만 그는 알아들었다. 내 머리를 다리 쪽으로 돌려주면서 그가 말했다. "저기."

저 멀리 트럭은 마치 공중에 떠서 움직이는 것 같았다. 뇌진탕으로 인한 착시 현상인가?

아니었다. 나는 마침내 제대로 볼 수 있었다. 할로우의 혀가 트럭을 받쳐서 다리의 뚫린 부분을 건너게 해주고 있었다.

하지만 애디슨은 어디 있지?

"저기," 샤론이 다시 말했다. "저 밑에."

두 개의 뒷다리와 조그만 갈색 몸이 트럭 밑에 매달려 있었다. 애디슨은 트럭 바닥의 부품을 이빨로 물고 매달린 채 무임승차를 하고 있었다. 영리한 녀석. 혀들이 트럭을 다리 건너편에 내려놓을 때 나는 생각했다.

행운을 빌어, 용맹스러운 개야. 어쩌면 네가 우리의 마지막 희망일지도 모르겠다.

그 뒤로 나는 서서히 정신을 잃었고 세상은 밤으로 향했다.

제 4 장

chapter four

요동치는 꿈들, 이상한 언어의 꿈들, 고향 집 꿈들, 그리고 죽음의 꿈들. 깜빡거리는 의식에서 풀려나오는 황당한 단편들, 현기증 나고 믿을 수 없는, 뇌진탕 걸린 뇌가 만들어낸 것들. 내 눈에 가루를 불어넣는 얼굴 없는 여자. 따듯한 물에 잠기는 느낌. 다 괜찮을 거라고, 우리 친구들이라고, 우린 안전하다고 날 다독이는 엠마의 목소리. 헤아릴 수 없는 시간 동안 이어진 깊고 꿈도 없는 암흑.

그다음 번에 눈을 떴을 때, 내가 꿈을 꾸고 있지 않다는 것을 알았다. 나는 조그만 방 침대에 누워 있었다. 커튼을 내린 창문으로 여린 햇살이 스며들고 있었다. 낮인가 보네. 하지만 어느 날의 낮?

나는 줄곧 입고 있던 피 묻은 옷 대신 잠옷을 입고 있었고 나의 눈은 티끌 없이 깨끗했다. 누군가 날 돌봐주고 있었다. 또 한 가지. 뼛속까지 피로했지만 통증이 거의 없었다. 어깨는 욱신거리지 않았고 머리도 마찬가지였다. 이게 무슨 의미인지 확실히 알 수 없었다.

나는 일어나 앉으려 애썼다. 반쯤 몸을 일으켜 팔꿈치로 몸을 지탱했다. 물이 담긴 유리 주전자가 침대맡에 놓여 있었고 방 한구석에 나무로 만든 커다란 옷장이 있었다. 또 한구석에는, 분명히, 웬 남자가 의자에 앉은 채로 잠들어 있었다. 나는 제대로 보려고 눈을 깜빡이다가 문질러보았다. 머리가 얼마나 굼뜨게 돌아가는지, 나는 소스라치게 놀라지도 않았다. 단지, **희한하네**라고 생각할 뿐이었다. 그의 모습은 정말 희한했다. 얼마나 희한한지 눈에 보이는 광경을 이해하려 애써야만 했다. 그는 반쪽들로 이루어진 사람 같았다. 그의 머리 반쪽은 곱게 빗어 내렸고, 나머지 반쪽은 뻣뻣하게 서 있었다. 그의 옷마저도[바지, 구겨진 스웨터, 주름 잡힌 엘리자베스 칼라(엘리자베스 여왕 시대에 남녀 모두 착용했던 섬세하고 기교적인 주름 깃-옮긴이)] 반은 현대적이었고 반은 구식이었다.

"안녕하세요." 머뭇거리며 내가 말했다.

남자가 비명을 질렀고 얼마나 놀랐는지 쿵 소리를 내며 의자에서 바닥으로 떨어졌다. "아이코 세상에! 깜짝이야!" 그는 눈이 휘둥그레진 채 손을 부들거리며 도로 의자에 앉았다. "깨어났구나!"

"죄송해요. 놀라게 할 생각은……"

"아, 아니야. 내 잘못이야." 그가 옷매무새를 매만지고 주름 칼라를 반듯하게 하며 말했다. "내가 깜빡 잠들었다고 아무한테도 말하면 안 된다!"

"누구세요?" 내가 물었다. "여기가 어디죠?" 머릿속이 빠르게 맑아지고 있었고 그 과정에서 온갖 질문들이 떠올랐다. "엠마는 어디 있어요?"

"아, 그렇지." 남자는 당황한 것 같았다. "아무래도 난…… 그런 **질문들**에 대답해줄 적임자는 아닌 것 같구나."

마치 질문을 하는 건 금지되어 있다는 듯 눈썹을 치켜세우며 그가 말했다. "하지만!" 그가 나를 가리켰다. "**넌** 제이콥이지." 그가 자기 자신을 가리켰다. "**난** 님이고." 그가 손으로 소용돌이 모양을 그렸다. "그리고 여긴 벤담 씨의 집이란다. 벤담 씨는 널 무척 만나고 싶어 하셔. 네가 깨어나는 대로 그분께 알려드려야 해."

나는 팔꿈치로 받치고 있던 몸을 반듯하게 일으켰고 그것만으로도 기운이 빠졌다. "그런 건 알고 싶지 않아요. 엠마를 만나고 싶어요."

"물론 만나야지! 네 친구는……."

그는 양손을 날개처럼 파닥거리며 눈알을 양쪽으로 굴렸다. 마치 방구석에서 엠마를 찾을 수도 있다는 듯이.

"엠마를 보고 싶어요. 지금 당장!"

"내 이름은 님이야!" 그가 소리를 질렀다. "그리고 나는……, 맞아, **엄격한** 지시하에…… 보고하도록……."

끔찍한 생각이 머릿속으로 파고들었다. 혹시 천하의 장사꾼 샤론이 우리를 폭도들로부터 구해서 예비 상품으로 팔아먹은 건 아닐까.

"엠마!" 나는 가까스로 소리를 질렀다. "어디 있어!"

님은 얼굴이 창백해져서 의자에 털썩 앉았다. 내가 무지하게 겁을 준 모양이었다.

잠시 후 복도를 달려오는 발소리가 들렸다. 흰 가운을 입은 남자가 안으로 들어왔다. "깨어났구나!" 그가 소리를 질렀다. 의사일 거라고 짐작만 할 뿐이었다.

"엠마를 만나고 싶어요!" 내가 말했다. 침대 밖으로 다리를 내려 놓고 싶었지만 다리가 통나무처럼 무거웠다.

의사가 달려와 나를 다시 침대에 눕혔다. "무리하지 마. 넌 아직 회복 중이야!"

가서 벤담 씨를 모셔 오라고 의사가 님에게 말했다. 님은 문턱에 발이 걸려 나동그라지면서 복도로 달려 나갔다. 그리고 문 앞에, 숨을 헐떡이며, 환하게 웃으며 엠마가 나타났다. 깨끗한 흰 드레스를 입고 머리를 늘어뜨리고 있었다.

"제이콥?"

엠마를 본 순간 온몸에서 힘이 솟았고 나는 똑바로 앉으며 의사를 밀었다.

"엠마!"

"깨어났구나!" 내게 달려오며 엠마가 말했다.

"조심해야지. 앤 아직 허약한 상태야!" 의사가 경고했다.

엠마는 멈칫했다가 내게 가장 조심스러운 포옹을 해준 다음 침대 위 내 옆에 앉았다. "깨어날 때 곁에 있어주지 못해서 미안해. 앞으로도 몇 시간은 깨어나지 않을 거라고 해서……."

"괜찮아." 내가 말했다. "근데 여긴 어디야? 여기 얼마나 있었어?"

엠마가 의사를 쳐다보았다. 그는 조그만 노트에 기록을 하고 있었지만 우리 얘기를 듣고 있는 게 분명했다. 엠마는 그에게 등을 돌리고 앉으며 목소리를 낮추었다. "우리는 악마의 영토에 있는 어느 부자의 집에 와 있어. 일종의 은신처야. 하루하고 한나절 전에 샤론이 우릴 여기로 데려왔어."

"그게 다야?" 엠마의 얼굴을 살펴며 내가 말했다. 엠마의 얼굴은 완벽하게 매끄러웠고 상처는 가느다란 흰 줄로 엷어져 있었다. "넌 거의 다 나은 것 같네!"

"난 좀 긁히고 멍든 게 다였어……."

"무슨 소리야." 내가 말했다. "거기서 무슨 일이 있었는지 다 기억나는데."

"넌 갈비뼈가 부러지고 어깨가 탈골됐어." 의사가 끼어들었다.

"여기 어떤 여자 분이 있는데," 엠마가 말했다. "치료사야. 몸에서 엄청난 효능이 있는 가루가……."

"두 차례 뇌진탕도 있었고." 의사가 말했다. "어쨌든 우리가 치료할 수 없는 병은 아니었어. 하지만 여기 도착했을 땐 거의 죽은 거나 다름없었단다."

나는 가슴, 배, 내가 맞았던 곳을 전부 다 두드려보았다. 통증이 없었다. 오른팔을 들어 어깨를 돌려보았다. 아무 문제가 없었다. "새 팔이 생긴 거 같아요." 신기해하며 내가 말했다.

"새 머리가 필요한 게 아니라 다행인 줄 알아." 또 다른 목소리였다. 샤론이 문 앞에서 키를 맞추려 몸을 숙이고 말했다. "새 머리를 달아주지 못해서 유감이야. 왜냐하면 지금 네 머릿속엔 톱밥만 가득 들어 있으니까. 어디로 간단 말도 없이 그렇게 사라져버리다니! 악마의 영토에 대해 내가 그토록 경고를 했건만! 도대체 **생각**이 있는 거냐?" 그가 엠마와 내 쪽으로 몸을 낮추며 희고 기다란 손가락을 흔들었다.

내가 그에게 미소를 지었다. "안녕하세요, 샤론. 다시 만나서 반가워요."

"그러게 말이다, 하하. 일이 다 잘 풀려서 지금 이렇게 웃을 수 있지만 너희들 하마터면 죽을 뻔했어!"

"운이 좋았죠." 엠마가 말했다.

"내가 거기 있었으니 운이 좋았던 거지! 교수대 보수하는 내 사촌들이 마침 그날 저녁 시간이 있어서 운이 좋았고, 요람과 무덤 술집에서 시궁창 맥주를 너무 많이 마시기 전에 그들을 붙잡을 수 있어서 운이 좋았지! 그건 그렇고, 그 사람들 절대로 공짜로 일하지 않아. 내 보트 수리비하고 같이 너희들 장부에 달아놓으마."

"알았어요, 알았다고요." 내가 말했다. "이제 그만 진정하세요, 네?"

"대체 무슨 생각으로 그런 거야?" 그가 다시 한번 말했다. 그의 역겨운 입 냄새가 마치 구름처럼 우리 위쪽으로 퍼졌다.

그제야 비로소, 내가 무슨 생각을 하고 있었는지 떠올랐다. 잠시 잊고 있었다. "당신이 못 믿을 망나니라고 생각했어요!" 내가 맞받아쳤다. "당신은 돈밖에 모르는 인간이고, 기회만 되면 언제든 우릴 노예로 팔아 넘길 수 있는 사람이라고 생각했어요." 내가 말했다. "우린 봤어요. 당신네 이상한 사람들이 여기서 하는 수상한 일들이 뭔지. 만약 당신이," 내가 샤론을 가리키며 말했다. "혹은 당신 같은 사람들이," 이번에는 의사를 가리켰다. "단지 친절을 베풀기 위해 우리를 도왔다고 생각하는 건 미친 짓이겠죠! 그러니까 우리한테 원하는 게 뭔지 말해주든가, 아니면 우릴 보내줘요…… 왜냐하면 우린…… 우린……."

갑자기 피로감이 밀려왔다. 시야가 흐릿해졌다.

"우린 빨리……."

나는 머리를 흔들면서 일어서려 애썼지만 방이 빙글빙글 돌기 시작했다. 엠마가 내 팔을 잡았고 의사가 나를 조심스레 베개에 눕혔다. "벤담 씨가 도와주라고 했기 때문에 너희를 돕고 있는 거야." 그가 간단히 정리했다. "벤담 씨가 무얼 원하시는지는 너희가 직접 물어보렴."

"다시 말하는데, 그 아무개 씨는 엿이나 먹으라고……."

엠마가 한 손으로 내 입을 막았다. "제이콥이 지금 상태가 좋지 않아요." 엠마가 말했다. "제 생각엔 아마도 우릴 구해주셔서 고맙다고 말하려는 것 같아요. 큰 빚을 졌다고."

"물론 그것도 맞고." 내가 그녀의 손가락 틈으로 웅얼거렸다.

나는 화가 나고 두려웠지만, 살아 있어서 진심으로 기뻤고 엠마가 완전히 치료된 모습을 볼 수 있어서 기뻤다. 그 생각을 하는 순간 싸우고 싶은 마음이 몸에서 빠져나갔고 나의 마음은 소박한 감사로 채워졌다. 나는 방이 빙빙 도는 것을 멈추려고 눈을 감은 채 그들이 나에 대해 수군거리는 소리를 들었다.

"저 녀석 골칫거리네요." 의사가 말했다. "저런 상태로 벤담 씨를 만나게 할 순 없어요."

"뇌가 썩었어요." 샤론이 말했다. "여자아이와 내가 저 친구하고 조용히 얘기하다 보면 분명히 정신이 되돌아올 겁니다. 잠시 저희끼리만 있어도 될까요?"

마지못해 의사가 방을 나섰다. 그가 사라지자 나는 다시 눈을 뜨고는 날 내려다보는 엠마에게 집중했다.

"애디슨은 어디 있어?" 내가 물었다.

"건너갔어." 그녀가 말했다.

"참, 그렇지." 내가 기억을 떠올리며 말했다. "소식 들었어? 아직 안 돌아왔어?"

"응." 엠마가 조용히 대답했다. "아직."

나는 그게 무슨 의미일지, 그에게 무슨 일이 일어났을지 생각해보았다. 생각만으로도 견디기 힘들었다. "뒤따라가겠다고 약속했는데." 내가 말했다. "애디슨이 건넜으면 우리도 건널 수 있어."

"다리 괴물이 개 한 마리가 지나가는 것 정도는 개의치 않았을 수도 있어." 샤론이 끼어들었다. "하지만 너희들은 껍질을 벗겨서 바로 끓는 강물에 던져버릴걸."

"나가주세요." 내가 그에게 말했다. "엠마하고 단둘이 얘기하고 싶어요."

"왜? 또 창문으로 달아나려고?"

"우린 아무 데도 안 가요." 엠마가 말했다. "제이콥은 침대에서 내려오지도 못해요."

샤론은 꿈쩍도 하지 않았다. "저 구석에서 신경 끄고 있을게." 그가 말했다. "그게 내가 할 수 있는 최선이야." 그는 한쪽 구석으로 가서 님이 앉았던 팔걸이가 한쪽만 달린 의자에 앉더니 휘파람을 불며 손톱 청소를 시작했다.

엠마가 나를 일으켜 앉혔고 우리는 이마를 맞대고 속삭이기 시작했다. 나는 그녀와의 친밀감에 완전히 압도당했다. 내 머릿속에 넘쳐흐르던 온갖 질문들이 사라지고, 오직 나의 얼굴을 어루만지고, 내 뺨, 내 턱을 스치는 손길만 있을 뿐이었다.

"너 때문에 너무 무서웠어." 엠마가 말했다. "진짜 널 잃는 줄 알

왔어."

"난 괜찮아." 내가 말했다. 결코 괜찮지 않았다는 걸 알고 있었지만 걱정하게 만들었다는 사실이 부끄러웠다.

"넌 괜찮지 않았어. 전혀. 너 의사한테 사과해야 해."

"알아. 흥분해서 그랬어. 그리고 나 때문에 무서웠다면 사과할게."

그녀가 고개를 끄덕이고는 나의 시선을 피했다. 그녀의 시선이 잠시 벽을 향했고 다시 돌아왔을 땐 새로운 결의로 반짝였다.

"난 내가 강하다고 생각하고 싶어." 그녀가 말했다. "브로닌이나 밀라드, 에녹 대신 내가 자유를 누리고 있는 이유는 남들이 의지할 만큼 내가 강하기 때문이야. 항상 나였어. 모든 걸 감당할 수 있는 사람은. 마치 내 마음속에 스위치를 켜지 않은 고통 감지기가 있는 것처럼. 난 끔찍한 고통을 옆으로 밀어놓고, 앞으로 나아가고, 해야 할 일을 할 수 있으니까." 그녀의 손이 시트 위의 내 손을 찾았다. 우리의 손이 자연스럽게 깍지를 꼈다. "하지만 네 생각을 하면, 사람들이 널 안아들었을 때의 네 모습이 어땠는지를 생각하면, 그 사람들이 널 그렇게 엉망으로……."

엠마는 그 기억을 떨쳐버리려는 듯 떨리는 숨을 내쉰 뒤 고개를 저었다. "그 생각을 하면 난 무너져."

"나도." 엠마가 다칠 때마다 느꼈던 고통, 엠마가 위험에 처할 때마다 엄습해오던 공포를 떠올리며 내가 말했다. "나도 그래." 내가 그녀의 손을 꽉 움켜쥐고 더 할 말을 찾아보았지만 그녀가 먼저 말했다.

"약속해."

"뭐든지." 내가 말했다.

"죽지 않겠다고."

나는 미소를 지었다. 엠마는 웃지 않았다. "넌 죽으면 안 돼." 그녀가 말했다. "널 잃으면, 그 나머진 내게 아무 의미도 없어."

내가 양팔을 그녀에게 두르고 그녀를 꼭 끌어안았다. "최선을 다할게."

"그것만으론 충분치 않아." 그녀가 속삭였다. "약속해."

"좋아. 절대 죽지 않을게."

"'약속해'라고 말해줘."

"약속해. 너도 말해."

"약속해." 그녀가 말했다.

"쳇!" 방 한구석에 있던 샤론이 시큰둥하게 말했다. "연인들의 달콤한 거짓말이란……."

우리는 서로에게서 떨어졌다. "엿듣지 않기로 했잖아요!" 내가 말했다.

"그 정도면 됐어." 그가 말하며 요란하게 의자를 끌고 와 침대 옆에 놓았다. "의논할 중요한 문제들이 있어. 말하자면, 너희들이 나한테 사과를 해야 한다는 거."

"뭐에 대해서요?" 짜증을 내며 내가 물었다.

"나의 인격과 평판에 의문을 제기한 것."

"당신이 한 말은 전부 다 사실이었어요." 내가 말했다. "이 루프는 **정말** 악당들과 벌레 같은 인간들로 우글거렸고 당신은 **정말** 돈밖에 모르는 파렴치한이고."

"자기 종족이 곤경에 처했는데 당신은 눈곱만치도 동정심이 없잖아요." 엠마가 덧붙였다. "하지만, 다시 한번 말씀드리는데, 저희를 구해주신 건 감사드려요."

"이곳에서는 주위를 살피는 게 최우선이야." 샤론이 말했다. "누구에게나 사연은 있어. 저마다 그 나름의 아픔이 있는 법이지. 모두가 너한테 무언가를 원하지만 거의 대부분 거짓말이야. 그러니까 맞아, 나는 대놓고 자기중심적이고 이윤을 추구하는 사람이야. 하지만 내가 이상한 아이들의 거래에 어떤 식으로든 연루되었을 거라는 너희들의 추측은 정말 유감이다. 내가 자본주의자라고 해서 속까지 시커먼 악당은 아니야."

"그걸 우리가 어떻게 알았겠어요?" 내가 말했다. "부두에서 우리를 버리지 말라고 구걸하고 뇌물을 줘야 했잖아요. 기억해요?"

그가 어깨를 으쓱했다. "그건 네가 누군지 내가 알기 전 얘기지."

내가 엠마를 바라보고는 내 가슴을 가리켰다. "**내가 누군지?**"

"맞아, 너. 벤담 씨가 널 만나려고 무척 오래 기다렸어. 내가 처음 뱃사공 일을 시작했던 40년 전부터. 뱃사공 일을 하면서 네가 오는지 지켜보는 대가로 악마의 영토에 안전하게 드나들게 해주겠다 했거든. 나는 널 벤담 씨에게 데리고 오게 되어 있었어. 그런데 이제야 마침내 약속한 거래를 할 수 있게 된 거지."

"다른 사람하고 혼동하신 것 같은데요." 내가 말했다. "전 별 볼 일 없는 애예요."

"할로개스트하고 대화할 수 있는 아이라고 했어. 그런 일을 할 수 있는 이상한 아이가 몇이나 되겠어?"

"하지만 앤 겨우 열여섯 살이에요." 엠마가 말했다. "진짜 열여섯 살요. 그런데 어떻게……"

"바로 그것 때문에 내가 상황을 파악하는 데 시간이 걸렸던 거야." 샤론이 말했다. "이 문제로 벤담 씨를 직접 만나야 했고, 너희 둘이 바로 그 틈을 타서 달아났지. 넌 조건에 맞지 않았어. 그 긴 세월을 난 노인만 찾았거든."

"노인." 내가 말했다.

"그래."

"할로우랑 얘기할 수 있는."

"내 말이."

엠마가 내 손을 잡고 있던 손에 힘을 주었고 우리는 서로 눈짓을 주고받았다. **설마, 그럴 리가.** 나는 새로운 힘이 솟아나는 것을 느끼며 다리를 침대 밖으로 내려놓았다. "벤담이라는 사람하고 얘기하고 싶어요. 지금 당장."

"때가 되면 널 보러 오실 거야." 샤론이 말했다.

"아뇨." 내가 말했다. "**지금** 만날래요."

때마침 노크 소리가 들렸다. 샤론이 문을 열어보니 님이었다. "벤담 씨가 한 시간 내로 손님들과 차를 드시겠답니다." 그가 말했다. "서재에서요."

"우린 한 시간 못 기다려요." 내가 말했다. "이미 여기서 너무 많은 시간을 낭비했어요."

그 말에 님의 얼굴이 붉어졌고 뺨이 부풀어 올랐다. "낭비했다고?"

"그러니까 제이콥 말은," 엠마가 말했다. "악마의 영토 다른 곳에서 다른 약속이 하나 있는데, 약속 시간에 늦었다는 거예요."

"벤담 씨는 예의를 갖춰 만나고 싶어 하셔." 님이 말했다. "예의

가 사라지는 날, 우리는 이미 세상을 잃는 거라고 항상 말씀하시지. 그 얘기가 나왔으니 말인데, 너희들 옷 좀 갖춰 입어야겠다." 그가 옷장으로 다가가 묵직한 문을 열었다. 안에 몇 벌의 옷이 걸려 있었다. "마음에 드는 걸 골라 입으렴."

프릴 달린 드레스를 꺼내며 엠마가 입술을 깨물었다. "왠지 이러면 안 될 것 같아. 우리 친구들과 임브린들은 오직 새들만 아는 고통을 견디고 있는데, 우리는 새 옷을 입고 차나 마시고 있다니."

"그들을 위해서 하는 일이야." 내가 말했다. "벤담이 자기가 아는 사실을 말해줄 때까진 보조를 맞춰야 해. 어쩌면 중요한 일인지도 모르잖아."

"그저 쓸쓸한 노인네일 수도 있고."

"벤담 씨에 대해 그런 식으로 말하지 마라." 얼굴을 찌푸리며 님이 말했다. "벤담 씨는 성자이고, 인간계의 거인이야."

"어서들 일어나." 샤론이 말했다. 그는 창가로 다가가 블라인드를 열어젖혀서 엷은 완두 수프 빛깔 햇살이 방 안에 스며들게 했다. "이제 그만 일어나라!" 그가 말했다. "너희들 약속이 있으니까."

내가 이불을 젖혔고 침대에서 내려서는 나를 엠마가 부축해주었다. 놀랍게도 내 다리가 체중을 지탱했다. 나는 노란 안개가 내린 텅 빈 거리를 창문으로 내다보고는 내 한쪽 팔을 잡고 있는 엠마와 함께 갈아입을 옷을 고르려 옷장으로 갔다. 내 이름표가 붙어 있는 옷걸이에 옷이 걸려 있었다.

"옷 갈아입게 자리 좀 피해주시겠어요?" 내가 말했다.

샤론이 님을 바라보며 어깨를 으쓱했다. 님이 양손을 내저었다. "그건 좀 곤란하겠는데!"

"아, 얘들 괜찮아요." 샤론이 손을 내저으며 말했다. "둘이 쪽쪽거리면 안 돼. 알았지?"

엠마의 얼굴이 빨갛게 변했다. "무슨 소린지 모르겠네요."

"당연히 모르겠지." 그가 님을 밖으로 민 다음 문 앞에서 멈춰 섰다. "또 도망치지 않겠다는 거 믿어도 되겠지?"

"우리가 왜 도망치겠어요?" 내가 말했다. "벤담 씨를 만나고 싶어요."

"우린 아무 데도 안 가요." 엠마가 말했다. "그런데 **아저씨** 왜 여기 계속 있는 거예요?"

"벤담 씨가 너희를 감시하라고 해서."

나는 그 말이 우리가 여길 빠져나가려고 하면 샤론이 우릴 붙잡겠다는 뜻인지 궁금했다. "아마 엄청난 신세를 지셨나 보네요." 내가 말했다.

"어마어마하지." 그가 대답했다. "내 생명의 은인이야." 그러고는 몸을 거의 반으로 접어서 밖으로 나갔다.

ℱ

"넌 여기서 갈아입어." 엠마가 말하며 방에 연결되어 있는 조그만 욕실을 가리켰다. "난 여기서 갈아입을게. 내가 노크할 때까지 엿보면 안 돼!"

"알았어." 나는 실망을 감추기 위해 오히려 과장하며 말했다. 속옷 차림의 엠마를 보는 건 분명 흥미로운 일이겠지만 최근에 겪었던 생명을 위협하는 온갖 시련들 덕분에 십 대 소년의 그쪽 방면 두뇌는 일종의 냉각 상태였다. 그러나 몇 번의 진한 키스가 보다 원초적인 본능을 되살릴 수도 있었다.

하지만 어쨌든.

나는 반짝이는 흰색 타일과 묵직한 철제 소품들이 있는 욕실로 들어가 문을 닫은 뒤 세면대에 몸을 숙이고 은색 거울에 내 모습을 비춰보았다.

꼴이 엉망이었다.

얼굴이 퉁퉁 부었고, 빠르게 아물고는 있지만 여전히 남아 있는 성난 분홍색 줄들이 보였다. 상처들이 내가 견딘 구타의 기억을 떠올려주었다. 나의 상체는 멍의 지도였다. 아프진 않았지만 흉했다. 씻기 힘든 귓불의 접힌 부분에는 피가 떡이 져 있었다. 피를 보는 순간 현기증이 나서 세면대를 붙잡고 균형을 잡아야 했다. 갑자기 끔찍한 기억들이 밀려왔다. 나를 향해 쏟아지던 주먹과 발길질, 위로 솟아오르던 바닥.

지금껏 맨손으로 날 죽이려 했던 사람은 아무도 없었다. 그것은 내게 낯선 일이었고, 본능에 따라 움직이는 할로우들에게 쫓기는 것과는 다른 느낌이었다. 총탄의 표적이 되는 것과도 달랐다. 총탄은 신속하고도 비인간적인 살육의 방식이었다. 그러나 손을 쓰는 폭력에는 노력이 필요했다. 구타에는 증오심이 필요했다. 그런 증오심이 나에게로 쏠렸다는 사실이 낯설고도 씁쓸했다. 내 이름도 모르는 이상한 사람들이, 집단적인 광기에 휩싸여, 주먹으로 내 생명을 빼앗으려 할 정도로 날 증오했다. 나는 그 증오심에 수치심을 느꼈고 비록 그 이유는 알 수 없지만 인간성을 박탈당한 것 같은 기분이 들었다. 언젠가 시간이라는 호사를 누릴 수 있게 되면 생각해봐야 할 일이었다.

나는 세수를 하려고 물을 틀었다. 수도관이 부르르 떨며 신음했지만 오케스트라의 요란함과 함께 딸꾹질하듯 갈색 물만 나왔다. 벤담이라는 사람이 부자인지는 모르겠지만 제아무리 부자라고 해도 그가 사는 동네의 지옥 같은 현실은 피할 수 없었던 모양이었다.

그는 어쩌다가 이곳으로 오게 되었을까.

더 흥미로운 사실. 그가 어떻게 나의 할아버지를, 혹은 할아버지에 관해 알고 있을까? 벤담 씨가 할로우와 대화할 수 있는 노인을 기다리고 있다고 했을 때 샤론은 분명 할아버지를 두고 한 말이었을 것이다. 어쩌면 할아버지는 전쟁 중에 벤담을 만났는지도 모른다. 페러그린 원장의 집을 떠나 미국으로 오기 전에. 할아버지는 그 시기에 대해 거의 얘기하지 않았고, 한 번도 자세히 얘기한 적이 없었다. 지난 몇 달간 할아버지에 대해 알게 된 사실에도 불구하고, 할아버지는 여전히 나에게 미스터리로 남아 있었다. 이제 돌아가셨기 때문에 어쩌면 영원히 그럴 거라고, 나는 서글픈 마음으로 생각했다.

나는 벤담이 준 옷을 입었다. 깔끔해 보이는 파란색 셔츠에 울 스웨터, 단순한 검은색 바지였다. 마치 내가 올 줄 알고 있었던 것처럼 꼭 맞았다. 가죽으로 된 갈색 옥스퍼드 신발을 신고 있는데, 엠마가 문을 두드렸다.

"잘돼가?"

문을 열자 노란색이 나를 맞이했다. 풍성한 소매에, 밑자락이 발치에 휘감기는 거대한 카나리아 빛깔의 드레스를 입은 엠마는 비참해 보였다.

엠마가 한숨을 쉬었다. "분명히 말하는데, 이게 그나마 나은 거야."

"너 빅 버드(미국의 어린이 TV 프로그램 〈세서미 스트리트_Sesame Street_〉에 나오는 크고 노란 새-옮긴이) 같다." 내가 말하며 그녀를 따라 밖으로 나갔다. "그리고 난 미스터 로저스(미국의 어린이 TV 프로그램 진행자-옮긴이) 같고. 벤담이란 사람 좀 잔인하네."

두 가지 비유 모두 엠마의 관심을 끌지 못했다. 엠마는 내 말을 무시하고 창가로 다가가 밖을 내다보았다.

"됐네. 좋았어."

"뭐가?" 내가 물었다.

"이 선반. 콘월(영국 잉글랜드 남서부의 주-옮긴이)만 하잖아. 게다가 사방에 잡을 곳이 있어. 정글짐보다 안전하겠어."

"우리가 왜 선반의 안전을 걱정해야 되는데?" 창가로 다가가며 내가 물었다.

"왜냐하면 샤론이 지키고 있어서 복도 쪽으론 나갈 수 없으니까."

때로 엠마는 자기 머릿속에 존재하는, 내가 범접할 수 없는 나와 대화를 나누는 것 같았고, 마침내 그녀가 나를 그 대화에 끌어들였을 때 내가 혼란스러워하면 화를 냈다. 엠마의 두뇌는 너무도 빨리 회전해서 자기 자신조차 앞질렀다.

"우린 아무 데도 못 가." 내가 말했다. "벤담을 만나야 해."

"만나야지. 하지만 앞으로 한 시간 동안 이 방에서 손이나 비비고 있느니 차라리 죽는 게 낫겠어. 고결하신 벤담 씨는 악마의 영토에 살고 있는 유배자야. 다시 말해서, 더러운 과거를 가진 위험하고 비열한 인간일 확률이 높다는 거지. 뭐든 알아낼 게 있는지 그의 집을 한번 둘러보고 싶어. 우리가 사라진 걸 알아차리기 전에 돌아오면 되잖아. 맹세해."

"잠복근무 좋지. 복장도 완벽하니까."

"하나도 안 웃기거든."

나는 밑창이 딱딱한 신발을 신었고, 걸을 때마다 망치로 때리는 것 같은 소리가 났고, 엠마는 위험 표지판보다 더 노란 옷을 입고 있었다. 더구나 나는 두 발로 일어설 수 있을 정도로 기운을 차린 지도 얼마 안 되었지만 그래도 동의했다. 엠마의 판단은 옳은 적이 많았고 나는 어느덧 그녀의 본능에 의지하게 되었다.

"만약 누가 우리를 보기라도 하면, 그러라지 뭐." 엠마가 말했다. "그 사람 널 만나려고 엄청 오랫동안 기다린 게 분명해. 집 좀 둘러봤다고 쫓아내진 않을 거야."

엠마가 창문을 열고 선반으로 올라갔다. 나는 조심스럽게 밖을 내다보았다. 우리는 악마의 영토 '좋은' 동네의 텅 빈 거리 2층에 있었다. 눈에 익은 장작더미가 보였다. 샤론이 버려진 것처럼 보이는 가게에서 나올 때 우리가 숨어 있던 장소였다. 이 집의 아래층은 먼데이, 다이슨, 앤드 스트라이프 법률 사무소였다. 물론 그런 회사는 없었다. 그것은 벤담의 집으로 들어오는 비밀 출입문이었다.

엠마가 자신의 손을 내밀었다. "네가 높은 곳을 별로 안 좋아하는 건 아는데, 내가 떨어지지 않게 해줄게."

할로우에게 붙잡혀 끓어오르는 강 위에 매달려보고 나니, 이 정도 높이는 그다지 두렵게 느껴지지 않았다. 그리고 엠마 말이 옳았다. 창문의 선반은 널찍했고 장식용 손잡이와 괴물 석상의 얼굴들이 벽돌 곳곳에 튀어나와 있어서 자연스럽게 손잡이가 되었다. 나는 밖으로 기어 나가서, 돌출부를 움켜잡아가면서, 엠마의 뒤를 따라 벽에서 춤을 추었다.

선반의 모퉁이를 돌았을 때 우리는 샤론의 시야에서 벗어난 복도와 평행선에 있다고 확신하고 창문을 열어보려 애썼다.

창문은 잠겨 있었다. 우리는 계속 움직여 다음 창문을 열어보았지만 역시 잠겨 있었다. 세 번째, 네 번째, 다섯 번째도 마찬가지였다.

"열어볼 창문들이 동나고 있네." 내가 말했다. "하나도 안 열리면 어쩌지?"

"다음 창문은 열릴 거야." 엠마가 말했다.

"그걸 어떻게 알아?"

"나 예지력 있거든." 그 말과 함께 엠마가 창문을 발로 걷어찼다. 유리 조각이 방 안으로 부서지며 흩어졌고 건물 앞쪽으로도 떨어졌다.

"아니, 넌 그냥 깡패야." 내가 말했다.

엠마는 내게 미소를 지어 보이고는 창틀에 남은 마지막 유리를 손바닥으로 때렸다.

엠마가 창문으로 들어갔다. 잠시 머뭇거리다가 나도 엠마를 따라 어두운 동굴 같은 방 안으로 들어갔다. 눈이 적응하기까지 잠시 시간이 걸렸다. 조명이라고는 방금 깨뜨린 창문으로 들어오는 햇살이 유일했고, 가냘픈 햇살이 잡동사니 수집광의 낙원 가장자리를 드러냈다. 궤짝들과 상자들이 천장까지 쓰러질 듯 아찔하게 쌓여 있어서 아주 좁은 공간만 남아 있었다.

"벤담이란 사람은 물건을 못 버리는 사람 같네." 엠마가 말했다.

나는 대답 대신 속사포로 재채기를 세 번 했다. 먼지가 날렸다. 엠마가 조심하라고 말하고는 손에 불을 붙여서 가장 가까운 궤짝을 비추었다. Rm. AM-157이라는 이름표가 붙어 있었다.

"이게 뭔 거 같아?" 내가 말했다.

"그걸 알아내려면 쇠 지렛대가 필요해." 엠마가 말했다. "아주 단단히 잠겨 있네."

"너 예지력 있다며."

엠마가 나를 보며 인상을 썼다.

쇠 지렛대가 없는 우리는 방 안쪽으로 더 들어갔고 엠마는 가늘어지는 햇살을 뒤로하고 불꽃을 더 크게 일으켰다. 상자들 틈의 좁은 길은 아치문을 지나 또 다른 방으로 이어졌고, 그 방도 똑같이 어둡고 똑같이 어수선했다. 다만 상자들 대신 흰 덮개가 씌워진 커다란 물건들로 가득 차 있었다. 덮개 하나를 걷어보려는 순간 내가 엠마의 팔을 잡았다.

"왜 그래?" 화를 내며 엠마가 물었다.

"아주 끔찍한 게 들어 있을지도 몰라."

"맞아, 바로 그거야." 엠마가 말하고는 덮개를 걷었고 그 바람에 한차례 먼지가 일었다.

먼지가 가라앉자 박물관에서나 볼 수 있는 유리문 달린 진열장에 비친 우리 모습이 보였다. 허리 높이 정도에 크기가 0.4제곱미터 정도 되어 보였다. 안에는 코코넛 껍질, 고래 등뼈로 만든 빗, 조그만 돌도끼, 그 외에도 용도가 분명치 않은 다양한 물건들이 이름표와 함께 깔끔하게 진열되어 있었다. 유리문에 붙은 플래카드에는 **1750년경 남태평양 뉴헤브리디스, 에스피리투산토 섬의 이상한 아이들이**

사용했던 물건들이라고 적혀 있었다.

"흠." 엠마가 말했다.

"이상하다." 내가 대답했다.

깨어진 유리창을 도로 붙여놓지 않는 이상 우리의 흔적을 감추는 데는 별로 도움이 되지 않겠지만 엠마는 도로 덮개를 덮었다. 우리는 천천히 방 안으로 들어가서 닥치는 대로 물건들을 걷어보았다. 다양한 박물관 진열품들이었다. 한때 이상한 아이들이 사용했다는 점을 제외하면 진열품들은 거의 공통점이 없었다. 어떤 진열장에는 극동 지역에서 1800년경 이상한 아이들이 입었던 알록달록한 실크 옷들이 있었다. 또 어떤 진열장에는 얼핏 보기에는 나무 몸통을 자른 단면처럼 보이는 물건이 있었는데, 자세히 보니 철제 경첩과 나무의 옹이로 손잡이가 달려 있는 문이었다. 진열장 이름표에는 **1530년경 아일랜드 대大황무지의 이상한 아이들의 집 출입문**이라고 적혀 있었다.

"와!" 자세히 보려고 몸을 숙이며 엠마가 말했다. "우리 같은 사람들이 이렇게 전 세계에 널리 퍼져 있는 줄은 몰랐네."

"퍼져 있었거나." 내가 말했다. "지금도 퍼져 있을지 모르겠어."

마지막 진열장에는 **연도 불명, 카이마클리 지하 도시, 히타이트 이상한 아이들의 무기**라고 적혀 있었다. 당혹스럽게도 진열장 안에는 죽은 딱정벌레들과 나비들만 있었다.

엠마가 불을 내 쪽으로 향하며 나를 쳐다보았다. "여기서 우린 벤담이 역사광이라는 결론을 내릴 수 있을 것 같아. 다른 데 가볼까?"

덮개를 씌워놓은 진열장들이 가득한 방 두 개를 서둘러 지나고 나니 우리는 어느덧 비상계단에 이르렀고, 계단을 통해 다음 층으로 올라갔다. 층계참의 문을 열자 두툼한 카펫이 길게 깔린 복도가 나왔다. 복도는 끝없이 뻗어 있는 것 같았다. 복도에 규칙적인 간격으로 나타나는 문들과 반복되는 벽지가 영원히 끝나지 않을 것 같은 아찔한 분위기를 자아냈다.

우리는 방들을 들여다보며 복도를 따라 걸었다. 방마다 똑같은 가구가 똑같은 위치에 놓여 있었고 벽지도 똑같았다. 모든 방에 내가 있었던 방과 똑같이 침대 하나, 간이 테이블 하나, 옷장 하나가 있었고, 빨간 양귀비 줄기가 벽지를 가로지르며 구불거렸다. 그 줄기는 마치 최면을 거는 파장처럼 카펫에도 계속 이어져서 방이 자연으로 돌아가는 것 같은 느낌을 주었다. 문에 달린 조그만 청동 문패를 제외하면 방들은 거의 구분할 수 없을 정도로 똑같았다. 청동 문패에는 독특한 이름들이 새겨져 있었다. 이국적인 이름들이었다. **알프스 방, 고비 방, 아마존 방.**

복도에는 50개 정도의 방이 있었고 쓸 만한 정보를 얻어낼 수 없을 것 같아 걸음을 재촉하고 있는데 살갗이 따가울 정도로 차가운 바람이 불어왔다.

"앗!" 양팔로 몸을 감싸며 내가 말했다. "어디서 이런 바람이 들어오는 거지?"

"누가 창문을 열어놓았나?" 엠마가 말했다.

"하지만 밖은 안 춥잖아." 내가 말했고 엠마는 어깨를 으쓱했다.

우리는 복도를 따라 계속 걸었고 걸을수록 공기가 점점 더 차가워졌다. 복도 끝에서 모퉁이를 돌자 천장에 고드름이 매달리고 카펫에 서리가 반짝이는 복도가 나왔다. 그 복도의 어느 방에서 찬바람이 나오는 것 같았다. 우리는 그 방 앞에 서서 문 밑으로 하나씩 흩날리는 눈송이를 보았다.

"참 이상하네." 내가 몸을 떨며 말했다.

"진짜 이상해." 엠마도 동의했다. "내 기준으로도."

내가 문패를 읽으려고 다가갔고 눈 덮인 카펫 위에서 내 발이 바삭거리는 소리를 냈다. 문패에는 **시베리아 방**이라고 적혀 있었다.

내가 엠마를 보았다. 엠마도 나를 보았다.

"성능이 엄청 좋은 에어컨이 있나 봐." 엠마가 말했다.

"안에 뭐가 있는지 보자." 내가 말했다. 손잡이를 잡고 돌려보았지만 돌아가지 않았다. "잠겨 있어."

엠마는 몇 초 동안 손을 손잡이에 대었다. 손안에서 얼음이 녹으면서 물이 뚝뚝 떨어졌다.

"잠겨 있진 않아." 엠마가 말했다. "얼어 있어."

엠마가 손잡이를 돌리고 문을 밀었다. 그러나 2.5센티미터 정도만 열릴 뿐이었다. 문 반대편엔 눈이 높이 쌓여 있었다. 우리는 문에 어깨를 대고 셋을 세며 힘껏 밀었다. 문이 확 열리면서 북극 바람이 우리 얼굴을 때렸다. 사방으로 눈송이가 날아들었다. 우리 눈 속에도, 우리 뒤쪽 복도에도.

우리는 얼굴을 가리며 안을 들여다보았다. 방 안은 다른 방들과 똑같이 꾸며져 있었다. 침대, 옷장, 간이 테이블. 그러나 높이 쌓인 눈에 파묻혀 알아보기 힘든 덩어리일 뿐이었다.

"대체 이게 뭐지?" 나는 눈보라 속에서 목소리가 들리도록 고함을 질렀다. "또 다른 루프?"

"그럴 리가 없어!" 엠마가 소리쳤다. "우린 이미 루프에 들어왔잖아!"

우리는 바람 속에 몸을 숙이고 좀 더 자세히 보려고 방 안으로 들어섰다. 열린 창문으로 눈과 냉기가 들어온다고 생각했지만 그 순간 눈보라가 잦아들었고 방 안에 창문은 없고, 맞은편 벽이 아예 없음을 나는 깨달았다. 우리 양쪽으로 유리벽이 있었고, 위쪽으로는 천장이 있었으며, 발밑 어딘가에 카펫이 깔려 있겠지만 맞은편 벽이 있어야 할 곳에 얼음 동굴이 있었고 동굴 뒤쪽으로는 트인 공간, 트인 벌판, 끝없이 펼쳐진 흰 눈과 검은 바위들의 풍경이 펼쳐졌다.

내가 알고 있는 지역 중에 이곳과 가장 근접한 곳은 시베리아였다.

방을 가로질러 눈을 치워놓은 길이 나 있었고 그 길은 하얀 벌판으로 뻗어 있었다. 우리는 주위에 펼쳐진 풍경에 경탄하면서 방을 나와 길을 따라 동굴로 들어섰다. 흰 나무들의 숲처럼 바닥에서 거대한 얼음 송곳들이 솟아 있었고 천장에도 매달려 있었다.

엠마는 여간해서는 놀라지 않았다. 거의 백 년 가까이 살았고 평생에 걸쳐 이상한 일들을 보아온 그녀였다. 그러나 이곳을 보고는 진심으로 놀란 눈치였다.

"진짜 신기하다!" 몸을 숙여 눈을 한 움큼 퍼내며 엠마가 말했다. 엠마가 웃으며 내게 눈을 던졌다. "신기하지 않아?"

"신기해." 내가 이를 부딪치며 말했다. "하지만 왜 눈이 있지?"

우리는 거대한 고드름들을 헤치고 벌판으로 나아갔다. 뒤를 돌아보니 방은 더 이상 보이지 않았다. 동굴 속에 완벽하게 숨겨져 있었다.

엠마가 서둘러 앞서가다가 돌아서서 말했다. "이쪽이야!" 다급

한 목소리였다.

나는 점점 깊어지는 눈밭을 헤치며 그녀 곁으로 다가섰다. 기이한 풍경이었다. 우리 앞에는 하얀 평원이 펼쳐져 있었고 그 뒤로는 마치 빙하의 갈라진 틈처럼, 지면이 깊게 굽이치고 있었다.

"우리만 있는 게 아니야." 엠마가 말하며 내가 놓친 것을 가리켰다. 협곡 가장자리에 웬 남자가 안을 들여다보며 서 있었다.

"뭐하는 거지?" 내가 물었다. 딱히 대답을 기대한 질문은 아니었다.

"뭘 찾고 있는 것 같아."

우리는 협곡을 따라 천천히 걷는 그의 모습을 지켜보았다. 그는 줄곧 밑을 보고 있었다. 잠시 후 우리는 너무 추워서 얼굴의 감각을 잃었다. 한차례 눈보라가 불어와 눈앞의 풍경을 지웠다.

잠시 후 바람이 잦아들었을 때 남자가 우리를 똑바로 쳐다보고 있었다.

엠마가 얼어붙었다. "이런!"

"우릴 봤을까?"

엠마가 자신의 밝은 노란 드레스를 내려다보았다. "응."

하얀 황무지 건너편에서 우리를 바라보는 남자에게 시선을 고정한 채 우리도 잠시 그 자리에 서 있었다. 그때 그가 갑자기 우리 쪽으로 달려오기 시작했다. 그는 깊은 눈밭과 굽이치는 협곡들을 지나 수백 미터 거리에 있었다. 우릴 해칠 셈인지는 확실히 알 수 없었지만 우리는 있어서는 안 되는 곳에 있었고 이곳에서 벗어나는 게 최선인 것 같았다. 예전에 내가 집시들의 캠프에서 꼭 한 번 들었던 으르렁거리는 소리가 들려오는 순간 나의 판단은 더욱 분명해졌다.

곰.

어깨 너머로 돌아본 순간 그 사실을 확인할 수 있었다. 거대한 검은 곰이 협곡 안에서 기어 나와 남자를 쫓아왔고, **결국 남자와 곰 둘 다 우리를 쫓아오고 있었다.** 곰은 남자보다 훨씬 더 빠른 속도로 달려왔다.

"곰이야!" 쓸데없이 내가 소리쳤다.

나는 뛰려 했지만 얼어붙은 발이 말을 듣지 않았다. 추위에 전혀 영향을 받지 않는 것 같은 엠마가 내 팔을 잡아끌었다. 우리는 다시 동굴로 돌아갔고, 방을 가로질렀고, 문밖으로 나갔다. 문 주위로 흩날린 눈발이 복도에 쌓이고 있었다. 나는 문을 닫았다. 마치 그렇게 하면 곰을 막을 수 있다는 듯이. 우리는 다시 복도를 지나, 계단을 내려갔고, 벤담의 죽어버린 박물관으로 가서 흰 천을 뒤집어쓴 유령들 틈에 몸을 숨겼다.

우리는 방에서 가장 구석진 거대한 돌기둥과 벽 사이, 너무 좁아서 서로 마주볼 수조차 없는 공간에 몸을 웅크리고 숨었다. 우리가 갔던 곳의 추위가 뼛속까지 스며들었다. 우리는 마치 마네킹처럼 조용히 몸을 떨며 숨어 있었고, 그동안 옷에 앉았던 눈이 녹아서 바닥에 웅덩이를 이루었다. 엠마의 왼손이 나의 오른손을 잡았다. 그것이 우리가 서로 나눌 수 있는 유일한 온기와 의미였다. 우리는 말로 번역할 수 없는 언어를 만들어가고 있었다. 그것은 몸짓과 눈빛과 손길, 그리고 시간이 흐를수록 점점 더 풍부해지고 강렬해지고 미묘해지는 깊은 키스로 이루어진 특별한 어휘였다. 그 언어는 환상적이면서도 본질적이었으며, 이런 순간에는 우리를 조금이나마 덜 춥고 덜 두렵게 했다.

그렇게 몇 분이 지난 뒤에도 우리를 잡아먹으려는 곰은 나타나지 않았고 우리는 용기를 내어 속삭임으로 대화를 나누었다.

"우리가 갔던 데가 루프야?" 내가 물었다. "루프 안의 루프인가?"

"나도 모르겠어." 엠마가 말했다.

"시베리아. 방문에 그렇게 쓰여 있었어."

"만약 거기가 시베리아라면, 그럼 그 방은 루프가 아닌 일종의 관문이란 얘긴데, 그런 관문은 존재하지 않아."

"당연하지." 내가 대답했지만 시간의 루프가 존재하는 세계에서라면 이런 관문들이 존재한다고 믿는 것도 별로 이상할 것 같진 않았다.

"혹시 아주 오래된 루프는 아닐까?" 내가 물었다. "이를테면 1만 년이나 1만 5천 년 전 빙하시대의 루프라든가. 악마의 영토가 그땐 그런 모습이었을지도 몰라."

"그렇게 오래된 루프가 있을 것 같진 않아." 엠마가 말했다.

나는 이가 부딪쳤다. "자꾸 몸이 떨린다." 내가 말했다.

엠마가 내게 몸을 밀착시키고 따뜻한 손으로 등을 문질러주었다.

"만약 내가 관문을 만들 수 있다면," 내가 말했다. "굳이 시베리아로 가는 관문을 만들 것 같진 않아."

"그럼 어디로 가고 싶은데?"

"음…… 하와이? 좀 따분하긴 하겠지만. 다들 하와이라고 말할 걸."

"난 아냐."

"넌 어디로 가고 싶은데?"

"네 고향." 엠마가 말했다. "플로리다."

"왜 거기로 가고 싶어?"

"네가 자란 동네를 구경하면 재미있을 것 같아서."

"생각해줘서 고마워." 내가 말했다. "근데 별로 볼 거 없어. 진짜 조용해."

엠마는 내 어깨에 머리를 기대고 내 팔에 따스한 숨을 내쉬었다. "천국이 따로 없겠다."

"네 머리카락에 눈이 있어." 내가 말했다. 그러나 털어내려는 순간 눈이 녹아버렸다. 나는 손에 묻은 차가운 물을 바닥에 털었고 그 순간 우리가 남긴 발자국을 보았다. 우리는 녹아내리는 눈의 흔적을 남겨놓았다. 아마도 그 흔적은 우리가 숨어 있는 장소까지 죽 이어졌을 것이다.

"우리 진짜 멍청하다." 내가 말하며 눈 자국을 가리켰다. "신발을 벗고 왔어야 했어!"

"괜찮아. 아직도 나타나지 않은 걸 보면 아마……."

그때 쿵쿵거리는 요란한 발소리가 방 맞은편에서 울려 퍼졌고 그 뒤로 거대한 짐승의 숨소리가 이어졌다.

"창문으로 돌아가자, 최대한 빨리!" 엠마가 낮게 소리쳤고 우리는 은신처에서 기어 나왔다.

나는 뛰어가려 했지만 물웅덩이에서 미끄러지고 말았고, 그 바람에 가장 가까이에 있는 물건을 잡는다는 게 우리가 뒤에 숨었던 거대한 진열장의 덮개였다. 스르르 소리를 내며 덮개가 벗겨져 바닥에 넘어져 있는 나를 덮었다.

고개를 들었을 때 가장 먼저 눈에 띈 것은 어느 소녀의 모습이었다. 내 앞에 서 있던 엠마가 아니라 그녀 뒤쪽, 진열장의 유리 안에 앉아 있는 소녀였다. 완벽한 천사 같은 얼굴에 주름 스커트를 입고 머리에는 리본 핀을 꽂았다. 소녀는 박제된 인간의 영원히 고정된 일그러진 미소를 지으며 정면을 응시하고 있었다.

나는 기겁을 했다. 엠마가 돌아서서 내가 본 것을 보았고 이번에는 엠마가 기겁을 했다.

엠마가 나를 일으켰고 우리는 함께 달렸다.

𝄢

나는 우리를 쫓아오는 남자도, 곰도, 시베리아도 전부 다 잊었다. 단지 그 방에서 나가고 싶었고, 박제된 소녀에게서 벗어나고 싶었으며, 엠마와 나도 그 소녀처럼 죽어서 유리 뒤에 박제될 가능성에서 최대한 멀어지고 싶었다. 우리는 비로소 벤담이라는 사람에 대해 알아야 할 것들을 알게 되었다. 그는 괴팍한 수집가였다. 덮개들을 더 걷어보았다면 분명히 그 소녀 같은 진열품들을 더 찾을 수 있었을 거라는 확신이 들었다.

속도를 내어 복도의 모퉁이를 돌아보니 우리 앞에 산처럼 가로막고 선 것은 3미터 높이의 털과 발톱의 산이었다. 우리는 비명을 지르며 멈춰 서려 했지만 결국 곰의 발치에 포개어지며 넘어지고 말았

다. 우리는 그대로 몸을 웅크리고 죽기를 기다렸다. 뜨겁고 고약한 입김이 우리 위쪽에서 느껴졌다. 축축하고 거친 무언가가 내 얼굴을 닦았다.

곰이 나를 핥고 있었다. 곰이 나를 핥고 있는데 누군가 **웃고** 있었다.

"진정해라, 곰은 너희를 물지 않을 테니!" 누군가가 말했고, 나는 길고 복슬복슬한 코와 나를 향한 커다란 갈색 눈동자를 보았다.

곰이 말을 하던가? 곰은 자기 자신을 3인칭으로 말하던가?

"그 친구 이름은 피티야." 누군가가 말을 이었다. "내 보디가드란다. 아주 다정한 녀석이지. 너희들이 내 말만 잘 듣는다면. 피티, 앉아!"

피티가 앉더니 내 얼굴 대신 자기 발을 핥기 시작했다. 나는 오른쪽 허리가 위로 오도록 자세를 고치고는 축축해진 뺨을 닦고 마침내 목소리의 주인을 보았다. 나이가 지긋한 신사였다. 그는 완벽하게 갖춰 입은 옷에 걸맞은 묘한 미소를 짓고 있었다. 모자, 지팡이, 장갑, 검은 재킷 위로 높이 솟아오른 흰 칼라.

그가 약간 고개를 숙이며 모자를 기울였다. "난 마이런 벤담이야. 뭐든 말만 하렴."

"천천히 뒤로 물러서." 엠마가 내 귀에 대고 속삭였고 우리는 함께 일어서서 곰의 사정권에서 벗어났다. "소란 피우고 싶지 않아요. 저희를 보내주시면 아무도 다치지 않을 거예요."

벤담이 양팔을 벌리고 미소를 지었다. "원하면 언제든 떠나도 좋아. 하지만 이렇게 떠나면 정말 섭섭하지. 너흰 이제 막 도착했고, 할 얘기가 아주 많은데 말이야."

"그래요?" 내가 말했다. "저기 진열장에 있는 여자아이에 대해서 먼저 설명해보시죠."

"그리고 시베리아 방도!" 엠마가 말했다.

"너희들 지금 화가 났고, 춥고, 축축하구나. 따끈한 차 한 주전자를 놓고 얘기를 나누어보면 어떨까?"

그러면 좋을 것 같았지만 그렇다고 말하진 않을 생각이었다.

"여기서 무슨 일이 일어나고 있는지 알기 전엔 아저씨하고 아무 데도 안 가요." 엠마가 말했다.

"좋아." 조금도 온화함을 잃지 않고 벤담이 대답했다. "시베리아 방에서 너희들을 놀라게 한 사람은 내 비서였어. 시베리아 방은, 너희들도 짐작했겠지만, 시베리아 시간의 루프로 이어져 있지."

"하지만 그건 불가능해요." 엠마가 말했다. "시베리아는 수천 마일 떨어져 있잖아요."

"3489마일." 그가 대답했다. "하지만 루프 간 여행이야말로 내 평생의 숙원 사업이었단다." 그가 내게로 돌아섰다. "너희가 발견한 진열장으로 말하자면, 그 아인 소포니아 윈스테드야. 영국 왕실에서 처음 태어난 이상한 아이였지. 마지막이 조금 비극적이긴 했지만 아주 멋진 삶을 살았어. 이상한 아이들 박물관에는 모든 유명한 이상한 아이들이 있단다. 잘 알려진 아이, 알려지지 않은 아이, 유명한 아이, 악명 높은 아이. 어떤 아이들이건 기꺼이 보여줄 수 있어. 난 아무것도 숨길 게 없단다."

"사이코야." 내가 엠마에게 중얼거렸다. "우릴 박제해서 자기 수집품에 보태고 싶은가 봐."

벤담이 웃었다. 귀가 엄청 밝은 게 틀림없었다.

"왁스로 만든 모형일 뿐이란다, 꼬마야. 내가 수집가이고 보존 운동가인 것은 맞아. 하지만 사람을 수집하진 않아. 내가 너희들 내장을 꺼내고 캐비닛에 감금하려고 그토록 오랜 세월을 기다렸을 것 같니?"

"그것보다 더 이상한 취미 얘기도 듣긴 했어요." 에녹과 그의 난쟁이 부대를 생각하며 내가 말했다. "우리한테 원하는 게 뭐죠?"

"때가 되면 말해주마." 그가 말했다. "일단 따듯한 곳에 가서 몸을 말리자꾸나. 그다음엔 차를 마시고, 그다음엔……."

"무례하게 굴고 싶진 않지만," 엠마가 끼어들었다. "여기서 이미 너무 많은 시간을 보냈어요. 우리 친구들이……."

"너희 친구들은 안전해." 벤담이 말했다. "내가 조사를 좀 해봤는데, 너희들이 생각하는 것만큼 긴박한 상황은 아니란다."

"그걸 어떻게 아세요?" 엠마가 다그쳤다. "그게 무슨 말씀이세요? 긴박한 상황이 아니라니……."

"조사를 해봤다는 게 무슨 말씀이세요?" 엠마의 말이 끝나기도 전에 내가 물었다.

"때가 되면 다 얘기하마." 벤담이 반복했다. "어렵겠지만 인내심을 가져야 해. 한 번에 다 얘기하기엔 할 얘기가 너무 많아서 말이야. 더구나 그런 상태로는……." 그가 한 팔을 우리에게 내밀었다. "봐라. 지금 떨고 있잖니."

"좋아요, 그럼." 내가 말했다. "차 마셔요."

"잘 생각했다!" 벤담이 말했다. 그가 지팡이로 바닥을 두 번 두드렸다. "피티, 가자!"

곰이 알았다는 듯 으르렁거리더니 뒷다리로 서서 걷기 시작했다. 곰은 마치 다리가 짧은 뚱뚱한 사람처럼 어기적거리면서 벤담이 서 있는 곳으로 다가와 몸을 구부렸고, 마치 아기를 안듯 벤담을 번쩍 안아들었다. 곰이 한 발로 그의 등을, 다른 한 발로 그의 두 다리를 받쳤다.

"좀 특이한 이동 수단이긴 하지만," 피티의 복슬복슬한 어깨 너머로 벤담이 말했다. "내가 좀 쉽게 지치는 편이라서." 그가 지팡이로 앞을 가리키며 "피티, 서재로!"라고 말했다.

엠마와 나는 놀라움에 휩싸인 채 벤담을 안고 사라지는 피티를 쳐다보았다.

날이면 날마다 볼 수 있는 광경은 아니군. 나는 생각했다. 그날 내가 보았던 거의 모든 광경들이 그랬다.

"피티, 멈춰!" 벤담이 명령했다.

곰이 걸음을 멈추었고 벤담이 우리에게 손짓했다.

"안 오니?"

우리는 그들을 쳐다만 보고 있었다.

"가요." 엠마가 말했다.

우리는 그들을 따라잡았다.

❦

우리는 벤담과 그의 곰을 따라 미로 속을 헤치며 걸었다.

"그 곰도 이상한가요?" 내가 물었다.

"맞아, 이 녀석은 그림 곰이란다." 애정 어린 손길로 피티의 어깨를 쓰다듬으며 벤담이 말했다. "러시아나 핀란드 지역에서 임브린들이 즐겨 데리고 다니던 동물이었지. 그림 곰 훈련은 이상한 사람들 사이에서 아주 오래되고 존경받는 기술이었어. 그림 곰은 할로우를 쫓아버릴 정도로 강하면서도 아이들을 돌볼 수 있을 정도로 다정하지. 겨울밤이면 전기담요보다 따듯하고, 너희들이 보다시피 듬직한 보호자가 되어준단다. 피티, 왼쪽으로!"

벤담이 그림 곰의 장점에 대해 이야기하는 동안 우리는 아담한 대기실로 들어갔다. 방 한복판에 있는 유리 덮개 아래 세 여자가 있었고, 그들 뒤로 거대하고 무시무시하게 생긴 곰이 있었다. 나는 잠시 숨을 죽였지만 다시 보니 벤담의 진열품이었다.

"왁스윙(여새―옮긴이) 원장, 트루피얼(황조류의 일종―옮긴이) 원장, 그리브(논병아리―옮긴이) 원장." 벤담이 말했다. "그리고 그들의 그림 곰, 알렉시!"

그러고 보니 그림 곰은 밀랍 임브린들을 보호하는 것처럼 보였다. 여자들은 차분하게 서 있는 반면, 곰은 뒷다리로 서서 포효하면서 적을 향해 앞발을 휘두르고 있었다. 또 한 발은 임브린 한 명의 어깨에 올려놓았고 임브린의 손이 곰의 기다란 발톱을 움켜쥐고 있었다. 그토록 무시무시한 짐승에 대한 자신의 노련한 통제력을 과시하려는 듯이.

"알렉시는 피티의 종조부란다." 벤담이 말했다. "삼촌한테 인사하렴, 피티!"

피티가 으르렁거렸다.

"너도 할로우한테 저렇게 할 수 있었으면." 엠마가 내게 속삭였다.

"그림 곰을 훈련하는 데 시간이 얼마나 걸리죠?" 내가 벤담에

게 물었다.

"몇 년." 그가 대답했다. "그림 곰들은 선천적으로 아주 독립적이야."

"몇 년이래!" 내가 엠마에게 속삭였다.

엠마가 눈을 부라렸다. "알렉시도 밀랍으로 만들었어요?" 엠마가 벤담에게 물었다.

"아니. 알렉시는 박제야."

이상한 사람들을 박제하는 것에 대한 벤담의 혐오감은 이상한 동물들에게까지 적용되는 건 아닌 게 분명했다. 만약 애디슨이 여기 있었더라면 불꽃이 튀었을 것이다.

내가 몸을 떨었다. 엠마가 따듯한 손으로 내 등을 문질러주었다. 벤담이 그 모습을 보고 말했다. "용서해다오! 손님을 맞는 게 워낙 드문 일이다 보니 이렇게 손님이 오면 내 수집품을 자랑하고 싶은 마음을 억누를 수가 없구나. 자, 내가 차를 대접하겠다고 계속 얘기만 했으니 이젠 차를 마시자꾸나!"

벤담이 지팡이로 방향을 가리키자 피티가 다시 걷기 시작했다. 우리는 그들을 따라 먼지 앉은 진열품 창고에서 나와서 집 안의 다른 공간들을 가로질렀다. 어디로 보나 평범한 부자의 집이었다. 대리석 기둥이 있는 현관, 걸개그림으로 벽을 장식한, 수십 명이 앉을 수 있는 연회장, 고급스러운 가구를 전시해놓는 것이 유일한 목적인 것처럼 보이는 별실들. 그러나 모든 방에는 다른 장식품들과 함께 반드시 벤담의 이상한 수집품 몇 가지가 진열되어 있었다.

"15세기 스페인." 복도에 세워놓은 반짝이는 갑옷을 가리키며 그가 말했다. "새로 만들었단다. 장갑처럼 나한테 꼭 맞지!"

마침내 우리는 서재에 도착했다. 내가 본 가장 아름다운 서재였다. 벤담이 피티에게 내려달라고 한 다음 재킷에 붙은 털을 털어내고 우리를 안으로 안내했다. 실내는 최소한 3층 높이였고 머리 위로 책장이 아찔하게 솟아 있었다. 계단들, 좁은 통로들, 이동 사다리들이 책장에 접근할 수 있도록 설계되어 있었다.

"솔직히 저 책들을 다 읽진 못했어." 벤담이 말했다. "하지만 읽으려고 노력 중이지."

그는 불을 지펴놓은 벽난로를 둘러싼 소파 쪽으로 우릴 안내했다. 벽난로의 온기가 방 안을 채웠다. 벽난로 옆에는 샤론과 님이 있었다. "날 보고 못 믿을 망나니라더니!" 샤론이 낮게 소리쳤지만 그가 나를 더 질책하기 전에 벤담이 그에게 담요를 가져오라고 했다. 우리는 집주인이 베푸는 자비의 보호를 받고 있었고 샤론의 호된 질책은 잠시 미루어야 했다.

어느새 우리는 담요를 두르고 소파에 앉아 있었다. 님이 바삐 돌아다니며 반짝이는 쟁반에 차를 내왔고 피티는 불가에 웅크리고 앉아 곧바로 겨울잠에 빠져들었다. 나는 내 몸에 스며들기 시작한 노곤함을 떨쳐버리고 해야 할 일에 집중하려 애썼다. 거대한 질문들과 해결할 수 없을 것 같은 문제들이 있었다. 우리의 친구들과 임브린들. 우리가 스스로에게 부여한 기이하고도 절망적인 임무. 그 모든 일을 생각하는 것만으로도 깔려 죽을 것 같았다. 그래서 나는 님에게 각설탕 세 개와 차를 흰색으로 만들 수 있을 정도의 크림을 달라고 한 뒤, 차를 세 모금에 다 마셔버리고 더 달라고 했다.

샤론은 뚱한 표정을 지으면서도 우리의 대화를 엿들을 수 있는 구석 자리로 물러났다.

엠마는 인사치레를 그만 끝내고 싶어 안달했다. "자, 그럼," 엠마가 말했다. "이제 얘기 좀 할까요?"

벤담은 엠마를 외면했다. 그는 우리 맞은편에 앉아 있었고 시선을 내게 고정하고 있었다. 세상에서 가장 이상한 엷은 미소를 머금은 채로.

"왜요?" 턱에 묻은 차를 닦아내며 내가 물었다.

"신기하구나." 그가 말했다. "꼭 빼닮았어."

"누구를요?"

"물론 네 할아버지를."

내가 찻잔을 내려놓았다. "할아버질 아셨어요?"

"알았지. 네 할아버진 아주 오래전 내 친구였단다. 내게 너무도 친구가 필요했을 때."

내가 엠마를 쳐다보았다. 엠마의 얼굴은 창백해졌고 찻잔을 움켜쥐고 있었다.

"몇 달 전에 돌아가셨어요." 내가 말했다.

"그러게 말이다. 그 소식을 듣고 무척 상심했단다." 벤담이 말했다. "그리고 솔직히, 좀 놀랐어. 그렇게 오랫동안 버텼다니. 난 아주 오래전에 살해되었을 거라고 생각했거든. 적이 많았으니까. 하지만 재능이 출중한 사람이었지, 네 할아버지는."

"두 분은 정확히 어떤 관계였죠?" 엠마가 말했다. 경찰이 심문하는 것 같은 말투였다.

"네가 엠마 블룸인가 보구나." 마침내 엠마를 쳐다보며 벤담이 말했다. "네 얘기 정말 많이 들었다."

엠마는 놀란 것 같았다. "제 얘기를요?"

"그래. 에이브러햄이 널 무척 좋아했지."

"처음 듣는 얘기네요." 엠마가 얼굴을 붉혔다.

"에이브러햄이 말했던 것보다 더 예쁘구나."

엠마가 이를 악물었다. "고맙습니다." 그녀가 덤덤하게 말했다. "에이브러햄을 어떻게 아셨어요?"

벤담의 미소가 사그라졌다. "본론으로 들어가잔 얘기구나."

"그래도 괜찮으시다면요."

"괜찮고말고." 말은 그렇게 했지만 그의 태도가 몇 단계 싸늘해졌다. "네가 시베리아 방에 대해 물었지. 내가 한 대답에 만족하지 못했다는 걸 알고 있단다, 블룸 양."

"맞아요. 하지만 전…… 우린…… 제이콥의 할아버지에 관한 얘기와 당신이 우릴 이곳으로 부른 이유가 더 궁금해요."

"내가 장담하는데, 전부 다 연결되어 있단다. 그 방, 그리고 이 집 이야기로 시작하는 게 좋을 것 같구나."

"좋아요." 내가 말했다. "이 집에 대해 얘기해주세요."

벤담이 깊은 숨을 내쉬고는 손가락을 입술 위에 탑 모양으로 세우고 생각에 잠겼다. 그러고는 그가 말했다. "이 집은 평생에 걸친 탐험을 통해 모은 진귀한 물건들로 가득 차 있지만 이 집 자체보다 진귀한 건 없단다. 이 집은 일종의 기계야. 내가 개발한 장비지. 난 이 집을 팬루프티콘이라고 불러."

"벤담 씨는 천재란다." 샌드위치 한 접시를 우리 앞에 내려놓으며 님이 말했다. "샌드위치 좀 드시겠어요?"

벤담이 손짓으로 그를 보냈다. "하지만 이 집마저도 모든 이야기가 시작되는 곳은 아니야." 그가 말을 이었다. "나의 이야기는 이 집이 지어지기 훨씬 이전부터 시작되었지. 내가 네 나이 정도였을 때였단다, 제이콥. 나와 나의 형은 탐험가를 꿈꾸었어. 퍼플렉서스 어나멀러스의 지도를 펼쳐놓고 그가 발견한 모든 루프들을 찾아가는 꿈을 꾸었지. 새 루프를 찾고, 그 루프들을 한 번이 아닌 여러 차례 찾아가는 꿈. 우리는 이상한 세계를 다시 한번 위대하게 만들어보고 싶었어." 그가 몸을 앞으로 숙였다. "무슨 말인지 이해하겠니?"

나는 얼굴을 찌푸렸다. "위대하게 만든다…… 지도로요?"

"아니, 지도만 갖고는 아니지. 네 자신에게 물어보렴. 한 인간으로서 우릴 나약하게 만드는 게 뭘까?"

"와이트들?" 엠마가 말했다.

"할로우들?" 내가 말했다.

"그 두 가지가 존재하기 이전에." 벤담이 거들었다.

엠마가 말했다. "평범한 사람들의 박해?"

"아니. 그건 우리의 나약함의 한 징후일 뿐이야. 우리를 약하게 만드는 건 바로 **지리적** 여건이란다. 오늘날, 내 어림짐작으로는, 전 세계에 1만여 명 정도의 이상한 사람들이 살고 있어. 우리가 이 우주에 지적인 삶을 영위하는 다른 행성들이 있을 거라고 가정하는 것처럼, 그 정도가 살고 있다고 가정할 수 있는 거지. 그건 수학적으로 아주 기본적인 계산이야." 그가 미소를 지으며 차를 마셨다. "이제 그 만 명의 이상한 사람들, 온갖 놀라운 재능을 지닌 만 명의 놀라운 사람들이 하나의 명분 아래 한곳에 모여 있다고 생각해봐. 그 위력이 만만치 않겠지?"

"그렇겠네요." 엠마가 말했다.

"그렇고말고." 벤담이 말했다. "하지만 우리는 지리적으로 수백 개의 약한 소집단으로 흩어져 있어. 여기 열 명, 저기 열두 명. 왜냐하면, 오스트레일리아 오지의 루프에서 아프리카의 뿔(아프리카 북동부를 지칭하는 말로, 소말리아 공화국과 그 인근 지역을 가리킴-옮긴이) 루프로 이동하기가 너무 힘드니까. 평범한 사람들과 자연재해로 인한 위험은 물론이고, 긴 여행을 하는 동안 급속한 노화가 일어날 위험이 있지. 이런 험악한 지리적 여건이 현대 항공 여행의 시대에서조차, 멀리 떨어진 루프 간의 가장 간단한 방문조차 불가능하게 만드는 셈이지."

그는 잠시 멈추었다가 다시 말을 이었다. 그의 눈빛이 방 안을 훑었다.

"자, 그러면. 오스트레일리아의 루프와 아프리카의 루프가 연결되어 있다고 상상해보렴. 두 루프에 거주하는 사람들이 서로 친분을 맺을 수 있겠지. 서로 교역을 하고, 서로에게서 배우고, 위기의 순간 서로를 지켜주기 위해 한곳에 모이고. 예전에 불가능했던 수많은 멋진 가능성들이 부상하겠지. 그리고 서서히, 그런 유대가 점점 확고해질수록, 이상한 세계는 고립된 루프 속에 뿔뿔이 흩어져 숨어 사는 부족들의 집단에서, 강력하게 통합된 위력적인 하나의 국가로 바뀌는 거지!" 말을 하는 동안 벤담은 점점 더 활기를 띠었고, 마지막 말을 내뱉는 순간에는 마치 보이지 않는 철봉을 잡으려는 듯 양손을 들고 손가락을 펼쳤다.

"그래서 기계를 만드셨나요?" 내가 조심스럽게 물었다.

"그래서 기계를 만들었지." 손을 내리며 그가 말했다. "나의 형과 나는 늘 이상한 세계를 탐험하는 보다 쉬운 방법을 찾고 있었어. 그런데 그 대신 그 세계를 통합하는 방법을 알게 된 거야. 팬루프티콘은 우리 같은 사람들의 구원이었고, 이상한 세계의 본질을 영원히 바꾸어놓을 발명품이었지. 그게 어떻게 작동되느냐 하면, 여기, 집 안에서, 셔틀이라고 불리는 조그만 기계로 가동하는 거야. 손안에 들어가는 크기라서," 손바닥을 펴며 그가 말했다. "어디든 가지고 갈 수가 있어. 집 밖으로, 루프 밖으로, 현재를 가로질러 지구 반대편에 있는 혹은 옆 마을에 있는 루프로도 갈 수 있어. 그러다가 다시 이곳으로 돌아오면, 셔틀이 다른 루프의 DNA와도 같은 특성을 수집하고 되살려서 그 루프로 가는 두 번째 관문을 만드는 거야. 바로 이 집 안에."

"그 위층의 복도?" 엠마가 추측했다. "문패가 달린 그 문들?"

"바로 그거야." 벤담이 말했다. "그 방문 하나하나가, 오랜 세월에 걸쳐, 나와 형이 수집하고 복원한 루프의 문들이란다. 팬루프티콘이 있으면, 고생스러운 여행은 처음 한 번으로 족하고 돌아오는 길은 거의 찰나면 돼."

"전신선을 놓는 것처럼." 엠마가 말했다.

"바로 그거야." 벤담이 말했다. "그런 방식으로 작동되기 때문에 이론적으로 이 집은 전 세계 모든 루프의 중앙 저장소가 되는 셈이지."

나는 생각해보았다. 처음 페러그린의 루프에 가기가 얼마나 힘들었는지. 만약 웨일스 해안의 조그만 섬으로 직접 찾아가는 대신 잉글우드의 내 벽장에서 페러그린의 루프로 갈 수 있었다면 어땠을까? 나는 두 개의 삶을 살 수도 있었을 것이다. 부모님과 함께 부모님 집에서, 그리고 내 친구들, 엠마와 함께 이곳에서.

단. 만약 그런 게 있었다면 포트먼 할아버지와 엠마는 결코 헤어지지 않았을 것이다. 생각만 해도 너무 이상한 일이라 나는 꼬리 뼈가 간질거리는 전율을 느꼈다.

벤담이 이야기를 멈추고 차를 마셨다. "식었네." 그가 말하고는 차를 내려놓았다.

엠마가 담요를 젖히고 일어서더니 벤담이 앉아 있는 곳으로 가서 검지 끝을 차에 담갔다. 잠시 후 차가 끓었다.

그가 그녀에게 미소를 지었다. "훌륭하구나."

엠마가 손가락을 꺼냈다. "한 가지 질문이 있어요."

"무슨 질문인지 알 것 같아." 벤담이 말했다.

"좋아요. 뭐죠?"

"그런 근사한 장치가 실제로 존재한다면 왜 지금까지 한 번도 못 들어봤냐고?"

"맞아요." 엠마가 말하고는 내 옆자리로 돌아왔다.

"너희들은 한 번도 못 들어봤을 거야. 아무도 들어본 적이 없어. 형과 나의 불화 때문이란다." 벤담의 표정이 어두워졌다. "이 기계는 형의 도움으로 만들어졌지만 결국엔 형 때문에 몰락의 길을 걷게 되었어. 결과적으로 팬루프티콘은 본래의 목적인 우리 종족들을 단결시키는 도구로는 한 번도 사용된 적이 없고, 오히려 그 반대의 목적으로 이용되었단다. 전 세계의 모든 루프들을 직접 찾아가서 이곳에 그 관문을 만든다는 것 자체가 황당한 계획이라는 사실을 깨닫게 되면서 문제가 생기기 시작했어. 그건 우리 능력 밖의 일이라 거의 망상에 가까운 생각이었지. 우리에겐 도움이 필요했어, 그것도 엄청 많이. 나의 형은 카리스마 있고 신임이 두터운 사람이어서 우리에게 필요한 도움을 얻는 건 어렵지 않았어. 머지않아 우리는 목숨을 걸고 우리의 꿈을 이루는 것을 도울 젊은 이상주의자 이상한 사람들의 작은 부대를 거느릴 수 있었지. 그때 내가 몰랐던 사실이 있다면, 형이 나와는 다른 꿈을, 혼자만의 은밀한 계획을 갖고 있었던 거야."

조금 힘들어하면서 벤담이 일어섰다. "전해 내려오는 전설이 하나 있단다." 그가 말했다. "블룸 양은 어쩌면 알고 있을지도 모르겠지만." 그는 지팡이를 짚어가며 서재 건너편의 서가로 가서 조그만 책을 한 권 꺼냈다. "잃어버린 루프에 관한 동화야. 우리가 죽은 뒤 우리의 이상한 영혼들이 보관되는 일종의 사후 세계지."

"어베이턴." 엠마가 말했다. "물론 들어본 적 있어요. 하지만 그건 전설일 뿐이잖아요."

"동화라고 부르면 어떨까." 그가 말했다. "우리의 초보자 친구를 위해."

벤담이 소파로 돌아와 내게 책을 건네주었다. 얇은 초록색 책은 너무 오래되어서 가장자리가 구겨져 있었다. 표지에는 《이상한 아이들의 동화》라고 적혀 있었다.

"저 이 책 읽었어요!" 내가 말했다. "적어도 일부는."

"거의 600년이나 된 책이란다." 벤담이 말했다. "블룸 양이 곧 들려줄 내용이 담겨 있는 마지막 판본이지. 위험한 것으로 여겨졌던 이야기거든. 한동안은 이 얘기를 하는 것 자체가 불법이었어. 네가 들고 있는 그 책이 이상한 세계 역사상 유일한 금서란다."

나는 책을 펼쳐보았다. 모든 페이지가 정성스럽고 비인간적으로 깔끔한 필체의 손글씨로 쓰였고 여백은 온통 삽화들로 가득 차 있었다.

"그 얘기 들은 지 정말 오래됐는데……." 엠마가 망설이며 말했다.

"내가 도와주마." 벤담이 소파에 조심스럽게 앉으며 말했다. "얘기해보렴."

"그러니까," 엠마가 이야기를 시작했다. "그 전설은 옛날 옛적으로 거슬러 올라가요. 옛날 옛적, 수천 년 전에, 이상한 아이들이 죽으면 가는 특별한 루프가 있었어요."

"이상한 천국." 내가 말했다.

"그건 아니야. 그곳에 영원히 머물게 되거나 그런 게 아니었어. 어떤 곳이냐 하면…… 일종의 도서관 같은 곳이었어." 엠마는 자신이 선택한 단어에 확신이 없어 보였다. 엠마가 벤담을 바라보았다. "맞아요?"

"맞아." 그가 고개를 끄덕이며 말했다. "이상한 영혼들은 공급이 제한되어 있는 특별한 물질이라고 여겨졌기 때문에 그 영혼을 무덤으로 보내는 건 낭비였어. 그래서 우리 삶이 끝나는 순간 도서관으로 순례를 가서 훗날 다른 사람이 쓸 수 있도록 우리의 영혼을 도서관에 맡기는 거지. 영혼 문제에 관해서조차 우리 이상한 사람들은 절약 정신이 투철했거든."

"열역학 제1법칙." 내가 말했다.

그가 나를 멍한 표정으로 쳐다보았다.

"물질은 창조될 수도 파괴될 수도 없다…… 그러니까 여기서는, 영혼이 그런 셈이죠." (가끔 나는 학교에서 배운 것들을 기억하고 있는 나 자신이 놀랍다.)

"비슷한 법칙인 것 같구나." 벤담이 말했다. "고대인들은 인간 사회에서는 오직 특정한 수의 이상한 영혼만이 존재할 수 있다고 믿었어. 이상한 아이가 한 명 태어나면, 그 여자아이 혹은 남자아이가 하나의 영혼을 가져가는 거지. 도서관에서 책을 한 권 대출하는 것처럼." 그가 우리 주위의 책들을 가리켰다. "하지만 너희의 삶이, 너희의 대출 기한이 끝나면, 영혼은 반납해야 해."

벤담이 엠마에게 손짓했다. "계속하렴."

"그래서," 엠마가 말했다. "도서관이 있었던 거야. 나는 이상한 영혼들을 담고 있는, 아름답고 반짝이는 책들로 가득 찬 도서관을 상상했어. 수천 년 동안 사람들이 영혼을 대출했다가 죽기 직전에 반납했고, 모든 게 순조로웠어. 그러던 어느 날, 어떤 사람이 자기가 곧 죽을 상황이 아니었는데도 도서관에 잠입할 수 있다는 걸 알게 된 거야. 그가 잠입해서 도서관을 털었지. 그 사람은 가장 강력한 영혼들만 훔쳐서는 그걸 이용해서 엄청난 파괴력을 행사했어." 엠마가 벤담을 쳐다보았다. "맞죠?"

"사실만 놓고 보면 정확하다만 대화의 기교가 약간 부족하구나."

"그걸 이용했다고?" 내가 말했다. "어떻게?"

"그들의 힘과 자기 힘을 합친 거지." 벤담이 설명했다. "결국에는 도서관을 지키던 문지기가 그 악당을 죽이고 훔쳐 갔던 영혼을 되찾아 와서 상황을 일단락 지었어. 하지만, 말하자면, 요술쟁이 지니는 이미 호리병 밖으로 나간 뒤였어. 도서관에 잠입할 수 있다는 생각이 우리 사회에 독약처럼 퍼졌어. 도서관을 장악하는 사람은 그가 누구이건 간에 이상한 세계를 지배할 수 있었고 머지않아 또 다른 영혼들이 도난당했지. 그때부터 어둠의 시대가 열렸고, 어베이턴과 영혼의 도서관을 통제하려는 권력에 미친 자들이 서로에 대한 전쟁을 선포하기 시작했어. 수많은 사람들이 목숨을 잃었지. 대지는 불탔고, 기아와 역병이 창궐했으며, 상상을 초월한 권력을 지닌 이상한 사람들은 홍수와 번개로 서로를 살해했어. 그래서 평범한 사람들이 하늘의 패권을 놓고 싸우는 신들의 이야기를 하게 된 거야. 그들이 말하는 거인들의 격돌은 영혼의 도서관을 놓고 싸우는 우리의 전쟁이었어."

"이 얘기가 사실이 아니라고 하셨던 것 같은데요." 내가 말했다.

"지금 얘기하려던 참이다." 벤담이 말하고는 근처에서 서성거리던 님에게로 돌아섰다. "그만 가보게, 님. 차는 이 정도면 됐어."

"죄송합니다, 주인님, 엿듣고 싶진 않지만, 여기가 제가 가장 좋아하는 대목이라서요."

"그럼 좀 앉아!"

님이 책상다리를 하고 바닥에 앉더니 양손으로 턱을 받쳤다.

"다시 하던 얘기로 돌아가서, 짧지만 끔찍했던 그 시간 동안, 파멸과 비극이 우리 종족을 덮쳤어. 도서관의 통제권은 이 사람 저 사람에게로 옮겨 갔고 그 과정에서 엄청난 유혈 사태가 벌어졌지. 그러던 어느 날 모든 게 멈추었어. 어베이턴의 왕이라고 자처하던 자가 전투에서 살해당했고 그를 죽인 자가 도서관을 장악하러 가는 길이었는데, 그는 도서관을 찾을 수가 없었어. 하룻밤 새에 루프가 사라져버린 거지."

"사라져버렸다고요?" 내가 말했다.

"어제까지만 해도 있던 도서관이 감쪽같이 사라진 거야." 엠마가 말했다.

"쉭!" 님이 말했다.

"전설에 따르면, 영혼의 도서관은 어베이턴이라는 고대 도시의 산기슭에 자리 잡고 있었어. 하지만 미래의 왕이 자신의 전리품을 차지하려고 도착했을 때 도서관은 이미 사라진 뒤였어. 마을도 함께. 마치 한 번도 존재하지 않았던 것처럼, 매끄러운 초원만이 펼쳐져 있었지."

"말도 안 돼요." 내가 말했다.

"하지만 특별할 것도 없잖아." 엠마가 말했다. "그냥 옛날 동화일 뿐인데."

"잃어버린 루프의 전설," 들고 있던 책의 펼쳐진 페이지를 읽으며 내가 말했다.

"어베이턴이 실제 도시인지 아닌지 어쩌면 영원히 알 수 없을지도 몰라." 벤담이 스핑크스의 미소를 지어 보이며 말했다. "그래서 전설인 거겠지. 하지만 땅에 묻힌 보물에 관한 소문이 그렇듯이 그 이야기가 전설이라는 사실조차도 수세기에 걸쳐서 그곳을 찾는 사람들을 막진 못했어. 들리는 소문에 의하면, 퍼플렉서스 어나멀러스는 어베이턴의 잃어버린 루프를 오랫동안 직접 찾아다녔다는구나. 그렇게 해서 그가 그 유명한 지도에 표시된 수많은 루프들을 발견하게 된 거지."

"그건 몰랐어요." 엠마가 말했다. "어쨌든 덕분에 좋은 일도 있었던 셈이네요."

"나쁜 일도 있었어." 벤담이 말했다. "나의 형도 그 전설을 믿었어. 바보처럼 나는 형의 그런 인간적 나약함을 용인했어. 그리고 외면했지. 그러다가 그가 얼마나 그 전설에 심취해 있는지 깨달았을 땐 이미 너무 늦어버렸어. 카리스마 넘치는 나의 형은 우리의 작은 부대원들 전부에게 그 이야기가 사실이라고 설득한 상태였어. 어베이턴은 실제로 존재한다고, 영혼의 도서관을 찾을 수 있다고, 퍼플렉서스가 거의 다 해놓았고 남은 건 그의 일을 마무리하는 것뿐이라고 사람들한테 말했어. 그렇게만 하면 도서관이 지닌 막강하고 위험한 권력은 우리 것이 된다고. 우리 모두의 것이 된다고.

나는 너무 오래 기다리기만 했고, 그런 생각은 암처럼 번져갔어. 그들은 잃어버린 루프를 찾고 또 찾았고, 탐험을 하고 또 했지. 실패할 때마다 그들의 집착은 더 커졌어. 이상한 세계를 통합하겠다는 본래의 목적은 잊혀졌고. 그 긴 시간동안 형은 마치 이상한 고대 신이 되려는 사람처럼 오직 이 세계를 정복할 생각뿐이었지. 내가 형에게 반박하고 내가 만든 기계의 통제권을 되찾으려 할 때마다 형은 나를 반역자로 몰아 사람들이 내게 등을 돌리게 만들고 날 감방에 가두었어."

벤담은 마치 그가 조르고 싶은 목이라는 듯 지팡이 손잡이를 꽉 움켜쥐고 있었다. 그러나 고개를 들었을 때 그의 얼굴은 마치 죽은 사람의 얼굴을 석고로 뜬 것처럼 황폐한 표정이었다. "지금쯤 그의 이름을 짐작했겠지."

나의 눈이 엠마에게로 향했다. 엠마의 눈은 달처럼 휘둥그레져 있었다. 우리는 그 이름을 함께 말했다.

"카울."

벤담이 고개를 끄덕였다. "형의 본명은 잭이란다."

엠마가 몸을 앞으로 숙였다. "그렇다면 당신의 여동생이……."

"내 여동생은 알마 페러그린이야." 그가 말했다.

우리는 벼락을 맞은 듯 넋을 잃고 벤담을 쳐다보았다. 우리 앞에 있는 남자가 정말 페러그린 원장의 오빠일까? 페러그린 원장에게 오빠가 둘 있다는 건 알고 있었다. 그녀가 한두 번 언급한 적이 있었고 어린 시절 사진을 보여준 적도 있었다. 그들의 이야기도 들려주었다. 불멸에 대한 그들의 집착이 1908년의 재앙으로 이어졌고, 그로 인해 그들의 추종자들은 할로우가, 그리고 나중에는 우리가 익히 알고 두려워했던 와이트가 되었다고 했다. 그러나 페러그린 원장은 그들의 이름을 말한 적이 없었다. 그녀가 들려준 이야기는 방금 벤담이 들려준 이야기와 거의 공통점이 없었다.

"만약 당신이 한 얘기가 진실이라면," 내가 말했다. "당신은 와이트가 틀림없네요."

님의 입이 쩍 벌어졌다. "벤담 씨는 와이트가 **아니야.**" 그는 벌떡 일어나 주인의 명예를 지킬 기세였지만 벤담이 손짓으로 그를 말렸다.

"괜찮아, 님. 이 아이들은 알마 버전으로 그 얘기를 들은 것뿐이니까. 하지만 알마가 알고 있는 이야기엔 허점이 있어."

"부정하진 않으시네요." 엠마가 말했다.

"난 와이트가 아니란다." 벤담이 날카롭게 말했다. 그는 우리 같은 아이들에게 이런 식으로 추궁을 당하는 것에 익숙하지 않은 사람이었고 점잖은 겉모습 속에 감추고 있던 자존심이 배어 나오기 시작했다.

"제가 한번 확인해봐도 될까요?" 내가 말했다. "그러면 확실할 것 같아서요."

"얼마든지." 벤담이 말하고는 지팡이를 짚고 소파 사이의 공간으로 걸어왔다. 피티가 고개를 들고 호기심 어린 표정을 지었고, 님은 자신의 주인이 그런 모욕을 겪어야 하는 상황에 화가 났는지 등을 돌리고 서 있었다.

우리는 카펫에서 벤담을 만났다. 우리가 발꿈치를 들고 설 필요가 없도록 그가 몸을 숙인 채 콘택트렌즈나 그 외의 다른 속임수를 쓰지 않았는지 우리가 확인할 때까지 기다렸다. 그는 깜짝 놀랄 정도로 키가 컸다. 그의 눈은 마치 며칠 밤을 못 잔 사람처럼 몹시 충혈된 상태였지만 그것 외에는 이상한 점이 없었다.

우리가 물러섰다. "좋아요. 당신은 와이트가 아니에요." 내가 말했다. "하지만 카울의 동생인 건 사실이잖아요."

"안타깝게도 너희들은 잘못된 정보를 바탕으로 추측하고 있구나." 그가 말했다. "형과 형의 추종자들이 할로개스트가 된 건 내 책임이지만 내가 그렇게 되진 않았어."

"**당신이** 할로우를 만들었다고요?" 엠마가 말했다. "왜요?!"

벤담이 고개를 돌려 불길을 바라보았다. "그건 끔찍한 실수였어. 일종의 사고였지." 우리는 그의 설명을 기다렸다. 감춰둔 곳에서 그 얘기를 끄집어내는 데 엄청난 노력이 필요한 것 같았다. "그들이 그 지경이 되도록 방치한 건 내 잘못이야." 그가 침울하게 말했다. "난 형이 그렇게 위험한 사람은 아니라고 스스로를 타일렀어. 형이 날 가두었을 때, 행동을 취하기엔 너무 늦어버린 그때가 되어서야, 내가 얼마나 잘못 생각하고 있었는지 깨닫게 되었어."

그가 벽난로에 더 가까이 다가가 무릎을 꿇고 앉아서 곰의 널찍한 배를 쓰다듬으며 손가락을 피티의 털 속에 파묻었다. "형을 막아야 한다고 생각했지. 나 자신을 위해서만은 아니었고 형이 영혼의 도서관을 찾을 것 같아서도 아니었어. 형의 야심은 분명히 그것들을 넘어선 게 분명했어. 형은 수개월에 걸쳐 우리가 모은 사람들을 위험한 정치적 신념을 지닌 보병 부대로 개조했어. 형은 '우리를 어린아이로 만들어버리는 임브린들의 영향력'으로부터 우리의 주권을 회복하기 위해 싸우는 약자로 자신을 내세웠지."

"임브린이야말로 우리 사회가 여전히 존재할 수 있는 이유예요." 엠마가 쌀쌀하게 말했다.

"맞아." 벤담이 말했다. "하지만 알다시피, 형은 임브린들을 무척 질투했어. 우리가 아주 어렸을 때부터 형은 여동생의 힘과 지위를 부러워했어. 우리가 지닌 능력은 그것에 비하면 보잘것없었지. 세 번째 생일을 맞던 해부터 우리를 돌봐주던 원로 임브린들은 알마에게 엄청난 재능이 있음을 간파했어. 사람들이 알마를 놓고 수선을 떨었고 형은 그 꼴을 볼 수가 없었던 거야. 알마가 아기였을 때, 형은 괜히 알마를 꼬집어 울리곤 했지. 새로 변신하는 연습을 할 때는 쫓아가서 털을 뽑았고."

나는 엠마의 손가락에서 분노의 불길이 솟아나는 것을 보았고 엠마는 손가락을 찻잔 속에 담가 불을 껐다.

"형의 괴팍함은 시간이 지날수록 점점 더 심해졌어." 벤담이 말했다. "형은 우리 동료 이상한 사람들이 지니고 있는 해로운 시기심을 힘으로 이용할 줄 알았어. 모임을 주도하고 연설을 하고 자신의 명분에 반대하는 사람을 조롱했지. 악마의 영토는 비옥한 땅이었어. 이곳에 온 이상한 사람들 중 상당수는 추방자였고, 소외된 이들이었고, 임브린의 위계질서에 적대심을 품은 사람들이었으니까."

"점토 날개." 엠마가 말했다. "와이트들이 와이트가 되기 전에 자기들을 그렇게 불렀대. 페러그린 원장님한테 조금 들었어."

"'우리에겐 그들의 날개가 필요치 않습니다!' 형은 그렇게 설교를 하곤 했지. '우리는 우리의 날개를 키울 것입니다!' 물론 은유적인 표현이었지만 그들이 하는 운동의 상징으로 가짜 날개를 달고 시위를 했어."

벤담이 일어서더니 우리에게 책장을 가리켰다. "여기. 당시 사람들의 모습을 찍은 사진이 있단다. 형이 미처 없애버리지 못한 몇 장이 남았지." 그가 책장에서 앨범을 하나 꺼내더니 연설을 듣기 위해 수많은 사람들이 모여 있는 광경을 담은 사진을 한 장 뽑았다. "증오에 찬 연설을 하는 형의 모습이야."

사람들은 거의 대부분이 남자였고, 큼직하고 두툼한 모자를 쓰고 있었는데, 못해도 서른 명은 될 것 같은 사람들이 상자 위에 올라서거나 울타리에 매달려 카울의 연설을 듣고 있었다.

벤담이 앨범을 넘겨 또 다른 사진을 보여주었다. 건장한 남자 둘이 수트에 모자를 쓰고 있었다. 한 명은 환하게 웃고 있었고 한 명은 표정이 없었다. "왼쪽이 나, 오른쪽이 형이란다." 벤담이 말했다. "잭은 뭔가 얻어낼 게 있을 때만 웃었지."

마지막으로 그는 어깨 뒤에 커다란 날개를 달고 있는 소년의 사진을 보여주었다. 소년은 동상 받침대에 올라앉아 차분하고도 경멸 어린 시선으로 카메라를 응시하고 있었다. 한쪽 눈은 비스듬한 모자 속에 감춰져 있었다. 사진 밑에는 **우리에겐 그들의 날개가 필요하지 않습니다**라고 적혀 있었다.

WE DON'T NEED THEIR WINGS

"형이 만든 모집 광고야." 벤담이 설명했다.

벤담은 두 번째 사진을 가까이 들여다보며 형의 얼굴을 살펴보았다. "형은 항상 어딘가 어두웠어." 그가 말했다. "하지만 난 애써 외면했단다. 알마의 눈이 나보다 날카로웠지. 알마는 일찌감치 형을 멀리했으니까. 하지만 형과 난 나이도 비슷했고 성향도 비슷했어. 적어도 난 그렇게 생각했어. 우린 둘도 없는 친구였으니까. 하지만 형은 자신의 본모습을 숨겼어. 어느 날 내가, '형, 이제 그만해'라고 말했다고 날 두들겨 패서 불빛도 없는 구덩이에 내던졌을 때, 그제야 형의 실체를 보았지. 하지만 그땐 이미 너무 늦어버렸지."

벤담이 고개를 들었고, 그의 눈에 벽난로의 불빛이 반사되었다. "친형제에게 자신이 아무것도 아닌 존재임을 깨닫게 되는 건 엄청난 충격이었어." 그가 끔찍한 기억에 휩싸인 듯 잠시 아무 말도 하지 않았다.

"하지만 당신은 죽지 않았어요." 엠마가 말했다. "그리고 그들을 할로우로 만들었어요."

"그랬지."

"어떻게요?"

"내가 그들을 속였어."

"끔찍한 괴물이 되라고요?" 내가 말했다.

"그들을 끔찍한 괴물로 만들 생각은 없었어. 없애버릴 생각이었지." 그가 뻣뻣한 동작으로 소파로 돌아가 쿠션에 몸을 기대었다. "그때 난 굶주리고 있었는데, 죽기 직전에 한 가지 생각이 떠오르더군. 형을 걸려들게 할 완벽한 이야기, 인류만큼이나 오래된 거짓말. 젊음의 샘. 나는 손가락으로 감방의 흙바닥에 끄적거리기 시작했어. 노화를 돌이키고 노화의 위험을 영원히 제거할 수 있는 복잡한 루프 조작 기술의 단계에 대해. 적어도 그렇게 보였어. 실제로 그건 그 단계들의 부대 효과일 뿐이었지. 사실 그 기술은 위기 상황에서 신속하고 영구적으로 루프를 폐쇄시킬 수 있는 아주 신비로운, 그러나 거의 잊혀진 절차였어."

나는 공상 과학에서 상투적으로 등장하는 '자동 폐쇄' 버튼을 머릿속에 그려보았다. 폭발하는 미니어처 초신성, 사그라드는 별빛들.

"내 속임수가 그렇게 잘 먹힐 줄은 몰랐어." 벤담이 말했다. "날 동정했던 모임의 한 회원이 내 기술을 자기 거라고 소문을 퍼뜨렸어. 잭은 그 기술을 믿었어. 잭은 그 절차를 실행하기 위해 추종자들을 데리고 먼 루프로 갔지. 그리고 거기서 나는 그들이 영원히 갇히기를 바랐어."

"하지만 그렇게 되지 않았잖아요." 엠마가 말했다.

"그때 시베리아의 반이 날아간 건가요?" 내가 물었다.

"폭발이 어마어마했지. 하루 밤낮 동안 계속되었으니까." 벤담이 말했다. "그날, 그리고 그 이후의 사진이 있어."

그가 바닥에 있던 앨범을 가리키고는 우리가 그 사진을 찾을 때까지 기다렸다. 한 장은 밤중에 선명하지 않은 벌판을 찍은 것으로, 세로로 솟아오른 불길이 허공을 반으로 가르고 있었다. 거대하게 방출되는 희고 뜨거운 에너지가 멀리서 마치 고층 건물 크기의 양초처럼 밤을 밝히고 있었다. 또 다른 사진은 자갈과 무너진 집들과 껍질이 벗겨진 나무들이 서 있는 폐허가 된 마을의 사진이었다. 사진만 보아도 외로운 바람 소리, 생명을 잃은 마을의 정적을 들을 수 있을 것만 같았다.

벤담이 고개를 저었다. "그 폐허가 된 루프에서 뭐가 기어 나올지 난 꿈에도 몰랐어." 그가 말했다. "그 뒤로 한동안 온 세상이 고요했어. 감방에서 빠져나온 나는 서서히 회복되기 시작했지. 내 기계에 대한 통제권도 회복했고. 형의 어두운 시대는 종말을 고한 것처럼 보였어. 하지만 그건 시작에 불과했지."

"할로우와의 전쟁이 시작되었군요." 엠마가 말했다.

"머지않아 어둠의 괴물 이야기가 들려오기 시작하더군. 놈들이 폐허가 된 숲에서 나타나 이상한 아이들, 평범한 사람들, 동물들 할 것 없이 입에 들어가는 건 닥치는 대로 먹어치운다고."

"전 할로우가 차를 먹는 걸 본 적도 있어요." 님이 말했다.

내가 말했다. "차를요?"

"내가 그 안에 있었지." 그가 대답했다.

우리는 그가 좀 더 설명해주기를 기다렸다.

"그래서요?" 엠마가 물었다.

"빠져나왔어." 그가 어깨를 으쓱하며 말했다. "핸들 축이 놈의 목에 끼었거든."

"계속해도 되겠나?" 벤담이 말했다.

"물론입니다, 주인님. 죄송합니다."

"다시 하던 얘기로 돌아가서, 핸들 축을 제외하면 새롭게 등장한 이 괴물들을 막을 방법은 많지 않았어. 그리고 루프 입구 외에는, 다행히 우리에겐 루프가 엄청 많았지. 따라서 우리 대부분은 루프 안에 머물면서 어쩔 수 없는 경우에만 밖으로 나가는 식으로 할로개스트 문제에 대처했지. 할로우들은 우리의 목숨을 빼앗아 가진 않았지만 우리의 삶을 훨씬 더 힘들고, 고립되고, 위험하게 만들었어."

"와이트들은 어떻게 된 거죠?" 내가 물었다.

"지금 그 얘길 하려는 것 같은데." 엠마가 말했다.

"맞아." 벤담이 말했다. "처음 할로개스트를 만나고 5년쯤 지났을 때였어. 자정이 넘었는데, 문 두드리는 소리가 들리더구나. 나는 내 루프 안, 안전한 우리 집에 있었지. 적어도 난 그렇게 생각했어. 하지만 문을 열어보니 나의 형 잭이 서 있는 거야. 몹시 수척해 보였지만 예전 모습 그대로였어. 백지장처럼 텅 빈 죽은 눈동자를 제외하면."

엠마와 나는 책상다리를 하고 앉아 벤담 쪽으로 몸을 숙이고 그의 말 한마디 한마디에 귀를 기울였다. 벤담은 공허한 눈빛으로 우리 뒤쪽을 바라보고 있었다.

"할로우가 된 자신의 영혼을 채울 만큼 이상한 아이들을 많이 잡아먹어서 예전의 나의 형과 비슷한 사람으로 돌아갈 수는 있었지만, 사실 나의 형은 아니었어. 그나마 형이 지니고 있었던 인간미는 완전히 사라져버렸고, 눈동자의 빛깔도 사라졌지. 이상한 사람이었던 예전 그의 모습과 와이트의 관계는 마치 원본과 그걸 여러 번 복사한 물건의 관계와도 같았어. 세부적인 것들은 전부 다 사라지고, 색깔도……."

"기억은 어떻게 되죠?" 내가 물었다.

"형은 자신의 기억을 갖고 있었어. 불행한 일이었지. 그러지 않았다면 어베이턴과 영혼의 도서관에 관한 모든 걸 잊었을 텐데. 내가 자기한테 한 짓도."

"당신이 한 짓이라는 걸 어떻게 알았죠?" 엠마가 물었다.

"형제간의 직감이었겠지. 어느 날 별다른 할 일이 없을 때 내가 자백할 때까지 형은 날 고문했어." 벤담이 자기 다리를 고갯짓으로 가리켰다. "보다시피 완전히 회복되진 않았단다."

"그래도 죽이진 않았네요." 내가 말했다.

"와이트들은 실용적인 동물이야. 복수는 놈들에게 그다지 동기부여가 되지 않아." 벤담이 말했다. "형은 어베이턴을 찾는 일에 더 집착했고 그걸 찾으려면 나의 기계가 필요했어. 그 기계를 작동할 나도 필요했고. 나는 형의 포로이자 죄수가 되었어. 악마의 영토는 영혼의 도서관을 찾아 그 안에 잠입하려는 와이트 부대의 작지만 강력한 비밀 기지였어. 지금쯤은 너희도 짐작했겠지만, 그게 바로 그들의 최종 목표란다."

"자기들을 할로우로 만들었던 그 폭발을 다시 재연하고 싶어 한다고 생각했어요." 내가 말했다. "다만 더 크고, 더 멋지게. '이번엔 제대로 한번 해보자' 하는 식으로." 허공에 따옴표를 만들며 내가 말했다.

벤담이 얼굴을 찌푸렸다. "그런 얘긴 어디서 들었니?"

"어떤 와이트가 죽기 전에 그렇게 말했어요." 엠마가 말했다. "그래서 임브린들이 전부 필요한 거라고. 그 폭발을 더 강력하게 하기 위해서."

"당치도 않은 소리." 벤담이 말했다. "너희들을 따돌리려고 지어낸 얘기겠지. 어쩌면 그 얘기를 한 와이트는 그 거짓말을 믿었을 수도 있어. 어베이턴을 찾고 있다는 건 형의 측근들만 알고 있는 사실이었으니까."

"하지만 그들의 폭발에 임브린들이 필요한 게 아니라면," 내가 물었다. "왜 그들을 납치하는 수고를 하고 있는 거죠?"

"왜냐하면 어베이턴의 사라진 루프는 단순한 루프가 아니거든." 벤담이 말했다. "전설에 의하면 그 루프는 사라지기 전에 잠겨버렸대. 그걸 잠근 장본인은 임브린들이고. 정확히 말하면 이상한 세계 각지에서 모인 열두 명의 임브린들이지. 가까스로 어베이턴을 찾는다고 해도 잠긴 루프를 다시 열기 위해서는 바로 그 열두 명의 임브린들, 혹은 그들의 후계자들이 필요해. 오랜 시간 동안 그들을 추적해왔던 형이 정확히 열두 명의 임브린들을 납치한 건 놀라운 일이 아니야."

"그럴 줄 알았어." 내가 말했다. "자기들을 할로우로 만들었던 폭발을 재연하는 것 이상의 뭔가가 있을 거라고 생각했어."

"그렇다면 그걸 찾았단 거네." 엠마가 말했다. "어베이턴이 어디 있는지 몰랐다면 임브린들을 납치하는 일에 착수하지 않았을 테니까."

"전설이라고 하셨는데," 내가 말했다. "마치 사실인 것처럼 말씀하시네요. 어느 쪽이 맞는 거죠?"

"영혼의 도서관은 그저 지어낸 이야기일 뿐이란 게 임브린 위원회의 공식 입장이란다." 벤담이 말했다.

"위원회에서 뭐라고 하건 관심 없어요." 엠마가 말했다. "**당신** 입장은 뭐죠?"

"내 의견은 내 의견일 뿐이고." 그가 얼버무리듯 말했다. "하지만 도서관이 실제로 존재하고, 형이 그 도서관의 문을 연다고 해도 거기 있는 영혼들을 훔칠 순 없을 거야. 형은 아직 모르고 있지만 형에게 필요한 세 번째 요소가 있어. 세 번째 열쇠."

"그게 뭐죠?" 내가 말했다.

"아무도 영혼의 유리병들을 가져갈 수 없어. 대부분의 사람들 눈에 보이지도 않을뿐더러 만질 수도 없으니까. 임브린들조차도 만질 수가 없어. 전설에 의하면, 사서라고 불리는 특별한 사람들만이 그것들을 보고 만질 수 있어. 사서는 천 년 동안 태어나지 않았고, 설령 도서관을 찾는다고 해도 형은 텅 빈 서가들만 보게 될 거야."

"다행이네요." 내가 말했다.

"그렇기도 하고 아니기도 해." 엠마가 말했다. "만약 그토록 오랜 세월 동안 찾아 헤맸던 임브린들이 쓸모가 없다는 것을 알게 되면 카울이 어떻게 될까? 아마 미쳐버릴걸!"

"내가 가장 걱정하는 대목이 바로 그거란다." 벤담이 말했다. "형은 성질이 고약하거든. 그토록 오랫동안 키워왔던 꿈이 물거품이 되었다는 걸 알게 된다면……"

나는 그게 어떤 의미인지 생각해보려 애썼다. 카울 같은 사람이 저지를 수 있는 온갖 고문들을. 생각만 해도 마음이 움츠러들었다. 엠마에게도 똑같은 공포가 엄습한 것 같았다. 그다음에 그녀가 내뱉은 말이 날카롭고 분노로 가득 차 있었기 때문이었다.

"우리가 되찾을 거예요."

"우린 같은 목표를 갖고 있어." 벤담이 말했다. "나의 형과 그 추종자들을 파괴하는 것, 그리고 나의 여동생과 그 추종자들을 구하는 것. 우리가 힘을 합친다면 그 두 가지를 할 수 있을 거라고 믿는다."

그 순간 거대한 소파에 파묻힌 채 금방이라도 부서질 것 같은 다리에 지팡이를 기대어놓은 그의 모습이 너무 초라해 보여서 나는 하마터면 웃을 뻔했다.

"어떻게요?" 내가 물었다. "우리에겐 군대가 필요해요."

"그렇지 않아." 그가 대답했다. "군대라면 와이트들이 쉽게 물리칠 수가 있어. 하지만 다행히 우리에겐 그것보다 더 좋은 게 있단다." 그가 엠마와 나를 바라보았고 그의 입꼬리가 올라가며 미소를 만들었다. "나에겐 너희 둘이 있어. 너희들에겐 다행히 내가 있고." 지팡이에 몸을 의지한 채 벤담이 천천히 일어섰다. "그들의 요새 안으로 들어가야 해."

"도무지 들어갈 방법이 없어 보이던데요." 내가 말했다.

"실제로 들어갈 방법이 없으니까 그렇게 보였겠지. 당연한 얘기겠지만." 벤담이 대답했다. "악마의 영토가 감옥 루프였던 시절 이곳은 가장 질 나쁜 사람들을 수용하기 위해 설계된 곳이었어. 와이트들이 이곳으로 돌아온 뒤 그들은 이 루프를 자기들의 보금자리로 개조했지. 그렇게 해서 한때 탈출이 불가능한 감옥이었던 이곳은 난공불락의 요새가 된 거야."

"하지만 들어갈 길이 있다는 거군요." 엠마가 추측했다.

"너희들이 도와준다면 나한테 길이 있을 것 같아." 벤담이 말했다. "형과 와이트 일당들이 돌아왔을 때 그들은 팬루프티콘의 핵심부를 훔쳤어. 그들이 내 기계를 부수라고 강요했고 루프들을 복사해서 자기네 요새 안에 다시 설치하게 만들었어. 그래야만 보다 안전한 장소에서 그들의 임무를 수행할 수 있을 테니까."

"그렇다면…… **하나가 더 있다고요?**" 내가 물었다.

벤담이 고개를 끄덕였다. "내 기계가 진품이고 그들의 기계는 복사품이야." 그가 말했다. "그 둘은 연결되어 있어. 각각의 기계에는 다른 기계로 이동하는 관문이 있어."

엠마가 벌떡 일어났다. "그렇다면 당신의 기계를 통해서 그들의 기계로 갈 수 있다는 건가요?"

"그렇단다."

"그럼 왜 안 갔어요?" 내가 물었다. "왜 진작 가지 않았어요?"

"형이 내 기계를 엉망으로 만들어놓아서 난 절대로 고칠 수 없을 거라 생각했어." 벤담이 말했다. "오랜 세월 동안 방 하나만 제대로 작동이 되었지. 시베리아로 가는 방. 우리가 찾고 또 찾았는데도 그 방에서 잭의 기계로 들어가는 관문을 찾을 수가 없었어."

나는 협곡을 들여다보던 남자를 보았던 기억이 떠올랐다. 그는 아마도 눈 속에서 그 관문을 찾고 있었을 것이다.

"우리는 다른 문들, 다른 방들을 열어야만 해." 벤담이 말했다. "그렇게 하려면 형이 훔쳐 간 부품의 적절한 대체품이 필요해. 팬루프티콘의 핵심이 되는 발전기지. 오랫동안 나는 작동이 되는 부품을 구할 수 없을 거라고 생각했어. 아주 강력하고 아주 위험한 부품. 기계가 악마의 영토 안에 존재하는데도 그 부품을 구한다는 건 나에게 불가능한 일이었지. 적어도 지금까지는."

그가 내 쪽으로 돌아섰다.

"꼬마야. 나한테 할로우 한 마리 불러줘야겠다."

☙

나는 물론 그러겠다고 했다. 내 친구들을 구하는 데 도움이 될 수만 있다면 뭐든 하겠다고 대답했을 것이다. 그러나 대답을 하고 나서야, 그리고 벤담이 내 손을 움켜잡은 뒤에야, 할로우를 어디서 **구**

할지 막막하다는 사실을 깨달았다. 와이트들의 요새 안에는 엄청난 숫자가 있을 게 분명했지만 우리는 이미 안으로 들어갈 길이 없다는 결론을 내린 터였다. 그때, 점점 더 커져가는 서재 가장자리의 어둠 속에서 샤론이 걸어 나와 새로운 소식을 전했다.

"무너지는 다리에 깔렸던 그 할로우 기억나니?" 그가 말했다. "놈이 죽지 않았더라고. 몇 시간 전에 그 사람들이 시궁창에서 놈을 끌어냈어."

"그 사람들이라니요?" 내가 말했다.

"해적들. 놈을 사슬에 묶어서 우징 스트리트 끝의 우리에 가두었어. 듣기로는 꽤 소란을 피우고 있는 것 같던데."

"그럼 됐네!" 신이 나서 설레는 목소리로 엠마가 말했다. "우리가 그 할로우를 훔쳐 이리 데리고 와서 벤담 씨의 기계를 재가동하고, 와이트의 요새 문을 열고 우리 친구들을 구하는 거야."

"간단하네!" 샤론이 말하고는 실성한 사람처럼 웃었다. "마지막 부분만 빼고."

"첫 번째 부분도." 내가 말했다.

엠마가 내게 다가왔다. "미안. 내가 묻지도 않고 하겠다고 나섰네. 할로우를 다룰 수 있을 것 같아?"

확신이 없었다. 내가 열병의 시궁창에서 몇 차례 볼거리를 제공한 건 사실이지만, 강아지처럼 놈을 벤담의 집까지 끌고 오는 것은 가장 기초적인 할로우 조련 기술을 요하는 일이었다. 재앙에 가까운 마지막 만남 이후 줄곧 바닥으로 떨어져 있는 나의 자신감 역시 문제였다. 그러나 결국 내가 이 일을 할 수 있느냐에 모든 게 달려 있었다.

"물론 할 수 있고말고." 그 말이 나오기까지 한참이 걸렸다. "언제 출발할까?"

벤담이 박수를 쳤다.

"그런 자세 좋아! 바로 그거야!"

엠마의 시선이 내 얼굴에 머물렀다. 내가 허세를 부리고 있다는 걸 엠마는 알고 있었다.

"준비되는 대로 떠나자꾸나." 벤담이 말했다. "샤론이 안내해줄 거야."

"지체할 시간 없어." 샤론이 말했다. "마을 사람들이 할로우를 가지고 놀 만큼 놀고 나면 아마 죽여버릴걸."

엠마가 풍성한 드레스 앞자락을 만지작거렸다. "상황이 그렇다면 옷을 갈아입어야겠어요."

"당연히 그래야지." 벤담이 말하고는 님에게 우리의 임무에 보다 적합한 옷을 가져오라고 지시했다. 그는 곧바로 두툼한 밑창을 댄 부츠와 작업복 바지와 겉옷들을 가지고 왔다. 검은색에다 방수가 되어 있었고, 신축성 있는 원단이었다.

우리는 각자 다른 방으로 들어가서 모험용 옷으로 갈아입은 다음 복도에서 만났다. 엠마와 나 단둘이었다. 거칠고 후줄근한 옷을 입은 엠마는 약간 남자처럼 보였지만(나쁜 의미로가 아닌) 불평하지 않았다. 엠마는 머리를 뒤로 묶은 다음 고개를 빳빳하게 들고 내게 경례를 했다. "블룸 병장, 보고합니다!"

"내가 본 가장 예쁜 군인이군." 존 웨인의 느릿느릿한 말투를 흉내 내며 내가 말했다.

내가 얼마나 긴장하고 있느냐와 한심한 농담을 얼마나 많이 하느냐는 밀접한 연관이 있었다. 실제로 나는 몸을 덜덜 떨고 있었고, 나의 위는 배 속에 산성 물질을 뚝뚝 흘리는 고장 난 수도꼭지 같았다. "넌 정말 우리가 해낼 수 있다고 생각해?" 내가 말했다.

"응." 엠마가 말했다.

"전혀 의심이 안 들어? 전혀?"

엠마는 고개를 저었다. "의심은 구명보트에 난 구멍이야."

엠마가 내게 다가왔고 우리는 서로를 끌어안았다. 엠마도 살짝 떨고 있음을 나는 느낄 수 있었다. 엠마는 천하무적이 아니었다. 그제야 나는 나 자신에 대한 흔들리는 믿음이 엠마에게 구멍을 만들고 있으며, 엠마의 자신감이야말로 이 상황을 버티는 힘이라는 사실을 깨달았다. 그것이 바로 구명보트였다.

나에 대한 엠마의 믿음은 다소 무모하게 느껴졌다. 엠마는 내가 손가락만 까딱하면 할로우를 춤추게 할 수도 있다고 믿는 것 같았다. 나의 내면에 존재하는 나약함이 내 능력을 가로막고 있다고 생각하는 것 같았다. 내 마음속 일부는 그런 엠마의 생각이 싫었지만 또 다른 일부는 어쩌면 그녀의 말이 맞을 수도 있다고 생각했다. 어느 쪽이 사실인지 알아내는 방법은 다음번에 할로우를 만날 때 내가 놈을 부릴 수 있다는 흔들림 없는 믿음을 갖고 상대하는 것뿐이었다.

"나도 너처럼 할 수 있으면 좋겠다." 내가 속삭였다.

엠마가 나를 더 세게 끌어안았고, 나는 한번 해보기로 결심했다.

샤론과 벤담이 복도로 들어섰다. "준비됐니?" 샤론이 물었다.

우리는 서로에게서 떨어졌다. "준비됐어요." 내가 말했다.

벤담이 나와 악수를 했고, 그다음엔 엠마와 악수를 했다. "너희들이 여기 와서 정말 다행이야." 그가 말했다. "이젠 별들이 우리를 환하게 비춰줄 거라는 증거 같아."

"그 말이 맞았으면 좋겠어요." 엠마가 말했다.

막 출발하려는데 내가 계속 묻고 싶었던 질문이 떠올랐다. 최악의 경우, 어쩌면 그 질문을 할 마지막 기회일지도 모른다는 생각이 들었다.

"벤담 씨," 내가 물었다. "제 할아버지 이야기는 한 번도 안 하셨네요. 할아버지를 어떻게 아셨죠? 왜 할아버지를 기다리셨어요?"

그는 눈썹을 치켜세우더니 얼른 미소를 지었다. 마치 자신의 놀라움을 감추려는 듯이. "네 할아버지가 그리웠어. 그뿐이란다." 그가 말했다. "우린 오랜 친구였거든. 언젠간 다시 만날 수 있기를 바랐지."

그게 다가 아니라는 걸 나는 알고 있었다. 가늘어진 엠마의 눈을 보니 엠마도 알고 있는 것 같았다. 그러나 그 문제를 파고들 시간이 없었다. 지금 이 순간, 미래는 과거보다 훨씬 더 중요했다.

벤담이 작별 인사를 하려고 손을 들었다. "조심해라." 그가 말했다. "나는 여기서 팬루프티콘이 다시 제대로 작동할 수 있도록 준비하고 있을 테니." 그는 절뚝거리며 서재로 들어갔고 곰을 부르는 소리가 들렸다. "피티, 일어나! 할 일이 있어!"

샤론이 긴 복도로 우리를 안내했다. 나무 장대를 휘두르며 거대한 발로 돌바닥을 쿵쿵거리면서. 밖으로 나가는 문 앞에 이르자 그가 멈춰서 우리 키에 맞춰 몸을 숙이고는 기본적인 원칙들을 알려주었다.

"우리가 가는 곳은 위험해. 악마의 영토에 남겨진, 부모 없이 돌아다니는 이상한 아이들은 거의 없기 때문에 너희들은 쉽게 눈에 떨 거야. 말을 걸지 않으면 절대 말을 해선 안 돼. 사람들 눈을 봐서도 안 돼. 조금 거리를 두고 걷되 절대 내 시야에서 벗어나지 마. 너희들이 내 노예인 척할 테니까."

"뭐라고요?" 엠마가 말했다. "그건 안 할래요."

"그게 가장 안전한 방법이야." 샤론이 말했다.

"너무 비열하잖아요!"

"맞아. 하지만 그게 가장 의심을 덜 사는 방법이야."

"어떻게 하면 되는데요?" 내가 물었다.

"그냥 내가 시키는 대로, 즉각적으로, 군소리 없이 움직여. 그리고 약간 멍한 표정을 지어."

"넵, 주인님." 내가 로봇처럼 말했다.

"그런 식으로 말고." 엠마가 말했다. "루시 레인의 그 끔찍한 곳에 있던 아이들처럼 하란 얘기야."

나는 시무룩한 표정을 지으며 멍한 목소리로 말했다. "안녕하세요. 우리는 이곳에서 행복해요."

엠마가 몸서리를 치며 돌아섰다.

"아주 좋아." 샤론이 말하고는 엠마를 쳐다보았다. "이번엔 네 차례야."

"만약 이걸 꼭 해야 한다면," 엠마가 말했다. "전 그냥 벙어리인 척할래요."

샤론에겐 그걸로 충분했다. 그는 문을 열고 저물어가는 하루 속으로 우리를 떠밀었다.

제 5 장

chapter five

바깥 공기는 독성이 있는 것처럼 보이는 노르스름한 수프 빛깔이었다. 하루가 저물어가고 햇빛이 서서히 빠져나가고 있다는 것 말고는 태양의 위치조차 가늠할 수가 없었다. 우리는 샤론에게서 몇 걸음 떨어져 걸었고, 샤론이 길에서 아는 사람을 만날 때마다 대화에 휘말리지 않으려고 속도를 냈기 때문에 그의 걸음을 따라잡으려고 안간힘을 썼다. 이곳 사람들은 샤론을 아는 것 같았고, 나름 평판도 좋은 것 같았다. 샤론은 우리가 그 평판을 망쳐놓을 짓을 할까 봐 걱정하는 것처럼 보였다.

우리는 창틀 화분의 꽃과 밝은색으로 칠한 집들이 들어선, 이상하게 활기 넘치는 우징 스트리트를 지났고, 거기서 다시 페리윙클 스트리트로 접어들었다. 그곳의 보도는 진흙탕이었고 집들은 무너져가는 허름한 단층 건물이었다. 모자를 눈까지 깊이 눌러쓴 남자들이 막다른 골목 끝을 바라보고 있었다. 그들은 창문들이 시커멓게 변한 집들의 문을 지키고 있는 것 같았다. 샤론이 우리에게 기다리라고 했고, 그가 사람들과 이야기를 나누는 동안 우리는 기다렸다.

희미하게 가솔린 냄새가 났다. 멀리서 고함 소리와 웃음소리가 높아졌다가 잦아들었고, 또 높아졌다가 잦아들었다. 술집에서 경기 중계를 보는 남자들의 목소리였다. 그러나 불가능한 일이었다. 그건 너무 현대적인 소음이었고, 이곳엔 텔레비전이 없었다.

바지에 진흙이 튄 남자가 집에서 나왔다. 문이 열리는 순간 소음이 커졌다가, 문이 닫히는 순간 도로 잦아들었다. 그는 물동이를 들고 길을 가로질렀다. 우리는 돌아서서, 우리가 미처 보지 못한 것들을 향해 걸어가는 그의 모습을 지켜보았다. 거리 한 모퉁이의 잘린 가로등 기둥에 아기 곰 두 마리가 사슬에 묶여 있었다. 얼마 되지도 않는 길이의 쇠사슬에 묶여 있는 그들은 너무도 애처로웠다. 아기 곰들은 진흙 바닥에 앉아 귀를 뒤로 젖힌 채 두려움이 깃든 표정으로 다가오는 남자를 바라보고 있었다. 남자는 악취 나는 음식 찌꺼기를 그들에게 쏟아붓고는 말 한마디 없이 가버렸다. 그 광경을 보면서 나는 말로 표현할 수 없을 정도로 우울해졌다.

"연습용 그림 곰들이야." 샤론이 말했다. 돌아보니 그가 우리 뒤에 서 있었다. "유혈 스포츠는 여기서 큰 사업이지. 그림 곰과 싸우는 건 엄청난 도전으로 여겨지고 있어. 어린 선수들이 연습을 해야 하기 때문에 어린 곰들을 상대로 싸움을 시작해."

"너무 끔찍해요." 내가 말했다.

"그런데 너의 괴물 덕분에 이 곰들이 오늘 하루 쉬게 되었구나." 샤론이 조그만 집을 가리켰다. "놈은 저기 있어. 저 집 뒤뜰에. 하지만 들어가기 전에 미리 경고하마. 여긴 앰브로시아 소굴이야. 따라서

맛이 간 이상한 사람들이 있을 거야. 그 사람들하고 얘기를 해선 안 돼. 그리고 무슨 일이 있어도 그 사람들 눈을 보지 마. 그러다가 눈이 먼 사람도 있으니까."

"그게 무슨 소리예요? 눈이 멀다니?" 내가 물었다.

"들리는 그대로야. 이제 날 따라와. 더 이상 질문하지 말고. 노예는 주인에게 질문을 하지 않아."

나는 엠마가 이를 악무는 것을 보았다. 샤론이 집 앞에 모여 있는 사람들 틈을 뚫고 지나갔고 우리는 그의 뒤를 따라갔다.

샤론이 사람들과 이야기를 나누었다. 나는 노예답게 거리를 유지하고 시선을 피하면서 그들의 대화를 엿들으려 애썼다. 그들 중한 명이 샤론에게 '입장료' 얘기를 하자 샤론은 주머니에서 동전을 꺼내 지불했다. 또 다른 사람이 우리에 대해 물었다.

"아직 이름을 못 지어줬어." 샤론이 말했다. "어제 샀거든. 너무 풋내기들이라, 항상 감시하고 있지."

"그래?" 남자가 우리에게 다가오며 말했다. "이름도 없어?"

나는 엠마와 함께 벙어리인 척하면서 입을 다물고 고개를 끄덕였다. 남자가 우리를 위아래로 훑어보았고 나는 놀라 기절할 뻔했다. "어디서 본 것 같은데?" 남자가 가까이 몸을 숙이며 말했다.

나는 아무 말도 하지 않았다.

"로레인네 가게 창문을 통해 봤겠지." 샤론이 말했다.

"그건 아냐." 남자가 말하며 손을 저었다. "분명히 생각날 거야."

그가 돌아선 뒤에야 그를 똑바로 쳐다보았다. 그가 시궁창 해적이라고 해도 우리와 얽혔던 그 해적은 아니었다. 그는 턱에 붕대를 하고 있었고 이마에도 붕대를 했다. 다른 남자들도 그와 비슷하게 붕대를 했고 그들 중 한 명은 한쪽 눈에 안대를 했다. 곰과 싸우다가 다친 건지 궁금했다.

안대를 한 사람이 우리에게 문을 열어주었다. "즐거운 시간 보내길." 그가 말했다. "하지만 오늘은 우리에 집어넣지 않는 게 좋겠어. 얘들 둘러메고 나가고 싶지 않으면."

"오늘은 그냥 구경만 하고 배우러 왔어." 샤론이 말했다.

"잘 생각했어."

우리는 안으로 안내되었고 문 앞에서 서성거리는 사람들의 시선을 피하기 위해 샤론의 뒤에 바짝 붙어 걸음을 재촉했다. 2미터의 장신인 샤론은 문으로 들어서기 위해 몸을 숙여야 했고, 안에 들어간 뒤에도 천장이 너무 낮아서 내내 몸을 숙이고 있어야 했다. 우리가 들어간 방은 어둡고 연기가 자욱했으며, 눈이 적응하기 전까지 보이는 것이라고는 여기저기서 새어 나오는 오렌지색 불빛의 점들뿐이었다. 서서히 방이 시야에 들어왔다. 오일 램프는 심지를 너무도 짧게 남겨놓아서 성냥만큼의 불빛도 만들지 못했다. 방은 길고 좁았고, 마치 외항선의 불빛 없는 선실들처럼 벽을 따라 간이 침상들이 있었다.

나는 무언가에 발이 걸려 하마터면 중심을 잃을 뻔했다.

"여기 왜 이렇게 어두워요?" 질문을 하지 않겠다는 약속을 어기며 내가 웅얼거렸다.

"앰브로의 효력이 잦아들면 눈이 예민해지거든." 샤론이 설명했다. "아주 옅은 햇살조차도 견디기 힘들어."

그제야 침상에 있는 사람들이 보였다. 몸을 웅크리고 잠든 사람도 있었고 구겨진 시트 속에 앉아 있는 사람도 있었다. 그들은 무심히 담배를 피우거나 웅얼거리며 우리를 쳐다보았다. 이해할 수 없는 혼잣말을 쏟아내는 사람도 있었다. 문지기들처럼 얼굴에 붕대를 감거나 마스크를 쓴 사람도 있었다. 마스크에 대해 묻고 싶었지만 그보다는 할로우를 찾아 여기를 뜨고 싶은 마음이 더 컸다.

우리는 구슬 커튼을 젖히고 첫 번째 방보다 조금 더 밝고 조금 더 붐비는 방으로 들어갔다. 맞은편 벽에 건장한 남자가 의자에 앉아 두 개의 문 중 하나를 가리켰다. "투사는 왼쪽, 관람객은 오른쪽!" 그가 소리쳤다. "돈은 휴게실에서 거슈!"

몇 칸 건너 방에서 소리가 들려왔고 잠시 후 사람들이 세 남자가 지나가도록 길을 터주었다. 두 사람이 의식을 잃은 채 피 흘리는 세 번째 남자를 끌고 있었다. 휘파람 소리와 야유 소리가 그들 뒤로 이어졌다.

"저게 바로 패배자의 꼴이지!" 의자에 앉아 있던 남자가 소리쳤다. "그리고 저건," 옆방을 가리키며 그가 말했다. "겁쟁이의 꼴이고!"

나는 방 안을 들여다보았다. 두 남자가 감시하에 모두가 보도록 비참한 몰골로 서 있었다. 그들은 온몸에 타르와 깃털을 바르고 있었다.

"저들을 보고 잘 기억해둬." 남자가 말했다. "투사들은 우리에서 2분을 버텨야 해. 최소한!"

"넌 어느 쪽이지?" 샤론이 내게 물었다. "투사 아니면 관람객?"

앞으로 닥칠 일을 생각하니 가슴이 오그라드는 것 같았다. 나는 할로우를 길들이는 것은 물론이고, 거칠고 폭력적으로 변할 수 있는 관객들 앞에서 그 일을 해야 했다. 나는 속으로 할로우가 너무 심하게 다치지 않았기를 바랐다. 우리를 데리고 빠져나가려면 놈의

힘이 필요하기 때문이었다. 여기 있는 이상한 사람들이 새 장난감을 순순히 내어줄 리가 없었다.

"투사요." 내가 말했다. "놈을 제대로 부리려면 가까이 다가가야 해요."

엠마가 나와 눈을 맞추며 미소를 지었다. **넌 할 수 있어.** 그녀의 미소가 이렇게 말하고 있었고 바로 그 순간 내가 할 수 있다는 걸 알았다. 나는 투사들을 위한 문으로 들어갔다. 새로운 자신감에 충만해진 상태로. 샤론과 엠마가 내 뒤를 따라왔다.

나의 자신감은 약 4초간 지속되었다. 바닥에 흥건하고 마루와 벽 곳곳에 번져 있는 피를 보기까지 걸린 시간이었다. 불이 밝혀진 복도에는 열린 문 쪽으로 피가 강물처럼 흘렀고 그 뒤로는 커다란 우리의 철창이 보였다.

밖에서 날카로운 고함 소리가 들려왔다. 다음 투사가 호명되고 있었다.

오른쪽의 어두운 방에서 한 남자가 모습을 드러냈다. 그는 웃통을 벗고 깨끗한 흰 마스크를 쓰고 있었다. 용기를 끌어모으는 듯 그가 잠시 복도 끝에 서 있었다. 그러더니 고개를 뒤로 젖히고 한 손을 그 위로 들었다. 손에 조그만 유리병을 들고 있었다.

"보지 마." 샤론이 말하며 우리를 벽 쪽으로 밀었다. 그러나 나는 도저히 참을 수 없었다.

남자가 천천히 유리병에 든 검은 액체를 마스크의 양쪽 눈구멍에 넣었다. 그러더니 빈 유리병을 바닥에 떨어뜨리고 고개를 숙인 채 신음하기 시작했다. 몇 초 동안 그의 몸이 마비되는 것 같았고 잠시 후 그가 몸서리를 치면서 마스크에 난 두 개의 눈구멍으로 흰 원

뿔 모양의 광선을 쏘았다. 환한 방에서조차 광선은 너무도 또렷했다.

엠마가 숨을 헉 들이켰다. 자기가 혼자라고 생각했던 남자가 놀라며 우리를 돌아보았다. 눈의 광선이 우리 머리 위로 향했고 그 바람에 천장이 지글거리며 탔다.

"그냥 지나가는 길이에요!" 샤론이 말했다. 그의 말투로 짐작건대 **어서, 얘들아!**와 **제발 그 광선으로 우릴 죽이지 말아요!**를 동시에 말하고 있음을 알 수 있었다.

"그럼 어서 지나가!" 남자가 고함을 질렀다.

그 순간 그의 눈 광선이 흐릿해지기 시작했고 그가 돌아서자마자 깜빡이더니 꺼져버렸다. 그가 복도를 지나 문밖으로 나갔고 그가 지나간 자리에서 두 줄기 연기가 피어올랐다. 캐러멜 빛깔로 탄 한 쌍의 자국이 그의 시선이 훑고 간 벽에 남았다. 그가 내 눈을 보지 않은 게 천만다행이었다.

"여기서 더 들어가기 전에," 내가 샤론에게 말했다. "설명을 좀 해주시죠."

"앰브로시아," 샤론이 말했다. "투사들이 자신의 힘을 키우려고 그걸 마셔. 문제는, 오래 지속되지 않는다는 거야. 약 기운이 떨어지면 몸이 전보다 더 약해져. 습관적으로 마시게 되면 힘이 거의 바닥나버리지. 앰브로를 계속 마시지 않는 한. 머지않아 단지 싸우기 위해서가 아니라, 이상한 사람 구실을 하려고 먹게 될 거야. 그 약을 파는 사람한테 의존하게 되고." 그가 턱 끝으로 오른쪽을 가리켰고 그곳에서 나오는 웅얼거리는 소리는 밖에서 목이 터져라 질러대는 고함 소리와 묘한 대조를 이루었다. "그 용액을 만든 것이야말로 와이트들의 가장 훌륭한 속임수야. 여기 있는 사람 그 누구도 와이트들을 배신하지 않을 거야. 앰브로시아에 중독되어 있는 한."

이상한 마약상은 어떻게 생겼는지 보려고 옆방을 들여다보니 턱수염이 달린 괴상한 가면을 쓰고 있는 남자가 보였다. 양쪽에서 총을 든 남자 둘이 그를 지키고 있었다.

"저 사람 눈은 어떻게 된 거죠?" 엠마가 물었다.

"광선 폭발이 약물의 부작용이야." 샤론이 말했다. "또 한 가지 부작용은 시간이 흐를수록 앰브로가 얼굴을 녹인다는 거지. 그걸로 중증 중독자인지 아닌지 판별할 수 있어. 그 부작용을 숨기려고 가면을 쓰는 거고."

엠마와 내가 역겹다는 듯한 표정을 주고받는 동안 방 안의 목소리가 우리를 불렀다. "이봐, 거기!" 마약상이 우리를 불렀다. "이리 좀 와볼래?"

"죄송하지만," 내가 말했다. "저희는 이만……."

샤론이 내 어깨를 쿡 찌르며 낮게 외쳤다. "넌 노예야. 잊었어?"

"아, 네, 주인님." 내가 말하고는 최대한 빨리 문으로 향했다.

가면 쓴 남자는 프레스코 벽화가 그려진 방의 조그만 의자에 앉아 있었다. 그는 불안한 정적 속에서 한 팔을 팔걸이 위에 올려놓고 다리를 무릎에서 조심스럽게 포개고 있었다. 총 든 남자 둘이 방의 양쪽 구석에 서 있었고 또 한구석에 바퀴 달린 서랍장이 있었다.

"겁낼 것 없어." 남자가 내게 손짓하며 말했다. "친구들도 같이 와도 돼."

나는 몇 걸음 더 다가갔고 샤론과 엠마도 나를 따라 들어왔다.

"이 근방에서 못 보던 아이구나." 마약상이 말했다.

"이 녀석을 방금 샀어요." 샤론이 말했다. "이 아인 아직……."

"내가 자네한테 물었나?" 마약상이 차갑게 쏘아붙였다.

샤론이 입을 다물었다.

"자네한테 묻지 않았어." 마약상이 말했다. 가짜 턱수염을 쓰다듬으며 가면의 뚫린 눈으로 나를 관찰하는 것 같았다. 나는 가면 속의 그가 어떤 모습인지 궁금했다. 앰브로시아를 얼마나 많이 들이부어야 얼굴이 녹아내릴지도. 그런 생각을 하니 몸서리가 쳐졌고 괜한 생각을 했다 싶었다.

"싸우러 왔구나." 그가 말했다.

나는 그렇다고 대답했다.

"그렇다면 네가 운이 좋구나. 최상품 앰브로가 있거든. 이걸 마시면 너의 생존율이 엄청나게 올라갈 거야!"

"감사하지만, 전 필요 없어요."

그가 총 든 남자들을 바라보며 반응을 기다렸지만 그들은 돌처럼 굳은 표정으로 서 있을 뿐이었다. 그가 웃었다. "저 밖에 할로개스트가 있어. 그 괴물들 얘기 들었니?"

나는 오직 그놈들 생각뿐이었다. 특히 저 밖에 있다는 그 할로우. 나는 빨리 가고 싶었지만 이 으스스한 남자는 분명히 이곳을 운영하는 사람 같았고 그를 화나게 하면 불필요한 소동이 벌어질 게 뻔했다.

"얘기 들었어요." 내가 말했다.

"놈을 어떻게 상대할 생각이지?"

"그럭저럭 상대할 수 있어요."

"그럭저럭?" 남자가 팔짱을 끼었다. "내가 알고 싶은 건, 내가 너한테 돈을 걸어야 하는가 그것뿐이야. 너 이길 거니?"

나는 그가 듣고 싶은 말을 해주었다. "네."

"내가 너한테 돈을 걸려면, 네가 내 도움을 받아야 해." 그가 일어서서 약장으로 가서 문을 열었다. 약장 안에서 유리병들이 반짝였다. 빼곡하게 진열되어 있는 유리병에는 검은 액체가 들어 있었고 조그만 코르크 마개가 덮여 있었다. 그가 그중 하나를 꺼내 내게 내밀었다. "받으렴." 그가 말하며 약병을 내밀었다. "너의 가장 좋은 능력을 열 배로 키워줄 거야."

"괜찮아요." 내가 말했다. "필요 없어요."

"다들 처음엔 그러지. 하지만 지고 난 뒤에는, 지고 살아남은 경우에는, 다들 이걸 마시게 된단다." 그가 유리병을 손에 들고 여린 불빛에 비춰보았다. 안에 있는 앰브로시아가 거품을 일으키며 은빛 입자로 소용돌이쳤다. 나도 모르게 액체를 쳐다보았다.

"뭘로 만든 거죠?" 내가 물었다.

그가 웃었다.

"가위와 달팽이와 강아지 꼬리."(영미권의 동요에 남자아이들이 가위와 달팽이, 강아지 꼬리로 만들어졌다는 가사가 등장함-옮긴이) 그가 다시 내게 병을 내밀었다. "공짜야." 그가 말했다.

"됐다고 하잖아요." 샤론이 날카롭게 쏘아붙였다.

마약상이 샤론을 후려갈길 거라 생각했지만 그는 고개를 비스듬히 기울이며 샤론을 쳐다보고 물었다. "내가 자넬 알던가?"

"아닐걸요." 샤론이 말했다.

"알고말고." 마약상이 고개를 끄덕이며 말했다. "단골 고객 중 한 명이었지. 어떻게 된 건가?"

"끊었어요."

마약상이 그에게 다가섰다. "자네 너무 오래 참은 것 같군." 그가 말하며 약 올리듯 샤론의 후드를 잡아당겼다.

샤론이 마약상의 손을 붙잡았다. 보초들이 총을 쳐들었다.

"조심!" 마약상이 말했다.

샤론이 그의 손을 잠시 붙잡고 있다가 놓아주었다.

"자," 마약상이 내 쪽으로 돌아서며 말했다. "설마 공짜 샘플을 거절하겠단 건 아니겠지?"

그 약병의 마개를 열 생각은 없었지만 이 상황을 끝내려면 약병을 받는 게 최선인 것 같았다. 그래서 그렇게 했다.

"착하지." 그가 말하고는 우리를 방에서 내보냈다.

"중독자였어요?" 엠마가 샤론에게 낮게 소리쳤다. "왜 말하지 않았어요?"

"말해서 뭐해?" 샤론이 말했다. "맞아. 한동안 끔찍한 시간을 보냈어. 그런데 벤담이 날 받아주고 약에서 벗어나게 해주었어."

나는 그가 한 말을 상상해보려 애쓰며 그를 바라보았다. "벤담 씨가요?"

"말했다시피, 그분은 내 생명의 은인이야."

엠마가 유리병을 가져가더니 높이 들어보았다. 강한 불빛 속에서 검은 액체 속의 은빛 입자들이 조그만 눈송이처럼 반짝였다. 부작용이 있다고 해도 여전히 매혹적인 약이었고 나는 고작 액체 몇 방울이 어떻게 나의 능력을 향상시킨다는 건지 궁금한 마음을 억누를 수가 없었다. "뭐가 들었는지는 말을 안 해주네." 엠마가 말했다.

"우리가 들었어." 샤론이 말했다. "도난당한 우리 영혼의 입자들을 와이트들이 으깨어서 다시 우리에게 먹이는 거야. 그들이 납치하는 모든 이상한 사람들의 영혼은 결국 유리병에 담기는 걸로 끝나는 거지."

엠마가 두려움에 떨며 유리병을 멀찌감치 떨어뜨렸고 샤론이 주워 외투 주머니 속에 넣었다. "어쩌면 이게 필요할지도 몰라."

"재료가 뭔지 알면서도," 내가 말했다. "그걸 마셨다니 믿을 수가 없네요."

"그런 내가 자랑스럽다고 말한 적 없다." 샤론이 말했다.

이곳의 사악한 체계는 그 악랄함이 너무도 완벽했다. 와이트들은 악마의 영토에 사는 이상한 아이들을 식인종으로 변모시켰고, 자기 자신의 영혼에 굶주리게 만들었다. 또한 와이트들은 이상한 사람들을 앰브로시아 중독자로 만들어서 그들에 대한 통제력을 강화시켰으며, 그들의 인구를 일정하게 유지했다. 우리가 빨리 구하지 않으면 친구들의 영혼이 그 유리병을 채울 차례가 될 게 뻔했다.

승리의 포효와도 같은 할로우의 괴성이 들렸고, 조금 전에 앰브로를 마신 남자가 피를 흘리며 의식 없는 상태로 끌려나와 우리 앞을 지나갔다.

내 차례가 되었군. 내가 생각했다. 아드레날린이 온몸에서 솟구쳤다.

ɤ

앰브로 소굴 뒤쪽으로 벽에 둘러싸인 뜰이 있었고, 그 한복판에 4제곱미터의 독립된 우리가 있었다. 두꺼운 창살이 할로개스트를 가두기에 충분해 보였다. 우리에서 할로우의 혀가 닿을 수 있는 지점 정도에 줄이 그려져 있었고 40명 남짓한, 거칠어 보이는 이상한 사람들은 현명하게도 그 뒤에 앉아 있었다. 보다 작은 우리들은 뒤뜰의 벽을 따라 줄지어 있었는데, 그 안에는 할로개스트와 비교해 보면 별로 인기가 없어 보이는 호랑이, 늑대, 다 자란 그림 곰 같은 짐승들이 싸울 날을 기다리며 갇혀 있었다.

커다란 우리 안에서 서성거리는 오늘의 주인공이 보였다. 할로우의 목에 감긴 쇠사슬은 묵직한 쇠기둥에 묶여 있었다. 할로우의 처지가 딱해서 안됐다는 생각이 들 정도였다. 할로우는 흰 페인트를 뒤집어썼고 여기저기 진흙을 바르고 있었다. 모두가 볼 수 있도록 그렇게 했겠지만 조금 우스꽝스러워 보였다. 마치 달마시안이나 희극 배우 같았다. 할로우는 심하게 절뚝거렸고, 검은 핏자국이 묻어 있었으며, 평상시 같으면 싸울 채비를 하며 허공에 휘두르던 혀들을 질질 끌고 있었다. 상처받고 모욕당한 할로우는 내가 익숙해진 악몽 같은 모습과는 거리가 멀었지만, 할로우를 한 번도 본 적 없는 사람에게는 여전히 놀라운 모양이었다. 그도 그럴 것이, 이렇듯 위축된 상태에서도 할로우는 연달아 일곱 명의 투사를 쓰러뜨렸다. 놈은 여전히 상당히 위협적이었고, 예측 불가능했다. 아마도 그것이 소총으로 무장한 사람들이 경기장 곳곳을 지키고 있는 이유인 것 같았다. 나중에 후회하느니 미리 대비하는 편이 나을 테니까.

나는 전략을 짜기 위해 샤론과 엠마에게 다가섰다. 문제는 할로우가 있는 우리 안으로 들어가는 게 아니었다. 할로우를 통제하는 것도 아니었다. 우리는 이미 내가 그 일을 할 수 있다는 가정하에 움직이고 있었다. 문제는 할로우를 우리에서 빼낸 다음 이 사람들로부터 벗어나는 일이었다.

"할로우 목에 감긴 쇠줄을 녹일 수 있을 것 같아?" 내가 엠마에게 물었다.

"한 이틀 정도면 할 수 있겠네." 엠마가 말했다. "사람들을 일일이 붙잡고 할로우가 필요한데 일이 끝나면 다시 데려다 놓겠다고 말하는 것도 좀 그렇겠지?"

"그 말을 다 끝내지도 못할걸." 샤론이 말하며 거친 관객들을 훑어보았다. "이 인간들이 몇 년 만에 처음 본 재미있는 구경거리야. 전혀 가망 없어."

"다음 투사!" 2층 창가에 서 있던 여자가 소리쳤다.

남자들 몇 명이 관람객들로부터 떨어진 곳에서 다음번에 누가 싸울지를 놓고 실랑이하고 있었다. 우리 바닥에는 이미 엄청난 양의 피가 스며 있었고 거기에 굳이 피를 더 보태고 싶은 사람은 없는 것 같았다. 그들은 지푸라기 뽑기로 결정했고 웃통을 벗은 건장한 청년이 방금 짧은 지푸라기를 뽑았다.

"가면 안 쓴 친구." 덥수룩한 턱수염에 비교적 상처가 없는 얼굴의 남자를 가리키며 샤론이 말했다. "이제 막 시작하려나 봐."

남자가 용기를 끌어내어 거들먹거리며 관중들에게 걸어갔다.

스페인 억양이 있는 우렁찬 목소리로 관중들에게 자긴 한 번도 싸움에서 패한 적이 없다면서 할로우를 죽여서 놈의 머리를 트로피로 간직하겠다고, 자기가 지닌 특별한 능력, 즉 눈 깜짝할 새에 상처를 치유하는 능력이 할로우로 하여금 자신에게 치명적인 상처를 입히지 못하게 할 거라고 했다.

"이 아름다운 자국 보이십니까?" 그가 말하고는 돌아서서 발톱으로 할퀸 것 같은 끔찍한 등의 상처를 보여주었다. "지난주에 그림 곰이 낸 상처인데, 깊이가 2.5센티미터였어요." 그가 주장했다. "그런데 그날 바로 다 나았죠!" 그가 우리 안의 할로우를 가리켰다. "저 쭈글쭈글한 노친네는 승산이 없습니다!"

"할로우가 저 사람을 **확실히 죽이겠군**." 엠마가 말했다.

남자가 앰브로 물약을 자기 눈에 부었다. 그의 몸이 꼿꼿해지더니 눈동자에서 분출된 광선이 바닥에 폭포처럼 탄 자국을 남겼다. 잠시 후 광선이 잦아들었다. 그렇게 무장한 뒤 그는 당당하게 우리 문 쪽으로 다가왔고, 그곳에서 커다란 열쇠를 든 남자가 문을 열어주려고 기다리고 있었다.

"열쇠 든 남자를 잘 봐둬." 내가 말했다. "열쇠가 필요할지도 모르니까."

샤론이 주머니에 손을 넣더니 꼬리를 잡힌 채 꿈틀거리는 생쥐 한 마리를 꺼냈다. "들었니, 사비에르?" 그가 생쥐에게 말했다. "가서 열쇠 가져와." 그가 설치류를 바닥에 내려놓자 생쥐가 달려 나갔다.

의기양양한 투사는 우리 안으로 들어가서 할로우와의 대결을 시작했다. 그는 벨트에서 조그만 칼을 하나 꺼내어 무릎을 살짝 굽히고 서 있었지만 그것 말고는 별로 싸울 기미가 보이지 않았다. 그는 입을 놀리는 것으로 시간을 때우는 것 같았다. 그는 프로 레슬러처럼 허풍을 떨며 일장 연설을 했다.

"어서 덤벼, 이 괴물아! 난 무섭지 않아! 네 혀를 잘라서 내 바지를 여미는 벨트로 만들어주겠어! 네 발톱을 내 이쑤시개로 쓰고 네 머리를 벽에 걸어놓겠다!"

할로우는 따분한 표정으로 그를 지켜보았다. 투사는 칼을 들어 자기 팔을 베었다. 피가 배어 나오기 시작하자 그가 상처를 들어 보

였다. 핏방울이 바닥에 떨어지기도 전에 상처가 아물었다. "난 천하무적이야!" 그가 소리쳤다. "난 두렵지 않아!"

갑자기 할로우가 남자에게 덤비는 척하면서 으르렁거렸고 남자는 너무 놀란 나머지 바닥에 칼을 떨어뜨리고 양팔로 얼굴을 가렸다. 할로우는 남자에게 짜증이 난 것 같았다.

관객들이 일제히 웃기 시작했고 우리도 웃었다. 남자는 창피해서 얼굴이 벌겋게 달아오른 채 몸을 숙여 칼을 집어 들었다. 이제 할로우가 쇠사슬을 철컹거리며 그에게로 다가오고 있었고, 혀들이 뻗어 나왔다가 주먹을 쥐듯 도로 감겼다.

체면을 지키려면 괴물을 상대해야 한다는 사실을 깨달은 남자는 칼을 휘두르며 조심스럽게 놈에게 다가갔다. 할로우가 페인트칠한 혀 하나를 널름거렸다. 남자가 칼을 휘둘렀고 칼이 혀에 닿았다. 상처가 나자 할로우가 울부짖으며 혀를 되감았고 마치 분노한 고양이처럼 남자를 향해 씩씩거렸다.

"돈 페르난도를 어떻게 상대해야 하는지 이젠 좀 알겠지!" 남자가 소리쳤다.

"저 사람 도무지 뭘 모르네." 내가 말했다. "할로우를 약 올리는 건 좋은 생각이 아닌데."

보기에는 남자가 할로우를 뒷걸음치게 만드는 것 같았다. 할로우가 뒤로 물러서는 동안 남자는 칼을 획획 휘두르면서 놈에게 다가가고 있었다. 할로우의 등이 우리의 철창에 닿고 더 이상 물러날 곳이 없어지자 남자가 칼을 들었다. "이제 죽을 준비를 하시지, 이 악마의 자식아!" 그가 소리치며 돌진했다.

내가 나서서 할로우를 구해야 하는 상황인지 잠시 궁금했지만 곧바로 할로우가 덫을 놓았다는 게 분명해졌다. 남자 밑에 할로우가 깔아놓은 사슬이 뒤엉켜 있었고, 할로우가 사슬을 잡고 한쪽으로 휙 당기자 돈 페르난도가 공중을 가로질러 날아가 쇠기둥에 머리를 들이받았다. 쿵. 그는 그대로 끝장이 났고 바닥에 축 늘어졌다. 또 한 번의 KO승이었다.

남자가 창피한 줄도 모르고 허풍을 떨었기 때문에 관객들은 환호하지 않을 수가 없었다.

횃불과 전기 총으로 무장한 사람들이 우리 안으로 들어가 할로우를 지키는 동안 의식 잃은 투사는 밖으로 끌려 나왔다.

"다음은 누구지?" 심판 보던 여자가 소리쳤다.

남아 있는 투사들이 근심 어린 눈빛을 주고받다가 논쟁을 벌이기 시작했다. 누구도 우리에 들어가고 싶어 하지 않았다.

나만 빼고.

남자의 한심한 싸움과 할로우의 속임수가 내게 아이디어를 주었다. 반드시 성공할 작전은 아니었고, 훌륭한 작전도 아니었다. 그러나 그래도 작전은 작전이었고 아무것도 없는 것보단 나았다. 우리는, 그러니까 할로우와 나는, 할로우가 죽은 척할 생각이었다.

ɤ

나는 용기를 끌어모았다. 아주 용감한 일, 혹은 아주 한심한 일을 하려 할 때면 으레 그러듯이 나의 두뇌가 나의 육체에서 이탈했다. 내가 심판을 향해 한 팔을 흔들며 "저요!"라고 외칠 때, 내가 나 자신을 바라보고 있는 것 같은 기분이 들었다.

그때까지 나는 투명 인간이었지만 이제 관람객과 투사들이 모두 나를 돌아보았다.

"작전이 뭐야?" 엠마가 속삭였다.

나에겐 작전이 있었지만 그 작전을 짜는 데만 너무 몰두한 나머지 엠마와 샤론에게는 얘기를 못 했고 이제는 얘기할 시간이 없었다. 어쩌면 그게 최선일 수도 있었다. 나의 작전을 소리 내어 말하면, 내 말이 한심하게 들리거나, 혹은 그보다 더 나쁜 것은, 불가능하게 들려서 내가 용기를 잃을 수도 있기 때문이었다.

"그냥 보여주는 편이 나을 것 같아." 내가 말했다. "하지만 저 열쇠를 받기 전엔 움직일 수가 없어."

"걱정 마, 사비에르가 처리하고 있으니까." 샤론이 말했다. 찍찍거리는 소리가 나서 내려다보니, 문제의 그 생쥐가 입에 치즈 한 조각을 물고 돌아왔다. 샤론이 생쥐를 들어 올려 야단쳤다. "열쇠라고 했잖아! 치즈가 아니고!"

"내가 가져올게." 엠마가 나를 안심시켰다. "반드시 성한 몸으로 돌아오겠다고 약속해."

나는 약속했다. 그녀가 내게 행운을 빌어주었고 입술에 키스해주었다. 그때 나는 샤론을 쳐다보았다. 그는 마치, **설마 나한테도 키스 같은 걸 기대하는 건 아니겠지**라고 말하듯 고개를 비스듬히 하고 있었다. 나는 그에게 웃어 보이고는 투사들 쪽으로 향했다.

그들은 나를 위아래로 훑어보았다. 내가 미쳤다고 생각하는 게 틀림없었지만 그들 중 누구도 날 막으려 하지 않았다. 아무런 준비 없는 이 꼬마, 싸우기 전에 앰브로 한 병조차 마시지 않은 이 꼬마가, 괴물에게 자신을 내던지고 싶어 하고, 괴물을 조금 지치게 만들어주겠다는데, 마다할 이유가 없었다. 설령 싸우다 죽는다고 해도 나는 한낱 노예일 뿐이었다. 그래서 나는 그들이 미웠고, 그들이 움켜쥐고 있는 약병 속에서 헤엄쳐 다니는, 납치되어 영혼을 추출당한 가엾은 이상한 아이들의 입장이 되었으며, 그래서 더 화가 났다. 나는 나의 모든 분노의 방향을 틀어 굳건한 믿음과 집중에 쏟아부으려 애썼지만, 대체로 산만해질 뿐이었다.

그러나. 열쇠를 든 남자가 우리를 여는 동안 나는 나의 내면을 들여다보았고, 놀랍고 또 기쁘게도, 나는 의심에 휩싸여 있지도, 죽음의 공포에 휩싸여 있지도, 두려움의 파도와 싸우고 있지도 않았다. 나는 이 할로우와 이미 두 번 만나서 놈을 조종해보았다. 이번이 세 번째였다. 분노에도 불구하고, 나는 침착하고 평온했고, 그 고요함 속에서 나는 나에게 필요한 말들이 입 밖으로 나오기를 기다리고 있다는 것을 깨달았다.

남자가 문을 열었고 나는 우리 안으로 들어갔다. 남자가 문을 닫자마자 마치 성난 유령처럼 할로우가 쇠사슬을 쩔렁거리며 내 쪽으로 다가왔다.

내 입아. 부디 날 배신하지 말아줘.

내가 손으로 입을 가린 뒤, 할로우 언어로 낮게 말했다.

멈춰.

할로우가 멈춰 섰다.

앉아. 내가 말했다.

할로우가 앉았다.

안도감이 밀려왔다. 걱정할 게 없었다. 다시 할로우와 소통하는 것은 늙고 고분고분한 암말의 고삐를 잡는 것만큼이나 쉬웠다. 괴물을 조종하는 것은 나보다 훨씬 작은 사람과 레슬링을 하는 것과 비슷했다. 괴물은 꼼짝없이 걸려들었고 달아나려 몸부림을 쳤지만 나의 힘이 너무도 강력해서 놈은 내게 거의 위협이 되지 않았다. 그러나 그렇게 할로우를 쉽게 조종할 수 있는 것은 그 자체가 문제였다. 모두가 놈이 죽었다고 생각하고 더 이상 위협이 되지 않는다고 생각하기 전에는 놈을 우리 밖으로 끌고 나갈 방법이 없었고, 나의 승리가 너무 쉽게 찾아온다면 아무도 놈이 죽었다고 믿지 않을 것이다. 나는 앰브로도 안 마신 비쩍 마른 어린애였다. 따귀 한 대로 놈을 쓰러뜨릴 수는 없었다. 이 작전이 제대로 먹히려면 나는 쇼를 해야만 했다.

도대체 어떻게 이놈을 '죽일' 수 있을까? 맨손으로는 안 될 것이다. 묘안을 찾아보려고 우리 안을 훑어보다가 먼젓번 투사가 떨어뜨린 칼이 눈에 들어왔다. 그는 쇠기둥 옆에 칼을 떨어뜨렸다. 할로우는 기둥 옆에 앉아 있었고, 그게 문제였다. 나는 자갈을 한 줌 집어서 느닷없이 놈에게 달려들며 자갈을 던졌다.

구석으로! 이번에도 입을 가리고 내가 다시 말했다. 할로우가 돌아서더니 구석으로 달려갔고 마치 자갈 한 줌에 놀란 것처럼 보였다. 나는 기둥으로 달려가 바닥에 뒹굴던 칼을 집어 들었고, 나의 용감한 행동에 관중석의 누군가가 휘파람을 불었다.

화를 내! 내가 말했다. 마치 나의 대범한 행동에 화가 난 것처럼 할로우가 으르렁거리며 혀들을 휘둘렀다. 나는 뒤를 돌아보며 관중석에서 엠마를 찾았다. 엠마가 열쇠를 든 남자 쪽으로 살그머니 다가가고 있었다.

좋았어.

상황을 어렵게 만들어야 했다. **내 쪽으로 다가와.** 내가 명령했고 할로우가 내 쪽으로 몇 걸음 다가오자 나는 놈에게 혀로 내 다리를 잡으라고 말했다.

할로우의 혀가 따끔거리며 살에 닿더니 내 종아리를 두 번 감았다. 나는 할로우가 나를 넘어뜨려 잡아당겨서 내가 바닥에서 끌려가게 했고, 그동안 잡을 것을 찾는 척했다.

쇠기둥을 지나갈 때 나는 양팔로 기둥을 붙잡았다.

위로 잡아당겨. 내가 말했다. **너무 세게는 말고.**

나의 명령이 그다지 섬세하진 않았지만 할로우는 내 말의 의미를 정확히 이해하는 것 같았다. 마치 내가 머릿속에 어떤 행동을 떠올리고 한두 마디만 던져도 한 문장에 해당되는 정보를 제공하는 것 같았다. 할로우가 기둥에 매달려 있는 나를 위로 끌어 올려 내 몸이 허공에 매달리게 되었고, 그것은 내가 상상한 장면과 정확히 일치했다.

점점 나아지고 있다고, 나는 뿌듯해하며 생각했다.

나는 몇 초 동안 몸부림치면서 극심한 고통의 소리로 들리도록 신음 소리를 내고는 기둥을 놓았다. 내가 역사상 가장 짧은 경기를 하고 죽게 될 거라 생각하며 관중들이 야유하고 욕을 퍼부었다.

이제 결정타를 날릴 시간이었다.

다리. 내가 말했다. 할로우가 혀 하나로 내 다리를 감았다.

당겨.

할로우가 나를 자기 쪽으로 끌었고 나는 발길질을 하며 몸부림쳤다.

입.

나를 통째로 집어삼키려는 것처럼 놈이 입을 벌렸다. 나는 잽싸게 몸을 돌려 발목으로 놈의 혀를 내리쳤다. 할로우에게 상처를 입히진 않았지만 얼른 나를 놓고 괴성을 지르라고 명령했기 때문에 상처를 입힌 것처럼 보였다. 할로우는 내 말에 순종하며 괴성을 지르고는 혀들을 입안으로 넣었다. 나의 명령과 할로우의 응답 사이에는 1초의 간격이 있었기 때문에 내가 보기엔 형편없는 팬터마임 같았지만 관객들은 분명히 믿고 있었다. 그들의 야유는, 어쩌면 이길 수도 있는 약자가 괴물과 싸우는, 갈수록 흥미진진해지는 게임에 대한 환호성으로 바뀌었다.

저예산 영화의 싸움 장면처럼 비춰지지 않기를 바라며 할로우와 나는 그렇게 몇 차례의 공격을 주고받았다. 내가 놈에게 달려들었고 놈이 나를 때려눕혔다. 내가 놈을 베었고 놈이 물러섰다. 우리가 서로의 주위를 맴돌 때 놈이 울부짖으며 혀들을 휘둘렀다. 내가 칼로 혀를 찌를(찌르는 척할) 때까지 나를 혀로 번쩍 들어서 (살살) 흔들다가 (어쩌면 너무 살살) 나를 바닥에 떨어뜨리기도 했다.

나는 용기를 내어 다시 한번 엠마를 보았다. 엠마는 투사들 틈에서 열쇠를 든 남자 가까이 서 있었다. 엠마가 목을 긋는 시늉을 해 보였다.

적당히 좀 해.

맞는 말이었다. 이제 끝낼 시간이었다. 나는 숨을 깊이 들이쉬고는 용기를 끌어냈고, 최후의 한 방을 준비했다.

나는 칼을 쳐들고 할로우에게 달려들었다. 놈이 다리 쪽으로 혀를 뻗었고 나는 혀를 뛰어넘었다. 그러자 이번에는 머리로 혀가 날아왔고 내가 몸을 숙여 피했다.

전부 다 내가 생각했던 그대로였다.

그다음에 벌어질 일은 내가 혀를 뛰어넘어서 칼로 놈의 심장을 찌르는 척하는 것이었지만 대신 혀가 내 가슴을 세게 때렸다. 놈의 혀는 헤비급 권투 선수의 위력으로 날아왔고 나는 바닥에 뻗어 숨을 헐떡였다. 나는 꼼짝없이 바닥에 누워 있었고 관중들이 야유했다.

물러서라고 말하려 했지만 숨을 쉴 수가 없었다.

게다가 놈이 내 위에서 입을 쩍 벌린 채 분노를 뿜어내며 포효하고 있었다. 할로우는 잠시나마 나의 멍에를 벗어던졌고 기분이 좋지 않았다. 나는 통제권을 회복해야 했다, 그것도 아주 빨리. 그러나 놈의 혀들이 내 양팔과 한쪽 다리를 꼼짝 못 하게 짓누르고 있었고 무기와도 같은 번쩍거리는 이빨이 내 얼굴을 향해 거리를 좁혀오고 있었다. 나는 숨을 쉬려고 헐떡거렸고, 할로우의 악취에 구역질을 했으며, 말을 하는 대신 캑캑거렸다.

할로우의 이상한 신체 구조가 아니었다면 그렇게 끝날 수도 있었다. 할로우는 혀들을 밖으로 내민 상태로는 턱을 다물 수가 없었다. 놈이 내 머리를 먹으려면 먼저 내 손발을 놓아야 했고, 놈이 내 팔을 놓는 순간, 여전히 칼을 들고 있던 그 팔을 놓는 순간, 나는 목숨을 구하기 위해 내가 할 수 있는 유일한 일을 했다. 나는 칼을 위로 꽂았다.

칼날이 할로우의 목 깊숙이 박혔다. 할로우가 괴성을 지르며 물러났고 혀들이 꿈틀거리며 칼을 잡았다.

관람석은 흥분의 도가니였다.

나는 마침내 제대로, 깨끗한 호흡을 할 수 있었다. 나는 일어나 앉아 몇 미터 떨어진 곳에서 몸부림치는 할로우를 보았다. 칼에 찔린 목에서 검은 피가 쏟아져 나왔다. 다른 상황이었다면 느꼈을 뿌듯함을 조금도 느끼지 못한 채, 나는 어쩌면 내가 정말 할로우를 죽였을지도 모른다는 생각을 했다. 놈을 **실제로** 죽이는 것은 작전에 포함되어 있지 않았다. 곁눈질로 보니 샤론이 양손을 펼친 채 손을 내둘렀다. **네가 다 망쳤어**라는 만국 공용의 몸짓이었다.

나는 상황을 수습하기 위해 할 수 있는 일을 해보려고 일어섰다. 나는 할로우에 대한 나의 통제권을 회복한 다음, 편히 쉬라고 명령했다. 아무 고통도 느끼지 말라고. 할로우가 서서히 몸부림을 멈췄다. 나는 할로우에게 다가가 피 묻은 칼을 목에서 빼고는 사람들이 보도록 높이 쳐들었다. 사람들이 소리를 지르며 환호했고, 나는 엄청난 실수를 저지른 것 같은 기분인데도 승리의 기쁨에 벅찬 듯한 표정을 지으려 애썼다. 친구들을 구출할 기회를 망쳐버린 것 같아 너무도 두려웠다.

열쇠를 든 남자가 우리의 문을 열었고 할로우를 살펴보기 위해 남자 둘이 들어왔다.

움직이지 마. 사람들이 할로우를 살펴볼 때 내가 중얼거렸다. 한 사람이 할로우의 머리에 총을 겨누었고, 다른 사람이 막대기로 할로우를 찔러보고 손을 코끝에 대어보았다.

숨도 쉬지 마.

할로우는 숨을 쉬지 않았다. 할로우가 얼마나 죽은 척 연기를 잘했는지 나와의 교감이 아니었더라면 나 역시 놈이 죽었다고 생각할 뻔했다.

그들은 할로우의 연기를 믿었다. 검사하던 남자가 막대기를 던졌고, 권투 경기의 승자처럼 내 팔을 잡아 위로 번쩍 쳐들면서 내가 승자임을 선포했다. 구경꾼들이 환호했고, 돈을 주고받는 손들이 보였다. 나의 패배에 돈을 걸었던 사람들이 실망해서 투덜거리며 지폐들을 내밀었다.

머지않아 구경꾼들이 죽은 할로우를 제대로 보려고 우리 안으로 들어왔고 엠마와 샤론도 그들 틈에 있었다.

엠마가 두 팔로 나를 끌어안았다. "괜찮아." 그녀가 말했다. "너한텐 선택의 여지가 없었어."

"안 죽었어." 내가 엠마에게 속삭였다. "하지만 다쳤어. 얼마나 오래 버틸지 모르겠어. 밖으로 끌고 나가야 해."

"그렇다면 내가 이걸 가져오길 잘했네." 엠마가 내 주머니에 열쇠 꾸러미를 집어넣으며 말했다.

"와!" 내가 말했다. "넌 천재야!"

그러나 할로우의 사슬을 풀어주려고 돌아선 순간, 나는 할로우에게 다가가 만져보고, 기념품으로 털이라도 한 움큼, 피 묻은 흙이라도 한 줌 가져가려 소란을 피우는 사람들에 가로막혔다. 나는 그들을 밀치며 안으로 들어갔지만 사람들이 자꾸만 나와 악수를 하고 등을 두드리며 앞길을 막았다.

"정말 대단했어!"

"운이 좋구나, 꼬마야."

"너 정말 앰브로 안 마셨니?"

그동안 나는 계속 할로우에게 죽은 척하고 가만히 있으라고 중얼거렸다. 마치 너무 오랫동안 얌전히 있었던 어린아이처럼 놈이 꿈틀거리는 게 느껴졌기 때문이었다. 놈은 안달이 났고, 상처를 입었다. 놈이 벌떡 일어나 자신의 주위를 둘러싸고 있는 매혹적인 이상한 사람들을 집어삼키지 못하게 하려고 나는 있는 힘을 다 끌어모아 집중해야만 했다.

마침내 할로우의 사슬에 다가가 자물쇠를 찾고 있는데 앰브로 상인이 다가와 말을 걸었다. 돌아보니 그의 으스스한 수염 가면이 내 얼굴에서 불과 몇 센티미터 거리에 있었다.

"네가 무슨 짓을 하고 있는지 내가 모를 줄 알아?" 그가 말했다. 그는 무장한 경호원 둘을 대동하고 있었다. "내가 장님인 줄 알아?"

"무슨 말씀을 하시는 건지 모르겠네요." 내가 말했다. 불안한 한순간 그가 내가 한 짓과, 할로우가 사실은 죽지 않았다는 것을 알고 있다고 생각했다. 그러나 그들은 할로우 쪽은 보지도 않았다.

그가 내 멱살을 잡았다. "감히 날 건드리다니." 그가 말했다. "여긴 내 구역이야!"

사람들이 물러서기 시작했다. 그는 평판이 나쁜 사람인 게 분명했다.

"사기꾼한테 사기를 칠 순 없는 법이지." 그가 말했다. "신참이라면서, 전엔 아기 곰하고도 싸워본 적 없다면서, 어떻게 이럴 수 있지?" 그가 쓰러진 할로우 쪽으로 한 팔을 휘두르며 말했다. "백만 년 내로는 있을 수 없는 일이야."

"죽었어요." 내가 말했다. "확인하고 싶으면 직접 확인해보세요."

마약상은 내 옷깃을 놓고 양손으로 내 목을 조였다.

"이봐요!" 엠마의 목소리가 들렸다.

경호원이 그녀를 향해 총을 겨누었다.

"내가 묻고 싶은 건 딱 한 가지," 마약상이 말했다. "네가 파는 물건이 뭐지?"

그가 목을 졸랐다.

"파는 물건이라니요?" 쉰 소리로 내가 말했다.

자신이 설명을 해야 한다는 게 짜증이 난 듯 그가 한숨을 쉬었다. "내 영역에 들어와서, 내 할로우를 죽이고, 내 고객들한테 내 물건을 살 필요가 없다고 설득해?"

그는 나를 경쟁 마약상으로 보고 내가 그의 돈벌이를 가로채려 한다고 생각했다. 환장할 노릇이었다.

그가 목을 더 세게 조였다.

"그 아일 놓아줘요." 샤론이 애원했다.

"앰브로를 먹지 않았다면. 무얼 먹었지? 뭘 파는 거야!"

나는 대답하려 했지만 대답을 할 수가 없었다. 내가 그의 양손을 내려다보았다. 그가 나의 힌트를 알아차리고 조이던 손을 약간 느슨하게 풀었다.

"말해." 그가 너그럽게 말했다.

그다음에 내가 한 말은 그에게 아마 마른기침 소리처럼 들렸을 것이다.

왼쪽에 있는 사람. 내가 할로우 언어로 말했다. 그 순간 살아나는 프랑켄슈타인의 괴물처럼 할로우가 뻣뻣하게 일어났고 할로우 근처에 있던 이상한 사람들이 비명을 지르며 달아났다. 마약상이 나를 돌아보았고 그 순간 나는 그의 가면을 주먹으로 쳤다. 경호원들은 나와 할로우 중 누구를 먼저 쏘아야 할지 결정을 내리지 못했다.

그 짧은 우유부단의 순간이 그들을 패배로 이끌었다. 그들이 두리번거리는 동안 할로우가 경호원 한 명을 향해 세 개의 혀를 뻗었다. 혀 하나는 그의 무기를 떨어뜨렸고, 남은 두 개는 그의 허리를 감아 번쩍 든 다음 다른 경호원을 쓰러뜨리는 망치로 사용했다.

이제 마약상과 나만 남았다. 그는 그제야 내가 할로우를 조종하고 있다는 생각을 하는 것 같았다. 그가 무릎을 꿇고 빌기 시작했다.

"여기가 당신 영역인지는 모르겠지만," 내가 그에게 말했다. "이건 내 할로우야."

나는 할로우에게 마약상의 목을 감으라고 했다. 그리고 마약상에게 할로우와 함께 사라져주겠다고, 그가 살 수 있는 유일한 방법은 우리가 조용히 빠져나가도록 돕는 것뿐이라고 했다.

"알았다, 알았어." 그가 동의했다. 목소리가 떨리고 있었다. "물론 그래야지……."

나는 자물쇠를 열고 할로우를 사슬에서 풀었다. 구경꾼들이 지켜보는 가운데 엠마와 샤론, 그리고 나는 절뚝거리는 할로우를 끌고 열린 우리의 문으로 향했다. 우리 앞에 서 있던 마약상이, 할로우의 혀를 목에 감은 채 낼 수 있는 최대한의 소리로 "쏘지 마! 쏘지 마!"라고 외쳤다.

우리는 대부분의 구경꾼들이 여전히 안에 있는 상태로 우리 자물쇠를 채우고, 마약 소굴을 지나, 우리가 왔던 길을 되짚어 다시 거리로 나섰다. 나는 가던 길을 멈추고 마약상의 앰브로 소굴을 파괴하고 싶은 유혹을 느꼈지만 그런 위험을 감수할 가치가 없다고 생각했다. 마시다 사레나 걸리라지. 더구나 그 도난당한 영혼들이 어느 날 자신의 주인과 재결합할 실낱같은 가능성이라도 있다면 낭비하지 않는 편이 나았다.

우리는 가면이 벗겨져 한쪽 귀에서 대롱거리는 상태로 마약상이 손발을 땅에 짚은 채 숨을 헐떡이는 모습을 마지막으로 보았다. 더러운 광경을 뒤로하고 돌아서려는 순간 작은 울음소리가 들렸고 아기 곰들이 떠올랐다. 그들을 돌아보는 순간 나는 가슴이 저렸다. 그들은 사슬에 묶인 채 우리와 가고 싶어 사슬을 한껏 당기고 있었다.

"안 돼." 걸음을 재촉하며 샤론이 말했다.

그때 엠마가 나의 주의를 끌지 않았다면 그들을 두고 떠났을 것이다. **그렇게 해.** 엠마가 입 모양으로 말했다.

"1초면 돼요." 내가 말했다.

할로우를 시켜서 사슬이 묶여 있던 기둥을 뽑아내기까지 실제로는 15초가 걸렸다. 그 즈음 성난 중독자들 패거리가 마약 소굴 밖으로 몰려나왔다. 그러나, 사슬에 묶인 기둥을 질질 끌며 뒤따라오는 곰들의 걸음이 너무 느리고 거추장스러워지자, 시키지도 않았는데 나의 할로우가 곰들을 번쩍 들어 품에 안았을 때, 아기 곰들을 데려오길 잘했다는 생각이 들었다.

꿍

머지않아 우리에게 문제가 생겼다. 겨우 몇 블록을 걸었을 뿐인데, 거리의 사람들이 벌써 할로우를 알아차렸다. 나를 제외한 다른 사람들에게는 반만 보이는 페인트 얼룩이었지만, 그래도 우리는 여전히 시선을 끌었다. 우리가 어디로 가는지 사람들이 알게 되는 걸 원치 않았기 때문에 우리는 벤담의 집으로 가는 보다 조용한 방법을 찾아야만 했다.

우리는 뒷골목으로 들어갔다. 억지로 걷던 할로우를 멈춰 세운 순간, 놈이 피로한 듯 바닥에 쪼그려 앉았다. 피를 흘리고, 몸을 웅크리며, 혀들을 입안에 넣고 바닥에 앉아 있는 할로우는 너무도 연약해 보였다. 할로우가 구한 아기 곰들은 할로우의 고통을 감지하고는 축축하고 씰룩거리는 주둥이로 할로우의 품을 파고들었고 할로우는 심지어 다정하게 들리는 낮은 가르랑 소리를 냈다. 나는 그 세 마리에 대해 먼 친척 같은 애틋한 감정을 느끼지 않을 수 없었다.

"이런 말 하긴 싫지만, 좀 귀엽다." 엠마가 말했다.

샤론이 코웃음을 쳤다. "분홍색 발레복이라도 입혀보지, 왜. 그래 봐야 살인 무기야."

우리는 할로우를 죽이지 않고 벤담에게 데려갈 방법을 의논했다. "내가 목의 상처를 지질 수 있어." 불빛으로 반짝이기 시작하는 손을 내밀며 엠마가 말했다.

"너무 위험해." 내가 말했다. "통증 때문에 내 통제 밖으로 벗어날 수도 있어."

"벤담의 치료사가 도울 수 있을지도 몰라." 샤론이 말했다. "빨리 데려가야 하는 게 문제지만."

처음 든 생각은 지붕 위를 달려가는 것이었다. 할로우에게 기운이 남아 있다면 할로우가 우리를 데리고 건물 측면으로 올라가서 사람들 눈에 띄지 않게 벤담의 집으로 향할 수 있을 것이다. 그러나 이 상태로는 걸어가는 것조차 장담할 수 없었다. 나는 할로우를 칠한 페인트를 닦아서 아무도 보지 못하게 하자고 제안했다.

"그건 절대로, 절대로 안 돼." 샤론이 격하게 고개를 저으며 말했다. "난 저놈 못 믿어. 내 눈으로 감시하고 싶어."

"제가 통제하고 있잖아요." 조금 기분이 상한 내가 대답했다.

"지금까지는 그렇지." 샤론이 쏘아붙였다.

"나도 샤론과 같은 생각이야." 엠마가 말했다. "지금까진 잘해왔지만, 네가 다른 방에 있거나 잠이 들면 그땐 어떻게 해?"

"내가 뭐하러 방에서 나가겠어?"

"볼일 보러?" 샤론이 말했다. "화장실까지 네 애완용 할로우를 데려갈 참이냐?"

"그건 닥쳐서 생각하면 안 될까요?"

"페인트는 그대로 둬야 해." 샤론이 말했다.

"좋아요." 내가 짜증스럽게 대답했다. "그럼 어쩌자고요?"

골목의 어느 집 문이 열렸고 수증기가 새어 나왔다. 웬 남자가 수레를 밀고 나오더니 길가에 세워두고는 도로 안으로 들어갔다.

나는 달려가서 수레를 보았다. 그 집은 세탁소였고 수레에는 더러운 빨래가 잔뜩 들어 있었다. 수레는 조그만 사람 하나가 들어갈 정도의 크기였다. 아니면 웅크린 할로우 한 마리나.

인정하겠다. 난 수레를 훔쳤다. 수레를 끌고 와 안을 비운 다음 할로우를 태웠다. 더러운 빨래를 할로우 위에 덮고 아기 곰들까지 태운 다음, 수레를 끌고 거리를 지나갔다.

아무도 우리를 쳐다보지 않았다.

제6장

chapter six

집에 도착해보니 거의 어두워져 있었다. 님이 우리를 거실로 안내했고, 벤담은 그곳에서 초조하게 우리를 기다리고 있었다. 그는 우리를 맞이하는 수고조차 하지 않았다. "이 아기 곰들은 왜 데려왔니?" 그가 말했다. 그의 눈이 세탁물 수레로 향했다. "괴물은 어디 있지?"

"여기요." 내가 말했다. 나는 아기 곰을 내려놓고 빨랫감들을 치우기 시작했다.

벤담은 지켜보면서도 거리를 유지했다. 맨 위에 있던 빨랫감은 흰색이었지만 안으로 들어갈수록 점점 더 피범벅이었고, 바닥에 가까워질수록 검은 고치로 변했다. 마지막 남은 빨래를 들추자 할로우가 보였다. 놈은 죽은 듯 웅크린 채 조그맣게 쪼그라들어 있었다. 이가엾은 생명체가 나에게 악몽을 주었던 바로 그 짐승이라는 사실을 믿을 수가 없었다.

벤담이 가까이 다가섰다. "이런……" 피 묻은 시트를 바라보며 그가 말했다. "그자들이 무슨 짓을 한 거지?"

"실은, 제가 한 짓이에요." 내가 말했다. "선택의 여지가 없었어요."

"제이콥의 머리를 삼키려고 했거든요." 엠마가 설명했다.

"하지만 죽이진 않았지?" 벤담이 말했다. "죽으면 쓸모가 없어."

"그렇겠죠." 내가 말했다. 그러고는 할로우에게 눈을 뜨라고 말했고, 할로우가 천천히 눈을 떴다. 살아 있긴 했지만 허약한 상태였다. "얼마나 버틸 수 있을지 모르겠어요."

"그렇다면 한순간도 지체할 수가 없어." 벤담이 말했다.

"당장 치료사를 불러와. 가루 치료가 효과가 있기를 바라는 수밖에."

님이 치료사를 부르러 갔다. 기다리는 동안 벤담이 우리를 주방으로 안내했고 비스킷과 통조림 과일을 내주었다. 긴장 탓인지, 아니면 우리가 보았던 온갖 메스꺼운 광경들 때문인지 엠마와 나는 식욕이 없었다. 우리는 예의상 먹는 시늉만 했고 벤담은 우리가 없는 동안 일어난 일에 대해 이야기했다. 그는 자신의 기계에 필요한 모든 조처를 했고 마침내 준비가 되었다고 했다. 이제 해야 할 일은 할로우를 투입하는 것뿐이었다.

"그 기계가 가동이 될까요?" 엠마가 말했다.

"그야 해보면 알겠지." 그가 대답했다.

"할로우가 다칠까요?" 내가 물었다. 할로우를 구하기 위해 엄청난 수고를 해서라기에는 이상할 정도로 할로우에 대한 보호 본능을 느끼며 내가 말했다.

"전혀." 벤담이 손을 내저으며 말했다.

치료사가 도착했고 그녀를 본 순간 나는 하마터면 놀라서 소리를 지를 뻔했다. 외모가 특이하기도 했지만 단지 그것 때문만은 아니었다. 내가 분명히 어디선가 그녀를 본 것 같아서였다. 그러나 어디서 봤는지 기억이 나지 않았고, 그렇게 이상한 사람을 어디서 봤는지 기억하지 못한다는 사실이 신기했다.

겉으로 드러난 그녀의 몸은 왼쪽 눈과 왼손뿐이었다. 나머지는 온갖 천 밑에 감춰져 있었다. 숄, 스카프, 드레스, 그리고 종 모양으로 퍼진 둥근 스커트. 오른손은 보이지 않았고 왼손은 갈색 피부와 크고 반짝이는 눈동자를 가진 어린 소년을 잡고 있었다. 소년은 경쾌한 실크 셔츠에 넓은 챙 모자를 쓰고 있었는데 마치 치료사가 장님이라는 듯, 혹은 다른 어디가 불편한 장애인이라는 듯 여자를 부축하고 있었다.

"전 레날도라고 해요." 강한 프랑스 억양으로 소년이 말했다. "이분은 가루 어머니고요. 제가 이분을 대신해서 말을 하고 있어요."

가루 어머니가 레날도 쪽으로 몸을 숙이더니 귓가에 무어라고 속삭였다. 레날도가 나를 바라보며 말했다. "좀 나아졌기를 바라신대요."

그제야 내가 그녀를 어디서 보았는지 기억이 났다. 내 꿈, 혹은 내가 꿈이라고 생각했던 시간, 구타에서 회복되는 과정에서 그녀를 보았다.

"네, 훨씬 좋아졌어요." 내가 긴장하며 대답했다.

벤담은 인사치레를 생략했다. "이런 것도 고칠 수 있나요?" 그가 말하며 레날도와 가루 어머니를 빨래 수레로 안내했다. "할로개스트

인데, 페인트칠한 부분만 우리 눈에 보여요."

"심장을 가진 짐승이라면 무엇이든 치료할 수 있어요." 레날도가 말했다.

"그렇다면 부탁드립니다." 벤담이 말했다. "이 괴물의 생명을 구하는 게 우리한테는 무척 중요한 일이거든요."

레날도를 통해 가루 어머니가 지시를 내렸다. 괴물을 수레에서 꺼내달라고 했고 엠마와 내가 괴물을 바닥으로 내려놓았다. 이번에는 싱크대에 올려놓으라고 말했고, 엠마와 샤론이 내가 할로우를 들어서 길고 깊은 싱크대에 올려놓는 것을 도왔다. 우리는 페인트가 너무 많이 씻겨 나가지 않도록 조심하며 할로우의 상처를 수돗물로 닦았다. 그다음엔 레날도가 내게 다친 부위를 전부 다 확인해보라고 했고 가루 어머니는 할로개스트를 살펴보았다.

"자, 마리옹," 벤담이 편안한 말투로 가루 어머니에게 말했다. "긁히고 멍든 상처까지 전부 다 치료할 필요는 없어요. 이 괴물이 최상의 건강을 회복하길 원하는 건 아니니까. 그저 살아 있게만 해달란 겁니다. 아시겠어요?"

"네, 알겠어요." 귀찮다는 듯 레날도가 대답했다. "저희가 다 알아서 할게요."

벤담이 헛기침을 하고는 자신의 불쾌함을 드러내려는 듯 돌아섰다.

"이제 가루를 뿌릴 겁니다." 레날도가 말했다. "물러서세요. 가루를 마시지 않도록 조심하세요. 마시면 그대로 잠이 들어요."

우리는 물러섰다. 레날도는 먼지 마스크를 코에 착용했고, 어머니는 오른팔 남은 부분에 감고 있던 숄을 풀었다. 그 안에 들어 있는 것은 불과 몇 센티미터의 짤막한 팔이었다. 팔꿈치가 있어야 할 자리 훨씬 위에서 팔이 잘렸다.

가루 어머니가 왼손으로 잘린 팔을 문질렀고 거기서 흰 가루가 나와 공중에 흩날렸다. 레날도는 숨을 참고 한 손을 휘저어 먼지를 모았다. 우리는 그 광경을 지켜보았고, 매혹되었으며, 그러면서도 동시에 약간 구역질이 났다. 그가 그 가루를 28그램 정도 모으자 가루 어머니의 잘린 팔도 그만큼 줄어들었다.

레날도가 가루를 여자의 손에 쥐여주었다. 여자는 할로우 쪽으로 몸을 숙이더니 할로우의 얼굴에 가루를 불었다. 나에게 했던 것처럼. 할로우가 가루를 들이켜더니 갑자기 고개를 번쩍 들었다. 가루 어머니를 제외한 모두가 펄쩍 뛰며 물러섰다.

누워, 가만히 있어. 내가 말했지만 그럴 필요가 없었다. 가루에 대한 자동 반사라고 레날도가 설명해주었다. 몸이 기어를 한 단계 낮추는 거라고 했다. 가루 어머니가 할로우의 목에 난 상처에 가루를 더 뿌렸고 레날도는 그 가루를 얼마만큼 쓰느냐에 따라 상처를 아물게도 하고 잠이 들게도 한다고 했다. 그가 말하는 동안 할로우의 상처에서 흰 거품이 일어나더니 빛을 발하기 시작했다. 레날도는 가루 어머니의 가루는 그녀 자신이라고, 따라서 제한된 양만 쓸 수 있다고 했다. 누군가를 치료할 때마다 자신의 일부를 사용하는 거라고.

"무례한 질문인지 모르겠지만," 엠마가 말했다. "그게 당신을 해치는 일이라면 왜 이 일을 하시죠?"

가루 어머니가 잠시 할로우에게 하던 일을 멈추고 엠마에게 돌아서서 성한 눈으로 엠마를 바라보면서, 지금까지 우리가 들어본 것

중 가장 큰 목소리로, 혀가 없는 사람 특유의 웅얼거림으로 말했다.

레날도가 통역했다. "이 일을 하는 이유는," 그가 말했다. "내가 이렇게 봉사하도록 선택받은 사람이기 때문입니다."

"그렇다면…… 감사합니다." 엠마가 겸손하게 말했다.

가루 어머니는 고개를 끄덕인 뒤 다시 하던 일로 돌아갔다.

할로우의 회복이 즉각적으로 이루어지지는 않을 거라고 했다. 할로우는 깊이 마취된 상태였고 가장 깊은 상처가 회복되고 난 뒤에야 깨어날 예정이었다. 하룻밤이 족히 걸릴 과정이었다. 벤담이 그의 기계에 할로우를 '접속'할 때 할로우가 깨어 있어야 하기 때문에 우리의 구출 작전 2부는 몇 시간 연기되어야만 했다. 그때까지 우리 중 대부분은 부엌에 머물렀다. 레날도와 할로우의 상처에 자주 가루를 불어줘야 하는 가루 어머니, 엠마 그리고 내가 함께 있었다. 나는 비록 깊이 잠든 상태라고 해도 할로우를 혼자 두는 게 마음이 편치 않았다. 이제 할로우는 나의 책임이었다. 배변 훈련이 되지 않은 애완동물은 그것을 집으로 데리고 온 사람의 책임인 것처럼. 엠마도 곁에 있었다. 어쩌다 보니 내가 **엠마의** 책임(그리고 엠마는 나의 책임)이 되었기 때문이었다. 내가 잠이 들면 엠마가 나를 간질여 깨우거나 페러그린 원장의 집에서 지냈던 행복했던 시절의 이야기를 들려주곤 했다. 벤담은 수시로 들여다보았지만 주로 샤론, 그리고 님과 함께였고, 언제라도 자기 형의 보병들이 들이닥칠까 봐 전전긍긍하면서 집 안 곳곳의 보안을 살피며 돌아다녔다.

밤이 깊어가는 동안 엠마와 나는 내일 무슨 일이 일어날지 이야기했다. 벤담이 다시 자신의 기계를 작동시킬 수 있다면, 우리는 몇 시간 내로 와이트의 요새 안으로 들어갈 수 있을 것이다. 어쩌면 다시 친구들과 페러그린 원장을 만날 수도 있었다.

"만약 우리가 진짜 교활하다면, 그리고 진짜, 진짜 운이 좋다면," 엠마가 말했다. "그리고 만약……."

엠마가 머뭇거렸다. 우리는 벽에 기대어 놓은 긴 벤치에 나란히 앉아 있었고 엠마가 자세를 고치자 나는 그녀의 얼굴을 볼 수가 없었다.

"만약?" 내가 물었다.

고통이 드리워진 얼굴로 엠마가 나를 돌아보았다. "친구들이 아직 살아 있다면."

"살아 있을 거야."

"이제 그런 척하기도 지쳤어. 지금쯤 와이트들이 앰브로시아를 만들기 위해 친구들의 영혼을 추출했을 수도 있어. 아니면 임브린들이 쓸모없다는 걸 알고 그들을 고문하거나, 아니면 그들의 영혼을 짜내거나, 아니면 탈출을 시도한 사람이 어떻게 되는지 본때를 보이려고……."

"그만해." 내가 말했다. "아직 **그렇게** 오래되진 않았어."

"우리가 거기 도착할 쯤에는 최소한 48시간 정도가 지났을 거야. 그 시간 동안이면 수많은 끔찍한 일들이 일어날 수 있어."

"그런 걸 전부 다 상상할 필요는 없어. 너 꼭 최악의 시나리오로 가득 찬 호러스처럼 말하네. 무슨 일이 일어났는지 알지도 못하는데 우릴 고문할 필요는 없어."

"아니, 그럴 필요가 있어." 그녀가 고집을 부렸다. "우리 자신을 고문할 이유는 충분해. 우리가 모든 최악의 가능성들을 고려해두면 그중 한 가지가 사실로 판명되더라도 마음의 준비가 전혀 안 되어 있는 건 아닐 테니까."

"그런 일에 마음의 준비가 될 수 있을 것 같지가 않아."

엠마가 양손으로 머리를 붙잡고 떨리는 한숨을 내쉬었다. 너무도 생각하기 힘든 일이었다.

나는 엠마에게 사랑한다고 말하고 싶었다. 불확실한 것들에 매달리기보다는 확실하지만 우리가 여러 번 말하지는 않은 것에 우리를 묶어두는 편이 나을 것 같았다. 그러나 두 명의 낯선 사람들 앞에서 나는 차마 그 말을 입 밖에 낼 수가 없었다.

엠마에 대한 나의 사랑을 생각할수록 나는 흔들렸고 불안해졌다. 바로 우리의 미래가 너무도 불확실하기 때문이었다. 나는 엠마를 포함시켜서 나의 미래를 상상해야만 했다. 그러나 우리의 삶은 단 하루조차 그려보는 게 불가능했다. 내일을 알 수 없다는 건 나에게 끝없는 고통을 주었다. 나는 천성이 조심스러운 데다 미리 계획하기를 좋아하는 아이였다. 모퉁이를 돌아서면 다음번 모퉁이를 돌았을 때 무엇이 기다리고 있을지 미리 알고 싶어 하는 아이였다. 그러나 내가 페러그린 원장의 집으로 들어가던 그 순간부터 오늘에 이르기까지, 모든 것이 암흑 속으로의 자유낙하였다. 살아남기 위해 나는 새로운 사람이 되었다. 보다 유연하고 단단하고 용감한 사람. 할아버지가 자랑스러워했을 사람. 그러나 나의 변신은 완벽하지 않았다. 새로운 제이콥은 과거의 제이콥과 연결되어 있었고, 지금도 나는 너무도 자주, 극도의 공포에 휩싸였다. 페러그린 원장인지 뭔지는 들어보지도 못했기를, 세상이 빙글빙글 도는 것을 멈추고 다만 몇 분이라도 뭔가 붙잡고 있을 수 있기를 바랐다. 가슴이 내려앉는 고통을 느끼면서 나는 둘 중 어느 제이콥이 엠마를 사랑하는 건지 생각해보았다. 무슨 일이든 할 준비가 되어 있는 새로운 제이콥? 아니면 뭔가 붙잡을 게 필요한 과거의 제이콥?

지금은 그런 생각을 하고 싶지 않았다. 그런 생각을 하는 것은 분명 과거의 제이콥이 문제를 해결하던 방식이었다. 당장 해결해야 할 문제에 집중해야 했다. 할로우. 놈이 깨어나면 무슨 일이 일어날까? 보아하니 내가 놈을 포기해야 하는 상황인 것 같았다.

"할로우를 데려갈 수 있었으면 좋겠어." 내가 말했다. "우리 길을 가로막는 건 할로우가 다 깔아뭉개버릴 텐데. 하지만 기계가 작동되려면 그 친구가 여기 남아 있어야 하겠지."

"이제 **그 친구**가 됐네." 엠마가 한쪽 눈썹을 치켜세웠다. "너무 애착을 갖진 마. 네가 잠깐만 한눈팔면 아마 산 채로 널 잡아먹을걸."

"알아, 안다고." 한숨을 쉬며 내가 말했다.

"그리고 할로우가 다 깔아뭉개긴 쉽지 않을 거야. 와이트들은 분명히 할로우 다루는 법을 알고 있을 테니까. 와이트들은 결국 할로우였잖아."

"너 정말 특이한 재능을 지녔네." 레날도가 한 시간 만에 처음으로 말을 걸었다. 그는 할로우의 상처를 살펴보는 것을 멈추고 벤담의 찬장을 뒤져 먹을 것을 찾았다. 그와 가루 어머니는 조그만 테이블에 앉아 블루치즈(푸른곰팡이로 숙성되는 우유를 원료로 한 반경질 치즈-옮긴이) 한 조각을 나누어 먹고 있었다.

"좀 이상한 재능이지." 내가 말했다. 이게 얼마나 이상한 일인지 한동안 생각했었지만 지금까지는 제대로 표현을 할 수가 없었다. "이상적인 세상에서라면 할로우라는 건 존재하지 않아야 하잖아. 그런데 만약 할로우가 하나도 없으면 더 이상은 나의 특별한 시력으로 볼 게 없어지는 거고, 아무도 내가 하는 이상한 언어를 이해하지 못하겠지. 나한테 이상한 능력이 있다는 것조차 모를 테고."

"그럼 넌 여기 있는 게 다행이네." 엠마가 말했다.

"맞아. 하지만…… 이건 너무 마구잡이 같지 않아? 나는 어느 시대든 태어날 수 있었잖아. 우리 할아버지도 그렇고. 할로우들도 겨우 백 년 남짓 살았을 뿐인데. 하지만 우연히 우린 이 시대에 태어났어. 우리가 필요한 바로 이때. 왜일까?"

"아마 그래야만 하기 때문이 아닐까?" 엠마가 말했다. "아니면 네가 하는 일을 하는 사람들이 항상 있어왔든가. 단지 그 사실을 알지 못했을 뿐. 어쩌면 수많은 사람들이 자기가 이상하다는 걸 모르고 평생 살지도 몰라."

가루 어머니가 레날도에게 몸을 숙이고 속삭였다.

"둘 다 아니래." 레날도가 말했다. "네가 지닌 진짜 재능은 아마 할로우를 조종하는 게 아닐 거래. 단지 그게 가장 눈에 띄는 응용 기술일 거래."

"그게 무슨 뜻이야?" 내가 말했다. "그게 아니면 다른 게 뭐가 있을 수 있어?"

가루 어머니가 다시 속삭였다. "뛰어난 첼리스트는 단지 첼로뿐 아니라 음악 전반에 걸쳐 소질이 있는 것처럼, 너도 할로우를 조종하는 재능만 지니고 태어난 건 아닐 거래. 너도 마찬가지고." 그가 엠마에게 말했다. "불을 만드는 것."

엠마가 얼굴을 찌푸렸다. "난 나이가 백 살도 넘었어. 이쯤 되면 내 재능이 뭔지 정도는 알 것 같은데? 그리고 난 분명히 물, 공기, 흙 같은 건 못 다뤄. 내 말 믿어. 나도 해보고 하는 소리야."

"그렇다고 해서 할 수 없는 건 아니야." 레날도가 말했다. "어렸을 땐 몇 가지 재능만 발견해서 다른 것들을 제쳐두고 그것에만 집중하잖아. 그렇다고 해서 다른 게 다 불가능한 건 아니야. 단지 정성을 들이지 않았을 뿐이지."

"재미있는 이론이네." 내가 말했다.

"그러니까 요점은, 네가 할로우를 다루는 능력을 갖게 된 게 그렇게 마구잡이는 아니란 거야. 너의 재능은 필요에 의해 그쪽으로 개발된 것뿐이야."

"만약 그게 사실이라면 왜 우리는 할로우를 다룰 수 없는 거야?" 엠마가 말했다. "모든 이상한 아이들이 제이콥의 능력을 기를 수도 있었잖아."

"왜냐하면 제이콥이 기본적으로 지니고 있는 능력만이 그쪽으로 개발될 수 있으니까. 할로우가 없던 시절에는 그와 비슷한 능력을 가졌던 이상한 아이들의 재능이 다른 쪽으로 표출될 수도 있었겠지. 전해지는 얘기에 의하면 영혼의 도서관을 지키는 사람들은 마치 책을 보듯이 이상한 아이들의 영혼을 읽을 수 있었대. 만약 그 사서들이 지금도 살아 있다면 아마 제이콥 같았을 거야."

"왜 그렇게 생각해?" 내가 말했다. "할로우를 보는 게 영혼을 읽는 것하고 관계가 있어?"

레날도가 가루 어머니와 의논했다. "너는 영혼을 읽는 사람인 것 같아." 그가 말했다. "결국 벤담 씨에게서 좋은 면을 보았잖아. 그를 용서하기로 선택했고."

"용서한다고?" 내가 물었다. "용서할 일이 뭐가 있어?"

가루 어머니는 자신이 너무 많은 말을 했음을 깨달았다. 그러나 주워 담기에는 이미 늦었다. 그녀가 레날도에게 속삭였다.

"그가 네 할아버지한테 한 짓." 그가 말했다.

내가 엠마를 돌아보았지만 엠마도 나만큼이나 혼란스러워 보였다.

"우리 할아버지한테 무슨 짓을 했는데?"

"내가 말해주마." 문 쪽에서 목소리가 들려왔고 벤담이 혼자 절뚝거리며 들어왔다. "수치스러운 일이만큼 내가 직접 고백하마."

그가 싱크대를 지나 발을 끌며 걸어와 테이블 밑에서 의자를 빼내고 우리를 마주보며 앉았다.

"전쟁 중에 네 할아버지는 할로우를 다루는 특별한 능력 때문에 무척 중요한 존재가 되었단다. 우리에겐 비밀 프로젝트가 있었지. 연구원들과 나는 그의 능력을 복제해서 다른 이상한 사람들에게 나누어줄 수 있을 거라고 생각했어. 마치 백신처럼 할로우에 대한 예방주사를 놓을 수 있다고 생각했지. 우리 모두가 할로우를 보고 감지할 수 있다면, 그들은 더 이상 위협이 되지 않을 거고, 그들을 상대로 한 전쟁에서 이길 수 있을 테니까. 네 할아버지는 수많은 숭고한 희생을 했지만 이것보다 더 큰 희생은 없었단다. 프로젝트에 동참하겠다고 했거든."

이야기를 듣는 엠마의 표정에 긴장이 감돌았다. 전에 한 번도 들어본 적 없는 얘기인 게 틀림없었다.

"아주 조금만 뽑았어." 벤담이 말했다. "그의 두 번째 영혼의 일부만을. 마치 헌혈할 때처럼 그래도 괜찮을 거라고, 다시 채워질 거라고 생각했어."

"그의 영혼을 뽑았다고요?" 엠마가 말했다. 그녀의 목소리가 불안정했다.

벤담이 엄지와 검지를 1센티미터 간격으로 벌렸다. "요만큼. 우리는 그걸 나누어서 몇 개의 실험에 적용했어. 우리가 원하는 효과를 얻긴 했지만 오래가지 않았고, 반복된 노출 때문에 본래의 성질이 사라지기 시작했어. 한마디로 실패였지."

"그럼 에이브는요?" 엠마가 말했다. 자신이 사랑하는 사람들을 해친 자들에 대해 그녀가 품고 있는 특별한 증오심이 목소리에서 배어났다. "에이브한테 무슨 짓을 한 거죠?"

"그는 약해졌고 그의 능력도 약해졌어." 벤담이 말했다. "그 실험을 하기 전 에이브는 어린 제이콥과 무척 비슷했어. 와이트와의 전쟁에서 할로우들을 통제하는 그의 능력은 결정적이었지. 그런데 그 일이 있고 나서, 에이브는 자기가 더 이상 할로우를 통제할 수 없고 시력도 흐릿해졌다는 걸 알았어. 머지않아 그가 이상한 세계를 완전히 떠났다는 소식이 들려오더구나. 에이브는 자기가 동료 이상한 사람들에게 도움이 되기보단 위협이 될까 봐 걱정했어. 더 이상 그들을 지킬 수 없다고 생각한 거지."

나는 엠마를 바라보았다. 엠마는 바닥을 보고 있었다. 그녀의 표정을 읽을 수가 없었다.

"실험의 실패엔 아무 미련도 없어." 벤담이 말했다. "과학의 진보는 그런 식으로 이루어지는 거니까. 하지만 네 할아버지한테 일어난 일은 내 인생에서 가장 후회스러운 일이란다."

"그래서 떠난 거였어." 엠마가 말했다. 그녀가 조금 얼굴을 들었다. "그래서 미국으로 간 거였어." 엠마가 나를 돌아보았다. 화가 난 것 같지는 않았다. 오히려 안도하는 표정이었다. "자신이 수치스럽다고 했어. 한번은 편지에 그렇게 썼는데, 왜 그런 말을 하는지 이해할 수 없었어. 왜 수치스러워했는지, 왜 자기가 이상한 사람이 아니라고 생각했는지."

"그걸 빼앗겼던 거야." 내가 말했다. 이제야 또 다른 질문에 대한 대답을 알 수 있었다. 할로우가 자기 집 앞마당에 있던 할아버지를 어떻게 이길 수 있었는지. 할아버지는 노망이 든 것도 아니었고 노쇠한 것도 아니었다. 할로우에 대한 자신의 무기가 이미 한참 전에 사라져버렸던 것이다.

"그건 미안해할 일이 아니에요." 샤론이 팔짱을 끼고 문간에 서 있었다. "한 사람의 힘으로 그 전쟁을 이길 수는 없으니까요. 와이트들이 주인님의 기술을 가지고 한 짓이야말로 진짜 수치스러운 일이죠. 주인님은 앰브로시아 퇴치의 선구자가 되셨잖아요."

"빚을 갚으려고 노력해왔지." 벤담이 말했다. "내가 자넬 돕지 않았나? 그리고 당신도?" 그가 샤론을, 그다음엔 가루 어머니를 바라보았다. 샤론처럼 그녀 역시 앰브로 중독자였던 것 같았다. "오랜 세월 동안 사과하고 싶었단다." 그가 나를 돌아보며 말했다. "네 할아버지에게 그 일을 보상하고 싶었어. 그래서 그를 찾았던 거야. 다시 날 찾아오기를 바랐어. 그의 재능을 복원하는 법을 알아낼 수도 있다고 생각했지."

엠마가 씁쓸하게 웃었다. "그런 짓을 해놓고 에이브가 당신을 찾아와서 또 당할 거라 생각했어요?"

"그럴 거라 생각은 안 했지만 그러길 바랐어. 다행히 구원은 다양한 형태로 찾아오지. 이번 경우에는, 손자의 모습으로."

"당신을 구원하러 온 게 아니에요." 내가 말했다.

"그렇다고 해도 나는 너의 하인이란다. 분부만 내려다오. 뭐든할 테니까."

"우리 친구들을, 그리고 당신의 여동생을 구할 수 있게 도와주세요."

"기꺼이." 그가 말했다. 내가 더 많은 것을 요구하지도, 벌떡 일어나 그의 얼굴에 대고 고함을 지르지도 않아서 안도하는 것 같았다. 사실 그럴 수도 있었다. 머리가 빙글빙글 돌았고 어떻게 해야 할지 알 수가 없었다. "자," 그가 말했다. "지금부터 우리가 해야 할 일은……."

"잠깐 얘기 좀 해도 될까요?" 엠마가 했다. "제이콥하고 저 둘이서만?"

우리는 단둘이 얘기하기 위해 복도로 나왔다. 할로우가 보이지 않았지만 아주 잠깐이었다.

"이 사람이 책임져야 할 끔찍한 일들을 전부 다 꼽아보자." 엠마가 말했다.

"좋아." 내가 말했다. "첫째. 이자가 할로우를 만들었어. 그럴 의도는 아니었겠지만 어쨌든."

"어쨌든 그랬지. 그리고 앰브로시아를 만들었어. 그리고 에이브 러햄의 힘을 거의 다 빼앗았어."

그럴 의도는 아니었겠지만이라고 하마터면 말할 뻔했다. 그러나 벤담의 의도가 중요한 게 아니었다. 나는 엠마가 무슨 말을 하려는지 알고 있었다. 이 모든 진실이 밝혀진 상황에서 나는 우리와 우리 친구들의 운명을 이자의 손에, 혹은 그의 작전에 맡기는 게 옳은 일인지 확신할 수 없었다. 비록 선의로 한 일이었다 해도 그에게는 끔찍한 전과가 있었다.

"이 사람 믿어도 될까?" 엠마가 말했다.

"우리한테 다른 선택의 여지가 있어?"

"그걸 물은 게 아니잖아."

나는 잠시 생각해보았다. "믿어도 될 것 같아." 내가 말했다. "나쁜 운은 다 써버린 거라면 좋겠다."

"어서 와봐! 놈이 깨어나고 있어!"

부엌에서 고함 소리가 들려왔다. 엠마와 내가 얼른 들어가보니 모두 한쪽 구석에 모여 있었다. 그들은 몸을 일으키려 애를 쓰다가 결국 상체를 싱크대 가장 자리에 늘어뜨린 채 몸을 못 가누고 있는 할로우를 두려워하고 있었다. 할로우의 벌린 입을 오직 나만 볼 수 있었다. 혀들이 바닥으로 축 늘어져 있었다.

입 다물어. 할로우 언어로 내가 말했다. 마치 스파게티 국수를 들이켜는 것 같은 소리를 내며 할로우가 혀를 입안에 넣었다.

앉아.

할로우가 혼자 앉을 수가 없어서 내가 어깨를 잡고 앉혀주었다. 그러나 놀라운 속도로 회복되고 있었고 잠시 후에는 싱크대에서 발로 내려오는 기능을 회복했다. 더 이상은 절뚝거리지도 않았다. 목에 남아 있는 상처는 엷은 흰색 줄이었다. 내 얼굴에서 빠른 속도로 사라져가는 상처들과 다르지 않았다. 이 소식을 전하자 벤담은 가루 어머니가 할로우를 너무 완벽하게 회복시켰다며 짜증을 감추지 않았다.

"내 가루가 그렇게 효능이 있는데 어쩌라고요?" 가루 어머니가 레날도를 통해 말했다.

그들은 탈진해서 침대에 누우러 갔다. 엠마와 나도 피곤했다. 거의 새벽이 다 되었는데 우리는 잠을 자지 않았다. 그러나 우리가 이루어낸 진전에 흥분이 되었고 희망이 새로운 활력을 주었다.

벤담이 눈을 반짝이며 우리에게로 돌아섰다. "결전의 순간이 왔구나, 얘들아. 어디, 그 늙은 아가씨가 다시 뛸 수 있는지 한번 볼까?"

그의 오래된 기계를 두고 하는 말 같았고, 굳이 물어볼 필요가 없었다.

"더 이상 1초도 낭비하지 말아요." 엠마가 말했다. 피티가 문 앞에 나타나더니 자기 주인을 양팔에 안아들었고 그들 둘이 우리를 안내했다. 만약 누군가 보고 있다면, 우리 모습이 얼마나 이상할까. 곰의 품에 안겨 있는 말쑥한 신사, 펄럭이는 검은 망토 속의 샤론, 연기 나는 손으로 하품 나는 입을 막고 있는 엠마, 흰 물감을 칠한 할로우에게 말을 거는 평범한 외모의 나, 상태가 좋을 때조차도 마치 뼈들이 몸에 잘 맞지 않는 듯 발을 끌며 걷는 할로우.

우리는 복도들과 계단들을 지나 지하로 내려갔다. 지하에는 철컹거리는 기계들로 가득 찬 방들이 있었다. 방은 점점 더 작아졌고 마침내 우리는 곰이 들어가기엔 너무 작은 문 앞에 이르렀다. 우리가 멈춰 섰고 피티는 주인을 내려놓았다.

"여기야." 자랑스러운 아버지처럼 환하게 웃으며 벤담이 말했다. "나의 팬루프티콘의 심장부."

벤담이 문을 열었다. 피티는 밖에서 기다렸고 우리는 그를 따라 안으로 들어갔다.

철로 만든 무시무시한 기계가 조그만 방을 점령하고 있었다. 기름으로 번들거리는 바퀴들과 피스톤들, 밸브들로 이루어진 기계는 방 이쪽 끝에서 저쪽 끝까지 뻗어 있었다. 요란한 소리를 낼 것처럼 생겼지만 지금은 차갑고 고요하게 멈춰 있었다. 기름때 묻은 남자가 거대한 두 개의 장치 사이에서 렌치로 무언가를 조이며 서 있었다.

"이쪽은 내 조수 킴." 벤담이 말했다.

나는 그를 기억했다. 시베리아 방에서 우리를 쫓아오던 남자였다.

"제이콥이에요." 내가 말했다. "어제 눈 속에서 저희들 때문에 놀라셨죠."

"거기서 뭐 하고 계셨어요?" 엠마가 그에게 물었다.

"하마터면 얼어 죽을 뻔했지." 남자가 씁쓸하게 말하고는 다시 조이는 작업에 열중했다.

"킴은 나를 도와 형의 팬루프티콘에 들어가는 길을 찾고 있었어." 벤담이 말했다. "시베리아 방에 그런 문이 존재한다면, 깊은 협곡 바닥에 있을 확률이 높거든. 너의 할로우가 좀 더 접근이 편한 지역에 관문이 있는 방들을 연결시키는 데 성공한다면 킴이 무척 기뻐할 거야."

킴은 우리를 위아래로 훑어보면서 회의적인 표정으로 투덜거렸다. 그는 얼마나 오랜 세월 동안 동상과 싸우고, 빙하 속 틈을 훑고 다녔을까.

벤담은 곧바로 작업에 착수했다. 조수에게 몇 가지 지시를 내렸고 조수는 다이얼을 몇 번 돌린 다음 기다란 레버를 당겼다. 기계의 기어가 쉭 소리와 털털거리는 소리를 내더니 한 단계 더 고조되었다.

"놈을 데리고 와." 낮은 목소리로 벤담이 말했다.

할로우는 밖에서 기다리고 있었고 내가 할로우를 불러들였다. 할로우는 발을 질질 끌며 문을 통과했고, 길고 거칠게 으르렁거렸다. 마치 자신에게 뭔가 유쾌하지 않은 일이 닥치리라는 것을 알고 있는 것 같았다.

조수가 렌치를 떨어뜨렸다가 얼른 다시 주웠다.

"여기가 건전지 방이야." 벤담이 말하며 한쪽 구석의 커다란 상자를 당겼다. "놈을 이 안으로 들어가게 해. 거기서 통제될 거야."

건전지 방은 무쇠로 만든 창문 없는 공중전화 부스 같았다. 상자 꼭대기에서 튜브가 한 다발 빠져나와 천장의 파이프들로 연결되었다. 벤담이 육중한 문손잡이를 잡고 삐걱거리는 소리를 내며 열었다. 나는 안을 들여다보았다. 마치 오븐의 내부처럼 매끄러운 잿빛 금속이었고 조그만 구멍들이 뚫려 있었다. 뒤쪽에는 두툼한 가죽끈 같은 것들이 달려 있었다.

"아플까요?" 내가 물었다.

그 질문을 한 나 자신도 놀랐다. 벤담도 그런 듯했다.

"그게 중요하니?" 그가 대답했다.

"아프지 않았으면 좋겠어요. 만약 선택할 수 있다면요."

"그런 건 없어." 벤담이 말했다. "하지만 할로우는 전혀 고통을 느끼지 않아. 돌발 상황이 벌어질 것에 대비해 미리 마취 가스를 분사하거든."

"그럼 그다음엔 어떻게 되는데요?" 내가 물었다.

그가 미소를 지으며 내 팔을 두드렸다. "상당히 기술적인 얘기란다. 일단은 너의 괴물이 산 채로 이 방을 떠난다고만 말해두마. 들어갔을 때와 대충 비슷한 상태로. 자, 그럼 이제 괴물을 저 안에 들여보내다오."

내가 정말 그의 말을 믿는지, 그게 왜 내게 중요한지 확실히 알 수가 없었다. 할로우들 덕분에 우리는 지옥을 경험했고, 놈들은 일체의 감정을 결여한 것처럼 보였기 때문에 놈에게 고통을 가하는 것은 기쁜 일이어야 할 것 같았다. 그런데 그렇지 않았다. 낯선 동물을 죽이고 싶지 않은 것처럼 할로우도 죽이고 싶지 않았다. 이 할로우를 마음대로 부릴 수 있게 되면서 나는 괴물의 내면이 그저 텅 비어 있지 않다는 사실을 깨닫게 되었다. 깊은 연못 바닥에 작은 섬광이, 조그만 영혼의 구슬이 있었다. 할로우는 텅 비어 있지*hollow* 않았다. 정말 그렇지 않았다.

이리 와. 내가 말했고, 한쪽 구석에 웅크리고 있던 할로우가 벤담의 곁을 지나 상자 앞에 섰다.

들어가.

할로우가 머뭇거리는 것을 느낄 수 있었다. 할로우는 이제 치유되었고, 힘이 세졌다. 놈에 대한 나의 통제가 느슨해지는 순간 무슨 일이 일어날지 나는 알고 있었다. 그러나 내가 더 강했고 우리의 의지력 싸움은 게임이 되지 않았다. 내가 머뭇거렸기 때문에 할로우가 떨었던 거라고, 나는 생각했다.

미안해. 내가 할로우에게 말했다.

할로우는 움직이지 않았다. 미안해는 그가 어떻게 대처해야 할지 알지 못하는 명령이었다. 그러나 나는 그 말을 해야만 했다.

들어가. 내가 다시 한번 말했다. 이번에는 내가 시킨 대로 할로우가 방으로 들어갔다. 아무도 할로우를 만지려 하지 않았기 때문에 벤담이 내게 어떻게 해야 하는지 알려주었다. 그의 지시에 따라 나는 할로우의 등을 반대편 벽에 바짝 붙인 다음 가죽 벨트를 그의 다리들, 팔들, 가슴에 채우고 단단히 조였다. 인간을 위해 설계된 장치가 분명했다. 그 사실이 질문들을 제기했고, 지금은 그 대답을 듣고 싶지 않았다. 중요한 것은 계획에 따라 움직이는 것뿐이었다.

잠깐 안에 있었는데도 숨이 막히고 두려워져서 밖으로 나왔다.

"문 닫아." 벤담이 말했다.

내가 망설이자 조수가 문을 닫으려고 나섰지만 내가 그를 막았다. "내 할로우예요." 내가 말했다. "내가 할래요."

나는 꼿꼿이 서서 손잡이를 잡았고 그 순간 그러지 않으려고 애를 썼는데도 결국 할로우의 얼굴을 쳐다보고 말았다. 할로우의 커다란 검은 눈동자가 겁에 질려 휘둥그레졌고 몸뚱이는 마치 무화과 한 다발처럼 비율에 안 맞게 조그맣게 쪼그라들어 있었다. 할로우는 지금도 그렇고 앞으로도 영원히 역겨운 괴물이겠지만, 그 모습이 너무도 딱해 보였고 나는 설명할 수 없을 정도로 참담한 기분이 들었다. 마치 자기가 왜 벌을 받아야 하는지 이해하지 못하는 개를 안락사시키는 것 같은 기분이었다.

할로우들은 전부 다 죽어야 해. 나는 속으로 생각했다. 내가 옳다는 것을 알고 있었지만 기분이 나아지진 않았다.

나는 문을 밀었고 요란한 소리와 함께 문이 닫혔다. 벤담의 조수는 손잡이에 거대한 맹꽁이자물쇠를 채웠고 기계의 계기판 쪽으로 가서 다이얼을 돌리기 시작했다.

"옳은 일을 한 거야." 엠마가 내 귀에 대고 속삭였다.

기어가 돌아가기 시작했고, 피스톤들이 펌프질을 했으며, 기계가 리듬에 맞춰 움직이기 시작하면서 방 전체가 흔들렸다. 벤담이 손뼉을 치며 미소를 지었다. 그는 어린아이처럼 행복해 보였다. 그 순간 방 안에서 한 번도 들어본 적 없는 괴성이 새어 나왔다.

"아프게 하지 않겠다고 했잖아요!" 내가 벤담에게 소리쳤다.

그가 조수에게 돌아서서 소리쳤다. "가스! 마취하는 걸 잊었잖아!"

조수가 허겁지겁 또 다른 레버를 당겼다. 압축된 공기가 쉭쉭거리는 소리가 났다. 한 줄기 흰 연기가 문에서 새어 나왔다. 할로우의 비명이 서서히 잦아들었다.

"됐다." 벤담이 말했다. "이젠 아무것도 못 느껴."

잠깐 동안 나의 할로우 대신 벤담이 그 밀실 안에 있었으면 좋겠다고 생각했다.

기계의 다른 부품들이 살아났다. 머리 위에서 액체가 출렁거리는 소리가 들렸다. 천장 부근에 있던 몇 개의 조그만 밸브들이 종처럼 울렸다. 검은 액체가 기계의 배관을 타고 졸졸거리며 흐르기 시작했다. 기름은 아니었지만 기름보다 더 진하고 냄새가 독했다. 할로우가 끊임없이 분비하던 액체, 눈에서 흐르고 이빨에서 뚝뚝 떨어지던 그 액체. 할로우의 피였다.

더 이상은 볼 수가 없어서 구역질을 하며 방에서 나왔다. 엠마가 뒤따라 나왔다.

"괜찮아?"

나의 반응을 그녀가 이해해주기를 기대할 수는 없었다. "괜찮아." 내가 말했다. "옳은 일을 한 거야."

"유일한 일이야." 엠마가 말했다. "거의 다 왔어."

벤담이 절뚝거리며 방에서 걸어 나왔다. "피티, 위층으로!" 그가 말하고는 곰의 품에 안겼다.

"작동이 되고 있나요?" 엠마가 말했다.

"곧 알게 될 거야." 벤담이 대답했다.

나의 할로우는 묶이고, 마취되고, 철문 안에 갇혀 있었기 때문에 혼자 둔다고 해서 위험할 건 없었다. 그래도 나는 문 옆에서 서성거렸다.

푹 자. 내가 말했다. 푹 자. 다 끝날 때까지 깨어나지 마.

나는 다른 사람들을 따라 기계 방들을 지나서 몇 층의 계단을 올라갔고, 이국적인 이름이 붙어 있는 방들의 복도에 이르렀다. 에너지로 벽들이 윙윙거렸다. 집이 살아 있는 것 같았다.

피티가 벤담을 카펫 위에 내려놓았다. "진실이 밝혀질 시간!" 그가 말했다.

그는 가장 가까운 방으로 가서 문을 열었다.

습한 공기가 복도로 새어 나왔다. 나는 다가가서 안을 들여다보았다. 눈앞의 광경에 소름이 끼쳤다. 시베리아 방처럼 그 방은 또 다른 시간과 장소의 관문이었다. 방 안의 단순한 가구, 침실, 옷장, 간이 테이블은 온통 모래로 뒤덮였다. 맞은편 벽은 없었다. 그 뒤로는 줄지어 야자수가 늘어선, 둥글게 구부러진 해변이었다.

"1752년 라로통가를 위해 건배!" 벤담이 자랑스럽게 선포했다. "잘 있었나, 새미! 오랜만일세!"

멀지 않은 곳에 조그만 남자가 물고기를 헹구고 있었다. 그는 조금 놀란 듯 우리를 쳐다보더니 물고기를 흔들어 보였다. "오랜만이네요." 그가 말했다.

"잘된 거예요?" 엠마가 벤담에게 물었다. "이걸 원한 거였어요?"

"내가 원했던 것, 내가 꿈꾸어왔던 것……."

벤담이 웃으며 서둘러 다른 방문을 열어보았다. 방 안에 숲이 우거진 가파른 협곡이 펼쳐져 있었고 그 협곡을 가로지르는 좁은 다리가 있었다. "1929년 영국령 콜롬비아!" 그가 소리쳤다.

그는 세 번째 방문을 열기 위해 복도를 걸었다. 우리는 그를 쫓아다니고 있었다. 그 방은 거대한 석조 기둥들이 있는 고대 도시의 유적지였다.

"팔림라!" 그가 손바닥으로 벽을 때리며 소리쳤다. "만세! 이 빌어먹을 기계가 작동이 되는군!"

꿈

벤담은 감정을 주체하지 못했다. "사랑스러운 나의 팬루프티콘!" 그가 양팔을 크게 벌리고 소리쳤다. "정말 보고 싶었어!"

"축하합니다." 샤론이 말했다. "이 순간을 함께할 수 있어서 기쁘네요."

벤담의 흥분에는 전염성이 있었다. 과연 놀라웠다, 그의 기계

는. 그것은 하나의 복도에 담긴 하나의 우주였다. 그 복도에서 다른 세계들을 엿볼 수 있었다. 어느 방문 뒤에서 바람이 불어 다른 방문 앞에 모래를 뿌렸다. 다른 시간이었다면, 그리고 다른 상황이었다면, 나는 뛰어다니며 문들을 열어보았을 것이다. 그러나 지금 내가 열고 싶은 문은 오직 하나였다.

"이 중에 어떤 문이 와이트의 요새로 들어가는 문이죠?" 내가 물었다.

"좋아, 좋아. 일을 해야지." 벤담이 자신을 다잡으며 말했다. "내가 좀 흥분했다면 사과하마. 내 평생을 이 기계에 쏟아부었는데, 기계가 다시 살아나서 돌아가는 걸 보니 좋아서 그래."

그는 갑자기 기운이 쭉 빠져서 벽에 기대섰다. "너희를 요새 안으로 들여보내는 건 아주 간단한 문제란다. 이 문들 뒤에는 적어도 여섯 개의 교차점이 있어. 문제는 거기 도착하면 너희가 무얼 할 거냐는 거지."

"그건 상황에 따라 다르죠." 엠마가 말했다. "거기 도착하면 뭐가 있는데요?"

"내가 들어가본 지가 너무 오래돼서," 벤담이 말했다. "나의 지식은 오래전 얘기일 뿐이야. 우리 형의 팬루프티콘은 내 것처럼 생기지 않았어. 세로로 만들어졌지. 높은 탑처럼. 죄수들은 다른 곳에 수용되어 있어. 삼엄한 경비하에 각자 다른 방에 수용되어 있을 거야."

"보초들이 가장 큰 문제예요." 내가 말했다.

"그건 내가 도와줄 수 있을지도 몰라." 샤론이 말했다.

"우리랑 같이 가시게요?" 엠마가 물었다.

"말도 안 되는 소리!" 샤론이 말했다. "하지만 내가 힘을 좀 써

줄 순 있어. 물론 나 자신한테 최소한의 위험이 있는 방향으로 해야겠지. 내가 요새 밖의 벽에서 보초들의 관심을 끌기 위해 소란을 피울게. 그럼 너희들이 발각되지 않고 잠입하기가 쉬울 거야."

"어떤 소란을 피울 건데요?" 내가 물었다.

"와이트가 가장 싫어하는 소란, 바로 내란이야. 스모킹 스트리트의 게으름뱅이들을 동원해서 불붙은 무기들을 성벽에 계속 투척하라고 할게. 보초들이 전부 다 밖으로 나올 때까지."

"그 사람들이 왜 도와주겠어요?" 엠마가 말했다.

"왜냐하면 이런 게 얼마든지 있으니까." 그가 외투 안에 손을 넣더니 엠마에게서 빼앗았던 앰브로 병을 꺼냈다. "이걸 얼마든지 주겠다고 하면 무슨 짓이든 할걸!"

"그만 치우지 못해!" 벤담이 쏘아붙였다. "내 집에선 그걸 허용하지 않는 거 알잖아."

샤론이 사과한 뒤 약병을 다시 외투 속에 넣었다.

벤담이 회중시계를 보았다. "자, 지금이 새벽 4시 반이야. 샤론, 자네가 말하는 소란꾼들은 잠들어 있을 것 같군. 6시까지 그 사람들을 모아줄 수 있겠나?"

"물론입니다." 샤론이 말했다.

"확실히 해."

"도움을 드릴 수 있어서 영광입니다." 그가 외투 자락을 펄럭이며 서둘러 복도에서 빠져나갔다.

"그렇다면 준비할 시간은 한 시간 반 남았어." 벤담이 말했다. 그러나 그가 말하는 준비가 무엇인지는 분명하지 않았다. "내가 갖고 있는 건 뭐든 사용해도 좋아."

"생각해보자." 엠마가 말했다. "습격에 쓸 만한 게 뭐가 있을까?"

"총 있으세요?" 내가 물었다.

벤담이 고개를 저었다. "나한텐 피티만 있으면 돼."

"폭발물은요?" 엠마가 물었다.

"유감스럽게도 없어."

"아마겟돈 닭은 당연히 없으시겠죠." 내가 반농담 삼아 말했다.

"진열장에 박제된 건 한 마리 있어."

총으로 무장한 와이트를 향해 박제된 닭을 던지는 상상을 하면서 나는 웃어야 할지 울어야 할지 알 수 없었다.

"내가 좀 혼란스러워서 그러는데," 벤담이 말했다. "할로우를 다룰 수 있는데 왜 총이나 폭발물 같은 게 필요하지? 요새 안에는 할로우들이 많아. 놈들을 길들이기만 하면 전쟁은 우리의 승리야."

"그렇게 간단하지가 않아요." 설명하기에 지친 내가 말했다. "단한 마리를 통제하는 데도 시간이 엄청 걸려요."

할아버지라면 할 수 있었겠죠. 나는 말하고 싶었다. **당신이 할아버지를 망가뜨려 놓기 전에는.**

"그건 네가 알아서 하렴." 나를 잘못 건드렸음을 깨닫고 벤담이 말했다. "어떻게 들어가건, 임브린들을 최우선으로 해야 해. 그들을 먼저 데려와. 내 누이를 비롯해서 최대한 많이. 그 사람들이 가장 급하고, 가장 중요하고, 가장 큰 위험에 처해 있어."

"저도 동의해요." 엠마가 말했다. "임브린 먼저, 그다음엔 우리 친구들."

"그다음엔요?" 내가 말했다. "우리가 이상한 사람들을 빼내는 걸 알아차리면 우릴 추격할 거예요. 거기서부턴 어떻게 해야 하죠?"

마치 은행을 터는 것 같았다. 돈을 챙기는 건 일의 절반에 불과했다. 돈을 들고 **빠져나와야** 했다.

"네가 원하는 곳 어디든 가도 좋아." 벤담이 복도를 가리키며 말했다. "어떤 문, 어떤 루프든 하나 골라서. 이 복도에는 87개의 잠재적 도주로가 있단다."

"맞아." 엠마가 말했다. "그 사람들이 우릴 어떻게 찾겠어?"

"어떻게든 찾아내고 말걸." 내가 말했다. "이걸로는 지연시킬 수 있을 뿐이야."

벤담이 내 말을 막으려고 한 손가락을 들어 보였다. "그래서 놈들을 위한 덫을 설치할 생각이야. 우리가 시베리아 방에 숨어 있는 것처럼 보이게 하는 거지. 거긴 피티의 가족들이 많이 살고 있어. 그들이 아주 건강하고 굶주린 상태로 문 안에서 기다리고 있을 거야."

"만약 곰들이 그들을 끝장내지 못하면요?" 엠마가 말했다.

"그럼 우리가 끝장내야겠지." 벤담이 말했다.

"그리고 당신 삼촌 이름은 밥이겠죠." 엠마가 말했다. 빈정거리는 말투가 아니었다면 이해가 불가능한 영국식 표현이었다. 그 말을 통역하자면, **그렇게 태연하게 말하다니 내가 보기에 당신은 미쳤어**였다. 벤담은 이 모든 일이 식료품 가게에 한번 다녀오는 것보다 복잡할 게 없다는 듯 말하고 있었다. 일단 들이닥쳐서, 모두를 구출하고, 피신하고, 악당들을 처분하고, 밥은 우리 삼촌이고. 그것은 물론 미친 생각이었다.

"아시다시피 우리 쪽은 두 사람뿐이에요." 내가 말했다. "애들 둘이죠."

"맞아. 그렇지." 벤담이 점잔을 빼며 고개를 끄덕였다. "그래서 너희한테 유리해. 와이트들이 어떤 식이 되었건 공격을 예상하고 있다면, 자기네 요새 정문에 일개 부대가 몰려올 거라고 생각하지, 어린애 둘이 올 거라고 생각하진 않을 테니까."

그의 낙천성이 나에게도 스며들기 시작했다. 어쩌면 우리에게 승산이 있을지도 모른다.

"안녕, 얘들아!"

돌아보니 숨이 턱까지 차도록 님이 복도를 달려오고 있었다. "제이콥한테 새가!" 그가 소리쳤다. "메시지를 배달하는 새가…… 제이콥한테…… 와서…… 아래층에서 기다리고 있어요!" 우리 앞에 서자 그가 몸을 반으로 접고 발작적으로 기침을 하기 시작했다.

"메시지를 어떻게 받는데요?" 내가 말했다. "내가 여기 있는 걸 누가 알죠?"

"알아보자꾸나." 벤담이 말했다. "님, 안내해."

님이 바닥으로 고꾸라졌다.

"이런, 젠장." 벤담이 말했다. "건강 체조 코치를 붙여주든지 해야지, 원. 피티, 저 가엾은 친구를 좀 안아줘!"

৵

배달부는 아래층 거실에서 기다리고 있었다. 커다란 초록색 앵무새였다. 앵무새는 조금 전 열린 창문으로 날아 들어와 내 이름을 부르기 시작했고, 님이 앵무새를 잡아 새장에 넣었다.

앵무새는 여전히 내 이름을 부르고 있었다.

"제이-콥! 제이-콥!"

앵무새의 목소리는 녹슨 경첩처럼 거칠었다.

"제이콥 말고 다른 사람한테는 말을 안 해." 님이 설명하며 새장으로 다가갔다. "여기 데려왔다, 이 멍청한 새 같으니라고! 어서 메시지를 전해."

"안녕, 제이콥." 앵무새가 말했다. "난 페러그린이란다."

"뭐!" 내가 충격을 받아 소리쳤다. "이제 앵무새가 되신 거야?"

"아니." 엠마가 말했다. "페러그린 원장님이 **보낸** 메시지야. 어서 말해봐, 앵무새야. 뭐라고 하셨어?"

"나는 오빠의 탑에서 안전하게 지내고 있단다." 소름 끼칠 정도로 사람 같은 목소리로 새가 말했다. "다른 아이들도 여기 있어. 밀라드, 올리브, 호러스, 브런틀리, 에녹, 그 외의 아이들도."

엠마와 나는 서로를 쳐다보았다. **브런틀리?**

살아 있는 자동응답기처럼 새가 말을 이었다. "렌 원장님의 개가 너와 엠마가 어디 있는지 알려주더구나. 구출 작전은 말리고 싶어. 우린 전혀 위험에 처해 있지 않아. 이런 한심한 공격으로 네 목숨을 위태롭게 할 필요는 없어. 대신 나의 오빠가 이런 제안을 했어. 스모킹 스트리트 다리에 있는 오빠의 보초에게 항복하면 아무도 너희를 해치지 않을 거야. 오빠의 말을 듣기 바란다. 이게 우리의 유일한 선택이야. 우린 다시 만날 거야. 오빠의 보살핌과 보호 아래, 우리는 새로운 이상한 세계의 일원이 될 거야."

메시지가 끝났음을 알리며 앵무새가 휘파람을 불었다.

엠마가 고개를 저었다. "페러그린 원장님 말씀 같지가 않아. 세뇌를 당한 게 아니라면."

"원장님은 절대로 성만으로 아이들을 부르지 않아." 내가 말했다. "브런틀리 양이었어야 해."

"이 메시지가 가짜라고 생각하는 거니?" 벤담이 말했다.

"잘 모르겠어요." 엠마가 말했다.

벤담이 새장 쪽으로 몸을 숙이며 말했다. "진실이라는 걸 증명해봐."

새는 아무 말도 하지 않았다. 벤담이 다시 한번 명령을 되풀이한 뒤 경계하며 귀를 새 가까이에 들이댔다. 그러더니 갑자기 허리를 폈다.

"이런, 젠장."

그 순간 나도 그 소리를 들었다. 째깍째깍.

"폭탄이야!" 엠마가 소리쳤다.

피티가 새장을 한구석으로 걷어찬 다음 새장 쪽으로 등을 돌리고 우리를 감싸안았다. 눈이 멀 정도의 폭발과 귀가 멀 정도의 굉음이 있었지만 나는 아픈 데가 없었다. 곰이 폭발의 파편들을 몸으로 막았다. 귀가 터질 듯한 압력의 파장과 벤담의 모자가 날아간 것을 제외하면, 그리고 그 뒤로 이어진, 타는 듯한 짧은 열기를 제외하면, 우리는 무사했다.

비틀거리며 밖으로 나갈 때 벗겨진 페인트 조각들과 앵무새 깃털이 비처럼 내렸다. 우리는 아무도 다치지 않았지만 곰은 네발로 바닥에 주저앉아 낑낑거리며 우리에게 자신의 등을 보여주었다. 시커멓게 탔고 털이 벗어졌다. 그 상처를 본 순간 벤담이 분노의 비명을 지르며 곰의 목을 끌어안았다.

님이 가루 어머니를 깨우러 달려갔다.

"이게 무슨 뜻인지 아세요?" 엠마가 말했다. 엠마는 눈을 커다

랗게 뜨고 몸을 떨고 있었다. 나도 같은 표정일 게 분명했다. 폭발에서 살아남으면 아마도 그렇게 되는 것 같았다.

"저 앵무새를 보낸 사람은 페러그린 원장님이 아닌 게 확실해." 내가 말했다.

"확실해……"

"그리고 우리가 어디 있는지 카울이 알고 있어."

"전에 몰랐다 해도 이제는 알겠지. 우편배달부 새는 보내는 사람이 정확한 주소를 몰라도 사람을 찾도록 훈련되어 있거든."

"그렇다면 애디슨이 잡혔다는 얘긴데." 내가 말했다. 생각이 거기에 미치자 가슴이 철렁했다.

"하지만 다른 얘기이기도 해. 카울은 우릴 두려워하고 있어. 그렇지 않으면 굳이 우릴 죽이려 하지 않았을 거야."

"어쩌면." 내가 말했다.

"확실해. 그리고 만약 놈이 우릴 두려워한다면, 제이콥한테……" 엠마가 눈을 가늘게 뜨고 나를 바라보았다. "뭔가 두려워할 만한 게 있다는 얘긴데."

"형은 두려워하는 게 아니야." 피티의 목에서 고개를 들며 벤담이 말했다. "그래야 마땅하겠지만, 두려워하지 않아. 앵무새는 너희를 죽이려고 보낸 게 아니라 불구로 만들려고 보낸 거야. 형은 제이콥을 산 채로 원하는 것 같아."

"절요?" 내가 말했다. "뭐하려고요?"

"꼭 한 가지 이유밖에 없어. 할로개스트와 함께한 너의 활약이 형의 귀에 들어갔겠지. 그래서 네가 상당히 특별하다는 확신이 들었겠지."

"어떻게 특별한데요?" 내가 말했다.

"내 직감에 의하면, 형은 네가 영혼의 도서관에 들어가는 마지막 열쇠일지도 모른다고 생각하는 것 같아. 영혼의 유리병을 보고 다룰 수 있는 사람."

"가루 어머니가 말했던 것처럼." 엠마가 속삭였다.

"말도 안 돼요." 내가 말했다. "정말 그럴 수도 있을까요?"

"중요한 건, 형이 그렇게 믿는다는 거야." 벤담이 말했다. "하지만 그렇다고 해도 달라지는 건 없어. 우린 계획대로 구출 작전을 감행할 거니까. 그리고 그다음엔 너와 너의 친구들, 우리의 임브린들을 데리고 형의 광기가 미치지 않는 곳으로 멀리 데리고 갈 거야. 하지만 서둘러야 해. 형의 보병 부대가 폭발한 앵무새를 추적해서 이 집으로 올 테니까. 널 잡으러 올 거야. 형이 왔을 때 우린 사라져 있어야 해." 그가 회중시계를 확인해보았다. "말이 나왔으니 말인데, 지금거의 6시야."

우리가 나서려는데 어머니와 레날도가 서둘러 들어왔다.

"가루 어머니가 너한테 주고 싶은 게 있대." 레날도가 말했고 가루 어머니가 헝겊에 싼 조그만 물체를 내밀었다.

벤담은 선물을 주고받을 시간이 없다고 했지만 레날도는 한사코 주겠다고 했다. "혹시 곤경에 처하게 되면," 그가 말하며 엠마의 손에 그것을 쥐여주었다. "열어봐."

엠마가 거친 헝겊을 펼쳐보았다. 헝겊 안의 조그만 물체는 얼핏 보기엔 자투리 분필 같았다. 손바닥 위에서 굴려보기 전에는.

두 개의 마디와 색을 칠한 조그만 손톱이 있었다.

분홍빛 손가락이었다.

"이러지 않으셔도 되는데." 내가 말했다.

레날도는 우리가 선물을 이해하지 못했음을 알았다. "가루 어머니의 손가락이야." 그가 말했다. "필요할 때 으깨서 써."

엠마의 눈이 휘둥그레지면서 손이 밑으로 조금 내려갔다. 마치 손가락의 무게가 갑자기 세 배로 불어났다는 듯이. "이건 받을 수 없어요." 엠마가 말했다. "너무 과분해요."

가루 어머니가 성한 손을 내밀었다. 전보다 작아져 있었고 분홍빛 손가락이 있었던 자리에 붕대를 감고 있었다. 그녀는 선물을 들고 있던 엠마의 손을 잡았다. 그녀가 웅얼거렸고 레날도가 통역했다. "두 사람이 우리의 마지막 희망일지도 몰라. 할 수만 있다면 팔을 전부 다 주고 싶구나."

"무슨 말씀을 드려야 할지." 내가 말했다. "감사합니다."

"아껴 써." 레날도가 말했다. "적은 양으로도 한참 쓸 수 있으니까. 아, 이것도 필요할 거야." 그가 뒷주머니에서 먼지 마스크 두 개를 꺼내 그들의 목에 걸어주었다. "이게 없으면 적들과 함께 너희들도 잠들어버릴걸."

나는 그에게 다시 한번 고맙다고 말하고 마스크를 받았다. 가루 어머니는 몸을 조금 숙여서 우리에게 인사했고 그 바람에 풍성한 스커트 자락이 바닥을 쓸었다.

"이제 정말 가야 해." 벤담이 말했다. 우리는 치료사들과 다친 곰의 품을 파고드는 아기 곰 두 마리와 함께 피티를 남겨두고 돌아섰다.

우리는 2층 루프의 복도로 돌아갔다. 난간에 올라섰을 때 나는 잠깐 현기증을 느꼈다. 절벽 가장자리에서 내가 서 있는 곳이 어던지 깨닫는 순간 느끼는 아찔함이었다. 87개의 문 뒤에 87개의 세계가 펼쳐져 있고, 그 모든 무한대들이 마치 뇌줄기로 연결된 신경세포처럼 이곳으로 연결되어 있었다. 우리는 이제 막 그중 한곳으로 떠나서 어쩌면 다시는 돌아오지 못할 수도 있었다. 과거의 제이콥과 새로운 제이콥이 그 사실을 놓고 힘겨루기를 하는 것을 느낄 수 있었다. 두려움과 흥분이 파도처럼 연거푸 밀려들었다.

벤담이 지팡이를 짚고 빠르게 걸으며 설명을 하고 있었다. 어느 문을 사용할 것인지, 문 안으로 들어가면 카울이 있는 곳의 루프로 이동할 문은 어디 있는지, 그리고 카울의 본거지 안에 있는 팬루프티콘으로 어떻게 빠져나올 수 있는지. 모든 게 너무도 복잡했지만 벤담은 우리가 가야 할 길이 짧은 데다 간판이 있다고 했다. 우리가 길을 잃지 않도록 길을 안내할 조수를 보내주겠다고도 했다. 기계를 조작하던 조수가 불려 왔고 우리가 작별 인사를 나누는 동안 음산한 표정으로 잠자코 서 있었다.

벤담이 손을 흔들었다. "잘 가거라. 행운을 빌어. 그리고 고맙다." 그가 말했다.

"고맙단 말은 아직 하지 마세요." 엠마가 대답했다.

조수가 방문 하나를 열고 그 옆에서 기다렸다.

"내 여동생을 데려와다오." 벤담이 말했다. "그리고 동생을 납치한 놈들을 잡게 되면," 그는 장갑 낀 손을 들어 주먹을 쥐었고 주먹을 쥘 때 가죽이 조여지는 소리가 났다. "인정사정 봐주지 마라."

"알겠어요." 내가 대답하고 문턱을 넘었다.

제7장

chapter seven

우리는 벤담의 조수를 따라 방으로 들어갔고, 익숙한 가구들을 지나고 사라진 맞은편 벽을 지나 울창하게 우거진 초록빛 숲으로 들어섰다. 대낮이었고, 늦가을이나 초봄이었으며, 바람은 서늘하고 나무 향이 배어 있었다. 우리의 발은 오래되어 닳고 닳은 길을 바삭거리며 걸었고, 발소리 외에 들리는 소리라고는 고운 새소리와 점점 커져가는 폭포 소리뿐이었다. 벤담의 조수는 거의 말이 없었지만 우리는 아무래도 상관없었다. 엠마와 나는 극도의 긴장 상태였기 때문에 그와 한가한 대화나 나누고 싶은 생각은 없었다.

숲을 지나고는 산비탈에 굽어진 오솔길을 걸었다. 회색 바위들과 군데군데 남아 있는 눈 때문에 무채색 느낌의 풍경이었다. 멀리 보이는 소나무들은 일렬로 늘어선 뻣뻣한 솔 같았다. 우리는 너무 빨리 탈진하지 않도록 조심하면서 적당한 속도로 걸었다. 잠시 후 산모퉁이를 돌자 천둥처럼 쏟아지는 폭포 앞에 이르렀다.

벤담이 말한 안내판이 하나 있었다. **이쪽으로**라고 적힌 너무도 단순한 안내판이었다.

"여기가 어디죠?" 엠마가 물었다.

"아르헨티나." 조수가 대답했다.

우리는 안내판을 따라 좁은 길로 들어섰고 서서히 나무와 덤불이 빼곡해졌다. 검은 산딸기 덤불을 헤치며 걸었고 폭포는 우리 뒤쪽에서 잠잠해졌다. 길은 작은 시내에서 끝났다. 우리는 냇물을 따라 몇백 미터 더 걸었다. 마침내 그 길도 끝나고 물줄기는 산기슭의 낮은 굴로 흘러들었다. 굴은 양치식물과 이끼에 가려져 있었다. 조수가 냇가에 무릎을 꿇고 앉아 잡초의 커튼을 젖혀보았다. 그리고 그 순간 얼어붙었다.

"왜요?" 내가 속삭였다.

그가 허리춤에서 권총을 들더니 구멍을 향해 세 발을 쏘았다. 섬뜩한 비명이 들려왔고 죽은 짐승 한 마리가 냇물로 굴러 나왔다.

"이게 뭐예요?" 나는 짐승을 바라보며 다시 한번 물었다. 온통 털과 발톱들이었다.

"몰라." 조수가 말했다. "어쨌든 너희들을 기다리고 있었어."

내가 아는 짐승이 아니었다. 울퉁불퉁한 몸, 날카로운 이빨, 거대하고 둥글납작한 눈, 그 눈마저도 털로 뒤덮여 있는 것 같았다. 카울이 그 짐승을 그곳에 두었을까. 동생의 작전을 예측하면서 자신의 팬루프티콘으로 들어가는 모든 지름길에 덫을 놓았을까.

짐승의 시체가 냇물에 떠내려갔다.

"벤담 씨는 총이 없다고 했는데." 엠마가 말했다.

"총 없어." 조수가 말했다. "이건 내 거야."

엠마가 기대에 찬 표정으로 그를 바라보았다. "그렇다면 그것 좀 빌릴 수 있을까요?"

"아니." 그가 총을 집어넣고 동굴을 가리켰다. "저 안으로 들어가. 그래서 우리가 왔던 길을 되돌아가. 그러면 와이트들을 만날 수 있을 거야."

"아저씬 어디 있을 건데요?"

그가 눈밭에 앉았다. "여기."

내가 엠마를 보았고 엠마도 나를 보았다. 우리 둘 다 우리가 너무도 무방비 상태인 것 같은 기분을 감추려 애쓰고 있었다. 심장을 강철로 두르려 애쓰고 있었다. 이제 무얼 보게 될까. 무얼 하게 될까. 무슨 일을 당하게 될까.

내가 냇물로 들어가 엠마가 들어오도록 도왔다. 감각이 마비될 정도로 물이 찼다. 몸을 숙여 동굴 안을 들여다보니 반대편에서 들어오는 엷은 햇살이 보였다. 이것은 또 한 번의 전환이었고, 어둠에서 빛으로 가는 가짜 탄생이었다.

안에서 우리를 기다리는 뾰족한 이빨의 짐승들은 없는 것 같아서 나는 물속에 몸을 담갔다. 얼음장 같은 물살이 다리와 허리를 휘감자 숨을 쉴 수가 없었다. 뒤쪽에서 나를 따라 들어오면서 엠마가 숨을 헉 들이켜는 소리가 들렸다. 나는 굴의 입구를 잡고 안으로 들어갔다.

차고 거센 물속으로 잠기는 순간 바늘이 온몸을 찌르는 것 같았다. 모든 통증은 동기를 부여하게 마련이었고, 이 통증은 특히 그랬다. 나는 허우적거리며 재빨리, 미끄럽고 날카로운 바위들과 낮게 자란 종유석 사이로 동굴을 지났다. 얼굴을 덮는 물살에 반쯤 질식하면서. 그러다가 어느 순간 물 위로 떠오르자 엠마를 도왔다.

우리는 얼음장 같은 물에서 솟아오르며 주위를 둘러보았다. 그
곳은 동굴 맞은편과 너무도 똑같았다. 조수가 없고, 눈밭에 탄피가
없으며, 발자국이 없는 것만 달랐다. 마치 몇 가지 세부 사항만 다른,
반대편 세상을 그대로 비추는 거울 속으로 걸어 들어온 것 같았다.

"너 파랗다." 엠마가 말하며 둑으로 나를 끌어 올리고는 안았
다. 그녀의 온기가 나를 따스하게 데우며 얼얼한 팔다리의 감각을
깨웠다.

우리는 왔던 길을 그대로 되짚어 갔다. 덤불을 헤치고, 언덕을
오르고, 폭포를 지났다. 벤담이 우리를 위해 만들어놓은 '이쪽으로'
안내판만 빼면 모든 게 똑같았다. 이곳엔 안내판이 없었다. 이 루프
는 그의 것이 아니었다.

우리는 다시 조그만 숲에 이르렀다. 나무에서 나무로 옮겨 다
니면서 나무를 방패 삼아 걸었다. 길이 끝나자 포개어진 한 쌍의 전
나무 속에 감춰진 마룻바닥으로, 방으로 들어섰다. 그러나 이 방은
벤담의 방과 달랐다. 이 방은 스파르타식 방이었다. 가구도, 양귀비
무늬 벽지도 없었다. 바닥과 벽은 매끄러운 콘크리트였다. 방으로 들
어가 벽을 더듬어가며 어둠 속에서 문을 찾다 보니 움푹하게 들어
간 조그만 손잡이가 만져졌다.

우리는 문에 귀를 대고 목소리와 발소리를 들었다. 희미한 울림
만 들렸다.

나는 천천히, 조심스럽게, 문을 조금 열고는 밖을 내다보려고
머리를 문틈으로 내밀었다. 널찍한 석조 홀이었다. 병원처럼 깨끗했
고, 눈부시게 밝았으며, 매끄러운 벽에는 크고 검은, 무덤 같은 문들

이 이빨처럼 박혀 있었다. 수십 개의 문이 반듯하게 늘어서 있었다.

여기가 그곳이었다. 와이트들의 탑. 마침내 우리는 사자의 굴에 들어왔다.

ɔ

발소리가 가까워졌다. 나는 얼른 머리를 문 안쪽으로 뺐다. 문을 닫을 틈조차 없었다.

열린 문틈으로 한 남자가 지나가면서 얼핏 흰옷이 보였다. 그는 연구실 가운을 입고 손에 든 신문을 읽느라 고개를 숙인 채 빠르게 걷고 있었다.

그는 날 보지 못했다.

나는 그의 발소리가 멀어지기를 기다렸다가 복도로 나갔다. 엠마가 뒤따라 나오며 문을 닫았다.

왼쪽 아니면 오른쪽? 왼쪽은 오르막길이었고 오른쪽은 내리막길이었다. 벤담의 말대로라면 우리는 카울의 탑 안에 있었지만 그의 포로들은 탑에 있지 않았다. 그렇다면 우리는 탑에서 나가야 했다. 오른쪽, 내려가는 길.

우리는 벽을 끼고 오른쪽으로 돌았고, 벽은 소용돌이치며 아래쪽으로 향했다. 내 신발 고무 밑창이 찍찍거렸다. 지금까지는 그 소리를 의식하지 못했지만 복도의 단단한 벽으로 한층 강화된 정적 속에서 발걸음 하나하나가 나를 움찔하게 만들었다.

우리는 한동안 그렇게 걸었고 그러다가 어느 순간, 엠마가 긴장하며 팔을 내 가슴 쪽으로 뻗어 날 멈춰 세웠다.

귀를 기울여보았다. 우리 발소리가 나지 않으니 다른 발소리가 들렸다. 그들이 우리 앞쪽 가까이에 있었다. 우리는 서둘러 가장 가까운 문으로 갔다. 문이 스르르 열렸고 우리는 안으로 들어가 문을 닫은 다음 문에 등을 기대고 섰다.

우리가 들어선 방은 벽과 천장이 전부 다 둥글었다. 우리는 공사 중인 10미터 너비의 배수관 안에 있었다. 그런데 우리만 있는 게 아니었다. 배수관 끝은 비가 내리는 대낮이었고, 그곳에 열두 명의 인부들이 배수관 모양을 따라 만든 가설 작업대 위에 앉아 어리둥절한 표정으로 우리를 바라보고 있었다. 점심 식사 중인 그들을 우리가 방해한 것이었다.

"얘들아! 너희들 어떻게 들어왔니?" 그들 중 한 명이 소리쳤다.

"애들이잖아." 또 다른 한 명이 말했다. "여긴 놀이터가 아니야!"

그들은 미국인이었고, 우릴 보고 당혹스러워하는 것 같았다. 우리는 복도의 와이트가 들을까 봐 대답을 하지 못했고, 인부들의 고함 소리가 그들의 관심을 끌까 봐 걱정되었다.

"그 손가락 있어?" 내가 엠마에게 속삭였다. "지금이 그걸 써야 할 때인 것 같아."

그래서 우리는 그들에게 손가락을 주었다. 그게 무슨 말이냐 하면, (물에 젖긴 했지만 그래도 여전히 쓸 만한) 마스크를 쓴 다음 엠마가 가루 어머니의 새끼손가락을 조금 으깨어서 인부들이 있는 쪽으로 다가가 그들에게 가루를 뿌리려 했다는 뜻이었다. 처음에 엠마는 가루를 손 위에 놓고 불어보려 했지만 우리 머리 위로 뿌려지는 바람에 얼굴이 간지럽다가 얼얼해졌다. 그다음엔 내가 가루를 뿌리려 했지만 이번에도 제대로 되지 않았다. 아무래도 가루는 그다지 강력한 무기는 아닌 것 같았다. 그즈음 배수관 인부들이 인내심을 잃기 시작했고 그중 한 명이 작업대에서 뛰어내려 우리를 처치하려고 달려왔다. 엠마는 가루 어머니의 손가락을 도로 집어넣고 손으로 불길을 만들었다. 쉭! 하는 소리와 함께 엠마의 불꽃이 공중에 떠 있던 가루에 불을 붙이며 곧바로 연기를 일으켰다.

"캑!" 남자가 소리쳤다. 그는 기침을 하다가 바닥에 쓰러지더니 그대로 잠이 들었다. 그의 친구 몇 명이 그를 도우러 달려오다가 역시 마침 연기의 희생양이 되어 그의 곁에 쓰러졌다.

남아 있는 인부들은 겁에 질렸고 화가 나서 우리를 향해 고함을 질렀다. 우리는 상황이 악화되기 전에 다시 문으로 돌아왔다. 나는 주위를 살펴보고 복도로 나갔다.

우리 뒤로 문을 닫고 나니 사람들의 목소리가 완전히 잦아들었다. 마치 그들을 방 안에 가둔 게 아니라 그들의 전원을 꺼버린 것처럼.

우리는 잠시 달리다가 멈춰 서서 발소리가 들리는지 귀를 기울인 다음 다시 달렸고, 그러다가 또다시 서서 귀를 기울였다. 그런 식으로 이동과 정지를 어설프게 반복하면서 나선형으로 탑을 내려왔다. 두 번 더 사람들이 오는 소리가 들려서 문 뒤에 숨었다. 어떤 방은 원숭이의 괴성이 울려 퍼지는 뜨거운 정글이었고, 또 어떤 방은 점토로 뒤덮인 방 뒤로 단단한 땅과 높은 산들이 펼쳐졌다.

바닥이 평평해지면서 복도도 반듯해졌다. 마지막 모퉁이를 돌자 밑으로 햇살이 스며 나오는 여닫이문이 있었다.

"보초들이 더 있어야 되는 거 아닌가?" 내가 긴장하며 물었다.

엠마가 어깨를 으쓱하고는 고갯짓으로 여닫이문을 가리켰다.

그 문이 탑에서 나가는 유일한 출구인 것 같았다. 문을 열어보려는 순간 반대편에서 사람들의 목소리가 들렸다. 어떤 남자가 농담을 하고 있었다. 알아들을 수는 없고 웅얼거리는 소리만 들렸지만 분명히 농담이었다. 그가 말을 끝냈을 때 한바탕 웃음이 이어졌기 때문이었다.

"주문하신 보초 나왔습니다!" 마치 환상적인 요리를 내오는 웨이터처럼 엠마가 말했다.

그들이 갈 때까지 기다릴 수도 있었고 문을 열고 그들을 상대할 수도 있었다. 후자 쪽이 더 용감하고 빨랐기 때문에 나는 새로운 제이콥을 소환해서 문을 열고 들어가 싸우라고, 징징거리고 미적거릴 과거의 제이콥과 그 문제를 상의하지 말라고 했다. 그러나 내가 상황을 그렇게 정리했을 때 엠마가 벌써 일을 저지르고 있었다.

조용하고도 신속하게, 엠마가 여닫이문의 한쪽을 밀었다. 우리 앞에는 짝이 안 맞는 제복을 입고 현대의 경찰들이 차는 것 같은 권총을 허리에 찬 와이트 다섯 명이 등을 돌리고 서 있었다. 그들은 반대편을 바라보며 느긋하게 있었다. 그들 중 누구도 문이 열리는 것을 보지 못했다. 그들 뒤쪽으로 막사 같은 낮은 건물들이 빙 두르고 있는 안뜰이 보였고 그 뒤쪽으로 멀리 요새의 성벽이 보였다. 나는 엠마의 주머니에 감춰진 손가락을 가리키며 "재워!"라고 입 모양으로 말했다. 그 말이 무슨 뜻이냐 하면, 이 와이트들을 무의식 상태에 빠뜨려서 탑 안쪽으로 끌고 가는 게 가장 간단한 방법이라는 뜻이었다. 엠마는 내 말을 이해했고 문을 반쯤 닫고는 손가락을 으깨기 시작했다. 나는 허리춤에 끼워놓은 마스크로 손을 뻗었다.

그때 불이 붙은 무언가가 성벽 너머에서 포물선을 그리며 날아들어와 안뜰 한복판에 철퍼덕하고 떨어지면서 사방에 불꽃을 일으켰고, 보초들은 일제히 흥분하기 시작했다. 그들 중 둘이 뭐가 떨어졌는지 보려고 달려갔다. 그들이 불타는 물체에 몸을 숙이고 들여다보고 있을 때 또 한 개가 날아와 둘 중 한 명을 맞추었다. 와이트는 몸에 불이 붙은 채 바닥에 쓰러졌다. (지독한 냄새와 날아온 속도로 보아 가솔린과 배설물을 섞은 것 같았다.)

나머지 보초들이 불을 끄려고 달려갔다. 경보기가 요란하게 울리기 시작했다. 와이트들이 순식간에 건물에서 빠져나와 안뜰에 모였다가 성벽으로 달려갔다. 샤론의 공격이 시작되었다. 샤론에게 축복이 있기를. 하마터면 늦을 뻔했다. 운이 따라준다면, 샤론 덕분에 우리는 방해받지 않고 수색을 시작할 수 있을 것이다. 적어도 몇 분 동안은. 와이트들이 새총으로 무장한 앰브로 중독자 몇 명을 처치하는 데 그보다 오래 걸릴 리가 없었다.

우리는 안뜰을 훑어보았다. 안뜰은 나지막한 건물들로 둘러싸여 있었고 모든 건물들이 똑같았다. 임브린들이 어디 있는지 알려주는 반짝이는 화살표도, 네온사인 전광판도 없었다. 최대한 빨리 찾아보고 운이 따라주길 바라는 수밖에 없었다.

와이트 셋이 성벽으로 달려갔고, 나머지 둘은 불타는 오물을 뒤집어쓴 와이트의 불길을 잡으려고 남았다. 그들은 우리에게 등을 돌린 채 쓰러진 와이트를 흙에 굴렸다.

우리는 무작위로 왼쪽 건물을 하나 골라서 입구 쪽으로 달려갔다. 그곳에는 모양으로 보나 냄새로 보나 중고인 것 같은 의류로 꽉 찬 커다란 방이 있었다. 우리는 이름표를 붙여 정리해놓은 다양한 시대와 문화권의 다양한 옷들 사이를 달렸다. 와이트들이 잠입했던 모든 루프들에 필요한 옷들인 것 같았다. 나는 골란 박사가 우릴 만날 때마다 늘 입고 있던 카디건도 이 방에 걸려 있었는지 궁금했다.

그러나 친구들은 이곳에 없었고 임브린들도 마찬가지였다. 우리는 옷방의 통로를 달리며 안뜰로 나가지 않고 옆 건물로 건너갈 방법이 있는지 둘러보았다.

방법이 없었다. 우리는 또 한 번 밖으로 나가는 위험을 감수해야 했다.

우리는 문으로 달려가 틈새로 밖을 내다보았다. 뒤늦게 뛰쳐나온 와이트가 허겁지겁 제복을 입고 지나갈 때까지 기다렸다. 아무도 없는 것을 확인한 뒤 우리는 안뜰로 나갔다.

새총으로 날아든 것들이 주위 곳곳에 떨어져 있었다. 배설물이 고갈되자 샤론의 임시 부대는 다른 것들을 투척하기 시작했다. 벽돌, 쓰레기, 조그만 죽은 짐승들. 투척물 중 하나가 바닥에 떨어지면서 욕을 내뱉는 소리가 들렸고, 돌아보니 다리에 걸려 있던 쪼글쪼글한 머리가 바닥을 구르고 있었다. 내 심장이 미친 듯이 쿵쿵거리지 않았다면 아마 큰 소리로 웃었을 것이다.

우리는 안뜰을 가로질러 반대편 건물로 달려갔다. 건물 문을 보니 왠지 뭔가 있을 것 같았다. 육중한 철문이었고, 만약 성벽으로 달려가지 않았다면 분명히 보초가 지켰을 문이었다. 안에 뭔가 중요한 게 있는 게 틀림없었다.

우리는 문을 열고 화학약품 냄새가 진동하는 조그만 흰 타일 벽 연구실로 들어갔다. 나의 시선이 섬뜩한 수술 도구들이 들어 있는 캐비닛으로 향했다. 전부 다 금속 제품이었고 반짝거렸다. 벽에서 낮은 윙 소리가 새어 나왔다. 귀에 거슬리는 기계들의 심장박동 소리가 들렸고, 그것 말고 다른 소리도……

"들려?" 긴장한 채 귀를 기울이며 엠마가 물었다.

들렸다. 지속적으로 웅얼거리는 소리였지만 분명 인간의 목소리였다. 누군가 웃고 있었다.

우리는 당혹스러운 표정을 주고받았다. 엠마가 내게 가루 어머니의 손가락을 건네준 다음 자기 손에 불을 붙였고, 각자 마스크를 착용했다. 무슨 일이 일어나건 각오가 되었다고 생각했지만, 생각해보면 우리를 기다리고 있는 공포에 완전히 무방비 상태였다.

우리는 방들을 가로질렀고, 나는 지금 그동안 기억에서 지우려 애써왔던 것을 설명하려 노력하는 중이다. 모든 방이 이전 방보다 끔찍했다. 첫 번째 방은 조그만 수술실이었는데, 수술대에 끈과 죔쇠들이 달려 있었다. 뽑아낸 액체를 담을 도자기 단지들이 벽에 나란히 진열되어 있었다. 다음 방은 연구실이었고 조그만 해골들과 그 외의 뼈들이 전기 장치와 측정 기기에 연결되어 있었다. 동물실험을 폴라로이드로 기록해놓은 사진들이 벽을 뒤덮고 있었다. 우리는 몸서리를 치며 눈을 가렸다.

그러나 가장 끔찍한 방은 그다음 방이었다.

그 방에서는 실제로 실험을 하는 중이었다. 어린아이를 놓고 해괴한 실험을 하고 있는 간호사 둘과 의사 한 명이 우리를 보고 놀랐다. 그들은 두 개의 테이블 사이에 어린 소년을 늘여놓고 떨어지는 액체를 흡수하도록 바닥에 신문지를 깔아놓았다. 간호사 한 명이 소년의 다리를 잡고 있었고 다른 한 명은 머리를 잡고 차가운 표정으로 소년의 눈을 들여다보고 있었다.

그들이 마스크를 쓰고 불이 붙은 손의 우리를 쳐다보며 도움을 청했지만 그들의 비명을 듣고 달려오는 사람은 없었다. 의사가 절단 도구들이 잔뜩 진열되어 있는 테이블로 달려갔지만 엠마가 그보다 먼저 달려갔고 짧은 몸싸움 뒤에 그가 포기하고 양손을 들었다. 우리는 그들을 한쪽 구석에 몰아세우고 포로들이 어디 있는지 말하라고 했다. 그들은 한마디도 하지 않으려 했고 나는 그들의 얼굴에 가루를 날려 바닥에 쓰러지게 했다.

아이는 멍한 상태였지만 다치지는 않았다. 그는 **괜찮니? 너 같은 아이들이 더 있어? 어디?** 같은 우리의 다급한 질문에 훌쩍이는 것 이상의 대답을 하지 못했다. 우리는 일단은 그를 숨기는 게 낫겠다고 판단했다. 우리는 몸을 시트로 감싸서 따뜻하게 해준 다음 작은 벽장에 아이를 들어가게 하고 곧 돌아오겠다고 했다. 부디 그 약속을 지킬 수 있기를.

그 옆방은 병동처럼 널찍하게 트인 공간이었다. 스무 개 남짓한 병상이 쇠사슬로 벽에 고정되어 있었고, 이상한 사람들이, 어른 아이 할 것 없이, 침대에 묶여 있었다. 그들 중 의식이 있는 사람은 한 명도 없었다. 그들의 발바닥에 꽂힌 바늘들과 튜브들은 검은 액체로 서서히 채워지고 있는 주머니에 연결되어 있었다.

"추출당하고 있어." 엠마가 말했다. 그녀의 목소리가 떨렸다. "영혼을 빨리고 있어."

그들의 얼굴을 보고 싶지 않았지만 보아야만 했다. "여긴 누구지? 또 여긴? 누구세요?" 내가 침대마다 돌아다니며 웅얼거렸다.

나는 부끄럽게도, 그들 중에 우리의 친구들이 없기를 바랐다. 우리가 알아볼 수 있는 사람도 몇 명 있었다. 염력 소녀 멜리나. 파괴적인 폭발의 가능성을 차단하기 위해 떼어놓은 창백한 조엘과 피터 형제. 그들의 얼굴은 일그러졌고 몸은 잔뜩 긴장했으며 잠든 상태에서도 주먹을 꼭 쥐고 있었다. 마치 두 사람 다 끔찍한 악몽을 견디고 있는 것처럼.

"세상에!" 엠마가 말했다. "안 빨리려고 버티고 있어."

"그럼 도와주자." 내가 침대로 다가가 멜리나의 발에서 조심스럽게 바늘을 뽑았다. 검은 액체 한 방울이 상처에서 떨어져 나왔다. 잠시 후 그녀의 얼굴이 편안해졌다.

"안녕." 병실 어딘가에서 목소리가 들려왔다.

우리는 홱 돌아보았다. 한쪽 구석에 쇠사슬을 찬 남자가 앉아 있었다. 그는 몸을 동그랗게 만 채 흔들고 있었다. 그는 웃지 않으면서 웃었고 눈은 검은 얼음 조각 같았다.

우리가 밖에서 들었던 건 바로 그의 차가운 웃음소리였다.

"다른 아이들은 어디 있어요?" 엠마가 그의 앞에 무릎을 꿇고 앉으며 말했다.

"다들 여기 있어!" 남자가 말했다.

"아뇨. 다른 사람들요." 내가 말했다. "이 사람들 말고 더 있잖아요."

그가 다시 한번 웃었다. 그의 숨결은 서리처럼 하얀 김으로 삐끔삐끔 새어 나왔다. 병실 안은 조금도 춥지 않았기 때문에 이상한 일이었다. "네가 지금 그 아이들 위에 있어!" 그가 말했다.

"말이 되는 소리를 해요!" 내가 이성을 잃고 소리쳤다. "이러고 있을 시간이 없다고요!"

"제발," 엠마가 애원했다. "우린 이상한 아이들이에요. 당신들을

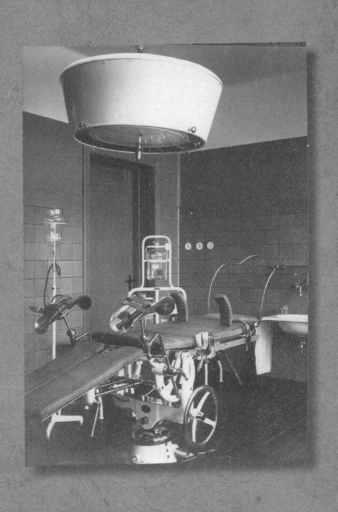

도우러 왔어요. 하지만 먼저 우리의 임브린을 찾아야 해요. 어느 건물에 있죠?"

그가 아주 천천히 다시 한번 말했다. "네가 지금. 그 아이들. 위에 있다고." 그가 말하는 동안 우리 얼굴에 얼음장처럼 차가운 바람이 꽤 오랫동안 불었다.

그를 잡고 흔들려는 순간 그가 한 팔을 들더니 우리 뒤쪽을 가리켰다. 돌아서서 주위를 둘러보니 타일 바닥으로 위장한 손잡이와 해치 문의 네모난 윤곽이 보였다.

그 아이들 위에 있다더니. 문자 그대로였다.

우리는 달려가 손잡이를 돌리고 문을 잡아당겼다. 나선형의 철제 계단이 어둠 속으로 뻗어 있었다.

"당신 말이 사실인지 어떻게 알아요?" 엠마가 물었다.

"그야 알 수 없지." 남자가 말했고, 그것은 반박의 여지가 없는 사실이었다.

"한번 가보자." 내가 말했다. 어차피 우리가 왔던 길로 되돌아가는 것 말고는 갈 곳도 없었다.

엠마는 난감한 표정이었다. 그녀의 시선이 지하 계단에서 주위의 침대들로 옮겨 갔다. 엠마가 무슨 생각을 하는지 알고 있었다. 그러나 엠마는 내게 묻지도 않았다. 침대마다 돌아다니며 바늘을 뽑을 시간이 없었다. 나중에 다시 돌아와야 했다. 나는 나중에 다시 돌아왔을 때, 여전히 우리가 돌아온 이유가 있기를 바랐다.

엠마가 철제 계단으로 몸을 들이밀고 어두운 지하의 구멍으로 사라졌다. 엠마를 따라 들어가기 전에 나는 미친 남자와 눈을 맞추고 손가락을 입술에 대었다. 그가 미소를 지은 뒤 내 동작을 따라 했다. 그가 진심이기를 바랐다. 보초들이 곧 들이닥칠 테고, 그가 입을 다물기만 하면 그들이 해치 문으로 우릴 쫓아오지 않을 수도 있었다. 나는 계단을 내려가며 문을 당겨서 닫았다.

엠마와 나는 가파른 나선형 계단 꼭대기에 붙어 서서 아래를 내려다보았다. 위의 환한 방에 있다가 불빛이라고는 없는 거친 돌벽의 지하 감옥에 적응하기까지 잠시 시간이 걸렸다.

그녀가 내 팔을 잡고 귓가에 속삭였다.

"감방들이야."

그녀가 방향을 가리켰다. 그제야 흐릿하게 눈에 들어왔다. 감방의 철창들이.

우리는 계단을 내려갔다. 지하 공간이 모습을 드러내기 시작했다. 우리는 감방들이 줄지어 늘어선 기다란 지하 복도의 끝에 있었고 감방 안에 누가 있는지는 보이지 않았지만 희망이 솟아나는 순간이었다. 바로 여기였다. 여기가 우리가 찾던 그곳이었다.

그때 갑자기 복도에 군화 발소리가 울려 퍼졌다. 아드레날린이 분비되기 시작했다. 어깨에 소총을 메고 허리에 권총을 찬 보초가 순찰을 돌고 있었다. 그는 아직 우리를 보지 못했지만, 언제고 우릴 볼 수 있는 상황이었다. 왔던 길로 도망치기엔 해치 문에서 너무 멀었고, 뛰어내려 그와 싸우기엔 바닥에서 너무 멀었다. 그래서 우리는 계단에 쭈그려 앉아 몸을 웅크렸다. 나선형 계단이 우릴 숨겨줄 수 있길 바라면서.

그러나 그렇지 않았다. 우리는 거의 그의 눈높이에 있었다. 그는 이제 스무 발짝 거리, 열다섯 발짝 거리에 있었다. 뭔가 해야 했다.

그래서 그렇게 했다.

나는 일어서서 계단을 내려갔다. 물론 그는 곧바로 나를 보았지만 그가 날 제대로 보기도 전에 내가 말을 걸기 시작했다. 크고 고압적인 목소리로 내가 말했다. "경보기 소리 못 들었나? 왜 성벽을 방어하러 나가지 않았지?"

내가 자기에게 지시를 내리는 상관이 아니라는 사실을 깨달았을 때 나는 이미 바닥에 내려선 뒤였다. 그가 총을 잡으려 손을 뻗는 순간 나는 이미 그와의 거리를 반으로 좁히고 쿼터백처럼 그에게 달려들었고, 그가 방아쇠를 당기려 할 때 어깨로 그를 들이받았다. 총성이 울려 퍼지고 총탄이 내 뒤쪽으로 날아갔다. 우리는 둘 다 바닥에 쓰러졌다. 나는 그가 다시 총을 쏘지 못하게 막으면서 손가락 가루를 뿌리려 하는 실수를 범했다. 손가락은 오른쪽 주머니 깊숙이 넣어두었고, 내겐 두 가지 일을 다 할 손이 없었다. 그 순간 그가 나를 밀쳐내고 일어나 앉았다. 불붙은 손으로 자기 쪽으로 달려오는 엠마를 쏘려고 그가 돌아서지 않았다면 나는 그대로 끝장났을 것이다.

그가 총을 쏘았지만 아무렇게나 너무 높이 쏘았고, 그 바람에 나는 몸을 추스르고 일어나 다시 그를 향해 돌진할 시간을 벌었다. 나는 그와 몸싸움을 했고 그의 등이 감방 창살에 세게 부딪쳤다. 그가 팔꿈치로 내 얼굴을 세게 쳤다. 나는 빙그르르 돌며 쓰러졌다. 그가 내 쪽으로 총을 겨누었다. 엠마도 나도 그를 막을 정도로 가까이에 있지 않았다.

그때 어둠 속에서 두툼한 두 손이 창살 밖으로 튀어나오더니 보초의 머리카락을 움켜쥐었다. 그의 머리가 뒤로 젖혀지고는 마치 종처럼 창살을 두드렸다.

보초의 몸이 축 늘어지다가 바닥에 털썩 주저앉았다. 브로닌이 감방 안에서 모습을 드러냈고, 창살에 얼굴을 대고 미소를 지었다.

"제이콥! 엠마!"

내 평생 누군가가 그렇게 반가워보긴 처음이었다. 크고 따스한 눈, 강인한 턱, 뻣뻣한 갈색 머리카락. 브로닌이었다! 우리는 창살 틈으로 팔을 넣고는 할 수 있는 한 최대한 서로를 끌어안았다. 너무도 흥분하고 안도한 나머지 횡설수설하면서. "브로닌," 엠마가 말했다. "정말 너 맞아?"

"정말 너 맞아?" 브로닌이 말했다. "그동안 얼마나 기도하고 또 빌었는지 몰라. 와이트들이 너희를 붙잡았을까 봐 얼마나 걱정했는지……."

브로닌이 창살 틈으로 우리를 너무 세게 끌어안아서 몸이 터질 것 같았다. 창살은 벽돌처럼 두꺼웠고 철보다 더 강력한 물질로 만들어졌다. 아마도 그것이 브로닌이 감방에서 탈출하지 못한 유일한 이유였을 것이다.

"숨을…… 못 쉬겠어……." 엠마가 신음했고 브로닌이 사과하며 엠마를 놓아주었다.

그제야 브로닌의 얼굴을 제대로 보니 뺨에는 멍이 들었고 블라

우스 한쪽에 핏자국으로 보이는 검은 얼룩이 있었다. "저 사람들이 너한테 무슨 짓을 한 거야?" 내가 말했다.

"별거 아니야." 브로닌이 대답했다. "협박을 좀 당하긴 했지만."

"다른 애들은?" 다시 겁에 질린 목소리로 엠마가 물었다. "다른 애들은 어디 있어?"

"여기!" 복도 끝에서 목소리가 들려왔다. "여기도!" 또 다른 목소리였다.

돌아서보니, 감방 창살에 붙어 있는 얼굴들은 바로 우리의 친구들이었다. 친구들이 여기 있었다. 호러스와 에녹, 휴와 클레어, 감방 천장에 등을 대고 창살 틈으로 우리를 바라보는 올리브까지. 모두가 살아서 숨을 쉬며 우리를 쳐다보고 있었다. 렌 원장의 동물농장 낭떠러지에서 떨어진 가엾은 피오나만 빼고. 그러나 피오나를 애도하는 건 지금의 우리로서는 누릴 수 없는 호사였다.

"새들에게 감사! 새들이 기적을 일으켰어!" 엠마가 소리치며 달려가 올리브의 손을 잡았다. "얼마나 걱정했는지 몰라!"

"우리가 걱정한 거에 비하면 반도 안 될걸!" 복도 끝에서 휴가 소리쳤다.

"반드시 우릴 구하러 올 거라고 했잖아!" 올리브가 눈물을 글썽이며 말했다. "내가 말하고 또 말했는데, 에녹이 그런 생각을 하는 내가 바보 같다고……."

"어쨌든 왔으니 된 거잖아!" 에녹이 말했다. "왜 그렇게 오래 걸렸냐!"

"퍼플렉서스 맙소사, 어떻게 우릴 어떻게 찾았어?" 밀라드가 말했다. 그는 와이트들이 군이 죄수복을 입힌 유일한 죄수였다. 줄무늬 죄수복 덕분에 쉽게 눈에 띄었다.

"다 얘기해줄게." 엠마가 말했다. "하지만 먼저 임브린들을 찾아서 다 같이 여길 탈출해야 해!"

"저 안에 있어!" 휴가 소리쳤다. "커다란 문 안에!"

복도 끝에 거대한 철문이 있었다. 은행 금고를 보관하고도 남을 정도로, 혹은 할로우 한 마리를 가둘 수 있을 정도로 견고해 보였다.

"열쇠가 필요해." 브로닌이 말하며 의식을 잃은 보초의 벨트에 걸려 있는 열쇠 꾸러미를 가리켰다. "커다란 황금 열쇠야. 내가 계속 주시하고 있었어!"

내가 보초에게 다가가 벨트에서 열쇠 꾸러미를 뺐다. 나는 열쇠 꾸러미를 손에 든 채 열쇠들과 엠마를 번갈아 쳐다보며 우두커니 서 있었다.

"어서 우릴 꺼내줘!" 에녹이 말했다.

"어떤 열쇠로?" 내가 말했다. 꾸러미에 수십 개의 열쇠가 달려 있었고 커다란 황금 열쇠를 제외한 나머지는 전부 모양이 똑같았다.

엠마의 얼굴이 시무룩해졌다. "이런……."

보초들이 곧 들이닥칠 테고 감방 문을 하나하나 열어보다간 소중한 시간이 낭비될 것이다. 그래서 우리는 복도 끝으로 달려가 철문을 연 다음 휴에게 열쇠 꾸러미를 내밀었다. 휴의 감방이 철문에서 가장 가까이 있었다. "네가 먼저 탈출해서 다른 아이들을 탈출시켜!" 내가 말했다.

"그리고 우리가 돌아올 때까지 기다려." 엠마가 덧붙였다.

"말도 안 돼!" 휴가 말했다. "우리도 뒤따라갈 거야!"

실랑이할 시간이 없었다. 말은 안 했지만 그 말을 들으니 마음이 놓였다. 긴 시간을 우리끼리만 버티면서 나는 지원군을 기다리고 있었다.

엠마와 나는 벙커 문 같은 거대한 문을 열고 마지막으로 친구들을 돌아본 다음 안으로 들어섰다.

ᢙ

문을 열어보니 사무용 가구들이 모여 있는 기다란 직사각형 모양의 방이었다. 천장에는 초록빛을 띤 형광등이 달려 있었다. 사무실 분위기를 내려고 최선을 다했지만 나는 속지 않았다. 방음재로 마감한 벽은 푹신했다. 문은 핵폭발에도 버틸 정도로 두꺼웠다. 이곳은 사무실이 아니었다. 방 안쪽에서 누군가가 움직이는 소리가 들렸지만 거대한 파일 캐비닛이 시야를 가로막고 있었다. 나는 엠마의 팔을 만지며 고갯짓을 했다. **가자.** 우리는 조용히 앞으로 움직이기 시작했다. 우리와 함께 있는 사람이 누구건 몰래 다가갈 수 있길 바라면서.

얼핏 흰 가운과 벗어진 남자의 머리가 보였다. 분명히 임브린은 아니었다. 문 열리는 소리를 못 들었나? 못 들은 것 같았다. 그리고 그 순간 나는 그 이유를 알았다. 그들은 음악을 듣고 있었다. 한 여자가 부드럽고 끈적끈적한 노래를 부르고 있었다. 전에도 들어본 적 있는 오래된 노래였지만 제목을 떠올릴 수가 없었다. 이런 곳에서 그 노래를 듣다니 너무 이상하고, 너무 안 어울렸다.

우리는 살금살금 걸었다. 노랫소리는 우리의 발소리를 삼킬 만큼 컸다. 우리는 서류와 지도들로 뒤덮인 책상들을 지났다. 벽에 달린 선반에 수백 개의 유리 비커가 있었고 그 안에는 은빛이 감도는 검은 액체가 들어 있었다. 영혼을 추출당한 사람의 이름이 작은 글씨로 비커에 인쇄되어 있었다.

캐비닛을 둘러보면서 우리는 실험용 가운을 입고 서류를 뒤적이며 우리에게 등을 돌린 채 책상에 앉아 있는 한 남자를 보았다. 그의 주위에는 공포의 해부학 공연이 펼쳐지고 있었다. 살갗이 벗어져 근육을 드러낸 팔 하나. 트로피처럼 벽에 걸려 있는 척추. 잃어버린 퍼즐 조각처럼 책상 위에 흩어져 있는 피 없는 장기들. 남자는 고개를 끄덕이며 무언가를 기록하면서 노래를 따라 흥얼거리고 있었다. 사랑이 어쩌고, 기적이 어쩌고.

우리는 트윈 공간으로 들어서서 그에게로 다가갔다. 그 노래를 마지막으로 어디서 들었는지 생각이 났다. 치과에서, 금속성의 바늘이 내 잇몸의 보드라운 분홍빛 살을 찌를 때였다.

"당신은 사랑을 즐겁게 만들어요."

이제 우리는 겨우 몇 미터 거리에 있었다. 엠마가 불을 일으킬 준비를 하며 손을 내밀었다. 그러나 우리가 남자와 손 닿을 거리에 들어선 순간, 그가 우리에게 말했다.

"안녕, 얘들아. 기다리고 있었다."

도저히 잊을 수 없는 음흉하고 매끄러운 목소리. 카울이었다.

엠마가 쉭 소리를 내며 손바닥에 불을 일으켰다. "임브린이 어디 있는지 말하면 목숨은 살려주겠다!"

놀란 남자가 의자에 앉은 채로 몸을 홱 돌렸다. 우리가 본 광경에 우리도 놀랐다. 커다란 눈동자 밑으로 그의 얼굴은 녹아내린 살덩이였다. 남자는 카울이 아니었다. 심지어 와이트도 아니었다. 말을

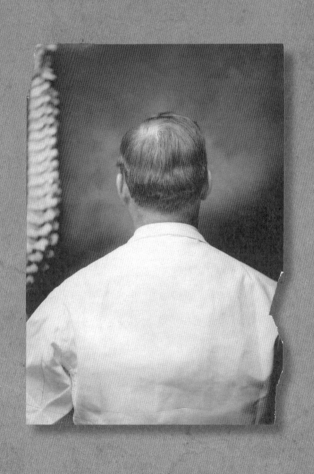

한 사람이 그일 리가 없었다. 그의 입은 녹아서 한데 엉겨 붙었다. 그는 공업용 연필과 조그만 리모컨을 양손에 들고 있었고 가운에는 이름표가 붙어 있었다.

워런.

"젠장, 늙은 워런을 해치진 않겠지?" 카울의 목소리가 음악이 나오는 곳과 같은 곳에서 흘러나왔다. 벽에 달린 스피커였다. "하긴 해쳐도 상관없어. 워런은 인턴사원일 뿐이니까."

워런이 회전의자에 축 늘어진 채 겁에 질린 표정으로 엠마의 손을 바라보았다.

"당신 어디 있지?" 엠마가 소리치며 주위를 둘러보았다.

"그건 신경 쓰지 마!" 카울이 스피커를 통해 말했다. "중요한 건 너희가 날 만나러 왔다는 사실이야. 난 정말 기뻐! 너희들을 쫓는 것보다 이게 훨씬 쉽잖아."

"이상한 아이들의 군대가 몰려오고 있어!" 엠마가 허풍을 떨었다. "정문에 모인 사람은 새 발의 피일 뿐이야. 임브린들이 어디 있는지 말해주면 이 문제를 평화적으로 해결할 수도 있어!"

"군대라고!" 카울이 웃으며 말했다. "런던에는 군대는 고사하고 바리케이드를 칠 만한 이상한 아이들도 충분치 않을걸. 너희들의 가엾은 임브린들로 말하자면, 말도 안 되는 협박 따위나 할 필요 없이 어디 있는지 알려주지. 워런, 그 영광스러운 일을 맡아주겠나?"

워런이 들고 있던 리모컨의 버튼을 누르자 거대한 **쉭** 소리와 함께 벽이 한옆으로 밀렸다. 벽 뒤에는 두꺼운 유리로 만든 또 하나의 벽이 있었고 그 안으로 어둠 속의 널찍한 방이 보였다.

우리는 유리에 얼굴을 대고 양손을 동그랗게 만들어 얼굴 주위를 가린 다음 안을 들여다보았다. 서서히, 버려진 창고 같은 공간이 눈에 들어왔다. 가구들과 무거운 커튼들, 이상한 포즈를 취하고 있는 사람의 형상들이 보였고, 그중 상당수는, 워런의 책상 위에 있는 부위들처럼 껍질이 벗겨져 있었다.

세상에, 도대체 무슨 짓을…….

나의 눈이 어둠 속을 훑었고 심장은 방망이질을 했다.

"글래스빌 원장님이야!" 엠마가 소리쳤고 나도 그녀를 보았다. 그녀는 의자에 옆으로 앉아 있었고 남자처럼 밋밋한 얼굴에 완벽하게 대칭으로 땋은 머리를 양쪽으로 늘어뜨렸다. 우리가 유리를 두드리며 그녀를 불렀지만 그녀는 일체 반응을 보이지 않고 멍한 표정으로 앞만 보고 있었다.

"도대체 무슨 짓을 한 거야!" 내가 소리쳤다. "왜 대답을 안 하시는 거지?"

"영혼을 조금 뽑았어." 카울이 대답했다. "그러면 뇌가 좀 무뎌지지."

"이 개자식!" 엠마가 소리치고는 주먹으로 유리를 때렸다. 워런은 회전의자를 구석으로 몰고 갔다. "이 사악하고 비열하고 야비한……."

"진정해." 카울이 말했다. "영혼을 아주 **조금만** 뽑은 것뿐이니까. 정신적으로는 좀 문제가 있을지 몰라도 너희 보모들의 건강 상태는 아주 양호해."

어수선한 방에 냉혹한 조명이 밝혀졌고 알고 보니 방 안의 형체들은 가짜 모형이었다. 실물은 결코 아니었다. 마네킹이나 해부학 모형이 힘줄과 근육들을 불거지게 한 채 서 있는 것일 뿐이었다. 그

런데 그들 틈에서 입에 재갈이 물려진 채 나무 기둥이나 의자에 묶여 있다가 갑작스럽게 들어온 불빛에 움찔하며 눈을 감는 사람들은 살아 있는 사람들이었다. 여자들. 여덟 명 혹은 열 명. 전부 다 세어 보진 못했지만 대부분은 나이가 많았으며, 흐트러진 모습이었지만 남다른 기품이 배어났다.

우리의 임브린들이었다.

"제이콥! 임브린들이야!" 엠마가 소리쳤다. "우리 원장님……."

우리가 페러그린 원장을 찾기 전에 불이 꺼졌고 어둠에 적응하지 못한 나의 눈은 유리를 통해 더 이상 아무것도 볼 수 없었다.

"페러그린도 저기 있어." 카울이 따분하다는 듯 한숨을 쉬었다. "너희들의 고결한 새, 너희들의 유모……."

"그리고 당신의 여동생." 일말의 인간성이라도 불어넣고 싶어 내가 말했다.

"난 페러그린을 죽이고 싶지 않아." 그가 말했다. "아마 죽이지 않을 거야. 너희들이 내가 원하는 걸 주기만 한다면."

"그게 뭐죠?" 유리에서 물러서며 내가 물었다.

"별거 아니야." 그가 태연하게 말했다. "네 영혼 약간."

"뭐!" 엠마가 소리쳤다.

나는 큰 소리로 웃었다.

"자, 애들아, 내 말 좀 들어봐!" 카울이 말했다. "전부 다 달란 게 아니야. 안약 한 방울만큼만 주면 돼. 글래스빌한테서 추출한 것보다도 적은 양. 한동안 좀 멍해질 순 있지만 며칠 내로 전부 다 회복될 거야."

"도서관을 사용하는 데 도움이 될 거라고 생각하기 때문에 내 영혼을 원하는 거잖아요." 내가 말했다. "그래서 권력을 다 가지려고."

"내 동생하고 얘기를 했나 보구나." 카울이 대답했다. "너희들도 알겠지만 난 그 목표를 거의 달성했어. 평생 찾아 헤맨 끝에 마침내 어베이턴과 임브린들을 찾았거든. 임브린들의 완벽한 조합이 내게 문을 열어주었지. 그런데 그제야 다른 요소 하나가 더 필요하단 사실을 알게 되었어. 특별한 재능을 지닌 이상한 아이, 오늘날엔 쉽게 찾아볼 수 없는 재능. 그런 재능을 찾기를 거의 포기했을 때, 어떤 이상한 사람의 손자라면 거기 들어맞을 수 있겠다는 생각이 들더군. 더 이상은 나에게 쓸모가 없는 임브린들을 미끼로 쓸 수 있을 거라 생각했는데, 실제로 그렇게 됐어! 난 이게 운명이라 생각한단다, 꼬마야. 너와 난 이상한 역사를 함께 쓰게 될 거야!"

"당신하고는 아무것도 안 해요." 내가 말했다. "당신이 그런 권력을 쥐게 되면 이 세상은 지옥이 될 테니까."

"나에 대해 잘못 알고 있구나." 그가 말을 이었다. "놀랄 일도 아니지. 대부분의 사람들이 날 오해하고 있으니까. 맞아. 그동안 난 내 앞길을 가로막는 사람들이 지옥을 경험하게 만들었어. 하지만 지금 난 거의 목표를 이루었고 너그러워질 준비가 되었단다. 이제 아량을 베풀고 용서해야지."

카울의 목소리 밑에 깔려 흐르던 음악은 어느새 조용한 연주곡으로 바뀌었다. 내가 느끼고 있는 긴장이나 공포와 너무도 상반되는 곡이어서 소름이 끼쳤다.

"마침내 우린 평화와 조화 속에서 살게 되었어." 그가 말했다. 매끄럽고 안심시키는 듯한 목소리였다. "내가 너희들의 왕, 너희들의 신이 되기만 한다면. 이건 이상한 세계의 자연스러운 위계질서야. 지금처럼 분열된 상태로, 여자들의 지배를 받으면서 무기력하게 살 순 없어. 내가 권력을 잡게 되면 더 이상 숨어 사는 일은 없을 거야. 지질하게 임브린들의 치맛자락 뒤에 숨어 사는 일은 없을 거라고. 우리 이상한 사람들이 있어야 할 곳은 인간들의 테이블 맨 윗자리야. 우리는 온 세상 모든 이들을 지배하게 될 거야. 마침내 우리 것을 되찾게 되는 거지!"

"우리가 당신 일에 조금이라도 협조할 거라고 생각한다면," 엠마가 말했다. "당신은 완전히 미친 거야."

"그렇게 나올 거라고 예상했다, 꼬마야." 카울이 말했다. "임브린 손에 자란 전형적인 이상한 아이답구나. 야망도 없고, 특권 의식 말고는 아무 생각도 없지. 조용히 좀 해. 지금 남자아이한테 말하고 있잖아."

엠마의 얼굴이 손에서 타오르는 불만큼이나 벌겋게 달아올랐다.

"계속하시죠." 내가 짧게 말했다. 지금쯤 달려오고 있을 보초들과 복도에서 열쇠를 들고 허둥대고 있을 친구들을 생각하면서.

"내가 한 가지 제안을 하마." 카울이 말했다. "우리 전문가들이 너에게 시술을 하게 해다오. 내가 원하는 것을 얻고 나면 너와 네 친구들을 풀어주겠다. 너희 임브린들도. 그때쯤이면 임브린들은 나에게 전혀 위협이 되지 않을 테니까."

"그 제안을 거절한다면요?"

"네가 쉽고 고통 없는 방식으로 네 영혼을 추출하는 걸 허락하지 않는다면, 나의 할로우들이 기꺼이 그 일을 해주겠지. 놈들은 환자를 대하는 매너가 썩 좋은 편은 아니야. 놈들이 널 처치하고 나면,

유감스럽게도 너희 임브린들까지 처치하는 걸 나로서도 막을 수가 없어. 그러니까 보다시피, 나는 어떤 식으로든 내가 원하는 걸 얻을 거야."

"그렇겐 안 될걸요." 엠마가 말했다.

"이 꼬마가 부린다는 그 재주 말하는 거냐? 할로우 한 마리를 부릴 줄 안다는 얘기는 들었다만, 한 번에 두 마리도 부릴 수 있을 까? 아니면 세 마리나 다섯 마리도?"

"얼마든지요." 자신감 넘치고 동요하지 않는 목소리로 내가 말했다.

"그렇다면 정말 보고 싶구나." 카울이 말했다. "그걸 너의 대답으로 생각해도 될까?"

"마음대로 생각하세요." 내가 대답했다. "난 협조 안 해요."

"이런!" 카울이 말했다. "이거 무지하게 재미있어지겠는데!"

우리는 스피커로 카울이 웃는 소리를 들었다. 그 순간 요란한 경보음이 울려 퍼졌고 나는 깜짝 놀랐다.

"지금 뭐 하는 거예요?" 엠마가 말했다.

배 속에서 날카로운 고통이 느껴졌고 카울이 설명하기도 전에 나는 무슨 일이 일어나고 있는지 정확히 파악할 수 있었다. 임브린들의 방 밑, 건물의 지하 깊은 곳에서 할로우 한 마리가 풀려났다. 할로우가 가까이 다가오고 있었고 바닥을 긁으며 열리고 있는 쇠살대를 향해 기어오르고 있었다. 할로우는 곧 임브린들을 덮칠 것이다.

"할로우를 풀었어!" 내가 말했다. "저 방으로 올라오고 있어!"

"우선 한 마리로 시작해볼까." 카울이 말했다. "네가 놈을 부릴 수 있다면 놈의 친구들도 소개해주마."

내가 유리문을 두드렸다. "우릴 들여보내줘요!"

"기꺼이." 카울이 말했다. "워런?"

워런이 리모컨 버튼을 눌렀다. 문 크기의 유리벽이 옆으로 밀려 나며 열렸다.

"나 들어갈게!" 내가 엠마에게 말했다. "넌 여기서 놈을 지켜!"

"페러그린 원장님이 저 안에 계시다면 나도 들어갈래."

엠마를 말릴 방법이 없는 건 너무도 분명했다.

"그럼 저 사람도 데려가자." 내가 말했다.

워런이 달아나려 했지만 엠마가 그의 가운 뒷자락을 붙잡았다.

나는 문 안으로, 어둡고 어수선한 방으로 들어갔다. 엠마는 벗 어나려고 발버둥을 치는 입 없는 인턴의 목덜미를 한 손으로 잡고 있었다.

우리 뒤로 유리문이 닫히는 소리가 들렸다.

엠마가 욕을 내뱉었다.

내가 돌아보았다. 유리문 밖 바닥에 리모컨이 뒹굴고 있었다. 우리는 갇혔다.

ᡕ

방 안에 들어가기 무섭게 인턴이 엠마의 손아귀에서 벗어나 비 틀거리며 어둠 속으로 달아났다. 엠마가 그를 쫓아가려 했지만 내가 붙잡았다. 그는 중요하지 않았다. 중요한 건 할로우였다. 놈은 이제 지하의 굴에서 나와 이 방으로 들어오고 있었다.

놈은 굶주려 있었다. 마치 나의 굶주림처럼 그의 굶주림을 생생하게 느낄 수 있었다. 놈은 곧 임브린들을 포식할 것이다. 우리가 막지 못하면. **내가** 막지 못하면. 우선 놈을 찾아야 했다. 방 안은 잡동사니와 그림자로 가득 차 있어서 할로우를 보는 나의 능력에 큰 도움이 되지 않았다.

나는 엠마에게 불을 더 밝혀달라고 말했다. 엠마가 자신의 손 안에서 최대한 불꽃을 강하게 일으켰지만 그래 봐야 그림자만 길어질 뿐이었다.

안전을 위해 엠마에게 문가에 있으라고 했다. 엠마는 싫다고 했다. "우린 붙어 다녀야 해." 그녀가 말했다.

"그럼 내 뒤에 붙어 있어. 멀찌감치 떨어져서."

엠마도 그 말은 들어주었다. 나는 긴장증 증세를 보이는 글래스빌 원장을 지나 방 안쪽으로 들어갔고, 엠마는 우리의 앞길을 비추려 한 손을 들고 몇 발자국 뒤에서 쫓아왔다. 눈앞에 펼쳐진 광경은 피 없는 야전병원 같았다. 곳곳에 해체된 인간의 신체 부위들이 나뒹굴었다.

팔 하나가 발에 채었다. 팔은 둔탁한 소리를 내며 굴러갔다. 석고 모형이었다. 테이블 위에는 몸통만 있는 조각상이 있었다. 액체가 든 유리병에 담긴 머리도 있었는데 눈을 뜨고 입을 벌리고 있었고, 실물이 분명했지만 최근 것은 아니었다. 이곳은 카울의 연구실과 고문실, 그리고 창고를 하나로 합친 방 같았다. 그 역시 동생처럼 이상하고 섬뜩한 물건들을 버리지 못하는 사람이었다. 다만, 벤담은 깔끔하게 정돈을 하는 유형인 반면 카울에겐 가정부가 절실히 필요했다.

"할로우들의 놀이터에 온 것을 환영한다." 카울이 말했다. 확성기로 증폭된 그의 목소리가 방 안에 울려 퍼졌다. "우린 할로우를 대상으로 실험을 하고, 먹이를 주고, 놈들이 먹이를 해체하는 것을 관찰하지. 어느 부위를 먼저 먹을지 모르겠구나. 어떤 할로우들은 눈으로 시작하던데. 일종의 애피타이저라고나 할까."

나는 사람의 몸에 걸려 비틀거렸다. 내 발에 차인 몸뚱이가 비명을 질렀다. 내려다보니 잔뜩 겁에 질린 중년의 여자가 거친 눈빛으로 날 바라보고 있었다. 내가 모르는 임브린이었다. 나는 걸음을 멈추지 않고 몸을 숙이며 그녀에게 속삭였다. "걱정 마세요. 여기서 탈출하게 해드릴게요." 그러나 나는 속으로 생각했다. 그럴 수 없을 거라고. 이 모형들의 혼란과 광기의 어둠 속에서 우린 죽게 될 거라고. 입 닥칠 줄 모르고 종말을 예언하는 과거의 제이콥이 강림하고 있었다.

방 안쪽에서 무언가의 기척이 느껴졌고 곧이어 할로개스트가 입을 벌리는 질퍽한 소리가 들려왔다. 놈이 가까이 있었다. 나는 할로우를 겨냥하고 달리기 시작했다. 비틀거리다가 중심을 잡으면서. 엠마도 달렸다. "제이콥, 빨리!"

카울도 스피커에 대고 조롱하듯 말했다. "제이콥, 빨리!"

그가 음악의 볼륨을 키웠다. 강렬하고 낙관적이고 비정상적인 음악이었다.

우리는 서너 명의 임브린들을 지나쳤고, 그들 모두 묶인 채 몸부림치고 있었다. 그러다가 마침내 나는 놈을 제대로 볼 수 있었다.

나는 숨이 차서 멈추었고, 할로우의 크기에 놀라 현기증이 났다. 이 할로우는 거인이었다. 내가 길들였던 것보다 머리가 대여섯 개 더 있을 정도로 컸고 웅크리고 있는데도 거의 천장에 닿았다. 놈은 6미터 거리에서 입을 쩍 벌리고 혀들을 허공에 널름거리고 있었다. 엠마가 몇 발자국 앞으로 나아가더니 손을 내밀어 무언가를 가리키면서 동시에 손에 불을 붙였다.

"저기!"

물론 엠마가 본 건 할로우가 아니었다. 그러나 그것이 우리 쪽으로 다가오고 있었다. 웬 여자가, 마치 소고기의 한 부위처럼, 검은 스커트를 얼굴에 뒤집어쓴 채, 거꾸로 매달려 몸부림치고 있었다. 그런 상황이었는데도, 그리고 어둠 속이었는데도, 나는 그녀를 알아보았다. 렌 원장이었다.

애디슨이 그녀 곁에 매달려 있었다. 그들은 숨을 헐떡이며 몸부림을 치고 있었고 불과 1미터 거리에서 할로우가 혀를 널름거리며 렌 원장의 어깨를 감아 집어삼키려 하고 있었다.

"멈춰!" 내가 소리쳤다. 처음엔 영어로, 그다음엔 할로우가 이해할 수 있는 거친 언어로. 나는 놈이 멈출 때까지 소리를 지르고 또 질렀고, 마침내 놈이 멈추었지만 내 말을 알아들어서가 아니라 내가 더 흥미로운 먹잇감이기 때문이었다.

놈이 임브린을 놓았고 렌 원장은 마치 시계추처럼 흔들렸다. 할로우의 혀들이 내 쪽으로 움직였다.

"내가 할로우를 이쪽으로 몰 테니까 렌 원장님을 내려드려." 내가 말했다.

나는 쉬지 않고 할로우에게 말을 걸면서 렌 원장에게서 멀어졌다. 할로우가 렌 원장에게서 내게로 관심을 돌리도록.

입 다물어. 앉아. 누워.

내가 움직이는 동안 할로우가 렌 원장에게서 돌아섰다. **좋아, 좋아.** 그리고 내가 물러섰고 할로우가 내 쪽으로 다가왔다.

됐어. 좋아. 그런데 이제 어쩌지?

나의 손이 주머니 속으로 들어갔다. 한쪽 주머니에는 가루 어머니의 나머지 손가락이 들어 있었다. 다른 주머니에는, 엠마가 보지 않을 때 옆방에서 슬쩍한 앰브로 한 병이 들어 있었다. 잠시 자신감을 잃었을 때 앰브로를 훔쳤다. 혼자 힘으로 이 일을 해낼 수 없다면? 촉진제가 필요하다면?

앉아. 내가 말했다. **멈춰.**

할로우가 혀 하나를 내 쪽으로 뻗어 왔다. 나는 마네킹 뒤에 숨었고 할로우의 혀가 마네킹을 휘감아 높이 쳐들어서 벽에다 내던졌다. 마네킹이 부서졌다.

두 번째 혀를 피하다가 쓰러진 의자에 정강이를 부딪쳤다. 할로우의 혀가 방금 전까지 내가 서 있던 자리를 세게 내리쳤다. 할로우는 지금 나를 갖고 장난을 치고 있었지만 조만간 날 죽이려 덤빌 것이다. 뭐든 해야 했고, 내가 할 수 있는 일은 두 가지가 있었다.

물약이냐, 아니면 손가락이냐.

한 병의 물약으로 내 능력을 향상시키지 않고서는 이 할로우를 통제할 길이 없었다. 반면 가루 어머니의 으깬 손가락은 나에게서 멀리 뿌릴 수가 없었고 나는 마스크를 잃어버렸다. 그걸 쓰려 했다간 내가 잠들고 말 것이고, 그렇게 되면 가루는 단지 쓸모가 없는 정도가 아닐 것이다.

또 다른 혀가 내 바로 옆 바닥을 때렸고 나는 식탁 밑으로 미끄러져 들어갔다. 나는 허겁지겁 마개를 땄다. 내 손이 떨리고 있었다. 이 약이 날 영웅으로 만들어줄까? 아니면 노예로? 이 한 병이 정말 평생 날 중독자로 만들까? 어느 쪽이 더 끔찍할까? 중독자와 노예가 되는 것? 아니면 죽어서 저 할로우의 배 속에 들어가는 것?

테이블이 쓰러졌고 나는 완전히 노출되었다. **멈춰, 멈춰.** 나는 소리를 질렀다. 할로우의 혀들이 불과 몇 센티미터 거리 앞으로 날아왔다.

등이 벽에 닿았다. 더 이상 갈 곳이 없었다.

배에 한 방을 얻어맞았고 그다음엔 혀가 나를 때려서 벽에서 떼어놓고는 내 목을 조이려고 다가왔다. 달아나야 했지만 얼어붙었고, 몸이 구부러졌고, 숨이 찼다. 그때 성난 포효가 들려왔다. 할로우의 괴성이 아니었다. 짧고 울림이 있는 짖는 소리였다.

애디슨.

내 목을 향해 날아오던 혀가 마치 통증을 느끼듯 꼿꼿해지더니 방을 가로질러 입안으로 말려 들어갔다. 그 개가, 용감한 작은 복서가, 놈을 물었다. 나는 애디슨이 으르렁거리고 깽깽거리면서 자기보다 스무 배나 되는 보이지 않는 괴물과 싸울 태세를 갖추는 소리를 들었다.

나는 벽에 등을 대고 미끄러졌고, 폐에 공기가 채워졌다. 마침내 결심이 섰고 나는 약병을 들었다. 약 없이는 승산이 없었다. 마개를 열어 약병을 눈까지 들고 고개를 뒤로 젖혔다.

그 순간 누군가 내 이름을 불렀다. "제이콥!" 어둠 속, 몇 미터 떨어진 곳에서 낮게 들려오는 목소리였다.

나는 돌아보았다. 바닥의 여러 모형들 틈에 누워 있는 사람은 바로 페러그린 원장이었다. 멍들고, 묶여 있고, 고통 때문인지 약에 취해서인지 몽롱한 상태에서 말을 하려 애쓰고 있었지만, 그럼에도 불구하고 꿰뚫는 듯한 초록빛 눈동자로 나를 쳐다보고 있었다.

"안 돼." 그녀가 나지막이 말했다. "그러면 안 돼." 그녀의 목소리는 거의 들릴락 말락 했다.

"페러그린 원장님!"

나는 병을 내리고 마개를 닫은 다음 그녀가 누워 있는 곳으로 기어갔다. 나의 두 번째 엄마. 추락하고, 다친, 아마도 죽어가는 듯한 이상한 성녀.

"괜찮으시다고 말해주세요." 내가 말했다.

"그거 내려놔." 그녀가 말했다. "네겐 필요하지 않아."

"필요해요. 전 그분과는 달라요."

우리 두 사람 모두 내가 말한 그분이 누구인지 알고 있었다. 나의 할아버지.

"맞아, 달라." 그녀가 말했다. "너에게 필요한 건 이미 네 안에 다 있어. 그거 내려놓고 대신 네 안에 있는 걸 꺼내." 그녀가 우리 사이에 놓여 있는 무언가를 향해 고갯짓을 했다. 부서진 의자에서 쪼개진 나뭇조각이었다.

"못해요. 이걸로는 충분하지 않아요."

"충분해." 그녀가 내게 말했다. "눈만 겨냥하면 돼."

"못해요." 그렇게 말하면서도 나는 그녀가 시키는 대로 했다. 나는 약을 내려놓고 나뭇조각을 잡았다.

"잘했어." 그녀가 속삭였다. "자, 이제 가서 그걸로 놈을 해치워."

"그럴게요." 내가 말했다. 그녀가 미소를 짓고는 다시 바닥으로 고개를 떨어뜨렸다.

나는 마음을 단단히 먹고, 나뭇조각을 손에 쥐고 일어섰다. 방 저쪽에서 애디슨이 할로우의 혀에 이를 깊숙이 박은 채 로데오 카우보이처럼 할로우를 타고 있었다. 할로우는 애디슨을 앞뒤로 흔들었고 애디슨은 용감하게 매달려 으르렁거렸다. 엠마는 렌 원장을 밧줄에서 내려주고 불타는 손을 내저으며 그녀를 보호하고 있었다.

할로우가 애디슨을 기둥에 처박았고 개가 마침내 혀에서 풀려났다.

나는 바닥에 흩어진 사지들 틈을 헤치고 최대한 빨리 할로우를 향해 돌진했다. 그러나 불을 쫓는 나방처럼 할로우는 엠마에게 더 관심이 있는 것 같았다. 할로우가 엠마에게로 다가가고 있었고 나는 소리를 질렀다. 처음엔 영어로, "야! 거기!" 그다음엔 할로우 말로, **"덤벼! 이 개자식아!"**

가장 가까운 물건을 집었는데 우연찮게 손이었다. 나는 그것을 던졌다. 손이 할로우의 등을 맞고 튕겨 나왔고 놈이 내 쪽으로 돌아섰다.

덤벼 덤벼.

할로우는 잠시 혼란스러워했다. 덕분에 나는 혀들에 잡히지 않고 놈에게 다가갈 시간을 벌었다. 나는 나뭇조각으로 놈의 가슴을 한 번, 두 번 찔렀다. 할로우는 벌에 쏘인 것처럼, 아니 그보다 더 끔찍한 반응을 보였고, 나를 혀로 바닥에 쓰러뜨렸다.

멈춰, 멈춰, 멈춰. 나는 어떻게든 돌파구를 찾으려고 할로우 언어로 소리쳤다. 그러나 이 괴물은 철벽같았고 나의 명령에 꿈쩍도 하지 않았다. 그제야 나는 손가락을 떠올렸다. 주머니 안에 있던 분필만 한 조그만 가루 손가락. 내가 손가락을 잡는 순간 혀 하나가 날아와 나를 휘감고 공중으로 번쩍 들어올렸다. 엠마가 내려놓으라고 외치는 소리가 들렸고 카울의 목소리도 들렸다. "잡아먹지 마!" 그가 스피커를 통해 소리쳤다. "그놈은 내 거야!"

내가 주머니에서 손가락을 꺼낼 때 할로우가 나를 벌린 턱 안으로 떨어뜨렸다.

나는 무릎부터 가슴까지 놈의 입안에 들어가 있었다. 놈의 이빨이 나의 몸 여기저기서로 파고들었고, 나를 삼키려고 놈의 턱이 벌어졌다.

이것이 나의 마지막 행동이 될 것이다. 나의 최후. 나는 손가락을 으깨어 할로우의 목구멍으로 짐작되는 곳에 넣었다. 엠마가 할로우를 때리면서 불로 지지고 있었고, 놈이 입을 닫아 이빨로 날 두 동강 내기 직전에 캑캑거리기 시작했다. 할로우는 불에 데고 숨을 헐떡이면서 엠마에게서 비틀거리며 물러나 자기가 기어 나온 쇠살대 쪽으로 뒷걸음쳤다. 그는 보금자리로 돌아가 느긋하게 나를 씹어 먹을 작정인 것 같았다.

나는 할로우를 멈춰 세우려고, 소리를 지르려고(놓아줘!) 애썼지만 놈이 나를 깨물기 시작했고 너무 아파서 아무 생각도 나지 않았다. 마침내 우리는 쇠살대로 돌아와 그 안으로 미끄러져 들어갔다. 놈은 나를 입안 가득 물고 있느라 사다리의 가로대를 잡을 수가 없었고, 그대로 바닥으로 떨어졌으며, 떨어지면서 캑캑거렸다. 그리고 나는 어찌 된 영문인지 여전히 살아 있었다.

바닥으로 떨어지는 순간 요란하게 뼈 부러지는 소리와 함께 놈의 폐가 오그라들었다. 내가 할로우의 목 안에 뿌렸던 가루가 밖으로 쏟아져 나와 흩날렸다. 가루가 내려앉으면서 나는 가루의 효력이 발생하는 것을 느꼈다. 가루가 나의 통증을 완화시켰고 나의 뇌를 둔화시켰다. 할로우에게도 같은 효력이 있음을 알 수 있었다. 놈의 턱이 느슨해져서 나를 거의 깨물지 못했기 때문이었다.

우리가 멍하고 고요한 상태로 뒤엉켜 잠 속으로 빠져들 때, 나는 흩날리는 흰 가루 속에서 해골들이 쌓여 있는 어두운 터널을 보았다. 가루에 취하기 전에 내가 마지막으로 본 것은 호기심을 느끼고 내 쪽으로 다가오는 할로우의 무리였다.

제 8 장
chapter eight

나는 깨어났다. 상황을 감안해볼 때 그것만으로도 대단한 일이었다.

나는 할로우 소굴에 있었고 주위에는 여러 할로우들의 몸뚱이가 널브러져 있었다. 죽었을 수도 있지만 놈들이 가루 어머니의 새끼손가락 가루를 들이마셨을 가능성도 있었고 그래서 냄새가 지독하고, 코를 골고, 대체로 의식이 없는 할로우 스파게티가 된 것일 수도 있었다.

나는 가루 어머니에게 조용히 감사의 인사를 했다. 커져가는 두려움과 함께 내가 여기 얼마나 오래 있었는지 궁금해졌다. 한 시간? 하루? 위에 있는 사람들은 어떻게 되었을까?

나는 가야 했다. 할로우 몇 마리가 나처럼 잠에서 깨어나려 뒤척였지만 여전히 몽롱한 상태였다. 나는 엄청난 노력으로 일어섰다. 내 상처는 심각하지 않은 게 분명했고 뼈도 크게 부러진 것 같지 않왔다. 나는 어지러워 비틀거리다가 중심을 잡은 다음 약에 취한 할로우들 사이로 움직이기 시작했다.

우연히 할로우의 머리를 걷어차는 바람에 신음 소리와 함께 할로우가 깨어나 눈을 떴다. 뛰었다가는 놈이 날 쫓아올 것 같아 그 자리에 얼어붙었다. 할로우는 나를 보는 것 같았지만 위협으로도, 먹잇감으로도 인식하지 못하고 도로 눈을 감았다.

나는 조심스럽게 한 발짝씩 내디디며 할로우들의 카펫을 지나 벽에 다다를 때까지 계속 걸었다. 거기서 굴이 끝났다. 나가는 길은 위로 나 있었다. 30미터 길이의 통로가, 열려 있는 쇠살대와 어수선한 방으로 연결되어 있었다. 통로 안쪽에 손잡이가 달려 있었지만, 인간의 손발이 아니라 곡예사에 가까운 할로우의 혀들을 위해 설계되었기 때문에 간격이 멀었다. 나는 친근한 얼굴이 나타나주지 않을까 하는 기대를 품고 저만치 머리 위 흐릿한 불빛의 원을 쳐다보며 서 있었지만 감히 도와달라고 소리를 지르지는 않았다.

나는 절망적인 심정으로 펄쩍 뛰어오르며 단단한 벽을 더듬어 첫 번째 손잡이로 손을 뻗었다. 다행히 손잡이를 잡을 수 있었다. 나는 몸을 끌어 올렸다. 나는 순식간에 바닥에서 3미터 높이로 올라와 있었다. (내가 어떻게 한 거지?) 나는 다시 한번 뛰어서 다음 손잡이를, 또 그다음 손잡이를 잡았다. 그렇게 나는 통로를 타 오르고 있었고, 내가 생각했던 것보다 다리는 더 높이 날 밀어냈으며, 팔은 더 멀리 뻗을 수 있었다. **희한하네.** 나는 통로 꼭대기까지 올라갔고 머리를 내밀어 방으로 들어섰다.

심지어 숨도 차지 않았다.

나는 주위를 둘러보다가 엠마의 불빛을 발견하고는 어수선한 바닥을 가로질러 엠마에게로 달려갔다. 엠마를 불러보려 했지만 말을 할 수가 없었다. 상관없었다. 엠마는 유리문 반대편, 사무실에 있었다. 워런은 글래스빌 원장이 앉았던 의자에 묶여 있었고 내가 다가가자 겁에 질린 듯 신음하더니 옆으로 쓰러졌다. 사람들의 얼굴이 문 앞에 모여들었고 모두가 미심쩍은 표정으로 나를 쳐다보았다. 엠마와 페러그린 원장, 호러스, 그리고 그들 뒤에는 다른 임브린들과 친구들이 있었다. 그들 모두가 살아 있었고, 아름다웠다. 그들은 감방에서 빠져나와 다시 한번 이곳, 카울의 방탄 벙커 문 뒤에 갇혔다. (일단은) 와이트들로부터 벗어났지만 여전히 갇혀 있었다.

그들은 겁에 질린 표정이었고 내가 유리문 쪽으로 다가갈수록 더 두려워하는 것 같았다. **나야.** 내가 말을 하려 했지만 말이 제대로 나오지 않았고 친구들이 놀라 뒤로 물러섰다.

나야, 제이콥!

말을 하려 애쓰는 내 입에서 영어 대신 나온 것은 거칠게 으르렁거리는 소리와 허공을 휘젓는 세 개의 길고 통통한 혀들이었다. 그때 친구 중 한 명이, 그러니까 에녹, 에녹이, 그제야 내게 떠오른 생각을 소리 내어 말했다.

"할로우야!"

아니야. 나는 말하려 애썼다. **난 할로우가 아니야.** 그러나 모든 상황이 그 반대를 증명하고 있었다. 어떻게 된 영문인지 몰라도 나는 **그들 중 한 명**이 되어 있었다. 뱀파이어처럼 물려서 변한 건지, 아니면 죽은 건지, 잡아먹힌 건지, 재활용이 된 건지, 환생을 한 건지, **이런 젠장 젠장 젠장 이럴 순 없어······.**

입이 날 배신했기 때문에 인간으로 인정받을 신호를 해보려고 손을 뻗었지만 앞으로 튀어 나간 건 내 혀들이었다.

미안해, 미안해, 난 이걸 다룰 줄 몰라.

엠마가 내 쪽으로 무작정 손을 휘둘렀고, 엠마의 손이 내게 닿았다. 타는 듯한 고통이 온몸을 관통했다.

그리고 나는 깨어났다.

또다시.

그보다는 갑작스러운 통증에 놀라 다시 내 몸으로 돌아왔다고 해야 할까. 나는 잠든 할로우의 벌린 입 사이 어둠 속에 누워 있는 나의 고통과 인간의 육체로 돌아왔다. 그러면서도 나는 여전히 상처 난 혀를 입안으로 넣고 문에서 비틀거리며 물러서던, 내 몸 위에 있는 할로우였다. 어찌 된 영문인지 몰라도 나는 나의 의식과 할로우의 의식 속에 동시에 존재했고, 그 둘을 다 통제할 수 있었다. 내 팔과 할로우의 팔을 동시에 들어 올릴 수 있었고, 내 머리와 할로우의 머리를 동시에 돌릴 수 있었다. 한마디도 하지 않고 생각만으로도 그렇게 할 수 있었다.

나도 모르는 사이, 의식적으로 노력한 것도 아닌데, 나는 할로우를 완전히 정복했고 (할로우의 눈으로 보고 할로우의 피부로 느끼면서) 잠시 동안 내가 곧 할로우인 것 같은 기분이 들었다. 그런데 그 둘의 차이가 또렷해지기 시작했다. 나는 연약하고 망가진 몸의 소년이었고 몸을 가누지 못하는 괴물들에 둘러싸인 채 굴에 있었다. 이제 괴물들이 깨어나고 있었다. 나를 물어서 이곳으로 끌고 온 할로우만 빼고. (그 할로우는 가루를 얼마나 많이 먹었는지 몇 년은 잘 것 같았다.) 할로우들은 서서히 일어나 앉기 시작했고 사지의 얼얼함을 털어내고 있었다.

그러나 날 죽일 생각은 없는 것 같았다. 그들은 조용히 주의를 기울이며 나를 관찰하고 있었다. 이야기를 듣는 착한 아이들처럼 반원 모양으로 날 둘러싸고 앉아 명령을 기다리고 있었다.

나는 할로우의 턱에서 굴러 나왔다. 앉을 수는 있었지만 너무 아파서 일어설 수가 없었다. 그러나 **그들은** 일어설 수 있었다.

일어서.

나는 말을 하지 않았고, 심지어 생각조차 하지 않았다. 정말이다. 실제로 내가 움직이는 것 같은 기분이 들었다. 다만, 그렇게 한 사람이 내가 아닐 뿐. 그들이 그렇게 했다. 열한 마리의 할로개스트가 일제히 내 앞에서 일어섰다. 물론 놀라운 일이었지만 나의 몸속에 깊은 평화가 깃들기 시작했다. 나는 완전히 긴장을 풀고 나의 능력을 발휘할 수 있는 가장 깊고 순수한 상태로 접어들고 있었다. 우리의 의식을 일제히 껐다가 다시 접속하는 집단 재부팅의 과정을 통해 우리는 일종의 조화를 이루게 되었고, 경계가 무너지는 순간 내능력의 무의식적 영역은 물론이고 할로우들의 의식까지 조종할 수 있게 되었다.

이제 그들은 나의 것이었다. 보이지 않는 끈으로 연결된 마리오네트였다.

그러나 내가 어디까지 할 수 있을까? 한계가 어디일까? 한꺼번에, 혹은 따로따로는 몇 마리나 통제할 수 있을까?

그걸 알아보기 위해서 나는 놀이를 시작했다.

위층 방에서, 나는 할로우 한 마리를 눕혔다.

할로우가 누웠다.

(나는 전부 다 **수놈**이라는 결론을 내렸다.)

앞에 있는 할로우들을 뛰게 했다.

그들이 뛰었다.

이제 그들은 별개의 그룹이었다. 위에 있던 할로우 한 마리 그리고 내 앞에 있는 여러 마리. 각각의 할로우를 따로 움직여보았다. 한 놈이 손을 들고 다른 놈은 가만히 있게. 마치 발가락 한 개만 꼼지락거려보라고 하는 것 같았다. 어려웠지만 불가능하진 않았고 머지않아 나는 방법을 터득했다. 내가 의식적으로 노력하지 않을수록 더 쉬웠다. 어떤 동작을 상상하는 것만으로도 가장 자연스럽게 수행할 수 있었다.

나는 그들을 굴 안쪽의 해골 무더기 쪽으로 물러나게 한 다음, 거기서 혀로 뼈를 집어 들어서 서로에게 던지게 만들었다. 처음엔 한 번에 한 가지 동작을, 그다음엔 두 가지 동작을, 그다음엔 세 가지, 네 가지 동작을, 한 동작에 그다음 동작을 얹는 식으로 여섯 개까지 할 수 있었다. 위층에 있는 할로우를 일으켜 세워 춤을 추게 하면서부터 뼈를 던지던 할로우들이 실수를 하기 시작했다.

내 솜씨가 꽤 훌륭했다고 말해도 엄청난 과장은 아닐 것이다. 심지어 나는 자연스러웠다. 조금만 더 연습하면 완전히 통달할 수 있었다. 할로우들만으로 이루어진 농구팀이 대결을 하게 만들 수도 있을 것 같았다. 〈백조의 호수〉의 모든 역할을 주어서 춤을 추게 할 수도 있을 것 같았다. 그러나 연습할 시간은 없었다. 나는 이 상태로 가야 했다. 그래서 나는 놈들을 내 주위로 불러 모은 다음, 가장 힘이 센 놈에게 날 들어 올려 놈의 등에 올라타게 하고 혀를 두르게 한 뒤, 한 놈씩 한 놈씩, 나의 괴물 군대를 통로로 올려 보내며 위층 방으로 향했다.

어수선한 방의 전등불들이 켜져 있었고 거친 불빛 속에서 방 안에 남아 있는 몸들은 마네킹과 모형뿐임을 알 수 있었다. 임브린 들은 모두 끌려 나갔다. 카울의 관찰실 쪽으로 난 유리문은 닫혀 있 었다. 나는 타고 있는 할로우 외의 다른 할로우들을 뒤로 물러서 있 게 한 다음, 혼자 문 쪽으로 다가가 친구들을 불렀다. 이번에는 내 목소리로, 영어로 불렀다.

"나야! 제이콥!"

내가 문 쪽으로 다가갔다. 엠마의 얼굴을 다른 아이들의 얼굴 이 동그랗게 둘러쌌다.

"제이콥!"

유리로 막혀 있어서 엠마의 목소리가 흐릿하게 들렸다. "살아 있었네!" 그러나 나를 바라보는 동안 엠마의 표정이 이상해졌다. 마 치 자신이 보고 있는 광경을 이해할 수 없다는 듯이. 그제야 내가 할로우의 등에 올라타고 있고, 엠마의 눈에는 내가 공중에 떠 있는 것처럼 보일 거란 사실을 깨달았다.

"괜찮아! 내가 말했다. "나 지금 할로개스트 타고 있어!" 나는 단단한 근육이 날 받쳐주고 있음을 보여주기 위해 할로우의 어깨를 두드렸다. "이제 완전히 통제할 수 있어. 다른 녀석들도."

나는 열한 마리의 할로우를 앞으로 다가오게 했고 쿵쿵거리는 발소리가 그들의 존재를 알렸다.

"정말 제이콥 맞아?" 올리브가 물었다.

"통제하고 있다니, 그게 무슨 뜻이야?" 에녹이 물었다.

"셔츠에 피가 묻었어!" 브로닌이 말했다.

그들은 대화를 나눌 수 있을 정도로만 문을 조금 열었다. 나는 어쩌다 보니 할로우 굴에 떨어졌고, 반토막이 나며 잡아먹힐 뻔했다가 마취가 되어 잠이 들었으며, 눈을 떠보니 열두 마리의 할로우를 부릴 수 있게 되었다는 이야기를 했다. 그 사실을 좀 더 분명히 하기 위해 나는 할로우들을 시켜서 의자에 묶여 있는 워런을 의자째로 들어 몇 번 흔들어 보이게 했다. 의자가 공중에서 거꾸로 흔들렸고 아이들이 환호하는 동안 워런은 금방이라도 토할 것처럼 신음했다. 마침내 할로우가 워런을 내려놓았다.

"내가 두 눈으로 직접 보지 않았다면 못 믿었을 거야." 에녹이 말했다. "죽었다 깨어나도!"

"너 진짜 멋지다!" 조그만 목소리가 들렸고 클레어의 모습이 보였다.

"어디 좀 보자!" 내가 말했지만 막상 열린 문으로 다가가니 클레어가 뒤로 물러났다. 나의 능력에 놀라워하면서도 할로개스트에 대한 이상한 아이들의 본능적인 두려움을 극복하기란 쉽지 않았다. 냄새 역시 도움이 되지 않았다.

"안전해." 내가 말했다. "내 말 믿어도 돼."

올리브가 문으로 다가왔다. "난 안 무서워."

"나도." 엠마가 말했다. "내가 먼저야."

엠마가 문을 열고 나와 나를 맞이했다. 나는 할로우가 무릎을 꿇게 한 다음 앞으로 몸을 숙이고 어정쩡하게 엠마를 끌어안았다. "미안, 내가 혼자서는 아직 일어설 수가 없어." 내가 말하고는 얼굴을 그녀의 뺨에 대고 나의 감은 눈에 보드라운 그녀의 머리카락이 스치게 했다. 그것만으론 충분치 않았지만 일단은 만족해야 했다.

"너 다쳤구나." 나를 제대로 보려고 엠마가 뒤로 물러섰다. "온몸이 상처투성이네. 상처가 깊어."

"아무 느낌도 없어. 온몸에 가루를 뿌려서……."

"감각은 없겠지만 그렇다고 나은 건 아니야."

"그건 나중에 걱정할래. 내가 저 밑에 얼마나 있었지?"

"몇 시간." 엠마가 말했다. "우린 네가 죽은 줄 알았어."

내가 이마를 그녀의 이마에 댔다. "약속했잖아. 기억해?"

"약속을 하나 더 해줘야겠어. 무서워 죽을 것 같게 만들지 마."

"최선을 다할게."

"안 돼. 약속해줘."

"이 모든 게 끝나면 무슨 약속이든 할게."

"그 말 기억해둘게." 엠마가 말했다.

페러그린 원장이 문 앞에 나타났다. "너희 둘 이리 좀 와봐. 그 괴물은 밖에 좀 두고 오겠니?"

"원장님!" 내가 말했다. "드디어 회복되셨네요!"

"그래. 지금 회복 중이야." 그녀가 대답했다. "난 늦게 도착하는 바람에 살아남았단다. 가족에 대한 오빠의 특혜도 있었고. 동료 임브린들이 다 운이 좋았던 건 아니야."

"너한테 특혜를 베푼 건 아니야." 위쪽에서 우렁찬 목소리가 들려왔다. 스피커에서 나오는 카울의 목소리였다. "나중에 먹으려고 가장 맛있는 음식을 남겨둔 것뿐이지!"

"입 닥치지 못해!" 엠마가 소리쳤다. "당신을 찾으면 제이콥의 할로우들이 아침 대신 잡아먹을걸!"

카울이 웃었다. "과연 그럴까." 그가 말했다. "내가 생각했던 것보다 강하더구나, 꼬마야. 하지만 착각하지 마. 결국 피할 수 없는 일을 조금 늦춘 것뿐이니까. 하지만 지금 항복한다면, 너희 중 몇 명은 살려줄 수도……."

나는 할로우의 혀들을 이용해서 천장에 달린 스피커를 뜯어 바닥에 패대기쳤다. 전선과 부품들이 산산조각이 났고 카울의 목소리는 더 이상 들리지 않았다.

"우리가 놈을 찾으면," 에녹이 말했다. "죽이기 전에 손톱을 뽑아버리고 싶어. 반대하는 사람?"

"먼저 놈의 콧구멍에 벌 떼를 집어넣게 해준다면." 휴가 말했다.

"그건 우리 방식이 아니야." 페러그린이 말했다. "모든 게 끝나면 오빠는 남아 있는 자신의 비정상적인 삶을 처벌의 루프에서 썩히게 될 거야."

"그럼 무슨 재미예요?" 에녹이 말했다.

페러그린이 꾸짖는 듯한 표정을 지어 보였다.

나는 할로우가 나를 내려놓게 한 다음 엠마의 도움을 받아 절뚝거리며 관찰실로 들어갔다. 친구들이 모두 그곳에 있었다. 피오나만 빼고. 벽에 기대거나 사무실 책상에 앉아 창백하고 겁에 질린 얼굴로 나를 지켜보는 사람들도 있었다. 임브린들이었다.

그러나 내가 그들에게 다가가기 전에 친구들이 날 가로막았다. 그들은 두 팔을 벌려 나를 끌어안았고 비틀거리는 나의 몸을 번쩍 들었다. 나는 그들의 포옹에 굴복했다. 이런 달콤한 기분은 오랜만이었다. 그때 애디슨이 다친 두 발로 최대한 품위 있게 내게 다가왔고 나는 친구들에게서 떨어져 그를 반겼다.

"날 두 번째 구해준 거네." 한 손을 그의 복슬복슬한 머리에 얹으며 내가 말했다. "어떻게 갚아야 할지 모르겠다."

"일단 우리를 이 끔찍한 루프에서 벗어나게 해주는 걸로 시작하면 어떨까." 그가 으르렁거렸다. "그 다리를 건넌 게 잘못이었어!"

그의 말을 들은 아이들이 웃었다. 어쩌면 개의 본능일지 몰라도 그에겐 여과 장치가 없었다. 언제나 자기 생각을 있는 그대로 말했다.

"트럭에 매달렸던 묘기는 내가 본 가장 용감한 행동이었어." 내가 말했다.

"건물 안으로 들어오자마자 잡혔어. 모두를 실망시켜서 미안해."

육중한 문 밖에서 갑자기 요란한 펑 소리가 들려왔다. 문이 흔들렸다. 선반에서 조그만 물건들이 떨어졌다.

"와이트들이 문을 부수고 들어오려고 해." 페러그린이 말했다. "저러기 시작한 지 꽤 됐어."

"싸워야죠." 내가 말했다. "하지만 먼저 확인이 안 된 친구가 있는지 알고 싶어요. 저 문을 여는 순간 걷잡을 수 없는 상황이 벌어질 테니까요. 이 건물 안 다른 곳에 우리가 구출해야 하는 이상한 아이들이 있다면 싸울 때 그들을 염두에 두어야 해요."

너무 어둡고 북적였기 때문에 우리는 출석을 부를 수밖에 없었다. 나는 친구들이 전부 다 있는지 확인하기 위해 이름을 두 번씩 불렀다. 그다음엔 우리와 함께 렌 원장의 얼음의 집에서 끌려온 이상한 아이들에 대해 물었다. 광대(와이트의 명령을 거부했다가 빙하 협곡에 던져졌다고 올리브가 훌쩍거리며 말했다), 접히는 남자(상황이 험악해지자 지하에 남겨졌다), 초능력 소녀 멜리나(위층에서 영혼 일부를 추출당한 채 의식을 잃고 있다), 그리고 창백한 소년들(마찬가지). 그다음엔 렌 원장이 구출한 아이들이 있었다. 모자를 비스듬하게 쓴 수수한 소년, 뱀을 부리는 곱슬머리 소녀. 브로닌은 그들이 건물의 다른 방으로 끌려가는 것을 보았다고, 그 방에 다른 이상한 아이들도 갇혀 있다고 했다.

마지막으로 우리는 임브린들을 파악했다. 먼저 페러그린 원장이 있었다. 원장을 다시 만난 뒤로 아이들은 그녀 곁에서 잠시도 떨어지지 않았다. 페러그린 원장과 하고 싶은 얘기가 너무 많았다. 마지막으로 그녀를 본 이후 우리에게 일어났던 모든 일들에 대해. 그런 얘기를 나눌 시간은 없었지만, 우리의 눈은 짧은 순간 스치듯 몇 번 마주쳤다. 그녀는 엠마와 나를 자부심과 경이로움이 담긴 눈빛으로 바라보았다. **난 너희들을 믿어**라고 그녀의 눈이 말하고 있었다.

그녀를 다시 만나게 되어 너무나 기쁘긴 해도, 우리가 걱정해야 할 임브린은 그녀 혼자가 아니었다. 모두 열두 명이었다. 페러그린이 우리를 자신의 친구들에게 소개했다. 엠마가 천장에서 내려준 렌 원장은 다치긴 했지만 꼿꼿했다. 글래스빌 원장은 여전히 모호하고 멍한 눈빛으로 그녀를 바라보고 있었다. 케르놈에서 페러그린 원장과 함께 납치된 이후 본 적이 없었던, 가장 연로한 애보셋 원장은 문가의 의자에 앉아 있었다. 번팅 원장, 트리크리퍼 원장 그리고 몇몇 다른 사람들이 그녀의 어깨에 담요를 둘러주고 보살피고 있었다.

그들 대부분이 겁에 질린 모습이었고 너무도 임브린답지 않았다. 그들은 우리를 보살피는 어른들이어야 했고, 우리의 지도자여야 했지만, 몇 주 동안 이곳에 갇혀 많은 일을 보고 또 겪으면서 충격을 받았다. 그들은 열두 마리의 할로우들을 부리는 나의 능력에 대해서도 친구들만큼 신뢰하지 않았고 방의 공간이 허락하는 한 나의 할로우들로부터 최대한 거리를 유지하고 있었다.

인원 점검이 끝난 뒤에도 이름이 밝혀지지 않은 한 사람이 있었다. 턱수염을 기른 자그마한 체구의 남자가 임브린들 곁에 조용히 서서 어두운 안경 너머로 우리를 지켜보고 있었다.

"저 사람은 누구죠?" 내가 말했다. "와이트?"

남자가 버럭 화를 냈다. **"아니!"** 그가 안경을 벗고 눈을 보여주었다. 심한 사시였다. "내가 바로 그 사람이야!" 그가 말했다. 강한 이탈리아 억양이었다. 그의 옆 테이블에 큼직한 가죽 제본의 책이 놓여 있었고 그가 그 책을 가리켰다. 그 책이 자기가 누구인지 말해줄 거라는 듯이.

내 팔에 손길이 느껴졌다. 줄무늬 옷을 벗어서 이제 보이지 않게 된 밀라드였다. "역사상 가장 위대한 《시간의 지도》 제작자를 소개하겠습니다!" 그가 거창하게 말했다. "제이콥, 이분이 바로 퍼플렉서스 어나멀러스 씨야."

"본 조르노." 퍼플렉서스가 말했다. "안녕하세요."

"이렇게 만나 뵙게 되어 영광입니다." 내가 말했다.

"그럼," 그가 코를 쳐들며 말했다. "영광이고말고."

"이 사람이 왜 여기 있어?" 내가 밀라드에게 속삭였다. "어떻게 아직도 살아 있지?"

"아무도 몰랐던 베네치아의 14세기 루프에 살고 있는 저 사람을 카울이 찾아냈어. 여기 온 지는 이틀 됐고. 그러니까 조금 있으면 노화가 시작될 거야."

내가 이해한 바에 의하면, 퍼플렉서스가 나이를 먹게 되는 이유는 그가 살았던 루프가 지금 우리가 있는 루프보다 훨씬 오래된 루프이기 때문이고 두 루프의 시차가 결국 그를 따라잡는다는 것이었다.

"열렬한 팬입니다!" 밀라드가 퍼플렉서스에게 말했다. "선생님의 지도는 전부 다 갖고 있고……."

"그 얘긴 이미 했다." 퍼플렉서스가 말했다. **"그라치에."**

"그래도 저 사람이 여기 있는 이유는 아직 설명이 안 돼." 엠마가 말했다.

"퍼플렉서스가 자기 일기장에 영혼의 도서관을 찾는 것에 관한 글을 썼거든." 밀라드가 말했다. "그래서 카울이 그를 추적해서 납치한 다음 그게 어디 있는지 털어놓게 했어."

"죽어도 말을 하지 않겠다고 피의 맹세를 했건만." 퍼플렉서스가 비참하게 말했다. "이제 난 영원히 저주를 받았어."

"퍼플렉서스 씨가 나이 들기 전에 그의 루프로 돌려보내드리고 싶어." 밀라드가 말했다. "이상한 세계에 현존하는 가장 위대한 보물을 잃는 것을 방치할 순 없어."

문밖에서 또 다른 굉음이 들려왔고 이번에는 이전보다 더 크고 요란했다. 방 안이 진동했고 천장에서 돌가루가 떨어졌다.

"최선을 다해보자꾸나." 페러그린 원장이 말했다. "하지만 그전에 해야 할 일들이 있어."

우리는 얼른 작전을 짰다. 우리의 작전은 이랬다. 거대한 문을 홱 열어젖히고 나의 할로우들을 이용하여 길을 튼다. 그들은 소모품으로 쓸 수 있고, 꽤 일사불란하게 움직여주는 것 같았고, 그들과 나의 교감은 점점 강해지고 있었다. 일이 틀어질 경우에 대해서는 감히 생각하는 것조차 두려웠다. 카울을 찾기 위해 노력하겠지만 우리의 가장 중요한 목표는 살아서 이 건물을 빠져나가는 것이었다.

나는 할로우들을 조그만 방으로 데리고 왔다. 괴물들이 발을 질질 끌며 거대한 문을 둥글게 에워싸는 동안 모두가 벽에 등을 바짝 붙이고 서서 양손으로 코를 틀어막고 있었다. 가장 큰 할로우가 무릎을 꿇자 나는 다시 한번 놈을 올라탔고, 그 순간 엄청 키가 커져서 천장에 닿지 않으려면 고개를 앞으로 숙여야 했다.

복도에서 와이트들의 목소리가 들려왔다. 그들이 또 하나의 폭탄을 준비하고 있는 게 분명했다. 우리는 공격하기 전에 그들이 폭탄을 터뜨릴 때까지 기다리기로 했다. 팽팽한 긴장이 감도는 적막이 방 안을 채웠다.

브로닌이 정적을 깼다. "제이콥이 우리 모두에게 한마디 해야 할 것 같아."

"무슨 말을 해?" 아이들과 마주 설 수 있도록 할로우를 돌려세우며 내가 말했다.

"지금 네가 우릴 전쟁터로 이끌고 나갈 참이잖아." 브로닌이 말했다. "뭔가 대장 같은 말."

"뭔가 힘을 주는 말." 휴가 말했다.

"뭔가 우리를 덜 무섭게 해줄 말." 호러스가 말했다.

"너무 부담스럽다." 왠지 멋쩍어져서 내가 말했다. "내 말을 듣고 덜 무서워질지는 잘 모르겠지만, 이건 내가 줄곧 생각했던 거야. 난 너희를 겨우 몇 주 동안 알았을 뿐이지만 그보다 훨씬 더 오랫동안 알았던 것 같은 기분이 들어. 너희들은 지금껏 내가 가져본 최고의 친구들이야. 불과 두어 달 전만 해도 나는 집에 있었고, 너희들이 실제로 존재한다는 사실조차 몰랐다는 게 너무 이상해. 그때만 해도 할아버지가 살아 계셨는데."

복도에서 숨죽인 웅성거림이 들려왔고 쿵하고 쇠붙이가 바닥에 떨어지는 들렸다.

나는 좀 더 큰 소리로 말을 이었다. "난 매일 할아버지가 그리워. 하지만 아주 똑똑한 친구가 나한테 이런 말을 했어. 세상에서 일어나는 모든 일은 이유가 있는 거라고. 만약 할아버지를 잃지 않았다면 너희를 찾을 수도 없었겠지. 생각해보면 내 가족을 잃었기 때문에 또 다른 가족을 찾았던 것 같아. 어쨌든 너희들은 나한테 그런 존재야. 너흰 내 가족 같고, 동지 같아."

"넌 실제로 우리 동지야." 엠마가 말했다. "우리 가족이고."

"우린 널 사랑해, 제이콥." 올리브가 말했다.

"널 알게 되어서 정말 기쁘단다." 페러그린이 말했다. "할아버지가 무척 자랑스러워하셨을 거야."

"감사합니다." 내가 말했다. 가슴이 벅차올랐고 조금 창피했다.

"제이콥?" 호러스가 말했다. "내가 뭐 하나 줘도 될까?"

"물론." 내가 말했다.

우리 둘 사이에 은밀한 무언가가 오가리란 것을 감지한 다른 아이들이 자기들끼리 웅성거리기 시작했다.

호러스는 자신이 용납할 수 있는 한 최대한 가까이 할로우에게 다가와 조금 떨리는 손으로 네모반듯하게 접은 물건을 내밀었다. 나는 할로우의 등에 올라탄 채 그가 내미는 물건을 받았다.

"목도리야." 호러스가 말했다. "원장님이 어렵사리 뜨개바늘 한 벌을 훔쳐주셔서 감방에 있는 동안 내가 떴어. 그걸 뜬 덕분에 감방에서 미치지 않을 수 있었어."

나는 고맙다고 말한 뒤 목도리를 펼쳐보았다. 가장자리에 술이 달린 소박한 회색 목도리였지만 꽤 잘 떴고 한쪽 귀퉁이에 내 이름 첫 글자인 JP도 박혀 있었다.

"와, 호러스, 이건……."

"뭐 대단한 작품은 아니야. 내 디자인 책이 있었다면 훨씬 잘 뜰 수 있었을 텐데."

"진짜 멋지다." 내가 말했다. "하지만 날 다시 만나리란 걸 어떻게 알았어?"

"꿈을 꾸었어." 그가 수줍게 미소를 지었다. "그거 목에 두를 거야? 지금 춥진 않지만 그래도…… 행운을 비는 의미로?"

"물론." 내가 말하며 목도리를 엉성하게 목에 둘렀다.

"그렇게 두르면 풀어져. 이렇게 해야지." 그가 목도리를 반으로 접어 내 목에 두르고는 한쪽 끝을 목도리 사이로 통과시켜서, 목에 단단히 고정되면서도 끝자락은 셔츠 위에 반듯하게 내려오도록 했다. 딱히 전투복이라고 말하긴 어렵지만 그렇다고 해로울 것도 없었다.

엠마가 우리 곁으로 다가왔다. "남성 패션 말고 다른 꿈은 안

꾸었어?" 그녀가 호러스에게 물었다. "예를 들면 카울이 숨어 있는 장소라든가?"

호러스가 고개를 저으며 대답하기 시작했다. "아니. 하지만 우표에 관한 근사한 꿈을 꾸었는데……." 호러스가 꿈 얘기를 풀어놓기 전에 마치 덤프트럭이 벽을 들이받는 것 같은 굉음이 들렸고 폭발음은 우리를 뼛속까지 뒤흔들었다. 벙커 문이 열렸고 경첩과 파편 조각들이 맞은편 벽으로 날아갔다. (다행히 모두가 파편을 피할 수 있었다.) 연기가 걷히는 동안 잠시 멍한 시간이 지나갔고 마침내 모두가 서서히 몸을 일으켰다. 그때 윙윙거리는 귓가에 스피커의 목소리가 들려왔다. "소년을 혼자 내보내면 아무도 다치게 하지 않겠다!"

"왠지 안 믿겨." 엠마가 말했다.

"절대 못 믿어." 호러스가 말했다.

"꿈도 꾸지 말게, 포트먼 군." 페러그린 원장이 말했다.

"그럼요." 내가 대답했다. "다들 준비됐어?"

수긍의 웅성거림. 나는 할로우들을 문 양쪽에 배치하고 커다란 입을 쩍 벌려서 혀들을 대기시켰다. 기습을 감행하려는 찰나, 복도의 스피커에서 카울의 목소리가 들려왔다. "할로우들을 통제하고 있다! 전원 물러서! 방어 태세!"

"망할 자식!" 엠마가 소리쳤다.

후퇴하는 군화 소리가 복도를 채웠다. 우리의 기습 공격은 망했다.

"상관없어!" 내가 말했다. "할로우 열두 마리가 있는데 깜짝 쇼 따위가 무슨 소용이야."

이제 비밀 병기를 사용할 시간이었다. 공격 직전에 차오르는 긴

장갑 대신, 나는 정반대의 감정을 느꼈다. 나의 의식이 이완되어 할로우들에게 분할되면서 나의 완전한 현재의 자아가 해방되는 것 같은 기분이 들었다. 친구들과 내가 뒤로 물러서 있는 동안, 괴물들이 폭발로 삐죽삐죽하게 뚫려버린 문을 지나 복도로 돌진하며 으르렁거리고 입을 벌렸고, 보이지 않는 놈들의 몸뚱이들이 피어오르는 폭발 연기 속에 터널들을 만들었다. 와이트들이 할로우들에게 총을 쏘았다. 총신들이 번들거렸고 뒤로 젖혀졌다. 총탄들이 쌩하고 열린 문을 지나 나와 친구들이 피해 있는 방으로 날아들며 뒤쪽 벽에 박혔다.

"신호만 줘!" 엠마가 소리쳤다. "네 신호 받고 움직일게!"

나의 의식이 동시에 열두 곳에 나뉘어져 있었기 때문에 영어로 대답할 수가 없었다. 나는 복도에 있는 할로우들이었고 놈들의 몸에 총탄이 박힐 때마다 내 몸도 따끔거렸다.

우리의 혀들이 그들에게 먼저 도달했고, 미처 달아나지 못한 와이트들과, 싸우려고 남아 있던 용감하지만 멍청한 와이트들을 잡았다. 우리는 그들을 두들겨 패고 머리를 벽에 처박았으며, 우리 중 몇 명은   이 대목에서는 나의 감각을 그들과 단절시키려 노력했다   그들을 이빨로 물고, 그들의 총을 삼키고, 그들의 비명을 잠재우고, 그들이 상처 입고 헐떡이게 만들었다.

복도 끝 계단 앞에 한꺼번에 몰린 보초들이 다시 총을 쏘았다. 두 번째 총탄 세례가 날아와 깊고도 고통스럽게 박혔지만 우리는 계속 전진하며 혀들을 휘둘렀다.

와이트들 몇 명이 해치 문으로 탈출했다. 다른 와이트들은 운이 따라주지 않았고 그들이 비명을 멈추는 순간 우리는 그들의 시신을 계단에서 치웠다. 나의 할로우 두 마리가 죽는 것을 느꼈다. 그들의 신호가 내 의식 속에서 꺼졌고 교감이 끊어졌다. 그렇게 해서 복도의 상황은 정리가 되었다.

"지금이야!" 내가 엠마에게 소리쳤고 그것이 그 순간 내가 할 수 있는 가장 복잡한 연설이었다.

"지금이래!" 엠마가 다른 아이들에게로 돌아서며 소리쳤다. "돌격!"

나는 등에서 떨어지지 않도록 놈의 목을 움켜잡고 나의 할로우를 복도로 몰았다. 엠마는 불타는 양손을 연기 속 신호로 사용하면서 다른 아이들과 함께 내 뒤에 바짝 붙어 쫓아왔다. 나의 괴물 부대를 앞세우고 이상한 아이들 군대를 이끌면서 우리는 복도로 진격했다. 맨 앞줄은 가장 강하고 용감한 아이들이었다. 엠마, 브로닌, 휴, 임브린들, 그리고 한사코 무거운 지도를 들고 가겠다고 고집을 부리며 투덜거리는 퍼플렉서스였다. 가장 어리고 겁 많고 다친 아이들은 맨 뒤에 섰다.

화약과 피 냄새가 복도에서 진동했다.

"보지 마!" 죽은 와이트들의 시체를 지나갈 때 브로닌이 외쳤다.

달려 나가면서 나는 그들을 세어보았다. 그들은 다섯, 여섯, 일곱이었고 쓰러진 할로우는 둘이었다. 고무적인 결과였지만 와이트들이 전부 다 몇 명일까. 40명, 아니면 50명? 죽여야 할 와이트가 너무 많고 보호해야 할 친구들도 너무 많을까 봐, 그리고 지상에서 우리가 쉽게 제압당하고 포위당하고 혼란에 빠질까 봐 두려웠다. 열린 공간에서 놈들과 맞서 싸우기 전에, 그래서 이 전투가 이길 수 없는 싸움이 되기 전에, 최대한 많은 와이트를 죽여야 했다.

나의 의식이 다시 할로우들에게로 스며들었다. 나선형 계단을 올라가서 첫 번째 할로우가 해치 문을 열고 나갔다. 그 순간 타는 듯한 고통, 그리고 그 뒤로 이어진 공백.

나가는 순간 매복 공격에 당했다.

나는 두 번째 할로우를 해치 문 밖으로 내보내고 죽은 할로우를 방패로 삼게 했다. 할로우가 빗발치는 총탄 세례를 맞으며 앞으로 나아가는 동안 다른 할로우들이 뒤따라 해치 문 밖으로 뛰어올랐다. 와이트들을 신속하게 물리쳐야 했다. 침상 곳곳에 누워 있는 이상한 아이들로부터 그들을 떼어놓아야 했다. 혀들 몇 개를 휘두르고 나니 가까이 있던 와이트들이 쓰러졌고 나머지는 도망쳤다.

나는 할로우들에게 와이트들을 뒤쫓게 한 다음, 이상한 아이들을 해치 문 밖으로 나오게 했다. 이제 우리의 숫자는 엄청나게 많아졌고, 손들도 많아졌다. 침대에 누워 영혼을 추출당하는 우리의 친구들을 구하기는 쉬울 것이다. 우리는 흩어져서 신속하게 움직이기 시작했다. 사슬에 묶인 미치광이와 우리가 벽장에 가둔 소년은, 우리와 함께 있는 것보다 여기 남는 편이 안전했다. 우린 돌아올 테니까.

그동안 남아 있는 할로우들이 건물 출구 쪽으로 와이트를 쫓았다. 와이트들은 달아나면서 미친 듯이 뒤로 총을 쏘아댔다. 우리는 혀로 그들의 발목을 감아 두세 명을 쓰러뜨릴 수 있었고 할로우에게 잡힌 순간 그들은 짧지만 끔찍한 죽음을 맞이했다. 와이트 하나가 카운터 뒤에 숨어 폭탄을 장착하고 있었다. 할로우가 그를 색출했고 와이트와 그의 폭탄을 옆방으로 끌고 들어갔다. 잠시 후 폭탄이 터지자 또 한 마리의 할로우가 나의 의식에서 꺼졌다.

와이트들이 창문이나 옆문으로 빠져나가면서 흩어졌고 반 이상이 탈출했다. 놈들이 달아나고 있었고 전세가 바뀌고 있었다. 우리는 침대에 묶인 이상한 아이들을 전부 다 풀어준 다음, 할로우들을 따라잡았다. 이제 할로우는 일곱 마리였고, 거기에 내가 타고 있는 할로우도 있었다. 출구 가까이에 있는 끔찍한 수술 도구 방에 이르자 우리는 선택을 해야 했다. 나는 가장 가까이에 있던 엠마, 페러그린 원장, 에녹, 브로닌에게 물었다.

"할로우들을 방패 삼아 탑으로 도망칠까?" 내가 말했다. 내가 통제해야 하는 할로우들의 숫자가 줄어들자 나의 언어 구사력이 돌아왔다. "아니면 계속 싸울까?"

놀랍게도 모두가 같은 생각이었다. "여기서 멈출 순 없어." 손에 묻은 피를 닦으며 에녹이 말했다.

"여기서 멈추면 놈들은 영원히 우릴 쫓아올 거야." 브로닌이 말했다.

"아니! 그러지 않을 거야!" 부상을 입고 근처 바닥에 웅크리고 있던 와이트가 말했다. "평화조약에 서명하면 돼!"

"그건 1945년에 이미 했어." 페러그린 원장이 말했다. "그 조약을 쓴 종이의 값어치도 없었지. 우린 계속 싸워야 한다, 얘들아. 다시는 이런 기회가 없을지도 몰라."

엠마가 불타는 손을 들었다. "여길 다 태워버려요."

ℐ

나는 할로우들을 연구소 건물 밖 안뜰로 내보내서 와이트들을 쫓게 했다. 할로우는 이번에도 매복 공격을 당했고 또 한 마리가 죽어서 나의 의식에서 꺼졌다. 내가 타고 있는 녀석을 제외하면, 나의 할로우들은 적어도 한 곳 이상의 총상을 입었지만 부상에도 불구하고 대부분은 여전히 강력했다. 할로우들은, 내가 몇 차례에 걸쳐 어렵사리 깨달은 바와 같이, 강한 짐승들이었다. 반면 와이트들은 겁에 질려 도망치는 것 같았지만, 그렇다고 해서 그들을 무시할 수는 없었다. 그들의 위치를 정확히 파악할 수 없었기 때문에 더욱 위험했다.

할로우들을 정찰병으로 내보내고 친구들은 건물 안에 있게 하려 애썼지만 이상한 아이들은 화가 나고 흥분한 상태라 싸우고 싶어 안달했다.

"비켜줘!" 문을 가로 막고 있는 엠마와 날 밀어내려 애쓰며 휴가 말했다.

"제이콥 혼자 다 하게 하는 건 공평하지 않아!" 올리브가 말했다. "와이트들 반을 제이콥이 죽였어. 하지만 나도 제이콥 못지않게 놈들이 미워! 더구나 내가 놈들을 더 오래 미워했어! 거의 백 년 가까이! 그러니까 **어서 비켜줘!**"

사실이었다. 이 아이들에겐 백 년 동안 해소하지 못한 증오심이 있는데 나 혼자 그 영광을 독차지하고 있었다. 이것은 그들의 싸움이기도 했고 나에겐 그들을 막을 자격이 없었다. "정말 돕고 싶다면," 내가 올리브에게 말했다. "이렇게 한번 해봐……."

30초 뒤 우리는 안뜰로 나갔고 호러스와 휴는 허리에 줄을 묶은 올리브를 공중에 띄웠다. 올리브는 하늘에서 우리의 소중한 눈이 되어 땅에서 돌아다니는 나의 할로우들이 결코 알아낼 수 없는 정보를 제공했다.

"오른쪽에 둘이 있어! 조그만 흰색 건물 옆에! 그리고 또 한 명이 지붕 위에 있어! 몇 명은 커다란 건물 쪽으로 달려가고 있고!"

그들은 바람에 흩어진 것이 아니었고 대부분 안뜰 주변에 숨어 있었다. 운이 따라준다면 놈들을 잡을 수 있을 것이다. 나는 남아 있는 할로우 여섯 마리를 다시 불러 모았다. 네 마리는 앞쪽에 밀집시켜서 우리 앞에서 전진하게 했고 두 마리는 뒤쪽에 배치하여 후방 공격을 방어하게 했다. 결과적으로 친구들과 나는 그 사이의 공간을 휘저으면서 우리의 할로우 벽을 뚫고 들어오는 와이트들과 싸워야 했다.

우리는 안뜰의 가장자리 쪽으로 행진을 시작했다. 전용 할로우를 탄 나는 말을 타고 부대를 지휘하는 장군이 된 것 같은 기분이 들었다. 엠마가 내 곁에 있었고 다른 이상한 아이들이 우리 바로 뒤에 있었다. 브로닌이 던질 만한 헐거운 벽돌들을 주워 모았고, 호러스와 휴는 올리브의 밧줄을 붙잡고 있었고, 밀라드는《시간의 지도》로 공격을 방어하면서 쉴 새 없이 이탈리아 욕을 내뱉는 퍼플렉서스 곁에 딱 붙어 있었다. 뒤쪽으로 임브린들은 우리를 도울 새들을 불러 모으려 휘파람을 불고 커다란 새 울음소리를 냈지만, 죽음의 땅인 악마의 영토에서는 야생 조류를 찾아보기가 힘들었다. 페러그린 원장은 애보셋 원장과 몇몇 힘겨워하는 임브린들을 맡았다. 그들을 숨겨둘 곳이 없었기 때문에 그들도 우리와 함께 싸워야 했다.

마침내 우리는 안뜰의 가장자리에 이르렀고 그 뒤로는 50미터 길이의 트인 공간이 있었다. 우리와 성벽 사이의 그 공간에 있는 것이라고는 조그만 건물 한 채뿐이었다. 탑처럼 생긴 지붕에 크고 화려한 장식을 한 문이 달린 이상한 건물로, 와이트 몇 명이 그쪽으로 달아나고 있었다. 올리브 말에 따르면 남아 있는 와이트들 거의 대부분이 그 조그만 건물 안에 숨어 있었다. 무슨 수를 써서라도 그들을 끌어내야 했다.

주위에 정적이 감돌았다. 와이트들은 어디에도 보이지 않았다. 우리는 다음 작전을 의논하기 위해 보호막 뒤에 모였다.

"놈들이 저 안에서 뭘 하고 있을까?" 내가 말했다.

"우리를 트인 공간으로 유인하려 하겠지." 엠마가 말했다.

"문제없어. 내가 할로우들을 내보낼게."

"그럼 우리가 무방비 상태가 되는 거 아니야?"

"달리 대안이 없잖아. 올리브가 저 건물로 들어가는 와이트를 적어도 스무 명은 봤다고 했어. 놈들을 압도할 만큼 할로우를 여러 마리 보내지 않으면 당하고 말거야."

나는 심호흡을 했다. 그리고 나를 둘러싸고 서서 긴장한 채 기다리는 얼굴들을 훑어보았다. 나는 할로우를 한 마리씩 내보낸 다음 발끝으로 트인 공간을 가로지르게 했다. 살살 걸어서 들키지 않고 건물을 포위할 수 있기를 바라면서.

작전이 통한 것 같았다. 건물에는 세 개의 문이 있었고 나는 단 한 명의 와이트에게도 들키지 않고 할로우 두 마리를 문 앞에 배치할 수 있었다. 할로우가 문을 지켰고 나는 그들의 귀로 소리를 들었다. 건물 안에서 높은 목소리가 들려왔지만 말을 알아들을 수는 없었다. 그리고 새 울음소리가 들렸다. 나의 피가 차갑게 식었다.

안에 임브린들이 있었다. 우리가 미처 몰랐던 임브린들이 이곳에 있었다.

인질.

그러나 그게 사실이라면 와이트들은 왜 협상을 하려 하지 않는 걸까?

본래 나의 계획은 한꺼번에 모든 문을 부수고 안으로 들이닥치는 것이었다. 그러나 인질이 있다면, 더구나 임브린들이 인질이라면, 그런 무모한 작전을 밀어붙일 수는 없었다.

나는 위험을 무릅쓰고 할로우 한 마리를 시켜 안을 들여다보기로 했다. 창문은 모두 닫혀 있었고 그것은 곧 내가 한 놈을 문으로 들여보내야 한다는 뜻이었다.

나는 가장 작은 할로우를 선택했다. 할로우가 가장 큰 혀를 내밀었고 손잡이를 핥다가 움켜잡았다.

"안으로 들여보낼 거야." 내가 말했다. "딱 한 마리만, 안을 둘러보라고."

할로우가 천천히 손잡이를 돌렸다. 속으로 셋을 센 다음 문을 열었다.

할로우가 몸을 앞으로 숙이고 검은 눈을 문틈에 들이댔다.

"안을 들여다보고 있어."

할로우의 눈을 통해 나는 새장이 즐비하게 늘어선 벽을 보았다. 다양한 모양과 크기의 묵직한 검은색 새장들이었다.

할로우가 문을 조금 더 열었다. 새장들이 조금 더 보였고, 새장 안에, 혹은 새장 밖에 사슬로 묶여 있는 새들도 보였다.

그러나 와이트들은 없었다.

"뭐가 보여?" 엠마가 말했다.

설명할 때가 아니었다. 행동할 때였다. 나는 할로우들을 일제히

문을 열고 안으로 들이닥치게 했다.

사방에서 새들이 놀라 짹짹거렸다.

"새들이야!" 내가 소리쳤다. "이 방은 임브린들로 가득 차 있어!"

"뭐?" 엠마가 말했다. "와이트들은 어디 있지?"

"나도 몰라."

할로우들이 두리번거리고 쿵쿵거리면서 방 안 구석구석을 살펴보았다.

"그럴 리가 없어!" 페러그린이 소리쳤다. "납치된 임브린들은 전부 다 여기 있어."

"그럼 이 새들은요?" 내가 말했다.

그때 거친 앵무새의 목소리로 부르는 노래가 들렸다. "달려라, 토끼야, 달려, 달려, 달려라!" 그제야 나는 깨달았다. 이 새들은 임브린들이 아니었다. 앵무새들이었다. 그리고 그들은 **째깍**거렸다.

"엎드려!" 내가 소리쳤고 모두 안뜰의 담장 뒤쪽으로 뛰었다. 할로우도 나를 데리고 뒷걸음질 쳤다.

할로우들을 문밖으로 몰았지만 앵무새 폭탄은 할로우들이 문을 통과하기 전에, 동시에 열 개가 터져버렸고 엄청난 굉음이 건물과 할로우들을 쓸어버렸다. 흙과 벽돌과 건물 파편들이 안뜰을 가로질러 날아와 비처럼 쏟아졌다. 나는 할로우들의 신호가 일제히 꺼지는 것을 느꼈다. 한 마리를 제외하고 전부 다 끊겼다.

연기 구름이 피어올랐고 깃털들이 담장 위로 흩날렸다. 이상한 아이들과 임브린들은 흙을 뒤집어쓴 채 기침을 했고, 서로 다치지 않았는지 확인했다. 나는 일종의 충격 상태 혹은 그 비슷한 상태에 빠졌고, 나의 시선은 짓뭉개져 전율하는 할로우의 살점이 후드득 떨어진 땅바닥의 한 지점에 고정되었다. 한 시간 동안 나의 의식은 열두 마리의 할로우에 적응하기 위해 확장되고 있었고 그들의 갑작스러운 죽음으로 인해 현기증과 함께 묘한 상실감에 휩싸였다. 그러나 위기 상황일수록 오히려 정신은 맑아지게 마련이었고 그 뒤로 벌어진 일이 살아남은 할로우와 나를 벌떡 일으켜 세웠다.

담장 뒤쪽에서 함성 소리가 들려왔다. 크고 높은 전장의 함성이었고 그 밑으로 우렁찬 군화 발소리가 울려 퍼졌다. 모두가 얼어붙은 채 날 쳐다보았다. 두려움이 그들의 얼굴에 고랑을 만들었다.

"저게 뭐지?" 엠마가 말했다.

"내가 볼게." 내가 말하고는 할로우에서 내려와 밖을 내다보려고 담장 가장자리로 기어갔다.

와이트들이 연기 나는 땅을 가로질러 달려오고 있었다. 스무 명이 바짝 붙어서 소총과 장총을 들고 흰 눈동자와 하얀 치아를 반짝이며 뛰고 있었다. 그들은 폭발에 전혀 다치지 않았다. 아마도 지하 방공호 같은 곳에 피신해 있었던 모양이었다. 우리는 덫에 걸려들었고 앵무새 폭탄은 시작에 불과했다. 우리가 갖고 있는 최고의 무기를 잃어버렸기 때문에 와이트들은 최종 공격을 감행하고 있었다.

아이들도 담장 너머에서 돌격해 오는 부대를 직접 보려고 겁에 질린 채 서로를 밀쳤다.

"이제 어쩌지?" 호러스가 소리쳤다.

"싸워야지." 브로닌이 말했다. "우리가 갖고 있는 걸로 닥치는 대로 싸우자!"

"아니, 달아날 수 있을 때 달아나야 해!" 굽은 허리와 깊게 주름진 얼굴로 달아난다는 건 상상조차 할 수 없는 상태인 애보셋 원장이 말했다. "이상한 아이들의 생명을 더는 잃을 수 없어!"

"죄송하지만, 전 제이콥한테 물어봤어요." 호러스가 말했다. "결국 우릴 여기까지 이끌고 온 건 제이콥이고……."

나는 본능적으로 페러그린 원장을 쳐다보았다. 권위의 문제에 관해서라면 그녀가 최후의 보루였다. "맞아." 그녀가 말했다. "나도 포트먼 군이 결정해야 한다고 생각해. 하지만 빨리 결단을 내리지 않으면 와이트들이 너 대신 결정을 내려줄 거야."

나는 하마터면 항의할 뻔했다. 나의 할로우들은 한 마리를 빼고 전부 다 죽었다. 그러나 나는 페러그린 원장이 자기만의 방식으로, 할로우가 있건 없건, 나를 믿는다고 말하고 있다는 생각이 들었다. 어쨌든 우리가 해야 할 일은 분명했다. 지난 백 년 동안, 이상한 아이들이 와이트의 위협을 격파하기에 지금보다 더 가까이 온 적은 없었다. 만약 지금 도망친다면, 이런 기회는 영원히 오지 않을 수도 있었다. 친구들의 얼굴들은 겁에 질려 있으면서도 결의에 차 있었다. 마침내 와이트라는 골칫거리를 뿌리 뽑을 기회를 잡기 위해 기꺼이 목숨을 내놓을 각오가 되어 있었다.

"우린 싸울 거야." 내가 말했다. "포기하기엔 너무 멀리 왔어."

설령 달아나고 싶은 사람이 있었다고 해도 잠자코 있었다. 우리를 안전하게 지켜주겠다고 맹세했던 임브린들마저도, 반박하지 않았다. 다시 붙잡히게 되면 어떤 운명이 우리를 기다리고 있을지 그들은 알고 있었다.

"네가 신호를 줘." 엠마가 말했다.

나는 담장 위로 목을 길게 빼고 보았다. 와이트들이 빠르게 다가오고 있었고, 이제 불과 몇십 미터 거리에 있었다. 그러나 나는 그들이 더 가까이 오기를 바랐다. 그들의 손에서 총을 빼앗을 수 있을 정도로 가까이.

총탄이 날아왔다. 위쪽에서 찌르는 듯한 비명이 울려 퍼졌다.

"올리브!" 엠마가 소리쳤다. "놈들이 올리브를 향해 쏘고 있어!"

우리는 가엾은 소녀를 여전히 하늘에 띄워놓고 있었다. 와이트들이 올리브를 향해 무차별 공격을 하는 동안 올리브는 비명을 지르며 마치 불가사리처럼 팔다리를 허우적거렸다. 올리브를 다시 끌어내릴 시간이 없었지만 그녀를 표적으로 내버려둘 수도 없었다.

"놈들한테 더 좋은 표적을 주자." 내가 말했다. "준비됐어?"

준비됐다는 아이들의 대답이 울려 퍼졌다. 나는 웅크린 할로우의 등 위로 버둥거리며 올라탔다. "돌격!" 내가 소리쳤다.

할로우가 일어섰고 나는 하마터면 떨어질 뻔했다. 그리고 마치 총성을 듣고 내달리는 경주마처럼 앞으로 튀어 나갔다. 우리는 담장 밖으로 달려 나갔다. 할로우와 내가 앞장섰고 친구들과 임브린들이 내 뒤에 바짝 붙었다. 내가 전장의 함성을 질렀다. 와이트들을 겁주려는 것이라기보다는 엄습해오는 나의 두려움을 떨쳐내기 위한 것이었다. 와이트들이 당황했다. 그들은 계속 전진할지, 아니면 멈춰 서서 우리에게 총을 쏠지 결정을 내리지 못했다. 덕분에 나와 할로우는 적군과의 거리를 좁힐 시간을 벌었다.

와이트들이 결정을 내리기까지 긴 시간이 필요하지 않았다. 그들은 멈춰 섰고, 사격 대열로 정비한 뒤 우리를 향해 총을 쏘아대기 시작했다. 총탄이 우리 주위로 쉭쉭 날아갔고, 땅에 구멍을 뚫었고, 할로우가 총탄을 맞을 때마다 나의 통증 감지기가 깨어났다. 치명적인 부위에 총을 맞지 않았기를 기도하면서 나는 날아오는 총탄을 피하기 위해 할로우 뒤로 낮게 몸을 숙이고, 속도를 내기 위해 혀들을 보조 다리로 사용하면서, 더 빨리 앞으로 나아갔다.

할로우와 나는 남아 있는 거리를 몇 초 만에 좁혔고 친구들이 내 뒤에 바짝 따라붙었다. 어느 순간 우리는 와이트들 틈에서 맨손으로 싸우고 있었고 전세는 우리에게 유리했다. 나는 와이트들의 총을 뺏는 데 집중했고 친구들은 자신들의 이상한 능력을 제대로 발휘하려 애썼다. 엠마는 양손을 불타는 방망이처럼 휘두르며 와이트들 틈을 파고들었다. 브로닌은 모아둔 벽돌들을 던진 다음 맨손으로 와이트들을 두들겨 팼다. 휴의 외로운 벌은 그사이 새 친구들을 만들었고, 휴가 그들을 부추기자(눈을 공격해, 친구들!) 벌들이 기회가 있을 때마다 적에게 달려들었다. 첫 번째 총성이 울려 퍼진 뒤 새로 변신한 임브린들도 마찬가지였다. 페러그린이 가장 무시무시했다. 그녀의 거대한 부리와 발톱이 와이트를 도망치게 만들었고, 심지어 작고 알록달록한 번팅 원장도 어떻게든 도움이 되어보려고 와이트의 머리카락을 잡아당기고 머리를 세게 쪼아 총탄이 빗나가게 만들었으며, 그 틈을 타서 클레어가 덤벼들어 거대하고 날카로운 이빨이 달린 뒤통수 입으로 그를 깨물었다. 에녹도 제 역할을 했다. 그는 셔츠 속에서 포크 다리에 나이프 팔을 한 세 명의 진흙 병정을 꺼내 와이트들의 발목을 공격하게 했다. 그동안 올리브는 새의 눈높이에서 우리에게 경고를 외쳤다. "뒤를 봐, 엠마! 총을 꺼내려 하고 있어, 휴!"

우리의 온갖 이상한 재능에도 불구하고 우리는 수적으로 열세였고 와이트들은 마치 자기들의 목숨이 달렸다는 듯이 치열하게 싸웠다. 물론 실제로 목숨이 달려 있기도 했지만.

무언가 딱딱한 것이 내 머리를 때렸다. 총 개머리판이었다. 나는 할로우의 등 위에서 잠시 축 늘어졌다. 세상이 빙글빙글 돌았다. 번팅 원장이 붙잡혀 바닥에 쓰러졌다. 난장판이었다. 너무도 끔찍한 난장판이었다. 와이트들이 탄력을 받고 우리를 밀어붙이기 시작했다.

뒤쪽에서 익숙한 고함 소리가 들렸다. 나의 감각이 돌아오기 시작했고 그 순간 나는 곰의 등에 올라타서 전쟁터로 걸어 들어오는 벤담을 보았다. 엠마와 내가 지나온 팬루프티콘을 통과하느라 둘 다 흠뻑 젖어 있었다.

"안녕, 꼬마야!" 곰을 타고 내게로 다가오며 그가 소리쳤다. "도움이 필요하니?"

내가 대답을 하기도 전에 나의 할로우가 또다시 총을 맞았다. 총탄이 할로우의 목 옆을 스치며 나의 허벅다리를 긁었고 찢어진 나의 바지에 피로 줄을 그었다.

"네, 제발요!" 내가 소리쳤다.

"피티, 들었지! 다 죽여버려!" 벤담이 말했다.

곰이 전쟁터에 뛰어들었고 거대한 앞발을 휘둘러 마치 볼링공처럼 와이트들을 쓰러뜨렸다. 와이트 한 명이 달려와 작은 권총으로 피티의 바로 앞에서 가슴을 쏘았다. 곰은 짜증이 난다는 듯 와이트를 집어 들더니 그대로 던져버렸다. 머지않아 나의 할로우와 벤담의 곰이 함께 싸우기 시작했고 와이트들이 수세에 몰렸다. 우리가 와이트들을 물리치고 그들이 수적 열세인 것이 분명해지자 그들은 내빼기 시작했다.

"도망치지 못하게 해!" 엠마가 소리쳤다.

우리는 발로, 날개로, 곰을 타고, 혹은 할로우를 타고 와이트들을 쫓아갔다. 앵무새 집의 연기 나는 잔해 속으로 그들을 쫓아갔고 샤론의 반란으로 투척된 설치류들로 얼룩진 안뜰을 가로질러 거대한 성벽에 설치된 아치문으로 향했다.

머리 위에서 페러그린 원장이 울어대며 달아나는 와이트들을 공격했다. 페러그린은 와이트 한 명의 목을 물어 땅에서 번쩍 들었지만 그녀의 공격과 휴의 벌 공격으로 나머지 아홉 명의 와이트들은 더 빨리 달렸다. 그들과의 간격이 점점 더 벌어졌고 대여섯 개의 상처에서 검은 피를 흘리는 나의 할로우는 힘에 부치기 시작했다.

와이트들은 무턱대로 죽어라 달렸고 그들이 가까워지자 내리닫이 창살문이 올라가기 시작했다.

"놈들을 잡아!" 문 뒤에서 샤론과 그의 냉혹한 친구들이 듣기를 바라며 내가 소리쳤다.

그 순간 나는 깨달았다. 다리! 할로우가 한 마리 더 있었다. 다리 안의 할로우. 내가 제때 놈을 통제할 수만 있다면 와이트들의 탈주를 막을 수도 있을 것이다.

하지만 그럴 수가 없었다. 그들은 이미 문을 나서서 다리를 건너고 있었고 나는 한참 뒤처져 있었다. 내가 문에 이르렀을 때 다리 할로우는 이미 와이트 다섯 명을 스모킹 스트리트에 내려준 상태였다. 그곳에는 앰브로 중독자 몇 명만이 서성거리고 있었고 와이트들을 잡기에는 역부족이었다. 아직 다리를 건너지 못하고 남아 있는 와이트 네 명은 건너갈 차례를 기다리며 협곡 앞에 서 있었다.

할로우와 내가 다리 위로 올라갈 때 나는 다리 할로우가 나의 의식에 온라인으로 연결되는 것을 느낄 수 있었다. 다리 할로우는 네 명의 와이트 중 셋을 들어 다리 건너편으로 날라주던 참이었다.

멈춰. 내가 할로우 언어로 크게 말했다.

혹은 말했다고 생각했다. 그러나 통역 과정에서 뭔가 잘못된 걸까, 아니면 **멈춰***stop*라는 말이 할로우 말에서 **놓아***drop*라는 말처럼 들렸을까. 다리 할로우는 허공에서 발버둥을 치고 있는 겁에 질린 와이트들을 우리 쪽에 내려놓는 대신 공중에서 놓아버렸다. (별일이네!)

협곡을 사이에 두고 우리 쪽에 있던 이상한 아이들과 반대편에 있는 중독자들이 가장자리로 다가가, 와이트들이 미친 듯이 버둥거리다가 겹겹이 쌓인 초록빛 안개 속을 가로질러 픽! 하고 끓는 물속으로 사라지는 광경을 지켜보았다.

양쪽에서 환호성이 울려 퍼졌고 내가 기억하고 있는 거친 목소리가 말했다. "꼴좋다! 짠돌이들 같으니라고!"

여전히 쇠창살에 꽂혀 있는 두 개의 다리 머리들이었다. "너희 엄마가 배부를 땐 수영하지 말라고 얘기 안 하든?" 또 다른 머리가 말했다. "20분은 기다려야지!"

우리 쪽에 남아 있던 유일한 와이트가 총을 버리고 양손을 들어 항복했고, 다리를 건너간 다섯 명의 와이트는 바람이 일으킨 먼지 구름 속으로 재빨리 사라져버렸다.

우리는 그들이 가는 것을 지켜보며 서 있었다. 이제 놈들을 잡을 방법은 없었다.

"운도 지지리도 없지." 벤담이 말했다. "단 몇 명의 와이트들이라도 앞으로 몇 년 뒤에 엄청난 재앙을 일으킬 수 있어."

"동감이야, 오빠. 하지만 솔직히 난 오빠가 앞으로 우리한테 무슨 일이 일어나는지 눈곱만치라도 관심이 있는 줄은 몰랐네." 돌아서보니 페러그린 원장이 이쪽으로 다가오고 있었다. 사람으로 돌아온 페러그린은 어깨에 반듯하게 숄을 걸쳤다. 시선을 벤담에게 고정한 채 씁쓸하고 달갑지 않은 표정을 짓고 있었다.

"안녕, 알마! 이렇게 만나니 정말 좋구나!" 과장스럽게 쾌활한 말투로 그가 말했다. "물론 난……." 그가 어색하게 헛기침을 했다. "어쨌든 다들 내 덕분에 감방에서 탈출했잖아! 얘들아, 어서 얘기 좀 해봐!"

"벤담 씨가 우리를 많이 도와주었어요." 내가 시인했지만 남매간의 말다툼에 끼어들고 싶은 생각은 없었다.

"그랬다면 고마워." 페러그린이 차갑게 말했다. "임브린 위원회에 오빠의 공을 알리도록 할게. 어쩌면 형량을 조금 감해줄 수도 있겠지."

"형량?" 벤담을 쏘아보며 엠마가 말했다. "무슨 형량을 말하는 거죠?"

그의 입술이 일그러졌다. "추방당했어. 다른 곳에서 환영받았다면 그 구덩이 속에서 그렇게 살았겠니? 난 억울하게 누명을 썼어. 내가……."

"공모 죄." 페러그린이 말했다. "적에게 협력한 죄. 배신, 또 배신."

"난 이중 스파이였어, 알마. 정보를 캐려고 형에게 붙었던 거야. 너한테 설명했잖아." 거지처럼 양손을 앞으로 내밀고 우는소리로 그가 말했다. "나에겐 형을 증오할 이유가 충분하단 걸 너도 알잖아!"

페러그린이 한 손을 들어 그의 말을 막았다. 그녀는 전에도 이런 얘기를 들었고 다시 듣고 싶지 않은 것 같았다. "오빠가 네 할아버지를 배신했을 때," 그녀가 내게 말했다. "난 더 이상은 참을 수 없었단다."

"그건 **사고**였어." 불쾌하다는 듯 뒤로 물러서며 그가 말했다.

"그럼 그에게서 추출한 영혼은 어떻게 됐지?" 페러그린이 말했다.

"실험 대상에 주입했어."

페러그린이 고개를 저었다. "우린 오빠의 실험을 역으로 추적했어. 그 실험엔 가축의 영혼들이 사용되었더군. 다시 말해서 에이브의 영혼은 오빠가 보관하고 있다는 뜻이야."

"그런 말도 안 되는 모함을 하다니!" 그가 소리쳤다. "위원회에 그렇게 말한 거야? 그래서 내가 아직 여기서 썩고 있는 거로군, 그렇지?" 그가 정말 화가 난 건지 아니면 연기를 하는 건지 알 수가 없었다. "네가 나의 지능과 우월한 지도력에 위협을 느꼈다는 건 알고 있었어. 하지만 네 앞길에 방해가 된다고 그런 거짓말을 지어내다니…… 내가 앰브로시아의 폐해를 근절하려고 얼마나 오랫동안 싸워왔는지 알아? 그 가엾은 사람들의 영혼을 빼내서 내가 무얼 하겠어?"

"우리의 또 다른 형제가 어린 포트먼 군과 함께하려는 일." 페러그린이 말했다.

"부정할 가치조차 없는 모함이구나. 어서 이 편견의 안개가 걷혀서 네가 진실을 볼 수 있기를 바랄 뿐이야. 난 네 편이야, 알마. 항상 네 편이었어."

"오빤 상황에 이롭다 싶으면 누구 편이든 될 수 있는 사람이야."

벤담이 한숨을 쉬고는 엠마와 나를 처량한 표정으로 쳐다보았다. "잘 있거라, 얘들아. 너희를 만날 수 있어서 정말 기뻤단다. 이제 그만 집으로 돌아가련다. 너희들 모두의 생명을 구한다는 게, 이 늙은이의 몸엔 너무 버거운 일이었어. 그러나 언젠가는, 너희의 원장이 정신을 차리게 되면, 우린 다시 만날 수 있을 거야."

그가 모자를 썼다. 그와 그의 곰은 우리로부터 멀어져 요새를 가로질러 탑으로 향했다.

"드라마를 너무 많이 봤네." 내가 중얼거렸지만 조금 안됐다는 생각은 들었다.

"임브린 여러분!" 페러그린 원장이 소리쳤다. "저자를 조심하세요!"

"정말 에이브러햄의 영혼을 훔쳤어요?" 엠마가 물었다.

"증거가 없으니 단정할 순 없겠지." 페러그린 원장이 대답했다. "하지만 그걸 제외한 나머지 죄만으로도 평생 추방당하는 것 이상의 벌을 받아 마땅해." 떠나는 그의 모습을 바라보면서 굳었던 그녀의 표정도 서서히 풀어졌다. "오빠들은 나한테 혹독한 교훈을 가르쳐주었어. 사랑하는 사람처럼 우리 마음을 아프게 하는 사람은 없다는 거."

᧙

바람의 방향이 바뀌면서, 와이트들의 탈출을 도왔던 먼지가 우리 쪽으로 불어왔다. 미처 대비할 겨를도 없었다. 우리를 둘러싼 공기가 윙윙거리고 따가웠고, 햇빛은 흐릿해져갔다. 임브린들이 새로 변신해 모래바람 위로 날아오르며 날카롭게 날개를 펄럭이는 소리가 들려왔다. 나의 할로우는 무릎을 꿇고 주저앉아 머리를 숙이고 두 개의 혀로 얼굴을 가렸다. 할로우는 먼지바람에 익숙했지만 나의 친구들은 그렇지 않았다. 그들이 어둠 속에서 겁에 질려 웅성거리는 소리가 들려왔다.

"움직이지 말고 그 자리에 가만히 있어!" 내가 소리쳤다. "곧 지나갈 거야!"

"다들 셔츠에 대고 숨 쉬어!" 엠마가 말했다.

바람이 조금 잦아들기 시작하자 다리 건너편에서 뒷목의 털을 쭈뼛 서게 만드는 소리가 들렸다. 세 명의 바리톤 음성이 노래를 부르고 있었고 그들의 노래는 퍽 소리와 신음 소리로 끊겼다.

"들어라, 망치질 소리······"

퍽!

"들어라, 못 박히는 소리!"

"악, 내 다리!"

"즐거워라, 교수대 만들기······"

"이거 놔! 이거 놓으라고!"

"······이 모든 시련의 만병통치약!"

"제발, 하지 마! 항복!"

먼지가 걷히기 시작하면서 샤론과 그의 건장한 세 사촌들이 모습을 드러냈다. 그들은 제각기 와이트를 끌어오고 있었다. "다들 좋은 아침!" 샤론이 소리쳤다. "뭐 잃어버린 거라도?"

친구들이 얼굴에 묻은 재를 닦아내며 그들의 성과를 보고 환호하기 시작했다.

"샤론, 정말 멋져요!" 엠마가 소리쳤다.

우리 주위로 임브린들이 내려앉아 인간의 모습을 되찾았다. 그들이 벗어놓았던 옷들을 얼른 주워 입었고 우리는 예의를 갖추느라 와이트들에게 시선을 고정하고 있었다.

갑자기 와이트 한 명이 자신을 잡고 있던 손을 뿌리치고 달아 났다. 수리공은 그를 쫓아가는 대신 연장벨트에서 조그만 망치 하나 를 꺼낸 다음 자세를 잡고 망치를 던졌다. 망치는 빙글빙글 돌며 곧 장 와이트의 머리 쪽으로 날아갔지만 와이트가 머리를 숙이는 바람 에 빗나갔다. 와이트는 도로 가장자리 잔해의 혼돈을 향해 뛰었다. 그가 허름한 두 집 사이로 사라지려는 찰나, 땅이 갈라지면서 노란 연기가 와이트를 집어삼켰다.

소름 끼치는 광경이었지만 모두가 함성을 지르며 환호했다.

"봤지!" 샤론이 말했다. "악마의 영토마저도 놈들을 처치하고 싶 어 해."

"멋지네요." 내가 말했다. "하지만 카울은요?"

"나도 같은 생각이야." 엠마가 말했다. "카울을 잡지 못하면 이 모든 승리가 아무 의미도 없어. 안 그래요, 원장님?"

나는 주위를 두리번거렸지만 페러그린 원장이 보이지 않았다. 엠마도 두리번거리며 주위를 훑어보았다.

"페러그린 원장님?" 엠마가 말했다. 목소리에 두려움이 깃들고 있었다.

나는 더 잘 볼 수 있도록 할로우를 일으켜 세웠다. "페러그린 원장님 본 사람!" 내가 소리쳤다. 이제 모두가 찾고 있었다. 아직 새 의 모습일 경우에 대비하여 하늘을 훑어보았고, 땅에 내려앉았지만 아직 사람으로 변하지 않았을 경우를 대비하여 땅도 훑어보았다.

그때 우리 뒤쪽에서 높고 들뜬 목소리가 우리의 수다를 가르며 들려왔다.

"더 이상 찾지 마라, 애들아." 처음엔 누구 목소리인지 짚어낼 수가 없었다. 목소리가 다시 들려왔다. "내가 시키는 대로만 하면 페러그린은 다치지 않아!"

그제야 나는 와이트들의 문 바로 안쪽, 재로 시커멓게 변한 낮은 나뭇가지 밑에서 모습을 드러내는 낯익은 형체를 보았다.

카울이었다. 마치 나뭇가지처럼 비쩍 마른 그가 아무 무기도 없고 보초도 동반하지 않은 채 홀로 서 있었다. 그의 얼굴은 창백했고, 부자연스러운 미소를 머금고 있었고, 돌출된 선글라스가 눈을 가렸다. 외투 위에 망토를 두르고 금 장신구를 휘감았으며 풍성한 실크 타이를 매고 있었다. 그는 제대로 미친 것 같았고 그 자신을 놓고 너무 많은 실험을 한, 고딕 소설의 미치광이 의사 같았다. 너무도 선명한 그의 광기가, 그리고 그가 정말 사악한 짓을 할 인간이라는 사실이, 달려가 그를 찢어발기는 것을 막았다. 카울 같은 사람들은 절대 겉으로 보이는 것만큼 무방비 상태일 리가 없었다.

"페러그린 원장님은 어디 있지?" 내가 소리쳤고, 그제야 내 뒤에 서 있던 임브린들과 이상한 아이들도 일제히 비슷한 질문들을 던졌다.

"있어야 할 곳에 있지." 카울이 말했다. "가족과 함께."

마지막 남은 재의 구름이 그의 뒤쪽 요새에서 잦아들더니 벤담과 사람의 모습으로 돌아온 페러그린 원장이 모습을 드러냈다. 그녀는 벤담의 곰의 팔에 안겨 있었고 분노로 눈을 번득이고 있었지만 날카로운 발톱을 지닌 사나운 곰에게 대항할 정도로 무모하진 않았다.

이것은 마치 우리가 되풀이해서 꾸게 되는 악몽 같았다. 페러그린 원장이 납치되었다. 이번에는 벤담에게. 벤담은 우리와 눈을 마주치기가 부끄럽다는 듯 조금 뒤쪽에 눈을 내리깔고 서 있었다.

이상한 아이들과 임브린들 틈에서 충격과 분노에 찬 비명의 파문이 일었다.

"벤담!" 내가 소리쳤다. "원장님을 놓아줘!"

"이 배신자!" 엠마가 소리쳤다.

벤담이 고개를 들어 우리를 쳐다보았다. "불과 10분 전만 해도," 그가 높고 고압적인 목소리로 말했다. "난 너희들의 편이었어. 이미 며칠 전에 너희들을 형에게 넘길 수도 있었지만 그렇게 하지 않았지." 그가 눈을 가늘게 뜨고 페러그린을 바라보았다. "난 널 선택했어, 알마. 왜냐하면 난, 너와 너의 아이들을 도우면 네가 그동안 얼마나 날 잘못 생각했는지 깨달을 거라고, 지난 일은 지난 일로 묻어버리고, 우리의 차이를 극복할 수 있을 거라고 생각했거든. 지금 생각해보면 너무 순진한 생각이었지만."

"이 일로 오빠는 '동정 없는 쓰레기장'으로 가게 될 거야!" 페러그린 원장이 소리쳤다.

"너의 그 위원회인지 뭔지 따위는 더 이상 두렵지 않아!" 벤담이 말했다. "넌 더 이상 날 묶어둘 수 없어!" 그가 지팡이로 바닥을 쳤다. "피티, 입 막아!"

곰이 페러그린의 얼굴을 앞발로 눌렀다.

카울이 자신의 형제와 자매에게 다가갔다. 양팔을 벌리고 미소가 번져나가는 얼굴로. "베니가 스스로 일어서기 위한 결정을 내렸으니, 난 일단 축하해주고 싶어. 가족의 재결합보다 더 좋은 건 없으니까!"

갑자기 벤담이 보이지 않는 힘에 의해 뒤로 밀쳐졌다. 그의 목
에서 칼이 번득였다. "페러그린 원장님을 풀어주라고 해!" 익숙한 목
소리가 들렸다.

"밀라드!" 누군가가 낮게 소리쳤고 아이들이 술렁였다.

옷을 벗고 투명 인간이 된 밀라드였다. 벤담은 겁에 질린 표정
이었지만 카울은 조금 짜증이 난 것처럼 보일 뿐이었다. 그는 외투
안쪽에서 후추 통처럼 생긴 권총을 꺼내 벤담의 머리를 겨누었다.
"페러그린을 놓아주면 **내가** 널 죽인다, 형제."

"우리 합의했잖아!" 벤담이 항의했다.

"네가 뭉툭한 칼을 든 발가벗은 남자아이한테 굴복한다면 그
게 바로 합의를 깨는 거야." 카울이 공이치기를 젖히고 총이 벤담의
관자놀이를 누를 때까지 다가가 밀라드에게 말했다. "내가 나의 유일
한 형제를 죽이게 만들면 너희들의 임브린도 죽어."

밀라드는 잠시 망설이다가 칼을 던지고 달아났다. 카울이 그를
잡으려 했지만 놓쳤고 땅에 파이는 밀라드의 발자국이 곡선을 그리
며 멀어졌다.

벤담이 정신을 차리고 구겨진 셔츠의 매무새를 고쳤다. 쾌활함
을 잃은 카울이 총구를 페러그린에게 겨누었다.

"내 말 잘 들어!" 그가 소리쳤다. "거기! 다리 건너편! 그 보초들
을 놓아줘!"

그들은 시키는 대로 하는 수밖에 없었다. 샤론과 그의 사촌들
은 잡고 있던 와이트들을 놓고 뒤로 물러섰고, 우리 쪽에 서 있던
와이트가 바닥에 있던 총을 집어 들었다. 순식간에 힘의 균형이 완

전히 뒤집혔다. 우리를 향해 네 개의 총구가 겨누어졌고 그중 하나가 페러그린 원장을 겨누고 있었다. 카울은 자신이 원하는 것을 얻어낼 줄 아는 사람이었다.

"꼬마야!" 카울이 나를 가리키며 말했다. "그 할로우를 협곡에 던져!" 그의 날카로운 목소리는 내 고막을 찌르는 바늘 같았다.

나는 할로우를 데리고 협곡 가장자리로 갔다.

"당장 놈을 뛰어내리게 해!"

내겐 선택의 여지가 없는 것 같았다. 손해가 막심했지만 차라리 다행일 수도 있었다. 할로우는 몹시 고통스러워하고 있었고 할로우의 상처에서 나오는 검은 액체가 발치에 고이기 시작했다. 어차피 살아남지 못할 것이다.

나는 할로우가 내 허리에 감았던 혀를 풀고 나를 내려놓게 했다. 나는 혼자 설 수 있을 정도로 기력을 회복했지만 할로우의 기력은 빠르게 쇠퇴하고 있었다. 내가 등에서 내리자마자 할로우가 낮게 신음하며 혀들을 입안으로 말아 넣고 그대로 주저앉았다. 할로우는 희생을 자처하고 있었다.

"고마워, 네가 어떤 사람이었는지는 모르겠지만," 내가 말했다. "만약 네가 와이트가 된다면 완전히 악랄한 와이트가 되진 않았을 거야."

나는 할로우의 등에 발을 올려놓고 할로우를 밀었다. 할로우는 앞으로 구르다가 안개 낀 허공 속으로 조용히 떨어졌다. 잠시 후 할로우의 의식이 내 머릿속에서 꺼졌다.

다리 건너편에 있던 와이트들은 할로우의 혀를 타고 다시 이쪽으로 돌아왔다. 내가 나서려 하자 페러그린 원장의 목숨이 위협을 받았다. 올리브는 하늘에서 끌려 내려왔다. 보초들은 우리를 쉽게 통제하기 위해 한곳으로 몰았다. 카울이 나를 불렀고 보초 중 한 명이 다가와 나를 끌어냈다.

"살려둘 필요가 있는 아인 이 녀석뿐이야." 카울이 군인들에게 말했다. "만약 이 녀석을 쏘아야 하거든 무릎을 쏘도록. 그리고 나머지는……" 카울이 모여 있는 아이들 쪽으로 총을 겨누고 한 발을 쏘았다. 아이들 틈에서 비명이 울려 퍼졌다. "아무 데나 쏴."

그가 웃으며 땅딸한 발레리나처럼 양팔을 펼치고 빙글빙글 돌았다. 결과야 어떻게 되든 그에게 달려들어 맨손으로 눈알을 뽑아버리고 말겠다고 생각하던 찰나, 기다란 회전식 연발 권총이 눈앞에 나타났다.

"멈춰." 나를 지키던 말이 짧은 보초가 말했다. 어깨가 넓었고 반짝이는 대머리였다.

카울이 허공에 대고 총을 쏘며 조용히 하라고 소리치자 누군지는 몰라도 총 맞은 사람의 흐느낌을 제외한 모든 소음이 잦아들었다.

"울지 마. 내가 너희를 위해 준비한 게 있으니까." 아이들을 바라보며 그가 말했다. "오늘은 역사적인 날이야. 평생에 걸친 나와 내 동생의 개혁과 투쟁이 막을 내리고, 마침내 우리가 이상한 세계의 두 왕으로 등극하는 날이지. 하지만 증인들이 없어서야 대관식이 제대로 이루어질 수 있겠나. 그래서 너희들을 데리고 갈 생각이야. 말을 잘 듣기만 하면 너희들은 천 년 동안 그 누구도 보지 못했던 광경을 보게 될 거야. 영혼의 도서관을 장악하고 몰수하는 광경을!"

"한 가지 약속해줘. 약속하지 않으면 돕지 않겠다." 내가 카울에게 말했다. 나에겐 협상할 권한이 없었지만 그는 날 필요로 하고 있었고 그것만으로도 의미가 있었다. "원하는 걸 얻고 나면, 원장님을 풀어줘."

"그렇게는 안 되겠는데." 카울이 말했다. "하지만 목숨은 살려주지. 여동생이 있으면 이상한 세계를 다스리는 게 더 재미있을 테니까. 알마, 네 날개를 부러뜨린 다음 나의 노예로 삼을까 하는데, 네 생각은 어때?"

페러그린이 대답하려 했지만 곰의 묵직한 발바닥 때문에 말은 나오지 않았다.

카울이 손을 귀에 대고 웃었다. "뭐라고? 잘 안 들리는데!" 그는 돌아서서 탑으로 향했다.

"가!" 보초들이 소리쳤고 우리는 비틀거리며 그의 뒤를 따라 걸었다.

제 9 장

chapter nine

와 이트들이 밀치고 발길질을 하며 낙오자들을 재촉했기 때문에 우리는 놀라운 속도로 하얀 탑 쪽으로 떠밀려 갔다. 할로우 없는 나는 절뚝거리고 비틀거리는 만신창이였다. 상체에는 여러 개의 물린 상처들이 있었고 통증을 잠재워주었던 가루도 효력이 다해가고 있었다. 나는 안간힘을 쓰며 앞으로 나아갔고, 머릿속으로는 탈출할 방법을 궁리하느라 정신이 없었지만 매번 생각해낸 계획이 그전 계획보다 더 황당했다. 할로우들 없이 우리가 가진 이상한 능력들은 와이트들과 그들의 총부리 앞에서 상대가 되지 않았다.

우리는 비틀거리며 나의 할로우들이 깔려 죽은 무너진 건물의 잔해를 지났다. 앵무새들과 와이트들의 피로 얼룩진 벽돌을 밟으면서. 담장을 두른 안뜰을 지나 탑문을 열고 안으로 들어갔고 흐릿하게 스쳐 지나가는 똑같은 검은 문들이 달린 구불구불한 통로를 올라가고 또 올라갔다. 카울은 정신 나간 악단의 단장처럼 양팔을 휘두르며 과장스럽게 걷다가 돌아서서 우리에게 욕을 퍼부어대곤 했다. 한쪽 팔에 벤담을 앉히고 어깨에는 페러그린을 둘러멘 곰이 그의 뒤에서 따라갔다.

페러그린은 오빠들에게 그들의 계획을 다시 한번 생각해보라고 애원했다.

"어베이턴에 얽힌 전설을 기억해야 해. 도서관의 영혼을 훔쳤던 모든 이상한 사람들의 수치스러운 최후를 생각해보라고! 어베이턴의 힘에는 저주가 걸렸어!"

"난 더 이상 어린애가 아니야, 알마. 더는 늙은 임브린들의 이야기에 겁먹지 않아." 카울이 코웃음을 쳤다. "당장 입 다물어. 그 입 보존하고 싶으면!"

페러그린은 머지않아 그들을 설득하기를 포기하고 곰의 어깨 너머로 말없이 우리를 쳐다보았다. 그녀는 표정으로 힘을 보여주고 있었다. **두려워하지 마.** 그녀가 우리에게 말하는 것 같았다. **우린 이 시련도 이겨낼 수 있어.**

나는 탑 꼭대기까지 모두 살아서 올라가지 못할까 봐 걱정이 되었다. 나는 누가 총을 맞았는지 확인해보려고 뒤를 돌아보았다. 빼곡하게 붙어 서서 뒤따라오는 아이들 틈에서 축 늘어진 누군가를 안아들고 있는 브로닌의 모습이 보였다. 애보셋 원장인 것 같았다. 그 순간 투박한 손이 내 머리를 때렸다.

"앞을 봐! 무릎 날아가기 전에." 나를 지키던 보초가 말했다.

마침내 우리는 탑 맨 꼭대기의 마지막 문 앞에 이르렀다. 희미한 햇살이 굽어진 벽을 비추고 있었다. 위층은 전망이 트인 난간이었다. 나는 혹시 나중에 필요할지 몰라 그 사실을 기억해두었다.

카울이 문 앞에서 웃으며 서 있었다. "퍼플렉서스!" 그가 소리 쳤다. "**시뇨르** 어나멀러스, 맞아, 거기 뒤쪽에 있는 당신! 나의 이 발 견이 부분적으로는 당신의 탐험과 노력에 빚을 지고 있으니 이 문 을 여는 영광은 당신이 누려야 할 것 같군. 인정할 건 인정해야 하니 까!"

"이러지 마, 형, 축하 예식을 치를 시간이 없어." 벤담이 말했다. "지금 요새를 지키는 사람도 아무도 없고……."

"쩨쩨하게 굴지 마." 카울이 말했다. "잠깐이면 되잖아."

보초 한 명이 퍼플렉서스를 앞으로 끌어내 문 앞에 세웠다. 마 지막으로 그를 본 이후 그의 머리카락과 턱수염은 석고처럼 흰색으 로 변했고, 허리는 굽었으며, 얼굴엔 깊은 주름이 파였다. 자신의 루 프에서 너무 오래 떠나 있었기 때문에 본래의 나이가 그를 따라잡 기 시작했다. 퍼플렉서스가 문을 열려는 찰나 갑자기 기침을 하기 시작했다. 그는 카울을 바라보더니 숨을 한껏 들이마시고는 번들거 리는 가래를 그의 옷에 퉤 뱉었다.

"무식한 돼지 새끼 같으니라고!" 퍼플렉서스가 소리쳤다.

카울이 권총을 퍼플렉서스의 머리에 겨누고 방아쇠를 당겼다. 비명 소리가 들려왔고, 벤담이 "안 돼, 형!" 하고 소리를 질렀다. 퍼플 렉서스는 양손을 들고 빙그르 돌며 뒷걸음쳤지만 총에서는 메마른 딸깍 소리만 날 뿐이었다.

카울은 총의 약실을 열고 안을 들여다보더니 어깨를 으쓱했다. "골동품이야. 너처럼." 그가 퍼플렉서스에게 말하고는 총으로 재킷에 묻은 가래를 털어냈다. "운명이 네 편을 들어준 것 같지만, 오히려 잘

된 일이야. 난 네가 피 흘리며 죽는 것보단 먼지로 돌아가는 걸 지켜보고 싶거든."

카울이 보초들에게 그를 끌고 가라고 지시했다. 퍼플렉서스는 이탈리아어로 그에게 욕설을 내뱉은 뒤 다른 사람들이 있는 곳으로 돌아갔다.

카울이 문 쪽으로 돌아섰다. "뭐라고 지껄이건 알 게 뭐야." 그가 중얼거리고는 문을 열었다. "어서 들어가! 너희들 전부 다!"

문 안쪽에 익숙한 회색 벽으로 둘러싸인 방이 있었지만 이번에는 벽의 뚫린 곳이 길고 어두운 통로로 연결되어 있었다. 보초들에게 몇 차례 떠밀리면서 우리는 통로를 따라 걸었다. 매끄러운 벽이 거칠고 고르지 않은 벽으로 바뀌더니 통로가 원시적인 햇살이 비치는 공간으로 넓어졌다. 바위와 진흙으로 만들어진 공간이었고, 대충이나마 직사각형 모양으로 생긴 문과 두 개의 창문이 아니었다면 동굴이라 불렀을 것이다. 누군가 무른 바위를 파내 문과 창문을 냈다.

우리는 뜨겁고 건조한 공기 속으로 내몰렸다. 눈앞에 아찔한 풍경이 펼쳐졌다. 우리는 다른 세상인 것 같은 풍경 속에 높이 떠 있었다. 우리 주위는 온통 한쪽은 가파르게 높이 솟아 있고 다른 한쪽은 협곡으로 굽이치며 내려가는, 그리고 엉성한 문들과 창문들이 뚫려 있는 이상하게 생긴 붉은 바위의 봉우리들과 뾰족탑들 천지였다. 그 사이로 끊임없이 부는 바람은 사람의 신음 소리를 냈고 그 소리는 마치 땅에서 새어 나오는 것처럼 느껴졌다. 저물어가는 태양은 어디에서도 보이지 않았지만 하늘은 오렌지 빛깔이었다. 마치 세상의 종말이 지평선 너머에서 무르익는 것만 같았다. 문명의 흔적이 있음에도 불구하고 우리 말고는 아무도 없었다. 나는 감시당하는 것

같은 느낌이 강하게 들었다. 마치 들어와서는 안 되는 영역에 들어온 것 같은 기분이었다.

벤담이 곰에서 내려와 경외심을 느끼는 듯 모자를 벗었다. "그러니까 바로 여기였군." 그가 언덕들을 둘러보며 말했다.

카울이 맏형답게 동생의 어깨에 팔을 둘렀다. "내가 이런 날이 올 거라고 했잖아. 여기까지 오느라 우린 서로를 지옥에 빠뜨렸어. 안 그래?"

"그랬지." 벤담이 동의했다.

"하지만 분명히 말하는데, 이젠 다 멋지게 마무리될 거야. 왜냐하면 내가 그 일을 치를 테니까." 카울이 우리 쪽으로 돌아섰다. "친구들! 임브린들! 이상한 아이들 여러분!" 그의 목소리가 이상한 신음소리를 내는 계곡으로 울려 퍼졌다. "오늘은 역사에 남을 날입니다. 어베이턴에 오신 것을 환영합니다!"

그가 박수를 기다리며 잠시 말을 멈추었지만 박수는 나오지 않았다.

"여러분은 지금 한때 영혼의 도서관을 보호했던 고대 도시에서 있습니다. 이곳은 지난 4백 년 동안 눈에 보이지 않았고, 1천 년 동안 정복되지 않았습니다. 그런데 제가 이곳을 발견했습니다! 이제 여러분들을 증인으로 모시고……."

그가 하던 말을 멈추고 잠시 땅을 내려다보더니 웃음을 터뜨렸다. "내가 왜 이런 쓸데없는 일에 기운을 빼지? 너희들처럼 무식한 것들은 내가 이룬 성과의 중요성을 결코 인식하지 못할 텐데 말이야. 너희들을 좀 봐. 시스티나 성당을 감상하는 당나귀 같은 꼴이군!" 그가 벤담의 팔을 두드렸다. "자, 형제. 이제 그만 가서 우리 것을 찾아보자고."

"저희들 것도요!" 내 뒤쪽에서 목소리가 들려왔다. 보초 중 한 명이었다. "저희를 잊지 않으실 거죠? 그렇죠?"

"잊지 않고말고." 카울이 말하며 미소를 지으려 애썼지만 실패했다. 그는 사람들 앞에서 그런 도전을 받는 것에 대한 짜증을 감추지 못했다. "너희의 충성은 열 배로 보상받을 거야."

그는 벤담과 함께 돌아서서 오솔길을 따라 걷기 시작했고 보초들이 우리를 떠밀었다.

ꙮ

햇볕에 달구어진 길은 갈라지고 또 갈라졌고 샛길들과 갈림길들은 뾰족한 봉우리로 이어졌다. 퍼플렉서스를 협박해서 알아낸 뒤 최근 며칠 동안 여러 차례 오갔던 길이 분명했다. 카울은 가시덤불로 뒤덮인 모호한 길을 확신에 찬 발걸음으로 안내했다. 그의 발걸음마다 식민지 개척자의 오만함이 배어났다. 누군가 우릴 지켜보는 것 같은 느낌은 점점 더 강해졌다. 바위에 뚫린 거친 구멍들이 반쯤 감긴 눈동자들 같았고 천 년의 잠에서 서서히 깨어나는, 돌에 갇힌 고대 첩보원들 같았다.

나는 불안감에 몸이 달았고, 한 가지 생각이 다른 생각을 넘어뜨렸다. 앞으로 일어날 일은 나에게 달려 있었다. 어쨌든 와이트들은 나를 필요로 했다. 만약 내가 그들을 위해 영혼들을 다루는 일을 거부한다면? 만약 그들을 속일 방법을 찾는다면?

어떤 일이 벌어질지 짐작할 수 있었다. 카울은 페러그린 원장을 죽일 것이다. 그다음엔 다른 임브린들을 죽일 것이다. 그들이 원하는 것을 내가 줄 때까지 한 명씩, 한 명씩. 내가 말을 듣지 않으면 엠마를 죽일 것이다.

나는 그리 강하지 않았다. 엠마를 해치려는 그들을 막을 수만 있다면 무슨 짓이든 할 것이다. 알려지지 않은 힘의 열쇠마저도 카울에게 넘겨줄 것이다.

그 순간 떠오른 생각에 나는 기겁을 했다. 만약 내가 그 일을 할 수 없다면? 만약 카울이 틀렸고 내가 영혼의 유리병들을 볼 수 없다면? 혹은 내가 그것들을 볼 수는 있지만 그들에게 넘겨줄 수가 없다면? 그는 내 말을 믿지 않을 것이다. 내가 거짓말을 한다고 생각할 것이다. 그리고 내 친구들을 죽이기 시작할 것이다. 설령 내 말이 진실임을 그에게 설득한다고 해도 화가 난 그는 전부 다 죽여버릴 것이다.

나는 조용히 할아버지에게 기도했다. 죽은 사람에게 기도해도 되는 걸까? 어쨌든 나는 기도를 했고, 그리고 간청했다. 만약 날 지켜보고 있다면, 이 시련을 이겨내게 해달라고, 그리고 예전의 할아버지처럼 나를 강하고 위대하게 만들어달라고. **포트먼 할아버지**, 나는 기도했다. **황당하게 들리겠지만, 엠마와 친구들은 저의 전부예요. 그들은 제게 이 우주 전체와도 같아요. 그 아이들을 위해서라면 전 카울에게 기꺼이 모든 걸 내줄 거예요. 그러면 제가 사악해질까요? 잘 모르겠어요. 하지만 할아버지는 절 이해할 수 있을 거라고 생각해요. 그러니 제발.**

고개를 들어보니, 놀랍게도 페러그린 원장이 곰의 어깨에서 날 내려다보고 있었다. 나와 눈이 마주치는 순간 페러그린 원장이 고개를 돌렸고 나는 그녀의 창백한 뺨 위로 흐르는 눈물을 보았다. 마치 내 말을 듣기라도 한 것처럼.

우리가 가는 길은 꼬불꼬불한 길들의 오래된 미로와 언덕에 깎아놓은 계단으로 이어졌고, 그 계단은 초승달 모양으로 닳아 있었다. 길이 갑자기 사라지면서 잡초로 뒤덮인 적도 있었다. 퍼플렉서스는 영혼의 도서관으로 가는 길을 알아내는 데 그토록 긴 세월이 걸렸건만 이 고마운 줄도 모르는 도둑놈들이 멋대로 그 길을 짓밟고 가다니, 너무도 모욕적인 일이라고 불평하고 있었다.

올리브의 목소리도 들렸다. "도서관이 진짜였다고 왜 아무도 말하지 않았지?"

"왜냐하면, 아가." 임브린 한 명이 대답했다. "그렇게 말하는 건 용납되지 않았거든. 그저 동화 속 이야기라고 말하는 편이……."

임브린이 숨을 고르기 위해 멈춰 섰다.

"더 안전했으니까."

그저 동화 속 이야기. 이제 그것은 내 인생에서 너무도 자명한 진실들 중 하나가 되었다. 내가 아무리 납작하게 깔아뭉개려고 해도, 종이와 잉크 속에 가두어두려 해도, 책 안에 묶여 있기를 거부하는 이야기들은 항상 존재할 것이다. 그것은 결코 동화 속 이야기가 아니었다. 나는 알고 있고 있었다. 동화 속 이야기가 내 삶을 통째로 집어삼켰음을.

우리는 허름한 벽을 따라 몇 분째 걷고 있었고 바람의 기괴한 신음 소리가 고조되었다가 다시 잦아들었을 때 카울이 한 손을 들며 모두 멈추라고 소리쳤다.

"너무 멀리 왔나?" 그가 말했다. "분명히 이쯤 어딘가에 조그만 동굴이 있었는데…… 지도 제작자 어디 있어?"

퍼플렉서스가 사람들 틈에서 앞으로 끌려 나왔다.

"놈을 쏘지 않길 잘했지?" 벤담이 중얼거렸다.

카울은 그 말을 무시했다. "그 동굴 어디 있지?" 그가 퍼플렉서스의 얼굴에 들이대고 물었다.

"숨어버린 것 같은데." 퍼플렉서스가 약 올리듯 말했다.

"날 시험하지 마." 카울이 대답했다. "《시간의 지도》를 전부 다 불태워버리겠어. 내년이면 네 이름이 완전히 잊혀지도록."

퍼플렉서스가 깍지를 끼고 한숨을 쉬었다. "저기." 우리 뒤쪽을 가리키며 그가 말했다.

카울이 덩굴에 뒤덮인 벽 쪽으로 걸어갔다. 너무도 허름하고 잘 감춰져 있어서 누구라도 그냥 지나칠 법한 문이었다. 아니, 문이라기보다는 구멍이었다. 카울이 덩굴을 걷어내고 머리를 안으로 집어넣었다. "맞네!" 그가 말했다. 그는 도로 머리를 빼고는 명령을 내렸다.

"여기서부터는 중요한 사람만 들어간다. 나의 형제, 자매." 그가 벤담과 페러그린을 가리키며 말했다. "꼬마." 그가 나를 가리켰다. "보초 둘. 그리고……." 그가 아이들을 훑어보았다. "안이 어두우니까 손전등이 필요해. 너도 가." 그가 엠마를 가리켰다.

엠마가 끌려 나왔고 나는 가슴이 철렁 내려앉았다.

"혹시 말썽을 피우면," 카울이 보초들에게 말했다. "어떻게 해야 하는지 알고 있겠지." 카울이 아이들을 향해 권총을 들었다. 아이들이 모두 비명을 지르며 머리를 숙였다. 카울이 웃음을 터뜨렸다.

엠마를 지키던 보초가 엠마를 구멍 안으로 밀어 넣었다. 벤담의 곰은 들어갈 수가 없었기 때문에 페러그린을 내려놓았고 나의 보초는 페러그린과 나를 둘 다 맡게 되었다.

가장 어린 아이들이 울기 시작했다. 그 아이들이 페러그린 원장을 다시 볼 수 있을까? "씩씩해져야 한다, 얘들아!" 페러그린이 아이들에게 소리쳤다. "다시 돌아올게!"

"맞아, 얘들아!" 카울이 조롱하듯 노래를 불렀다. "원장님 말씀 잘 들어! 임브린들이 가장 잘 아니까!"

페러그린 원장과 나는 함께 구멍 속으로 밀려 들어갔고, 아주 잠깐 덩굴 속에 있을 때 나는 아무도 모르게 그녀에게 속삭였다.

"안에 들어가면 어떻게 해야 하죠?"

"시키는 대로 해." 그녀가 속삭였다. "그를 화나게 하지 않으면 살 수 있을지도 몰라."

살 수도 있겠죠. 하지만 그 대가는요?

그렇게 해서 우리는 덩굴을 헤치고 이상하고도 낯선 공간으로 들어서게 되었다. 천장이 하늘로 뚫려 있는 돌로 만든 방이었다. 나는 잠시 숨을 쉴 수가 없었다. 거대하고 기형적인 얼굴이 맞은편 벽에서 우리를 바라보고 있었기 때문이었다. 다시 보니 돌로 만든 벽일 뿐이었지만 문 대신 입이 쩍 벌어져 있었다. 창문은 두 개의 일그러진 눈이었고, 한 쌍의 구멍들은 콧구멍이었으며, 머리카락과 지저분한 턱수염을 닮은 풀이 길게 자라 있었다. 신음하는 바람 소리는 여기서 가장 크게 들렸다. 입 모양의 문은 발음하는 데 일주일은 걸릴 것 같은 이상한 고대 언어의 모음으로 우리에게 경고를 하는 것만 같았다.

카울이 문을 가리켰다. "도서관이 기다리고 있어."

벤담이 모자를 벗었다. "신기하군." 그가 낮은 목소리로 경건하

게 말했다. "마치 우릴 위해 노래를 부르는 것 같아. 여기 있는 모든 영혼들이 우리를 환영하기 위해 깨어나는 것처럼."

"환영이라니," 엠마가 말했다. "설마 그럴 리가요."

보초들이 우리를 문 쪽으로 밀었다. 우리는 몸을 숙이고 낮은 구멍을 지나 또 하나의 동굴 같은 방으로 들어갔다. 어베이턴의 다른 방들처럼, 헤아릴 수 없을 만큼 오랜 시간 전에 무른 바위에서 손으로 파낸 방이었다. 천장이 낮고 아무것도 없는 텅 빈 공간이었지만 지푸라기와 깨어진 도자기 조각들이 있었다. 가장 눈에 띄는 특징은 벽이었다. 벽에 수십 개의 작고 움푹한 구멍이 뚫려 있었다. 구멍은 윗부분이 둥글었고 아랫부분은 평평했으며, 물병 하나 혹은 초 하나가 들어갈 만한 공간이었다. 방 안쪽에는 어둠 속으로 몇 개의 문이 뚫려 있었다.

"이봐, 꼬마?" 카울이 말했다. "뭐가 보이지?"

나는 주위를 둘러보았다. "뭐가 보이냐고요?"

"허튼수작 부릴 생각 마. 영혼의 단지들." 그가 한쪽 벽으로 다가가더니 구멍 안쪽에 손을 넣고 휙 저었다. "가서 하나 들고 와."

나는 천천히 벽을 둘러보았다. 구멍은 전부 다 비어 있는 것 같았다. "아무것도 안 보여요." 내가 말했다. "아무것도 없나 봐요."

"거짓말이야."

카울이 나의 보초에게 고갯짓을 하자 그가 주먹으로 나의 배를 때렸다.

내가 무릎을 꿇고 주저앉자 엠마와 페러그린이 소리를 질렀다. 내려다보니 셔츠에서 피가 배어 나왔다. 주먹 때문이 아니라 할로우가 문 상처 때문이었다.

"오빠, 제발!" 페러그린이 소리쳤다. "어린애잖아!"

"어린애! 어린애!" 카울이 조롱하듯 말했다. "바로 그게 문제의 핵심이야. 어른처럼 벌을 주고, 피 맛을 좀 보여줘야 해. 그래야 싹이 나고 식물이 자라겠지." 그가 괴상한 골동품 권총을 빙글빙글 돌리며 내 쪽으로 걸어왔다. "이 녀석 다리를 펴. 무릎에 깔끔하게 한 방 쏴주게."

보초가 나를 바닥에 쓰러뜨린 다음 내 종아리를 붙잡았다. 나는 흙바닥에 뺨을 대고 벽을 바라보았다.

공이치기가 젖혀지는 소리가 들렸다. 여자들이 카울에게 자비를 베풀어달라고 애원할 때 벽에 뚫린 구멍 중 한곳에서 무언가가 보였다. 조금 전까지 보이지 않았던 형체가……

"잠깐!" 내가 소리쳤다. "뭔가 보여요!"

보초가 나를 벌떡 일으켰다.

"이제야 정신을 차렸구나." 카울은 내 앞에서 날 내려다보며 서 있었다. "뭐가 보이지?"

나는 눈을 깜빡이고 다시 한번 보았다. 마음을 가다듬고 보이는 것에 집중했다.

벽 속에, 마치 폴라로이드 사진처럼 서서히 시야에 들어오는 것은, 바로 돌로 만든 단지의 흐릿한 형상이었다. 장식이 없는 소박한 단지였다. 원통 모양에 주둥이가 오목했고 코르크 마개가 달려 있었다. 단지는 어베이턴의 이상한 언덕들과 똑같은 붉은 빛깔이었다.

"단지가 있어요." 내가 말했다. "한 개요. 옆으로 쓰러졌어요. 그래서 처음에 안 보였던 거예요."

"일어나." 카울이 말했다. "네가 단지를 드는 걸 보고 싶어."

나는 무릎을 가슴으로 당기고 몸을 앞으로 숙여 체중을 발에 실은 다음 일어섰다. 복부에서 통증이 밀려왔다. 나는 발을 끌며 방을 가로질러 움푹한 구멍 안쪽으로 손을 뻗었다. 손이 단지에 닿는 순간 깜짝 놀라 손을 거두었다.

"뭐지?" 카울이 말했다.

"**얼어** 있어요." 내가 대답했다. "얼어 있을 줄은 몰랐어요."

"정말 놀랍군." 벤담이 중얼거렸다. 그는 다시 생각해보려는 듯 입구에서 서성거리고 있다가 이제야 한 발자국 가까이 다가왔다.

이번에는 냉기에 대한 마음의 준비를 하고 다시 구멍으로 손을 뻗어 단지를 꺼냈다.

"이건 옳지 않은 일이야." 페러그린이 말했다. "단지 안엔 이상한 영혼이 들어 있어. 존경심을 갖고 다루어야 해."

"나한테 먹히는 것이야말로 한 영혼이 받을 수 있는 가장 큰 존경이지." 카울이 말했다. 그가 다가와 내 곁에 섰다. "단지를 설명해봐."

"아주 단순해요. 돌로 만들어졌어요." 단지가 내 오른손을 얼리기 시작했고 나는 단지를 왼손으로 넘겼다. 그리고 그 순간 나는 단지 뒤쪽에 가늘고 긴 글씨로 쓴 단어를 보았다.

아스윈단.

그 단어를 말하지 않을 생각이었지만 카울은 마치 한 마리 매처럼 나를 관찰하고 있었고 내가 무언가를 보았음을 알았다. "뭐지?" 그가 물었다. "내가 경고했지. 아무것도 숨기지 말라고!"

"단어예요." 내가 말했다. "아스윈단."

"철자를 대봐."

"A-s-w-i-n-d-a-n."

"아스윈단……." 카울이 말했다. 그가 이마를 찌푸렸다. "고대 이상한 언어야. 그렇지?"

"확실해." 벤담이 말했다. "배운 거 기억해?"

"물론 기억해! 너보다 내가 항상 빨리 배웠으니까. 기억나? 아스윈단. 그 어원은 바람*wind*이야. 날씨가 아니라 신속함을 뜻하는 말. 강화하다, 활성화하다의 바람!"

"난 잘 모르겠어, 형."

"아, **잘 모르시겠다!**" 카울이 빈정거렸다. "내가 보기엔 네가 이걸 원하는 것 같은데!"

카울이 손을 뻗어 단지를 내게서 빼앗으려 했다. 그의 손가락이 단지에 닿았지만, 단지가 내 손을 떠난 순간, 마치 잡을 것이 없는 것처럼 그의 손가락이 저절로 오므려졌고 단지는 바닥에 떨어져 깨어졌다.

카울이 욕을 내뱉으며 당혹스러운 표정으로 바닥을 보았다. 푸르고 환하게 반짝이는 액체가 우리 발치에 고였다.

"이젠 나도 보여!" 흥분한 목소리로 파란색 웅덩이를 가리키며 그가 말했다. "저거! 나도 보여!"

"맞아…… 나도 보여." 벤담이 말했고 보초들도 보인다고 했다. 모두가 액체를 볼 수 있었지만 그 액체를 보관하고 보호하고 있던 단지는 보지 못했다.

보초 한 명이 파란 액체를 만져보려고 몸을 숙였다. 그의 손이 액체에 닿는 순간 그가 비명을 지르고 펄쩍 뛰면서 액체를 털어내려 손을 털었다. 단지가 얼 정도면 파란 액체가 얼마나 차가울지 짐작할 수 있었다.

"아까워라." 카울이 말했다. "다른 영혼 몇 개하고 섞고 싶었는데……."

"아스윈단." 벤담이 말했다. "어원은 스윈드*swind.* **움츠러들다**라는 뜻이야. 저 영혼 안 가진 거 다행인 줄 알아."

카울이 얼굴을 찌푸렸다. "아니, 그렇지 않아. 내 생각이 옳아."

"옳지 않아." 페러그린이 말했다.

그의 시선이 당황한 듯 두 사람 사이를 오갔다. 두 사람이 힘을 모아 자신에게 대적할 가능성을 점쳐보듯이. 그러나 이내 그런 생각을 접는 것 같았다. "여긴 첫 번째 방일 뿐이야." 그가 말했다. "안쪽에 더 좋은 영혼들이 있는 게 분명해."

"나도 같은 생각이야." 벤담이 말했다. "안쪽으로 들어갈수록 더 오래된 영혼들이고, 오래된 영혼들이 더 강력하겠지."

"우린 이 산의 심장을 파헤쳐서," 카울이 말했다. "그걸 먹는 거야."

ᔓ

갈비뼈에 총구가 겨누어진 채, 우리는 검은 문들을 지나 계속 걸었다. 다음 방도 첫 번째 방처럼 벽마다 구멍들이 있었고, 어둠으로 이어진 문들이 있었다. 그러나 창문은 없었고 오후의 한 줄기 햇살만이 흙바닥을 가르고 있었다. 우리는 햇살을 등지고 계속 걸었다.

카울이 엠마에게 불꽃을 만들라고 명령했다. 나에게는 벽에 들어 있는 것들을 파악하라고 했다. 나는 세 개의 단지에 대해 요령껏 보고했지만 나의 말만으로는 충분치 않았다. 그는 단지가 거기 있다는 것을 확인하기 위해 매번 손톱으로 두드려보게 했고, 비어 있는 것을 확인하기 위해 수십 개의 빈 공간에 손을 넣어보게 했다.

그다음에는 글자를 읽게 했다. **헤올스토르. 운게 세웬. 메아간운도르.** 그 글자들은 나에겐 의미가 없었고 그에게는 만족스럽지 못했다. "시시한 노예들의 영혼들이구만." 그가 벤담에게 불평했다. "왕이 되려면 왕의 영혼이 필요해."

"그럼 계속 가." 벤담이 말했다.

우리는 황당하고 끝이 없는 것 같은 동굴의 미로 속으로 들어갔다. 햇살은 어느덧 하나의 추억이 되었고 지면은 점점 지하로 내려갔다. 공기가 차가워졌다. 통로들은 마치 혈관처럼 어둠 속으로 뻗어나갔다. 카울은 직감에 따라 움직이는 것 같았고 자신 있게 왼쪽 혹은 오른쪽으로 걸었다. 그는 미쳤다. 확실히 미쳤다. 설령 우리가 그에게서 벗어난다고 해도 길을 잃게 만들려는 게 분명했다. 우리는 동굴 속에 영원히 갇힐 수도 있었다.

나는 이 영혼들을 놓고 벌어졌던 투쟁을 상상해보았다. 어베이턴의 봉우리들과 골짜기들 틈에서 싸우는 고대의 거대한 이상한 사람들. 상상조차 할 수 없는 일이었고 기껏해야 내가 생각할 수 있는 일이라고는 불빛도 없이 이곳에 갇혀버린다면 얼마나 끔찍할까 하는 것뿐이었다.

안으로 깊이 들어갈수록, 벽 속의 단지들이 많아졌다. 마치 오래전 약탈자들이 바깥쪽 방들을 습격했지만 무언가가 그들이 더 이상 들어오는 것을 막았던 것처럼. 어쩌면 이 동굴의 건전한 자기 보호 본능일 수도 있었다. 카울이 상황을 보고하라고 윽박질렀지만 더 이상 어떤 구멍에 어떤 영혼들이 있는지 증명해 보이라는 요구는 하지 않았고 이따금 단지의 이름표만 큰 소리로 읽으라고 했다. 그는 더 큰 사냥감을 찾고 있었고 도서관 바깥쪽의 단지들은 신경을 쓸 가치가 없다고 판단한 것 같았다.

우리는 침묵 속에서 걸었다. 방들은 투박한 방식으로나마 점점 더 커지고 웅장해졌다. 천장도 높아졌고 벽도 넓어졌다. 이제 단지들은 사방에 있었다. 벽의 구멍마다 있었고, 토템 신앙의 기둥처럼 한쪽 구석에 높이 쌓여 있었으며, 갈라진 틈이나 균열마다 박혀 있어서 단지에서 새어 나온 한기가 공기를 냉동시켰다. 나는 몸을 떨면서 양팔을 몸에 바짝 붙였고, 내 입김이 내 앞에서 피어올랐다. 누군가 지켜보고 있는 것 같은 느낌이 어느새 돌아왔다. 소위 도서관이라고 불리는 이곳은 거대한 지하 세계였고, 지하 묘지였으며, 지난 세기 이전에 살았던 수십만 이상한 아이들의 두 번째 영혼들의 은신처였다. 이 어마어마한 영혼의 저장소는 마치 깊은 물속에 잠길 때처럼 나의 머리와 폐의 공기를 압축시키면서 나에게 묘한 압력을 행사하고 있었다.

넋이 나간 사람은 나 혼자만이 아니었다. 보초들도 작은 소리에 화들짝 놀라며 끊임없이 어깨 너머를 돌아보았다.

"그 소리 들었어?" 나를 지키던 보초가 물었다.

"목소리?" 또 다른 보초가 말했다.

"아니, 목소리라기보단 물소리 같았어. 물 흐르는 소리……."

그들이 이야기를 나누는 동안 나는 페러그린 원장을 흘금 보았다. 겁에 질린 걸까? 아니, 그렇지 않았다. 그녀는 기다리고 관찰하면서 때를 기다리는 것 같았다. 나는 그 사실에서 위안을 얻었다. 그녀는 한참 전에 새로 변해서 달아날 수 있었지만 달아나지 않았다. 엠마와 내가 포로로 잡혀 있는 한 그녀는 우리 곁에 있을 것이다. 단지 그녀의 보호 본능 때문은 아닐 것이다. 어쩌면 그녀에게 계획이 있을지도 모른다.

공기는 갈수록 차가워졌고 내 목에 맺힌 작은 땀방울은 서서히 얼음물로 변해갔다. 나는 발로 걷어차지 않으려면 사방치기를 하며 돌아가야 할 정도로 단지들이 꽉 차 있는 방을 가로질렀다. 그러나 나를 제외한 다른 사람들의 발은 단지들을 관통했다. 나는 죽은 자들 때문에 숨이 막혔다. 이곳은 입석뿐인 열차였고, 출근 시간의 열차 역이었으며, 새해 전날 타임스퀘어 광장이었다. 술 취한 사람들이 뚱한 표정으로 우리를 바라보았고 그들은 우리가 영 못마땅했다. (비록 볼 수는 없었지만 나는 실제로 그렇게 **느꼈다**.) 마침내 벤담마저도 이성을 잃었다.

"형, 잠깐만." 숨이 차서 카울을 붙잡으며 그가 말했다. "너무 멀리 왔다는 생각 안 들어?"

카울이 천천히 돌아서서 그를 바라보았다. 그의 얼굴이 그림자와 불빛으로 고르게 나뉘어져 있었다. "아니, 안 드는데." 그가 말했다.

"난 여기 있는 영혼들도 충분히……"

"난 아직 못 찾았어." 그의 목소리는 날카롭게 곤두서 있었다.

"무얼 찾으시는 거죠?" 보초 한 명이 용기를 내어 물었다.

"보는 순간 알게 될 거야!" 카울이 쏘아붙였다.

그는 긴장하고 흥분한 상태로 어둠 속으로 뛰어갔다.

"대장님! 잠깐만요!" 보초들이 외치며 우리를 밀치고 그를 쫓아갔다.

카울이 잠깐 사라졌다가 방의 가장자리에서 다시 나타났다. 엷은 푸른 불빛이 그를 비추었다. 그는 불빛 속에서 반만 모습을 드러낸 채 무언가를 바라보며 얼어붙어 있었다. 그를 따라잡고 모퉁이를 돌아서는 순간 우리도 그것을 보았다. 하늘색 불빛으로 반짝이는 기다란 터널이었다. 터널 반대편 끝 사각형으로 뚫려 있는 곳에서 그 불빛이 활활 타오르고 있었다. 소리도 들렸다. 물 흐르는 소리 같은 잔잔한 백색 소음이었다.

카울이 박수치며 환호했다. "거의 다 왔어! 바로 여기야!"

그는 미치광이처럼 터널을 달려갔고 우리도 떠밀려 그의 뒤를 따랐다. 우리는 터널 끝에 이르자 우리를 둘러싼 빛이 너무도 눈부셔서 비틀거리며 멈춰 서야 했다. 눈이 부셔서 더 이상 갈 수가 없었다.

엠마는 자신의 불꽃을 껐다. 이곳에서는 불꽃이 필요치 않았다. 손가락 틈으로 눈을 찌푸리며 바라보니 서서히 공간이 눈에 들어왔다. 일렁이는 푸른빛의 장막에 둘러싸인, 내가 본 가장 큰 동굴이었다. 마치 벌집처럼 생긴 거대하고 둥근 공간이었고, 바닥 너비는 30미터 정도였지만 위로 올라갈수록 여러 층의 건물 높이로 뾰족하게 모아졌다. 모든 표면은, 움푹한 구멍과 단지 위까지, 얼음 결정으로 반짝였다. 동굴 안에는 수천 개의 단지가 있었다. 단지들은 엄청난 높이까지 벽을 장식하고 있었다.

냉기에도 불구하고 동굴 안에서 물이 흘렀다. 매의 머리 모양처럼 생긴 꼭지에서 흘러나온 샘물이 동굴 벽을 빙 두르는 얕은 냇물로 흘러들었고, 냇물은 다시 동굴 가장자리의 얕은 연못으로 흘러들었다. 매끄러운 검은 돌이 연못을 둘러싸고 있었다. 그 물이 동굴 안에 감도는 천상의 빛의 원천이었다. 영혼의 단지 안에 있는 액체처럼 물은 영롱한 푸른빛으로 반짝였고, 마치 숨을 쉬는 것처럼 일정한 주기로 밝아졌다가 어두워졌다. 경쾌한 물 흐르는 소리 밑에 깔린, 너무도 선명한 인간의 신음 소리가 아니었다면 마치 북유럽 어딘가에 있는 듯 마음이 편안했을 것이다. 그것은 우리가 밖에서 들었던 신음 소리와 정확히 일치했다. 문들을 스치는 바람 소리라고 생각했던 그 소리. 그러나 이곳엔 바람이 없었고 바람 소리가 들려올 가능성은 없었다. 이것은 다른 소리였다.

벤담이 숨이 차서 비틀거리며 손으로 눈을 가리고 동굴 안으로 들어섰고 카울은 동굴 한복판으로 걸어갔다. "이겼다!" 그가 외쳤다. 자신의 목소리가 동굴 벽에서 튀어나오는 것을 즐기는 것 같았다. "바로 여기야! 우리의 보물 창고! 우리의 공식 알현실!"

"웅장하군." 형의 곁에 다가서며 벤담이 힘없이 말했다. "왜 그토록 많은 사람들이 기꺼이 목숨을 내던졌는지 알 것 같아……."

"오빠는 지금 엄청난 실수를 저지르고 있는 거야." 페러그린 원장이 말했다. "이 신성한 곳을 훼손해선 안 돼."

카울이 과장스럽게 한숨을 쉬었다. "학교 선생님처럼 고지식한 소리로 꼭 그렇게 분위기를 잡쳐놔야 되겠어? 아니면 질투하는 거냐? 더 많은 재능을 타고난 여동생으로서 네가 다스리던 세상의 종말을 애도하는 거야? **날 좀 봐! 난 날 수도 있어! 나는 시간의 루프를 만들 수도 있어!** 지금으로부터 한 세대가 지나면 임브린 같은 한심한 생명체는 아무도 기억하지 못할걸!"

"틀렸어!" 더 이상 입을 다물고 있을 수가 없었던 엠마가 나섰다. "잊힐 사람은 바로 당신들 두 사람이야!"

보초가 엠마를 때리려 다가갔지만 카울이 내버려두라고 했다. "떠들게 내버려둬. 어쩌면 마지막일지도 모르니까."

"생각해보니 잊히진 않겠네." 엠마가 말했다. "우리가 동화에 당신 이야기로 새 챕터를 쓸 테니까. 탐욕스러운 형제들이라고 부를 거야. 아니면 끝내 천벌을 받은 끔찍한 배신자들이나."

"흠, 그건 좀 별론데?" 카울이 말했다. "이상한 세계에서 당당히 왕으로 등극하기까지 온갖 편견을 극복한 위대한 형제들 이야기 정도가 아닐까 싶어. 내가 이렇게 유머 감각이 있는 인간인 걸 다행인 줄 알아, 꼬마야."

그의 관심이 내게로 향했다. "너! 여기 있는 이 병들에 대해 설명해. 작은 것 하나도 빼놓지 말고." 그는 상세한 설명을 원했고 나는 그가 원하는 대로 해주었다. 수십 개의 가늘고 긴 이름들을 소리내어 읽었다. 고대 이상한 언어를 이해할 수 있었다면 얼마나 좋을까. 그랬다면 내용에 대해 거짓말을 할 수도 있었을 텐데. 그래서 카울이 약하고 한심한 영혼을 차지하도록 속일 수도 있었을 텐데. 그러나 나는 완벽한 자동화 기계였다. 재능의 축복을 받았지만 무지의 저주를 받은 기계. 내가 할 수 있는 일이라고는 가장 명백하게 강력한 단지들로부터 그의 관심을 돌리려 애쓰는 것뿐이었다.

대부분이 작고 수수했지만 몇 개는 크고 화려했으며 무거웠다. 모래시계 모양이거나 손잡이가 두 개인 것도 있었고, 표면에 현란한 빛깔의 날개가 그려진 것도 있었다. 그런 단지에는 가장 강력하고 중요한(혹은 중요하다고 여겨지는) 이상한 사람들의 영혼이 담겨 있는 게 분명했다. 단지가 놓인 구멍의 크기도 하나의 단서였는데, 카울은 손가락으로 단지를 두드려보게 했고 구멍이 넓으면 소리가 깊고 컸다.

나에겐 속임수를 쓸 여지가 남아 있지 않았다. 결국 카울은 원하는 것을 손에 넣고 말 것이고, 내가 할 수 있는 일은 아무것도 없었다. 그때 카울이 모두를 놀라게 했다. 얼핏 생각하기엔 너무도 관대한 처사 같았다. "자, 누가 먼저 해볼까?"

보초들이 혼란스러워하며 서로를 쳐다보았다.

"그게 무슨 소리야?" 벤담이 놀라 절뚝거리며 그에게 다가왔다. "형하고 내가 맨 먼저 해야 하지 않을까? 그토록 오랜 세월 동안 우린……."

"욕심부리지 마. 저들의 충성심을 보상해줄 거라고 내가 말했잖아?" 그는 다시 보초들을 바라보며 마치 게임 쇼의 진행자처럼 미소를 지었다. "둘 중 누가 먼저 해볼까?"

두 사람 모두 손을 들었다.

"저요, 대장님!"

"제가 하겠습니다!"

카울은 나를 지키던 보초를 가리켰다. "너!" 그가 말했다. "아주 좋은 자세야. 어서 이리 나와!"

"고맙습니다! 고맙습니다!"

카울은 내게 총을 겨누고 날 지키던 보초를 임무에서 해방시켰다. "어떤 영혼이 네 취향이지?" 카울은 내가 설명했던 단지들의 위치를 떠올리면서 그것들을 가리켰다. "**예트 파루.** 물, 흐르는 것과 관계가 있지. 물 밑의 삶을 꿈꾸었다면 이것도 좋을 것 같아. **월센위르**

센드. 이건 구름을 지배하는 반인반마일 거고. 벤, 어딘가 친근하게 들리지 않아?"

벤담이 웅얼거리며 대답했지만 카울은 거의 듣고 있지 않았다.

"**스틸 히데**, 저것도 괜찮아. 금속 피부. 전투에서 유리하겠지. 하지만 기름을 좀 쳐야 할 것 같기도 하고."

"저…… 이런 말씀 드려도 될지 모르겠지만," 보초가 온순하게 말했다. "좀 더 큰 단지들 중에서 고르면 안 될까요?"

카울이 손가락을 흔들었다. "난 야심 있는 사람이 좋아. 하지만 그건 나와 내 동생 거야."

"물론입니다, 대장님. 당연히 그러셔야죠." 보초가 말했다. "그렇다면…… 음…… 다른 게 뭐가 있었죠?"

"난 최상품을 선택할 권한을 주었어." 카울이 말했다. 그의 말투가 경고로 변해가고 있었다. "그러니까 하나를 **골라**."

"네, 네. 죄송합니다, 대장님." 보초가 고민하는 듯한 표정을 지었다. "**예트 파루**를 고르겠습니다."

"아주 훌륭해!" 카울이 소리쳤다. "꼬마야. 단지 가져와."

나는 카울이 가리킨 곳으로 가서 단지를 꺼냈다. 단지는 너무도 차가웠고, 재킷 소매를 당겨 장갑처럼 손을 감쌌지만 옷소매로 가려도 단지의 냉기가 몸 안에 남은 온기를 전부 다 빼앗아가는 것 같았다.

보초가 내 손을 바라보았다. "이제 저걸 어떻게 하면 되죠?" 그가 물었다. "앰브로시아처럼 마시는 건가요?"

"나도 잘 모르겠어." 카울이 말했다. "네 생각은 어때?"

"잘 모르겠어." 벤담이 말했다. "고대 문헌에도 전혀 언급되어 있질 않아서."

카울이 자신의 턱을 긁었다. "내 생각엔…… 맞아. 앰브로시아처럼 마시는 걸 거야." 그가 갑자기 확신에 찬 듯 고개를 끄덕였다. "그렇게 하는 거야. 앰브로처럼."

"확실합니까?" 보초가 물었다.

"백 퍼센트 확실해." 카울이 말했다. "긴장하지 말게. 이제 자넨 역사에 영원히 남을 테니까. 선구자로!"

그가 나에게 시선을 고정했다. "속임수 쓰면 안 돼." 그가 말했다.

"속임수 안 써요." 내가 말했다.

나는 단지의 코르크 마개를 땄다. 단지 안에서 파란 불빛이 나왔다. 보초는 내 손 위에 자기 손을 대고 단지를 자기 머리 위로 들어 올린 다음 고개를 뒤로 젖혔다.

그는 길고 떨리는 숨을 내쉬었다.

"어디 한번 해보자!" 그가 중얼거리고는 단지를 잡은 내 손을 기울였다.

단지 안의 액체가 걷잡을 수 없이 쏟아졌다. 액체가 눈에 닿는 순간 그가 내 손을 너무도 꽉 잡아서 손가락이 부러질 것 같았다. 나는 그의 손을 뿌리치고 뒤로 물러섰고 단지는 그대로 바닥에 떨어지며 깨져버렸다.

보초의 얼굴에서 연기가 나더니 파란색으로 변했다. 그는 비명을 지르며 무릎을 꿇고는 어깨를 부들부들 떨면서 앞으로 고꾸라졌고, 그의 머리가 바닥에 닿는 순간 마치 유리처럼 깨져버렸다. 얼어붙은 두개골의 조각들이 내 발치에 뒹굴었다. 그는 이내 잠잠해졌고 완전히, 완전히 죽어버렸다.

"맙소사!" 벤담이 소리를 질렀다.

카울은 마치 비싼 와인 한 잔을 쏟았다는 듯 혀를 끌끌 찼다. "아무래도 마시는 게 아닌가 보네." 그가 동굴 안을 훑어보았다. "다음엔 누가 해볼까……."

"제가 좀 바빠서요, 대장님." 또 다른 보초가 소리쳤다. 그는 엠마와 페러그린 원장 모두에게 총을 겨누고 있었다.

"할 일이 많군, 존스. 그럼 우리 손님들 중 한 명이 나서볼까?" 그가 엠마를 보았다. "아가씨, 날 위해 나서주면 나중에 궁정 광대 시켜줄게!"

"지옥에나 가." 엠마가 으르렁거리듯이 말했다.

"얼마든지." 그가 똑같이 으르렁거리며 말했다.

그때 동굴 한 귀퉁이에서 요란한 쉭 소리와 함께 환한 빛이 분출되었고 모두가 돌아보았다. 깨진 병에서 흘러나온 액체가 벽을 따라 만들어진 물길로 흘러들었고 물과 파란 액체가 섞이면서 반응이 일어나고 있었다. 물이 보글거리고 출렁거렸고 그 어느 때보다도 파랗게 빛났다.

카울은 신이 났다. "저것 봐!" 발끝으로 거품을 건드리며 그가 소리쳤다.

빠르게 흐르기 시작한 물길이 파랗게 보글거리는 물을 동굴 가장자리로 밀었다. 우리는 돌아서서 물이 돌을 두른 연못으로 흘러가는 것을 보았다. 잠시 후 연못이 출렁거리며 반짝이기 시작했고 강렬한 파란색 빛기둥이 천장까지 솟아올랐다.

"이게 뭔지 알아!" 벤담이 말했다. 그의 목소리가 떨리고 있었다. "이게 바로 영혼의 연못이야. 죽은 자들을 불러서 대화하는 오래된 방식이지."

연못 위 빛기둥 속에는 유령 같은 흰 수증기가 있었고 그 수증기가 서서히 뭉쳐지더니 사람의 형상이 되었다.

"영혼을 부를 때 살아 있는 사람이 저 연못에 들어가면……."

"불러낸 영혼을 그가 흡수하게 되지." 카울이 말했다. "우리가 마침내 해답을 찾은 것 같군!"

영혼은 움직이지 않고 떠 있었다. 비늘에 뒤덮인 피부와 등 뒤로 돌출된 등지느러미를 드러낸 채 헐렁한 옷을 걸치고 있는 영혼이었다. 예트 파루의 영혼, 보초가 선택한 인어의 영혼이었다. 빛의 기둥은 일종의 감옥 같아서 영혼이 기둥 밖으로 빠져나올 수는 없는 것 같았다.

"어쩔 거야?" 연못을 가리키며 벤담이 물었다. "들어갈 거야?"

"남이 먹다 남긴 음식 따위엔 관심 없어." 카울이 말했다. "난 **저걸** 원해." 그가 조금 전에 내가 그를 위해 두드려보았던 가장 큰 단지를 가리켰다. "저걸 물에 부어." 내 머리에 총을 겨누고 그가 말했다. **"어서."**

나는 시키는 대로 했다. 거대한 구멍에 손을 뻗어 단지의 양쪽 손잡이를 잡고 내 쪽으로 기울였다. 액체가 얼굴에 튀어 다치지 않도록 조심하면서.

밝은 파란색 액체가 벽을 타고 물길로 흘러들었다. 물이 미친 듯이 쉭쉭거리며 부글거렸고 거기서 분출되는 빛이 얼마나 밝은지 눈을 찌푸려야 했다. 단지의 용액이 동굴을 돌아 영혼의 연못 쪽으로 향하자 나의 눈이 페러그린과 엠마에게로 향했다. 지금이 카울을 막을 마지막 기회였고 이제 보초는 한 명만 남았다. 그러나 그는 여자들로부터 눈을 떼지도, 총을 거두지도 않았고 카울도 여전히 내 머리에 총을 겨누고 있었다. 우리의 목숨은 여전히 그들의 손에 달려 있었다.

거대한 단지의 액체가 영혼의 연못으로 흘러들었다. 금방이라도 바다 괴물이 수면을 뚫고 솟아오를 것처럼 웅덩이에서 거품이 일며 수위가 높아졌다. 웅덩이에서 솟아오른 빛의 기둥이 점점 더 밝아졌고 예트 파루는 사그라들다가 사라져버렸다.

새로운 수증기가 뭉치기 시작했고 먼젓번 수증기보다 훨씬 컸다. 만약 이것 역시 인간의 형상이라면, 아주 거대한 인간이었다. 키가 우리의 두 배였고 가슴도 두 배 넓었다. 손에는 짐승의 발톱이 돋아나 있었고 손바닥은 무시무시한 힘을 암시하듯 위로 불거졌다.

카울이 그것을 바라보며 미소를 지었다. "보다시피, 저게 바로 내 거야." 그가 외투 속에 손을 넣더니 접힌 종이를 꺼내 펼쳐 들었다. "공식적으로 내 삶의 전기를 맞이하기 전에, 한마디 하고 싶어."

벤담이 절뚝거리며 그에게 다가갔다. "형, 내 생각엔 꾸물거리지 않는 편이……."

"내 생각은 달라!" 카울이 소리쳤다. "이 영광의 순간을 음미할 시간을 아무도 용납하지 않겠단 거야?"

"들어봐!" 벤담이 소리쳤다.

우리는 귀를 기울였다. 처음엔 아무 소리도 들리지 않았다. 그런데 멀리서, 높고 날카로운 소리가 들렸다. 나는 엠마가 긴장하며 눈이 휘둥그레지는 것을 보았다.

카울이 얼굴을 찌푸렸다. "저건…… **개?**"

그렇다! 개였다! 멀리 메아리 속에서 아득해진 그 소리는 바로 개 짖는 소리였다.

"이상한 아이들이 개를 데리고 있어." 벤담이 말했다. "만약 녀석이 냄새를 추적해 온다면, 혼자 오진 않을 거야."

그것은 오직 한 가지만을 뜻했다. 우리의 친구들이 보초들을 제압하고, 애디슨을 앞세워 우리를 쫓아오고 있었다. 좋았어. 우리의 **기병대**가 출동하셨군. 그러나 카울은 잠시 후 권력을 잡을 것이고, 그 소리가 동굴 속에서 얼마나 먼 거리를 달려온 것인지는 알 수 없었다. 그들은 아직 몇 분 거리에 있을 수도 있었고, 그렇게 되면 너무 늦을 것이다.

"그렇다면," 카울이 말했다. "나의 소감은 잠시 미뤄야겠군." 그는 다시 쪽지를 주머니에 넣었다. 그는 딱히 서두르는 것 같지 않았고 그런 그의 모습이 벤담을 미치게 만들었다.

"어서 형! 어서 형의 영혼을 가져! 그래야 나도 내 영혼을 갖지!"

카울이 한숨을 쉬었다. "그 얘기 말인데. 내가 계속 생각해봤거든. 난 네가 과연 이런 권력을 감당할 수 있을지 잘 모르겠다. 넌 마음이 너무 여려. 그렇다고 머리가 나쁘다는 건 아니야. 사실 머리는 네가 나보다 훨씬 더 좋지. 하지만 넌 나약한 사람처럼 **생각해**. 너의 **의지**도 약해. 똑똑한 게 다가 아니잖아. 악랄해야지."

"안 돼, 형! 이러지 마!" 벤담이 애원했다. "형의 2인자가 될게. 형의 충성스럽고 씩씩한…… 형이 원하는 건 뭐든……."

잘하고 있어. 나는 생각했다. 계속 떠들어……

"바로 이렇게 징징거리는 걸 두고 하는 말이야." 카울이 고개를 저으며 말했다. "너처럼 의지가 약한 사람한테나 통하는 수법이지.

하지만 난 감정적인 호소 따위에 굴복하진 않아."

"아니. 형은 지금 나한테 복수를 하려는 거야." 벤담이 씁쓸하게 말했다. "내 다리를 부러뜨리고 오랜 세월 동안 날 노예처럼 부린 걸로는 충분하지 않았나 보네."

"그걸로 충분했어." 카울이 말했다. "우리를 전부 다 할로개스트로 만들어버린 너한테 열 받은 건 사실이지만 괴물 부대를 데리고 있어보니 꽤 편리하더라고. 하지만 솔직히 말하면, 네 나약한 성격 때문도 아니야. 단지…… 내가 좋은 형이 아니기 때문일 거야. 그 점에 대해서는 알마도 할 얘기가 있겠지. 난 너와 나누고 싶지 않아."

"그럼 어서 해!" 벤담이 내뱉었다. "어서 날 쏴 죽이고 끝내!"

"그럴 수도 있겠지만," 카울이 말했다. "이 녀석을 죽이는 게 더 효율적일 것 같아."

그가 내 가슴에 총을 겨누고 방아쇠를 당겼다.

☌

나는 총성보다 먼저 총탄의 충격을 느꼈다. 마치 거대하고 보이지 않는 주먹에 세게 한 방 맞은 것 같은 기분이었다. 나는 뒤로 벌렁 나자빠졌고 모든 게 흐릿해졌다. 천장을 바라보고 있었고 나의 시야가 아주 작은 구멍으로 좁혀졌다. 누군가 내 이름을 불렀다. 또한 번 총이 발사되었다. 그리고 또 한 번.

더 많은 비명 소리.

나의 몸이 엄청난 고통에 휩싸여 있다는 것을 흐릿하게 의식하고 있었다. 내가 죽어가고 있다는 것도.

엠마와 페러그린 원장이 분노에 휩싸인 채 소리를 지르며 내 곁에 무릎을 꿇고 앉았고, 보초는 보이지 않았다. 내 양쪽 귀가 물에 잠긴 것처럼 그들의 말을 이해할 수 없었다. 그들은 날 옮기려 하고 있었다. 내 어깨를 잡고 문 쪽으로 끌어당기려 했지만 나의 몸은 무겁게 축 늘어졌다. 그때 영혼의 연못 쪽에서 허리케인 같은 바람 소리가 들려왔고, 견딜 수 없는 고통에도 불구하고 나는 고개를 돌려보았다.

카울이 종아리까지 연못에 잠긴 채 양팔을 들고 머리를 뒤로 젖히고 서 있었다. 그는 수증기가 그에게 스며들어 섞일 때까지 마치 마비된 듯 계속 그 자세로 서 있었다. 수증기는 그의 얼굴 모든 구멍으로 스며들었다. 수증기의 덩굴손이 목으로 파고들었고, 수증기의 띠가 그의 코를 감았고, 수증기의 구름이 눈과 귀 속으로 스며들었다. 눈 깜짝할 새 수증기가 사라졌다. 동굴 안을 비추던 파란빛은 그 강도가 반으로 줄었다. 마치 카울이 그 힘을 흡수한 것처럼.

페러그린이 소리를 질렀다. 엠마가 보초의 총을 집어 들어 그를 향해 쏘았다. 카울은 멀리 있지 않았고 엠마는 제대로 쏘았다. 분명히 총을 맞았는데도 카울은 꿈쩍도 하지 않았다. 쓰러지기는커녕 오히려 그 반대였다. 그는 점점 **커지고** 있었다. 순식간에 그의 키와 몸통이 두 배가 되었다. 피부가 갈라졌다가 아물고, 또 갈라졌다가 아무는 동안, 그가 짐승의 울음소리를 냈다. 머지않아 그는 거친 분홍빛 살덩어리와 넝마의 탑이 되었고, 커다란 눈동자는 금속성의 푸른빛을 띠고 있었다. 도난당한 영혼이 마침내 그토록 오랜 시간 동안 그가 키워왔던 빈 공간을 채웠다. 가장 끔찍한 건 그의 손이었다. 그의 손은 거대하고, 옹이가 졌으며, 열 손가락 하나하나가 나무뿌리처럼 굵고 뒤틀렸다.

　엠마와 페러그린 원장이 나를 문 쪽으로 끌고 가려 했지만 이제 카울이 우릴 쫓고 있었다. 그가 영혼의 연못에서 걸어 나와 뼛속까지 뒤흔드는 목소리로 외쳤다. "알마, 돌아와!"

　카울이 섬뜩한 손을 들었다. 보이지 않는 힘이 페러그린 원장과 엠마를 나에게서 떼어놓았다. 그들은 3미터 정도 높이까지 떠올라 허우적거리다가 카울이 손짓하는 순간, 마치 튀어 오른 공처럼 도로 바닥으로 떨어졌다.

　"아작아작 씹어 먹어버리겠어!" 카울이 소리쳤다. 동굴을 가로질러 그들에게로 다가가는 카울의 발걸음 하나하나가 지진을 방불케 했다.

　아드레날린 덕분에 초점이 맞고 소리가 들리기 시작했다. 이보다 더 잔인한 사형선고는 없을 것이다. 나의 마지막 순간, 내가 사랑하는 두 여자가 찢겨지는 것을 지켜보는 것. 그 순간 개 짖는 소리가 들렸고 그보다 더 끔찍한 생각이 들었다. 나는 내 친구들이 죽는 것도 보아야 했다.

　엠마와 페러그린 원장이 도망치기 시작했다. 그들에겐 선택의 여지가 없었다. 날 구하러 돌아오는 건 불가능한 일이었다.

　다른 아이들이 통로 끝에서 모습을 드러내기 시작했다. 아이들과 임브린들이 뒤섞여 있었다. 샤론과 교수대 수리공들도 있었다. 애디슨이 그들 모두를 여기까지 이끌었을 것이다. 그의 입에서 손전등이 대롱거렸다.

　그들이 무슨 생각을 하는지 알 수 없었다. 그들에게 경고할 수 있다면 좋을 텐데. **싸우려 애쓰지 마. 그냥 도망쳐.** 하지만 그들은 내 말을 듣지 않을 것이다. 그들은 거대한 괴물을 보는 순간 던질 수 있는 것들을 전부 다 던졌다. 교수대 수리공들은 망치를 던졌다. 브로닌은 떼어서 들고 온 벽 한 덩어리를, 마치 투포환처럼 뒤로 돌리다가 던졌다. 와이트들에게서 빼앗은 총을 들고 있는 아이들도 있었고 그들이 카울에게 총을 쏘았다. 임브린들은 새로 변신해서 그의 머리 주위를 맴돌며 틈만 나면 그를 쪼았다.

그 어떤 공격에도 카울은 꿈쩍도 하지 않았다. 총탄은 그를 맞고 튀어 나왔다. 돌덩이는 쳐냈다. 거대한 이빨로 망치를 물었다가 뱉었다. 각다귀 떼들처럼 바글거리는 임브린들은 그저 그를 성가시게 할 뿐이었다. 그러고는 그가 양팔과 옹이 진 손가락을 길게 뻗었다. 손가락에 돋아난 잔뿌리들이 마치 살아 있는 전선처럼 춤을 추다가 천천히 양쪽 손바닥이 한데 붙었다. 그러자 그의 머리 주위를 맴돌고 있던 임브린들이 밀려났고 이상한 아이들은 한곳에 모였다.

그는 두 손으로 마치 종이를 구기듯 임브린들과 이상한 아이들을 한데 뭉쳐서 접고 또 접었다. 임브린들과 이상한 아이들은 팔다리와 날개들로 만든 하나의 공이 되어 공중으로 떠올랐다. 나만 따로 떨어져 있었다. (벤담을 제외하면. 근데 벤담은 어디 있지?) 일어서려고, 일어서서 뭐든 해보려고 애썼지만 머리만 겨우 들 수 있었다. 젠장, 아이들이 으깨어지기 시작했고 겁에 질린 비명 소리가 동굴 벽에 울려 퍼졌다. 나는 이제 끝이라고 생각했다. 머지않아 짓이겨진 과일에서 나오는 주스처럼 피가 솟구칠 거라고. 그러나 그 순간 카울이 양손을 들고 얼굴 앞의 무언가를 쫓았다.

벌들이었다. 바짝 붙어 있는 사람들 틈에서 빠져나온 휴의 벌 떼가 카울의 눈 속에 들어가 그를 쏘았고, 카울은 천지가 진동할 정도로 요란한 괴성을 질렀다. 임브린들과 이상한 아이들이 바닥에 떨어졌고 그들이 만들었던 공이 흐트러졌다. 그들의 몸이 사방에 뒹굴었다. 다행히 그들은 으깨어지지 않았다.

페러그린 원장은 새의 모습으로 꽥꽥거리고 퍼덕거리며 모두를 일으키고 그들을 통로 쪽으로 몰았다. **달아나. 달아나. 어서!**

그러고는 페러그린이 카울을 향해 날아갔다. 카울은 벌 떼를 쫓아버리고 나서 다시 양팔을 벌리고 모두를 집어서 벽에 패대기칠 채비를 하고 있었다. 그때 페러그린이 발톱을 세우고 그에게 달려들어 얼굴에 깊은 상처를 냈다. 그가 산만 한 덩치로 돌아서서 새를 세게 후려쳤고 얼마나 세게 쳤는지 페러그린이 동굴을 가로질러 날아가 벽에 부딪쳤다가 바닥으로 떨어졌다. 그리고 꼼짝도 하지 않았다.

카울이 다른 사람들을 처치하려고 돌아섰을 때 아이들은 거의 통로로 사라지려는 찰나였다. 카울이 그들 쪽으로 손바닥을 펼쳤다가, 주먹을 쥐며 끌어당겼다. 그러나 아이들은 이미 그의 염력이 미치는 거리보다 멀리 있었다. 카울은 분노로 포효하며 아이들을 쫓아가서 배를 깔고 누워 좁은 통로 속으로 들어갔다. 그의 몸은 통로에 들어가긴 했지만 너무 꽉 끼었다.

내가 벤담을 본 건 바로 그때였다. 벤담은 냇물 속으로 굴러 들어가서 숨어 있다가 이제야 다시 기어 나오고 있었다. 흠뻑 젖었지만 다친 데는 없었다. 그는 내 쪽으로 등을 돌리고 몸을 숙인 채 무언가를 하고 있었지만, 나는 볼 수가 없었다.

나는 다시 살아나는 것 같은 기분이었다. 가슴의 통증은 잦아들고 있었다. 시험 삼아 양팔을 움직여보았다. 움직일 수 있었다. 나는 팔을 들어 가슴을 만져보았다. 몇 개의 구멍과 엄청난 피가 만져질 거라 생각하면서. 그러나 나는 건조했다. 구멍들 대신 동전처럼 납작해진 쇠붙이가 손에 만져졌다. 나는 그것을 쥐어 눈앞에 들어보았다.

총알이었다. 총알은 내 몸을 찢지 않았다. 나는 죽어가는 게 아니었다. 총알은 목도리에 박혔다.

호러스가 떠준 목도리.

그는 이런 일이 일어날 줄 알고 있었고 그래서 이상한 양털로 이 목도리를 만들었다. 고마운 호러스……

그때 동굴 맞은편에서 무언가가 번득였고 나는 고개를 들었다. 고개를 들 수가 있었다. 벤담이 이글거리는 눈으로 그곳에 서 있었다. 그의 눈에서 뜨거운 흰색 빛이 새어 나왔다. 그가 무언가를 바닥에 던졌고 유리가 쨍그랑하는 소리가 들렸다.

그는 방금 앰브로 한 병을 마셨다.

나는 온 힘을 다해 옆으로 돌아누웠고 그다음에는 몸을 웅크리며 일어나 앉으려 애썼다. 벤담은 벽을 따라 허겁지겁 움직이며 단지들을 바라보았다. 그는 단지 하나하나를 찬찬히 살펴보고 있었다.

마치 그것들을 볼 수 있다는 듯이.

그제야 나는 그가 무슨 짓을 했는지, 그가 무엇을 마셨는지 깨달았다. 그는 훔친 내 할아버지의 영혼을 보관하고 있었고, 그걸 마신 것이었다.

이제 그는 단지들을 **볼 수** 있었다. 내가 할 수 있는 일을 할 수 있었다.

나는 무릎을 꿇었다. 손바닥을 바닥에 대었다. 한 발을 디뎠고,

그다음엔 몸을 일으켰다. 나는 죽음에서 살아 돌아왔다.

그 무렵 카울은 통로로 몸을 구겨 넣고 아이들을 반쯤 쫓아간 상태였고 반대편 끝에서 친구들의 목소리가 들려왔다. 그들은 아직 탈출하지 못했다. 아마도 페러그린 원장을(어쩌면 나도) 두고 떠날 수가 없었을 것이다. 그들은 여전히 싸우고 있었다.

벤담이 온 힘을 다해 뛰었다. 그는 또 다른 커다란 단지를 찾아 그쪽으로 다가갔다. 내가 절뚝거리며 그에게 몇 발자국 다가갔을 때, 그가 단지를 들어 기울였다. 푸른 액체가 쏵쏵 소리를 내며 수로에 흘러들었고 영혼의 연못을 향해 물이 돌기 시작했다.

그가 돌아서서 나를 보았다. 그는 연못 쪽으로 절뚝거렸고 나는 그를 향해 절뚝거렸다. 단지의 액체가 연못에 닿았다. 물이 부글거리기 시작하더니 눈부신 빛의 기둥이 천장까지 솟아올랐다.

"누가 내 영혼을 가지래!" 카울이 통로에서 소리를 질렀다. 그는 동굴로 돌아오려고 몸을 꿈틀거렸다.

나는 벤담을 막았다. 혹은 그를 덮쳤다. 어느 쪽인지 마음대로 생각하기를. 나는 힘이 빠져 어지러운 상태였고, 그는 늙은 약골이었다. 이제 우리는 한판 붙으려는 찰나였다. 우리는 잠깐 몸싸움을 했고 내가 이길 게 분명해지자 그가 포기했다.

"내 말 잘 들어." 그가 말했다. "난 이 일을 해야만 해. 내가 너희들의 유일한 희망이야."

"입 닥쳐!" 내가 소리쳤다. 나는 여전히 허공에서 버둥거리고 있는 그의 손을 잡으려 애쓰며 말했다. "당신 거짓말 따윈 듣지 않겠어."

"날 놓아주지 않으면 형이 우릴 다 죽일 거야."

"미쳤어? 내가 당신을 놓아주면, 당신이 그자를 도울 거잖아!"
내가 마침내 그의 팔목을 잡았다. 그는 주머니 속에서 무언가를 꺼
내려 하고 있었다.

"아니! 그렇지 않아!" 그가 소리쳤다. "난 너무도 많은 실수를 저
질렀어……. 하지만 내가 널 도울 수 있게 해주면 바로잡을 수 있어."

"날 **돕겠다고**?"

"내 주머니 속을 뒤져봐!"

카울은 자기 영혼을 내놓으라고 소리치며 천천히 통로에서 빠
져나오고 있었다.

"내 조끼 주머니!" 벤담이 소리쳤다. "거기 쪽지가 들어 있어. 만
약을 대비해서 내가 항상 가지고 다니는 쪽지."

나는 그의 한 손을 놓아준 다음, 한 손을 그의 조끼 주머니 속
에 넣었다. 나는 조그맣게 접혀 있는 종이를 꺼내 펼쳐보았다.

"이게 뭐지?" 내가 말했다. 고대 이상한 언어로 적혀 있어서 읽
을 수가 없었다.

"비법이야. 임브린들한테 보여줘. 그들이 보면 알 거야."

어깨 너머로 손이 나타나 종이를 낚아챘다. 돌아서보니 페러그
린이었다. 만신창이가 되었지만 사람의 모습이었다.

그녀가 종이를 읽었다. 그녀의 눈이 벤담을 향해 번득였다. "이
렇게 하면 되는 거 확실해?"

"전엔 됐어……." 그가 말했다. "또 한 번 되지 말란 법은 없잖
아. 그리고 임브린들이 더 여럿이면……."

"놓아줘." 그녀가 내게 말했다.

나는 깜짝 놀랐다. "네? 하지만 이자는……."

그녀가 내 어깨에 손을 얹었다. "알아."

"우리 할아버지의 영혼을 훔쳤어요! 그걸 훔쳐서…… 이자의 몸 안에 있어요. 바로 지금!"

"알아, 제이콥." 그녀가 날 쳐다보았다. 그녀의 얼굴은 친절하면서도 단호했다. "안타깝지만 사실이야. 네가 그를 잡은 건 잘한 일이야. 하지만 이젠 놓아줘."

나는 그의 손을 놓았다. 그리고 페러그린 원장의 도움으로 일어났다. 벤담도 일어섰다. 벤담은 등이 굽은 서글픈 노인이었고 할아버지 영혼의 반짝이는 검은 액체가 그의 뺨을 타고 흘러내렸다. 나는 얼핏 그의 얼굴에 스치는 할아버지의 모습을 본 것도 같았다. 할아버지의 영혼 일부가 나를 향해 반짝이고 있었다.

벤담이 돌아서서 빛의 기둥과 영혼의 연못 쪽으로 달려갔다. 수증기는 카울만큼 거대한 몸집에 날개까지 달린 거인의 형상으로 뭉쳐지고 있었다. 벤담이 제때 웅덩이에 도착하기만 하면 카울은 만만치 않은 상대를 만날 것이다.

카울은 거의 통로를 빠져나왔고 있는 대로 화가 나 있는 상태였다. "도대체 무슨 짓이야!" 그가 소리쳤다. "죽여버리겠어!"

페러그린이 날 바닥에 눕히고 내 곁에 누웠다. "숨을 시간이 없어." 그녀가 말했다. "죽은 척해."

벤담이 비틀거리며 연못으로 걸어 들어갔고, 수증기가 곧바로 그에게 스며들기 시작했다. 카울은 마침내 통로에서 빠져나와 휘청거리며 일어서더니 벤담에게 달려들었다. 그의 거대한 발 하나가 우리의 머리에서 멀지 않은 곳을 딛는 바람에 하마터면 우리도 깔려 죽을 뻔했다. 그러나 벤담이 단지 안에 있던 오래되고 거대한 영혼과 합쳐지는 것을 막기에는 카울이 너무 늦게 연못에 도착했다. 페러그린의 더 어리고, 더 약한 오빠는 이미 그의 본래 키의 두 배 가까이로 커져 있었다.

페러그린 원장과 나는 서로를 일으켰다. 우리 뒤에서 카울과 벤담이 격돌했고, 폭탄이 떨어지는 것 같은 굉음이 울려 퍼졌다. 아무도 내게 달아나라고 말해줄 필요가 없었다.

우리가 통로의 반 정도에 이르렀을 때 엠마와 브로닌은 서둘러 통로를 빠져나가서 우릴 기다렸다. 그들이 우리의 팔을 잡았고, 만신창이가 되어 허약해진 우리의 체력으로 감당할 수 있는 수준보다 훨씬 더 빨리 안전한 곳으로 이끌었다. 우리는 말을 하지 않았다. 달아나는 것 외에 다른 일을 할 시간은 없었고 알아들을 정도로 크게 소리를 지를 방법도 없었다. 그러나 내가 살아 있다는 단순한 사실에서 오는 놀라움과 안도감이 깃든 엠마의 표정이 모든 것을 말해주고 있었다.

검은 터널이 우리를 집어삼켰다. 우린 해냈다. 나는 꼭 한 번 뒤를 돌아보았고, 우리 뒤쪽에서 펼쳐지고 있는 격전을 보았다. 먼지와 수증기 속에서, 집채보다 큰 두 마리의 괴물이 서로를 죽이려 용을 쓰고 있었다. 카울이 뾰족뾰족한 손으로 벤담의 목을 조르면서 또 다른 손으로는 그의 눈을 찌르고 있었다. 곤충의 머리에 수만 개의 눈이 달린 벤담은 길고 유연한 턱으로 카울의 목을 뜯어 먹으면서 크고 거친 날개들로 그를 두들겨 팼다. 그들은 팔다리가 뒤엉킨 채 엎치락뒤치락하며 함께 벽에 부딪쳤고 그들 주위로 동굴이 무너져 내렸다. 깨진 영혼의 단지 속에 들어 있던 수많은 영혼들이 떠돌아다니다가 반짝이는 비처럼 쏟아져 내렸다.

그렇게 각인되어버린 악몽과 함께 나는 엠마가 이끄는 대로 어둠 속으로 향했다.

꧁

옆방에 우리의 친구들이 있었다. 어둠이 그들을 삼켰고, 애디슨의 입에 달린 손전등의 엷은 불빛이 그들의 유일한 빛이었다. 엠마가 손으로 불을 일으키자 그들을 향해 다가가는 우리의 모습이 그들에게 보였다. 우리의 몰골은 끔찍했지만 살아 있었고 그들은 환호성을 질렀다. 그들의 모습을 보고 나는 움찔했다. 그들의 몰골도 처참했다. 카울의 공격으로 피가 나고 멍이 들었고, 몇몇은 다리가 삐거나 부러져서 절뚝거렸다.

동굴 안에서 새어 나오는 폭발음으로 잠시 정적이 흐른 뒤 마침내 엠마가 나를 끌어안았다. "널 쏘는 걸 봤어! 도대체 어떤 기적이 널 살린 거야?"

"이상한 양들의 털하고 호러스의 꿈이 만든 기적!" 내가 말하고는 엠마에게 키스한 뒤 사람들 틈에서 호러스를 찾았다. 호러스를 찾았을 때 나는 호러스의 고급 가죽 구두가 바닥에서 들릴 정도로 그를 힘껏 끌어안았다. "언젠가 이 은혜를 꼭 갚을 수 있었으면 좋겠다." 목도리를 당기며 내가 말했다.

"도움이 됐다니 다행이야." 나를 향해 웃으며 그가 말했다.

폭발이 재개되었고 폭발음은 어마어마했다. 통로 쪽에서 자갈 파편들이 날아왔다. 카울과 벤담이 우리를 잡으러 오지는 못한다고 해도, 동굴을 우리 머리 위로 무너뜨릴 수는 있었다. 우리는 도서관에서 벗어나야 했고 이 루프에서 벗어나야 했다.

우리는 벽을 긁고 절뚝거리면서 왔던 길을 되돌아갔다. 우리 중 반은 절뚝거리는 부상자들이었고 나머지 반은 인간 목발 노릇을 했 다. 애디슨이 냄새로 우리를 안내하면서 미로를 헤치고 우리가 들어 왔던 길로 안내했다. 카울과 벤담의 격전이 우리를 뒤쫓아 오는 것 같았다. 멀어질수록 소리는 점점 더 커졌다. 마치 그들 두 사람이 커 지는 것처럼. 그들은 얼마나 더 커지고 얼마나 더 강해질까? 아마도 단지에서 새어 나온 모든 영혼들이 웅덩이로 쏟아지고, 그들이 그것 을 흡수해서 더 끔찍한 괴물로 변신하는 것 같았다.

영혼의 도서관이 그들을 묻을까? 그곳이 그들의 무덤, 그들의 감옥이 될까? 아니면 달걀 껍데기가 깨지듯 도서관이 열려서 이 세 상에 온갖 공포를 쏟아낼까?

우리는 조그만 동굴의 출입구에 이르렀고 다시 한번 오렌지빛 햇살 속으로 들어섰다. 우리 뒤쪽의 우르릉 소리는 끊임없이 이어졌 고 언덕들을 뒤흔드는 한차례의 진동이 있었다.

"계속 가야 해!" 페러그린 원장이 소리쳤다. "루프의 출구로!"

반쯤 가고 있을 때 비틀거리며 황무지로 들어서는데 지면이 얼 마나 격렬하게 흔들리는지 우리의 발이 땅에서 떨어질 정도였다. 화 산이 폭발하는 소리를 직접 들어본 적은 없지만, 우리 뒤쪽의 낮은 언덕에서 울려 퍼지는 천둥 같은 굉음보다 더 섬뜩하진 않을 것 같 았다. 우리는 충격에 휩싸인 채 부서진 바위 조각들이 하늘로 분출 되는 것을 지켜보았다. 그리고 우리는 들었다. 너무도 또렷한 벤담과 카울의 비명을.

그들은 도서관 밖으로 나와 있었다. 그들은 두께를 알 수 없는 동굴의 천장을 뚫고 대낮의 햇살 속으로 뛰쳐나왔다.

"더 이상 지체할 수 없어!" 페러그린이 소리쳤다. 페러그린은 걸음을 재촉하며 벤담이 준 종이쪽지를 높이 쳐들고 말했다. "임브린 여러분, 이 루프를 폐쇄할 시간입니다!"

벤담이 우리에게 무엇을 주었는지, 왜 페러그린이 그를 놓아주었는지, 나는 그제야 깨달았다. **비법**이라고, 그는 말했다. **전엔 됐어……**.

그것은 1908년도에 그가 카울과 그의 추종자들을 속여 시행하게 만들었던 바로 그 절차였다. 그들이 원했던 것처럼 그들의 생체 시계를 다시 맞추는 대신, 그들이 있던 루프를 붕괴시켰던 그 사건. 이번에는 의도적으로 루프를 붕괴시킬 것이다. 단, 한 가지 문제가 있었다……

"그럼 그들이 할로우로 변하지 않을까?" 렌 원장이 물었다.

"할로우는 문제가 안 돼요." 내가 말했다. "하지만 지난번에 이런 식으로 루프를 붕괴시켰을 때 시베리아의 반을 쓸어버릴 정도로 엄청난 폭발이 일어나지 않았나요?"

"그때 강압에 의해 그를 도왔던 임브린들은 어리고 경험이 없었어." 페러그린이 말했다. "우린 더 잘할 수 있어."

"더 잘해야지." 렌 원장이 말했다.

언덕 너머로 거대한 얼굴이 마치 지평선에서 우릴 내려다보는 또 하나의 태양처럼 솟아올랐다. 이제 카울은 집 열 채만큼 커져 있었다. 언덕 위로 그의 끔찍한 목소리가 울려 퍼졌다. "알마!!!!!"

"원장님을 잡으러 와요!" 올리브가 소리쳤다. "빨리 피해야 해요!"

"곧 떠날 거란다, 아가."

페러그린은 이상한 아이들(그리고 샤론과 그의 사촌들)을 멀찌감치 밀어놓고 임브린들을 소집했다. 그들은 마치 고대의 예식을 치르는 신비한 비밀 집단 같았다. 생각해보니 실제로 그랬다. 쪽지를 보고 읽으면서 페러그린이 말했다. "여기 적힌 글에 따르면, 반응이 시작되면 루프를 탈출하기까지 겨우 1분밖에 시간이 없어."

"시간이 충분할까?" 애보셋 원장이 물었다.

"충분해야 할 텐데." 렌 원장이 굳은 표정으로 말했다.

"시작하기 전에 일단 출구 가까이로 가야 할 것 같아." 가까스로 정신을 추스른 글래스빌 원장이 제안했다.

"시간이 충분치 않아." 페러그린 원장이 말했다. "우린 빨리……."

그녀의 마지막 말은 멀리서, 그러나 우렁차게 울려 퍼지는 카울의 고함 소리가 집어삼켰다. 그는 횡설수설하고 있었고 갑작스럽게 커진 데서 오는 극도의 긴장으로 정신도 무너져 내리는 것 같았다. 그의 숨결은 그의 목소리보다 몇 초 뒤에 우리에게 닿았고 공기를 무겁게 만드는 고약한 노란색 바람이었다.

벤담의 목소리는 들리지 않았다. 그가 죽은 걸까.

"우리에게 행운을 빌어다오!" 페러그린이 우리를 향해 소리쳤다.

"행운을 빌어요!" 우리가 다 함께 외쳤다.

"우릴 날려버리지 마세요!" 에녹이 소리쳤다.

페러그린 원장이 자신의 자매들에게로 돌아섰다. 열두 명의 임브린들이 바짝 붙어 서서 원을 만들고 손을 모았다. 페러그린 원장이 고대 이상한 언어로 말했다. 다른 사람들이 함께 대답했다. 그들의 목소리는 으스스하면서도 경쾌한 노래로 고조되었다. 30초가량 노래가 지속되는 동안 카울이 동굴의 잔해 밖으로 기어 나왔고, 그의 거대한 손이 닿을 때마다 돌무더기가 언덕 아래로 굴러떨어졌다.

"이런, 이거 환상적이군." 샤론이 말했다. "너희들은 모두 여기서 구경하렴. 나와 사촌들은 이만 가봐야 할 것 같아." 그가 걷기 시작했지만 이내 다섯 갈래로 갈라진 길이 나왔고 단단한 땅 위에 우리의 발자국은 전혀 보이지 않았다. "흠." 그가 돌아서며 물었다. "혹시 길 아는 사람?"

"기다리세요." 애디슨이 으르렁거리며 말했다. "임브린들이 떠나기 전엔 아무도 못 떠나요."

마침내 임브린들이 서로의 손을 놓고 원을 풀었다.

"끝났어요?" 엠마가 물었다.

"끝났어!" 페러그린이 서둘러 우리에게 다가오며 말했다. "어서 가자. 54초 내로 여기서 벗어나야 해."

임브린들이 서 있던 자리가 균열이 일어나기 시작하더니 빠른 속도로 넓어지며 커다란 구멍이 되었다. 그 구멍에서 거의 기계의 소음에 가까운 요란한 굉음이 새어 나왔다. 붕괴가 시작되고 있었다.

피로와 부상과 절뚝거리는 다리에도 불구하고 우리는 달렸다. 두려움과 섬뜩한 종말의 소음들과 우리의 앞길에 드리워진 거대하고 느릿느릿 움직이는 그림자가 우리를 더 거세게 몰아붙였다. 우리는 갈라지는 땅을 달리고 내려앉기 시작하는 오래된 계단을 지나 우리가 빠져나왔던 첫 번째 집으로 들어갔다. 부서져가는 벽에서 나온 빨간 흙먼지에 목이 메었지만 마침내 카울의 탑으로 이어지는 통로로 접어들었다.

페러그린이 우리를 안으로 몰았다. 통로도 무너지기 시작했다.

어느덧 우리는 반대편 탑 안으로 들어섰다. 뒤를 돌아보니 통로가 무너져 내리고 있었고 거대한 주먹이 그 지붕을 부수고 있었다.

페러그린 원장이 초조해하며 물었다. "문이 어디 있지? 문을 닫아야 해. 아니면 붕괴가 루프 밖으로 번져올 거야!"

"브로닌이 발로 찼어요!" 에녹이 고자질했다. "그래서 부서졌어요!"

브로닌이 가장 먼저 도착했고, 브로닌에겐 손잡이를 돌리는 것보다 문을 걷어차는 게 빨랐을 것이다. "죄송해요!" 브로닌이 소리쳤다. "저 때문에 우리 다 죽는 건가요?"

"이 탑에서만 벗어나면 돼!" 페러그린 원장이 말했다.

"여긴 너무 높아!" 렌 원장이 말했다. "시간 내에 지상으로 내려가지 못할 거야!"

"저 위에 난간이 있어요." 내가 말했다. 그러나 왜 그 말을 했는지는 나도 알 수 없었다. 난간에서 뛰어내려 죽는 게 탑에 깔려 죽는 것보다 나을 건 없을 테니까.

"맞아요!" 올리브가 말했다. "우리 뛰어내려요!"

"그건 절대 안 돼!" 렌 원장이 말했다. "임브린들은 괜찮겠지만 너희들은……."

"제가 띄우면 돼요!" 올리브가 말했다. "그 정도는 할 수 있어요!"

"안 돼!" 에녹이 말했다. "넌 너무 작고 우린 너무 많아!"

현기증 날 정도로 탑이 흔들리기 시작했다. 천장 타일이 무너져 내렸고 바닥은 거미줄처럼 금이 갔다.

"좋아, 그럼!" 올리브가 말했다. "여기 남아 있어!"

올리브가 위층으로 올라갔고 남아 있는 우리는 잠시 망설였지만 탑이 한 번 더 진동하는 순간 곧바로 올리브가 우리의 유일한 희망이라는 판단을 내렸다.

이제 우리의 목숨은 우리 중 가장 어린 아이의 앙증맞은 손에 달려 있었다. 새들이여, 부디 우릴 돕기를.

우리는 가파른 통로를 따라 올라가 열린 공간 속으로, 그리고 남아 있는 오후의 햇살 속으로 들어섰다. 우리 밑으로 악마의 영토가 웅장하게 펼쳐져 있었다. 건물들과 얇은 벽들, 뿌연 협곡과 할로우를 품고 있던 다리, 스모킹 스트리트의 검은 기둥들, 그 뒤로 다닥다닥 붙어 있는 공동주택들, 그리고 쓰레기의 고리처럼 루프 가장자리를 따라 뱀처럼 흐르고 있는 시궁창. 앞으로 무슨 일이 일어나건, 우리가 살건 죽건, 이 풍경을 보는 게 마지막이라는 것만으로도 나는 기뻤다.

우리는 난간에 바짝 붙었다. 엠마가 내 손을 잡았다. "내려다보지 마, 알았지?"

임브린들이 차례로 새로 변해 어떻게든 우릴 도우려고 난간에 앉았다. 올리브는 양손으로 난간을 잡고 신발을 벗었다. 올리브의 발은 점점 더 하늘로 올라가서 결국 머리는 난간 위에 있고 발은 하늘을 향했다.

"브로닌, 내 발을 잡아줘!" 올리브가 소리쳤다. "우린 사슬을 만드는 거야. 엠마가 브로닌의 다리를 잡고, 제이콥이 엠마의 다리를 잡고, 호러스가 엠마를, 호러스가 휴를……"

"나 왼쪽 다리 다쳤어!" 휴가 말했다.

"그러면 호러스가 휴의 오른쪽 다리를 잡으면 되잖아!" 올리브가 말했다.

"이건 미친 짓이야!" 샤론이 소리쳤다. "우린 너무 무거워!"

올리브가 반박하려 했지만 갑자기 탑이 크게 흔들렸고 우리는 떨어지지 않기 위해 난간을 붙잡아야 했다.

올리브가 말하는 방법 말고는 달리 뾰족한 수가 없었다.

"무슨 말인지 알겠지!" 페러그린이 소리쳤다. "올리브가 시키는 대로 하자꾸나. 가장 중요한 건 땅에 닿을 때까지 절대 놓아선 안 된다는 거야!"

어린 올리브가 무릎을 굽히고는 한쪽 발을 차서 브로닌 쪽으로 내밀었다. 브로닌이 올리브의 발을 잡은 다음 다른 손을 뻗어 올리브의 다른 쪽 발도 잡았다. 올리브는 난간을 잡았던 손을 놓고 바로 섰고, 마치 수영장의 벽을 차고 나가는 수영 선수처럼 하늘로 올라갔다.

브로닌의 발이 떠올랐다. 엠마는 재빨리 브로닌의 다리를 잡았고 엠마도 하늘로 떠올랐다. 올리브가 이를 악물고 더 높이 하늘로 올라갔다. 이제 내 차례가 되었다. 그러나 올리브는 부력을 잃어가는 것 같았다. 낑낑거리고 몸부림치고 개헤엄을 치면서 하늘로 올라가려 했지만 힘이 부족했다. 그때 새로 변한 페러그린 원장이 퍼덕거리며 날아올라 발톱으로 올리브의 드레스 뒤쪽을 잡아 끌어 올렸다.

내 발이 떠올랐다. 휴가 내 다리를 잡았고 호러스가 떠올랐고 에녹도 떠올랐고 마지막으로 퍼플렉서스와 애디슨과 샤론과 그의 사촌들까지 모두 떠올랐다. 우리는 이상하게 꿈틀거리는 연처럼 하늘로 날아올랐다. 보이지 않는 꼬리는 밀라드였다. 다른 작은 임브린들도 우리의 옷 여기저기를 잡고 맹렬하게 날갯짓을 하며 우리를 힘껏 들어 올렸다.

마지막 아이가 떠오르자마자 건물이 무너지기 시작했다. 나는 때마침 건물이 무너지는 것을 보았다. 너무도 순식간에 저절로 무너졌고 탑 꼭대기는 마치 루프 안으로 빨려 들어가듯 부서졌다. 그다음에는 나머지가 한쪽으로 비스듬히 기울더니 가운데가 꺼지면서 거대한 먼지와 파편의 구름이 일었고, 마치 백만 개의 벽돌이 채석장에 쏟아지는 것 같은 소리가 났다. 페러그린 원장의 힘이 빠져나가고 있었고 우리는 서서히 땅으로 내려갔다. 임브린들이 건물의 잔해에서 멀리 떨어진 보드라운 땅 쪽으로 우리를 이끌었다.

우리는 정원에 내렸다. 맨 먼저 밀라드가 내렸고 마지막으로 올리브가 내렸다. 올리브는 완전히 탈진해서 등부터 땅에 내리고는 마치 마라톤을 끝낸 아이처럼 숨을 헐떡거렸다. 우리는 올리브 주위를 둘러싸고 환호하며 박수를 쳐주었다.

올리브의 눈이 커다래지더니 손가락으로 한곳을 가리켰다. "저것 봐!"

우리 뒤쪽으로, 조금 전까지만 해도 탑이 있었던 자리에, 마치 미니어처 허리케인처럼 반짝이는 은빛 소용돌이가 일었다. 그것이 붕괴한 루프의 마지막이었다. 점점 더 빨리 휘몰아치다가 잦아드는 소용돌이를 우리는 취한 듯 바라보았다. 그 빛이 너무 작아져서 눈에 보이지 않을 때 마치 폭발음과도 같은 괴성이 울려 퍼졌다.

"알마……."

그러다가 소용돌이가 잦아들었고 카울의 목소리도 그와 함께 사라졌다.

제 10 장

chapter ten

루프가 붕괴되고 탑이 무너지고 난 뒤에도 입을 쩍 벌린 채 충격에 휩싸여 있는 시간은 우리에게 허락되지 않았다. 적어도 오랫동안 그러고 있을 수는 없었다. 가장 끔찍한 위험이 지나갔고 우리의 적들은 죽거나 납치된 것 같았지만 주위는 온통 아수라장이었으며, 우리에겐 해야 할 일들이 있었다. 피로하고 멍들고 삐었지만 임브린들은 그들이 가장 잘하는 일에 착수했다. 바로 질서를 세우는 일이었다. 그들은 사람으로 변해서 임무를 맡았으며 와이트들이 있는지 건물을 샅샅이 수색했다. 두 명이 바로 항복했고 애디슨이 또 한 명을 찾아냈다. 지하 구멍에 숨어 있던 비참한 몰골의 여자였다.

그녀는 양팔을 들고 나오며 자비를 구걸했다. 샤론의 사촌들은 작지만 갈수록 불어나는 우리의 포로들을 가둘 임시 감옥을 만드는 일에 채용되었다. 그들은 망치질을 할 때 노래를 부르며 즐겁게

그 일을 했다. 샤론은 페러그린 원장과 애보셋 원장에게 심문을 당했지만 몇 분 뒤 그들은 샤론이 비밀 공작원이나 반역자라기보다는 단순한 장사꾼이라는 사실에 안도했다. 샤론은 벤담의 배신에 우리만큼이나 충격을 받은 것 같았다.

와이트의 감옥들과 연구소들은 곧바로 폐쇄되었고 그들의 섬뜩한 기계들도 분쇄되었다. 그들이 했던 끔찍한 실험의 목적은 만천하에 드러났고 그 대가를 치렀다. 또 다른 감옥 건물에서 수십 명이 풀려났다. 그들은 잡혀 있던 지하 건물에서 야위고 초췌한 모습으로 나타났다. 어떤 이들은 멍한 상태로 걸어 다녀서, 아무 생각 없이 나갔다가 길을 잃지 않도록 지정된 장소 안에서 관찰해야 했다.

또 어떤 이들은 너무도 감사한 마음에 우리에게 고맙다는 인사를 멈출 줄 몰랐다. 어느 꼬마 소녀는 30분이 넘도록 이상한 아이들을 만나 차례로 포옹을 하며 우리를 놀라게 했다. "너희들이 우리에게 얼마나 큰일을 해주었는지 아마 모를 거야." 그녀가 말했다. "정말 모를 거야."

그런 말에 감동하지 않기란 힘들었다. 그들에게 우리가 줄 수 있는 위로를 건네는 동안 여기저기서 들려오는 훌쩍이는 소리와 한숨 소리에 마음이 아팠다. 카울 밑에서 몇 주, 몇 달을 보낸 친구들은 물론이고 나의 친구들이 그동안 어떤 일을 겪었는지는 감히 짐작조차 할 수 없었다. 그들에 비하면 나의 멍과 충격은 대수롭지 않았다.

우리가 구조한 가장 기억에 남을 이상한 아이들은 세 형제였다. 그들의 건강 상태는 양호해 보였지만 그동안 겪은 일의 충격으로 말을 하려 하지 않았다. 그들은 기회가 있을 때마다 사람들에게서 멀찌감치 떨어졌고, 가장 큰 형이 두 동생에게 팔을 두른 채 돌무더기 위에 쭈그리고 앉아 멍한 표정으로 주위를 둘러보았다. 마치 그동안 지옥을 현실로 받아들여야 했기에 지금 눈앞에 펼쳐진 상황을 받아들일 수 없다는 듯이.

엠마와 내가 그들이 앉아 있는 곳으로 다가갔다. "이제 너희들은 안전해." 엠마가 말했다.

그들은 그 말이 무슨 뜻인지 모르겠다는 듯한 표정으로 엠마를 쳐다보았다.

우리가 그들에게 말을 거는 것을 보고 에녹이 브로닌과 함께 다가왔다. 브로닌은 거의 의식이 없는 와이트 하나를 끌고 왔다. 양손이 묶인 연구원이었다. 소년들이 움츠러들었다.

"더 이상 너희를 해칠 수 없어." 브로닌이 말했다. "그 누구도."

"여기 좀 있게 해야겠다." 에녹이 짓궂은 미소를 지으며 말했다. "할 얘기가 많을 테니까."

와이트가 고개를 들었다. 소년들을 본 순간 멍든 그의 눈이 휘둥그레졌다.

"그만해." 내가 말했다. "얘들을 더 이상 고문하지 마."

막내가 주먹을 쥐더니 일어서려 했지만 맏형이 그를 말리며 귀에다 무언가를 속삭였다. 어린 소년은 눈을 감고 고개를 끄덕이고는, 마치 무언가를 억누르듯이 양쪽 주먹을 겨드랑이에 넣었다.

"됐어요." 공손한 남부 억양으로 그가 말했다.

"그만 가자." 내가 말했고 우리는 아이들을 혼자 있게 해주었다. 브로닌이 와이트를 끌고 갔다.

우리는 임브린들의 명령을 기다리며 요새 안을 돌아다녔다. 더 이상 우리가 모든 걸 결정해야 할 필요가 없어서 마음이 놓였다. 우리는 에너지를 소모했지만 에너지가 넘쳤고, 믿을 수 없을 정도로 피로했지만 결국 살아남았다는 기막힌 깨달음으로 충전되었다.

간헐적으로 환호성과 웃음소리, 노랫소리가 들려왔다. 밀라드와 브로닌은 상처 난 땅을 가로지르며 춤을 추었다. 올리브와 클레어는 페러그린에게 꼭 붙어 있었고 페러그린은 양팔로 그들을 끌어안고 이것저것 점검하며 돌아다녔다. 호러스는 이게 자신의 꿈인지, 아직 다가오지 않은 아름다운 미래인지 확인하려고 자꾸만 자신을 꼬집었다. 휴는 혼자 서성거렸다. 피오나를 그리워하는 게 분명했다. 피오나의 부재는 우리 모두의 가슴에 커다란 구멍을 남겼다. 밀라드는 자신의 영웅 퍼플렉서스 때문에 안절부절못했다. 어베이턴에 들어선 이후 진행된 퍼플렉서스의 급속한 노화는 이상하게도 아직 회복되지 않았다. 곧 회복될 거라고 밀라드가 우리를 안심시켰지만 카울의 탑이 무너진 지금, 퍼플렉서스가 자신의 루프로 돌아갈 방법은 확실치 않았다. (물론 벤담의 팬루프티콘이 있었지만, 수백 개의 문 중에서 어떤 문이 옳은 문일까?)

엠마와 나의 문제도 있었다. 우리는 항상 꼭 붙어 다녔지만 서로에게 거의 말을 하지 않았다. 해야만 하는 얘기가 있었기 때문에 서로에게 말을 걸기가 두려웠다.

앞으로 무슨 일이 벌어질까? 우리는 어떻게 될까? 나는 엠마가 이상한 세계를 떠날 수 없다는 걸 알고 있었다. 그녀는 남은 삶을 루프에서 보내야 했다. 악마의 영토이건 아니면 여기보다 나은 다른 루프이건. 그러나 나는 어디든 갈 수 있었다. 나에겐 날 기다리는 가족과 집이 있었다. 나에겐 하나의 삶, 혹은 삶 비슷한 것이 있었다. 그러나 이곳에도 가족이 있었고, 무엇보다도 엠마가 있었다. 그리고 어느덧 나의 모습이 되어버린, 아직도 되어가는 중인 새로운 제이콥도 있었다. 과연 새로운 제이콥이 플로리다에서 살아갈 수 있을까?

나에겐 전부 다 필요했다. 두 가족들, 두 제이콥들, 그리고 엠마의 모든 것. 선택을 해야 한다는 걸 알고 있었지만 그 선택이 나를 반으로 갈라놓을 것 같아 두려웠다.

너무도 감당하기 벅찬 일이었고, 끔찍한 일들을 겪은 직후엔 더 감당하기 벅찬 일이었다. 나에겐 괜찮은 척 연기할 몇 시간, 혹은 하루가 필요했다. 그래서 엠마와 나는 나란히 서서 앞만 보았다. 임브린들이 시키는 일이면 무엇이든 달려가 우리 자신을 내던졌다.

천성적으로 과잉보호하는 경향이 있는 임브린들은 우리가 너무 많은 일을 겪었다는 결론을 내렸다. 우리에겐 휴식이 필요했고, 해야 할 일이 있는 건 사실이지만 이상한 아이들은 할 일이 없다고 그들이 말했다. 탑이 무너지면서 작은 건물들이 깔렸지만 우리가 생존자들을 찾기 위해 잔해 더미를 헤치고 다니는 것을 그들은 원하지 않았다. 요새 곳곳에 회수해야 할 앰브로 약병들이 있었지만 우리가 그 근처에 가는 것은 원하지 않았다. 나는 그 약병들을 어떻게 처리할 건지, 혹은 도난당한 영혼들이 영혼의 주인들과 재결합할 수 있는지 궁금했다.

나는 내 할아버지의 영혼으로 만든 약물을 생각했다. 벤담이 그것을 사용했을 땐 침해당하는 것 같은 기분이 들었지만 만약 그가 그것을 사용하지 않았다면 우리는 영혼의 도서관에서 영원히 빠져나오지 못했을 것이다. 따라서 결국 우리를 구한 건 내 할아버지의 영혼이었다. 할아버지의 영혼이 낭비되지 않았다는 것만으로도 감사했다.

와이트의 요새 밖에서도 해야 할 일들이 있었다. 루시 레인과 악마의 영토 다른 곳에서 노예가 된 이상한 아이들도 해방시켜줘야 했지만 임브린들은 이상한 어른들과 힘을 합쳐 그들이 해야 할 일이라고 주장했다. 그런데 알고 보니 걸림돌이 전혀 없었다. 노예업자들과 다른 변절자들은 와이트들이 몰락하는 순간 악마의 영토에서 도망쳤다. 아이들은 한곳에 불러 모아 안전한 집으로 보냈다. 반역자들은 끝까지 추적해서 재판대에 세워질 것이다. 그 모든 것이 우리가 걱정할 일은 아니라고 그들은 말했다. 지금 당장 우리에게 필요한 건 이상한 세계의 재건 사업을 시작할 수 있는 작전 본부는 물론이고 우리가 몸을 추스를 장소라고 했다. 우리 중 누구도 두려움이 서린 와이트들의 요새에서 한순간도 더 지체하고 싶지 않았다.

나는 벤담의 집을 제안했다. 그곳에는 충분한 공간, 침대, 각종 시설, 상주 의사, 그리고 팬루프티콘이 있었다. 더구나 팬루프티콘을 어디에 쓸 수 있을지는 아무도 모르는 일이었다. 우리는 어둠이 내릴 무렵 이동하기 시작했다. 걷지 못하는 아이들은 와이트의 트럭에 탔고 나머지는 그 뒤를 따라 걸었다. 우리는 다리 할로우의 도움을 받아 요새에서 빠져나왔다. 할로우는 먼저 트럭을 협곡 건너로 옮겼고 나머지 아이들을 세 팀으로 나누어 건너주었다. 겁에 질려서 달래줘야 하는 아이들도 있었다. 반면 빨리 할로우를 타고 싶어 안달하다가, 협곡을 건너고 난 뒤에 한 번 더 태워달라고 조르는 아이들도 있었다. 나는 아이들이 원하는 대로 해주었다. 할로우에 대한 나의 조종 능력은 이제 두 번째 천성이나 다름없었다. 나는 뿌듯하면서도 조금 씁쓸했다. 할로우들은 이제 거의 멸종되었고 나의 이상한 능력, 혹은 그 능력의 발현은 더 이상 쓸모가 없게 되었다. 그러나 그래도 상관없었다. 남한테 보여줄 능력을 갖는 건 중요하지 않았다. 이제 그것은 파티에서나 선보이는 묘기일 뿐이었다. 할로우들이 아예 처음부터 존재하지 않았다면 훨씬 더 좋았을 것이다.

우리는 느린 걸음으로 악마의 영토를 가로질렀다. 우리는 마치 시가행진하는 꽃수레인 양 트럭을 에워싸고 걸었고, 일부는 범퍼와 지붕에 올라탔다. 승리를 자축하며 행진하는 것 같은 기분이었고 악마의 영토에 사는 이상한 사람들이 그들의 집과 움막에서 몰려나와 지나가는 우리를 구경했다. 그들도 탑이 무너지는 것을 보았고 상황이 달라졌음을 알고 있었다. 많은 사람들이 박수를 쳤다. 경례하는 사람들도 있었다. 어둠 속에 숨어서 자기들이 한 짓을 부끄러워하는 사람들도 있었다.

벤담의 집에 도착하니, 가루 어머니와 레날도가 우리를 문 앞에서 맞이했다. 우리는 따스한 환대를 받았고 집을 마음대로 사용해도 좋다는 이야기를 들었다. 가루 어머니는 곧바로 다친 아이들을 치료하기 시작했다. 그녀는 아이들을 침대로 안내하고, 최대한 편안하게 해주고, 가루를 발라주었다. 나에게도 멍과 배에 난 물린 상처들을 치료해주겠다고 했지만 나는 나중에 해달라고 했다. 다른 아이들의 상태가 더 심각했다.

나는 그녀의 손가락을 어떻게 사용했는지 말해주었다. 그 손가락이 나의 생명은 물론이고 다른 아이들의 생명도 구했다고. 그녀는 어깨를 으쓱하고는 하던 일로 돌아갔다.

내가 고집을 부렸다. "당신은 메달을 받아야 해요." 내가 말했다. "이상한 사람들도 메달을 주는지는 모르겠지만 만약 그렇다면 당신이 꼭 메달을 받을 수 있게 해줄게요."

그녀는 내 말에 흠칫 놀라더니 흐느껴 울며 서둘러 어디론가 사라졌다.

"내가 말을 잘못했나?" 내가 레날도에게 물었다.

"잘 모르겠어." 그가 걱정스러운 표정으로 대답하고는 그녀를 쫓아갔다.

님은 멍한 상태로 집 안을 돌아다녔다. 그는 벤담이 저지른 일을 믿을 수가 없었다. "뭔가 착오가 있을 거야." 그가 계속 중얼거렸다. "벤담 씨는 결코 우릴 배신하실 분이 아니야."

"그만 정신 차려요!" 엠마가 그에게 말했다. "당신의 주인은 벌레 같은 놈이라고요."

나는 진실은 그것보다 조금 더 복잡하다고 생각했지만 벤담의 도덕성에 대한 평판에 반론을 제기해봐야 엄청난 인기를 끌 것 같진 않았다. 벤담은 비법을 우리에게 넘기고 괴물 같은 자신의 형에게 달려들 필요가 없었다. 그는 선택을 했다. 결국 우리를 구하기 위해 자신을 버린 셈이었다.

"시간이 필요할 거야." 샤론이 님을 두고 말했다. "시간이 걸리는 일이니까. 벤담은 우리 모두를 속였어."

"샤론도요?" 내가 말했다.

"특히 나를." 그가 어깨를 으쓱하며 고개를 저었다. 그는 혼란스럽고 슬퍼 보였다. "벤담 씨는 내가 앰브로시아를 끊길 원했고, 나를 중독에서 끌어내 생명을 구했어. 그게 그의 좋은 점이야. 그것 때문에 그의 나쁜 점을 못 봤던 것 같아."

"비밀을 털어놓는 친구가 적어도 한 명은 있었을 텐데." 엠마가 말했다. "심복 혹은 이고르(드라큘라 백작 혹은 프랑켄슈타인 같은 고딕 소설의 악당을 돕는 캐릭터를 일컫는 말-옮긴이)."

"조수!" 내가 말했다. "벤담의 조수 아무도 못 봤어?"

아무도 보지 못했다. 우리는 그를 찾아 집 안을 샅샅이 뒤졌지만, 무표정한 벤담의 조수는 홀연히 사라져버렸다. 페러그린 원장이 모두 모이라고 한 뒤 그가 돌아올 경우에 대비하여 그의 외모를 상세하게 묘사하라고 했다. "위험인물일 수도 있어." 그녀가 말했다. "그를 보거든 절대 말을 섞지 말고 바로 임브린에게 알려야 해."

"임브린한테 알리라니." 에녹이 웅얼거렸다. "우리가 임브린들을 구출했다는 걸 모르나?"

페러그린 원장이 그의 말을 들었다. "맞아, 에녹. 넌 정말 훌륭했어. 너희들 전부 다. 너희들은 정말 훌륭하게 성장했어. 하지만 어른들에게도 더 잘 아는 어른들이 필요하단다."

"네, 원장님." 에녹이 반성하는 표정으로 말했다.

나중에 나는 페러그린 원장에게 물었다. 벤담이 처음부터 우릴 속일 생각이었을 것 같으냐고.

"오빠 기회주의자란다." 그녀가 말했다. "내 생각에는 너와 블룸 양을 도와줄 때 마음 한편으로는 옳은 일을 하고 싶었을 거고, 진심으로 그렇게 했을 거야. 하지만 그러면서도 자기한테 이롭다 싶으면 언제든 우릴 배신할 준비를 하고 있었겠지. 그리고 내가 헛소리 집어치우라고 말한 순간 어느 쪽에 붙어야 할지 결단을 내렸을 거야."

"그건 원장님 잘못이 아니에요." 엠마가 말했다. "에이브러햄한테 한 짓을 생각하면, 어느 쪽이 되었건 전 그를 용서하지 않았을 거예요."

"그래도 내가 좀 더 친절하게 대할 수는 있었어." 그녀가 얼굴을 찌푸렸고 눈이 허공을 맴돌았다.

"형제 관계라는 건 참 복잡하지. 때로는 나 자신의 행동이 오빠들이 선택한 행로에 어떤 영향을 미쳤을지 궁금하단다. 내가 더 나은 여동생이 될 수도 있지 않았을까? 어쩌면 어린 임브린이었던 난 너무 나 자신에게만 몰두했었는지도 모르지."

내가 말했다. "페러그린 원장님, 그건……." 나는 말도 안 되는 소리라고 말하려다가 그만두었다. 나에겐 형제도 자매도 없었고, 어쩌면 그게 말도 안 되는 소리가 아닐지도 모른다는 생각이 들었기 때문이었다.

☾

나중에 우리는 페러그린과 다른 임브린들을 지하실로 데리고 가서 벤담의 장비 팬루프티콘의 본체를 보여주었다. 건전지 방에 나의 할로우가 있다는 것을 느낄 수 있었다. 힘은 약해졌지만 아직 살아 있었다. 나는 괜히 마음이 안 좋아져서 할로우를 꺼내줘도 되냐고 물었다. 그러나 페러그린 원장은 지금 바로 기계를 작동시켜야 한다고 말했다. 한지붕 아래 수많은 루프들로 접근할 방법이 있으니, 우리의 승리 소식을 이상한 세계에 신속하게 전달해서 와이트로 인한 피해를 점검하고 재건을 시작해야 한다고.

"이해해주기 바라네, 포트먼 군." 페러그린 원장이 말했다.

"이해해요……."

"제이콥은 할로우한테 약해요." 엠마가 말했다.

"그게……." 내가 조금 창피해하며 말했다. "얘가 내 첫 할로우였거든."

페러그린 원장이 나를 이상하게 쳐다보았지만 그러면서도 도울 수 있는 일이 있다면 돕겠다고 했다. 배에 난 상처가 더 이상은 외면할 수 없을 정도로 욱신거렸고, 엠마와 나는 가루 어머니를 만나기 위해 줄을 섰다. 부엌의 임시 진료소에서 시작된 꼬불거리는 줄은 복도로까지 이어져 있었다. 얻어맞아 멍들고, 절뚝거리고, 발가락이 부러지거나 약한 뇌진탕에 걸린 사람들이 차례로 들어갔다가 불과 몇 분 만에 한결 좋아져서 나오는 광경을 보고 있자니 정말 놀라웠다. 애보셋 원장의 경우에는 카울의 구형 권총에 맞아 어깨에 총알이 박힌 상태로 들어갔다 나왔다. 그들의 상태가 너무 좋아지는 것을 보고 페러그린 원장이 레날도를 한옆으로 불러서, 가루 어머니의 살이 새로 돋아나는 게 아니니 저절로 나을 작은 상처들에까지 자신을 낭비하지 말라고 전해달라 부탁하기에 이르렀다.

"제가 얘기해봤지만," 그가 대답했다. "워낙 완벽주의자라서요. 제 말을 안 들으세요."

그래서 페러그린 원장이 가루 어머니와 직접 얘기하기 위해 안으로 들어갔다. 그녀는 5분 만에 멋쩍어하면서 밖으로 나왔다. 얼굴에 난 상처 몇 개가 사라졌고, 카울이 동굴 벽에서 바닥에 내동댕이친 이후 똑바로 펴지지 않았던 팔을 편안하게 옆으로 내리고 있었다. "고집이 보통이 아니네."

내 차례가 되자 나는 그녀의 치료를 거부했다. 그녀의 성한 손은 이제 엄지와 검지만 남았다. 그러나 내 배를 가로지르는, 피가 스며 나오는 상처를 한번 보더니 싱크대 옆에 그들이 설치해놓은 침상으로 나를 밀었다. 물린 상처에 염증이 생기기 시작했다고, 레날도를 통해 그녀가 말했다. 할로우의 이빨에는 독한 세균이 우글거리기 때문에 내버려두면 상태가 악화될 거라고 했다. 그래서 나는 고집을 꺾었다. 가루 어머니가 자신의 가루를 내 상처에 뿌려주었고 몇 분 뒤에 한결 상태가 좋아졌다.

떠나기 전에 나는 그녀의 희생이 얼마나 값진 것인지 모른다고, 그녀가 자신의 일부를 내어준 덕에 우리를 구할 수 있었다고 다시 한번 말하려 했다. "그 손가락이 없었다면 저는 결코……"

그러나 내가 말을 시작하자마자 그녀가 돌아섰다. 마치 **고맙다**는 말에 귀를 데기라도 한 듯이.

레날도가 나를 밖으로 쫓았다. "미안. 가루 어머니는 만나야 할 환자들이 너무 많아."

엠마가 복도에서 나를 만났다. "한결 좋아 보인다!" 그녀가 말했다. "새들에게 감사! 그 물린 자국이 좀 걱정되더라."

"귀 얘기 꼭 해봐." 내가 말했다.

"뭐?"

"네 귀." 내가 엠마의 귀를 가리키며 좀 더 큰 소리로 말했다. 도서관에서 나온 뒤로 엠마는 귀가 계속 윙윙거린다고 했다. 우리가 가는 길을 비추기 위해 계속 손을 들고 있어야 했기 때문에 엠마는 끔찍한 소음에도 손으로 귀를 막을 수가 없었다. 나는 엠마가 실제로 귀가 먹은 건 아닌지 걱정되었다. "손가락 꺼내지 마!"

"뭐?"

"손가락!" 내가 손가락을 들어 보이며 말했다. "무척 예민하더라고⋯⋯. 손가락 욕 말하는 건 아니고 손가락 얘기. 일부러 말장난하는 건 아니야."

"왜 예민해?"

나는 어깨를 으쓱했다. "나도 몰라."

엠마가 들어갔다. 3분 뒤 엠마가 귓가에 대고 손으로 딱딱 소리를 내며 밖으로 나왔다. "신기하다!" 그녀가 말했다. "종소리처럼 맑게 들려."

"다행이다." 내가 말했다. "말할 때 소리 질러야 하는 거 별로거든."

"첫. 그나저나 손가락 얘기 했어."

"뭐? 왜?"

"궁금해서."

"그랬더니?"

"그랬더니 손을 떨기 시작하더라고. 뭐라고 웅얼거렸는데 레날도가 통역을 안 해줬어. 날 밖으로 쫓아내던데."

너무 지치고 배고프지 않았다면, 그리고 그 순간 음식 냄새가 우리의 코를 스치지 않았다면 좀 더 캐물었을 것이다.

"어서들 와!" 렌 원장이 복도 끝에서 소리쳤고 그 얘기는 미루어졌다.

어느덧 밤이 되었고 우리는 식사를 하기 위해 벤담의 서재에 모였다. 서재는 우리 모두를 편안하게 수용할 수 있을 만큼 넓은 유일한 방이었다. 모닥불을 지폈고 고마움을 표시하려고 동네 사람들이 가지고 온 구운 닭 요리와 감자 요리, 야생동물과 (어쩌면 시궁창에서 잡았을지도 몰라서 내가 피했던) 생선 요리로 만찬이 열렸다. 페러그린은 케르놈에서 런던에 이르기까지, 렌 원장을 찾기 위해 폭격 맞은 런던을 가로질렀던 우리의 여정의 일부만 들었기 때문에 세세한 것 하나까지 다 알고 싶어 했다. 그녀는 들을 줄 아는 사람이었다. 우스운 대목에선 항상 웃었고 우리의 극적인 회생에는 안도의 한숨을 쉬었다.

"그런데 폭탄이 할로우한테 떨어져서 할로우가 산산조각이 나 버렸어요!" 그 순간을 재연하기 위해 올리브가 의자에서 펄쩍 뛰어내리며 소리쳤다. "하지만 우리는 렌 원장님의 이상한 스웨터를 입고 있어서, 파편에 맞아 죽지 않았어요!"

"저런, 세상에!" 페러그린 원장에 말했다. "진짜 운이 좋았네!"

우리의 이야기가 끝나자 페러그린 원장은 한동안 잠자코 앉아 있었다. 그녀는 슬픔과 경외감이 뒤섞인 표정으로 우리를 바라보았다. "너희들이 정말 자랑스럽구나." 그녀가 말했다. "그런 일을 겪게 해서 미안하다. 너희들 곁에 가증스러운 오빠 대신 내가 있기를 얼마나 바랐는지 몰라."

우리는 피오나를 생각하며 잠시 침묵했다. 그녀는 죽지 않았다고, 단지 길을 잃은 것뿐이라고 휴가 주장했다. 나무들이 그녀가 추락하는 것을 막아주었다고, 렌 원장의 동물농장 어딘가를 서성이고 있을 거라고. 아니면 길 위에 떨어지면서 머리를 다쳐서 자신이 어디서 왔는지를 잊어버렸을 거라고…… 아니면 어딘가에 숨어서…….

휴는 기대에 찬 표정으로 우리를 둘러보았지만 우리는 그의 시선을 피했다.

"반드시 돌아올 거야." 브로닌이 그를 다독이며 말했다.

"헛된 희망을 주지 마." 에녹이 말했다. "그건 너무 잔인해."

"하긴, 잔인한 거에 관해서라면 네가 가장 잘 알지." 브로닌이 빈정거리며 말했다.

"그 얘긴 그만하자." 호러스가 말했다. "개가 지하역에서 어떻게 제이콥과 엠마를 구했는지 듣고 싶어."

애디슨이 테이블로 펄쩍 뛰어올라 이야기를 시작했다. 그러나 자꾸만 옆길로 빠지며 자신의 영웅담으로 각색하는 바람에 어쩔 수 없이 엠마가 넘겨받았다. 엠마와 함께 나는 악마의 영토로 가는 길을 어떻게 찾았는지, 벤담의 도움으로 어떻게 와이트들의 요새에 침입했는지 설명했다. 그러자 모두가 내게 질문을 던졌다. 그들은 할로우에 대해 알고 싶어 했다.

"할로우의 언어는 어떻게 배웠어?" 밀라드가 물었다.

"할로우를 부리는 건 어떤 기분이야?" 휴가 물었다. "네가 할로우가 되었다고 상상해? 내가 벌들하고 그러는 것처럼?"

"간지럽진 않아?" 브로닌이 물었다.

"혹시 애완동물로 한 마리 기르고 싶진 않아?" 올리브가 물었다.

나는 성심성의껏 대답했지만 할로우들과의 교감은 말로 설명하기가 어려운 부분이라 혀가 묶인 것 같은 기분이었다. 마치 전날 밤 꿈을 다음 날 아침에 꿰맞추려 애쓰는 것처럼. 그리고 엠마와 내가 미루고 있는 이야기 때문에 마음이 불편했다. 내가 이야기를 끝내자 엠마가 나와 눈을 맞추며 문 쪽으로 고갯짓을 했고 우리는 양해를 구하고 함께 나갔다. 방을 나설 때 우리의 등에 꽂히는 아이들의 시선이 느껴졌다.

우리는 외투, 모자, 우산들로 가득 찬, 전등불이 밝혀진 옷방으로 갔다. 널찍하고 편안한 방은 아니었지만 적어도 사생활이 보장되는 공간이었다. 아무나 들어오거나 우리 이야기를 엿듣지 않는 공간. 나는 갑자기 말로 표현할 수 없을 정도로 두려워졌다. 내 앞엔 어려운 결정이 놓여 있었고, 지금까지는 그 결정을 놓고 제대로 생각해보지 못했다.

우리는 한동안 서로를 마주 보며 잠자코 있었고 섬유가 주위의 모든 소리를 삼켜버려서 서로의 심장 소리도 들릴 것만 같았다.

"그래서 너," 엠마가 입을 열었다. 물론 그녀가 이야기를 시작할 것이다. 엠마는 항상 직설적이었고, 불편한 순간을 두려워하지 않았다. "여기 있을 거야?"

입 밖으로 나오기 전까진 내가 무슨 말을 하게 될지 나 자신조차도 알지 못했다. 나는 자동조종장치로 움직이고 있었다. 여과 장치가 없었다. "부모님을 만나야 해."

그것은 의심할 나위 없는 사실이었다. 그들은 상처받았고, 겁에 질려 있었으며, 그것은 그들에게 부당한 일이었다. 나는 너무 오랫동안 그들을 애태웠다.

"물론이지." 엠마가 말했다. "이해해. 당연히 만나야지."

던져지지 않은 질문이 허공에 맴돌았다. **부모님을 만나야 한다는** 건 미봉책일 뿐이었고, 적절한 대답이 아니었다. 물론 부모님을 만나야 했다. 하지만 그다음엔? 부모님한테 뭐라고 말하지?

부모님에게 진실을 말하는 상상을 해보았다. 지하에서 아빠와 했던 전화 통화는 앞으로 닥칠 상황의 예고편이었다. **애가 맛이 갔어. 우리 아들이 미쳤어. 혹은 약물에 취했거나. 아니면 약물이 부족했거나.**

아니, 진실은 통하지 않을 것이다. 그러면 어떻게 해야 할까. 부모님을 만나서 내가 살아 있고 건강하다고 안심시키고, 런던을 좀 둘러봤다고 이야기를 지어내고, 그러니 이제 나 없이 집으로 돌아가라고? 하하하. 그들은 나를 쫓아올 것이다. 우리가 만나는 장소에 경찰을 잠복시킬 것이다. 제이콥 크기의 그물을 들고 흰 가운을 입은 사람들이 기다리고 있을 것이다. 나는 도망쳐야 할 것이다. 그들에게 진실을 말해봐야 상황은 더욱 악화될 것이다. 다시 달아나기 위해 부모님을 만나는 것은 그들을 더욱 고문하는 것이었다. 그러나 영원히 부모님을 보지 않는 건, 다시는 집으로 돌아가지 않는 건, 감당할 수 없었다. 나 자신에게 정말 솔직하자면, 엠마와 나의 친구들과 이 세계를 떠나기 싫은 만큼 마음속 한편으로는 집에 가고 싶었다. 부모님과 부모님의 세상은 평범하고 예측 가능한 세계였고, 그곳으로 돌아가는 것은 이 모든 광기를 겪은 뒤 내가 너무도 갈구하게 된 것으로 돌아가는 것을 의미하기 때문이었다. 한동안은 평범하게 지내고 싶었다. 숨을 고르고 싶었다. 잠시만이라도.

나는 이상한 아이들과 페러그린 원장에게 내가 진 빚을 갚았다. 나는 그들 중 한 명이 되었다. 그러나 그들 중 한 명인 게 다는 아니었다. 나는 내 부모의 아들이었고, 비록 불완전한 사람들일지라도 그들이 그리웠다. 집이 그리웠다. 심지어 한심하고 평범한 나의 삶조차 그리웠다. 물론 나는 그 누구보다도 엠마가 그리울 것이다. 문제는 내가 너무 많은 걸 원한다는 사실이었다. 나는 양쪽 삶을 모두 원했다. 이중국적자가 되고 싶었다. 이상한 아이들 중 한 명이 되어 이상한 세계에 대해 알아야 할 것들을 더 배우고 싶었고, 엠마 곁에 있고 싶었고, 벤담이 팬루프티콘에 목록을 만들어둔 모든 루프에 가보고 싶었다. 하지만 할 수 있을 때 정상적인 십 대 아이들처럼 한심하고 평범한 일들을 하고 싶었다. 내 또래 친구를 사귀고 싶었다. 고등학교를 졸업하고 싶었다. 열여덟 살이 되고 싶었고, 그렇게 되면 원하는 곳 어디든 갈 수 있을 것이다. 아니면 원하는 시간 언제든 갈 수 있을 것이다. 그때 다시 돌아올 수도 있을 것이다.

진실은, 그 진실의 뿌리와 골격은, 바로 이것이었다. 남은 생을 루프 안에서 살 수는 없었다. 영원히 이상한 아이로 살고 싶진 않았다. 하지만 언젠가는, 어쩌면, 이상한 어른이 될 수 있지 않을까.

어쩌면, 내가 조심하기만 하면, 둘 다 가질 수도 있지 않을까.

"가고 싶진 않지만," 내가 말했다. "가봐야 할 것 같아. 당분간은."

엠마의 표정이 굳어졌다. "그럼 가." 그녀가 말했다.

나는 움찔했다. 엠마는 '당분간'이 무슨 뜻이냐고 묻지도 않았다.

"만나러 올게." 내가 얼른 말했다. "언제든 돌아올 수 있어."

이론적으로는 사실이었다. 이제 와이트의 위협이 사라졌고 특별한 일이 없는 한 나는 언제고 돌아올 수 있었다. 그러나 부모님이 조만간 영국 여행을 허락해줄 리가 만무했다. 나는 나 자신에게 거짓말을 하고 있었다. 우리 둘 다에게. 엠마도 그 사실을 알고 있었다.

"아니." 엠마가 말했다. "그건 싫어."

가슴이 철렁 내려앉았다. "뭐?" 내가 조용히 말했다. "왜 싫어?"

"에이브도 그랬으니까. 몇 년에 한 번씩 돌아왔어. 돌아올 때마다 에이브는 나이가 들었고 난 그대로였어. 그러다가 누군가를 만나서 결국 결혼을 했고……"

"난 그러지 않을 거야." 내가 말했다. "널 사랑해."

"알아." 엠마가 고개를 돌리며 말했다. "에이브도 그랬어."

"하지만 우린…… 우린 다를 거야." 나는 더듬거리며 적절한 말을 찾았지만 생각들이 엉망으로 뒤엉켰다.

"그렇게 될 거야. 갈 수 있다면 나도 너하고 가고 싶지만 그럴 수가 없어. 난 나이가 들 테니까. 그래서 결국 여기서 너만 기다리고 있겠지. 호박 속에 얼어붙은 상태로. 그 짓을 또 할 순 없어."

"오래 걸리지 않을 거야! 한 2년 정도야. 그다음엔 내가 원하는 대로 할 수 있어. 어디선가 대학에 다닐 수도 있겠지. 어쩌면 이곳 런던에서!"

"어쩌면. 하지만 지금 넌 지킬 수 없는 약속을 하고 있어. 사랑하는 사람들은 바로 그럴 때 상처를 받는 거야."

나의 심장이 미친 듯이 질주했다. 나는 절박했고 비참했다. 젠장, 될 대로 되라지. 다시는 부모님을 못 본다고? 괜찮았다. 하지만 엠마를 잃을 순 없었다.

"내가 제정신이 아니었나 봐." 내가 말했다. "진심이 아니었어. 여기 남을게."

"아니, 내 생각엔 넌 그저 정직했을 뿐이야." 엠마가 말했다. "여기 머물면 넌 행복하지 않을 것 같아. 결국엔 그것 때문에 날 미워하게 되겠지. 그건 더 끔찍해."

"아니. 그렇지 않아. 난 절대로……."

그러나 나는 이미 패를 보였고 되돌리기엔 너무 늦어버렸다.

"넌 가야 해." 엠마가 말했다. "너한텐 너의 삶과 가족이 있어. 영원히 여기 있을 순 없어."

나는 바닥에 주저앉아 코트들이 걸린 벽에 몸을 기대어 그것들이 나를 삼키게 했다. 몇 초 동안 나는 내게 아무 일도 일어나지 않은 척, 내가 이곳에 없는 척, 나의 온 세상이 울과 검은색과 좀약으로 이루어진 척했다. 숨을 쉬려고 고개를 내밀어보니 엠마가 다리를 포개고 내 곁에 앉아 있었다.

"나도 이런 거 싫어." 엠마가 말했다. "하지만 왜 이렇게 해야 하는지 이해는 해. 너에겐 다시 세워야 할 너의 세계가 있고, 나에겐 나의 세계가 있어."

"하지만 이젠 여기가 나의 세계이기도 해." 내가 말했다.

"그건 사실이야." 그녀가 잠시 턱을 문지르며 생각에 잠겼다. "그건 사실이고 난 네가 돌아오길 바라. 왜냐하면 넌 이미 우리의 일부가 되었고 우리 가족은 너 없이는 완벽하지 않을 테니까. 하지만 네가 다시 돌아오면 그때 우린 그냥 친구야."

나는 잠시 생각해보았다. 친구. 너무 밋밋하고 생기 없는 말처럼 들렸다.

"다시는 서로 얘기하지 못하는 것보단 그게 나을 것 같다."

"내 생각에도 그래." 그녀가 말했다. "그건 도저히 못 참을 것 같아."

나는 엠마 곁에 바짝 붙어 한 팔을 허리에 둘렀다. 엠마가 날 밀어낼 거라 생각했지만 그러지 않았다. 잠시 후 그녀가 내 어깨에 머리를 기댔다.

우리는 그렇게 한참을 앉아 있었다.

༄

엠마와 내가 마침내 옷방에서 나왔을 때 아이들은 대부분 잠 들어 있었다. 서재의 벽난로는 불씨가 꺼졌고, 음식이 넘쳐나던 접 시들은 부스러기만 남아 있었으며, 서재의 높은 천장에 편안하게 코 고는 소리와 웅얼거리는 소리가 울려 퍼졌다. 어린아이들과 임브린 들은 소파 위에 늘어져 있거나 바닥에 웅크리고 있었다. 위층에 안 락한 침실이 얼마든지 있는데도. 하마터면 서로를 잃을 뻔했던 그들 은 좀처럼 서로에게서 떨어지지 않았다. 단 하룻밤이라고 해도.

나는 아침에 떠날 생각이었다. 엠마와 나 사이가 어떻게 될지 알게 된 지금 하루라도 더 지체하는 것은 우리에게 고문이었다. 그 러나 당장은, 우리에겐 잠이 필요했다. 마지막으로 1분 혹은 2분 이 상 눈을 붙여본 게 언제였던가. 지금보다 더 피로했던 적은 없었다.

우리는 한쪽 구석에 쿠션을 쌓아놓고 서로를 끌어안은 채 잠 이 들었다. 우리의 마지막 밤이었고 나는 엠마에게 팔을 두르고 바 짝 붙었다. 마치 그렇게 꼭 끌어안으면 그녀를 내 기억 속에 가둘 수 있다는 듯이. 그녀의 느낌, 그녀의 체취, 느리고 고른 숨소리까지도. 그러나 잠은 나를 세게 끌어당겼고, 방금 눈을 감은 것 같은데 어느 순간 느닷없이 높은 창문으로 쏟아져 들어오는 노란 햇살에 눈을 찌푸리게 되었다.

모두가 잠에서 깨어 방 안을 돌아다녔고 우리를 방해하지 않으려 속삭이고 있었다. 어둠이 제공했던 사적인 공간이 사라져 머쓱해진 우리는 서둘러 서로에게서 몸을 뗴었다. 정신을 차릴 틈도 없이 커피 한 주전자를 든 페러그린 원장과 컵들이 담긴 쟁반을 든 님이 들어왔다. "모두들 좋은 아침! 다들 푹 쉬었겠지? 왜냐하면 우리한텐 할 일이 엄청······."

페러그린 원장이 우리를 보고 하던 말을 멈추었다. 그녀가 눈썹을 치켜세웠다.

엠마가 얼굴을 가렸다. "아, 그런 거 아니에요."

피로와 간밤에 느꼈던 온갖 감정 속에서 엠마와 나란히 누워 자는 것은, 비록 그냥 잠만 잤다고 해도, 페러그린 원장의 빅토리아 시대적 사고방식에 거슬릴지도 모른다는 생각은 하지 못했다.

"포트먼 군, 잠깐 얘기 좀 할까." 페러그린이 커피 주전자를 내려놓고 손가락을 내 쪽으로 구부리며 말했다.

아마도 이 일로 내가 야단을 맞게 되는 모양이었다. 나는 일어서서 구겨진 옷을 매만졌다. 얼굴이 벌겋게 달아올랐다. 수치스럽진 않았지만 조금 창피한 건 사실이었다.

"행운을 빌어줘!" 내가 엠마에게 속삭였다.

"아무 짓도 안 했다고 해!" 엠마도 내게 속삭였다.

방을 가로지를 때 키득거리는 소리가 들렸다. 누군가가 노래를 불렀다. "제이콥하고 엠마하고 나무 밑에 앉아서······ 얼레리 꼴레리······."

"유치하게 굴지 마, 에녹." 브로닌이 말했다. "괜히 샘나서 그러지?"

나는 페러그린 원장을 따라 거실로 들어갔다.

"아무 일도 없었어요." 내가 말했다. "원장님도 아시잖아요."

"그런 건 궁금하지 않아." 그녀가 말했다. "오늘 떠난다고 들었는데, 사실이니?"

"어떻게 아셨어요?"

"엄밀히 말하면 난 늙었지만, 그래도 아직 정신은 멀쩡하단다. 네가 부모님과 우리, 예전의 집과 새로운 집, 그러니까 그나마 남아 있는 새로운 집 사이에서 혼란스러워하고 있다는 거 알아. 어느 한 쪽을 선택하지 않고, 사랑하는 사람을 아프게 하지 않으면서 균형을 유지하고 싶겠지. 하지만 그게 쉽지가 않아. 어쩌면 불가능한 일일 수도 있고. 대충 그런 상황이지?"

"그게…… 네. 대충 그런 상황이에요."

"블룸 양하고는 얘기가 끝났고?"

"우린 친구예요." 그 말을 불편하게 음미하며 내가 말했다.

"그리고 그 사실이 힘들겠지."

"네. 하지만 이해는 해요…… 이해하는 것 같아요."

그녀가 고개를 비스듬히 기울였다. "정말?"

"엠마는 자신을 보호하고 있어요."

"너도 그렇고." 페러그린이 덧붙였다.

"그건 잘 모르겠어요."

"넌 아직 어려, 제이콥. 네가 이해하지 못할 일들이 아직 많아."

"나이가 이 일과 무슨 상관이 있는지 모르겠어요."

"전부 다 상관이 있지!" 그녀가 짧고 날카롭게 웃었다. 그리고는 내가 정말 이해하지 못한다는 사실을 깨닫고 약간 누그러졌다. "블룸 양은 금세기 초에 태어났어." 그녀가 말했다. "그 아이의 심장 은 느리고 안정적이지. 어쩌면 넌 머지않아 엠마가 널 대체할 사람 을 찾을 거라 생각하겠지. 어떤 이상한 로미오가 그 아이의 마음을 사로잡을 거라고. 난 그렇게 생각하지 않아. 엠마의 마음은 너에게만 꽂혀 있으니까. 다른 사람하고 그렇게 행복해하는 모습은 본 적이 없어. 에이브러헴마저도."

"정말요?" 내가 말했다. 가슴에 따스한 기운이 밀려들었다.

"정말. 하지만 조금 전에 말했던 것처럼 넌 아직 어려. 이제 겨 우 열여섯 살이고, 열여섯 살이 처음이지. 네 마음은 이제 막 깨어나 고 있고 블룸 양이 자네의 첫사랑이겠지. 그렇지?"

나는 수줍어하며 고개를 끄덕였다. 하지만 의심의 여지 없는 사실이었다. 누구라도 알 수 있을 것이다. "넌 다른 사랑을 만날 수 도 있어." 페러그린 원장이 말했다. "젊은 심장은, 젊은 두뇌가 그렇듯 이, 애정의 주기가 짧으니까."

"전 안 그래요." 내가 말했다.

충동적인 십 대 소년이 하는 말처럼 들린다는 걸 알고 있었지 만, 그 순간 나는 엠마에 대해 그 무엇보다도 확신이 있었다.

페러그린 원장이 천천히 고개를 끄덕였다. "그렇게 말해주니 기 쁘구나." 그녀가 말했다. "블룸 양이 자신에게 상처 줄 권리를 네게 주었는지 모르겠지만 난 주지 않았다. 그 아인 내게 무척 소중하고, 사실 겉으로 보이는 모습의 반만큼도 강하지 않아. 네가 평범한 여 자아이의 한심한 매력에 마음을 빼앗긴 걸 알고, 멍하니 서성거리면 서 여기저기 불을 붙이는 건 용납할 수 없어. 이미 한 차례 겪은 일이고, 더 이상은 불태울 가구도 없으니까. 내 말 알아듣겠지?"

"음……" 허를 찔린 내가 말했다. "그런 것 같기도……."

그녀가 가까이 다가서며 다시 한번 말했다. 그녀의 목소리가 낮고 차가웠다.

"네, 페러그린 원장님."

그녀가 고개를 끄덕인 뒤 미소를 짓고는 내 어깨를 두드렸다. "됐어, 그럼. 이렇게 얘기하고 나니 좋구나." 내가 미처 대답을 하기도 전에 그녀가 다시 서재로 씩씩하게 걸어가며 외쳤다. "아침 식사!"

ᠷ

나는 한 시간 뒤에 떠났다. 엠마와 페러그린 원장과 우리 친구들과 임브린들이 부두까지 배웅을 나왔다. 샤론이 달아난 시궁창 해적들이 남겨두고 간 새 보트와 함께 기다리고 있었다. 포옹과 눈물 어린 작별 인사가 길게 이어졌고, 나는 반드시 돌아와 모두를 다시 만나겠다는 약속으로 인사를 마무리했다. 비록 그게 언제가 될지도 모르고, 국제 항공 비용을 어떻게 충당해야 하는지, 부모님을 어떻게 설득해야 하는지도 알 수 없지만.

"우린 절대 널 잊지 않을 거야, 제이콥." 올리브가 훌쩍이며 말했다.

"후대를 위해 우리 이야기를 기록할 거야." 밀라드가 약속했다. "그게 나의 새 프로젝트야. 그 이야기가 《이상한 아이들의 동화》 개정판에 반드시 수록되게 할 거야. 이제 넌 유명해지는 거야!"

애디슨이 아기 곰 두 마리를 이끌고 다가왔다. 애디슨이 그들을 입양한 건지 그들이 애디슨을 입양한 건지 확실치 않았다. "넌 내가 아는 네 번째로 용감한 사람이야." 그가 말했다. "다시 만날 수 있기를 바라."

"나도 그러길 바라." 내가 말했고 그 말은 진심이었다.

"오, 제이콥, 우리가 너 만나러 가도 돼?" 클레어가 애원했다. "난 전부터 미국에 가보고 싶었는데."

그게 왜 불가능한 일인지 설명할 자신이 없었다. "와도 되고말고." 내가 말했다. "그렇게 되면 정말 좋겠다."

샤론이 장대로 보트 측면을 때렸다. "탑승!"

나는 마지못해 배에 올라탔고 엠마와 페러그린 원장도 탔다. 내가 부모님을 만날 때까지 내 곁에 있어주겠다고 했고 나는 그들을 말리지 않았다. 단계적으로 작별 인사를 하는 편이 나을 것 같았다.

샤론이 밧줄을 풀었고 우리의 보트가 밀려 나갔다. 우리가 멀어질 때 친구들이 손을 흔들며 소리를 질렀다. 나도 손을 흔들었지만 멀어지는 그들의 모습을 보고 있기가 힘들었다. 그래서 나는 보트가 시궁창의 모퉁이를 돌아 그들의 모습이 보이지 않을 때까지 반쯤 눈을 감고 있었다.

우리 중 누구도 말을 할 기분이 아니었다. 침묵 속에서 우리는 무너져가는 건물들과 부서질 것 같은 다리들을 지났다. 잠시 후 우리는 교차로에 이르렀고, 들어왔던 바로 그 길로 도로 빨려들어 갔다가 후덥지근한 현대의 오후로 내뱉어졌다. 악마의 영토의 후줄근한 다세대주택들은 사라졌고 전면이 유리인 아파트들과 반짝이는 사무실 건물들이 그 자리에 솟아올랐다. 모터보트 한 대가 윙윙거리며 지나갔다.

바쁘고 정신없는 현대의 일상이 자아내는 소리가 스며들었다. 자동차 경적. 휴대전화 소리. 요란한 음악. 우리는 화려한 운하 옆 레스토랑을 지나쳤고, 샤론이 마법을 건 덕분에 야외 테이블에서 식사를 하던 사람들은 지나가는 우리를 보지 못했다. 만약 보았다면 우리를 어떻게 생각했을까. 검은 옷을 입은 두 명의 십 대 아이들, 빅토리아 시대의 예복을 갖춰 입은 한 여인, 지하 세계 밖으로 우리를 인도하는 저승사자 망토를 입은 샤론. 하지만 현대인들은 이런 것들에 식상해서 눈길조차 주지 않을지도 모른다.

그러나 부모님은 얘기가 달랐다. 현재로 돌아오니 뭐라고 둘러대야 할지 걱정이 되기 시작했다. 그들은 이미 내가 제정신이 아니라고, 혹은 심한 약물중독에 빠졌다고 생각하고 있었다. 날 정신병원에 보내지 않으면 다행이었다. 그렇게 하지 않는다고 해도 나는 오랜 시간 동안 내가 입힌 피해를 복구해야 할 것이다. 그들은 결코 날 믿지 않을 것이다.

그러나 그것은 내가 감당할 몫이었고 나는 어떻게든 그 일을 감당할 방법을 찾아야 했다. **나에게** 가장 쉬운 방법은 진실을 말하는 것이었지만 그것만은 할 수 없었다. 부모님은 결코 내 삶의 이 대목을 이해하지 못할 것이고 이해를 강요했다간 그들이 정신병원에 가게 될 수도 있었다.

아빠는 이미 감당할 수 있는 수준 이상으로 이상한 아이들에 대해 알고 있었다. 아빠는 케르놈에서 그들을 모두 만났지만 자신이 꿈을 꾸고 있다고 생각했다. 그리고 엠마는 아빠에게 할아버지와 함께 있는 자신의 사진과 편지를 남겼다. 그것만으로 충분치 않다는 듯, 나는 직접 전화를 해서 아빠에게 내가 이상하다고 말했다. 그것이 실수이고 또 이기적인 일이었음을 이제야 나는 깨달았다.

그런데 나는 지금 엠마와 페러그린 원장과 함께 그들을 만나러 가고 있었다.

"다시 생각해보니까," 내가 보트 안에서 그들을 바라보며 말했다. "두 분은 나하고 같이 안 가는 게 좋을 것 같아요."

"왜?" 엠마가 말했다. "우린 **그렇게** 빨리 나이 들진 않을 거야."

"내가 두 사람과 함께 있는 걸 부모님이 보시면 안 될 것 같아. 안 그래도 설명하기가 쉽지 않을 텐데⋯⋯."

"그 문제에 대해 내가 좀 생각해봤는데." 페러그린 원장이 말했다.

"뭘요? 우리 부모님요?"

"그래. 원한다면 내가 도와줄 수 있어."

"어떻게요?

"임브린의 수많은 의무들 중 하나가 바로 우리에게 지나친 호기심을 갖는 사람들, 혹은 문제의 소지가 있는 사람들을 상대하는 거거든. 그 사람들의 호기심을 없애는, 그 사람들이 본 것들을 잊어버리게 만드는 방법들이 있어."

"너도 이런 얘기 들어봤어?" 내가 엠마에게 물었다.

"물론. 만약 지우는 기술이 아니었다면 이상한 아이들은 하루걸러 뉴스에 나왔을걸."

"그렇다면 그게⋯⋯ 사람들의 기억을 지우는 건가요?"

"그보다는 불편한 특정 기억들을 선별적으로 지우는 거라고 봐야지." 페러그린이 말했다. "거의 고통이 없고 부작용도 없어. 하지만 좀 극단적인 선택으로 여겨질 수도 있어. 네 판단에 맡길게."

"좋아요." 내가 말했다.

"뭐가 좋아?" 엄마가 말했다.

"좋아요. 우리 부모님의 기억을 지워주세요. 정말 멋지네요. 그리고 그거 하실 때요, 제가 열두 살 때 엄마 차로 차고 문을 들이받은 적이 있는데……."

"너무 멀리 가진 말자고, 포트먼 군."

"그냥 해본 소리예요." 말은 이렇게 했지만, 내 마음은 반반이었다. 어느 쪽이건 너무 다행이었다. 이제 나는 달아났던 일, 내가 죽었다고 생각하게 만든 일, 그들의 삶을 거의 영원히 파멸시킬 뻔했던 일에 대해 사과하며 남은 생을 보낼 필요가 없게 되었다.

제 11 장

chapter eleven

샤론은 똑같이 쥐가 우글거리는, 우리가 처음 만났던 어두운 지하 부두에 우리를 내려주었다. 그의 보트에서 내리는 순간 달콤하고도 씁쓸한 향수가 밀려들었다. 지난 며칠 동안 나는 매 순간 겁에 질려 있었고, 더러웠으며, 다양하고 낯선 일들을 겪었지만 어쩌면 다시는 이런 모험을 할 수 없을지도 모른다. 나는 이 모험이 그리울 것이다. 내가 견뎌야 했던 시련들은 물론이고 그 시련을 견뎠던 나 자신의 모습까지도. 나의 내면에는 강철 같은 의지가 있었고, 앞으로 나의 삶이 한결 안락해지더라도, 나는 그 의지를 지켜낼 수 있기를 바랐다.

"잘 가." 샤론이 말했다. "널 알게 되어서 기뻤어. 너 때문에 겪은 수많은 시련에도 불구하고."

"네, 저도요." 우리는 악수를 나누었다. "재미있었어요."

"여기서 기다려주게." 페러그린이 그에게 말했다. "블룸 양과 난 한두 시간 내로 돌아올 테니까."

부모님을 찾기는 알고 보니 쉬웠다. 휴대전화를 갖고 있었다면 훨씬 더 편했겠지만, 휴대전화는 없었고 우리가 해야 할 일은 경찰서에 신고하는 것뿐이었다. 나는 실종자로 등록되어 있었고, 이름을 말하고 30분 정도 벤치에 앉아서 기다렸더니 엄마 아빠가 도착했다. 두 분은 입고 잔 게 분명한 구겨진 옷을 입고 달려왔다. 평상시에 완벽했던 엄마의 화장은 엉망이었고, 아빠의 수염은 사흘을 자랐고, 두 사람 다 내 얼굴이 그려진 실종자 포스터를 한 보따리씩 들고 있었다. 부모님이 그동안 나 때문에 겪어야 했던 일을 생각하니 마음이 무척 아팠다. 그러나 내가 사과를 하려는 순간 두 분은 포스터를 내던지고 이중으로 나를 끌어안았고 나의 말은 아빠의 스웨터 속에 파묻혀버렸다.

"제이크, 제이크, 오 하느님, 우리 사랑스러운 제이크." 엄마가 울부짖었다.

"제이크야, 진짜 제이크야." 아빠가 말했다. "걱정 많이 했다. 걱정 많이 했어……."

내가 얼마 동안 실종되었을까? 일주일? 아마 그쯤 되었을 것이다. 그러나 영원처럼 길게 느껴졌다.

"그동안 **어디** 있었니?" 엄마가 말했다. "대체 **뭘** 하고 있었어?"

두 사람이 날 풀어주었지만 나는 여전히 한마디도 하지 못했다.

"왜 그렇게 달아났지?" 아빠가 물었다. "도대체 무슨 생각을 한 거냐?"

"너 때문에 흰머리 났잖아!" 엄마가 말하고는 또 한 번 나를 끌어안았다.

아빠가 나를 살펴보았다. "네 옷은 어디 있어? 입고 있는 그 옷은 또 뭐냐?"

나는 아직도 검은색 모험용 옷을 입고 있었다. 이런 젠장. 그래도 19세기 옷보다는 이게 설명하기 쉬웠다. 가루 어머니 덕분에 얼굴에 난 상처도 전부 다 나았다.

"제이콥, 뭐라고 말 좀 해봐!" 아빠가 채근했다.

"정말, 정말 죄송해요." 내가 말했다. "두 분이 그런 일을 겪게 할 생각은 절대 없었어요. 하지만 이젠 다 괜찮아요. 앞으론 괜찮을 거예요. 절 이해 못 하시겠지만, 그것도 괜찮아요. 전 아빠 엄마를 사랑해요."

"한 가지는 맞는구나." 아빠가 말했다. "우린 이해 못 해. 전혀."

"괜찮지 않아." 엄마가 말했다. "넌 우리한테 설명을 해야 해."

"저희도 설명이 필요합니다." 옆에 서 있던 경찰이 말했다. "약물 검사도 해야 하고요."

상황이 나의 통제권 밖으로 벗어나고 있었다. 이제 낙하산 줄을 당길 시간이었다.

"전부 다 말씀드릴게요." 내가 말했다. "하지만 우선 제 친구들하고 인사 나누세요. 엄마, 아빠, 이쪽은 페러그린 원장님이세요."

아빠의 시선이 원장님에게로, 그리고 엠마에게로 향했다. 아빠가 엠마를 알아본 것 같았다. 마치 유령이라도 본 것 같은 표정이었다. 그러나 괜찮았다. 아빠는 조만간 다 잊을 테니까.

"만나 뵙게 되어 반갑습니다." 페러그린 원장이 부모님의 손을 잡고 흔들며 말했다. "정말 장한 아드님을 두셨어요. 정말 훌륭한 아이입니다. 제이콥은 완벽한 신사일 뿐 아니라, 자기 할아버지보다 재능이 더 뛰어나요."

"할아버지?" 아빠가 말했다. "당신이 그걸⋯⋯."

"이 괴상한 여잔 누구지?" 엄마가 말했다. "당신이 우리 아들을 어떻게 알아요?"

페러그린이 그들의 손을 잡은 뒤 그들의 눈을 뚫어지게 바라보았다. "알마 페러그린이라고 합니다. 알마 르페이 페러그린. 영국제도에서 힘든 시간을 보내셨을 줄 압니다. 아주 끔찍한 여행이었겠지요. 이 일에 연루된 모든 이들을 위해 지금까지 겪은 일을 잊어버리는 게 최선이 아닐까 생각이 드네요. 동의하시죠?"

"네." 엄마가 말했다. 엄마의 눈빛이 아득해졌다.

"나도 동의해요." 아빠가 약간 취한 것 같은 목소리로 말했다.

페러그린이 그들의 뇌를 정지시켰다.

"좋습니다. 아주 좋아요." 그녀가 말했다. "자, 이제 두 분은 이걸 보세요." 그녀가 그들의 손을 놓고 길고 파란 점이 박힌 매의 깃털을 주머니에서 꺼냈다. 뜨거운 죄책감의 파장이 내 몸을 관통했고, 나는 페러그린을 막았다.

"잠깐만요." 내가 말했다. "생각해보니 안 하시는 게 좋을 것 같아요."

"확실하니?" 그녀는 조금 실망한 것처럼 보였다. "그럼 일이 굉장히 복잡해질 텐데."

"이건 속임수 같아요." 내가 말했다.

"그럼 뭐라고 말하려고?" 엄마가 물었다.

"아직 모르겠어. 하지만 어쨌든 두 분의 기억을 지우는 건⋯⋯

옳은 일이 아닌 것 같아."

그들에게 진실을 말하는 게 이기적인 일이라면, 설명할 필요 자체를 지워버리는 것은 두 배로 더 이기적인 일 같았다. 경찰은 어떻게 하고? 친척들은? 부모님의 친구들은? 그들 모두 내가 실종되었다는 것을 알고 있을 테고, 부모님이 나의 실종 사실을 잊는다면, 한마디로 재앙일 것이다.

"네가 결정할 일이야." 페러그린 원장이 말했다. "하지만 적어도 2분이나 3분 정도는 지우는 편이 나을 것 같아. 그래야 블룸 양과 날 잊을 수 있을 테니까."

"그건…… 좋아요." 내가 말했다. "그 과정에서 말하는 법까지 잊어버리지 않는다면요."

"난 아주 정확한 사람이란다." 페러그린 원장이 말했다.

"기억을 지운다는 게 무슨 소립니까?" 경찰이 말했다. "당신은 누구죠?"

"알마 페러그린입니다." 페러그린 원장이, 서둘러 다가가 그와 악수를 하며 말했다. "알마 페러그린, 알마 르페이 페러그린."

경찰이 고개를 숙이더니 갑자기 바닥의 한 지점을 취한 듯 바라보았다.

"그걸 사용했으면 좋았을 와이트들이 몇 명 떠오르네요." 엠마가 말했다.

"불행히도 이건 평범한 사람들의 순수한 마음에만 작동된단다." 페러그린이 말했다. "그 얘기가 나와서 말인데," 그녀가 깃털을 들었다.

"잠깐만요." 내가 말했다. "그거 하시기 전에," 나는 그녀에게 손을 내밀어 악수를 청했다. "전부 다 감사했어요. 정말 그리울 거예요, 페러그린 원장님."

페러그린 원장은 내 손을 잡지 않고 날 끌어안았다. "나도 마찬가지네, 포트먼 군. 감사해야 할 사람은 나지. 자네와 블룸 양의 용기가 아니었다면……."

"그래도," 내가 말했다. "만약 오래전에 우리 할아버지를 구해주시지 않으셨다면……."

그녀가 미소를 지었다. "그럼 이제 공평하게 됐군."

이제 한 가지 작별 인사만 남았다. 가장 어려운 작별 인사였다. 나는 엠마를 끌어안았고 엠마도 나를 열정적으로 끌어안았다.

"서로 편지해도 될까?" 그녀가 말했다.

"편지 쓰고 싶어?"

"물론. 친구들도 서로 편지를 쓰잖아."

"좋아." 내가 안도하며 말했다. 적어도 편지는…….

그리고 그녀가 내게 키스했다. 입술에 하는 진한 키스였다. 나는 어지러웠다.

"우린 그냥 친구라며!" 놀라서 뒤로 물러서며 내가 말했다.

"응, 맞아." 그녀가 수줍게 말했다. "**이젠** 정말 친구야. 하지만 우리 사이를 기억할 수 있는 키스가 있어야 할 것 같아서."

우리 둘 다 웃음을 터뜨렸다. 우리의 마음은 하늘로 날아오르면서 동시에 무너졌다.

"프랭크," 엄마가 힘없는 목소리로 말했다. "제이크가 키스하는 저 여자애 누구야?"

"나도 당최 모르겠네." 아빠가 웅얼거렸다. "제이콥, 저 여자애는 누구고 왜 개한테 키스를 하는 거냐?"

내 뺨이 붉게 달아올랐다. "음, 얘는 제…… 친구 엠마예요. 우린 지금 작별 인사를 하는 중이고요."

엠마가 수줍게 손을 흔들었다. "절 기억 못 하시겠지만…… 어쨌든 안녕하세요."

"이상한 애하고 키스 그만하고 어서 가자." 엄마가 말했다.

"자," 내가 페러그린 원장에게 말했다. "이제 시작하시는 게 좋을 것 같아요."

"이걸 작별 인사라고 생각하지 말길 바란다." 페러그린 원장이 말했다. "이제 넌 우리 중 한 명이야. 우릴 그렇게 쉽게 잊을 순 없을걸."

"그러면 안 되죠." 마음은 무거웠지만 싱긋 웃으며 내가 말했다.

"편지 쓸게." 미소를 지으려 애쓰면서도 갈라지는 목소리로 엠마가 말했다. "평범한 사람들이 하는 일이 뭐든, 행운이 있길 바라."

"안녕, 엠마. 네가 그리울 거야." 너무도 부적절한 말이었지만 이런 상황에서는 말이라는 것 자체가 부적절했다.

페러그린 원장이 자신의 일을 끝내기 위해 돌아섰다. 그녀가 매의 깃털을 들고 부모님의 코끝을 간질였다.

"이봐요!" 엄마가 말했다. "지금 당신 뭐 하는 거…… 에취!"

엄마와 아빠가 갑자기 정신없이 재채기를 시작했고, 두 사람이 재채기를 하는 동안 페러그린 원장이 경찰의 코를 간질여서 경찰도 재채기를 시작했다. 재채기가 끝나자 모두 콧물을 흘리고 얼굴은 벌겋게 달아올랐다. 페러그린과 엠마는 문밖으로 사라져버렸다.

"그러니까 내 말은……." 지난 몇 분간 아무 일도 없었다는 듯 아빠가 말했다. "가만. 내가 **무슨** 얘기를 하고 있었지?"

"얘기는 나중에 하고 일단 집으로 돌아가자고요?" 내가 기대에
찬 목소리로 말했다.

나는 경찰과 몇 분간 이야기를 나누었다. 나는 애매하게 대답
했고 모든 문장을 사과로 끝맺었으며, 절대로 납치당하거나, 학대당
하거나, 약물에 중독되지 않았다고 맹세했다. (페러그린 원장의 기억 지
우개 덕분에 경찰은 약물 검사를 하겠다고 말했던 사실을 잊어버렸다.) 부모님
이 할아버지의 죽음과 그 이후 내가 겪었던 '고통'에 대해 이야기하
자, 경찰은 내가 약 먹는 걸 잊어버린 지극히 평범한 아이라는 사실
에 만족하는 것 같았다. 그들은 우리에게 몇 가지 서류를 작성하게
하고 보내주었다.

"좋아, 좋아. 일단 집으로 가자." 엄마가 말했다. "하지만 우린 얘
기를 해야 해. 아주 **심도 있게.**"

집. 그 말이 내겐 낯설었다. 상상조차 하기 힘든 머나먼 땅 같았
다.

"서두르면," 아빠가 말했다. "저녁 비행기를 탈 수 있을지도 몰
라."

아빠가 한 팔을 내 어깨에 둘렀다. 마치 나를 놓는 순간 내가
또 달아날까 봐 두렵다는 듯이. 엄마는 계속 눈을 커다랗게 뜨고 감
격에 겨워, 눈물을 참으며 나를 쳐다보았다.

"전 괜찮아요." 내가 말했다. "믿으셔도 돼요."

그들이 내 말을 믿지 않는다는 것을, 그리고 앞으로도 한동안
은 믿지 않으리라는 것을 알고 있었다.

우리는 택시를 잡으러 밖으로 나갔다. 택시 한 대가 멈춰 설 때

나는 건너편 공원에서 우리를 지켜보는 낯익은 두 얼굴을 보았다. 일렁이는 참나무 그림자 속에 서 있는 사람들은 엠마와 페러그린 원장이었다. 나는 손을 들어 인사했다. 가슴이 아팠다.

"제이크?"

아빠가 자동차 문을 열고 나를 기다렸다. "왜 그래?"

나는 들었던 손으로 머리를 긁었다. "아니에요, 아빠."

나는 택시에 올라탔다. 아빠가 공원 쪽을 돌아보았다. 내가 창밖을 보았을 때 나무 밑에는 새 한 마리와 흩날리는 나뭇잎들뿐이었다.

***

나의 귀가는 영광스럽지도 수월하지도 않았다. 나는 부모님의 신뢰를 산산조각 냈고, 그것을 다시 꿰맞추는 일은 더디고 공을 들여야 하는 일이었다. 달아날 위험 때문에 나는 항상 감시당했다. 어딜 가든 감시당했다. 동네 한 바퀴를 산책할 때조차도. 집에는 복잡한 경보장치가 설치되었다. 집으로 들어오는 도둑을 잡기 위해서라기보다는 내가 빠져나가는 것을 막기 위해서였다. 나는 서둘러 심리 상담 치료를 받게 되었고, 수많은 정신 감정을 받았으며, 새롭고 보다 강력한 약(혀 밑에 숨겼다가 나중에 뱉었다)을 처방받았다. 그러나 그 해 여름 나는 이미 훨씬 더 끔찍한 박탈감을 경험했다. 내가 사귄 친구들, 내가 했던 경험들, 나의 것이었던 특별한 삶을 위해 일시적으로 자유를 박탈당해야 한다면 그런대로 괜찮은 거래인 것 같았다. 부모님과의 어색한 대화, 엠마와 나의 이상한 친구들 꿈을 꾸며 보낸 모든 외로운 밤들, 나의 새 정신과 상담의와의 모든 만남은 견딜 만한 가치가 있었다.

새 정신과 의사는 스팬저 박사라는 나이 든 꼿꼿한 여자였고 나는 일주일에 네 번의 아침을 주름 제거 수술을 한 영구 미소의 광채 속에서 보냈다. 그녀는 내가 왜 섬에서 달아났으며 그 뒤로 무얼 했는지 끊임없이 물었고 그녀의 미소는 조금도 흔들림이 없었다. (그녀의 눈동자는 구정물의 갈색이고, 동공은 정상이며, 콘택트렌즈는 끼지 않았음을 밝혀둔다.) 내가 지어낸 이야기에 의하면 나는 그동안 약간의 기억상실이 수반된 일시적 정신착란 상태였고 그중 증명할 수 있는 사실은 단 한 가지도 없었다. 나의 이야기는 이런 식으로 전개되었다. 케르놈에서 양을 살해한 미치광이 같은 사람을 보고 겁에 질린 나는 완전히 정신이 나가서 보트를 타고 웨일스로 갔고, 잠시 내가 누구인지를 망각한 채 차를 얻어 타고 런던으로 돌아왔다. 나는 공원에서 잠을 자면서, 아무하고도 이야기를 하지 않았고, 친구도 사귀지 않았으며, 기분이나 정신 상태를 변화시키는 그 어떤 약물도 먹지 않았고, 해리성 둔주(자신의 과거나 정체감에 대한 기억을 상실하여 가정과 직장을 떠나 방황하거나 예정 없는 여행을 하는 장애-옮긴이) 상태로 며칠 동안 도시를 돌아다녔다. 내가 '이상한' 아이라는 점을 인정했던 아빠와의 전화 통화로 말하자면, 음, 어떤 전화요? 전화를 했던 기억은 없는데……

결국 스팬저 박사는 나의 모든 증상을 스트레스, 슬픔, 해소되지 않은 할아버지 문제로 촉발된, 망상의 특성을 지닌 조증 에피소드로 정리했다. 한마디로, 나는 잠깐 미쳤었지만 아마도 그것은 일시적인 증상이었고 지금은 훨씬 상태가 좋아졌다는 얘기였다. 그런데도 부모님은 여전히 안절부절못했다. 그들은 내가 미쳐서 이상한 짓을 하고, 다시 달아나기를 기다렸지만 나는 지극히 모범적이었다. 나는 마치 오스카상을 노리는 사람처럼 훌륭한 아이, 참회하는 아들의 역할을 수행했다. 나는 집안일을 돕겠다고 자청했다. 정오가 되기 훨씬 전에 일어났고 감시하는 부모님의 시선 안에서 돌아다녔다. 부모님과 함께 TV를 보았고, 심부름을 했고, 식사한 뒤에도 그들이 원하는 황당한 토론, 이를테면 욕실 리모델링이라든가, 주택 소유자 협회의 정치 문제라든가, 최소 시간에 최대한 살 빼는 방법, 혹은 새들에 관한 토론에도 참여했었다. (할아버지나 섬, 혹은 나의 '사건'에 관한 암시는 눈곱만치도 없었다.) 나는 유쾌하고, 친절하며, 인내심 있는 아이였고 그들이 기억하고 있는 아이와는 백 가지 면에서 달랐다. 부모님은 아무래도 외계인이 아들을 납치한 다음 광대를 대신 데려다 놓았다고 생각한 것 같지만 그렇다고 불평을 하진 않았다. 몇 주가 지나자 가족들이 찾아와도 안전한 것으로 판명되었고, 이 삼촌 혹은 저 이모가 커피 한 잔을 놓고 부자연스러운 대화를 나누기 위해 찾아왔다. 그리고 나는 내가 얼마나 멀쩡한 앤지 그들에게 보여줘야 했다.

이상하게도 아빠는 엠마가 섬에서 아빠에게 남긴 편지에 대해 한 번도 언급하지 않았다. 그 편지에 끼워져 있던 엠마와 에이브의 사진에 대해서도. 아마도 아빠가 감당할 수 없는 일인 데다 그 얘기를 꺼냈다간 재발의 방아쇠를 당기게 될까 봐 걱정이 되었을 것이다. 이유가 무엇이건 간에, 그런 일은 일어난 적이 없는 것 같았다. 엠마와 밀라드와 올리브를 실제로 만났던 일은 이미 오래전에 꾼 괴상한 꿈 정도로 묻어둔 것 같았다.

몇 주가 지나자 부모님이 긴장을 풀기 시작했다. 그들은 나의 행동에 대한 나의 이야기와 스펜저 박사의 설명을 믿었다. 어쩌면 더 깊이, 더 철저하게 파헤칠 수도 있었을 것이다. 더 많은 질문을 하고, 다른 정신과 의사들로부터 두 번째, 혹은 세 번째 의견을 들을 수도 있었을 것이다. 그러나 부모님은 내가 나아지고 있다고 너무도 믿고 싶었다. 스펜저 박사가 나에게 주는 약이 무엇이건 그 약은 기적 같은 효력을 발휘하고 있었다. 무엇보다도 부모님은 우리의 삶이 정상으로 돌아가기를 원했고 집에 있는 시간이 길어질수록 점점 더 그렇게 되는 것 같았다.

그러나 아무도 모르게 혼자서, 나는 적응하려 몸부림치고 있었다. 나는 따분했고 외로웠다. 하루가 길었다. 몇 주간의 시련을 겪은 뒤로 내 집의 안락함이 더 달콤하게 느껴질 거라 생각했지만 세탁된 시트와 중국 배달 음식은 얼마 못 가서 빛을 잃었다. 침대는 너무 포근했다. 음식은 너무 풍족했다. 모든 것이 **과했고**, 나는 죄책감이 들었고 타락한 것 같은 기분이 들었다. 때로는 부모님 심부름으로 상가의 통로를 돌아다니다가 악마의 영토 변방에 살던 사람들 생각이 났고 화가 났다. 우리는 왜 필요 이상을 갖고 있고 그들은 생존하는데 필요한 것보다 적게 갖고 있을까?

나는 잠을 제대로 자지 못했다. 한밤중에 깨어날 때면 나의 마음은 이상한 아이들과 함께했던 시간들 속을 맴돌았다. 엠마에게 나의 주소를 적어주었고 우편함을 하루에도 몇 번씩 확인해보았지만 엠마에게서도, 다른 아이들에게서도 편지는 오지 않았다. 그들로부터 소식을 듣지 못한 시간이 길어질수록, 그렇게 2주, 그리고 3주가 지날수록, 그 모든 것이 너무도 추상적이고 비현실적인 일처럼 느껴졌다. 정말 그런 일이 일어났던가? 그 모든 게 망상이었던가? 암흑의 한순간 나는 생각했다. 혹시 내가 정말 미친 건 아닐까?

집으로 돌아와서 한 달쯤 지나고 마침내 엠마가 보낸 편지가 도착했을 때 나는 너무도 안심이 되었다. 편지는 짧고 간결했으며, 재건 사업 소식과 함께 내 안부를 묻고 있었다. 반송 주소는 런던의 우편함으로 되어 있었다. 엠마는 그곳이 악마의 영토 루프의 입구와 가까워서 자주 현재로 들어가 확인할 수 있다고 했다. 나는 편지를 받은 날 바로 답장을 썼고 머지않아 우리는 일주일에 두세 통의 편지를 주고받게 되었다. 집이 점점 더 숨 막히는 곳이 되어갈수록 그 편지들은 나의 생명줄이 되었다. 부모님에게 들키는 위험을 감수할 수는 없었기 때문에 나는 매일 집배원을 추적했고 진입로 앞에 그가 나타나는 순간 쏜살같이 달려 나갔다. 나는 엠마에게 차라리 이메일을 주고받는 게 어떻겠냐고 제안했다. 이메일이 훨씬 빠르고 안전했다. 그래서 나는 인터넷이 무엇인지, 인터넷 카페에 가서 어떻게 이메일 주소를 만들 수 있는지 설명하는 데 몇 페이지를 할애했지만 불가능한 일이었다. 엠마는 키보드를 사용해본 적도 없었다. 하지만 편지들은 충분히 위험을 감수할 만한 가치가 있었고, 나는 어느덧 손으로 대화하는 방식을 즐기게 되었다. 내가 사랑했던 사람이 만지고 쓰던 물건이 내 손에 닿는다는 것이 어딘가 애틋하게 느껴졌다.

사진이 들어 있는 편지도 있었다. 엠마는 이렇게 썼다.

사랑하는 제이콥, 여긴 마침내 모든 게 재미있어지고 있어. 지하실에 벤담이 밀랍 인형이라고 했던 전시용 인형들 기억나? 그건 거짓말이었어. 벤담은 루프에서 그들을 납치해서 가루 어머니의 가루로 움직이지 못하게 해놓았던 거였더라고. 벤담은 자신의 기계를 작동하게 하려고 다양한 이상한 사람들을 건전지로 사용했던 것 같아. 그런데 너의 할로우가 들어가기 전까지는 어떻게 해도 작동이 되지 않았대. 어쨌든, 가루 어머니가 그 사실을 알고 있었음을 시인했어. 그래서 그렇게 이상하게 행동했던 거야. 벤담이 자기를 돕지 않으면 레닐도를 해치겠다고 그녀를 협박하고 위협했나 봐. 어쨌든 그녀는 우리를 도와서 그 인형들을 깨우고 본래의 루프로 되돌아갈 수 있도록 돕고 있어. 진짜 황당하지 않아?

우린 팬루프티콘을 사용해서 세계 곳곳을 돌아다니며 새로운 사람들을 만나고 있어. 페러그린 원장님은 다른 세계의 이상한 아이들이 어떻게 살고 있는지 보는 게 우리한테 도움이 될 거래. 집에서 카메라를 찾아서 마지막 여행 때 들고 갔었거든. 거기서 찍은 사진을 몇 장 동봉할게. 브로윈 말로는 내 솜씨가 점점 나아지고 있대!

네가 미치도록 그리워. 이런 말을 해선 안 되는 걸 알고 있고…… 말을 하면 더 힘들어질 뿐이지만…… 가끔은 나도 어쩔 수가 없어. 어쩌면 머지않아 네가 우릴 만나러 오겠지? 그러면 정말 좋겠다. 어쩌면

엠마는 어쩌면이라는 단어에 줄을 그어 지우고 이렇게 썼다. 앗. 샤론이 날 부르고 있네. 샤론이 지금 나가는데, 그 편에 이 편지를 우편함에 넣어야 하거든. 편지 빨리 해! 사랑하는 엠마.

나는 '어쩌면'이 뭔지 궁금했다.

그녀가 동봉한 사진들을 보았다. 사진 뒷면에 몇 줄의 설명이 있었다. 첫 번째 사진은 빅토리아 시대의 두 여자가 줄무늬 천막 앞 큐리오스라고 적힌 간판 아래 서 있었다. 사진 뒤에 엠마는 이렇게 썼다. 바볼링크 원장님과 룬 원장님이 벤담의 낡은 장비들을 이용한 여

행 박람회를 시작했어. 이상한 아이들은 이제 어디든 갈 수 있기 때문에 그동안 꽤 사업이 잘됐거든. 우리 중 많은 아이들이 우리의 역사를 잘 모르니까…….

그다음 사진은 보트가 있는 해변으로 이어진 좁은 계단을 내려가는 어른들의 모습이었다. 카스피 해에 아주 멋진 루프가 있더라. 엠마가 썼다. 지난주 님과 임브린들 몇 명이 거기로 보트 여행을 갔어. 휴, 호러스, 나도 따라갔지만 우린 해변에 있었어. 우린 보트라면 지겹게 탔기에 사양했지.

마지막 사진은 윤기 나는 검은 머리에 커다란 흰색 리본을 달고 붙어 있는 쌍둥이 소녀의 사진이었다. 아이들은 나란히 앉아 있었고 상체의 붙어 있는 부분을 보여주기 위해 손으로 옷을 조금 젖히고 있었다. 칼로타와 칼리타는 몸이 붙어 있어. 사진 뒷면에 설명이 있었다. 하지만 그것 때문에 이상한 건 아니야. 얘들 몸에서는 마르면 콘크리트보다 접착성이 더 강한 물질이 나와. 에녹이 그 풀을 깔고 앉았다가 이틀을 의자에 붙은 채로 지냈어! 얼마나 펄펄 뛰었는지 에녹의 머리가 폭발할 것 같더라. 너도 있었더라면 좋았을 텐데…….

나는 곧바로 답장을 썼다. 어쩌면은 무슨 뜻이었어?

열흘 동안 나는 엠마에게서 답장을 받지 못했다. 자기가 너무 지나쳤다고, 친구로 남기로 한 우리의 약속을 어겼다고 생각하고 엠마가 한 걸음 물러서려는 게 아닌가 걱정이 되었다. 다음 편지에서도 내가 의지하게 된 두 단어, **사랑하는 엠마**라고 서명을 했을지도 궁금했다. 2주가 지나자 나는 과연 다음 편지가 **오기나 할지** 의문이 들기 시작했다.

그 뒤로는 아예 편지가 끊겼다. 나는 집배원에게 집착하기 시작

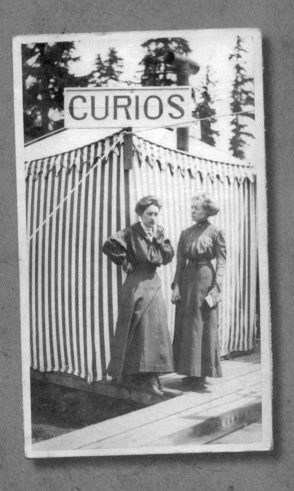

했고 나흘 동안 그가 보이지 않자 뭔가 일이 터졌음을 직감했다. 부모님은 항상 엄청난 카탈로그와 청구서를 받았다. 나는 최대한 아무렇지도 않게, 최근에 통 편지가 오지 않는 게 이상하다고 했다. 아빠는 공휴일이 어쩌고저쩌고하면서 화제를 바꾸었다. 그때부터는 정말 걱정이 되기 시작했다.

다음 날 아침 스펜저 박사와의 상담에서 미스터리가 풀렸다. 이례적으로 부모님이 참석하도록 초대된 상황이었다. 우리가 앉을 때 부모님은 긴장해서 얼굴이 잿빛이었고 소소한 이야기를 나누는 것조차 힘들어했다. 스펜저 박사가 평상시의 가벼운 질문을 시작했다. 기분은 어떠니? 재미있는 꿈이라도? 그녀가 뭔가 큰 것 한 방을 터뜨릴 것이란 사실을 알았고 나는 그 긴장감을 감당할 수 없었다.

"부모님이 왜 오신 거죠?" 내가 물었다. "그리고 왜 두 분은 이제 막 장례식장에서 돌아온 것 같은 표정이세요?"

처음으로 스펜저 박사의 영원한 미소가 찾아들었다. 그녀는 책상에서 파일을 집어 들더니 안에서 세 개의 편지 봉투를 꺼냈다.

엠마에게서 온 편지들이었고 전부 다 개봉이 되어 있었다. "이 얘기를 좀 해야겠다." 그녀가 말했다.

"비밀은 없기로 약속했잖아." 아빠가 말했다. "이건 좋지 않아, 제이크, 아주 좋지 않아."

내 손이 떨리기 시작했다. "그건 제 사생활이에요." 감정을 자제하려 애쓰며 내가 말했다. "제 앞으로 온 거잖아요. 읽으면 안 되는 거잖아요."

그 편지에 어떤 내용이 들어 있을까? 부모님은 무엇을 보았을까? 이건 재앙이었다. 엄청난 재앙이었다.

"엠마가 누구지?" 스팬저 박사가 말했다. "페러그린 원장은 또 누구고?"

"이건 부당해요!" 내가 소리쳤다. "제 사적인 편지들을 훔치고 그걸 이용해서 매복 공격 하시는 거잖아요!"

"목소리 낮춰!" 아빠가 말했다. "이제 다 드러났으니 정직해지길 바란다. 그 편이 우리 모두한테 이로울 거야."

스팬저가 사진을 들었다. 엠마가 편지에 동봉한 사진인 것 같았다. "이 사람들은 누구지?"

나는 몸을 숙이고 들여다보았다. 두 명의 노파가 흔들의자에 앉아 있었고, 한 명이 다른 한 명을 아기처럼 무릎 위에 안고 있었다.

"저도 몰라요." 내가 퉁명스럽게 말했다.

"뒤에 글이 적혀 있어." 그녀가 말했다. "우리는 영혼 일부를 추출당한 사람들을 도울 새로운 방법들을 찾고 있어. 가까이 붙어 있는 게 기적을 일으키는 것 같아. 몇 시간 동안 함께 있었는데, 혼빌 원장은 새 이엠브라인이 된 것 같았어."

이엠브라인, 그녀는 그렇게 발음했다.

"임브린이에요." 도저히 참지 못하고 내가 지적했다. "'아이'가 아니라 '이'로 발음해요."

"그렇구나." 스팬저 박사는 사진을 내려놓고 손가락으로 턱 밑에 삼각형을 만들었다. "그럼…… **임브린**이 대체 뭐지?"

돌이켜 생각해보면 어리석은 짓이었지만, 당시 나는 걱정이 되었고 진실을 말하는 것 말고는 방법이 없다고 생각했다. 그들은 편지를 갖고 있었고, 사진을 갖고 있었고, 내가 만든 한심한 이야기들은 바람결에 흩어졌다.

"그들이 우릴 보호해줘요." 내가 말했다.

스팬저 박사가 부모님을 쳐다보았다. "우리 모두를?"

"아뇨. 이상한 아이들만요."

"이상한 아이들이라." 스팬저 박사가 천천히 되풀이했다. "네가 그들 중 한 명이라고 믿는 거니?"

내가 손을 내밀었다. "제 편지 돌려주세요."

"돌려줄 거야. 하지만 먼저 얘기 좀 할까?"

나는 손을 거두고 팔짱을 끼었다. 그녀는 마치 내가 아이큐가 70인 것처럼 말하고 있었다.

"무엇 때문에 네가 이상하다고 생각하지?"

"다른 사람이 보지 못하는 걸 볼 수 있어요."

곁눈질로 보니 부모님의 얼굴이 점점 더 창백해지고 있었다. 그들은 이 상황을 잘 받아들이지 못했다.

"이 편지에서 네가 팬…… 루프티콘? 그런 말을 썼던데, 그 얘기를 좀 해줄 수 있니?"

"그 편지는 제가 쓴 게 아니에요." 내가 말했다. "엠마가 썼어요."

"좋아. 그럼 방법을 좀 바꾸어보자. 엠마 얘기를 좀 해봐."

"박사님," 엄마가 끼어들었다. "그 얘기를 하는 건 좋은 생각이……."

"포트먼 부인," 스팬저 박사가 한 손을 들었다. "제이크, 엠마에 대해 말해봐. 걔가 네 여자 친구니?"

아빠의 눈썹이 올라갔다. 나는 지금까지 한 번도 여자 친구를 사귀어본 적이 없었다. 데이트를 한 적도 없었다.

"여자 친구였다고 할 수 있겠죠. 하지만 지금 우린…… 잠시 각자의 시간을 갖는 중이에요."

스펜저 박사가 무언가를 받아 적고는 펜으로 틱을 두드렸다. "그 여자애를 상상할 때, 주로 어떤 모습이든?"

내가 의자 뒤에 기대어 앉았다. "상상할 때라니, 그게 무슨 말씀 이세요?"

"아." 스펜저 박사가 입술에 힘을 주었다. 자기가 실수를 했다는 걸 알고 있었다. "내 말은……."

"그만. 너무 멀리 갔군요." 아빠가 말했다. "네가 그 편지를 썼다 는 거 안다, 제이크."

나는 하마터면 의자에서 펄쩍 뛰어오를 뻔했다. "뭐라고요? 그 건 제 필체도 아니잖아요!"

아빠가 주머니에서 편지를 꺼냈다. 엠마가 남겨놓은 편지였다. "이것도 네가 썼잖아. 맞지? 필체가 똑같아."

"그것도 엠마가 쓴 거예요! 거기 이름도 있잖아요!" 내가 편지를 향해 손을 뻗었다. 아빠가 내 손을 피했다.

"때로 우리는 무언가를 너무도 간절히 원한 나머지 그게 진짜 라고 상상을 하지." 스펜저 박사가 말했다.

"제가 미쳤다고 생각하시죠!" 내가 소리쳤다.

"이 진료실에서 그런 용어는 쓰지 않는단다." 스펜저 박사가 말 했다. "제발 진정해라, 제이크."

"편지 봉투에 찍힌 소인은요?" 내가 스펜저의 책상에 놓인 편지 들을 가리키며 말했다. "런던에서 온 거잖아요!"

아빠가 한숨을 쉬었다. "너 지난 학기에 학교에서 포토샵 들었 잖아, 제이키. 아빠가 나이는 좀 먹었어도 그런 게 얼마나 조작하기 쉬운지는 안다."

"그럼 사진은요? 제가 사진도 조작했어요?"

"그건 네 할아버지 사진들이잖아. 전에도 분명히 본 적이 있어."

머리가 빙글빙글 돌았다. 발가벗은 기분이었고, 배신당한 기분이었고, 끔찍하게 수치스러웠다. 나는 입을 닫았다. 내가 하는 말 한마디 한마디가 내가 제정신이 아니라는 사실을 그들에게 확인시켜줄 뿐이었다.

마치 내가 그 자리에 없다는 듯이 나를 놓고 그들이 대화를 나누는 동안, 나는 화가 나서 씩씩거리며 앉아 있었다. 스펜저가 다시내린 진단에 의하면, 나는 급성 현실 인식 장애를 앓고 있고, 이 '이상한 아이들'은 내가 나 자신을 위해 구축한 정교한 가상 세계의 일부이며, 환상 속 여자 친구로 완성되었다고 했다. 워낙 머리가 좋아서 지난 몇 주 동안 아무 이상이 없는 척 모두를 속였지만 내가 치료된 것과는 거리가 멀다는 사실을 그 편지가 증명하고 있으며, 나는 심지어 나 자신에게도 위험할 수 있었다. 그녀는 지금 당장 내가 '재활과 감시'를 위해 '입원 치료'를 받을 것을 제안했다. 정신과 의사들이 정신병원을 그렇게 부른다는 것을 나는 알고 있었다.

그들은 전부 다 계획을 세워놓았다. "한 주 혹은 두 주면 될 거야." 아빠가 말했다. "정말 좋은 곳이고 무지하게 비싸단다. 휴가 좀다녀온다고 생각해."

"편지 주세요."

스펜저 박사가 편지를 파일에 넣었다. "미안하다, 제이크." 그녀가 말했다. "내가 보관하는 게 최선인 것 같구나."

"거짓말을 했군요!" 내가 말했다. 나는 그녀의 책상 위로 뛰어

올라가 파일을 낚아채려 했지만 스팬저 박사는 너무도 날렵해서 그 것을 손에 들고 뒤로 피했다. 아빠가 소리를 지르며 나를 붙잡았고 잠시 후 나의 두 삼촌이 문을 박차고 들어왔다. 그들은 내내 복도에 서 기다리고 있었다. 내가 탈출을 시도할 경우를 대비하여 보디가드 노릇을 하고 있었다.

그들이 나를 주차장으로 데리고 가서 차에 태웠다. 삼촌들은 당분간 우리와 함께 지낼 거라고 엄마가 신경질적으로 말했다. 병원 에 내 병실이 마련될 때까지.

그들은 나와 함께 있는 것을 두려워하고 있었다. 나의 부모란 사람들이. 이제 그들은 날 다른 곳으로 보내서 다른 사람의 문제로 만들 작정이었다. **병원.** 마치 내가 다친 팔꿈치에 붕대를 감으러 병 원에 간다는 듯이. 말은 제대로 하자. 비록 비쌀지언정, 그곳은 정신 병원이었다. 내가 약을 먹은 척하고 나중에 버릴 수가 없는 곳이었 다. 의사들을 속여 해리성 둔주 상태와 기억상실에 대한 나의 이야 기를 믿게 만들 수 없는 곳이었다. 그들은 향정신성 의약품과 온갖 정신과 약들을 주입하여 이상한 세계에 관한 진실을 낱낱이 털어놓 게 만들 것이다. 내가 회복 불가능할 정도로 미쳤다는 증거를 확보 하면 나를 푹신한 감방에 집어넣을 것이고 감방 열쇠를 변기에 넣고 내려버릴 것이다.

나는 한마디로 쫄딱 망했다.

✧

그로부터 며칠 동안 나는 범죄자처럼 감시당했다. 부모님이나 삼촌이 바로 옆방보다 멀리 떨어진 적이 없었다. 모두가 병원에서 오는 전화를 기다렸다. 인기가 많은 병원인 것 같았다. 그러나 내 병실이 확보되는 순간 나는 언제라도 끌려가게 되어 있었다.

"매일 찾아갈게." 엄마가 내게 다짐했다. "몇 주만 있으면 돼, 제이키. 약속하마."

몇 주만. 물론, 그럴 것이다.

나는 그들을 설득하려 애써보았다. 애원도 해보았다. 그 편지가 내가 쓴 게 아니라는 사실을 증명할 수 있는 필체 감별사를 고용해달라고도 간청했다. 그 방법이 실패하자 나는 180도 태도를 바꾸었다. 나는 그 편지를 내가 썼다고 인정했고(물론 내가 쓰지 않았지만) 내가 어떻게 그것들을 만들어냈는지 알게 되었다고 말했다. 이상한 아이들은 없고, 임브린들도 없고, 엠마도 없다고. 부모님은 나의 설명을 듣고 기뻐했지만 그렇다고 마음이 바뀌지는 않았다. 나중에 그들이 속삭이는 이야기를 엿들었고 대기자 명단에 나를 올려놓기 위해 첫 주 입원비를 선불로 지불했다는 사실을 알게 되었다. 물러설 가능성은 없었다.

달아날까도 생각해보았다. 자동차 열쇠를 훔쳐서 탈출할까도 생각해보았다. 그러나 결국 나는 붙잡힐 것이고 상황은 더욱 악화될 것이다.

나는 엠마가 나를 구하러 오는 상상도 해보았다. 그동안 어떤 일이 있었는지 편지도 썼지만 보낼 방법이 없었다. 내가 우편함까지 어떻게든 몰래 나간다고 해도 집배원은 더 이상 우리 집에 오지 않을 것이다. 설령 내가 엠마에게 연락이 닿는다고 해도, 뭐가 달라지겠는가? 나는 루프에서 멀리 떨어진 현재에 묶여 있었다. 엠마는 올 수 없을 것이다.

세 번째 날 밤, 나는 절박한 심정으로 아빠의 휴대전화를 훔쳤고(나에겐 휴대전화도 용납되지 않았다) 휴대전화로 엠마에게 이메일을 보냈다. 엠마가 컴퓨터에 관한 한 대책이 없다는 걸 알기 전에 나는 엠마의 이메일 계정을 만들어놓았다. firegirl1901@gmail.com이었다. 그러나 엠마가 전혀 관심이 없어서 그 이메일로 편지를 보낸 적이 없었고 그녀에게 비밀번호도 알려주지 않았다. 유리병에 넣은 편지가 그녀에게 닿기를 바라는 게 확률적으로 더 가능성이 높았지만 그것이 나의 유일한 기회였다.

전화는 다음 날 저녁에 왔다. 나를 위한 병실이 마련되었다고 했다. 가방은 이미 며칠 전에 챙겨놓았다. 밤 9시였고 병원까지 두 시간 거리였지만 상관없었다. 부모님은 당장 떠날 채비를 했다.

우리는 스테이션왜건에 탔다. 부모님이 앞좌석에 탔고 나는 뒷좌석 삼촌들 사이에 앉았다. 내가 달리는 차에서 뛰어내리기라도 할 거란 듯이. 사실 나는 그럴 생각이었다. 그러나 차고 문이 덜컹거리며 열리고 아빠가 차에 시동을 걸자 그나마 간직했던 나의 희망은 사그라들기 시작했다. 이제 벗어날 길은 없었다. 논리적으로 그들을 설득해서 빠져나올 수도 없었고 탈출할 수도 없었다. 런던까지 달려가지 않는 한 소용없는 일이었고 런던에 가려면 여권과 돈과 온갖 불가능한 것들이 필요했다. 나는 그저 이 시련을 견뎌야 했다. 이상한 아이들은 이보다 훨씬 더 끔찍한 일을 견뎌냈다.

우리는 차고에서 빠져나왔다. 아빠가 헤드라이트를 켰고 그다음엔 라디오를 켰다. 디제이의 매끄러운 목소리가 차 안을 채웠다. 야자수 너머로 달이 떠오르고 있었다. 나는 고개를 숙이고 눈을 감고 엄습해오는 두려움을 삼키려 애썼다. 여기가 아닌 다른 곳에 있었으면. 이대로 사라져버릴 수 있었으면.

차가 움직이기 시작했고 진입로에 깔아놓은 조개껍데기가 부서지는 소리가 들렸다. 삼촌들이 나를 사이에 놓고 분위기를 띄워보려고 스포츠 이야기를 주고받았다. 나는 그들의 목소리를 차단했다.

난 여기 있지 않아.

진입로를 빠져나가기도 전에 차가 멈춰 섰다. "뭐지?" 아빠의 목소리가 들렸다.

아빠가 경적을 울렸고 나는 눈을 번쩍 떴다. 그러나 내가 본 광경은 내가 꿈속으로 들어가는 데 성공했다는 확신을 주었다. 우리차 앞에, 진입로를 가로지르고 헤드라이트 불빛을 받으며 서 있는 아이들은, 나의 이상한 친구들이었다. 엠마, 호러스, 에녹, 올리브, 클레어, 휴, 심지어 밀라드까지. 그리고 그들 앞에 여행용 외투를 입고 여행 가방을 들고 서 있는 사람은 페러그린 원장이었다.

"어떻게 된 거야?" 두 삼촌 중 한 명이 말했다.

"그러게 말이야, 프랭크. 대체 이게 무슨 일이지?" 또 다른 삼촌이 말했다.

"나도 모르겠어." 아빠가 말하고는 창문을 내렸다. "어서 비켜요!" 그가 소리쳤다.

페러그린이 자동차 창문으로 다가왔다. "우린 비키지 않아요. 차에서 내려주세요."

"도대체 당신은 누구죠?" 아빠가 말했다.

"알마 르페이 페러그린, 임브린 위원회의 임시 회장이자 이상한 아이들을 보호하는 원장이지요. 전에도 만난 적이 있지만, 아마 기억을 못 하시겠지요. 얘들아, 인사하렴."

아빠의 입이 쩍 벌어지고 엄마가 숨을 헐떡일 때 아이들이 손을 흔들었고, 올리브는 공중으로 떠올랐고, 클레어는 뒤통수의 입을 벌렸고, 밀라드는 몸이 없는 옷만 빙글빙글 돌았고, 엠마는 아빠의 열린 창문으로 다가오며 손에 불을 붙였다. "안녕하세요, 아저씨!" 그녀가 말했다. "제 이름은 엠마예요. 아드님의 소중한 친구죠."

"보셨죠?" 내가 말했다. "진짜라고 했잖아요!"

"여보, 어서 여기서 나가!" 엄마가 비명을 지르며 아빠의 어깨를 때렸다.

아빠는 그때까지 얼어붙어 있다가 경적에 손을 올리고 액셀러레이터를 밟았고 조개껍데기들이 타이어 뒤쪽에서 튀어 나가면서 차가 앞으로 나갔다.

"멈춰요!" 친구들을 향해 차가 돌진할 때 내가 소리쳤다. 친구들은 모두 옆으로 비켜섰다. 브로닌만 빼고. 브로닌은 양팔을 앞으로 내밀고 양손으로 차 앞쪽을 잡았다. 우리는 갑자기 멈췄고 엄마와 삼촌이 공포에 휩싸여 비명을 지를 때 바퀴가 공회전했다.

차가 멈춰 섰다. 헤드라이트는 꺼졌고 엔진은 잦아들었다. 친구들이 차를 에워싸자 나는 가족들을 안심시키려 했다. "괜찮아요. 제 친구들이에요. 해치지 않아요."

삼촌들은 내 어깨에 고개를 떨구며 기절했고 엄마의 비명은 서서히 흐느낌으로 바뀌었다. 아빠는 놀라서 눈이 휘둥그레졌다. "이건 말도 안 돼 말도 안 돼 말도 안 돼." 아빠가 계속 웅얼거렸다.

"차 안에 계세요." 내가 말하고는 의식이 없는 삼촌 위로 문을 연 다음 삼촌을 타 넘고 밖으로 빠져나왔다.

엠마와 나는 서로를 끌어안고 현기증이 나도록 빙글빙글 돌았다. 나는 거의 말을 할 수가 없었다. "여길 어떻게…… 네가 어떻게……."

온몸이 간지러웠고 꿈을 꾸고 있는 게 분명했다.

"네 전자 편지 받았어!" 그녀가 말했다.

"내…… 이메일?"

"이름이 뭐든! 너한테 소식이 없어서 걱정이 됐어. 그러다가 네가 날 위해 만들었다는 전자 우편함을 떠올렸지. 호러스가 네 비밀번호를 알아냈고 그래서……."

"소식을 듣자마자 달려왔단다." 페러그린 원장이 부모님을 바라보며 고개를 저으며 말했다. "실망스러운 일이지만, 별로 놀랍진 않네."

"우리가 구하러 왔어!" 올리브가 소리쳤다. "제이콥이 우릴 구한 것처럼!"

"너희들 보니까 정말 좋다." 내가 말했다. "하지만 빨리 가야 되는 거 아니야? 나이 먹잖아!"

"마지막 편지들 안 읽었어?" 엠마가 말했다. "전부 다 설명했는데."

"부모님이 가져갔어. 그래서 화가 나셨던 거고."

"뭐? 정말 끔찍하다!" 그녀가 부모님을 쏘아보았다. "어떻게 편지를 훔칠 수가 있어! 어쨌든 걱정할 건 없어. 우리가 아주 놀라운 발견을 했어!"

"내가 흥미로운 발견을 했다고 말해야지." 밀라드의 목소리가 들렸다. "다 퍼플렉서스 덕분이야. 벤담의 복잡한 기계를 이용해서 그를 본래의 루프로 돌려보내는 방법을 알아내는 데 며칠이 걸렸어. 그 기간 동안 퍼플렉서스는 나이가 들어야 했어. 그런데 그렇지 않았어. 그보다 더한 건, 심지어 흰 머리카락도 다시 검게 변했다는 거야! 그제야 그가 우리와 함께 어베이턴에 있을 때 무슨 일이 일어났는지 알게 되었어. 그의 실제 나이가 다시 설정된 거야. 임브린들이 루프를 파괴했을 때, 말하자면 그의 시계가 거꾸로 돌아가서 그의 몸이 정확히 자기 나이만큼 보였던 거야. 그의 나이인 571살이 아닌."

"그런데 퍼플렉서스의 시계만 다시 설정된 게 아니었어." 엠마가 흥분한 목소리로 말했다. "우리 시계가 전부 다 돌아갔어! 그날 어베이턴에 있었던 사람들 모두가!"

"그건 루프 붕괴의 부작용이 분명해." 페러그린이 말했다. "아주 위험한 젊음의 샘이지."

"그럼…… 너희들이 나이를 먹지 않는다는 거야? 영원히?"

"너보다 더 빨리 먹진 않아!" 엠마가 이렇게 말하고는 웃었다. "하루씩만!"

"그건 정말…… 놀랍다." 내가 말했다. 너무 기뻤지만 한편으로는 그 모든 것을 이해하려 애썼다. "이거 꿈 아닌 게 확실해?"

"확실하단다." 페러그린이 말했다.

"여기 좀 있어도 돼, 제이콥?" 클레어가 나에게로 달려오며 말했다. "언제든 와도 된다고 했잖아!"

"휴가 온 셈 치면 될 것 같구나." 내가 대답하기도 전에 페러그린이 말했다. "아이들이 21세기에 대해서는 거의 아는 게 없는 데다, 벤담의 낡은 쥐덫보다는 여기가 훨씬 더 편안해 보이네. 침실이 몇 개니?"

"음······ 다섯 개 정도?"

"그거면 충분해. 아주 훌륭해."

"하지만 우리 부모님하고 삼촌들은요?"

그녀가 차를 바라보며 손을 흔들었다. "네 삼촌들은 간단히 기억을 지우면 될 것 같고. 부모님들은, 말 그대로 비밀을 알아버렸으니 당분간 세심하게 관찰해야겠지. 하지만 평범한 사람들 중에 우리 세계를 이해할 수 있는 두 사람이 있다면, 바로 위대한 제이콥 포트먼의 부모님이 아닐까?"

"위대한 에이브러햄 포트먼의 아들과 며느리!" 엠마가 말했다.

"너······ 우리 아버지를 아니?" 자동차 창문 밖을 내다보며 아빠가 소심하게 물었다.

"전 에이브를 제 자식처럼 사랑했답니다." 페러그린이 말했다. "제이콥을 사랑하는 것처럼."

아빠가 눈을 깜박이더니 천천히 고개를 끄덕였지만 이해한 것 같지는 않았다.

"우리하고 한동안 지내도 되죠?" 내가 말했다. "괜찮죠?"

아빠의 눈이 휘둥그레지면서 움츠러들었다. "그건······ 네 엄마한테 물어보는 게······."

엄마는 양손으로 눈을 가리고 조수석에 웅크리고 앉아 있었다.

"엄마?" 내가 물었다.

"어서 가." 엄마가 말했다. "어서 가버려. 전부 다!"

페러그린 원장이 몸을 숙였다. "포트먼 부인, 절 보세요, 제발."

엄마가 손가락 사이로 그녀를 보았다. "당신은 지금 여기 있는 게 아니야. 내가 저녁때 와인을 너무 많이 마신 거야."

"우린 분명히 실제로 존재하는 사람들이에요. 지금은 믿기 힘들 겠지만 우리는 모두 친구가 될 거예요."

엄마가 고개를 돌렸다. "프랭크, 채널 돌려. 나 이 프로 마음에 안 들어."

"알았어, 여보." 아빠가 말했다. "애야, 아무래도 우린…… 음…… 음……." 그리고 그가 눈을 감았고, 머리를 흔들었고, 창문을 올렸다.

"이 일로 머리가 어떻게 되는 건 아니겠죠?" 내가 페러그린 원장에게 물었다.

"돌아올 거야." 그녀가 대답했다. "어떤 사람들은 좀 더 시간이 걸린단다."

ꝉ

우리는 함께 집으로 들어갔다. 달이 환하게 떠올랐고 바람과 매미들과 함께 뜨거운 밤이 살아나고 있었다. 브로닌이 죽어버린 차를 우리 뒤쪽으로 밀었고 나의 부모님은 여전히 차 안에 있었다. 나는 엠마와 손을 잡고 걸었고 나의 마음은 방금 일어난 일로 걷잡을 수 없이 벅차올랐다.

"한 가지 이해 안 가는 게 있어." 내가 말했다. "여긴 어떻게 왔어? 어떻게 그렇게 빨리 왔어?"

나는 뒤통수에 입이 달린 소녀와 벌이 주위를 맴도는 소년이 공항 검색대를 통과하는 장면을 상상해보았다. 그리고 밀라드도 있었다. 밀라드는 몰래 비행기에 탔을까? 여권은 어떻게 구했을까?

"운이 좋았어." 엠마가 말했다. "벤담의 방들 중 하나가 여기서 160킬로미터 떨어진 곳의 루프로 연결되어 있었어."

"아주 끔찍한 늪이었지." 페러그린 원장이 말했다. "악어들이 있는 무릎 높이의 진창이었어. 오빠가 뭘 하려고 그걸 만들었는지. 어쨌든 거기서 가까스로 현재로 넘어올 수 있었는데, 그다음엔 버스를 두 번 타고 5킬로미터 반을 걸어왔지. 여기까지가 하루가 채 안 걸렸단다. 여행하느라 몹시 피곤하고 목이 말랐던 건 말할 것도 없고."

우리는 현관 앞에 이르렀다. 페러그린 원장이 기대에 찬 눈빛으로 나를 바라보았다.

"그러셨겠네요! 냉장고에 음료수가 있을 텐데……."

내가 현관문에 열쇠를 끼우고 문을 열었다.

"정말 친절하구나, 포트먼 군!" 페러그린이 말하며 나를 지나 집 안으로 들어섰다. "신발은 밖에 놓아두렴, 얘들아! 여긴 악마의 영토가 아니란다!"

그들이 진흙 묻은 신발로 안으로 들어서는 동안 내가 문을 잡고 서 있었다.

"좋아, 이 정도면 훌륭하네!" 페러그린의 목소리가 들렸다. "부엌이 어디지?"

"이 차는 어떻게 하지?" 여전히 자동차 뒤쪽 범퍼 앞에 서 있던 브로닌이 물었다. "차하고 이…… 평범한 사람들은?"

"차고에 좀 넣어둘래?" 내가 말했다. "그리고 한 1분에서 2분 정도만 지켜봐줄래?"

그녀가 엠마와 나를 바라보며 미소를 지었다. "물론."

나는 차고 개폐 장치를 찾아 버튼을 눌렀다. 멍한 부모님이 타고 있는 차를 브로닌이 안으로 굴렸고 엠마와 나는 현관에 단둘이 남았다.

"우리 여기 있어도 되겠어?" 엠마가 말했다.

"우리 가족들이 좀 힘들 거야." 내가 말했다. "하지만 원장님은 괜찮을 거라 생각하시는 것 같아."

"내 말은 너한테 괜찮겠냐고. 우리가 마지막으로 정리했던 건……."

"지금 장난해? 네가 와줘서 너무 기뻐. 말로 다 할 수 없을 정도로."

"좋아. 네가 미소를 짓고 있으니까 믿어줄게."

미소를 짓고 있다고? 나는 바보처럼 웃고 있었다.

엠마가 내게 한 발짝 다가왔다. 나는 양팔로 그녀를 안았다. 내 뺨이 엠마의 이마에 닿은 채 우리는 서로를 끌어안았다.

"널 잃고 싶지 않았어." 엠마가 속삭였다. "하지만 다른 방법이 없었어. 천천히 너를 잃는 것보단 깨끗하게 끝내는 편이 나을 것 같았어."

"설명할 필요 없어. 다 이해해."

"어쩌면 이젠 설명할 필요가 없을지도 몰라. 네가 원하지 않으면 그냥 친구로 지내도 돼."

"그것도 좋은 생각이다." 내가 말했다. "당분간은."

"아," 그녀가 실망하며 말했다. "물론……."

"그러니까 내 말은," 내가 뒤로 물러서며 그녀를 쳐다보았다. "이제 우리에겐 시간이 있으니까 천천히 가도 되잖아. 너하고 영화를 보러 갈 수도 있고 산책을 할 수도 있고…… 평범한 사람들처럼."

그녀가 어깨를 으쓱했다. "평범한 사람들이 뭘 하는지는 잘 몰라."

"복잡할 것 없어." 내가 말했다. "넌 내게 이상한 아이가 되는 법을 가르쳐주었잖아. 이제 내가 평범한 아이가 되는 법을 가르쳐줄게. 그러니까 내가 아는 평범한 아이가 되는 방법."

그녀는 한동안 잠자코 있었다. 그리고 웃었다. "좋아, 제이콥. 그거 괜찮다."

그녀가 내 손을 잡고 내게 기대어왔다. 나는 그녀에게 키스했다. "우리에겐 시간이 있으니까."

정적이 우리 주위를 감싸고 그녀와 함께 숨을 쉬며 그렇게 서 있을 때, 문득 나는 이런 생각이 들었다. 어쩌면 이것이야말로 영어에서 가장 아름다운 말일지도 모른다고.

우리에겐 시간이 있다.

옮긴이의 말

『영혼의 도서관』의 번역을 마치고 책을 덮는 순간, 나는 어린 시절 내가 가져본 가장 아름다운 오르골을 떠올렸다. 태엽을 감으면 종소리처럼 영롱한 선율이 흐르고, 조그만 유리 공 속 마을에 반짝이는 눈가루가 흩날렸다. 음악이 끝난 뒤에도 유리 공 속 풍경은 내 마음을 놓아주지 않았다. 어서 들어오라고, 여기 또 다른 세상이 있다고 속삭이는 것처럼. 『영혼의 도서관』은 바로 그런 여운을 지닌 소설이다. 3부작의 완결편인데도 나는 선뜻 이 소설에서 돌아설 수 없었다. 책에 담긴 사진들과 이야기는 음악과 함께 꿈꾸듯 펼쳐지던 마을의 풍경처럼 내 마음을 떠날 줄 몰랐다.

기이하고 오래된 사진들에서 영감을 얻어 써낸 전무후무한 소설로 전 세계의 독자들을 매료시켰던 작가 랜섬 릭스가 『페러그린과 이상한 아이들의 집』과 『할로우 시티』에 이어 마침내 『영혼의 도서관』이라는 완결편을 들고 찾아왔다.

평범한 사람들로부터 소외되고 배척당하며 그들만의 세계에 은신하고 살던 이상한 아이들은 하루아침에 모든 것을 잃고 쫓기는 신세가 된다. 특별한 능력을 지녔으나 여리고 순수했던 아이들은 유일한 보금자리이자 안식처인 시간의 루프를 되찾고 그들의 수호자인 임브린들을 구출하기 위해 영원한 삶을 걸고 가공할 괴물들과 싸우는 투사가 된다. 세 편에 걸쳐 무르익어가는 이야기와 함께 성장해가는 아이들의 모습이 흥미롭고, 특히 주인공 제이콥이 겪게 되는 내면의 갈등과 성장 과정이 섬세하게 그려졌다. 주목받지 못했던 평범한 아이가 자신의 내면에 존재하는 특별함을 깨닫고 자신의 한계를 뛰어넘어 넓은 세상으로 나아가는 이야기는 언제나 감동을 준다.

작가에게 빛바랜 사진들은 반짝이는 영감의 단서였고 실마리였다. 빵 조각을 주워가며 길을 찾는 헨젤과 그레텔처럼 작가는 낡은 사진들을 들여다보면서 이 놀라운 이야기를 완성했다. 마치 이야기가 항상 그 자리에 있었던 것처럼.

『페러그린과 이상한 아이들의 집』을 처음 만났을 때 그의 무모함과 대범함에 놀랐다면 이제 나는 그가 천부적인 작가임을 믿어 의심치 않는다. 이상한 아이들의 이야기가 본래 그 자리에 있었던 것처럼 작가도 처음부터 작가였을 것이다.

무엇보다도 소설 『영혼의 도서관』은 이 책에 등장하는 이상한 아이들처럼 아주 특별한 능력을 지녔다. 바로, 독자들을 환상의 세계로 초대하고 그 세계에 오래도록 머물게 하는 힘이다. 그것은 어쩌면 인류의 역사만큼이나 오래된 이야기의 마법이 아닐는지.

기꺼이 그의 마법에 걸려든 전 세계 수많은 독자들의 열렬한 지지에 힘입어, 활자로만 만날 수 있었던 아이들을 스크린에서 만날 수 있게 된 것 또한 멋진 일이다. 설레는 마음으로『영혼의 도서관』
과 함께 만나게 될 영화 〈미스 페레그린과 이상한 아이들의 집〉을
기다려본다.

　『영혼의 도서관』은 흠잡을 데 없는 완결편이지만 이들의 이야
기는 여기서 끝나지 않을 것이다.

　번역 원고가 이제 막 내 손을 떠났는데, 나는 벌써 아이들의 안
부가 궁금하다.

영혼의 도서관

초판 1쇄 펴낸날 2016년 8월 25일
초판 12쇄 펴낸날 2021년 1월 22일

지은이 랜섬 릭스
옮긴이 이 진
펴낸이 김영정

펴낸곳 폴라북스
등록번호 제22-3044호
주소 06532 서울시 서초구 신반포로 321(잠원동, 미래엔)
전화 02-2017-0280
팩스 02-516-5433
홈페이지 www.hdmh.co.kr

ISBN 978-89-93094-77-0 03840

* 폴라북스는 (주)현대문학의 새로운 종합출판 브랜드입니다.
* 책값은 뒤표지에 있습니다.